D1859074

MARTIN CRUZ SMITH

DAS LABYRINTH

Roman

Aus dem Englischen von
Hans Heinrich Wellmann

PAVILLON VERLAG
MÜNCHEN

PAVILLON TASCHENBUCH
Nr. 02/0020

Umwelthinweis:
Dieses Buch wurde auf
chlor- und säurefreiem Papier gedruckt.

Copyright © 1992 by Martin Cruz Smith
Copyright © der deutschsprachigen Ausgabe 1994
by Hoffmann und Campe Verlag, Hamburg
Der Pavillon Verlag ist ein Unternehmen der
Heyne Verlagsgruppe, München
http://www.heyne.de
Printed in Germany 1999
Umschlagillustration: Premium Stock Photography/
D. Nunuk/First Light, Düsseldorf
Umschlaggestaltung: Nele Schütz Design, München
Gesamtherstellung: Elsnerdruck, Berlin

ISBN: 3-453-15772-9

Für EM

TEIL EINS

MOSKAU

6.–12. August 1991

1

In Moskau sind die Sommernächte wie Rauch und Feuer. Sterne und Mond verblassen. Liebespaare stehen auf, ziehen sich an und wandern durch die Straßen. Wagen fahren mit abgeschalteten Scheinwerfern.

»Da.« Jaak sah einen Audi, der aus der entgegengesetzten Richtung kam.

Arkadi setzte die Kopfhörer auf und stellte den Empfänger ein. »Sein Sender ist abgeschaltet.«

Jaak wendete den Wagen, wechselte auf die andere Seite des Boulevards und beschleunigte. Er hatte schiefstehende Augen, ein muskulöses Gesicht und hockte krummrückig über dem Lenkrad, als wollte er es verbiegen.

Arkadi klopfte sich eine Zigarette aus der Packung. Die erste heute. Nun, es war ein Uhr morgens, kein Grund zu besonderem Stolz.

»Näher ran«, sagte er und nahm die Kopfhörer wieder ab. »Wir müssen sicher sein, daß es Rudi ist.«

Vor ihnen schimmerten die Lichter des um die Stadt führenden Autobahnrings. Der Audi schwenkte auf die Auffahrt und fädelte sich in den Verkehr ein. Jaak schob sich zwischen zwei Pritschenwagen mit Stahlplatten, die bei jeder Unebenheit der Straße laut polterten. Er überholte den ersten Wagen, den Audi und einen Tankzug. Arkadi konnte das Profil des Fahrers erkennen, aber es waren zwei Leute im Wagen, nicht nur einer. »Er hat jemanden dabei. Wir müssen ihn uns noch mal anschauen.«

Jaak fuhr langsamer. Der Tankzug blieb hinter ihnen, aber eine Sekunde später überholte der Audi. Rudi Rosen, der Fahrer, ein rundlicher Mann mit weichen Händen, die fest das Lenkrad umschlossen, war Privatbankier verschiedener Mafia-Organisationen, ein Möchtegern-Rothschild, der die primitivsten Kapitalisten Moskaus bediente. Neben ihm saß eine Frau von jenem wilden Aussehen, das Russinnen annehmen, wenn sie Diät halten, irgendwo zwischen Sinnlichkeit und Ausgehungertsein, mit modisch geschnittenen blonden Haaren, die über den Kragen ihrer schwarzen Lederjacke fielen. Im Vorbeifahren wandte sie sich um und musterte den Wagen der Kripo-Männer, einen zweitürigen Schiguli 8, wie ein Stück Schrott. Mitte dreißig, dachte Arkadi. Sie hatte dunkle Augen, einen breiten Mund und volle, leicht geöffnete Lippen, ganz so, als sei sie durstig. Der Audi setzte sich vor sie, gefolgt vom Dröhnen eines offenliegenden Motors, einer Suzuki 750, die sich hinter ihn schob. Der Motorradfahrer trug einen schwarzen Sturzhelm, eine schwarze Lederjacke und schwarze Schaftstiefel, an denen Reflektoren leuchteten. Jaak entspannte sich. Der Motorradfahrer war Kim, Rudis Leibwächter.

Arkadi duckte sich und lauschte wieder in den Kopfhörer. »Immer noch tot.«

»Er führt uns zum Markt. Da gibt es ein paar Leute – wenn die dich erkennen, bist du ein toter Mann.« Jaak lachte. »Natürlich wissen wir dann auch gleich, daß wir richtig sind.«

»Gut beobachtet.« Verhüte Gott, daß sich hier irgendwer wie ein vernünftiger Mensch benimmt, dachte Arkadi. Im übrigen, wenn mich jemand erkennt, heißt das, daß ich noch am Leben bin.

Fast der gesamte Verkehr drängte sich in dieselbe Ausfahrt. Eine Reihe von »Rockern« zwängte sich zwischen den Wagen durch, mit Hakenkreuzen und Zarenadlern auf dem Rücken, umhüllt von Abgasqualm aus nicht weiter schallgedämpften Auspuffen.

Am Ende der Ausfahrt waren Bauzäune zur Seite geschoben worden. Der Wagen holperte über die Straße, als ob sie ein Kartoffelfeld überquerten. Arkadi sah die hoch vor dem schwach erleuchteten Nordhimmel aufragenden Silhouetten. Ein Moskwitsch fuhr vorbei, bis zu den Fenstern vollgestopft mit Teppichen. Auf dem Dach eines alten Renault stapelte sich die Einrichtung eines Wohnzimmers. Vor ihnen verdichteten sich die Bremslichter zu einem einzigen Rot.

Die Rocker bildeten mit ihren Maschinen einen Kreis und kündigten ihren Halt mit aufbrüllenden Motoren an. Personen- und Lastwagen quetschten sich auf jedes freie Plätzchen.

Jaak würgte den Schiguli ab, der Wagen besaß keine Leerlaufschaltung, und stieg dann mit dem Lächeln eines Krokodils aus, das ein paar Affen beim Spiel entdeckt hatte. Auch Arkadi stieg aus, er trug eine wattierte Jacke und eine Tuchmütze. Er hatte schwarze Augen und sah leicht verwirrt aus, als hätte er sich lange in einem tiefen Loch aufgehalten und wäre nun zurückgekehrt, um zu sehen, was sich an der Erdoberfläche verändert hatte – was von der Wahrheit nicht weit entfernt war.

Dies war das neue Moskau.

Die Silhouetten waren Türme mit roten Lichtern an der Spitze, als Warnung für Flugzeuge. Zu ihren Füßen standen staubbedeckte Erdbewegungsmaschinen und Zementmischer, lagen Stapel brauchbarer und Haufen unbrauchbarer Ziegelsteine. Metallstreben versanken im Schlamm. Gestalten bewegten sich um die Wagen, weitere trafen ein – offensichtlich eine Versammlung von Schlaflosen, auch wenn hier niemand schlafwandelte. Die Szene war erfüllt vom erregten, schwärmenden Summen eines Schwarzmarkts.

Wie in einem Traum, dachte Arkadi. Kartons mit Marlboros, Winstons, Rothmans, sogar die sonst verschmähten kubanischen Zigaretten, wandhoch gestapelt. Videobänder amerikanischer Actionfilme und schwedischer Pornos, zum Wiederverkauf en gros. Polnische Glasware glitzerte in fabrikneuen Kisten. Zwei Männer in Trainingsanzügen boten nicht nur Scheibenwischer, sondern gleich ganze Windschutzscheiben an, verhökerten nagelneue, direkt vom Fließband kommende Autos. Und Lebensmittel! Nicht irgendwelche blauen, an Unterernährung gestorbenen Hühnchen, sondern im Lastwagen eines Schlachters hängende, marmorierte Rinderhälften. Zigeuner stellten neben brennenden Petroleumlampen Aktenkoffer mit Goldrubeln aus der Zarenzeit zur Schau, wie frisch aus der Münze und in Plastikstreifen versiegelt. Jaak wies auf einen mondweißen Mercedes. Lampen verbreiteten Basaratmosphäre. Zwischen den Wagen könnten Kamele grasen, dachte Arkadi, oder chinesische Kaufleute Bahnen kostbarer Seide ausrollen. Ein Lager für sich bildete die Tschetschenen-Mafia, Männer mit teigiger, pockennarbiger Haut und schwarzem Haar, die sich in ihren Wagen räkelten wie träge Paschas. Selbst hier umgab die Tschetschenen ein Kordon aus Angst.

Rudi Rosens Audi parkte ziemlich in der Mitte des Marktes neben einem Laster mit Radios und Videorecordern, vor dem sich eine disziplinierte Käuferschlange gebildet hatte. Kim stand, einen Fuß auf seinem Helm, etwa zehn Meter weit entfernt und schob sich die langen Haare aus dem kleinen, fast zarten Gesicht. Seine Jacke war wie eine Rüstung gepolstert und halb geöffnet, so daß man darunter seine Malysch – »Kleiner Junge« –, die kompakte Ausführung einer Kalaschnikow, erkennen konnte.

»Ich stelle mich an«, sagte Arkadi zu Jaak.

»Warum macht Rudi das?«

»Ich frage ihn.«

»Er hat einen koreanischen Vampir als Leibwächter, der jede deiner Bewegungen überwacht.«

»Schreib dir das Nummernschild auf und behalte Kim im Auge.«

Arkadi stellte sich ans Ende der Schlange, während Jaak in der Nähe des Lasters umherzuschlendern begann. Aus der Ferne machten die Videorecorder den Eindruck solider sowjetischer Ware. Kleinere Geräte waren im allgemeinen nur in anderen Ländern beliebt, Russen wollten nicht verbergen, sondern zeigen, was sie gekauft hatten. Aber waren sie neu? Jaak strich mit der Hand über die Kanten und suchte nach verräterischen Brandspuren von Zigaretten.

Die goldhaarige Frau, die mit Rudi gekommen war, schien verschwunden. Arkadi fühlte sich beobachtet und wandte sich nach einem Gesicht um, dessen Nase so oft gebrochen worden war, daß sie einen Höcker ausgebildet hatte. »Wie ist der Kurs heute?« fragte der Mann.

»Ich weiß es nicht«, gab Arkadi zu.

»Sie schlagen dir die Eier auf, wenn du was anderes als Dollars hast. Oder Touristencoupons. Und sehe ich etwa aus wie einer dieser verdammten Touristen?« Der Mann vergrub die Hände in den Taschen und zog einige zerknüllte Banknoten hervor, hob die eine Faust: »Zlotys.« Und die andere: »Forints. Kannst du dir das vorstellen? Ich bin den beiden vom Savoy gefolgt. Ich dachte, sie wären Italiener, und dann stellte sich raus, daß der eine Ungar und der andere Pole war.«

»Muß ziemlich dunkel gewesen sein«, sagte Arkadi.

»Als ich dahinterkam, hab ich sie beinahe umgebracht. Ich *hätte* sie umbringen sollen, um ihnen zu ersparen, von diesen beschissenen Zlotys und Forints leben zu müssen.«

Rudi kurbelte das Beifahrerfenster herunter und sagte zu Arkadi: »Der nächste!« Dem Mann mit den Zlotys rief er zu: »Noch etwas Geduld.«

Arkadi stieg ein. Rudi, eine offene Geldkassette auf dem Schoß, trug einen gutgeschnittenen Zweireiher. Er hatte schütter werdendes Haar, das schräg über die Schädelplatte gekämmt war, feuchte Augen mit langen Wimpern und einen blauen Fleck am Kinn. An der Hand mit dem Taschenrechner steckte ein Granatring. Der Rücksitz war ein voll eingerichtetes Büro mit Karteikästen, Laptop-Computer, der nötigen Batterie und Kartons mit Software, Handbüchern und Disketten.

»Das ist eine absolut mobile Bank«, sagte Rudi.

»Eine illegale Bank.«

»Ich kann auf meinen Disketten sämtliche Spareinlagen der Russischen Republik abspeichern. Ich könnte Ihnen bei Gelegenheit mal einen kleinen Einblick gönnen.«

»Danke, Rudi. Ein fahrendes Computerzentrum macht das Leben auch nicht befriedigender.«

Rudi hob einen Gameboy hoch. »Urteilen Sie selbst.«

Arkadi zog schnuppernd die Luft durch die Nase. Am Rückspiegel hing etwas, das wie ein grüner Docht aussah.

»Ein Geruchsvertilger«, sagte Rudi. »Pinienduft.«

»Wie Achselhöhle mit Minze. Wie können Sie hier drin nur atmen?«

»Es riecht sauberer. Ich weiß, das ist eine Macke von mir – Sauberkeit, Bazillenträger. Was wollen Sie hier?«

»Ihr Sender funktioniert offenbar nicht. Ich möchte ihn mir anschauen.«

Rudi zwinkerte mit den Augen. »Sie wollen ihn *hier* reparieren?«

»Hier wollen wir ihn schließlich auch benutzen. Also tun

Sie einfach so, als führten wir eine ganz normale Transaktion durch.«

»Sie haben gesagt, die Sache sei sicher.«

»Aber nicht narrensicher. Jeder sieht uns zu.«

»Dollar? Deutsche Mark? Francs?« fragte Rudi.

Die Geldkassette war voll mit Währungen der unterschiedlichsten Länder. Es gab Francs, die wie handgemalte Porträts aussahen, Lire mit phantastischen Zahlen und Dantes Gesicht, deutsche Banknoten, die vor Selbstvertrauen zu strotzen schienen, und vor allem raschelnde, grasgrüne amerikanische Dollarscheine. Neben Rudis Füßen lag eine prall gefüllte Aktentasche mit, wie Arkadi vermutete, weiterem Geld und gleich neben der Kupplung klebte ein in braunes Packpapier gewickeltes Bündel. Rudi nahm die Hundert-Dollar-Scheine aus der Kassette auf seinem Schoß, und darunter kamen ein Sender und ein Minirekorder zum Vorschein.

»Tun Sie so, als ob ich Rubel kaufen wollte«, sagte Arkadi.

»Rubel?« Rudis Finger erstarrten über dem Taschenrechner. »Warum sollte jemand Rubel kaufen?«

Arkadi drehte den Lautstärkeregler des Senders vor und zurück, dann die Frequenzeinstellung. »Aber Sie kaufen doch auch Rubel und zahlen dafür mit Dollar und deutscher Mark.«

»Lassen Sie mich das erklären: Ich tausche. Ich bediene die Käufer. Ich kontrolliere den Kurs. Ich bin die Bank. Ich verdiene dabei, und Sie sind der Verlierer. Niemand kauft Rubel, Arkadi.« Rudis kleine Augen traten leicht vor. »Die einzige echte sowjetische Währung ist der Wodka, das einzige Staatsmonopol, das wirklich funktioniert.«

»Davon haben Sie ja auch mehr als genug.« Arkadi blickte auf den Boden vor den Rücksitzen, der bedeckt war mit silbernen Starka-, Russkaya- und kubanischen Wodkaflaschen.

»Hier wird Tauschhandel getrieben wie in der Steinzeit. Ich nehme, was die Leute haben. Ich helfe ihnen. Erstaunlich, daß sie nicht auch mit Glasperlen und Dublonen kommen. Wie dem auch sei, der Kurs ist vierzig Rubel für einen Dollar.«

Arkadi versuchte es mit dem »Ein«-Schalter des Senders. Die winzige Spule bewegte sich nicht. »Der offizielle Kurs liegt bei dreißig.«

»Ja, und das Universum dreht sich um Lenins Arschloch. Das ist gar nicht abschätzig gemeint. Ist doch komisch. Ich sitze hier und treibe Handel mit Männern, die selbst ihrer eigenen Mutter die Kehle aufschlitzen würden, aber die Vorstellung von Profit ist ihnen suspekt.« Rudi wurde ernst. »Arkadi, wenn Sie Profit einmal nicht mit Verbrechen gleichsetzen, haben Sie das, was man ein Geschäft nennt. Was ich hier mache, ist normal und überall in der Welt völlig legal.«

»Ist der auch normal?« Arkadi blickte in Kims Richtung. Trotz seiner aufmerksam beobachtenden Augen hatte der Leibwächter das flache Gesicht einer Maske.

Rudi sagte: »Kim ist da, um Eindruck zu machen. Ich bin wie die Schweiz – neutral, eine Bank für jeden. Jeder braucht mich. Wir sind der einzige Teil der Volkswirtschaft, der funktioniert. Sehen Sie sich um. Mafia vom Langen Teich, Baumanskaja-Mafia, Jungs aus Moskau, die wissen, wie man was an den Mann bringt. Ljubertsi-Mafia, ein bißchen härter, ein bißchen dümmer. Sie alle wollen sich nur verbessern.«

»Wie Ihr Partner Borja?« Arkadi versuchte, die Spule mit einem Schlüssel anzuziehen.

»Borja ist eine Erfolgsstory. Jedes andere Land wäre stolz auf ihn.«

»Und die Tschetschenen?«

»Zugegeben, mit den Tschetschenen ist es was anderes. Selbst wenn wir alle irgendwo verrotten würden, denen wäre das gleichgültig. Aber denken Sie daran: Die größte Mafia ist immer noch die Partei. Vergessen Sie das nicht.«

Arkadi öffnete den Sender und klopfte die Batterien heraus. Durch das Fenster sah er, daß die Leute in der Schlange langsam unruhig wurden, aber Rudi schien keine Eile zu haben. Nach seiner anfänglichen Nervosität befand er sich jetzt in ausgeglichener, ja heiterer Stimmung.

Die Schwierigkeit lag darin, daß der Sender aus Militärbeständen stammte und nicht sehr zuverlässig war. Arkadi drehte an den Verbindungsbuchsen. »Sie haben keine Angst?«

»Ich bin in Ihrer Hand.«

»Sie sind nur in meiner Hand, weil wir genügend Beweismaterial haben, um Sie in ein Lager zu stecken.«

»Zufällig zusammengetragene Beweise für gewaltlose Unternehmungen. Nebenbei gesagt, andere Leute sprechen da von Geschäften und nicht von Verbrechen. Der wirkliche Unterschied zwischen einem Verbrecher und einem Geschäftsmann liegt darin, daß der Geschäftsmann Phantasie hat.« Rudi warf einen Blick auf den Rücksitz. »Ich hab hier genügend Technik für eine Raumstation. Das einzige in diesem Wagen, das nicht funktioniert, ist Ihr Sender.«

»Ich weiß, ich weiß.« Arkadi drückte die Kontaktklammern hoch und schob die Batterien vorsichtig zurück an ihren Platz. »Da war eine Frau in Ihrem Wagen. Wer ist sie?«

»Ich weiß es nicht. Ich weiß es *wirklich* nicht. Sie hatte etwas für mich.«

»Was?«

»Einen Traum. Große Pläne.«

»Die mit Habgier zu tun haben?«

Rudi ließ ein bescheidenes Lächeln auf seinem Gesicht aufleuchten. »Das hoffe ich doch. Wer möchte schon einem armen Traum nachlaufen? Jedenfalls ist sie eine Freundin.«

»Sie scheinen keine Feinde zu haben.«

»Abgesehen von den Tschetschenen, nein, ich glaube nicht.«

»Bankiers können sich keine Feinde erlauben, was?«

»Arkadi, wir zwei sind nun mal verschieden. Sie wollen Gerechtigkeit. Kein Wunder, daß Sie Feinde haben. Ich verfolge kleinere Ziele wie Profit und Vergnügen, genau wie fast alle vernünftigen Leute auf dieser Welt. Wer von uns hilft den anderen mehr?«

Arkadi schlug auf den Sender.

»Ich liebe es zuzuschauen, wenn Russen etwas reparieren.«

»Sie studieren die Russen?«

»Das muß ich, schließlich bin ich Jude.«

Die Spulen begannen sich zu drehen.

»Er funktioniert«, verkündete Arkadi.

»Was soll ich sagen? Da bin ich wohl wieder mal baff.«

Arkadi legte Sender und Recorder zurück unter die Banknoten.

»Seien Sie vorsichtig«, sagte Arkadi. »Wenn es Schwierigkeiten gibt, melden Sie sich.«

»Kim sorgt dafür, daß ich keine Schwierigkeiten bekomme.« Und als Arkadi die Wagentür öffnete, um auszusteigen, fügte Rudi noch hinzu: »Sie sind es, der vorsichtig sein sollte. An so einem Ort.«

Die Menschen, die draußen anstanden, drängten sich vor, aber Kim schob sie mit schnellen Bewegungen zurück. Als Arkadi an ihm vorbeiging, starrte Kim ihn mit leerem Blick an.

Jaak hatte sich ein Kurzwellenradio gekauft, das ihm wie ein Reiseutensil zukünftiger Raumzeitalter am Handgelenk hing. Jetzt wollte er seine Erwerbung im Schiguli verstauen.

Auf dem Weg zum Auto fragte Arkadi: »Was bekommst du damit rein? Kurzwelle, Langwelle, Mittelwelle? Ein deutsches Fabrikat?«

»Alle Wellen.« Jaak wand sich unter Arkadis Blick. »Japanisch.«

»Gab's auch Sender zu kaufen?«

Sie kamen an einem Krankenwagen vorbei, aus dem Ampullen mit Morphinlösung und Einwegspritzen in sterilen amerikanischen Zellophanverpackungen angeboten wurden. Ein Motorradfahrer aus Leningrad verkaufte LSD, das er in seinem Beiwagen verstaut hielt. Die Leningrader Universität stand im Ruf, die besten Chemiker zu haben. Jemand, den Arkadi vor zehn Jahren als Taschendieb kennengelernt hatte, nahm Aufträge für Computer entgegen, zumindest waren es russische. Reifen rollten aus einem Bus direkt zu den Kunden. Damenschuhe und -sandalen waren auf einem eleganten Schal ausgestellt. Schuhe und Reifen befanden sich auf dem Marsch, wenn nicht ins Tageslicht, so ins Zwielicht.

Hinter ihnen in der Mitte des Marktes blitzte weißes Licht auf. Glas splitterte. Vielleicht das Blitzlicht einer Kamera oder eine zerbrochene Flasche, dachte Arkadi, trotzdem kehrten Jaak und er um und gingen in Richtung des Geschehens. Ein zweiter Blitz zerriß das Dunkel und erleuchtete schlagartig die entsetzten Gesichter der Umstehenden. Dann verblaßte das grelle Weiß zu einem alltäglichen Rot, dem Orangerot des Feuers, das die Leute an Winterabenden in Ölfässern entzündeten, um sich die Hände zu wärmen. Kleine Sterne tanzten in der Luft. In den scharfen Geruch nach verbranntem

Plastik mischte sich der berauschende Duft brennenden Benzins.

Einige Männer taumelten zurück, ihre Mäntel hatten Feuer gefangen. Während die Menge zurückwich und Arkadi sich weiter vorarbeitete, sah er Rudi Rosen auf einem glühenden Thron sitzen, kerzengerade, mit schwarzem Gesicht und brennendem Haar, die Hände am Steuer, erhaben in seiner eigenen Glut, gleichzeitig aber bewegungslos in den dichten, giftigen Rauchwolken, die aus den leeren Fenstern des Wagens schlugen. Arkadi näherte sich so weit, daß er durch die Windschutzscheibe in Rudis Augen sehen konnte. Rudi war tot. Inmitten der Flammen sein stummer, erloschener Blick.

Rund um den brennenden Audi setzten sich die anderen Wagen in Bewegung, Teppiche hinter sich herschleifend, über Goldmünzen und Videorecorder hinwegrollend – eine dem Ausgang zuströmende Massenflucht. Auch der Krankenwagen rumpelte davon, pflügte über eine Gestalt, die im Licht seiner Scheinwerfer aufgetaucht war, hinter ihm die Wagenkolonne der Tschetschenen. Die Motorradfahrer teilten sich in mehrere Ströme und suchten nach Lücken in dem Zaun, der das Gelände umgab.

Einige Leute aber blieben zurück und versuchten, die Sterne zu fangen, die auf sie niederregneten. Arkadi selbst pflückte eine brennende Deutsche Mark vom Himmel, einen Dollar, einen Franc – alle wie frisch von einer feurigen Münze geprägt.

2

Im Licht des anbrechenden Morgens konnte Arkadi erkennen, daß auf dem Gelände vier zwanzig Stockwerke hohe Türme rund um einen Mittelhof aufragten – drei der Gebäude bereits mit Fassaden aus Betonfertigteilen versehen, das vierte noch in skelettartigem Zustand. Stahlträger und Baukräne muteten im Zwielicht zugleich gewaltig und zerbrechlich an. Zu ebener Erde, dachte Arkadi, würden wohl Restaurants, Kneipen und vielleicht ein Kino entstehen und in der Mitte des Geländes, wenn die Raupen und Zementmischer einmal verschwunden waren, Stellplätze für Personenwagen und Taxis. Im Moment aber standen dort noch ein Kastenwagen der Spurensicherung, der Schiguli und Rudi Rosens ausgeglühter und von Glassplittern übersäter Audi. Die Fenster des Wagens waren weggeplatzt, und die Hitze hatte auch die Reifen explodieren lassen, die anschließend verbrannt waren. Der Geruch nach verbranntem Gummi war immer noch allgegenwärtig. Ganz so, als lauschte er auf etwas, saß Rudi Rosen aufrecht hinter der zerborstenen Windschutzscheibe.

»Die Glassplitter scheinen sich gleichmäßig verteilt zu haben«, sagte Arkadi. Polina folgte ihm und machte bei jedem zweiten Schritt ein Bild mit ihrer Vorkriegs-Leica. »In unmittelbarer Nähe des Wagens, eines viertürigen Audi, ist das Glas geschmolzen. Die Türen links geschlossen, ebenso die Motorhaube, die Scheinwerfer ausgebrannt. Die rechten Türen und der Kofferraum geschlossen, die Rücklichter ausgebrannt.« Es blieb nichts anderes übrig, als sich auf Hände und Knie niederzulassen. »Der Benzintank ist explodiert, der Auspufftopf vom Rohr gerissen.« Er stand auf. »Das Nummernschild ist schwarz, aber die Moskauer Nummer ist noch lesbar und weist den Wagen als Eigentum von Rudik Rosen aus. Nach der gleichmäßigen Verbreitung der Glassplitter zu urteilen, scheint das Feuer im Wagen selbst, nicht außerhalb, ausgebrochen zu sein.«

»Wobei der Expertenbericht natürlich noch aussteht«, sagte Polina, um ihrem Ruf allgemeiner Respektlosigkeit gerecht zu werden. Jung und zierlich, trug die Pathologin sommers und winters denselben Mantel und das gleiche süffisante Lächeln zur Schau. Ihr Haar war hoch aufgetürmt und mit Nadeln gespickt. »Sie sollten den Wagen auf eine Bühne heben lassen.«

Arkadis Kommentare wurden von Minin niedergeschrieben, einem Beamten mit den tiefliegenden Augen eines Fanatikers. Hinter Minin streifte ein Milizkordon über das Gelände. Spürhunde zogen ihre Halter um die Neubauten, rannten von einem Pfeiler zum nächsten, um ihr Bein zu heben.

»Lackierung abgeblättert«, fuhr Arkadi fort. »Chrom am Türgriff ebenfalls.« Wohl keine Fingerabdrücke mehr, dachte er. Dennoch wickelte er sich ein Taschentuch um die Hand, bevor er die Beifahrertür öffnete.

»Danke«, sagte Polina.

Schon bei der ersten Berührung schwang die Tür auf.

»Das Wageninnere ist ausgebrannt«, fuhr Arkadi fort, »die Sitze bis auf Rahmen und Federn. Das Lenkrad scheint geschmolzen zu sein.«

»Fleisch ist zäher als Plastik«, sagte Polina.

»Die hinteren Gummifußmatten geschmolzen. Rundum Glassplitter. Auch die Rücksitze bis auf Federn niedergebrannt. Eine verkohlte Computerbatterie und Reste eines nicht eisenhaltigen Metalls. Goldspuren, wahrscheinlich von Leiterelementen.« Das war alles, was von Rudis Liebling übriggeblieben war. »Metallbehälter mit Computerdisketten.« Megabytes gespeicherter Informationen. »Mit Asche bedeckt.« Karteikästen.

Widerwillig nahm Arkadi nun den vorderen Teil in Augenschein. »Hinweise auf eine Explosion am Kupplungspedal. Verkohltes Leder. Plastikrückstände im Armaturenbrettbereich.«

»Natürlich. Die Hitze war gewaltig.« Polina beugte sich vor, um eine weitere Aufnahme mit ihrer Leica zu machen. »Mindestens tausend Grad.«

»Auf dem Vordersitz«, sagte Arkadi, »eine Geldkassette. Ohne Inhalt, verkohlt. Auf dem Boden, unter dem Einsatz, kleine Metallkontakte, vier Batterien, vielleicht Überreste eines Senders und eines Tonbandgeräts. Soweit nach erstem Augenschein. Auf dem Sitz befindet sich außerdem ein rechteckiges Metallstück, vielleicht die Rückseite eines Taschenrechners. Zündschlüssel auf ›Aus‹ gestellt. Zwei weitere Schlüssel am Ring.«

Was ihn auf den Fahrer brachte. Arkadi widerstand der Versuchung, sich eine Zigarette anzuzünden.

»Bei Verbrannten muß man mit weit geöffneter Blende arbeiten, um Einzelheiten festzuhalten«, sagte Polina.

Einzelheiten? »Der Körper ist zusammengeschrumpft«,

sagte Arkadi. »Zu verkohlt, um ihn auf Anhieb als männlich oder weiblich, als Kind oder Erwachsenen zu identifizieren. Der Kopf ruht auf der linken Schulter. Kleider und Haare sind verbrannt, Teile der Schädeldecke sichtbar. Die Zähne scheinen für einen Abdruck nicht mehr geeignet zu sein. Keine erkennbaren Schuhe oder Socken.«

Aber das alles beschrieb nicht wirklich den neuen, kleineren, schwärzeren Rudi Rosen, der da auf den luftigen Federn seines verglühten Wagens saß, brachte seine Verwandlung in Teer und Knochen kaum zum Ausdruck, die Nacktheit des Gürtelschlosses, das hing, wo sich einmal die Hüfte befunden hatte, den verwunderten Blick der leeren Augenhöhlen und das geschmolzene Gold der Zahnfüllungen, die Art, wie die rechte Hand nach dem Steuerrad zu greifen schien, als sei die Hölle zu durchqueren, und die Tatsache, daß eben dieses Steuerrad wie Karamel zerschmolzen war. Und es vermittelte auch keinen Eindruck von der geheimnisvollen Art, in der Starka- und kubanische Wodkaflaschen sich verflüssigt und harte Münzen und Zigaretten sich in Nichts aufgelöst hatten. »Jeder braucht mich.« Jetzt nicht mehr.

Arkadi wandte sich ab und sah, daß auf Minins Gesicht nichts anderes zu lesen war als Befriedigung, als hätte dieser verkohlte Sünder in seinem Wagen noch nicht genug gelitten. Arkadi zog Minin beiseite und wies ihn auf einige Männer des Suchtrupps hin, die sich die Taschen vollstopften. Der Boden war übersät mit Gegenständen, die bei der panischen Flucht zurückgelassen worden waren. »Ich habe ihnen befohlen, alles, was sie finden, zu identifizieren und zu registrieren.«

»Aber sie sollen es nicht behalten, oder?«

Minin atmete tief ein. »Nein.«

»Sehen Sie sich das an.« Polina sondierte eine Ecke des Rücksitzes mit ihrer Haarnadel. »Getrocknetes Blut.«

Arkadi ging hinüber zum Schiguli. Jaak saß auf dem Rücksitz und verhörte ihren einzigen Zeugen, denselben unglücklichen Mann, den Arkadi getroffen hatte, als er darauf wartete, mit Rudi zu sprechen. Den Straßenräuber mit den vielen Zlotys. Jaak hatte ihn erwischt, als er über den Zaun klettern wollte.

Nach seinen Papieren war Gari Oberljan Moskowiter, arbeitete als Pfleger in einem Krankenhaus und hatte gemäß seinen Zuteilungsscheinen Anrecht auf ein neues Paar Schuhe.

»Willst du seinen Ausweis sehen?« sagte Jaak. Er schob Garis Ärmel zurück. Auf der Innenseite des linken Unterarms war das Bild einer nackten Frau eintätowiert, die in einem Weinglas saß und ein Herz-As in der Hand hielt. »Er liebt Wein, Frauen und Karten«, sagte Jaak. Auf dem rechten Unterarm bildeten Herz, Pik, Kreuz und Karo ein Armband. »Vor allem Karten.« Auf dem linken kleinen Finger ein Ring aus umgekehrten Piks. »Wegen Rowdytum verurteilt.« Auf dem rechten Ringfinger ein von einem Messer durchbohrtes Herz. »Und bereit zu töten. Sagen wir also, daß Gari nicht unbedingt ein Unschuldslamm ist. Sagen wir, er ist ein Gesetzesbrecher, der bei einer Zusammenkunft von Spekulanten aufgegriffen wurde und besser mit uns zusammenarbeiten sollte.«

»Leck mich am Arsch«, sagte Gari. Im Tageslicht sah seine gebrochene Nase wie angeklebt aus.

»Hast du immer noch deine Zlotys und Forints?« fragte Arkadi.

»Leck mich am Arsch.«

Jaak las aus seinen Notizen vor. »Der Zeuge gibt an, daß er mit dem ›*Scheißkerl*‹, dem Verstorbenen, gesprochen habe, da er der Meinung war, daß der Verstorbene ihm Geld schuldete. Er hat dann den ›*Scheißwagen*‹ des Verstorbenen verlassen und stand etwa fünf Minuten später in einer Entfernung von schätzungsweise zehn Metern, als der Wagen explodierte. Ein Mann, den der Zeuge als Kim kennt, hat eine zweite ›*Scheißbombe*‹ in den Wagen geworfen und ist dann fortgelaufen.«

»Kim?« fragte Arkadi.

»So sagt er. Er sagt auch, daß er sich seine ›*Scheißhände*‹ verbrannt hat, als er versuchte, dem Verstorbenen zu helfen.« Jaak langte in Garis Taschen und zog eine Handvoll halbverbrannte Dollar- und Markscheine hervor.

Es würde ein warmer Tag werden. Der Morgentau verwandelte sich bereits in Schweißperlen. Arkadi sah mit zusammengekniffenen Augen zu einem von der Sonne erleuchteten Spruchband hoch, das schlaff an der Spitze des Westturms hing. »HOTEL DER NEUEN WELT!« Er stellte sich vor, wie sich das Spruchband im Wind blähte und der Turm wie eine Fregatte davonsegelte. Er brauchte Schlaf. Er brauchte Kim.

Polina kniete auf dem Boden neben der Beifahrertür.

»Noch mehr Blut«, rief sie.

Als Arkadi die Tür zu Rudi Rosens Wohnung aufschloß, drängte sich Minin mit einer riesigen Stetschkin-Maschinenpistole vor. Offensichtlich keine Standardausführung.

Arkadi bewunderte die Waffe, aber es beunruhigte ihn, sie in Minins Händen zu wissen. »Damit können Sie einen ganzen Raum in zwei Teile zersägen«, sagte er zu Minin. »Wenn jemand hier wäre, hätte er die Tür geöffnet oder gleich mit einer Schrotflinte durchsiebt. Ihre Maschinenpistole nützt uns im Moment gar nichts. Sie erschreckt nur die Damen.« Er warf den beiden Straßenkehrerinnen, die er als amtliche Zeugen mitgenommen hatte, einen beruhigenden Blick zu. Sie beantworteten ihn mit einem scheuen Lächeln stählerner Zähne. Hinter ihnen zogen zwei Beamte der Spurensicherung ihre Gummihandschuhe an.

Durchsuch die Wohnung eines Menschen, den du nicht kennst, und du bist ein Ermittler, dachte Arkadi. Durchsuch die Wohnung von jemandem, den du kennst, und du bist ein Voyeur. Seltsam. Er hatte Rudi Rosen seit einem Monat observiert, war aber nie in seiner Wohnung gewesen.

Eine gepolsterte Eingangstür mit Spion. Wohn-/Speisezimmer, Küche, Schlafzimmer mit Fernseher und Videorecorder. Ein weiteres, in ein Büro umgewandeltes Schlafzimmer. Badezimmer mit Whirlpool. Bücherregale mit gebundenen Klassikerausgaben (Gogol, Dostojewski), Biographien von Breschnew und Moshe Dayan, Briefmarkenalben und alten Ausgaben von *Israel Trade, Soviet Trade, Business Week* und *Playboy.* Die Leute von der Spurensicherung begannen mit ihrer Untersuchung, gefolgt von Minin, der darauf achtete, daß nichts verschwand.

»Bitte nichts berühren«, sagte Arkadi zu den Straßenkehrerinnen, die andächtig in der Mitte des Raumes stehengeblieben waren, als hätten sie den Winterpalast betreten.

Ein Küchenschrank enthielt amerikanischen Whiskey und japanischen Brandy, dänischen Kaffee in Packungen aus Alufolie, keinen Wodka. Im Kühlschrank geräucherter Fisch, Schinken, Pastete und Butter mit einem finnischen Markennamen, ein Plastikbecher mit saurer Sahne und im Tiefkühlfach eine Eistorte mit rosaroter und grüner Glasur in Form von Blumen und Blättern. Es war eine der Torten, die früher in gewöhnlichen Milchgeschäften verkauft worden waren, mittlerweile aber zu den Raritäten zählten, die man nur noch in Spezialgeschäften bekam – allerdings etwas weniger kostbar als, nun, sagen wir, ein Fabergé-Ei.

Orientteppiche auf dem Boden des Wohnzimmers. An der Wand Porträtfotos eines Geigers im Frack und einer Frau am Klavier. Ihre Gesichter hatten die gleiche runde Form und den gleichen ernsten Ausdruck wie das von Rudi. Das vordere Fenster gab den Blick frei auf die Donskaja-Straße und, über die Dächer der umliegenden Häuser im Norden, auf das Riesenrad, das sich langsam und ziellos im Gorki-Park drehte.

Arkadi betrat ein Büro mit einem finnischen Ahornschreibtisch, Stairmaster, Telefon und Fax. An der Steckdose ein Spannungsregler: Rudi hatte also seinen Laptop-Computer auch in der Wohnung benutzt. Die Schubladen enthielten Büroklammern, Bleistifte, Briefpapier aus Rudis Hotelkiosk, Rechnungsbücher und Quittungen.

Minin öffnete einen Kleiderschrank, schob amerikanische Trainings- und italienische Maßanzüge beiseite. »Durchsuchen Sie die Taschen«, sagte Arkadi. »Untersuchen Sie die Schuhe.«

Selbst die Unterwäsche in der Kommode im Schlafzimmer trug ausländische Etiketten. Auf dem Fernsehapparat eine Kleiderbürste. Auf dem Nachttisch Videokassetten mit Reisefilmen, eine Schlafmaske aus Satin und ein Wecker.

Eine Schlafmaske ist genau das, was Rudi jetzt braucht, dachte Arkadi. Sicher, aber nicht narrensicher – war es das, was er Rudi gesagt hatte? Warum glaubte ihm überhaupt noch jemand?

Eine der Straßenkehrerinnen war ihm so leise gefolgt, als trüge sie Filzpantoffeln. Sie sagte: »Olga Semjonowna und ich haben eine gemeinsame Wohnung. Die anderen Zimmer werden von Armeniern und Turkmenen bewohnt. Sie sprechen nicht miteinander.«

»Armenier und Turkmenen? Ihr könnt von Glück sagen, daß sie sich nicht gegenseitig umbringen«, meinte Arkadi. Er öffnete das Schlafzimmerfenster, um einen Blick auf die Garage im Hof zu werfen. Nichts hing draußen am Sims. »Die Wohngemeinschaft ist der Tod der Demokratie.« Er dachte darüber nach. »Und natürlich bedeutet die Demokratie den Tod der Wohngemeinschaft.«

Minin trat ins Zimmer. »Ich bin ganz der Meinung des Chefinspektors. Was wir brauchen, ist eine feste Hand.«

Die Straßenkehrerin sagte: »Sie können sagen, was Sie wollen – früher herrschte hier Ordnung.«

»Eine rauhe Ordnung, aber sie funktionierte«, sagte Minin, und beide wandten sich Arkadi so erwartungsvoll zu, daß er sich vorkam wie eine Heiligenbüste.

»Zugegeben, an Ordnung herrschte kein Mangel«, sagte er.

Auf dem Schreibtisch füllte Arkadi das Untersuchungsprotokoll aus: Datum, sein Name, in Anwesenheit von – hier trug er die Namen und Adressen der beiden Frauen ein –, laut Durchsuchungsbefehl Nummer soundso die Wohnung des Bürgers Rudik Abramowitsch Rosen, Apartment 4a in der Donskaja-Straße 25, betreten.

Arkadis Blick fiel wieder auf das Faxgerät. Es hatte Tasten mit englischer Beschriftung – zum Beispiel *»Redial«*. Er nahm den Telefonhörer ab und drückte. Ein Summen, ein Läuten, eine Stimme.

»Feldman.«

»Ich rufe im Auftrag von Rudi Rosen an«, sagte Arkadi.

»Warum meldet er sich nicht selbst?«

»Das erkläre ich Ihnen, wenn wir miteinander sprechen.«

»Haben Sie nicht angerufen, um mit mir zu sprechen?«

»Wir sollten uns treffen.«

»Ich habe keine Zeit.«

»Es ist wichtig.«

»Ich will Ihnen sagen, was wichtig ist. Die Lenin-Bibliothek soll geschlossen werden. Sie bricht zusammen. Das Licht wird abgeschaltet, die Räume werden verschlossen. Sie wird ein Grabmonument wie die Pyramiden in Gizeh.«

Arkadi war überrascht, daß sich jemand aus Rudis Bekanntenkreis Sorgen um den Zustand der Lenin-Bibliothek machte. »Wir müssen trotzdem miteinander sprechen.«

»Ich arbeite bis spät in die Nacht.«

»Wann immer Sie wollen.«

»Vor der Bibliothek, morgen um Mitternacht.«

»Um Mitternacht?«

»Wenn die Bibliothek nicht über mir zusammenfällt.«

»Wie schrieb sich Ihr Name noch?«

»Feldmann. Professor Feldmann.« Er gab gleich auch noch seine Telefonnummer durch und hängte ein.

Arkadi legte den Hörer auf die Gabel. »Toller Apparat.«

Minin hatte ein für sein Alter bitteres Lachen. »Die Spurensicherung räumt sicher die gesamte Wohnung leer, und wir könnten ein Faxgerät gut brauchen.«

»Nein. Wir lassen alles so, wie es war, besonders das Faxgerät.«

»Auch die Lebensmittel und den Alkohol?«

»Alles.«

Die Augen der zweiten Straßenkehrerin wurden größer. Die Schuld ließ sie auf die Vanille-Eistropfen starren, die über den Orientteppich zum Kühlschrank und wieder zurück führten.

Minin riß das Tiefkühlfach auf. »Sie muß das Eis gegessen haben, als wir ihr den Rücken kehrten. Und die Schokolade ist auch weg.«

»Olga Semjonowna!« Ihre Kollegin war ebenfalls entrüstet.

Die Beschuldigte zog die Hand aus der Tasche, das Gewicht der belastenden Schokoladentafel schien sie fast zu Boden zu drücken. Tränen flossen die Falten ihres Gesichts hinunter und fielen von ihrem zitternden Kinn, als hätte sie einen silbernen Kelch von einem Altar gestohlen. Schrecklich, dachte Arkadi. So weit ist es mit uns gekommen, daß eine alte Frau wegen einer Tafel Schokolade in Tränen ausbricht. Wie hätte sie der Versuchung widerstehen können? Schokolade war ein exotischer Mythos, ein Hauch der Geschichte, ähnlich wie die Azteken.

»Was meinen Sie also?« fragte Arkadi Minin. »Sollen wir sie festnehmen? Oder nicht festnehmen, aber zusammenschlagen? Oder einfach laufenlassen? Es wäre ernster, wenn sie auch noch die Saure Sahne genommen hätte. Ich möchte wissen, wie Sie darüber denken.« Arkadi war wirklich neugierig zu erfahren, wie verbohrt sein Assistent war.

»Ich denke«, sagte Minin, »wir könnten sie diesmal noch laufenlassen.«

»Wenn Sie meinen.« Arkadi wandte sich an die Frauen: »Bürgerinnen, das bedeutet allerdings, daß ihr beide den Rechtsorganen jetzt noch etwas mehr helfen müßt.«

Russische Garagen waren Mysterien, da Stahlplatten grundsätzlich nicht an Privatleute verkauft werden durften. Dennoch tauchten aus Stahlplatten errichtete Garagen auf geradezu magische Weise immer wieder in Hinterhöfen und kleinen Nebenstraßen auf, und das gleich reihenweise. Rudi Rosens zweiter Schlüssel öffnete das Mysterium hinter dem Haus. Arkadi rührte die von der Decke hängende Glühbirne nicht an. Im Tageslicht erkannte er eine Werkzeugkiste, Kanister mit Motoröl, Scheibenwischer und Rückspiegel sowie verschiedene Planen, um den Wagen im Winter zusätzlich noch zuzudecken. Unter den Planen lagen Reifen – nichts Ungewöhnliches. Später konnten Minin und die Beamten der Spurensicherung die Glühbirne und den Boden untersuchen. Die Straßenkehrerinnen standen die ganze Zeit schüchtern in der offenen Tür und wagten nicht einmal, einen Radmutterschlüssel mitgehen zu lassen.

Warum war er weder müde noch hungrig? Arkadi glich einem Mann, der Fieber hatte, ohne eigentlich krank zu sein. Als er Jaak in der Eingangshalle des Intourist Hotels traf, schluckte der gerade Koffeintabletten, um wach zu bleiben.

»Gari redet nichts als Scheiß«, sagte Jaak. »Ich kann mir nicht vorstellen, daß Kim Rudi umgebracht hat. Er war sein Leibwächter. Himmel, ich bin so müde, Kim könnte mich erschießen, ohne daß ich es mitbekäme. Er ist nicht hier.«

Arkadi sah sich in der Halle um. Am anderen Ende führte eine Drehtür auf die Straße und zum Pepsi-Stand draußen, der zu einem der Kontaktplätze der Moskauer Prostituierten geworden war. Innen achteten mehrere Sicherheitsbeamte sorgfältig darauf, daß nur Huren hereingelassen wurden, die zahlten. Im grottenähnlichen Dunkel warteten Touristen auf einen Bus, sie warteten schon länger und saßen unbeweglich da wie verlorene Gepäckstücke. Die Informationsstände waren nicht nur leer, sondern schienen dem ewigen Mysterium von Stonehenge zu folgen: Warum nur waren sie errichtet worden? Der einzig belebte Abschnitt der Halle befand sich rechts, wo ein pseudospanischer Innenhof unter einem Oberlicht die Aufmerksamkeit auf die Tische einer Bar und den Edelstahlglanz von Spielautomaten lenkte.

Rudis Hotelkiosk hatte die Größe eines mittleren Kleiderschranks. In einer Vitrine waren Postkarten mit Ansichten von Moskau, von Klöstern und pelzbesetzten Kronen toter Fürsten ausgestellt. An der Rückwand hingen Schnüre mit Bernsteinklumpen und bunte, bäuerliche Umhangtücher. Auf den Seitenregalen standen handbemalte Holzpuppen in wachsender Größe neben Plaketten für Visa, MasterCard und American Express.

Jaak öffnete die Glastür. »Ein Preis für Kreditkarten«, sagte er. »Der halbe Preis für Barzahler. Wenn man bedenkt, daß Rudi die Puppen von irgendwelchen Idioten für Rubel eingekauft hat, muß er einen Profit von tausend Prozent gemacht haben.«

»Niemand hat Rudi wegen der Puppen ermordet«, sagte Arkadi. Ein Taschentuch um die Hand gewickelt, öffnete er die Kassenlade und durchblätterte ein Rechnungsbuch. Nur Zahlen, keinerlei Notizen. Minin würde noch einmal mit der Spurensicherung herkommen müssen.

Jaak räusperte sich und sagte: »Ich hab eine Verabredung. Ich sehe dich in der Bar.«

Arkadi schloß den Kiosk wieder ab und ging über den Innenhof zu den Spielautomaten. Unter Instruktionen in englisch, spanisch, deutsch, russisch und finnisch drehten sich Abbildungen von Karten, Pflaumen, Glocken und Zitronen. Die Spieler waren ausnahmslos Araber, die lustlos von einem Automaten zum anderen schlenderten, orangerote Dosen mit

»Si Si«-Sodawasser absetzten und Spielmarken zu kleinen Stapeln aufhäuften. In der Mitte des Raumes schüttete ein Angestellter einen silbrigen Strom von Spielmarken in ein mechanisches Zählgerät, eine Metallbox mit einer Kurbel. Er schrak zusammen, als Arkadi ihn um Feuer bat. Arkadi betrachtete sich in der blanken Seitenfläche des Geräts – einen blassen Mann mit strähnigem Haar, der etwas Sonne und eine Rasur nötig hatte, der aber sicher nicht so schrecklich aussah, daß sein Anblick die Art und Weise hätte erklären können, in der der Angestellte mit seinem Feuerzeug hantierte.

»Haben Sie sich verzählt?« fragte er.

»Das geht automatisch«, sagte der Angestellte.

Arkadi las die Zahlen auf der Anzeige des Geräts: 7950. Fünfzehn Leinensäckchen waren bereits voll und fest verschnürt, fünf noch leer.

»Wieviel ist das?« fragte er.

»Vier Spielmarken für einen Dollar.«

»Viermal ... nun, ich bin nicht gerade gut im Kopfrechnen, scheint aber genug zu sein, um halbe-halbe zu machen.« Der Angestellte sah sich nach Hilfe um, und Arkadi sagte: »Nur ein kleiner Scherz. Beruhigen Sie sich.«

Jaak saß am anderen Ende der Bar, lutschte Zuckerwürfel und sprach mit Julja, einer eleganten, in Kaschmir und Seide gekleideten Blondine. Eine Packung Rothmans und ein Exemplar von *Elle* lagen offen neben ihrem Espresso.

Jaak schob einen Würfel über den Tisch, als Arkadi zu ihnen trat. »Die Bar nimmt nur harte Währung, keine Rubel.«

»Ich lade euch zum Essen ein«, sagte Julja.

»Wir bleiben sauber«, erwiderte Jaak.

Sie lachte mit der Stimme einer Frau, die viel rauchte. »Ich erinnere mich, daß ich das auch schon mal von mir gesagt habe.«

Jaak und Julja waren früher verheiratet gewesen. Sie hatten sich sozusagen dienstlich kennengelernt und dann ineinander verliebt – keineswegs ein Einzelfall bei dem Beruf, den beide ausübten. Sie hatte sich inzwischen verbessert. Oder er. Schwer zu sagen.

Am Büffet lagen Sandwiches und Gebäck unter einer Reklame für spanischen Brandy aus. War der Zucker wohl aus kubanischem Zuckerrohr oder russischen Rüben hergestellt worden, fragte sich Arkadi. Er könnte sich kundig machen. Neben ihnen unterhielten sich Australier und Amerikaner mit monotoner Stimme. An den Tischen rundum buhlten Deutsche mit süßem Champagner um die Gunst der Prostituierten.

»Wie sind sie, die Touristen?« fragte Arkadi Julja.

»Meinst du ihre besonderen Vorlieben?«

»Als Typen.«

Sie ließ sich von ihm ihre Zigarette anzünden und atmete nachdenklich den Rauch ein. Mit einer langsamen Bewegung legte sie ihre langen Beine übereinander. »Ich persönlich habe mich auf Schweden spezialisiert. Sie sind kalt, aber sauber, und sie kommen regelmäßig wieder. Andere Mädchen kümmern sich um die Afrikaner. Da gibt es dann und wann einen Mord, aber im allgemeinen sind Afrikaner lieb und dankbar.«

»Und die Amerikaner?«

»Die Amerikaner sind alle ein bißchen verschüchtert, die Araber behaart und die Deutschen laut.«

»Und wie steht's mit den Russen?« Arkadi dachte an das, was Rudi einmal gesagt hatte: leidenschaftlich, melancholisch.

»Russen? Mir tun die russischen Männer leid. Sie sind faul, zu nichts zu gebrauchen und ständig betrunken.«

»Aber im Bett?« fragte Jaak.

»Davon hab ich ja gesprochen«, sagte Julja. Sie sah sich um. »Es ist so billig hier. Hast du gewußt, daß schon fünfzehn Jahre alte Mädchen auf die Straße gehen?« fragte sie Arkadi. »Nachts kommen sie an die Zimmer, klopfen an die Türen. Ich verstehe nicht, warum Jaak mich gebeten hat herzukommen.«

»Julja arbeitet im Savoy«, erklärte Jaak. Das Savoy war ein finnisches Unternehmen, einen Häuserblock vom KGB entfernt, das teuerste Hotel in Moskau.

»Das Savoy behauptet, daß es dort keine Prostituierten gibt«, sagte Arkadi.

»Genau. Es ist Klasse. Im übrigen schätze ich das Wort Prostituierte nicht.«

»Putana« war das Wort, mit dem die für harte Währung

arbeitenden Luxusprostituierten gewöhnlich bezeichnet wurden, allerdings hatte Arkadi das Gefühl, das Julja das Wort auch nicht mögen würde.

»Julja ist Sekretärin und spricht gleich mehrere Sprachen«, sagte Jaak. »Eine sehr gute überdies.«

Ein Mann im Trainingsanzug stellte seine Sporttasche auf einen Stuhl, setzte sich und verlangte einen Cognac. Ein paar Sprints, ein kleiner Cognac – ein probates russisches Mittel, um nach einer durchhurten Nacht wieder auf die Beine zu kommen. Der Mann hatte das struppige Haar eines Tschetschenen, trug es allerdings hinten lang und an den Seiten kurz, mit einer orangerot gefärbten, lockigen Strähne. Die Tasche sah schwer aus.

Arkadi beobachtete den Angestellten. »Er macht keinen glücklichen Eindruck. Rudi war sonst immer hier, wenn er die Spielmarken gezählt hat. Wenn aber Kim nun Rudi getötet hat – wer wird unseren Mann hier jetzt beschützen?«

Jaak las aus seinem Notizbuch vor. »Nach Angaben des Hotels ›haben die zehn durch die TransKom Services von Recreativos Franco S.A. geleasten Automaten einen durchschnittlichen Umsatz von etwa tausend Dollar pro Tag erzielt‹. Nicht schlecht. ›Die Spielmarken werden täglich gezählt und täglich mit den in den Automaten angebrachten Zählern verglichen. Diese Zähler sind fest verschlossen, nur die Spanier können sie öffnen und neu einstellen.‹ Du hast wie viele Säcke gesehen?«

»Zwanzig«, sagte Arkadi.

Jaak rechnete nach. »Jeder enthält fünfhundert Spielmarken, und zwanzig machen zweieinhalbtausend Dollar. Das sind tausend Dollar für den Staat und fünfzehnhundert für Rudi. Ich weiß nicht, wie er es angestellt hat, aber nach dem, was in den Säcken da ist, hat er die Zähler überlistet.«

Arkadi fragte sich, wer die TransKom war. Dahinter konnte nicht nur Rudi stecken. Derartige Import- und Leasinggeschäfte brauchten die Unterstützung der Partei oder irgendeiner offiziellen Institution, die sich bereiterklärte, als Partner zu fungieren.

Jaak blickte Julja an. »Heirate mich wieder.«

»Ich heirate einen Schweden, einen leitenden Angestellten. Freundinnen von mir wohnen bereits in Stockholm. Es ist nicht Paris, aber die Schweden schätzen Frauen, die mit Geld umgehen können und wissen, wie man Gäste unterhält.«

»Und dann beklagen sich die Leute darüber, daß die Intelligenz das Land verläßt«, sagte Jaak zu Arkadi.

»Einer hat mir einen Wagen geschenkt«, sagte Julja.

»Einen Wagen?« Jaaks Stimme drückte Hochachtung aus.

»Einen Volvo.«

»Natürlich. Dein Hintern darf nur auf importiertem Leder sitzen.« Jaak sah sie bittend an. »Hilf mir. Nicht als Gegenleistung für einen Wagen oder einen Rubinring, sondern weil ich dich nicht nach Hause geschickt habe, als wir dich das erste Mal von der Straße geholt haben.« Zu Arkadi gewandt, erklärte er: »Als ich sie das erste Mal sah, trug sie Gummistiefel und schleppte eine Matratze mit sich herum. Sie mäkelt an Stockholm herum, dabei stammt sie irgendwo aus Sibirien, wo man Frostschutzmittel nimmt, um scheißen zu können.«

»Das erinnert mich an etwas«, sagte Julja ungerührt. »Ich brauche für mein Ausreisevisum womöglich eine Erklärung von dir, daß du keine Ansprüche an mich hast.«

»Wir sind geschieden und stehen in einem Verhältnis, in dem wir uns gegenseitig respektieren. Kannst du mir deinen Wagen leihen?«

»Besuch mich in Schweden.« Julja fand eine Seite in ihrem Magazin, die sie zu opfern bereit war. In schnörkeliger Schrift schrieb sie drei Adressen auf, faltete die Seite in der Mitte und riß sie an der Faltstelle auseinander. »Das mache ich nicht, um euch einen Gefallen zu tun. Kim ist wirklich der Letzte in der Welt, den ich finden möchte. Seid ihr sicher, daß ich euch nicht zum Essen einladen kann?«

Arkadi sagte: »Ich nehme noch ein Stück Zucker, bevor wir gehen.«

»Paß auf«, sagte Julja zu Jaak. »Kim ist verrückt. Mir wäre es lieber, du würdest ihn nicht finden.«

Beim Hinausgehen betrachtete Arkadi sich noch einmal im Spiegel der Bar. Grimmiger, als er gedacht hatte, nicht gerade ein Gesicht, das morgens in Erwartung eines sonnigen Tages aufwacht. Wie hieß es in dem alten Gedicht von Majakowski? »Achte mich, Welt, und beneide mich: Ich habe einen Paß der Sowjetunion.« Mittlerweile wollten alle einen Paß, um das Land verlassen zu können, und die Regierung, von allen ignoriert, wehrte sich dagegen wie ein Bordellbesitzer, der seit zwanzig Jahren keinen Kunden mehr gehabt hatte.

Wie ließ sich eine Erklärung finden für diesen Laden, dieses Land, dieses Leben? Eine Gabel mit drei statt vier Zinken, zwei Kopeken. Ein gebrauchter Angelhaken (aber Fische sind da nicht sehr wählerisch), zwanzig Kopeken. Ein Kamm, so klein wie ein schütterer Schnurrbart, von vier auf zwei Kopeken herabgesetzt.

Sicher, es war ein Diskontladen – aber wäre das alles in einer anderen, einer zivilisierteren Welt nicht nur noch Abfall? Würde man es dort nicht einfach wegwerfen?

Einige Gegenstände hatten keine erkennbare Funktion. Ein hölzerner Tretroller mit groben Holzrädern ohne Lenker. Ein Plastikschild mit der aufgeprägten Nummer »97«. Wie standen die Chancen, daß jemand siebenundneunzig Zimmer hatte, siebenundneunzig Schließfächer oder siebenundneunzig von irgendwas und ihm nur noch die Nummer fehlte?

Vielleicht war es der *Gedanke*, etwas zu kaufen. Die Vorstellung eines Marktes. Schließlich handelte es sich um einen Genossenschaftsladen, und die Leute wollten kaufen – irgendwas.

Auf dem dritten Tisch lag ein Seifenriegel, aus einem größeren, gebrauchten Seifenriegel herausgeschnitten, zwanzig Kopeken. Ein rostiges Buttermesser, fünf Kopeken. Eine schwarz angelaufene Birne mit abgebrochenem Glühfaden, drei Rubel. Wieso, wenn eine neue Glühbirne nur vierzig Kopeken kostete? Da es in den Geschäften keine neuen Glühbirnen zu kaufen gab, nahm man die kaputte Birne mit ins Büro, ersetzte die Birne in der Lampe auf dem Schreibtisch durch die kaputte und nahm die heile mit nach Haus, um nicht im Dunkeln sitzen zu müssen.

Arkadi verließ den Laden durch die Hintertür und ging durch den Dreck zur zweiten Adresse, einem Milchgeschäft, die Zigarette in der linken Hand, was bedeutete, daß Kim nicht im Laden gewesen war. Auf der anderen Seite der Straße schien Jaak in seinem Wagen eine Zeitung zu lesen.

Es gab weder Milch, Sahne noch Butter in dem Milchgeschäft, aber die Kühlräume waren vollgestellt mit Zuckerkisten. Am leeren Tresen standen Frauen in weißen Kitteln und mit Hauben, den gelangweilten Ausdruck der Nachhut auf dem Gesicht. Arkadi hob den Deckel einer Zuckerkiste an. Leer.

»Schlagsahne?« fragte er eine Verkäuferin.

»Nein.« Sie schien erstaunt zu sein.

»Quark?«

»Natürlich nicht. Sind Sie verrückt?«

»Ja, aber dafür hab ich ein ziemliches Gedächtnis«, sagte Arkadi. Er zückte seinen roten Ausweis, ging um den Tresen und durch die Pendeltür auf den Hof. Ein Lastwagen stand in der Ladebucht, und eine Milchlieferung wurde in einen zweiten, leeren Lastwagen umgeladen. Die Geschäftsführerin des Ladens kam aus einem Kühlraum. Bevor die Tür ins Schloß fiel, sah Arkadi Käseräder und Buttertröge.

»Alles, was Sie sehen, ist reserviert. Wir haben nichts, gar nichts«, verkündete sie.

Arkadi öffnete die Kühlraumtür. Ein älterer Mann hockte wie eine Maus in der Ecke. Mit der einen Hand hielt er eine Bescheinigung umklammert, die ihn als freiwilligen Milizkontrolleur zur Bekämpfung von Hamsterei und Spekulation auswies. Die andere Hand hielt eine Flasche Wodka.

»Wärmst du dich auf, Onkelchen?« fragte Arkadi.

»Ich bin Kriegsveteran.« Der alte Mann wies mit der Flasche auf die Medaille an seiner Brust.

»Das kann ich sehen.«

Arkadi ging durch den Lagerraum. Wozu brauchte ein Milchgeschäft Vorratskisten?

»Das alles hier ist für Kranke und Kinder bestimmt«, sagte die Geschäftsführerin.

Arkadi öffnete eine der Kisten und sah, daß sie bis zum Rand mit Mehlsäcken gefüllt war. Aus einer weiteren rollten Apfelsinen um seine Füße und über den Fußboden. Eine dritte Kiste, Zitronen rollten über die Apfelsinen.

»Kranke und Kinder«, rief die Geschäftsführerin.

Die letzte Kiste war vollgestopft mit rotweißen Marlboro-Packungen.

Arkadi trat vorsichtig über die Früchte und ging wieder hinaus. Die Männer, die die Milch umluden, wandten ihre Gesichter ab.

Die Zigarette immer noch in der linken Hand, begab sich Arkadi über den mit Glassplittern übersäten Hof zurück auf die Straße. Überall verrostete Abflußrohre und verwitterte Fensterrahmen, Wohnhäuser verfielen. Die Wagen auf der Straße sahen aus wie verrostete Wracks. Jugendliche klammerten sich an die rostroten Drahtseile eines Karussells ohne Sitze. Selbst die Schule schien aus rostigen Ziegeln zu bestehen. Am Ende der Straße stand das Haus der örtlichen Parteizentrale, wie ein Mausoleum mit weißem Marmor verkleidet.

Als er Juljas letzte Adresse für Kim erreichte, ließ Arkadi die Zigarette fallen. Er stand vor einer Tierhandlung, von deren Fassade in großen, ungleichmäßigen Stücken der Putz abblätterte. Er hörte, wie Jaak mit dem Wagen hinter ihm herrollte.

Die einzigen Tiere, die hier verkauft wurden, schienen Küken und Katzen zu sein, die in Drahtkäfigen piepsten und miauten. Die Verkäuferin war eine junge Chinesin, die etwas zerschnitt, das wie eine Leber aussah. Als die Leber sich dann aber bewegte, sah Arkadi, daß es sich in Wirklichkeit um einen wimmelnden Haufen Mückenlarven handelte. Er trat hinter den Tresen und öffnete die Tür zu einem Hinterzimmer, während das Mädchen ihm mit ihrem Hackbeil folgte und sagte: »Hier können Sie nicht rein.«

An der Rückseite des Raumes befanden sich Säcke mit Holzspänen und Hühnerschrot, ein Kühlschrank mit einem Kalender des Jahres der Ratte und Regale, auf denen hohe Gefäße für Tees, getrocknete Pilze, Chinakohl und wie Menschen geformte Ginsengwurzeln sowie flache Gefäße standen, die auf russisch und chinesisch die Aufschriften »Schwarzbär-Galle«, »Drachenblut« und »Rhinozeros-Horn« trugen. Warum eine gefährdete Art wegen eines angeblichen Aphrodisiakums getötet wurde, war Arkadi unerklärlich.

»Sie dürfen hier nicht rein«, wiederholte das Mädchen, das höchstens zwölf war. Das Beil war so lang wie ihr Arm.

Arkadi entschuldigte sich und drehte sich um. Eine zweite Tür führte zu einer Treppe, die mit Vogelfutter übersät war und vor einer Metalltür endete. Er klopfte und drückte sich gegen die Wand. »Kim, wir wollen Ihnen helfen. Kommen Sie raus, damit wir reden können. Wir sind Freunde.«

Jemand war in dem Raum. Arkadi hörte, wie ein Dielenbrett knarzte und Papier raschelte. Er warf sich gegen die Tür, die prompt aufsprang, und betrat einen Speicher, der bis auf einen in der Mitte des Raumes brennenden Schuhkarton dunkel war. Er roch das Feuerzeugbenzin, das auf den Karton gegossen worden war. An den Wänden stapelten sich Kartons, wie sie für die Verpackung von Fernsehgeräten verwendet wurden, und auf dem Boden lag eine Matratze neben einem Werkzeugkasten und einer Heizplatte. Arkadi zog die Vorhänge beiseite und blickte aus dem offenen Fenster auf eine Feuerleiter, die hinunter in den Hof führte, der knietief mit Unrat aus dem Tierladen bedeckt war – Vogelfuttersäkken, Drahtnetzen und toten Küken in heillosem Durcheinander. Wer immer in diesem Raum gewesen sein mochte, war jetzt verschwunden. Arkadi versuchte, das Licht anzuschalten. Die Glühbirne war ebenfalls verschwunden. Das verriet Weitblick.

Arkadi inspizierte die Örtlichkeit, sah hinter die Kisten, bevor er sich dem Feuer näherte. Das Geräusch des brennenden Schuhkartons war zugleich gedämpft und heftig, ein Feuersturm *en miniature.* Es war kein Schuhkarton. Auf der Seite stand »Sindy«, und daneben war eine Puppe mit einem blonden Pferdeschwanz abgebildet, die an einem Tisch saß und Tee eingoß. Er kannte das Bild: Sindy-Puppen gehörten zu den beliebtesten Importartikeln und waren in der Auslage praktisch aller Moskauer Spielzeuggeschäfte zu sehen – freilich unverkäuflich. Die Abbildung auf dem Karton zeigte auch einen Hund, vielleicht einen Pekinesen, der zu Füßen der Puppe saß und mit dem Schwanz wedelte.

Jaak stürzte in den Raum und wollte das Feuer austreten.

»Laß das.« Arkadi zog ihn zurück.

Die Brandlinie fraß sich in das Bild. Als Sindys Haare Feuer fingen, begann sich ihr Gesicht erschreckt zu schwärzen. Sie schien die Teekanne höher zu heben und plötzlich aufrecht zu stehen, als ihre obere Hälfte von den Flammen verzehrt wurde. Der Hund wartete geduldig, bis die Pappe um ihn herum verbrannt war. Schließlich war die ganze Schachtel schwarz, verkrumpelt und mit einem Spinnennetz von roten Linien überzogen, die grau und immer feiner wurden, bedeckt mit einer Aschenschicht, die Arkadi schließlich fortblies. Zum Vorschein kam eine Tretmine, leicht angekohlt, die beiden Berührungskontakte unversehrt und auf Jaaks niedertretenden Fuß wartend.

3

Arkadi zeichnete einen Cartoon-Wagen auf ein Stück Papier. Bleistifte, dachte er, waren im Grunde das einzige, was ihm fehlte. Zur Ausstattung des rehabilitierten Chefinspektors Renko gehörten ein Schreibtisch und ein Konferenztisch, vier Stühle, ein Aktenschrank und ein Safe mit Kombinationsschloß. Außerdem zwei tragbare »Deluxe«-Schreibmaschinen, zwei rote Telefone mit der Möglichkeit, außerhalb des Hauses anzurufen, und zwei gelbe Gegensprechanlagen. Das Büro hatte zwei mit Vorhängen versehene Fenster, eine an der Wand hängende Karte von Moskau, eine zusammenschiebbare Wandtafel, einen elektrischen Samowar und einen Aschenbecher.

Auf dem Tisch breitete Polina gerade eine schwarzweiße 360-Grad-Aufnahme der Baustelle aus und legte detaillierte Farbaufnahmen des ausgebrannten Wagens und des Fahrers daneben. Minin beugte sich eifrig vor. Jaak, seit vierzig Stunden ohne Schlaf, bewegte sich wie ein Boxer, der versuchte wieder auf die Beine zu kommen, bevor er ausgezählt wurde.

»Es war der Wodka, der das Feuer so schlimm gemacht hat«, sagte Jaak.

»Jeder denkt sofort an Wodka«, sagte Polina abschätzig.

»Was wirklich brennt, sind die Sitze, die sind aus Polyurethan. Deswegen fangen Wagen so schnell Feuer. Sie bestehen vor allem aus Plastik, und das Zeug haftet an der Haut wie Napalm. So ein Wagen ist letztlich nur ein brennbarer Untersatz auf Rädern.«

Arkadi vermutete, daß Polina in den Pathologiekursen diejenige gewesen war, die die besten Berichte geschrieben hatte – illustriert und mit peinlich genauen Fußnoten versehen.

»Auf den Fotos hier ist Rudi zu sehen, wie er noch im Wagen sitzt, und dann, nachdem wir ihn abgeschält und herausgehoben haben. Hier eine Aufnahme durch die Sitzfedern, um zu zeigen, was ihm aus den Taschen gefallen ist: intakte Schlüssel, mit der Fußmatte verschmolzene Kopeken, dazu ein paar Dinge vom Rücksitz sowie Überreste unseres Senders. Die Tonbänder sind natürlich verbrannt, falls überhaupt je etwas drauf war. Auf dem ersten Foto da sehen Sie, daß ich eine Stelle neben dem Kupplungspedal rot eingekreist habe.« Sie hatte es wirklich, genau neben Rudis verkohlten Schienbeinen und Schuhen. »Rund um diese Stelle befanden sich Spuren von Kupfersulfat und rotem Natrium, wie sie häufig in Brandsätzen zu finden sind. Da wir keinerlei Reste einer Zeituhr oder eines Zünders gefunden haben, nehme ich an, daß es sich um eine Bombe handelte, die auf Druck reagierte. Da war auch Benzin.«

»Aus dem Tank, als er in die Luft flog«, sagte Jaak.

Arkadi zeichnete ein Strichmännchen in den Wagen und mit einem roten Filzschreiber einen Kreis um die Füße des Strichmännchens. »Was ist mit Rudi?«

»Fleisch ist in diesem Zustand hart wie Holz, und Knochen brechen, sobald man zu schneiden beginnt. Es ist schwer genug, die Stoffreste abzulösen. Aber ich habe Ihnen das hier mitgebracht.« Polina zog einen frischpolierten Granatstein und einen Goldklumpen aus einem Plastikbeutel – alles, was von Rudis Ring übriggeblieben war.

»Haben Sie seine Zähne untersucht?«

»Hier ist ein Diagramm. Das Gold ist wohl ausgelaufen, ich hab es nicht mehr gefunden. Aber es gibt Anzeichen für eine Füllung im zweiten unteren Backenzahn. Das sind natürlich nur vorläufige Ergebnisse, der vollständige Bericht steht noch aus.«

»Ich danke Ihnen.«

»Nur eines noch«, fügte Polina hinzu. »Es gibt zuviel Blut.«

»Rudi ist wahrscheinlich ganz schön zerfetzt worden«, sagte Jaak.

Polina sagte: »Leute, die durch Flammen umkommen, explodieren nicht. Sie sind keine Würste. Trotzdem habe ich überall Blut gefunden.«

Arkadi stöhnte leise auf. »Vielleicht hat sich der Täter verletzt.«

»Ich habe Proben ans Labor geschickt, um die Blutgruppe zu bestimmen.«

»Gute Idee.«

»Danke.« Mit emporgerecktem Kinn, das weitere Vorgehen von jetzt an mit leichter Verachtung verfolgend, sah Polina mehr denn je wie eine Katze aus.

Jaak zeichnete die Umrisse des Marktes auf die Wandtafel und markierte die Stellen, an denen sich Rudis Wagen, Kim, die Käuferschlange und, in einer Entfernung von zwanzig Metern, der Lastwagen mit den Videorecordern befunden hatten. In weiterem Umkreis die Positionen des Krankenwagens und des Computer-Verkäufers und noch weiter dann die Standorte der Zigeuner, der Rocker, der Teppichhändler und des Schiguli.

»Es war viel los in dieser Nacht. Wenn ich an die Tschetschenen denke, muß ich sagen, wir hatten noch Glück, daß nicht das völlige Chaos ausgebrochen ist.« Jaak starrte auf die Tafel. »Unser einziger Zeuge behauptet, daß Kim Rudi getötet hat. Zuerst hatte ich Probleme, das zu glauben, aber wenn ich mir jetzt hier ansehe, wer wirklich nahe genug stand, um die Bombe zu werfen, scheint es mir gar nicht mehr so unsinnig.«

»Das haben Sie aus dem Gedächtnis gezeichnet – nach dem, was Sie in dem Durcheinander gesehen haben?« fragte Polina.

»So ist es meist im Leben.« Arkadi suchte in seinem Schreibtisch nach Zigaretten. Kein Schlaf? Ein bißchen Nikotin würde ihn wachhalten. »Womit wir es hier zu tun haben, ist ein Schwarzmarkt. Nicht der übliche Wochenmarkt für friedliche

Bürger am hellichten Tage. Ein nächtlicher Schwarzmarkt für Kriminelle. Ein neutrales Territorium und ein sehr neutrales Opfer.« Er erinnerte sich, daß Rudi sich selbst als die Schweiz bezeichnet hatte.

»Wenn man es sich richtig überlegt, war das so etwas wie eine Spontanzündung«, sagte Jaak. »Wenn nur genügend Schlägertypen, Drogen, Wodka und überdies noch ein paar Handgranaten zusammenkommen, muß so was im Grunde ja passieren.«

»Ein Typ wie Rosen hat wahrscheinlich irgendwen übers Ohr gehauen«, meine Minin.

»Ich mochte Rudi«, sagte Arkadi. »Ich habe ihn zu dieser Operation gezwungen, und damit bin ich schuld, daß er getötet wurde.« Die Wahrheit sorgt immer für Verlegenheit. Jaak fühlte sich peinlich berührt durch Arkadis Ausfall, wie ein guter Hund, der seinen Herrn straucheln sieht. Minin seinerseits schien auf seltsame Weise befriedigt. »Die Frage ist doch,« fuhr Arkadi fort, »warum zwei Bomben? Es gab so viele Schußwaffen in der näheren Umgebung – warum ist Rudi nicht erschossen worden? Unser Zeuge ...«

»Unser Zeuge ist Gari Oberljan ...«, erinnerte Jaak ihn.

»... der Kim als Täter identifiziert hat. Wir haben Kim mit einer Malysch gesehen. Er hätte Rudi spielend leicht durchlöchern können, was weitaus leichter gewesen wäre, als eine Bombe zu werfen. Er hätte nur abzudrücken brauchen.«

Polina fragte: »Warum zwei Bomben und nicht eine? Die erste hätte genügt, um Rudi zu töten.«

»Vielleicht ging es gar nicht darum, Rudi zu töten«, sagte Arkadi. »Vielleicht ging es darum, den Wagen zu verbrennen. Seine Unterlagen und Informationen, Darlehen, Geschäftsabkommen, Akten, Disketten, das alles lag auf dem Rücksitz.«

Jaak sagte: »Wenn du jemanden tötest, willst du so schnell wie möglich weg aus der Gegend und nicht erst noch lange in irgendwelchen Unterlagen herumsuchen.«

»Die sind jetzt alle in Rauch aufgegangen«, sagte Arkadi.

Polina wechselte das Thema. »Wenn Kim sich in der Nähe des Wagens aufhielt, als die Vorrichtung zündete, wurde er womöglich verletzt. Vielleicht war es sein Blut.«

»Ich habe Krankenhäuser und Kliniken aufgefordert, jeden zu melden, der mit Verbrennungen auftaucht«, sagte Jaak. »Ich werde das auf offene Wunden ausweiten. Es fällt mir so ungeheuer schwer zu glauben, daß Kim sich gegen Rudi gewendet haben soll. Wenn irgendwas, dann war Kim loyal.«

»Wie sieht's mit Rudis Wohnung aus?« fragte Arkadi, während er dem zugleich verlockenden und abstoßenden Geruch vertrockneten Tabaks bis zur untersten Schublade folgte.

Polina sagte: »Die Techniker haben die Fingerabdrücke untersucht. Aber bisher haben sie nur die von Rudi gefunden.«

Ganz hinten in der Schublade fand Arkadi eine vergessene Packung Belomor, das echte Maß seiner Verzweiflung. Er fragte: »Die Autopsie ist noch nicht beendet?«

»Die Pathologie ist überlastet. Es dauert seine Zeit.«

»Wartezeit im Leichenschauhaus? Das ist doch wohl das Letzte.« Die Belomor qualmte wie ein Diesel, als er sie anzündete. Schwer, sie zu rauchen und gleichzeitig den nötigen Abstand von ihr zu halten. Arkadi versuchte es.

»Wenn man Ihnen so zuschaut, könnte man glauben, Sie wollten sich umbringen. Niemand braucht dieses Land anzugreifen, es genügt, es mit Zigaretten zu überschütten.«

Arkadi wechselte das Thema. »Wie ist es mit Kims Wohnung?«

Jaak berichtete, daß bei einer gründlicheren Untersuchung des Speichers weitere leere Kartons deutscher Autoradios und italienischer Joggingschuhe, leere Cognacflaschen, Vogelfutter und Tigerbalsam gefunden worden waren.

»Sämtliche Fingerabdrücke auf dem Speicher stimmten mit denen in der von der Miliz angelegten Akte Kims überein«, sagte Polina. »Die Abdrücke auf der Feuerleiter waren verwischt.«

»Der Zeuge hat Kim als denjenigen identifiziert, der eine Bombe in Rudis Wagen geworfen hat, dazu finden Sie eine Tretmine in seinem Zimmer. Was kann da noch für ein Zweifel bestehen?« fragte Minin.

»Wir haben Kim nicht wirklich *gesehen*«, sagte Arkadi. »Wir wissen nicht, wer in dem Zimmer war.«

»Erinnert ihr euch an eure Kinderzeit?« fragte Jaak. »Habt

ihr nicht auch manchmal Hundescheiße in eine Tüte getan und die Tüte angezündet, damit die Leute das Feuer austreten?«

Nein. Minin schüttelte den Kopf. Er hatte nie dergleichen getan.

Jaak sagte: »Wir haben es dauernd gemacht. Jedenfalls war diesmal statt der Hundescheiße eine Tretmine im Karton. Ich kann es nicht glauben, daß ich drauf reingefallen bin. Beinahe.« Ein vor Jaak liegendes Foto zeigte das rechteckige Gehäuse der Mine und die beiden herausragenden Kontaktstifte. Es war eine kleine Tretmine der Armee mit einer Trinitrotoluol-Ladung, der Version mit dem Spitznamen »Souvenir für ...«. Der Inspektor hob die Augen und entspannte sich. »Vielleicht ist es ja ein Bandenkrieg. Wenn Kim zu den Tschetschenen übergelaufen ist, wird Borja sich um ihn kümmern. Ich wette, die Mine war für Borja bestimmt.«

Polina hatte ihren Mantel nicht abgelegt. Jetzt stand sie auf und knöpfte ihn mit schnellen Bewegungen zu, die zugleich Entschlossenheit und Widerwillen zum Ausdruck brachten. »Die Mine in der Schachtel war für Sie bestimmt und die Bombe im Auto wahrscheinlich auch«, sagte sie zu Arkadi.

»Nein«, sagte er und wollte ihr gerade erklären, wie unsinnig ihre Vermutung war, als sie bereits durch die Tür verschwand. Arkadi drückte die Belomor aus und blickte seine beiden Kollegen an. »Es ist spät geworden, Kinder. Das ist genug für heute.«

Minin erhob sich widerwillig. »Ich sehe immer noch nicht ein, warum wir einen Milizionär in Rosens Wohnung postieren müssen.«

»Wir wollen, daß alles für eine Weile so bleibt, wie es ist«, sagte Arkadi, »und wir haben schließlich einige Wertgegenstände dort zurückgelassen.«

»Die Anzüge, den Fernseher und das Rechnungsbuch?«

»Ich habe an die Lebensmittel gedacht, Genosse Minin.« Minin war das einzige Parteimitglied in der Mannschaft. Arkadi redete ihn gelegentlich mit »Genosse« an, wie man einem Schwein Küchenabfälle hinwirft.

Manchmal hatte Arkadi das Gefühl, daß Gott während seiner Abwesenheit Moskau vom Boden hoch genommen und umgekehrt wieder hingestellt hatte. Es war ein Unterwelts-Moskau, nicht länger unter der grauen Hand der Partei. Mit Buntstiften kenntlich gemacht, zeigte die Wandkarte eine neue, wesentlich farbigere Stadt.

Rot zum Beispiel stand für die Mafia aus Ljubertsi, einem Arbeitervorort im Osten Moskaus. Kim war insofern ungewöhnlich, als er Koreaner war, doch sonst war er typisch für die Jungs, die dort aufwuchsen. Die Ljuber waren die Enteigneten, die Burschen ohne Eliteschulen, akademische Diplome und Parteiverbindungen. In den letzten fünf Jahren waren sie aus den Metroschächten der Stadt aufgetaucht, hatten zuerst die Punker angegriffen und dann angefangen, Prostituierte, Schwarzmärkte und Regierungsbüros zu beschützen. Rote Kreise zeigten ihre Einflußsphären: den Touristenkomplex am Ismailowo-Park, den Domodedowo-Flughafen und die Schabalowka-Straße mit ihren Videohändlern, die zwar von einem jüdischen Clan beherrscht wurde, aber der holte sich seine Schläger aus Ljubertsi.

Blau markierte die Mafia des Langen Teichs, eines nördlichen Vororts mit heruntergekommenen Mietskasernen. Die blauen Kreise verdeutlichten ihr Interesse an den aus dem Scheremetjewo-Flughafen gestohlenen Gütern und den im Minsk-Hotel arbeitenden Prostituierten, doch vor allem handelte die Mafia des Langen Teichs mit Autoteilen. Auch das Werk, in dem der Moskwitsch hergestellt wurde, befand sich in einem blauen Kreis. Borja Gubenko war mittlerweile nicht nur an die Spitze des Langen Teichs aufgestiegen, sondern hatte auch Ljubertsi unter seine Herrschaft gebracht.

Islamisches Grün stand für die Tschetschenen, Moslems aus dem Kaukasus. Etwa tausend von ihnen lebten in Moskau, ständig verstärkt durch Neuankömmlinge, die in ganzen Wagenkolonnen eintrafen. Sie alle gehorchten den Befehlen eines Stammesführers namens Mahmud. Die Tschetschenen waren die Sizilianer der Sowjet-Mafias.

Das königliche Purpurrot blieb der Moskauer Baumanskaja-Mafia vorbehalten, die aus der Gegend zwischen dem Lefortowo-Gefängnis und der Epiphanias-Patriarchats-Kathedrale kam. Sie wickelte ihre Geschäfte vornehmlich auf dem Rischski-Markt ab.

Und schließlich gab es noch das Braun für die Jungs aus Kasan, eher eine Bande ehrgeiziger kleiner Räuber und Taschendiebe als eine organisierte Mafia. Sie überfielen Restaurants auf dem Arbat, handelten mit Drogen und schickten Minderjährige auf den Strich.

Rudi Rosen war ihrer aller Bank gewesen. Allein dadurch, daß er Rudis Audi überallhin gefolgt war, war es Arkadi gelungen, dieses Bild des helleren und dunkleren Moskau zu zeichnen. An sechs Vormittagen der Woche, montags bis samstags, war Rudi einem festen Tagesplan gefolgt. Eine morgendliche Fahrt zu einem von Borja geleiteten Badehaus im nördlichen Teil der Stadt, dann ein Ausflug mit Borja, um Gebäck am Ismailowo-Park einzukaufen und die Ljuber zu treffen. Später ein Morgenkaffee im National Hotel mit Rudis Baumanskaja-Kontaktmann. Nicht selten ein Mittagessen mit seinem Feind Mahmud im Usbekistan. Die Runde eines modernen Geschäftsmanns, stets begleitet von Kim, der ihm wie ein treuer Hund auf dem Motorrad folgte.

Der Abend draußen war noch hell. Arkadi war weder müde noch hungrig. Er fühlte sich wie der vollkommene neue Sowjetmensch, Bürger eines Landes ohne Nahrungsmittel und Ruhe. Er stand auf und verließ das Büro. Genug.

Auf jedem Stockwerk überspannte ein Drahtnetz das Treppenhaus, um »Taucher« abzufangen – Gefangene, die zu fliehen versuchten. Vielleicht nicht nur Gefangene, dachte Arkadi, als er nach unten ging.

Der auf dem Hof geparkte Schiguli stand neben einem blauen Lieferwagen, an dessen vordere Stoßstange zwei Hunde mit struppigem Fell gebunden waren. Offiziell standen Arkadi zwei Wagen zur Verfügung, doch seine Benzingutscheine reichten nur für einen, da die Ölquellen in Sibirien von Deutschland, Japan und sogar vom Bruderland Kuba angezapft wurden und für den eigenen Verbrauch nur ein dünnes Rinnsal blieb. Aus seinem Zweitwagen hatte er überdies den

Verteiler und die Batterie ausbauen müssen, um den ersten benutzen zu können, denn wenn er den Schiguli in die Werkstatt geschickt hätte, hätte er ihn ebensogut auf eine Reise um die Welt schicken können, wo er im Hafen von Kalkutta oder Port Said in seine Einzelteile zerlegt worden wäre. Das Benzinproblem war schon schlimm genug. Benzinmangel war auch der Grund, weshalb Verteidiger des Staates nachts mit Absaugschläuchen und Kanistern von Wagen zu Wagen schlichen. Und der, weshalb Hunde an Stoßstangen angebunden wurden.

Arkadi stieg auf der Beifahrerseite ein und rutschte hinter das Steuerrad. Die Hunde versuchten an seiner Tür hochzuspringen. Er betete und drehte den Zündschlüssel. Ah, der Tank ein Zehntel voll! Es gab noch einen Gott.

Er bog zweimal rechts ab und gelangte in die Gorki-Straße mit ihren erleuchteten Schaufenstern. Was gab es zu kaufen? In einer aus Sand und Palmen geschaffenen Szenerie stand ein Glas Guavenkonfitüre auf einem Sockel. Im nächsten Geschäft kämpften Schaufensterpuppen um einen Ballen Baumwolle. Lebensmittelgeschäfte stellten Räucherfische aus, die wie Öllachen schimmerten.

Auf dem Puschkin-Platz drängte sich eine Menschenmenge. Noch vor einem Jahr hatten sich die friedlich miteinander wetteifernden Megaphone gegenseitig toleriert. Ein Dutzend verschiedener Flaggen waren geschwenkt worden – lettische, armenische und die rot-weiß-blauen der zaristischen Demokratischen Front. Jetzt gab es nur noch die Flagge der Front und, auf der anderen Seite der Stufen, das rote Banner des Komitees für die Rettung Rußlands. Um sie herum scharten sich jeweils etwa tausend Anhänger, die versuchten, ihre Opponenten zu überschreien. Zwischendurch gab es immer wieder Zusammenstöße, hier und da fiel jemand zu Boden, wurde mit Füßen getreten oder weggezogen. Die Miliz hatte sich diskret an die Seiten des Platzes und in die Eingänge der Metro zurückgezogen. Touristen beobachteten das Geschehen aus sicherem Abstand von McDonalds aus.

Die Wagen wurden angehalten, aber Arkadi bog in einen platanenbestandenen, von Lichtern und Lärm der Straße abgeschirmten Hof, in dem die Stühle und Tische eines Kinderspielplatzes nur darauf zu warten schienen, daß ein Brummbär auftauchte und Tee einschenkte. Am anderen Ende gelangte er auf eine Straße, deren Bürgersteige durch parkende Lastwagen versperrt wurden. Es waren schwere Militärfahrzeuge, die Ladeflächen mit Segeltuchplanen überdeckt. Neugierig geworden, hupte Arkadi. Eine Hand schob eine Plane beiseite. Dahinter saßen Angehörige der Spezialtruppen in grauen Uniformen und schwarzen Helmen, mit Schilden und Schlagstöcken. Bewaffnete Schlafgestörte – die schlimmsten ihrer Art, dachte Arkadi.

Das Büro des Oberstaatsanwalts hatte ihm ein modernes Apartment in einem am Rande der Stadt gelegenen, von Apparatschiks und jungen Beamten bewohnten Hochhaus angeboten, aber Arkadi brauchte das Gefühl, in Moskau zu sein. Und das war er in jenem von Moskwa und Jausa gebildeten Winkel, in dem dreistöckigen Gebäude hinter der früheren Kirche, wo jetzt Einreibemittel und Wodka produziert wurden. Der Turm der Kirche war für die Olympiade 1980 vergoldet worden, aber im Inneren standen galvanisierte Tanks und Flaschenabfüllmaschinen. Woher wußten die Destillateure, welcher Teil ihrer Produktion Wodka und welcher zum Einreiben bestimmter Alkohol war? Oder war das ohnehin egal?

Als er die Scheibenwischer und den Seitenspiegel für die Nacht abmontierte, erinnerte sich Arkadi an Jaaks Radio, das immer noch im Kofferraum lag. Mit dem Radio, den Wischern und dem Spiegel in der Hand, wandte er sich dem Lebensmittelgeschäft an der Ecke zu. Geschlossen, natürlich. Er konnte entweder seinem Beruf nachgehen oder essen, eine dritte Möglichkeit schien es nicht zu geben. Kaum ein Trost, daß er das letzte Mal, als er es geschafft hatte, zum Markt zu gehen, nur die Wahl zwischen Rinderkopf und Rinderhufen gehabt hatte. Nichts dazwischen, als ob der Körper des Tieres in einem schwarzen Loch verschwunden gewesen wäre.

Der Zugang zum Haus war nur möglich, wenn man der Sicherheitsanlage eine bestimmte Nummernfolge eingab, die jemand entgegenkommenderweise gleich neben die Tür geschrieben hatte. Die Briefkästen im Hausflur waren geschwärzt, da Vandalen Zeitungen in die Schlitze gesteckt und angezündet hatten. Auf dem zweiten Stockwerk blieb er vor der Tür einer Nachbarin stehen, um seine Post abzuholen. Veronika Iwanowna, mit den leuchtenden Augen eines Kindes und den wirren grauen Haaren einer Hexe, war diejenige im Haus, die so etwas wie die Funktion eines Hausmeisters ausübte.

»Zwei persönliche Briefe und eine Telefonrechnung.« Sie gab sie ihm. »Ich konnte keine Lebensmittel für Sie einkaufen, da Sie vergessen haben, mir Ihren Bezugsschein dazulassen.«

Ihre Wohnung wurde vom bläulichen Schein eines Fernsehers erhellt. Anscheinend hatten sich alle alten Leute des Hauses auf Stühlen und Sesseln rund um die Mattscheibe niedergelassen, um mit geschlossenen Augen der beruhigenden Stimme eines grauen, professoralen Gesichts zu lauschen, die wie eine Welle durch die geöffnete Tür drang.

»Ihr seid müde. Jeder ist müde. Ihr seid verwirrt. Jeder ist verwirrt. Wir leben in schweren Zeiten, Zeiten der Not. Aber dieses ist die Stunde der Heilung, um wieder mit den natürlichen, positiven Kräften, die euch umgeben, in Verbindung zu treten. Macht sie euch bewußt. Laßt eure Müdigkeit durch die Fingerspitzen abfließen, und dafür die positiven Kräfte wieder in euch einkehren.«

»Ein Hypnotiseur?« fragte Arkadi.

»Nun hören Sie mal. Es ist das beliebteste Fernsehprogramm.«

»Also, ich *bin* müde und verwirrt«, gab Arkadi zu.

Arkadis Nachbarn lehnten sich in ihren Stühlen zurück, wie erwärmt von der strahlenden Hitze eines Kamins. Es war der schmale Bart von Ohr zu Ohr, der dem Hypnotiseur sein seriöses, akademisches Aussehen gab. Der Bart und die dicken Brillengläser, die seine Augen vergrößerten, intensiv und ohne Lidschlag wie die einer Ikone. »Öffnet und entspannt euch. Reinigt euren Geist von alten Dogmen und Ängsten, denn sie bestehen nur in eurem Geist. Denkt daran: Das Universum will euch durchwirken.«

»Ich habe auf der Straße einen Kristall gekauft«, sagte Veronika. »Seine Leute bieten sie überall an. Man legt den Kristall auf den Fernseher, und dann bündelt er die Ausstrahlung, die von seinem Bild ausgeht, wie ein Leuchtfeuer. Er verstärkt die Strahlen.«

Tatsächlich sah Arkadi eine Reihe von Kristallen auf dem Gerät.

»Halten Sie es für ein schlechtes Zeichen, daß es einfacher ist, einen Stein zu kaufen als etwas zu essen?« fragte er.

»Sie finden nur Schlechtes, wenn Sie danach suchen.«

»Das ist das Problem. In meinem Beruf tue ich das ständig.«

Arkadi nahm eine Gurke, Joghurt und trockenes Brot aus dem Kühlschrank, stellte sich ans offene Fenster, sah nach Süden über die Kirche auf den Fluß und begann zu essen. Das Viertel, in dem er wohnte, besaß noch alte Gassen, die über wirkliche Hügel hinwegführten. Ein schmaler Fußweg wurde halb von der Kirche verdeckt. Hinter den Häusern lagen kleine Höfe, in denen man früher Milchkühe und Ziegen gehalten hatte. Es waren die neueren Teile der Stadt, die verlassen wirkten. Die Neonreklamen über den Fabriken waren halb dunkel, halb erleuchtet und meist unlesbar. Der Fluß selbst schien unbewegt und schwarz wie Asphalt.

Arkadis Wohnzimmer hatte einen Tisch mit emaillierter Platte, auf der eine Kaffeekanne mit Gänseblümchen stand, einen Lehnstuhl, eine gute Messinglampe und so viele Bücherregale, daß der Raum von einer Wand von Büchern umgeben schien, einem Paperback-Bollwerk, das nicht nur die Achmatowa und Soschenko, den Humoristen, enthielt, sondern auch die Makarow, seine Neun-Millimeter-Pistole, die er hinter Pasternaks *Macbeth*-Übersetzung versteckt hielt.

In der Diele gab es eine Dusche und ein WC und dahinter ein Schlafzimmer mit weiteren Büchern. Das Bett war gemacht, das zumindest konnte er sich zugute halten. Auf dem Fußboden stand ein Kassettengerät neben einem Aschenbecher und Kopfhörern. Unter dem Bett fand er Zigaretten. Er wußte, daß er sich hinlegen und die Augen schließen sollte, dennoch ertappte er sich dabei, daß er wieder zurück durch die Diele ging. Nur um sich zu beschäftigen, sah er noch einmal in den Kühlschrank. Er fand eine Safttüte mit der Aufschrift »Waldbeere« und eine Flasche Wodka. Die Tüte mußte aufgerissen werden, ehe sie ihren Inhalt in ein Glas entleerte. Nach dem Geschmack zu urteilen, war es entweder Apfel-, Pflaumen- oder Birnensaft. Der Wodka ließ ihn auch nicht besser schmecken.

»Auf Rudi.« Arkadi trank das Glas aus und füllte es wieder.

Da Jaaks Radio schon einmal da war, stellte er es auf den Tisch und schaltete es ein. Er drehte den Knopf der Kurzwellenskala. Fetzen eines aufgeregten Arabisch und die runden Vokale der BBC drangen an sein Ohr. Zwischen den einzelnen Sendern schien der Planet selbst wirr zu summen, vielleicht waren das die positiven Kräfte, von denen der Hypnotiseur gesprochen hatte. Auf Mittelwelle gab es eine Diskussion über den asiatischen Geparden, auf russisch: »Diese prächtigste aller Wüstenkatzen beansprucht einen Lebensraum, der sich über das südliche Turkmenistan bis zum Tafelland von Ustjurt erstreckt. Über die heutige Verbreitung dieses herrlichen Tieres wissen wir allerdings wenig, da es seit dreißig Jahren niemand in freier Wildbahn gesehen hat.« Was alle »Gebietsansprüche« des Geparden so gültig macht wie zaristische Geldscheine, dachte Arkadi. Aber ihm gefiel die Vorstellung, daß in sowjetischen Wüsten noch immer Geparden lauerten, hinter dem Wildesel und der Gazelle herjagten, Geschwindigkeit aufnahmen, zwischen Tamarisken hindurchliefen und in die Luft sprangen.

Er fand sich erneut vom Schlafzimmerfenster angezogen. Veronika, die direkt unter ihm wohnte, hatte gesagt, er lege jede Nacht Kilometer zwischen seinen Zimmern zurück. Aber er beanspruchte nur seinen Lebensraum, das war alles.

Eine andere Stimme, die einer Frau, verlas im Radio die Nachrichten über die jüngste Krise im Baltikum. Er hörte nur mit halbem Ohr zu, während er an die Tretmine in Kims Zimmer dachte. Waffen wurden jeden Tag aus Militärdepots gestohlen. Würden Armeewagen bald Läden an den Straßenecken eröffnen? War Moskau das nächste Beirut? Dunstiger Rauch hing über der Stadt, wirbelte unten auf der Straße um leere Wodkakisten.

Er ging zurück ins Wohnzimmer. Die Übertragung wurde leicht verzerrt, doch klang die Stimme seltsam vertraut. »Die rechtsgerichtete Organisation ›Rotes Banner‹ läßt verlauten, daß sie zu einer Massenversammlung auf dem Puschkin-Platz aufgerufen hat. Obwohl die notwendigen Spezialeinheiten alarmiert worden sind, glauben Beobachter, daß die Regierung wieder einmal tatenlos zusehen wird, bis das Chaos derartige Ausmaße annimmt, daß sie mit der Entschuldigung, die öffentliche Ordnung aufrechtzuerhalten, politische Gegner auf dem rechten wie dem linken Flügel beseitigen kann.«

Die Anzeigenadel stand zwischen 14 und 16 auf der Mittelwellenskala, und Arkadi begriff, daß er Radio Liberty eingestellt hatte. Die Amerikaner betrieben zwei Propagandasender, die Voice of America und Radio Liberty. VOA, mit Amerikanern besetzt, war die butterweiche Stimme der Vernunft, Liberty dagegen hatte mit seinen russischen Emigranten und Abweichlern beträchtlich mehr Biß. Im Süden Moskaus war eine Reihe von Störsendern errichtet worden, nur um den Empfang von Radio Liberty zu blockieren. Obwohl die Störsignale mittlerweile nicht mehr rund um die Uhr ausgestrahlt wurden, war dies das erste Mal, daß Arkadi den Sender wieder empfangen konnte.

Gelassen sprach die Ansagerin über Aufstände in Taschkent und Baku, berichtete über neue Giftgasfunde in Georgien, weitere durch Tschernobyl verursachte Fälle von Schilddrüsenkrebs, Kämpfe an der iranischen Grenze, Überfälle in Nagorny-Karabach, islamische Demonstrationen in Turkestan, Bergarbeiterstreiks im Donez-Kohlenbecken, Eisenbahnerstreiks in Sibirien, eine Dürre in der Ukraine. Was den Rest der Welt betraf, so schien das übrige Osteuropa sein Rettungsboot immer noch weiter von der sinkenden Sowjetunion wegzurudern. Der einzige Trost war wohl, daß auch Inder, Pakistani, Iren, Engländer, Zulus und Buren in ihrem Teil der Welt dazu beitrugen, das Leben auf dieser Erde unerträglich werden zu lassen. Die Ansagerin schloß mit der Ankündigung, daß die nächsten Nachrichten in zwanzig Minuten beginnen würden.

Jeder vernünftige Mann hätte in Depressionen verfallen müssen, aber Arkadi sah auf die Uhr. Er stand auf, sammelte seine Zigaretten ein und trank den nächsten Wodka ohne Saft. Die Programmlücke zwischen den Nachrichtensendungen wurde ausgefüllt durch einen Bericht über das Verschwinden des Aralsees. Die Bewässerung usbekischer Baumwollfelder hatte die Zuflüsse des Sees austrocknen lassen, so daß Tausende von Fischerbooten und Millionen von Fischen im Schlamm steckenblieben. Wie viele Länder konnten schon von sich behaupten, einen riesigen See vom Angesicht der Erde getilgt zu haben? Arkadi ging zum Waschbecken, um neues Wasser für die Gänseblümchen zu holen.

Zur halben Stunde gab es nur einen Nachrichtenüberblick von einer Minute. Arkadi lauschte dem Gezwitscher belorussischer Volkslieder, bis zur vollen Stunde die nächste zehnminütige Nachrichtensendung begann. Der Inhalt hatte sich nicht verändert, es war die Stimme, die ihn faszinierte. Er legte seine Uhr auf den Tisch. Ihm fiel auf, daß seine Vorhänge aus Spitze waren. Natürlich wußte er, daß er Vorhänge an den Fenstern hatte, aber ein Mann vergißt derlei Feinheiten schnell und wird sich ihrer erst wieder bewußt, wenn er sich einmal ruhig hinsetzt. Maschinell hergestellt, natürlich, aber hübsch, mit einem Blumenmuster, das sich blaß gegen den Himmel draußen abzeichnete.

»Hier ist Irina Asanowa mit den Nachrichten«, sagte sie.

Sie hatte also nicht wieder geheiratet oder jedenfalls ihren Namen beibehalten. Und ihre Stimme war voller und schärfer geworden, nicht mehr die eines Mädchens. Das letzte Mal, als er sie gesehen hatte, war sie über ein schneebedecktes Feld gelaufen und hatte zugleich gehen und bleiben wollen. Er hatte ihre Stimme so häufig gehört seit jenem ersten Verhör, als er befürchten mußte, sie sei gefaßt worden, später in psychiatrischen Anstalten, wo seine Erinnerung an sie der Grund seiner Behandlung war. Als er in Sibirien arbeitete, hatte er sich manchmal gefragt, ob sie noch lebte, überhaupt je gelebt hatte oder nur eine Illusion war. Er glaubte, daß er sie nie wieder sehen oder hören würde. Und doch hatte er immer erwartet, ihr Gesicht an der nächsten Ecke auftauchen zu sehen oder ihre Stimme am anderen Ende eines Raumes zu hören. Wie ein Mann mit krankem Herzen hatte er jeden Augenblick darauf gewartet, daß es aufhörte zu schlagen. Ihre Stimme klang gut, sie tat ihm wohl.

Gegen Mitternacht, als sich das Programm zu wiederholen begann, schaltete er das Radio ab. Er rauchte eine letzte Zigarette am Fenster. Der Kirchturm leuchtete wie eine goldene Flamme unter dem grauen Bogen der Nacht.

4

Das Museum hatte die niedrige Decke und die bedrückende Atmosphäre einer Katakombe. Unbeleuchtete Dioramen reihten sich entlang der Wände wie verlassene Kapellen. Auf der gegenüberliegenden Seite des Saales standen, anstelle eines Altars, offene Kisten mit verwitterten Platten und staubigen Fliesen.

Arkadi dachte daran, wie er vor zwanzig Jahren hiergewesen war, an die umschatteten Augen und die Grabesstimme des ältlichen Museumsführers, eines Hauptmanns, dessen einzige Aufgabe darin bestand, den Besuchern die glorreiche Vergangenheit und heilige Mission der Miliz nahezubringen. Er versuchte, das Licht in einem der Schaukästen anzuknipsen. Nichts.

Der nächste Schalter funktionierte und erleuchtete eine verkleinerte Moskauer Straße um 1930 mit den wie Leichenwagen aussehenden Autos jener Zeit. Modellierte Männergestalten schritten gewichtig über die Szene, Frauen schlurften mit Einkaufstaschen einher, Jungen versteckten sich hinter Laternen – alle offensichtlich ihren normalen Beschäftigungen nachgehend, bis auf eine an einer Ecke lauernde Figur, die den Mantelkragen bis zur Hutkrempe hochgeschlagen hatte. »Könnt ihr den Geheimagenten finden?« hatte der Hauptmann stolz gefragt.

Der jüngere Arkadi war mit den anderen Jungen seiner Klasse hergekommen, einer Bande kichernder Heuchler. »Nein«, antworteten sie im Chor mit unbewegten Gesichtern, wobei sie sich gegenseitig heimlich zublinzelten.

Zwei weitere vergebliche Versuche, Licht zu schaffen, dann die Szene eines Mannes, der sich in ein Haus einschleicht und nach einem in der Diele hängenden Mantel greift. Im angrenzenden Wohnzimmer eine Gipsfamilie, gemütlich vor dem Radio sitzend. Der Erläuterungstext teilte mit, daß dieser »Meisterdieb« bei seiner Festnahme tausend Mäntel besaß. Ein Reichtum, wie man ihn sich kaum vorstellen konnte!

»Könnt ihr mir sagen«, hatte der Hauptmann gefragt, »wie dieser Verbrecher die Mäntel fortgeschafft hat, ohne Verdacht zu erregen? Denkt nach, bevor ihr antwortet.« Zehn leere Gesichter starrten ihn an. »Er zog sie an.« Der Hauptmann blickte jedem in die Augen, um sicherzustellen, daß alle begriffen hatten, mit welchem Scharfsinn und Raffinement der Kriminelle vorgegangen war. »Er *trug* sie.«

Andere Bilder setzten die Verbrechensgeschichte in der Sowjetunion fort. Nicht sehr subtil, dachte Arkadi. Siehe die Fotos von hingemetzelten Kindern, siehe die Axt, siehe das Haar auf der Axt. Eine Darstellung ausgegrabener Leichen, ein Mörder mit einem durch lebenslangen Wodkakonsum halb weggefressenem Gesicht, eine weitere sorgfältig bewahrte Axt.

Zwei Szenen vor allem waren geeignet, im Betrachter schieres Entsetzen aufsteigen zu lassen. Die eine war die eines Bankräubers, der zu seiner Flucht Lenins Wagen benutzte – eine ungeheure Blasphemie! Die andere zeigte einen Terroristen mit einer selbstgemachten Rakete, die Stalin um ein Haar verfehlt hatte. Wo liegt das Verbrechen, dachte Arkadi: im Versuch, Stalin zu töten, oder darin, ihn verfehlt zu haben?

»Verlieren Sie sich nicht in der Vergangenheit«, sagte Rodionow, als er eintrat. Der Oberstaatsanwalt begleitet seine Warnung mit einem Lächeln. »Wir sind die Menschen der Zukunft, Renko. Wir alle, von jetzt an.«

Der Oberstaatsanwalt war Arkadis Vorgesetzter, das allgegenwärtige Auge der Moskauer Gerichte, die lenkende Hand der Moskauer Ermittler. Überdies war Rodionow ein gewähltes Mitglied des Volkskongresses, das breitbrüstige Totem sowjetischer Demokratisierung auf allen Ebenen. Er hatte die Gestalt eines Bauarbeiters, die silberne Mähne eines Schauspielers und die weichen Hände eines Apparatschiks. Vor einigen Jahren noch war er nur einer der zahllosen ungehobelten Bürokraten gewesen, jetzt besaß er jene besondere Anmut, wie sie durch Auftritte vor der Kamera erworben wird, und eine durch höfliche Debatten geschulte Stimme. Als mache er zwei liebe Freunde miteinander bekannt, stellte er Arkadi General Penjagin vor, einen größeren, älteren Mann mit tiefliegenden, phlegmatischen Augen, der ein schwarzes Kreppband am Ärmel seiner blauen Sommeruniform trug. Der Chef des Kriminalamts war vor wenigen Tagen gestorben und Penjagin war zum Leiter aufgestiegen, aber obgleich er zwei Sterne auf seiner Achselklappe trug, war er offensichtlich nur der neue Bär im Zirkus, der seine Anweisungen von Rodionow empfing. Der zweite Begleiter des Oberstaatsanwalts war aus völlig anderem Holz geschnitzt, ein unbeschwert wirkender Mann, der eher einem Amerikaner als einem Russen glich.

Rodionow wandte sich mit leichter Verachtung von den Schaukästen ab und sagte zu Arkadi: »Penjagin und ich haben den Auftrag, das Archiv des Ministeriums auf den neuesten Stand zu bringen. Der ganze Plunder wandert auf den Müllhaufen und wird durch Computer ersetzt. Wir haben uns Interpol angeschlossen, da die Kriminellen immer grenzüberschreitender arbeiten. Wir müssen mit Phantasie vorgehen, kooperativ, ohne ideologische Scheuklappen. Stellen Sie sich vor, daß unsere Computer hier mit New York, Bonn und Tokio zusammenschaltbar werden. Sowjetische Vertreter nehmen bereits aktiv an Ermittlungen im Ausland teil.«

»Dann wird uns niemand mehr entkommen«, sagte Arkadi.

»Sie stehen den Aussichten nicht positiv gegenüber?« fragte Penjagin.

Arkadi wollte nicht ungefällig erscheinen. Immerhin hatte er einmal einen Oberstaatsanwalt niedergeschossen, eine Tatsache, die seine Lage etwas heikel machte. Aber war er von den Aussichten begeistert? Die Welt in einer einzigen Kiste?

»Sie haben doch schon früher mit den Amerikanern zusammengearbeitet«, erinnerte ihn Rodionow. »Wofür Sie teuer bezahlt haben. Wir alle haben dafür zahlen müssen. Das ist so, wenn man einen Fehler macht. Das Amt mußte während der kritischen Jahre auf Ihre Dienste verzichten. Ihre Rückkehr zu uns ist Teil eines Gesundungsprozesses, auf den wir alle stolz sind. Da dies Penjagins erster Tag bei uns ist, wollte ich ihm einen unserer Ermittler für nicht gerade alltägliche Fälle vorstellen.«

»Ich habe gehört, daß Sie gewisse Bedingungen an Ihre Rückkehr nach Moskau geknüpft haben«, sagte Penjagin, »und daß man Ihnen gleich zwei Wagen zugeteilt hat.«

Arkadi nickte. »Mit zehn Litern Benzin. Das reicht für eine kurze Verfolgung.«

»Ihre eigenen Inspektoren, Ihre eigene Pathologin«, erinnerte Rodionow ihn.

»Ich dachte, es wäre eine gute Idee, jemand aus der Pathologie zu haben, der den Toten nicht unbedingt in die Tasche greift.« Arkadi sah auf seine Uhr. Er hatte angenommen, daß sie das Museum verlassen würden, um den üblichen Konferenzsaal mit grünbezogenem Tisch und in zweiter Reihe sitzenden, eifrig mitschreibenden Sekretärinnen aufzusuchen.

»Es geht darum«, sagte Rodionow, »daß Renko darauf bestanden hat, unabhängig ermitteln zu können. Mit einem direkten Draht zu mir. Ich sehe ihn gewissermaßen als Kundschafter, der tätig wird, bevor die regulären Truppen eingreifen. Und je unabhängiger er operiert, desto wichtiger wird die Verbindung zwischen ihm und uns.« Er wandte sich wieder an Arkadi, und sein Ton wurde ernster. »Deswegen müssen wir den Fall Rosen besprechen.«

»Ich habe noch keine Zeit gehabt, die Akte durchzusehen«, sagte Penjagin.

Als Arkadi zögerte, sagte Rodionow: »Sie können völlig frei vor Albow reden. Dies ist ein offenes, demokratisches Gespräch.«

»Rudik Abramowitsch Rosen.« Arkadi zitierte aus dem Gedächtnis. »1952 in Moskau geboren, die Eltern sind inzwischen verstorben. Die Abschlußprüfung in Mathematik an der Moskauer Universität mit Auszeichnung bestanden. Ein Onkel bei der jüdischen Mafia, die die Rennbahn kontrolliert. Während der Schulferien half der junge Rudi, die Quoten zu bestimmen. Militärdienst in Deutschland. Angeklagt, für die

Amerikaner in Berlin Geld getauscht zu haben. Nicht überführt. Kehrte nach Moskau zurück. Kurier der Kommission für Kulturelle Belange der Arbeitenden Bevölkerung, wo er Haute-Couture-Kleider schwarz aus dem Wagen verkaufte. Transportleiter der Moskauer Treuhandgesellschaft der Mehl- und Schrotindustrie, wo er ganze Containerladungen verschob. Hatte bis gestern einen Souvenirladen in einem Hotel, von dem aus er eine Bar und Spielautomaten betrieb, die ihm harte Währung für seine Geldwechselei verschafften. Rudi profitierte sowohl von den Spielautomaten als auch von den Wechselgeschäften.«

»Er hat Geld an die verschiedenen Mafia-Organisationen verliehen, stimmt's?«

»Sie haben zu viele Rubel«, sagte Arkadi. »Rudi hat ihnen gezeigt, wie sie ihr Geld investieren und in Dollar umtauschen können. Er war ihre Bank.«

»Was ich nicht verstehe«, sagte Penjagin, »ist, was Sie und Ihre Leute jetzt machen, wo Rosen tot ist. Was war es, ein Molotow-Cocktail? Warum überlassen wir Rosens Mörder nicht einer Routine-Ermittlung?«

Penjagins Vorgänger im Amt war einer der seltenen Vertreter seiner Art gewesen, die aus den Rängen der Kripo aufgestiegen waren. Er hätte den Sachverhalt gleich verstanden. Das einzige, was Arkadi von Penjagin wußte, war, daß er Politoffizier war und praktisch keine Einsatzerfahrung besaß. Er versuchte, ihn sanft zu belehren. »Seit Rudi eingewilligt hatte, meinen Sender und mein Aufnahmegerät in seiner Geldkassette unterzubringen, war ich für ihn verantwortlich. So ist es nun mal. Ich hab ihm gesagt, daß ich ihn schützen könnte, daß er einer meiner Leute sei. Statt dessen hab ich zugelassen, daß er getötet wurde.«

»Warum hat er eingewilligt, den Sender bei sich zu tragen?« Albow sprach zum erstenmal. Sein Russisch war perfekt.

»Rudi hatte eine Phobie. Er war Jude, hatte Übergewicht, und während seiner Armeezeit hatten sich einige Unteroffiziere zusammengetan, ihn in einen mit Abfall gefüllten Sarg gesteckt und eine Nacht darin liegen lassen. Seitdem hatte er Angst, in Kontakt mit Schmutz oder Bazillen zu kommen. Ich hatte genug gegen ihn in der Hand, um ihn für mehrere Jahre in ein Arbeitslager zu bringen, und er glaubte, das nicht überleben zu können. Ich habe ihm damit gedroht, und deshalb hat er meinen Sender übernommen.«

»Was ist dann geschehen?« fragte Albow.

»Das Milizgerät funktionierte nicht, wie immer. Ich bin also in Rudis Wagen gestiegen und hab an dem Sender herumgebastelt, bis er wieder arbeitete. Fünf Minuten später war alles verbrannt.«

»Hat Sie da jemand zusammen mit Rudi gesehen?« fragte Rodionow.

»Jeder hat mich zusammen mit Rudi gesehen. Ich habe allerdings angenommen, daß man mich nicht erkennen würde.«

»Wußte Kim von Ihnen und Rosen?« fragte Albow.

Arkadi revidierte seine Ansicht. Auch wenn Albow die Lässigkeit und natürliche Selbstsicherheit eines Amerikaners hatte, war er doch Russe. Etwa fünfunddreißig Jahre alt, mit dunkelbraunem Haar, seelenvollen schwarzen Augen, schwarzem Anzug, roter Krawatte und der Nachsicht eines Reisenden, der sein Lager mit Barbaren teilt.

»Nein«, sagte Arkadi. »Wenigstens nehme ich es nicht an.«

»Was ist mit Kim?« fragte Rodionow.

»Michail Senowitsch Kim. Koreaner, zweiundzwanzig Jahre alt. Reformierte Schule, Minderheitenkolonie. Militärdienst bei den Pionieren. Ljubertsi-Mafia, Autodiebstahl und Körperverletzung. Fährt eine Suzuki, aber wir vermuten, daß er notfalls jedes Motorrad nimmt, das irgendwo auf der Straße steht. Und natürlich trägt er einen Helm. Wer kann also wissen, wer er ist? Wir können schließlich nicht jeden Motorradfahrer in Moskau anhalten. Ein Zeuge hat Kim als Täter identifiziert, und wir suchen ihn, doch wir suchen auch nach anderen Zeugen.«

»Aber das sind alles Kriminelle«, sagte Penjagin. »Die besten Zeugen wären wahrscheinlich die Mörder selbst.«

»Das ist nun mal gewöhnlich so«, sagte Arkadi.

Rodionow zuckte mit den Achseln. »Die ganze Geschichte ist typisch für einen Anschlag der Tschetschenen.«

»Eigentlich«, sagte Arkadi, »neigen Tschetschenen eher dazu, ihre Angelegenheiten mit dem Messer auszutragen. Ich glaube übrigens nicht, daß es nur darum ging, Rudi zu töten. Die Bomben haben seinen Wagen zerstört, der eine durchcomputerisierte mobile Bank war, vollgestopft mit Disketten und allen möglichen Unterlagen. Deshalb, glaube ich, haben sie auch zwei Bomben benutzt – um ganz sicherzugehen. Sie haben gute Arbeit geleistet. Jetzt ist alles weg, zusammen mit Rudi.«

»Seine Feinde können froh sein«, sagte Rodionow.

»Es gab auf den Disketten wahrscheinlich mehr belastendes Material gegen seine Freunde als gegen seine Feinde«, sagte Arkadi.

Albow sagte: »Man könnte meinen, Sie hätten Rosen in Ihr Herz geschlossen.«

»Er ist bei lebendigem Leibe verbrannt. Sagen wir, daß ich Mitleid mit ihm habe.«

»Würden Sie sich als einen Ermittler bezeichnen, der ein ungewöhnlich weiches Herz hat?«

»Jeder arbeitet auf seine Weise.«

»Wie geht's Ihrem Vater?«

Arkadi dachte einen Augenblick nach – nicht, weil er um eine Antwort verlegen gewesen wäre, sondern um sich auf den plötzlichen Wechsel des Themas einzustellen.

»Nicht gut. Warum fragen Sie?«

»Er ist ein bedeutender Mann«, sagte Albow, »ein Held. Berühmter als Sie, wenn ich so sagen darf. Es interessiert mich einfach.«

»Er ist alt.«

»Haben Sie ihn in letzter Zeit gesehen?«

»Wenn ich ihn sehe, werde ich ihm sagen, daß Sie nach ihm gefragt haben.«

Albows Gesprächsführung hatte etwas von der langsamen, aber dennoch zielgerichteten Bewegung einer Pythonschlange an sich. Arkadi versuchte, sich seinem Rhythmus anzupassen.

»Wenn er alt und krank ist, sollten Sie ihn häufiger sehen, meinen Sie nicht?« fragte Albow. »Sie suchen sich Ihre Mitarbeiter selbst aus?«

»Ja«, antwortete Arkadi.

»Kuusnets ist ein eigenartiger Name. Für einen Inspektor, meine ich.«

»Jaak Kuusnets ist mein bester Mann.«

»Es gibt nicht viele Esten, die bei der Kripo in Moskau sind. Er muß Ihnen ausgesprochen dankbar und ergeben sein. Esten, Koreaner, Juden, es gibt kaum einen Russen in Ihrem Fall. Viele Leute sind freilich der Meinung, das sei überhaupt das Problem mit diesem Land.« Albow hatte den sinnenden Blick eines Buddhas. Jetzt richtete er ihn auf den Oberstaatsanwalt und den General. »Meine Herren, Ihr Ermittler scheint sowohl die richtigen Leute als auch eine feste Vorstellung von dem zu haben, was er unternehmen will. Die Zeit erfordert, daß Sie seine Initiative unterstützen und nicht behindern. Ich hoffe, daß wir mit Renko nicht wieder den gleichen Fehler machen, den wir schon einmal gemacht haben.«

Rodionow kannte den Unterschied zwischen einem grünen und einem roten Licht. »Mein Büro steht natürlich voll hinter Renko.«

»Ich kann nur wiederholen, daß die Miliz ihren Ermittler uneingeschränkt unterstützt«, sagte Penjagin.

»Sie gehören zum Stab des Oberstaatsanwalts?« fragte Arkadi Albow.

»Nein.«

»Das hätte mich auch gewundert.« Arkadi dachte an den Anzug und das selbstsichere Auftreten des Mannes. »Staatssicherheit oder Innenministerium?«

»Ich bin Journalist.«

»Sie haben einen *Journalisten* zu diesem Treffen eingeladen?« fragte Arkadi Rodionow. »Mein direkter Draht zu Ihnen schließt einen Journalisten ein?«

»Einen internationalen Journalisten«, sagte Rodionow. »Ich lege Wert auf differenzierte Meinungen.«

»Vergessen Sie nicht, daß der Oberstaatsanwalt auch Mitglied des Volkskongresses ist«, sagte Albow. »Wir müssen jetzt an die Wahlen denken.«

»Das ist nun wirklich eine differenzierte Meinung«, sagte Arkadi.

»Die Hauptsache ist, daß ich immer zu seinen Bewunderern gehört habe. Wir stehen an einem Wendepunkt unserer Geschichte. Dies ist das Paris, das Petrograd der Revolution. Wenn intelligente Männer nicht zusammenarbeiten können, welche Hoffnung gibt es dann für unsere Zukunft?«

Arkadi staunte selbst noch, als sie längst wieder gegangen waren. Vielleicht tauchte Rodionow ja das nächste Mal mit dem Redaktionsstab der *Iswestija* oder einem Cartoonisten des *Krokodil* auf.

Und was würde aus den Kisten und Dioramen des Miliz-Museums werden? Würden sie hier wirklich ein Computerzentrum einrichten? Und was geschah dann mit all den blutigen Äxten, Messern und abgetragenen Mänteln der sowjetischen Kriminalgeschichte? Würden sie im Magazin eingelagert werden? Natürlich, die Bürokratie bewahrt alles auf. Warum? Weil wir es vielleicht wieder einmal brauchen, weißt du. Falls es keine Zukunft gibt, ist da immer noch die Vergangenheit.

Jaak saß am Steuer und raste über die Kreuzungen wie ein Klaviervirtuose über die Tasten.

»Trau weder Rodionow noch seinen Freunden«, sagte er zu Arkadi, während er einen anderen Wagen zur Seite drängte.

»Du magst wohl niemanden aus dem Büro des Oberstaatsanwalts, was?«

»Generalstaatsanwälte sind Scheißpolitiker. Sind sie immer schon gewesen. Ist nicht beleidigend gemeint.« Jaak warf ihm einen kurzen Blick zu. »Sie sind in der Partei, selbst wenn sie aus ihr ausgetreten und Volksdeputierte geworden sind. In ihrem Herzen bleiben sie Parteimitglieder. Du bist nicht aus der Partei ausgetreten, du bist ausgeschlossen worden, deswegen traue ich dir. Die meisten Leute des Oberstaatsanwalts verlassen ihr Büro niemals, sie kleben an ihrem Schreibtisch. Du gehst raus. Natürlich würdest du ohne mich nicht weit kommen.«

»Danke.«

Eine Hand am Steuer, gab Jaak Arkadi eine Liste mit Nummern und Namen. »Die Nummernschilder vom Schwarzmarkt. Der Laster, der Rudi am nächsten stand, ist auf das Lenin-Pfad-Kollektiv zugelassen. Er sollte Zuckerrüben transportieren, glaube ich, und keine Videorecorder. Dann vier Tschetschenen-Wagen. Der Mercedes ist auf den Namen Apollonia Gubenko eingetragen.«

»Apollonia Gubenko.« Arkadi ließ sich den Namen auf der Zunge zergehen. »Klingt rund und voll.«

»Borjas Frau«, sagte Jaak. »Natürlich hat Borja selbst einen Mercedes.«

Sie überholten einen Lada, dessen Windschutzscheibe mit Pappe zugeklebt war. Windschutzscheiben waren schwer erhältlich. Der Fahrer steuerte den Wagen, indem er den Kopf aus dem Seitenfenster streckte.

»Jaak, was macht ein Este in Moskau?« frage Arkadi. »Warum verteidigst du nicht dein geliebtes Tallinn vor der Roten Armee?«

»Hör mit diesem Scheiß auf«, sagte Jaak. »Ich war in der Roten Armee. Ich bin seit fünfzehn Jahren nicht mehr in Tallinn gewesen. Ich weiß nur, daß die Esten besser leben und sich mehr beklagen als jeder andere in der Sowjetunion. Ich werde meinen Namen ändern.«

»Nenn dich Apollo. Aber deinen Akzent wirst du trotzdem nicht los, diese hübschen baltischen Schnalzlaute.«

»Zum Teufel mit meinem Akzent. Ich hasse dieses Thema.« Jaak versuchte, sich zu beruhigen. »Aber was ich dir noch berichten wollte – wir haben einen Anruf von dem Trainer des Komsomol Roter Stern bekommen, der behauptet, daß Rudi den Klub so tatkräftig unterstützt hat und die Boxer ihm einen ihrer Pokale geschenkt haben. Der Trainer meint, er müsse sich unter Rudis persönlichen Effekten befinden. Ein Schwachkopf, aber beharrlich.«

Als sie sich dem Kalinin-Prospekt näherten, versuchte ein Bus, vor Jaak einzuscheren. Es war ein italienischer Reisebus mit hohen Fenstern, barocken Chromverzierungen und zwei Reihen stumpfer Gesichter – eine mediterrane Trireme, dachte Arkadi. Der Schiguli beschleunigte und stieß dabei eine schwarze Rauchwolke aus. Kurz vor dem Bus bremste Jaak dann leicht ab, um ihm den Schwung zu nehmen, und gab gleich anschließend wieder Gas, wobei er triumphierend lachte. »Der Homo sovieticus gewinnt mal wieder!«

An der Tankstelle stellten sich Arkadi und Jaak an zwei verschiedenen Schlangen an, um Piroggen und Mineralwasser zu kaufen. Wie eine Laborantin mit weißem Kittel und kleinem Hut bekleidet, wedelte die Verkäuferin Fliegen von ihrer Ware. Arkadi erinnerte sich an den Rat eines Freundes, der Pilzsammler war – die Finger von denen zu lassen, die von toten Fliegen umgeben waren. Er nahm sich vor, darauf zu achten, wenn er den Ladentisch erreicht hatte.

Eine weit längere Schlange, ausschließlich aus Männern bestehend, stand vor einem Wodkaladen an der Ecke. Betrunkene lehnten aneinander wie zerbrochene Pfähle in einem Zaun. Ihre Mäntel waren zerlumpt und grau, die Gesichter rot und blau gefleckt, und sie umklammerten ihre leeren Flaschen in der traurigen Gewißheit, daß nur im Austausch gegen ihre leere eine neue Flasche über den Ladentisch wandern würde. Sie mußte außerdem die richtige Größe haben: nicht zu klein, nicht zu groß. Dann mußten sie an der Tür postierte Milizionäre passieren, die die Bezugsscheine darauf prüften, ob nicht Ortsfremde Wodka zu kaufen versuchten, der nur für Moskau bestimmt war. Während Arkadi zuschaute, verließ ein zufriedener Kunde den Laden, seine Flasche wie ein rohes Ei an der Brust bergend, und die Schlange rückte weiter vor.

Arkadis Schlange wurde dadurch aufgehalten, daß zwei Arten Piroggen zur Wahl standen: Fleisch- und Krautpiroggen. Da die Füllung nicht mehr war als ein Verdacht – ein zarter *soupçon* von Hackfleisch oder gedämpftem Kohl, eine schmale Linie im Teig, zunächst in siedendes Öl getaucht und dann zum Abkühlen beiseite gestellt, um sich zu verfestigen –, war es eine Wahl, die nicht nur Hunger, sondern darüber hinaus einen feinen Gaumen erforderte.

Auch die Wodka-Schlange war stehengeblieben, aufgehalten durch einen Kunden, der auf dem Weg in den Laden ohnmächtig geworden war und sein Leergut fallen gelassen hatte. Die Flasche klirrte, als sie in den Rinnstein rollte.

Arkadi fragte sich, was Irina wohl machte. Den ganzen

Morgen hatte er sich nicht eingestehen wollen, daß er an sie dachte. Jetzt, bei dem Klirren der Flasche, verwirrt durch das Ungewöhnliche des Geräusches, stellte er sich vor, wie sie zu Mittag aß, nicht irgendwo auf der Straße, sondern in einer westlichen, chromglänzenden Cafeteria mit hellerleuchteten Spiegeln und Teewagen, die mit weißen Porzellantassen leise durch die Gänge zwischen den Tischen rollten.

»Fleisch oder Kraut?«

Er brauchte einen Augenblick, ehe er in die Wirklichkeit zurückfand.

»Fleisch? Kraut?« wiederholte die Verkäuferin und hielt zwei völlig gleich aussehende Piroggen hoch. Ihr Gesicht war rund und grob, die Augen umgeben von kleinen Fältchen. »Nun machen Sie schon, die anderen wissen doch auch, was sie wollen.«

»Fleisch«, sagte Arkadi. »Und Kraut.«

Sie grunzte, eher Unentschlossenheit als Appetit spürend. Vielleicht war das sein Problem, dachte Arkadi, Mangel an Appetit. Sie gab im das Wechselgeld heraus und reichte ihm die beiden Piroggen in vor Fett triefenden Papierservietten. Er blickte auf den Ladentisch. Keine toten Fliegen, aber die herumsummenden hatten etwas zutiefst Deprimierendes.

»Wollen Sie sie nun oder nicht?« fragte die Verkäuferin.

Arkadi sah immer noch Irina vor sich, fühlte den warmen Druck ihrer Haut und roch nicht das ranzige Fett, sondern die Sauberkeit raschelnder Laken. Waren es progressive Stadien des Wahns, oder war es Irina, die da tatsächlich aus Vergessenheit und Unbewußtem in die bewußten Bereiche seines Geistes vordrang?

Als die Verkäuferin sich über den Ladentisch beugte, fand eine Verwandlung statt. In der Mitte ihres Gesichts erschien das, was übriggeblieben war von der Schüchternheit des einstmals jungen Mädchens, von den traurigen, zwischen den Wangenknochen verlorenen Augen, und sie zuckte, wie um Verzeihung bittend, mit den runden Schultern.

»Mampfen Sie sie weg, und denken Sie nicht weiter darüber nach. Ich kann Ihnen nichts Besseres bieten.«

»Ich weiß.«

Als Jaak mit dem Mineralwasser kam, drängte Arkadi ihm beide Piroggen auf.

»Nein, danke.« Jaak wich zurück. »Früher hab ich die Dinger mal ganz gern gemocht, bevor ich für dich zu arbeiten begann. Du hast sie mir verdorben.«

5

Hinter der langen Schaufensterfront eines Geschäftes in der Butyrski-Straße, das Damenunterwäsche und Spitzen im Angebot hatte, stand ein Gebäude mit vergitterten Fenstern und einer Auffahrt, die an einem Wachthäuschen vorbei zu einer Eingangstreppe führte. Drinnen gab ein Beamter Arkadi und Jaak je ein numeriertes Aluminiumschildchen, und sie folgten einem Wärter über eine gummigenoppte Treppe hinunter in einen stuckverkleideten Flur, der von Glühbirnen in Drahtkörben erleuchtet wurde.

Ein einziger Mann war je aus dem Butyrski-Gefängnis entkommen, und das war Dserschinski, der Gründer des KGB. Er hatte seine Wärter bestochen, damals bedeutete der Rubel noch etwas.

»Name?« fragte der Wärter.

Eine Stimme hinter der Zellentür sagte: »Oberljan.«

»Anklage?«

»Spekulation, Widerstand gegen die Staatsgewalt, Weigerung, mit den entsprechenden Organen zusammenzuarbeiten – ach, verdammt noch mal, ich weiß es nicht.«

Die Tür öffnete sich. Gari stand mit entblößtem Oberkörper in der Zelle, das Hemd wie einen Turban um den Kopf gewickelt. Mit seiner gebrochenen Nase und der tätowierten Brust sah er eher aus wie ein seit vielen Jahren auf einer verlassenen Insel ausgesetzter Pirat, nicht wie ein Mann, der eine Nacht im Gefängnis verbracht hatte.

»Spekulation, Widerstand und Verweigerung. Ein großartiger Zeuge«, sagte Jaak.

Das Vernehmungszimmer war von klösterlicher Einfachheit: hölzerne Stühle, ein Metalltisch, ein Bild von Lenin. Arkadi füllte das Vernehmungsprotokoll aus – Datum, Ort, seinen eigenen Namen: »Ermittler besonders wichtiger Fälle im Auftrage des Oberstaatsanwalts der UdSSR verhörte Oberljan, Gari Semjonowitsch, geboren am 3. 11. 1960 in Moskau, Paßnummer RS AOB 425807, armenischer Nationalität ...«

»Versteht sich«, sagte Jaak.

Arkadi fuhr fort: »Ausbildung und Spezialgebiete?«

»Medizinische Industrie.«

»Gehirnchirurg«, sagte Jaak.

Unverheiratet, Krankenpfleger, kein Parteimitglied, vorbestraft wegen Körperverletzung und Drogenhandel.

»Auszeichnungen?« fragte Arkadi.

Jaak und Gari lachten.

»Das ist die nächste Frage im Protokoll«, sagte Arkadi. »Wahrscheinlich in Erwartung einer besseren Zukunft.«

Nachdem er die genaue Zeit eingetragen hatte, begann das Verhör, ausgehend von den Angaben, die Jaak bereits am Ort des Verbrechens gemacht hatte. Gari hatte sich von Rudis Wagen entfernt, als er sah, wie der in die Luft flog. Dann hatte Kim die zweite Bombe geworfen.

»Du hast dich von Rudis Wagen *entfernt*?« fragte Arkadi. »Wie konntest du dann alles sehen?«

»Ich bin stehengeblieben, um nachzudenken.«

»*Du* bist stehengeblieben, um *nachzudenken*?« fragte Jaak. »Worüber?«

Als Gari schwieg, fragte Arkadi: »Hat Rudi dir deine Forints und Zlotys gewechselt?«

»Nein.« Garis Gesicht verdunkelte sich.

»Da bist du sicher ganz schön wütend gewesen.«

»Ich hätte ihm beinahe seinen fetten Hals umgedreht.«

»Wenn Kim nicht gewesen wäre?«

»Ja. Aber dann hat Kim es für mich erledigt.« Gari strahlte.

Arkadi machte ein »X« auf ein Blatt Papier und reichte Gari den Kugelschreiber. »Das hier ist Rudis Wagen. Zeichne ein, wo du gestanden hast, und dann, wen du sonst noch gesehen hast.«

Konzentriert zeichnete Gari ein Strichmännchen mit zittrigen Gliedern. Einen Kasten mit Rädern: »Laster mit elektronischen Geräten.« Zwischen sich selbst und Rudi eine eingeschwärzte Figur: »Kim.« Einen Kasten mit einem Kreuz: »Krankenwagen.« Noch einen Kasten: »Vielleicht ein Lieferwagen.« Linien mit Pfeilen: »Zigeuner.« Kleinere Vierecke mit Rädern: »Tschetschenen-Wagen.«

»Ich erinnere mich an einen Mercedes«, sagte Jaak.

»Die waren bereits fort.«

»Die?« fragte Arkadi. »Wer waren *die*?«

»Ein Fahrer, und der zweite war eine Frau.«

»Kannst du sie zeichnen?«

Gari zeichnete eine Gestalt mit großem Busen, hohen Hakken und gelocktem Haar. »Vielleicht blond. Ich weiß, daß sie ziemlich was in der Bluse hatte.«

»Ein wirklich aufmerksamer Beobachter«, sagte Jaak.

»Du hast sie also auch außerhalb des Wagens gesehen?« sagte Arkadi.

»Ja, als sie von Rudi kam.«

Arkadi drehte das Blatt in verschiedene Richtungen. »Gute Zeichnung.«

Gari nickte.

Es stimmte. Mit seinem blau tätowierten Körper und seinem eingeschlagenen Gesicht sah Gari aus wie das Strichmännchen auf dem Papier, durch das Bild etwas menschlicher geworden.

Der Markt am Südhafen wurde durch den Proletariat-Prospekt und eine Schleife der Moskwa begrenzt. Bestellungen für Neuwagen wurden in einer weißen Marmorhalle angenommen. Niemand ging hinein – es gab keine Neuwagen. Davor hatten Männer Pappe auf dem Boden ausgebreitet, um Siebzehnundvier zu spielen. An den Bauzäunen hingen Zettel mit Angeboten: »Habe Reifen in gutem Zustand für 1985er Schigulis«, und Anfragen: »Suche Keilriemen für 64er Peugeot«. Jaak notierte sich für alle Fälle die Nummer für die Reifen.

Am Ende des Zauns stand eine Reihe gebrauchter Schigulis und Saporoschets, deutsche Trabants mit Zweitaktmotoren und italienische Fiats, die so rostig waren wie Schwerter aus dem klassischen Altertum. Käufer gingen vorbei, begutachteten Reifen, Kilometerstand und Polster und ließen sich mit einer Taschenlampe auf die Knie nieder, um zu sehen, ob der Motor Öl verlor. Jeder war ein Fachmann. Selbst Arkadi wußte, daß ein im fernen Ischewsk gebauter Moskwitsch einem in Moskau gebauten Moskwitsch überlegen und nur an den Insignien auf dem Kühlergrill als solcher zu erkennen war. Rund um die Wagen standen Tschetschenen in Trainingsanzügen, dunkle, untersetzte Männer mit niedriger Stirn und aufmerksamen Blicken.

Jeder betrog hier. Die Wagenverkäufer gingen zu den hölzernen Verschlägen der Gutachter, um zu erfahren, welchen Preis sie – je nach Modell, Baujahr und Zustand – verlangen konnten. Auf diesen Preis dann mußten sie Steuern entrichten, allerdings hatte er keine Ähnlichkeit mit dem, was tatsächlich vom Käufer gezahlt wurde. Jeder – Käufer, Verkäufer und Gutachter – wußte, daß der wirkliche Preis dreimal höher lag.

Die Tschetschenen betrogen auf die verschlagenste Weise. Wenn ein Tschetschene erst einmal die Wagenpapiere in der Hand hatte, zahlte er nur den offiziellen Preis, und der Verkäufer hatte nicht die mindeste Chance, den Rest seines Geldes einzutreiben. Ebensogut hätte er einem wilden Wolf einen Knochen entreißen können. Natürlich verkauften die Tschetschenen den Wagen dann sofort zum vollen Preis weiter. Der Stamm machte ein Vermögen im Südhafen. Nicht bei jedem Verkauf – das hätte zur Folge gehabt, daß keine neuen Wagen mehr auf den Markt gekommen wären –, aber bei jedem zweiten oder dritten. Die Tschetschenen beherrschten den Markt wie ein ererbtes Stück Land.

Jaak und Arkadi blieben etwa in der Mitte der Autoreihe stehen, und Jaak wies mit einem Kopfnicken auf einen allein stehenden Wagen fast am Ende. Es war eine alte, schwarze Tschaika-Limousine, die wohl einmal einem Mitglied der Regierung gehört hatte, mit einer geschwungenen Stoßstange aus spiegelblank poliertem Chrom. Die Seitenfenster der Rücksitze waren mit Vorhängen verhängt.

»Scheißaraber«, sagte Jaak.

»Das sind genausowenig Araber, wie du einer bist«, sagte Arkadi. »Ich dachte, du hättest keine Vorurteile. Mahmud ist ein alter Mann.«

»Ich hoffe, er ist noch kräftig genug, um dir seine Schädelsammlung zu zeigen.«

Arkadi ging allein weiter. Der letzte zum Verkauf angebotene Wagen war ein Lada, der aussah, als wäre er zum Abwracken auf den Markt geschleppt worden. Zwei junge Tschetschenen mit Tennistaschen hielten Arkadi auf und fragten ihn, wer er sei und wohin er wolle. Als er Mahmuds Namen nannte, brachten sie ihn zu dem schrottreifen Lada, drängten ihn auf den Rücksitz, tasteten Arme, Beine und seinen Körper nach einer Schußwaffe oder einem Draht ab und befahlen ihm zu warten. Einer von ihnen ging hinüber zum Tschaika, der andere setzte sich auf den Beifahrersitz, öffnete seine Tasche und drehte sich um. Ein Gewehrlauf erschien zwischen den beiden Vordersitzen, die Mündung auf Arkadis Schoß gerichtet.

Es handelte sich um einen nagelneuen »Bär«-Karabiner mit abgesägtem Lauf. Die beiden Sonnenblenden des Wagens waren mit Perlen gesäumt, das Armaturenbrett mit Fotos von Weintrauben und Moscheen sowie mit Abziehbildern von AC/DC und Pink Floyd geschmückt. Jetzt setzte sich ein älterer Tschetschene hinters Steuer, ohne Arkadi weiter zu beachten, und öffnete einen Koran, aus dem er mit monotoner Stimme laut vorlas. Am kleinen Finger beider Hände trug er einen schweren goldenen Ring. Ein zweiter Tschetschene setzte sich mit einem in Papier gewickelten Schaschlikspieß neben Arkadi und reichte allen, auch Arkadi, ein Stück Fleisch – nicht gerade freundlich, sondern eher so, als sei er ungebetener Gast. Das einzige, was denen noch fehlt, dachte Arkadi, sind Schnauzbärte und Patronengürtel. Der Lada stand mit dem Heck zum Markt, und im Rückspiegel konnte Arkadi Jaak sehen, wie er verschiedene Wagen prüfte.

Tschetschenen haben nichts mit Arabern zu tun. Tschetschenen sind Tataren, ein westlicher Ableger der Goldenen Horde, die einst die Bergfeste des Kaukasus besiedelte. Arkadi betrachtete die Postkarten auf dem Armaturenbrett. Die Stadt mit den Moscheen war ihre Hauptstadt Grosni, wie in »Iwan Grosni«, Iwan dem Schrecklichen. Hatte es die Seele der Tschetschenen womöglich geschädigt, mit so einem Namen aufzuwachsen?

Endlich kehrte der erste Tschetschene in Begleitung eines Jungen zurück, der nicht viel größer als ein Jockey war. Er hatte ein herzförmiges Gesicht mit geröteter Haut und Augen, die vor Ehrgeiz brannten. Er langte in Arkadis Tasche, zog seinen Ausweis hervor, las ihn und schob ihn wieder zurück. Zu dem Mann mit dem Gewehr sagte er: »Er hat einen Oberstaatsanwalt getötet.« Als Arkadi aus dem Wagen stieg, wurde er mit gewissem Respekt behandelt.

Arkadi folgte dem Jungen zu dem Tschaika, dessen Rücktür für ihn geöffnet wurde. Eine Hand packte ihn am Kragen und zog ihn hinein.

Die alten, für hohe Funktionäre gebauten Tschaikas waren mit verschwenderischem Pomp ausgestattet: gepolsterte Deckenverkleidungen, riesige Aschenbecher, üppige Sessel mit Kordpaspelierungen und selbstverständlich eine Klimaanlage. Reichlich Raum für den Jungen und den Fahrer auf den Vordersitzen und Mahmud und Arkadi hinten. Zweifellos schußsichere Scheiben, dachte Arkadi.

Er hatte Bilder von den mumifizierten Gestalten gesehen, die man aus der Asche von Pompeji gegraben hat. Sie sahen genau aus wie Mahmud, gebeugt und hager, ohne Wimpern und Augenbrauen, die Haut wie graues Pergament. Selbst seine Stimme klang verdorrt. Er drehte sich steif um, wie in einem Scharnier, und hielt seinen Besucher auf Armlänge von sich entfernt, um ihn aus kleinen, teerschwarzen Augen zu mustern.

»Entschuldigen Sie«, sagte Mahmud. »Ich hatte diese Operation: das Wunder der sowjetischen Wissenschaft. Sie fixieren einem die Augen, daß man keine Brille mehr zu tragen braucht. So was wird sonst nirgendwo auf der Welt gemacht. Was sie einem allerdings nicht sagen, ist, daß man danach alles nur noch aus *einer* Entfernung sieht. Der Rest der Welt verschwimmt.«

»Was haben Sie gemacht?« fragte Arkadi.

»Ich hätte den Arzt umbringen können. Ich meine, ich hätte ihn wirklich umbringen können. Aber dann habe ich darüber nachgedacht. Warum hatte ich mich operieren lassen? Aus Eitelkeit. Dabei bin ich neunzig Jahre alt. Ich habe es mir eine Lehre sein lassen. Gott sei Dank bin ich nicht impotent.« Er hielt Arkadi immer noch fest. »So kann ich Sie erkennen. Sie sehen nicht gut aus.«

»Ich brauche Ihren Rat.«

»Ich glaube, Sie brauchen mehr als nur einen Rat. Ich habe Sie von meinen Leuten aufhalten lassen, um vorher ein paar Erkundigungen über Sie einzuziehen. Ich bin gern gut informiert. Das Leben ist voller Überraschungen. Ich bin in der Roten Armee, der Weißen Armee und der deutschen Wehrmacht gewesen. Nichts läßt sich voraussehen. Wie ich höre, waren Sie Chefinspektor, danach Sträfling und sind jetzt wieder Ermittler. In Ihrem Leben scheint es wirrer als in meinem zuzugehen.«

»Durchaus möglich.«

»Ein ungewöhnlicher Name. Sind Sie mit Renko, dem Verrückten aus dem Krieg, verwandt?«

»Ja.«

»Sie haben unterschiedliche Augen. In dem einen sehe ich einen Träumer und im anderen einen Narren. Wissen Sie, ich bin jetzt so alt, daß ich alles wie zum zweitenmal erlebe, und ich liebe das Leben. Sonst wird man verrückt. Das Rauchen habe ich vor zwei Jahren aufgegeben, wegen der Lungen. Man muß eine positive Einstellung haben, um das zu tun. Rauchen Sie?«

»Ja.«

»Die Russen sind eine pessimistische Rasse. Tschetschenen sind anders.«

»So sagt man.«

Mahmud lächelte. Seine Zähne wirkten übergroß wie die eines Hundes. »Russen rauchen, Tschetschenen brennen.«

»Rudi Rosen ist verbrannt.«

Für sein Alter änderte Mahmud seinen Gesichtsausdruck überraschend schnell. »Er und sein Geld. Ich habe es gehört.«

»Sie sind dabeigewesen«, sagte Arkadi.

Der Fahrer drehte sich um. Obgleich er ziemlich groß war, war er kaum so alt wie der Junge neben ihm, mit Pickeln an den Mundwinkeln, lang über den Kragen fallenden, an den Seiten kurzgeschnittenen Haaren und einzelnen orangeroten Strähnen. Der Sportler aus der Bar des Intourist.

Mahmud sagte: »Das ist mein Enkel Ali. Der andere ist sein Bruder Beno.«

»Nette Familie.«

»Ali liebt mich sehr, deshalb hört er nicht gern derartige Verdächtigungen.«

»Das ist keine Verdächtigung«, sagte Arkadi. »Ich war auch da. Aber vielleicht sind wir ja beide unschuldig.«

»Ich war zu Hause und habe geschlafen. Auf Anordnung meines Arztes.«

»Was, meinen Sie, ist mit Rudi passiert?«

»Bei all den Medikamenten, die man mir gibt, und den Sauerstoffschläuchen sehe ich aus wie ein Kosmonaut und schlafe wie ein Baby.«

»Was ist mit Rudi passiert?«

»Meine Meinung? Rudi war Jude, und Juden glauben, sie könnten ihr Mahl mit dem Teufel teilen, ohne daß ihnen die Nase abgebissen wird. Vielleicht kannte Rudi zu viele Teufel.«

An sechs Tagen der Woche hatten Rudi und Mahmud zusammen Mokka getrunken, während sie um Wechselkurse feilschten. Arkadi überlegte, wie der dicke Rudi mit dem knochendürren Mahmud an einem Tisch gesessen hatte, und fragte sich, wer da wohl wen verspeist hatte.

»Sie waren der einzige, vor dem er Angst hatte.«

Mahmud wies das Kompliment zurück. »Wir hatten keine Probleme mit Rudi. Andere Leute in Moskau sind der Ansicht, die Tschetschenen sollten zurück nach Grosni, nach Kasan und Baku.«

»Rudi sagte, Sie hätten ihn auf der Abschußliste gehabt.«

»Eine glatte Lüge.« Mahmud wies die Vorstellung von sich wie ein Mann, der gewohnt ist, daß man ihm glaubt.

»Es ist schwer, mit den Toten zu streiten«, bemerkte Arkadi so taktvoll wie möglich.

»Haben Sie Kim?«

»Rudis Leibwächter? Nein. Er ist wahrscheinlich hinter Ihnen her.«

Mahmud beugte sich vor und sagte: »Beno, könnten wir etwas Kaffee haben?«

Beno reichte eine Thermosflasche, kleine Tassen und Untertassen, Löffel und eine Packung Würfelzucker nach hinten. Der Kaffee floß aus der Thermosflasche wie schwarzer Schlamm. Mahmuds Hände waren groß, seine Fingernägel rund. Mochte sein übriger Körper mit zunehmendem Alter zusammengeschrumpft sein – seine Hände waren es nicht.

»Köstlich«, sagte Arkadi. Wohlige Wärme stieg in ihm auf.

»Früher einmal hatten die verschiedenen Organisationen der Mafia wirkliche Führer. Antibiotik war ein Theaterpromoter, und wenn ihm eine Show gefiel, hat er das ganze Theater für sich allein gemietet. Er kam aus der gleichen Familie wie Breschnew. Eine Type, ein Halsabschneider, aber man konnte sich auf ihn verlassen. Erinnern Sie sich an Otarik?«

»Ich erinnere mich, daß er Mitglied des Schriftstellerverbands wurde, obgleich sein Aufnahmeantrag zweiundzwanzig grammatikalische Fehler aufwies«, sagte Arkadi.

»Schreiben war nicht seine Hauptbeschäftigung. Wie dem auch sei, heute sind die alten Führer durch Geschäftsmänner wie diesen Borja Gubenko abgelöst worden. Früher war ein Bandenkrieg noch ein Bandenkrieg. Heute muß ich aufpassen, daß man mir nicht von zwei Seiten in den Rücken fällt – es können Killer, kann aber auch die Miliz sein.«

»Was ist mit Rudi passiert? War er in einen Bandenkrieg verwickelt?«

»Sie meinen einen Krieg zwischen Moskauer Geschäftsmännern und den blutdürstigen Tschetschenen? Wir sind immer die wilden Hunde und die Russen die Opfer. Ich meine nicht Sie persönlich, aber als Nation seht ihr nur zurück in die Vergangenheit. Soll ich Ihnen ein kleines Beispiel aus meinem Leben geben?«

»Bitte.«

»Wußten Sie, daß es einmal eine tschetschenische Republik gab? Unsere eigene. Wenn ich Sie langweile, unterbrechen Sie mich. Die schlimmste Unart alter Leute ist, junge Leute zu langweilen.« Noch während er das sagte, packte Mahmud Arkadi wieder am Kragen und brachte ihn auf die richtige Distanz.

»Fahren Sie fort.«

»Einige Tschetschenen haben mit den Deutschen kollaboriert, daher wurde im Februar 1944 in allen Dörfern zu Massenversammlungen aufgerufen. Soldaten waren da und Militärkapellen. Die Leute dachten, es gäbe eine Feier, und so kamen sie alle. Sie wissen, wie diese Dorfplätze sind – ein Lautsprecher an jeder Ecke, aus dem Musik plärrt und Dinge verkündet werden. Nun, es wurde verkündet, daß alle eine Stunde Zeit hätten, mit ihren Familien und Besitztümern das Dorf zu verlassen. Ein Grund dafür wurde nicht angegeben. Eine Stunde. Stellen Sie sich das vor! Zuerst verlegte man sich aufs Bitten, was zwecklos war. Die Panik, als man verzweifelt die kleinen Kinder und die Großeltern suchte, sie zwang, sich warm anzuziehen, und sie aus den Häusern trieb, um ihr Leben zu retten. Die Unsicherheit, was man mitnehmen sollte und was nicht. Ein Bett, eine Kommode, die Ziege? Die Soldaten luden alles auf Lastwagen. Studebaker. Die Leute dachten, daß die Amerikaner dahintersteckten und daß Stalin sie schon retten würde!«

Die schwarze Iris in Mahmuds Augen schloß sich wie das Objektiv einer Kamera. »Nach vierundzwanzig Stunden gab es keinen Tschetschenen mehr in der Tschetschenen-Republik. Eine halbe Million Menschen. Einfach nicht mehr da. Mit den Lastern wurden sie zu Eisenbahnzügen geschafft, in ungeheizte Güterwaggons verladen, die mitten im Winter wochenlang mit ihnen über die Schienen rollten. Tausende starben. Meine erste Frau, meine drei ältesten Jungen. Wer weiß, auf welchen Nebengleisen die Wachen ihre Leichen hinauswarfen? Als die Überlebenden schließlich die Waggons verlassen durften, waren sie in Kasachstan, in Mittelasien. Die Tschetschenen-Republik wurde liquidiert. Unsere Städte erhielten russische Namen. Wir wurden von der Landkarte gelöscht, aus Geschichtsbüchern und Enzyklopädien. Wir verschwanden einfach.

Erst nach zwanzig, dreißig Jahren kehrten wir nach Grosni und sogar nach Moskau zurück. Wie lebende Geister kamen wir in die Heimat zurück und fanden euch Russen in unseren Häusern vor, russische Kinder, die auf unseren Höfen spielten. Und heute seht ihr uns an und bezeichnet uns als Tiere. Sagen Sie mir, wer ist hier das Tier? Ihr weist mit dem Finger auf uns und nennt uns Diebe. Aber wer ist hier der Dieb? Wenn jemand stirbt, findet ihr bald schon einen Tschetschenen und nennt ihn Mörder. Glauben Sie mir, auch ich würde gern Rudis wirklichen Mörder kennenlernen. Sollte ich heute Mitleid mit euch haben? Ihr verdient alles, was mit euch geschieht. Ihr verdient uns.« Mahmuds Blick wurde noch eindringlicher, dann trübten sich seine Augen, die wie erlöschende Kohlen noch einmal aufgeglüht waren. Seine Finger lockerten sich und gaben Arkadis Kragen frei. Erschöpfung breitete sich in dem Lächeln auf seinem Gesicht aus. »Ich bitte um Entschuldigung, ich habe Ihre Jacke zerknittert.«

»Sie war schon zerknittert.«

»Trotzdem. Ich habe mich hinreißen lassen.« Mahmud glättete das Revers. Er sagte: »Mir wäre nichts lieber, als wenn Kim gefunden würde. Weintrauben?«

Beno reichte eine bis zum Rand mit grünen Trauben gefüllte Holzschale nach hinten. Inzwischen konnte Arkadi keine Familienähnlichkeit mehr zwischen ihm, Ali und Mahmud erkennen, sie glichen sich eher wie Angehörige derselben Art – wie Falken einander durch den Schnabel gleichen. Arkadi nahm eine Handvoll Trauben. Mahmud öffnete ein kurzes Taschenmesser mit gebogener Klinge und schnitt sich sorgfältig ein Bündel ab. Während er aß, drehte er die Scheibe herunter, um die Kerne auf den Boden zu spucken.

»Divertikulitis. Ich darf sie nicht schlucken. Schrecklich, so alt zu werden.«

6

Polina untersuchte Rudis Schlafzimmer gerade auf Fingerabdrücke, als Arkadi vom Gebrauchtwagenmarkt kam. Er hatte sie noch nie ohne ihren Regenmantel gesehen. Wegen der

Wärme trug sie Shorts, hatte ihre Bluse unter der Brust verknotet und das Haar mit einem Tuch zusammengebunden. Mit ihren Gummihandschuhen und dem kleinen Kamelhaarpinsel sah sie aus wie ein Mädchen, das Hausfrau spielte.

»Wir haben doch bereits nach Fingerabdrücken gesucht.« Arkadi ließ seine Jacke aufs Bett fallen. »Abgesehen von Rudis Abdrücken hat die Spurensicherung allerdings nichts gefunden.«

»Dann haben Sie ja nichts zu verlieren«, sagte Polina fröhlich. »Unser Maulwurf ist in der Garage und sucht nach verborgenen Falltüren.«

Arkadi öffnete das Fenster zum Hof und sah Minin mit Hut und Mantel in der offenen Garagentür stehen. »Sie sollten ihn nicht so nennen.«

»Er haßt Sie.«

»Warum?«

Polina verdrehte die Augen, dann stieg sie auf einen Stuhl, um Spiegel und Kommode einzustäuben. »Wo ist Jaak?«

»Uns ist ein weiterer Wagen versprochen worden. Wenn er ihn hat, wird er zum Lenin-Pfad-Kollektiv fahren.«

»Nun, die Kartoffeln werden gerade eingebracht. Sie können Jaak dort gebrauchen.«

An mehreren Stellen – auf der Haarbürste und dem Kopfteil des Bettes, an der Innenseite der Tür des Medizinschränkchens und unter dem aufgeklappten Toilettensitz – waren die schattenhaften Ovale eingestäubter Fingerabdrücke zu sehen. Andere Abdrücke hatte Polina bereits auf die Objektträger übertragen, die jetzt auf dem Nachttisch lagen.

Arkadi streifte sich Gummihandschuhe über. »Das ist nicht Ihre Aufgabe«, sagte er.

»Ihre auch nicht. Ermittler lassen ihre Männer die wirkliche Arbeit tun. Ich bin für diese Tätigkeit ausgebildet worden und besser darin als die meisten anderen. Wissen Sie, warum die Ärzte heute keine Babys mehr zur Welt bringen wollen?«

»Warum nicht?« Er bereute sofort, gefragt zu haben.

»Die Ärzte wollen es nicht mehr, weil sie Angst vor Aids haben und absolut kein Vertrauen zu sowjetischen Gummihandschuhen. Sie tragen gleich drei oder vier übereinander.

Stellen Sie sich vor, wie man ein Baby zur Welt bringen soll, wenn man vier Paar Handschuhe trägt. Sie machen auch keine Abtreibung, aus demselben Grund. Sowjetische Ärzte würden ihre Patientinnen am liebsten im Abstand von drei Metern behandeln und zuschauen, wie sie platzen. Natürlich gäbe es nicht so viele Babys, wenn nicht auch unsere Kondome wie Gummihandschuhe säßen.«

»Das stimmt.« Arkadi setzte sich aufs Bett und sah sich um. Obgleich er Rudi seit Wochen verfolgt hatte, wußte er immer noch zuwenig von dem Mann.

»Er hat keine Frauen hergebracht«, sagte Polina. »Es gibt keine Kekse, keinen Wein, nicht mal Kondome. Frauen hinterlassen alles mögliche – Haarnadeln, Wattebäuschchen mit Make-up, Gesichtspuder auf dem Kissen. Alles ist viel zu ordentlich.«

Wie lange wollte sie noch auf dem Stuhl stehenbleiben? Ihre Beine waren weißer und muskulöser, als er erwartet hätte. Vielleicht hatte sie früher einmal Tänzerin werden wollen. Schwarze Locken kräuselten sich am Nacken unter ihrem Kopftuch.

»Sie nehmen sich so ein Zimmer nach dem anderen vor?« fragte Arkadi.

»Ja.«

»Sollten Sie nicht schon lange zu Hause sein und mit Ihren Freunden Volleyball spielen oder so was?«

»Es ist ein bißchen spät für Volleyball.«

»Haben Sie sich auch die Videobänder vorgenommen?«

»Ja.« Sie schirmte mit der Hand ein Licht im Spiegel ab.

»Ich habe Ihnen mehr Zeit in der Pathologie verschafft«, sagte Arkadi. Auch eine Art, eine Frau zu beschwichtigen, dachte er – ihr mehr Zeit im Leichenschauhaus zu verschaffen. »Warum wollen Sie Rudis Wohnung noch einmal untersuchen?«

»Es gab viel zuviel Blut. Ich habe inzwischen die Laborergebnisse über das Blut im Wagen. Seine Blutgruppe, das wissen wir jetzt zumindest.«

»Gut.« Wenn sie glücklich war, war er es auch. Er schaltete den Fernseher und den Recorder ein, fütterte ihn mit einer von Rudis Kassetten, drückte auf Play und gleich anschließend den schnellen Vorlauf. Begleitet vom wirren Kauderwelsch des schnell durchlaufenden Bandes, huschten Bilder über die Mattscheibe: die goldene Stadt Jerusalem, die Klagemauer, ein Strand am Mittelmeer, eine Synagoge, ein Orangenhain, Hotelhochhäuser, Kasinos und EL AL. Er ließ das Band langsamer laufen, um den Text zu verstehen, der überwiegend aus Kehllauten zu bestehen schien.

»Sprechen Sie Hebräisch?« fragte er Polina.

»Warum sollte ich ausgerechnet Hebräisch sprechen?«

Die zweite Kassette zeigte in rascher Bildfolge Kairo, Pyramiden und Kamele, einen Strand am Mittelmeer, Segelboote auf dem Nil, einen Muezzin auf einem Minarett, einen Dattelhain, Hotelhochhäuser und Egyptair.

»Arabisch?« fragte Arkadi.

»Nein.«

Der dritte Film begann mit einem Biergarten und zeigte dann Kupferstiche des mittelalterlichen München, Luftaufnahmen der wiederaufgebauten Stadt, Touristen auf dem Marienplatz, den Hofbräukeller, Blaskapellen in Lederhosen, das Olympiastadion, das Oktoberfest, ein Rokoko-Theater und einen großen vergoldeten Engel auf einer Säule, die Autobahn, noch einen Biergarten, die Alpen, den Kondensstreifen eines Flugzeuges – vermutlich eine Maschine der Lufthansa. Er ließ das Band bis zu den Alpen zurücklaufen, um dem Bericht zu lauschen, der ebenso schwerfällig wie überschwenglich klang.

»Sprechen Sie Deutsch?« fragte Polina. Der eingestäubte Spiegel sah aus wie eine Sammlung von Schmetterlingsflügeln, alle markiert von einem ovalen Kringel.

»Ein bißchen.« Arkadi hatte seine Militärzeit in Berlin verbracht, sich mit Amerikanern unterhalten und auch ein wenig Deutsch aufgeschnappt – mit jener aufsässigen Einstellung, die Russen der Sprache Bismarcks entgegenbringen und die sich nicht nur damit erklären läßt, daß die Deutschen von jeher die Feinde Rußlands gewesen sind. Auch die Zaren hatten jahrhundertelang Deutsche als Zuchtmeister ins Land kommen lassen, ganz zu schweigen von den Nazis, die alle Slawen als Untermenschen betrachteten. So hatte sich ein gewisser nationaler Unwille angesammelt.

»Auf Wiedersehen«, sagte der Fernseher.

»Auf Wiedersehen.« Arkadi stellte das Gerät ab. »Gehen Sie nach Hause, Polina. Besuchen Sie Ihren Freund, gehen Sie ins Kino.«

»Ich bin fast fertig.«

Polina hatte bisher mehr über Rudis Wohnung in Erfahrung gebracht – oder erspürt – als Arkadi. Er begriff, daß ihm weniger einzelne Hinweise entgangen waren als vielmehr das Wesentliche. Rudis Angst vor körperlichen Kontakten hatte eine Wohnung entstehen lassen, die abgeschlossen und steril war. Keine Aschenbecher, keine Kippen. Arkadi verlangte es nach einer Zigarette, aber er wagte nicht, das hygienische Gleichgewicht der Wohnung zu stören. Rudis einzige fleischliche Schwäche schien das Essen gewesen zu sein.

Arkadi öffnete den Kühlschrank. Schinken, Fisch und holländischer Käse standen immer noch dort, wo sie hingehörten, und waren selbst für einen Mann verlockend, der gerade Mahmuds Trauben verspeist hatte. Die Vorräte stammten wahrscheinlich von Stockmann, dem finnischen Kaufhaus, das Smörgasbord, ganze Büroeinrichtungen und japanische Autos gegen harte Währung an die in Moskau ansässigen Ausländer lieferte – Gott behüte, daß sie wie Russen leben mußten! Mit seiner wächsernen Rinde schimmerte der Käse wie ein appetitlicher Champignon.

Polina kam aus der Schlafzimmertür, einen Arm bereits in ihrem Regenmantel. »Untersuchen Sie die Beweismittel, oder wollen Sie sich an ihnen gütlich tun?«

»Ich bewundere sie. Das hier ist Käse von Kühen, die sich von Gras ernährt haben, das auf Tausenden von Kilometern entfernten Deichen wächst, und er ist nicht einmal so rar wie russischer Käse. Wachs ist eine gute Unterlage für Fingerabdrücke, nicht wahr?«

»Feuchtigkeit bietet allerdings keine ideale Atmosphäre.«

»Da drin ist es zu feucht für Sie?«

»Ich habe nicht gesagt, daß es nicht möglich wäre, ich wollte nur nicht, daß Sie sich zu große Hoffnungen machen.«

»Sehe ich aus wie ein Mann, der sich große Hoffnungen macht?«

»Ich weiß nicht. Sie sind heute irgendwie anders.« Es war nicht gerade typisch für Polina, sich einer Sache nicht vollkommen sicher zu sein. »Sie ...«

Arkadi legte einen Finger auf die Lippen. Er hatte ein kaum wahrnehmbares Geräusch gehört, wie das eines Kühlschrankventilators. Aber vor dem standen sie.

»Ein WC«, sagte Polina. »Jemand geht hier jede Stunde aufs Klo.«

Arkadi ging zur Toilette und legte die Hand an die Abflußröhre. Gewöhnlich klirrten Abflußröhren wie Ketten. Das Geräusch aber war schwächer, mechanischer als fließendes Wasser, kam aus Rosens Wohnung selbst, nicht von draußen. Es hörte auf.

»Jede Stunde?« fragte Arkadi.

»Auf die Minute. Ich habe schon nachgesehen, aber nichts gefunden.«

Arkadi ging in Rudis Büro. Der Schreibtisch war unberührt, Telefon und Fax waren stumm. Er klopfte gegen das Faxgerät, und ein rotes Lämpchen leuchtete auf. Er klopfte stärker, und das Lämpchen blinkte regelmäßig wie ein Leuchtfeuer. Der Lautstärkeregler war bis zum Anschlag heruntergedreht. Arkadi schob den Schreibtisch vor und fand Faxpapier, das sich zwischen Schreibtisch und Wand geschoben hatte. »Erste Regel jeder Ermittlung: Heb alles hoch, was du findest«, sagte er.

»Ich habe hier noch keine Abdrücke genommen.«

Das Papier war noch warm. Oben stand das Übermittlungsdatum und die Uhrzeit, eine Minute früher. Die Nachricht, in englischer Sprache, lautete: *»Where is Red Square?«*

Jeder, der einen Stadtplan besaß, hätte beantworten können, wo der Rote Platz lag. Arkadi las die vorangegangene Nachricht. Sie war genau einundsechzig Minuten älter: »Wo ist der Rote Platz?«

Man brauchte nicht einmal einen Stadtplan. Auf der ganzen Welt würde man eine Antwort auf die Frage bekommen – am Oberen Nil, in den Anden und sogar im Gorki-Park.

Arkadi fand insgesamt fünf Nachrichten, jede auf die Stunde genau übermittelt, mit der gleichen, beharrlichen Frage: »Wo ist der Rote Platz?« Die erste Nachricht wies darüber hinaus noch den Zusatz auf: »Wenn Sie wissen, wo der Rote Platz ist, kann ich Ihnen Kontakte mit internationaler Gesellschaft für zehn Prozent Finderlohn verschaffen.«

Ein Finderlohn für den Roten Platz, das war leicht zu verdienendes Geld. Das Gerät hatte jeweils auch eine lange Telefonnummer ausgedruckt. Arkadi rief die internationale Auskunft an. Es handelte sich um eine Nummer in München. »Haben Sie so ein Gerät?« fragte er Polina.

»Ich kenne einen Jungen, der eines hat.«

Immerhin. Arkadi schrieb auf Rudis Briefpapier: »Brauche nähere Informationen.« Polina legte den Bogen ein, nahm den Hörer ab und wählte die Nummer, die sich mit einem Klingeln meldete. Eine Taste mit dem Befehl »*Transmit*« leuchtete auf, und als sie sie drückte, wurde das Blatt eingezogen.

Polina sagte: »Wenn diese Leute versuchen, Rudi zu erreichen, wissen sie nicht, daß er tot ist.«

»Genau.«

»Also werden sie auch nur wertlose Informationen haben, und Sie finden sich womöglich in einer peinlichen Situation wieder. Ich kann nicht warten.«

Sie warteten eine Stunde, ohne eine Antwort zu erhalten. Schließlich ging Arkadi nach unten in die Garage, wo Minin den Boden mit einer Schaufel abklopfte. Die von der Decke hängende Birne war durch eine stärkere ersetzt worden. Die Reifen waren beiseite geräumt und der Größe nach aufgestapelt, Treibriemen und Ölkanister numeriert und mit Schildchen versehen worden. Minins einziges Zugeständnis an die herrschenden Temperaturen bestand darin, daß er Mantel und Jacke abgelegt hatte. Den Hut hatte er aufbehalten. Der Mann im Mond, dachte Arkadi. Als er seinen Vorgesetzten sah, nahm Minin mürrisch Haltung an.

Das Problem mit Minin ist, dachte Arkadi, daß er das typische zu kurz gekommene Kind ist. Nicht, daß er zu klein geraten wäre, aber Minin war das ungeliebte Wesen, das sich von allen verachtet fühlte. Arkadi hätte ihn aus der Mannschaft entfernen können – in seiner Position brauchte er nicht jeden zu nehmen, der ihm zugeteilt wurde –, aber er wollte Minins Haltung dadurch nicht auch noch rechtfertigen. Außerdem haßte er es, häßliche Menschen schmollen zu sehen.

»Chefinspektor Renko, solange die Tschetschenen noch frei herumlaufen, glaube ich, daß ich auf der Straße nötiger gebraucht werde als in dieser Garage.«

»Wir wissen nicht, ob die Tschetschenen mit der Sache zu tun haben, und ich brauche hier einen guten Mann. Mancher andere würde die Reifen schnell unter seinem Mantel verschwinden lassen.«

Humor schien Minin nur zu veranlassen, noch größeren Abstand zu nehmen. »Möchten Sie, daß ich nach oben gehe und Polina im Auge behalte?« fragte er.

»Nein.« Arkadi versuchte es mit menschlichem Interesse. »Es gibt da etwas, was mir neu ist an Ihnen, Minin. Was könnte das sein?«

»Ich weiß es nicht.«

»Das da.« An Minins schweißgetränktem Hemd steckte ein Abzeichen, eine rote Fahne aus Emaille. Arkadi hätte es nie bemerkt, wenn Minin nicht seine Jacke ausgezogen hätte. »Ein Parteiabzeichen?«

»Das Abzeichen einer patriotischen Organisation«, sagte Minin.

»Sehr elegant.«

»Wir treten ein für die Verteidigung Rußlands, für die Aufhebung aller sogenannten Gesetze, die den Wohlstand des Volkes schmälern und es einer kleinen Gruppe von Aasgeiern und Geldwechslern ausliefern, für eine Säuberung der Gesellschaft und ein Ende der Anarchie und des Chaos. Haben Sie etwas dagegen?« Es war weniger eine Frage als eine Herausforderung.

»Oh, nein. Es steht Ihnen.«

Als er zu Borja Gubenko fuhr, hatte Arkadi das Gefühl, daß sich der Sommerabend wie ein Tuch über die Stadt gelegt hatte. Leere Straßen und Taxis vor den Hotels, deren Fahrer sich weigerten, jemand anderes mitzunehmen als Touristen. Ein einzelnes Geschäft wurde von Käufern belagert, die Läden auf der anderen Straßenseite waren völlig leer. Moskau schien eine ausgeschlachtete Stadt zu sein, ohne Lebensmittel, Benzin und andere Grundversorgungsgüter. Auch Arkadi fühlte sich leer, als fehlte ihm eine Rippe, ein Teil der Lunge oder seines Herzens.

Es war auf eigenartige Weise beruhigend, daß jemand aus Deutschland einen sowjetischen Spekulanten nach dem Roten Platz fragte. Es war wie eine Bestätigung, daß es sie alle überhaupt noch gab.

Borja Gubenko nahm einen Golfball aus dem Eimer, legte ihn auf das Tee, warnte Arkadi vor dem Abschlag, zog den Schläger nach hinten durch, so daß er seinen Körper zu umkreisen schien, reckte sich und trieb den Ball dann auf ein fiktives Grün.

»Wollen Sie's auch mal versuchen?« fragte er.

»Nein, danke. Ich schau lieber zu«, sagte Arkadi.

Zehn bis zwölf Japaner standen einen Rang höher ebenfalls auf Kunstrasen, zogen ihre Schläger durch und schlugen Bälle ab, die als immer kleiner werdende weiße Punkte lang durch die Fabrikhalle flogen. Das unregelmäßige Abschlagen der Bälle hörte sich an wie Gewehrfeuer, ein durchaus passendes Geräusch, da die Fabrik früher Patronen produziert hatte. Während der Zeit des Weißen Terrors, des Patriotischen Krieges und des Warschauer Pakts hatten hier Arbeiter Millionen und aber Millionen von Messing- und Stahlkernpatronen hergestellt. Um die Fabrik in einen Golfplatz zu verwandeln, waren die Maschinen verschrottet worden, und der Boden hatte einen Anstrich in sattem Grün erhalten. Zwei massive Metallpressen, die man nicht entfernen konnte, wurden durch Baumattrappen abgeschirmt – ein Einfall, der besonders von den Japanern geschätzt wurde, die selbst hier in der Halle Golfmützen trugen. Neben Borja waren die einzigen russischen Spieler, die Arkadi sehen konnte, eine Mutter und eine Tochter in kurzen Röcken. Beide wurden offensichtlich von einem Golfprofi unterwiesen.

Am anderen Ende der Halle schlugen die Bälle gegen eine grüne Plane, auf der, je nach Höhe, die Entfernungen verzeichnet waren: zweihundert, zweihundertundfünfzig, dreihundert Meter.

»Ich gebe zu, ich zahle ein bißchen drauf«, sagte Borja. »Aber ein zufriedener Kunde ist das Geheimnis allen geschäftlichen Erfolgs.« Er ging vor Arkadi in Pose. »Was meinen Sie? Der erste russische Amateur-Champion?«

»Wenigstens.«

Über Borjas mächtigen Oberkörper spannte sich ein modischer, pastellfarbener Pullover. Sein widerspenstiges Haar lag in glattgekämmten blonden Wellen um ein kantiges, aufmerksames Gesicht mit kristallblauen Augen.

»Sehen Sie es mal so.« Borja nahm einen weiteren Ball aus dem Eimer. »Ich habe zehn Jahre damit zugebracht, für die Armee Fußball zu spielen. Sie wissen ja, wie das geht: eine Menge Geld, eine Wohnung und einen Wagen, solange man fit ist. Dann wird man verletzt, beginnt auszurutschen, und plötzlich steht man auf der Straße. Von ganz oben geht's über Nacht nach ganz unten. Zum Bier wird man noch eingeladen, aber damit hat sich's auch schon. Der Lohn für zehn Jahre Einsatz und kaputte Knochen. Alte Boxer, Ringer, Hockeyspieler – überall die gleiche Geschichte. Kein Wunder, daß sie zur Mafia gehen. Oder schlimmer noch, anfangen, American Football zu spielen. Ich hab Glück gehabt.«

Mehr als Glück, dachte Arkadi. Borja war zu einem neuen, erfolgsverwöhnten Menschen geworden. Im neuen Moskau war keiner so populär und wohlhabend wie Borja Gubenko.

Hinter der Driving-Range klingelten die Spielautomaten neben einer mit Marlboro-Postern, Marlboro-Aschenbechern und Marlboro-Lampen ausgeschmückten Bar. Borja stellte sich erneut zum Abschlag auf. Falls das überhaupt möglich war, wirkte er jetzt noch kerniger als zu seiner Zeit als Aktiver. Aber auch schlank wie ein gut erhaltener Löwe. Er holte aus, erstarrte und sah einem Treibschlag nach, der den Ball weit durch die Halle trug.

»Erzählen Sie mir etwas über den Klub hier«, sagte Arkadi.

»Harte Währung, nur Mitglieder. Je exklusiver Sie so was aufziehen, um so mehr Anklang findet es bei Ausländern. Ich werde Ihnen noch ein Geheimnis verraten.«

»Noch ein Geheimnis?«

»Die Lage. Die Schweden haben Millionen in eine Achtzehn-Loch-Anlage vor der Stadt gesteckt. Sie wird Konferenzräume, ein Kommunikationszentrum und Super-Sicherheitseinrichtungen haben, damit Geschäftsleute und Touristen nach Moskau kommen können, ohne wirklich dort zu sein. Das scheint mir idiotisch. Wenn ich irgendwo Geld investiere, will ich auch wissen, wo. Die Schweden sind jedenfalls zu weit von der Stadt weg. Im Vergleich dazu liegen wir zentral, praktisch gegenüber vom Kreml. Und sehen Sie, was wir dazu brauchten – nur etwas Farbe, Kunstrasen, Schläger und Bälle. Wir stehen in Reiseführern und Zeitschriften. Aber das alles war Rudis Idee.« Er musterte Arkadi von oben bis unten. »Welchen Sport haben Sie früher getrieben?«

»Fußball, in der Schule.«

»In welcher Position?«

»Vor allem als Torwart.« Arkadi hatte nicht die Absicht, Borja gegenüber auf seine sportlichen Leistungen zu verweisen.

»Wie ich. Die beste Position. Du studierst das Spielgeschehen, siehst den Angriff kommen und lernst, dich drauf einzustellen. Entscheidend sind dann nur noch ein, zwei Paßbälle. Und wenn du dich einsetzt, dann ganz, oder? Wer versucht, sich zu schonen, wird gewöhnlich verletzt. Für mich lag im Fußballspielen die Möglichkeit, die Welt kennenzulernen. Ich wußte nicht, was gutes Essen ist, bis ich nach Italien kam. Ich mache immer noch bei einigen internationalen Spielen den Schiedsrichter, nur um mal wieder gut zu essen.«

»Die Welt kennenzulernen« war eine schwache Umschreibung für Borjas Ehrgeiz, dacht Arkadi. Gubenko war in den tristen »Chruschtschow-Mietskasernen« des Langen Teichs aufgewachsen. Im Russischen reimte sich »Chruschtschow« auf »Slum«, so daß die Bezeichnung der Wohnsilos oft für Spott sorgte. Borja war mit Kohlsuppe und Hoffnungen großgeworden, die genauso trübe waren, und jetzt redete er von italienischen Restaurants.

Arkadi fragte: »Was ist Ihrer Meinung nach mit Rudi passiert?«

»Ich glaube, daß das, was mit Rudi passiert ist, eine nationale Katastrophe ist. Er war der einzige im Land, der wirklich was von Ökonomie verstand.«

»Wer hat ihn getötet?«

Ohne zu zögern, sagte Borja: »Die Tschetschenen. Mahmud ist ein Bandit, der keine Ahnung von westlichem Stil oder von Geschäften hat. Tatsache ist, daß er auch alle anderen daran hindert voranzukommen. Je mehr Angst, desto besser – ganz egal, ob der Markt dadurch zum Erliegen kommt. Je unsicherer die anderen werden, desto stärker die Tschetschenen.«

Auf dem Rang über ihnen schlugen die Japaner eine Ballserie gemeinsam ab, gefolgt von aufgeregten »Banzai«-Rufen.

Borja lächelte und wies mit seinem Schläger nach oben. »Die fliegen von Tokio zu einem Gold-Wochenende nach Hawaii. Ich muß sie abends hier rauswerfen.«

»Wenn die Tschetschenen Rudi getötet haben«, sagte Arkadi, »mußten sie an Kim vorbei. Trotz seines Rufes – Muskelprotz, ausgebildet im Kampfsport – scheint er also nicht viel Schutz geboten zu haben. Hat Ihr bester Freund Rudi, als er auf Leibwächtersuche ging, nicht auch Ihren Rat eingeholt?«

»Rudi hat meist einen Haufen Geld mit sich herumgetragen und war auf seine Sicherheit bedacht.«

»Und Kim?«

»Die Fabriken in Ljubertsi machen dicht. Das Problem mit dem freien Markt ist, daß wir Mist produzieren, wie Rudi immer gesagt hat. Als ich Rudi Kim empfohlen habe, hab ich gedacht, daß ich damit beiden einen Gefallen täte.«

»Wenn Sie Kim vor uns finden, was werden Sie tun?«

Borja deutete mit dem Golfschläger auf Arkadi und senkte die Stimme. »Ich werde Sie verständigen. Bestimmt. Rudi war mein bester Freund, und ich glaube, daß Kim den Tschetschenen geholfen hat. Aber glauben Sie, ich würde alles aufs Spiel setzen, alles, was ich erreicht habe, nur um mich auf primitive Art und Weise zu rächen? Das ist die alte Gesinnung. Wir müssen mit dem Rest der Welt gleichziehen, oder wir geraten ins Hintertreffen. Dann sitzen wir alle in leeren Häusern und verhungern. Wir müssen uns ändern. Haben Sie eine Karte?« fragte er plötzlich.

»Die Mitgliedskarte der Partei?«

»Wir sammeln Visitenkarten, mit denen wir einmal im Monat eine Ziehung veranstalten, und der Gewinner bekommt eine Flasche Chivas Regal.« Borja unterdrückte nur mühsam ein Lächeln.

Arkadi kam sich wie ein Idiot vor. Nicht wie ein gewöhnlicher Idiot, sondern wie ein altmodischer Hinterwäldler.

Borja stellte seinen Schläger ab und führte Arkadi stolz zum Büffet. In Sesseln, die ebenfalls in den Marlboro-Farben gepolstert waren, saßen weitere Japaner mit Baseballmützen und Amerikaner mit Golfschuhen. Arkadi vermutete, daß Borja absichtlich ein Dekor gewählt hatte, wie man es in den Warteräumen von Flughäfen findet – der natürlichen Umgebung internationaler Geschäftsreisender. Sie hätten in Frankfurt, Singapur oder auch Saudi-Arabien sitzen können – überall –, und genau aus diesem Grund fühlten sich die Leute hier wohl. Im Fernseher über der Bar liefen die Nachrichten von CNN. Das gut sortierte Büffet bot reiche Auswahl an geräuchertem Stör und Forelle, rotem und schwarzem Kaviar, deutschen Pralinen und georgischem Gebäck vor einer Batterie von Flaschen mit süßem Sekt, Pepsi, Pfefferwodka, Limonenwodka und armenischem Fünf-Sterne-Cognac. Arkadi fühlte sich wie benommen von den Gerüchen, die aus der Küche drangen.

»Wir veranstalten auch Karaoke-Abende, Turniere und Betriebsfeiern«, sagte Borja. »Keine Nutten, keine Strichjungen. Alles ganz sauber.«

Wie Borja? Der Mann war nicht nur vom Fußball zur Mafia gewechselt, sondern hatte auch den zweiten, entscheidenden Schritt zum Unternehmer gewagt. Der westliche, gut sitzende Pullover, der offene Blick seiner Augen, das Gebärdenspiel der sauberen Hände – das alles verriet den erfolgreichen Geschäftsmann.

Borja gab einer uniformierten Kellnerin einen diskreten Wink, und sie eilte sofort vom Büffet herüber und stellte einen Teller mit silbern glänzenden Matjes vor Arkadi auf den Tisch. Die Fische schienen vor seinen Augen zu schwimmen.

»Erinnern Sie sich noch an sauberen, unvergifteten Fisch?« fragte Borja.

»Nicht mehr genau, danke.« Arkadi angelte verzweifelt die letzte Zigarette aus seiner Packung. »Woher haben Sie den?«

»Wie jeder andere tausche ich das, was ich habe, gegen das, was ich nicht habe.«

»Auf dem schwarzen Markt?«

Borja schüttelte den Kopf. »Direkt. Rudi hat immer gesagt, es gäbe kein Bauern- oder Fischerkollektiv, das nicht bereit wäre, Geschäfte zu tätigen, wenn man ihnen mehr als Rubel bietet.«

»Und hat Rudi Ihnen auch gesagt, was Sie bieten sollen?«

Borja fixierte Arkadis Augen. »Ich habe Rudi als Fußballfan kennengelernt. Zum Schluß war er so etwas wie ein älterer Bruder. Er wollte mich nur glücklich sehen und hat mir Ratschläge gegeben. Das ist doch kein Verbrechen, oder?«

»Das kommt auf die Ratschläge an.« Arkadi wollte eine Reaktion provozieren.

Borjas Augen blieben klar wie Wasser, unbewegt. »Rudi hat immer gesagt, daß es sinnlos sei, das Gesetz zu brechen. Es müsse neu geschrieben werden. Er besaß Weitblick.«

»Kennen Sie Apollonia Gubenko?« fragte Arkadi.

»Meine Frau. Natürlich kenne ich sie gut.«

»Wo war sie in der Nacht, als Rudi starb?«

»Was spielt das für eine Rolle?«

»Ein auf ihren Namen zugelassener Mercedes stand auf dem Markt, etwa dreißig Meter von der Stelle entfernt, an der Rudi starb.«

Borja brauchte etwas Zeit, ehe er antwortete. Er warf einen Blick auf den Fernseher, wo ein amerikanischer Panzer durch eine Wüste rollte. »Sie war bei mir. Wir waren hier.«

»Um zwei Uhr morgens?«

»Ich schließe oft erst nach Mitternacht. Ich erinnere mich, daß wir in meinem Auto nach Hause gefahren sind, weil Pollys Wagen in der Werkstatt war.«

»Sie haben zwei Wagen?«

»Polly und ich haben zwei Mercedes, zwei BMW, zwei Wolga und einen Lada. Im Westen legen die Leute ihr Geld in Aktien und festverzinslichen Wertpapieren an. Wir haben Autos. Das Problem besteht offensichtlich nur darin, daß ein hübscher Wagen, sobald er in der Werkstatt steht, von irgendwelchen Leuten zu einer Spritztour entliehen wird. Ich kann jedoch herausfinden, wer es war.«

»Sie sind sicher, daß sie bei Ihnen war? Es wurde nämlich eine Frau in dem Wagen gesehen.«

»Ich behandle Frauen mit Respekt. Polly ist selbständig und mir keine Rechenschaft über jede Sekunde ihrer Zeit schuldig. Aber in der Nacht war sie bei mir.«

»Hat jemand Sie beide hier gesehen?«

»Nein. Das Geheimnis eines gutgehenden Ladens liegt darin, daß man immer in der Nähe der Kasse bleibt, als letzter geht und selbst abschließt.«

»Es gibt viele Geheimnisse im Geschäftsleben«, sagte Arkadi.

Borja beugte sich vor und breitete die Arme aus. Obwohl Arkadi wußte, daß Borja ein großer Mann war, war er erstaunt über die Ausmaße seiner Hände. Er erinnerte sich, wie der Fußballspieler Borja aus dem Tor stürmte, um Strafstöße abzuwehren. Gubenko ließ die Hände auf den Tisch sinken. Seine Stimme war sanft. »Renko?«

»Ja?«

»Ich werde Kim nicht umbringen. Das ist Ihre Aufgabe. Und wenn Sie der Gesellschaft einen Gefallen erweisen wollen, töten Sie Mahmud gleich mit.«

Arkadi blickte auf seine Uhr. Es war acht. Er hatte bereits die ersten Nachrichten versäumt, und seine Gedanken begannen abzuschweifen. »Ich muß gehen.«

Borja begleitete Arkadi durch die Bar. Die Kellnerin mußte einen weiteren diskreten Wink erhalten haben, denn sie eilte mit zwei Packungen Zigaretten herbei, die Borja in Arkadis Jacke steckte.

Mutter und Tochter suchten ihren Weg zwischen den Tischen hindurch. Sie hatten die gleichen feinen Züge und grauen Augen. Als die Frau sprach, lispelte sie leicht. Arkadi war erleichtert, eine Unvollkommenheit an ihr festzustellen.

»Borja, der Lehrer erwartet dich.«

»Der Trainer, Polly. Der Trainer.«

»Armenische Nationalisten haben gestern wieder sowjetische Truppen angegriffen. Zehn Tote und zahlreiche Verletzte sind zu beklagen«, sagte Irina. »Ziel des armenischen Angriffs war ein sowjetisches Militärdepot. Es wurde geplündert, wobei Handfeuerwaffen, Sturmgewehre, Minen, ein Panzer, ein Mannschaftswagen, Mörser und Panzerabwehrraketen in die Hände der Nationalisten gelangten. Der Oberste Sowjet der Moldawischen Republik erklärte gestern, drei Tage nach dem Obersten Sowjet Georgiens, seine Unabhängigkeit.«

Arkadi stellte braunes Brot, Butter und eine Teekanne auf den Tisch und setzte sich mit seinen Zigaretten vors Radio. Eigentlich hätte er in Rudis Wohnung zurückkehren sollen, doch jetzt saß er hier, rechtzeitig zu den von Irina verlesenen Nachrichten, ein Mann ohne Willen. Es waren apokalyptische Nachrichten, aber das spielte keine Rolle.

»Die Unruhen in Kirgisien zwischen Kirgisen und Usbeken setzten sich auch am dritten Tag unvermindert fort. Bewaffnete Mannschaftswagen patrouillierten durch die Straßen von Osch, nachdem Usbeken die in der Stadt gelegenen Touristenhotels besetzt und die örtlichen Büros des KGB mit Maschinengewehrfeuer eingedeckt hatten. Die Zahl der Toten hat sich auf zweihundert erhöht. Abermals ist die Forderung erhoben worden, den Usgenkanal zu entwässern, um nach weiteren Leichen zu suchen.«

Das Brot war frisch, der Käse würzig. Ein Luftzug drang durch das geöffnete Fenster, und die Vorhänge bewegten sich.

»Ein Sprecher der Roten Armee hat heute zugegeben, daß afghanische Aufständische über die sowjetische Grenze vorgedrungen sind. Seit die sowjetischen Truppen sich aus Afghanistan zurückgezogen haben, ist die Grenze für Drogenhändler und religiöse Extremisten durchlässig geworden, die die zentralasiatischen Republiken dazu zu bringen versuchen, einen Heiligen Krieg gegen Moskau zu beginnen.«

Die Sonne hing über dem Horizont, den Zwiebeltürmen und Schornsteinköpfen. Irinas Stimme war eine Spur rauher geworden, und ihr sibirischer Akzent klang gewählter und raffinierter. Arkadi dachte an ihre weit ausholenden Gesten und an die Farbe ihrer Augen, wie Bernstein. Er ertappte sich dabei, daß er sich vorgelehnt hatte, als wollte er seinen Teil zum Gespräch beitragen.

»Bergleute in Donezk haben gestern die Abdankung der Regierung und das Verbot der Partei gefordert und den Beginn eines neuen Streiks angekündigt. Arbeitsniederlegungen bestimmen auch das Bild in allen sechsundzwanzig Bergwerken in Rostow am Don. Die Bergleute in Swerdlowsk, Tscheljabinsk und Wladiwostok haben zur Unterstützung der Streikenden zu Massenkundgebungen aufgerufen.«

Die Nachrichten waren nicht wichtig, er nahm sie kaum zur Kenntnis. Es waren ihre Stimme und ihr Atem, die über Tausende von Kilometern zu ihm drangen.

»Gestern abend haben sich in Moskau Angehörige der Demokratischen Front am Gorki-Park zu einer Demonstration zusammengefunden, um das Verbot der Kommunistischen Partei zu verlangen. Zur gleichen Zeit versammelten sich Mitglieder des rechtsorientierten Roten Banners, um die Partei zu verteidigen. Beide Gruppen verlangten das Recht, auf den Roten Platz zu marschieren.«

Sie ist meine Scheherazade, dachte Arkadi. Abend für Abend kann sie von Unterdrückung, Aufruhr, Streiks und Naturkatastrophen berichten, und ich werde ihr zuhören, als erzählte sie Geschichten über exotische Länder, Zaubertränke, blitzende Krummdolche und perlenäugige Drachen mit goldenen Schuppen. Solange sie nur zu mir spricht.

7

Gegen Mitternacht wartete Arkadi vor der Lenin-Bibliothek und bewunderte die Statuen russischer Schriftsteller und Gelehrter, die über dem Dachsims aufragten. Er dachte an das, was er über den baufälligen Zustand der Bibliothek gehört hatte. Tatsächlich sahen die Statuen aus, als wären sie bereit, im nächsten Augenblick schon vom Dach zu springen. Als ein Schatten auftauchte und die Tür verschloß, überquerte Arkadi die Straße und stellte sich vor.

»Ein Inspektor? Überrascht mich nicht.« Feldman, eine Pelzkappe auf dem Kopf, trug eine Aktentasche und sah mit seinem schneeweißen Ziegenbart wie Trotzki aus. Er begann, mit schnellen Schritten auf den Fluß zuzugehen, und Arkadi schloß sich ihm an. »Ich habe meinen eigenen Schlüssel. Ich habe nichts gestohlen. Wollen Sie mich durchsuchen?«

Arkadi ignorierte die Aufforderung. »Woher kennen Sie Rudi?«

»Es ist die einzige Zeit, in der ich arbeiten kann. Ich danke Gott, daß ich an Schlaflosigkeit leide. Sie auch?«

»Nein.«

»Sie sehen so aus. Sie sollten einen Arzt aufsuchen. Oder macht es Ihnen auch nichts aus?«

»Rudi?« beharrte Arkadi.

»Rosen? Ich kenne ihn nicht. Wir haben uns nur einmal getroffen, vor einer Woche. Er wollte mit mir über Kunst sprechen.«

»Wieso über Kunst?«

»Ich bin Professor für Kunstgeschichte. Ich habe Ihnen doch schon am Telefon gesagt, daß ich Professor bin. Sie sind ein verdammt aufdringlicher Polizist, das kann ich jetzt schon sagen.«

»Was hat Rudi von Ihnen wissen wollen?«

»Er wollte alles über sowjetische Kunst wissen. Die sowjetische Avantgarde-Kunst stand für die kreativste, die revolutionärste Epoche unserer Geschichte, aber der Sowjetbürger ist ein Ignorant. Und selbst ich konnte Rosen nicht in einer halben Stunde zum Kunstkenner ausbilden.«

»Hat er Sie über bestimmte Gemälde befragt?«

»Nein. Aber ich sehe, was Sie meinen, und es amüsiert mich. Jahrelang hat die Partei sozialistischen Realismus gefordert, und die Leute haben sich Traktoren an die Wand gehängt und die avantgardistischen Meisterwerke hinterm Schrank versteckt. Jetzt holen sie sie wieder hervor, und plötzlich ist Moskau voll von Kunstliebhabern. Mögen Sie den Sozialistischen Realismus?«

»Sozialistischer Realismus ist eines meiner schwächsten Gebiete.«

»Sprechen Sie von Kunst?«

»Nein.«

Feldman betrachtete Arkadi jetzt mit einem aufmerksameren, interessierteren Blick. Sie befanden sich im Park hinter der Bibliothek, wo eine Treppe zwischen den Bäumen an der Südwestecke des Kreml hinunter zum Fluß führte. Das Licht der Scheinwerfer ließ die unteren Zweige wie vergoldetes Gitterwerk aufleuchten.

»Ich habe Rosen gesagt, daß der Anfang der Revolution, was die Leute so häufig vergessen, von wirklichem Idealismus bestimmt war. Die Hungersnot und der Bürgerkrieg waren nebensächlich. Moskau war damals der aufregendste Ort der Welt. Als Majakowski sagte: ›Laßt uns die Plätze zu unserer Palette, die Straßen zu unserem Pinsel machen‹, da meinte er es buchstäblich. Jede Wand war ein Gemälde. Es gab bemalte Eisenbahnzüge, Boote, Flugzeuge und Freiballons. Tapeten, Teller und Präservative wurden von Künstlern entworfen, die aufrichtig davon überzeugt waren, eine neue Welt zu schaffen. Gleichzeitig traten die Frauen für die freie Liebe ein. Alle glaubten, daß alles möglich war. Rosen wollte wissen, wieviel eines dieser Präservative heute wohl wert ist.«

»Das würde mich auch interessieren«, gab Arkadi zu.

Feldman wandte sich verächtlich von ihm ab und stiefelte die Treppe hinunter.

»Da die Avantgarde offiziell lange nicht genehm war, haben Sie sich auf ein recht gefährliches Gebiet spezialisiert. Haben Sie es sich deshalb zur Gewohnheit gemacht, so spät am Abend zu arbeiten?« fragte Arkadi.

»Keine völlig idiotische Bemerkung.« Feldman blieb stehen. »Warum ist Rot die Farbe der Revolution?«

»Aus Tradition?«

»Das geht zurück bis in die Vorgeschichte. Die älteste Gewohnheit des Affenmenschen war neben dem Kannibalismus die Vorliebe, sich rot anzumalen. Die Sowjets sind die einzigen, die es noch heute tun. Sehen Sie, was wir aus dem Genie der Revolution gemacht haben. Beschreiben Sie Lenins Grab.«

»Ein Quader aus rotem Granit.«

»Ein konstruktivistischer, von Malewitsch inspirierter Bau.

Ein roter Quader auf dem Roten Platz. Da steckt mehr dahinter, als Lenin nur wie einen geräucherten Hering auszustellen. Kunst war damals überall. Taitlin hat einen rotierenden Wolkenkratzer entworfen, der höher war als das Empire State Building. Die Popowa hat Haute Couture für die Bauern gemacht. Die Moskauer Künstler wollten die Bäume des Kreml rot anstreichen. Lenin war dagegen, aber die Menschen dachten, daß wirklich alles möglich sei. Das waren noch Tage der Hoffnung, Tage der Phantasie.«

»Sie halten Vorlesungen darüber?«

»Niemand will das hören. Alle sind wie Rosen, der nur verkaufen will. Ich verbringe den ganzen Tag damit, Echtheitsbestätigungen für Idioten auszustellen.«

»Hatte Rosen etwas zu verkaufen?«

»Fragen Sie mich nicht. Wir wollten uns vor zwei Tagen wieder treffen. Er ist nicht gekommen.«

»Warum glauben Sie dann, daß er etwas zu verkaufen hatte?«

»Heute verkaufen die Leute, was sie haben. Und Rosen sagte, daß er etwas gefunden hätte. Allerdings nicht, was.«

An der Uferböschung überblickte Feldman das Panorama mit einer solchen Begeisterung, daß Arkadi angestrichene Bäume in den Kremlgärten, über die Gorki-Straße marschierende Amazonen und unter dem Mond dahinsegelnde, Propagandaspruchbänder hinter sich herziehende Luftschiffe zu sehen glaubte.

»Wir leben in den archäologischen Ruinen jener neuen Welt, die es niemals gab. Wenn wir wüßten, wo wir zu graben hätten – wer weiß, was wir da finden würden?« fragte Feldman und stapfte allein über die Brücke.

Arkadi ging am Ufer entlang zu seiner Wohnung. Er war nicht müde, aber er fühlte sich auch nicht gerade wie jemand, der an Schlaflosigkeit litt. Schon das Wort machte ihn nervös.

Er fand keine Amazonen, sondern Angler, die ihre Köder auf den Haken steckten. Zwei Jahre seiner Emigration hatte er auf einem Trawler im Pazifik verbracht. Er hatte immer bewundert, wie sich bei Einbruch der Dunkelheit selbst das unscheinbarste, verrottetste Schiff mit seinen Positionslaternen an Mast und Brücke und den Lichtern an den Bäumen, der Reling und an Deck in eine verwirrende Konstellation von Sternen verwandelte. Ihm schoß durch den Kopf, daß man das gleiche mit Moskaus Anglern machen könnte – ihnen Batterien geben und ihre Hüte, ihre Gürtel und die Spitzen ihrer Angelruten mit Lampen bestücken.

Vielleicht war das Problem nicht Schlaflosigkeit, vielleicht war er verrückt. Warum versuchte er herauszufinden, wer Rudi getötet hatte? Wenn eine ganze Gesellschaft zusammenbrach – was machte es dann aus, wer einen Schwarzmarktspekulanten auf dem Gewissen hatte? Dies jedenfalls war nicht die wirkliche Welt. Die wirkliche Welt war dort draußen, wo Irina lebte. Hier war Arkadi nur ein weiterer Schatten in einer Höhle, in der ohnehin kein Schlaf möglich war.

Unmittelbar vor ihm zeichnete sich die Silhouette der Basilius-Kathedrale gegen den Himmel ab, eine Schar turbantragender Mohren, indirekt beleuchtet vom reflektierten Flutlicht des Platzes. Im Schatten der Kathedrale patrouillierten etwa hundert Soldaten aus der Kreml-Kaserne in voller Feldausrüstung mit Funksprechgeräten und Maschinenpistolen.

Der Rote Platz selbst erhob sich vor Arkadi wie ein kopfsteingepflasterter Hügel. Links ragte der Kreml auf, die Backsteine im Licht der Scheinwerfer fast weiß, mit den schwalbenschwanzförmigen Zinnen einer Festung, die sich weit wie die Chinesische Mauer zu erstrecken schien. Die Türme über den Toren, von roten Sternen gekrönt, sahen aus wie Kirchen, die man eingenommen, vertäut und aus Europa hergeschleppt hatte, um sie als Trophäen für einen Zaren zu errichten. Schimmernd im Scheinwerferlicht, stand der Kreml wie ein Monument zwischen Wirklichkeit und Traum, eine gewaltige, bedrückende Vision. Aus dem Spasski-Tor kam eine schwarze Limousine wie eine Fledermaus hervor und irrte über die Steine. Am anderen Ende des Platzes verdeckte eine vier Stockwerke hohe Pepsi-Reklame die Front des Armee-Museums. Auf der rechten Seite versank die klassische Steinfassade des GUM, des größten und leersten Kaufhauses der

Welt, in der Dunkelheit. Vom Dach des Kaufhauses und von den Mauern des Kreml überwachten ständig Kameras den Platz, doch kein Flutlicht war hell genug, das Tal des Schattens in der Mitte des Platzes zu durchdringen, wo Arkadi sich befand. Jedes Individuum, das sich dort aufhielt, war nicht mehr als ein Punkt auf einem grauen Monitorschirm. Die bloße Größe und die erschreckende Leere des Platzes waren alles andere als dazu angetan, dem Passanten die Seele zu erheben, sondern sie ließen sie unbedeutend und klein erscheinen.

Bis auf eine Seele. Als Lenin im Sterben lag, bat er darum, kein Denkmal für ihn zu errichten. Das Mausoleum, das Stalin dann für ihn bauen ließ, war der Gruft gewordene Ausdruck seiner Rache, eine kompakte, stufenförmige Tempelanlage aus Rot und Schwarz unter den Zinnen der Kremlmauer, flankiert von weißen Marmorrängen, auf denen sich die Würdenträger des Staates zusammenfanden, um die Mai-Parade abzunehmen. Lenins Name war in roten Buchstaben über den Eingang des Mausoleums eingemeißelt, neben dem zwei Ehrenwachen standen – Kadetten mit weißen Handschuhen und wachsbleichen Gesichtern –, die vor Müdigkeit schwankten.

Der Platz war für den gewöhnlichen Verkehr gesperrt, aber als Arkadi sich vom Mausoleum abwandte, rollte ein schwarzer Sil aus der Tscherni-Straße, raste am GUM vorbei auf den Fluß zu und wurde vom Schatten der Basilius-Kathedrale verschluckt. Reifen quietschten, dann ein scharfer Protest, der über den ganzen Platz hallte.

Der Sil kam zurück. Da seine Scheinwerfer ausgeschaltet waren, erkannte Arkadi zu spät, daß der Wagen direkt auf ihn zufuhr. Er begann, auf das Museum zuzulaufen, die Stoßstange des Sil fast an seinen Fersen, rannte nach links auf das Mausoleum zu, und der große Wagen donnerte an ihm vorbei und schnitt ihm den Weg ab. Arkadi wich ihm aus und schlug die Richtung zur Tscherni-Straße ein. Der Sil legte sich auf die Seite, beruhigte sich wieder und beschrieb einen großen Kreis.

Als sein Fluchtweg den Bogen des Wagens schnitt, warf sich Arkadi zu Boden. Er rollte sich auf die Seite, sprang wieder auf und wollte in Richtung Basilius-Kathedrale laufen, glitt aber auf den Steinen aus. Scheinwerfer blendeten auf. Er fiel auf ein Knie und legte die Arme über die Augen.

Der Sil hielt genau vor ihm. Vier Uniformen tauchten in den Lichthöfen auf, die grell in seinen Augen zerbarsten – dunkelgrüne Generalsuniformen mit Messingsternen, Tressen an den Schulterklappen und einem Mosaik von Medaillen hinter goldenen Schnüren. Als seine Augen sich an die Helligkeit zu gewöhnen begannen, sah Arkadi, daß die Uniformierten seltsam in sich zusammengesunken waren und sich gegenseitig zu stützen schienen. Als der Fahrer ausstieg, fiel er fast der Länge nach hin. Er trug einen unmilitärischen Pullover, ein Jackett und auf dem Kopf die Mütze eines Oberfeldwebels. Er war betrunken, und seine Augen waren voller Tränen, die ihm in breiten Bächen bis zur Kinnlade hinunterliefen.

»Below?« fragte Arkadi, als er aufgestanden war.

»Arkascha.« Belows Stimme war tief und hohl wie ein Faß. »Wir waren bei deiner Wohnung, aber du warst nicht zu Hause. Dann sind wir in dein Büro, und da warst du auch nicht. Also sind wir noch ein bißchen durch die Gegend kutschiert und haben dich plötzlich hier entdeckt. Und dann bist du weggerannt.«

Arkadi erkannte die Generäle wieder, obwohl sie nur noch graue und verkümmerte Abbilder der einst großen, schneidigen Offiziere waren, die seinem Vater auf Schritt und Tritt gefolgt waren. Das waren sie, die standhaften Helden der Belagerung Moskaus, die Panzerkommandeure der Offensive in Bessarabien, die Sturmspitzen des Vorstoßes auf Berlin. Alle vier trugen sie den Lenin-Orden, verliehen für »eine entschlossene Aktion, die entscheidend dazu beitrug, den Verlauf des Krieges zu ändern«. Nur daß Schuksin, der sich immer mit der Reitpeitsche gegen die Stiefelschäfte zu schlagen pflegte, mittlerweile so zusammengeschrumpft und krumm war, daß er kaum noch die Höhe seiner Stiefelschäfte erreichte, und daß Iwanow, der das Privileg beanspruchte, die Aktentasche von Arkadis Vater zu tragen, jetzt gebeugt wie ein Affe ging. Kusnetsow war rund wie ein Kind geworden, während Gul zu einem Skelett abgemagert schien, sein ehemals unbeherrschtes, wildes Wesen reduziert auf einige Haarborsten, die aus Augenbrauen und Ohren hervorstanden. Und obwohl Arkadi sie sein ganzes Leben lang gehaßt hatte – oder eher verachtet, denn sie hatten ihn weniger aus Bosheit als aus Speichelleckerei gedemütigt –, war er in diesem Moment über ihre Hinfälligkeit gerührt.

Allein mit Boris Sergejewitsch stand es anders. Er war der Fahrer seines Vaters gewesen, Unteroffizier Below, der den jungen Arkadi als Leibwächter zum Gorki-Park begleitet hatte. Später wurde Boris Inspektor Below, obgleich er keine richtige Ausbildung genossen hatte und seine Befähigung sich eher auf die Befolgung von Befehlen als auf deren Erteilung und auf eine unerschütterliche Loyalität beschränkte. Seine Einstellung gegenüber Arkadi war stets von Liebe und Bewunderung bestimmt gewesen. Arkadis Verhaftung und sein Exil waren etwas gewesen, was Below genauso wenig begreifen konnte wie, sagen wir, Französisch oder die Quantentheorie.

Below nahm seine Mütze ab und steckte sie unter den linken Arm, als wollte er sich zum Dienst melden. »Arkadi Kirilowitsch, es ist meine schmerzliche Pflicht, dich davon zu unterrichten, daß dein Vater, General Kiril Iljitsch Renko, gestorben ist.«

Die Generäle traten näher und schüttelten Arkadi die Hand.

»Er hätte Marschall werden sollen«, sagte Iwanow. »Wir waren Waffenbrüder«, sagte Schuksin. »Ich bin mit deinem Vater nach Berlin marschiert.«

Gul schwenkte einen zittrigen Arm. »Ich bin mit deinem Vater im gleichen Glied marschiert, wir haben Stalin tausend faschistische Fahnen vor die Füße gelegt.«

»Unser aufrichtiges Beileid zu diesem unfaßbaren Verlust.« Kusnetsow schluchzte wie eine alte Jungfer.

»Die Beerdigung ist bereits für Samstag angesetzt«, sagte Below. »Das ist kurz, aber dein Vater hat für alles Anweisungen hinterlassen, wie immer. Er wollte, daß ich dir diesen Brief gebe.«

»Ich will ihn nicht haben.«

»Ich habe keine Ahnung, was er enthält.« Below versuchte, einen Umschlag in Arkadis Jackett zu schieben. »Vom Vater für seinen Sohn.«

Arkadi schob Belows Hand weg. Er war überrascht, wie brüsk er einen guten Freund behandelte und wie tief seine Abneigung gegenüber den anderen war. »Nein, danke.«

Schuksin wandte sich mit wackeligen Knien dem Kreml zu. »*Damals* wurde die Armee noch gewürdigt. Die sowjetische Macht bedeutete noch etwas. *Damals* schissen sich die Faschisten in die Hosen, wenn wir uns nur schneuzten.«

Gul nahm das Thema auf. »Und heute kriechen wir den Deutschen in den Arsch. Das ist die Folge davon, daß wir sie wieder haben hochkommen lassen.«

»Und der Lohn dafür, daß wir die Ungarn, die Tschechen und die Polen gerettet haben, ist, daß man uns ins Gesicht spuckt.« Die Qual dieser Bemerkung war zuviel für Iwanow, der ehemalige Aktentaschenträger mußte sich am Kotflügel des Wagens abstützen. Sie haben alle so viel Wodka in sich hineingeschüttet, dachte Arkadi, daß ein Streichholz genügen würde, sie in die Luft zu jagen.

»Wir haben die Welt gerettet, wißt ihr noch?« schrie Schuksin.

»Bitte. Warum nicht?« bat Below Arkadi.

»Er war ein Mörder«, sagte Arkadi.

»Das war der Krieg.«

Gul fragte: »Glaubst du, daß *wir* Afghanistan verloren hätten? Oder Europa? Oder auch nur eine einzige Republik?«

»Ich spreche nicht vom Krieg«, sagte Arkadi.

»Lies den Brief«, bat Below.

»Ich spreche von Mord«, sagte Arkadi.

»Arkascha, bitte! Tu es für mich!« Belows Augen flehten ihn an wie die eines Hundes. »Er wird den Brief jetzt lesen!« sagte er zu den anderen.

Die Generäle torkelten, formierten sich, scharten sich um ihn. Ein Stoß, und sie fallen in sich zusammen, dachte Arkadi. Wen sehen sie jetzt vor sich? fragte er sich. Ihn, seinen Vater, wen? Dies hätte ein Augenblick des Triumphes sein können, die Erfüllung eines lang ersehnten Kindertraums. Aber die Generäle, so grotesk sie erscheinen mochten, wirkten in diesem letzten Stadium zahnloser Senilität zugleich anrührend menschlich. Er nahm den Umschlag, auf dem in spinnwebfeinen Zügen sein Name stand. Er fühlte sich leicht an, als wäre er leer.

»Ich lese ihn später«, sagte Arkadi und wandte sich zum Gehen.

»Auf dem Wagankowskoje-Friedhof«, rief Below ihm nach. »Um zehn Uhr morgens.«

Oder ich werfe ihn weg, dachte Arkadi. Oder verbrenne ihn.

8

Der folgende Tag war der letzte der sogenannten »heißen Ermittlungen«, der letzte Tag, an dem offiziell Bahnhöfe und Flughäfen in Alarmbereitschaft versetzt werden durften, ein Tag der Resignation und des Streits. Arkadi und Jaak waren falschen Hinweisen gefolgt und hatten an allen drei Moskauer Flughäfen im Norden, Westen und Süden der Stadt vergeblich nach Kim gesucht. Jetzt gingen sie einem vierten Hinweis nach und näherten sich über dem Tscherkisowski-Boulevard dem als Ljubertsi bekannten Elendsviertel Moskaus.

»Ein neuer Informant?« fragte Arkadi. Er fuhr selbst, was immer ein Zeichen für seine schlechte Stimmung war.

»Völlig neu«, antwortete Jaak.

»Nicht Julja«, sagte Arkadi.

»Nicht Julja«, bestätigte Jaak.

»Hast du dir schon ihren Volvo ausgeliehen?«

»Das kommt schon noch. Jedenfalls ist es nicht Julja, sondern ein Zigeuner.«

»Ein Zigeuner!« Mit Mühe blieb Arkadi auf der Straße.

»Und du sagst immer, *ich* sei voreingenommen«, sagte Jaak.

»Wenn ich an Zigeuner denke, denke ich an Dichter und Musiker. Nicht an Informanten.«

Jaak sagte: »Nun, dieser Bursche würde seinen Bruder verraten, und das ist es, was ich einen guten Informanten nenne.«

Kims Motorrad war da, seine exotische, mitternachtsblaue Suzuki, eine Skulptur, die zwei Zylinder mit zwei Rädern verband, auf einen chromblitzenden Ständer aufgebockt, hinter einer fünfstöckigen Mietskaserne. Arkadi und Jaak gingen um die Maschine herum und bewunderten sie von allen Seiten, hin und wieder auch einen Blick auf das Gebäude werfend. Die oberen Stockwerke hatten illegal angebaute Balkons. Der Boden war übersät mit aus den Fenstern geworfenen Abfällen, leeren Kartons, zerbrochenen Flaschen. Der nächste Block war etwa hundert Meter weit weg. Es war eine öde Landschaft aus kahlen Gebäuden, in Gräben liegenden Abwasserrohren und betonierten, von Unkraut überwucherten Bürgersteigen, auf denen kein Mensch zu sehen war. Der Himmel war verhangen von jenem Smog, der aus Industriegiften und Verzweiflung zu bestehen schien.

Ljubertsi verkörperte alles, was Russen fürchteten – außerhalb des Zentrums zu sein, nicht in Moskau oder Leningrad leben zu dürfen, vergessen und unsichtbar –, ganz so, als beginne hier bereits die Steppe, kaum zwanzig Kilometer von der Stadtgrenze entfernt. An Plätzen wie diesem wohnte die große Masse der Bevölkerung, den Weg von der Kindertagesstätte über die Berufsschule zu den Montagebändern der Fabriken, den langen Wodkaschlangen und ins Grab klar vor Augen.

Die Moskowiter fürchteten Ljubertsi, da die jungen Fabrikarbeiter nicht selten den Zug nach Moskau nahmen, um die privilegierten Stadtkinder zusammenzuschlagen. Es verstand sich fast von selbst, daß die Ljuber sich zu einer Mafia organisiert hatten, deren besonderes Talent darin bestand, Rockveranstaltungen und Restaurants aufzumischen.

Jaak räusperte sich. »Im Keller«, sagte er.

»Im Keller?« Das war das Letzte, was Arkadi hören wollte. »Wenn wir in den Keller wollen, brauchen wir schußsichere Westen und Taschenlampen. Hast du so was etwa angefordert?«

»Ich wußte nicht, daß Kim sich hier aufhalten würde.«

»Du hast deinem verläßlichen Informanten nicht ganz geglaubt, was?«

»Ich wollte nicht so einen Wirbel machen«, sagte Jaak.

Die Schwierigkeit lag darin, daß die Ljubertsi-Keller keine

gewöhnlichen Keller waren. Bis vor kurzem war es Privatpersonen untersagt gewesen, sich in der orientalischen Praxis unbewaffneter Selbstverteidigung zu üben. Also hatten sich die Ljuber Muskelprotze in den Untergrund begeben und Kohlen- und Heizungskeller zu heimlichen Fitneßräumen umgerüstet. Allein durch die Keller einer Mietskaserne in Ljubertsi zu streifen, war keine verlockende Aussicht, aber Arkadi wußte, daß es mindestens einen Tag dauern würde, die eigentlich dafür nötige Ausrüstung zu beschaffen.

Drei Babuschkas saßen auf den Stufen der Mietskaserne und beobachteten einen Spielplatz, auf dem Kleinkinder in eine aus verrotteten Brettern zusammengenagelte Sandkiste kletterten. Ältere Jungen drehten ein Karussell ohne Sitze. Die Frauen sahen mit ihren grauen Köpfen und ihrer schwarzen Kleidung aus wie russische Krähen.

Jaak fragte: »Erinnerst du dich noch an den Komsomol-Klub, der wegen Rudis Pokal angerufen hat?«

»Dunkel.«

»Hab ich dir schon gesagt, daß sie wieder angerufen haben?«

»Ist das jetzt die richtige Zeit, mich daran zu erinnern?« fragte Arkadi.

»Was ist mit meinem Radio?« fragte Jaak.

»Deinem Radio?«

»Ich habe es gekauft, und ich würde es auch gerne haben. Du vergißt beharrlich, es mir zu geben.«

»Komm heute abend in meine Wohnung und hol es dir.«

Wir können nicht den ganzen Tag vor dem Motorrad stehenbleiben, dachte Arkadi. Wir sind bereits gesehen worden.

»Ich hab die Kanone«, sagte Jaak. »Ich gehe rein.«

»Sobald er jemanden kommen sieht, wird er rauslaufen. Da du die Kanone hast, wartest du hier und schnappst ihn dir.«

Arkadi ging auf die Stufen zu. Die Frauen sahen ihn an, als käme er aus einem anderen Sonnensystem. Er versuchte es mit einem Lächeln. Nein, man reagierte hier nicht auf Lächeln. Er blickte zum Spielplatz hinüber. Er war leer, die Kinder jagten hinter den flockigen Samen der umstehenden Pappeln her, die der Wind über den Boden trieb. Arkadi sah sich nach Jaak um, der auf dem Motorrad saß und das Gebäude beobachtete.

Er ging am Haus entlang, bis er eine Treppe fand, die hinunter an eine Stahltür führte. Die Tür war nicht verschlossen, und hinter ihr gähnte die Finsternis abgrundtief. Arkadi rief: »Kim! Michail Kim! Ich muß mit Ihnen reden!«

Die Antwort war tiefe Stille. Das ist das Geräusch, das Pilze beim Wachsen machen, dachte Arkadi. Es widerstrebte ihm, den Keller zu betreten. »Kim?«

Er tastete umher, bis er eine Kette fand. Als er an ihr zog, glomm eine Reihe trüber Glühbirnen auf, die an einer direkt an die Stützbalken der Decke genagelten elektrischen Leitung hingen und die Dunkelheit weniger erleuchteten als verdeutlichten. Als er sich niederbeugte, war es, als wate er durch seichtes Wasser.

Der Abstand zwischen Fußboden und Decke betrug anderthalb Meter, manchmal weniger. Es war ein Kriechgang, der über und um offene Rohre und Auslaßventile führte. Die Unterseite des Hauses ächzte über ihm wie ein Schiff. Er schälte Spinnweben von seinem Gesicht und hielt den Atem an.

Die Klaustrophobie war ein vertrauter Begleiter. Dabei kam es lediglich darauf an, von einer der trüben Glühbirnen bis zur nächsten zu gelangen. Gleichmäßiger zu atmen. Nicht an das Gewicht des Gebäudes zu denken, das über ihm lastete. Nicht an die schlechte Qualität russischer Neubauten. Sich nicht auch nur für einen Augenblick vorzustellen, daß der Tunnel einer finsteren Gruft glich.

Als er die letzte Glühbirne erreicht hatte, glaubte Arkadi, durch einen Strohhalm zu atmen. Er quetschte sich durch einen engen Einlaß und befand sich, auf Händen und Knien, in einem niedrigen, fensterlosen Raum, dessen Wände verputzt und angestrichen waren und der von einer fluoreszierenden Röhre erhellt wurde. Auf dem Boden lagen neben einem Streckgerät Matratzen und Hanteln. Die Hanteln waren aus Stahlrädern gefertigt, in die roh Schlitze zur Aufnahme der Griffe gefräst worden waren. Das Streckgerät bestand aus zugeschnittenen Herdplatten, die durch Drähte miteinander verbunden waren. Eine der Wände wurde von einem Spiegel eingenommen, an einer anderen klebte ein Bild von Schwarzenegger in voller Positur. Ein schwerer Sandsack hing an einer Kette von der Decke. Es roch nach Schweiß und Talkumpuder.

Arkadi stand auf. Weiter hinten lag ein zweiter Raum mit Bänken und auf Blöcken lagernden Gewichten. Bücher über Bodybuilding und Ernährung stapelten sich auf einer Matratze. Eine Bank war feucht und wies den Abdruck eines Tennisschuhs auf. In der Decke über der Bank war eine Metallplatte eingelassen. An der Wand befand sich ein Schalter. Arkadi drehte das Licht aus, um sich davor nicht als Silhouette abzuzeichnen. Er stellte sich auf die Bank, hob die Platte an und schob sie zurück. Er begann gerade, sich hochzuziehen, als sich ein Pistolenlauf gegen seinen Kopf drückte.

Es war dunkel. Arkadi war mit dem Kopf halb über den Fußboden hinter der Treppe des Treppenhauses gelangt. Die Bank unter seinen Halt suchenden Füßen schien tausend Meter entfernt. Der Gestank von abgestandenem Urin stieg ihm in die Nase. Er sah ein Dreirad ohne Räder, in einer Ecke zusammengekehrte Zigarettenkippen und Kondome und, am anderen Ende der Automatik, Jaak.

»Du hast mich vielleicht erschreckt«, sagte Jaak. Er richtete den Lauf der Automatik nach oben.

»Wirklich?« Arkadi hatte das Gefühl, daß mehr als seine Füße in der Luft hingen.

Jaak zog ihn hoch. Das Treppenhaus lag an der entgegengesetzten Seite des Gebäudes. Arkadi lehnte sich gegen die Briefkästen. Sie waren, wie üblich, brandgeschwärzt. Das Licht im Treppenhaus funktionierte natürlich nicht. Kein Wunder, daß gelegentlich Leute umgebracht wurden.

Jaak war verlegen. »Du warst so lange weg. Also hab ich mich umgesehen, ob es noch einen anderen Eingang gibt. Und dann tauchst du plötzlich hier wieder auf.«

»Ich tu's nicht wieder.«

»Du solltest eine Kanone bei dir haben«, sagte Jaak.

»Wenn ich eine Kanone bei mir hätte, wären wir beide Selbstmörder.«

Arkadi fühlte sich noch benommen, als sie nach draußen gingen.

»Behalten wir einfach das Motorrad im Auge«, schlug Jaak vor.

Als sie um die Ecke bogen, war Kims schönes Motorrad verschwunden.

Die Miliz schleppte Fahrzeugwracks auf einen Kai im Südhafen, handlich ausgeschlachtet für die Metallpressen und Autofabriken des Proletariat-Bezirks. Was auch nur im mindesten wiederverwendbar schien, war aus ihnen entfernt worden. Es waren nur mehr Skelette, und sie waren von einer eigenen Schönheit, wie vertrocknete Blumen. Der Kai bot einen herrlichen Ausblick auf den südlichen Teil Moskaus. Es war nicht Paris, zugegeben, war aber auch nicht ohne einen gewissen Reiz mit den gelegentlich zwischen den Fabrikschornsteinen aufblitzenden goldenen Kuppeln einer Kirche.

Der Abendhimmel war noch hell. Arkadi fand Polina am Ende des Kais mit einem Pinsel, Farbdosen und quadratisch zugeschnittenen Preßholzbrettern. Sie hatte ihren Regenmantel aufgeknöpft, ein Zugeständnis an das laue Wetter.

»Ihre Nachricht klang dringend«, sagte Arkadi.

»Ich dachte, daß Sie das sehen sollten.«

»Was?« Er blickte sich um.

»Nun warten Sie's doch ab.«

Er wurde ungeduldig. »Es ist also nicht so eilig? Sie sind nur bei der Arbeit?«

»Sie arbeiten doch auch.«

»Ich führe ein besessenes, aber leeres Leben. Aber Sie, wollen Sie nicht tanzen gehen oder sich mit Ihrem Freund einen Film ansehen?« Irinas Nachrichtensendung hatte begonnen, und er wußte, was er im Moment am liebsten getan hätte.

Polina trug grüne Farbe auf ein Holzstück auf, das sie auf den Kotflügel eines Sil gelegt hatte, dessen Türen und Sitze entfernt worden waren. Sie sieht hübsch aus, dachte Arkadi. Wenn sie eine Staffelei und etwas mehr Technik hätte … Aber sie klatschte die Farbe nur so auf den Untergrund.

Polina schien zu spüren, daß seine Gedanken abschweiften. »Wie war's heute mit Jaak?«

»Es war nicht gerade ein ruhmreicher Tag.« Er sah ihr über die Schulter. »Sehr grün.«

»Sind Sie Kritiker?«

»Künstler sind so empfindlich. Ich meinte ›ein reichlich aufgetragenes, üppiges Grün‹.« Er trat einen Schritt zurück, um die Umrisse der grauen Kräne und Schornsteine zu betrachten, die über dem schwarzen Fluß in einen milchigen Himmel übergingen. »Was malen Sie eigentlich?«

»Ich streiche Holz an.«

»Aha.«

Polina hatte vier unterschiedliche grüne Farbtöpfe, die mit KS 1, KS 2, KS 3 und KS 4 bezeichnet waren. Daneben standen vier rote Töpfe, auf denen RN 1, RN 2 usw. stand. Jeder Topf hatte seinen eigenen Pinsel. Die grüne Farbe stank infernalisch. Arkadi suchte in seinen Taschen, aber er hatte Borjas Marlboros in seiner anderen Jacke gelassen. Als er schließlich ein paar Belomor fand, blies Polina das Streichholz aus.

»Sprengstoffe«, sagte sie.

»Wo?«

»Erinnern Sie sich, daß wir in Rudis Wagen Spuren von rotem Natrium und Kupfersulfat gefunden haben? Wie Sie sicher wissen, läßt sich daraus ein Brandsatz herstellen.«

»Chemie war nie meine starke Seite.«

»Was wir nicht verstehen«, fuhr Polina fort, »ist, daß wir weder eine Schaltuhr noch einen Fernauslöser gefunden haben. Also bin ich der Sache nachgegangen. Man braucht keinen Zünder, wenn man rotes Natrium mit Kupfersulfat verbindet.«

Arkadi blickte erneut auf die Töpfe zu seinen Füßen. RN: rotes Natrium, ein tiefes Karminrot mit ockerfarbenem Einschlag. KS: Kupfersulfat, ein scheußliches Giftgrün, das einen üblen Geruch ausschwitzte. Er steckte seine Streichhölzer wieder ein. »Man braucht keinen Zünder?«

Polina legte das frisch angestrichene Holzbrett auf den Vordersitz des Sil und holte ein anderes hervor, auf dem die grüne Farbe bereits getrocknet war und auf dem sie nun mit Klebeband braunes Packpapier befestigte. »Rotes Natrium und Kupfersulfat sind, für sich genommen, relativ harmlos. Geraten sie jedoch zusammen, reagieren sie chemisch und erzeugen genügend Hitze, um sich selbst zu entzünden.«

»Sich selbst?«

»Aber nicht sofort und nicht unbedingt. Das ist das Interessante an der Sache. Es ist die klassische Binärwaffe – zwei Hälften einer explosiven Ladung, die durch eine Membran voneinander getrennt werden. Ich untersuche gerade verschiedene Materialien wie Leinen, Musselin und Papier auf ihre Wirksamkeit und vor allem darauf, wie lange sie die Reaktion verzögern. Ich habe bereits angestrichene Holzstücke in sechs Wagen deponiert.«

Polina nahm den Pinsel aus einer mit RN4 beschrifteten Dose und begann das Packpapier großzügig mit rotem Natrium anzustreichen. Arkadi bemerkte, daß sie wie ein professioneller Anstreicher mit einem »W« begann. »Wenn es sich sofort entzündete, wüßten Sie's jetzt«, sagte er.

»Ja.«

»Polina, haben wir nicht Techniker bei der Miliz mit Schutzräumen und Schutzkleidung und sehr langen Pinseln, um so was zu machen?«

»Ich bin schneller und besser.«

Polina arbeitete rasch. Sie achtete darauf, daß keine rote Farbe in die grünen Töpfe tropfte, und hatte in weniger als einer Minute das mit Packpapier bedeckte Brett scharlachrot eingefärbt.

Arkadi sagte: »Wenn also das feuchte rote Natrium das Papier aufweicht und sich mit dem Kupfersulfat verbindet, erhitzen sich beide und zünden?«

»So ist es, einfach gesagt.« Polina zog ein Notizbuch und einen Kugelschreiber aus ihrem Mantel und trug die Farbnummer und die genaue Zeit ein. Mit dem fertigen Brett und dem Pinsel in der Hand begann sie, die Autowracks entlangzugehen.

Arkadi schloß sich ihr an. »Ich glaube immer noch, daß Sie besser daran täten, durch einen Park zu spazieren oder sich von jemandem zu einem Eis einladen zu lassen.«

Die Wagen auf dem Kai waren verbeult, verrostet und leer. Ein Wolga war so deformiert, daß seine Achse zum Himmel wies. Das Steuerrad eines Niwa mit eingedrückter Kühlerhaube ragte durch den Vordersitz. Sie gingen an einem Lada vorbei, dessen Motorblock seltsamerweise im hinteren Teil des Wagens lag. Rund um den Kai standen dunkle Fabriken und Militärdepots. Auf dem Fluß glitt das letzte Tragflügelboot des Abends wie ein lichtfunkelndes Seeungeheuer vorbei.

Polina legte das rote Brett neben das Bremspedal eines viertürigen Moskwitsch und malte eine »7« an die linke Vordertür. Als sie sah, daß Arkadi sich den anderen sechs Wagen am Ende des Kais nähern wollte, sagte sie: »Warten Sie lieber.«

Sie setzten sich in einen Schiguli, dem Windschutzscheibe und Räder fehlten, so daß sich ihnen ein klarer, ungewohnt niedriger Blick auf den Kai und das andere Ufer bot.

»Eine Bombe im Wagen, Kim draußen«, sagte Arkadi. »Ist das nicht ein bißchen viel Aufwand?«

»Bei der Ermordung des Erzherzogs Ferdinand, die den Ersten Weltkrieg auslöste, gab es siebenundzwanzig Terroristen mit Bomben und Schußwaffen, die an mehreren Punkten der Fahrtroute postiert waren.«

»Sie haben sich mit Attentaten beschäftigt? Rudi war nur Bankier und kein Thronfolger.«

»Bei zeitgenössischen Terrorüberfällen, vor allem auf westliche Bankiers, sind Autobomben *die* Waffe überhaupt.«

»Sie haben sich tatsächlich damit beschäftigt.« Es machte ihn traurig.

»Ich kann mir trotzdem immer noch nicht das viele Blut in Rudis Wagen erklären«, gab Polina zu.

»Ich bin sicher, daß Sie noch eine Antwort dafür finden werden. Wissen Sie, das Leben hat mehr zu bieten als ... Mord und Totschlag.«

Polina hat die dunklen Locken wie die Mädchen auf den Bildern Manets, dachte Arkadi. Sie sollte einen Spitzenkragen und dazu einen langen Rock tragen, an einem schmiedeeisernen Tisch in einem sonnigen Garten sitzen und nicht von Toten reden und in einem Autowrack auf einem Kai hocken. Er merkte, wie ihre Augen ihn beobachteten. »Sie führen wirklich ein leeres Leben, nicht wahr?« sagte sie.

»Warten Sie einen Augenblick.« Irgendwie schien sich das

Thema ihres Gesprächs, unvermittelt und ohne Logik, in sein Gegenteil verkehrt zu haben.

»Das haben *Sie* gesagt«, meinte sie.

»Sie brauchen mir ja nicht gleich zuzustimmen.«

»Genau«, sagte Polina. »Sie können Ihr leeres Leben führen und trotzdem kritisieren, wie ich mit meinem umgehe, obgleich ich Tag und Nacht für Sie arbeite.«

Der erste Wagen flog mit einem dumpfen Geräusch wie ein gedämpfter Trommelschlag in die Luft. Ein weißer Blitz, als die Windschutzscheibe und die Fenster zerbarsten. Nach einem kurzen Augenblick, während die Glassplitter noch herunterregneten, war das Wageninnere von Flammen erfüllt. Polina trug die Zeit in ihr Notizbuch ein.

»Das funktioniert wirklich ohne Sprengkapsel oder Zünder? Nur Chemikalien?«

»Nur das, was Sie gesehen haben, freilich mit unterschiedlich konzentrierten Lösungen. Ich habe andere mit Phosphor und Aluminiumpulver, die eine Kapsel oder irgendeinen Schlag brauchen, um zu detonieren.«

»Nun, das gerade schien mir aber schon recht wirksam«, sagte Arkadi.

Er hatte zwar eine Selbstzündung erwartet, nicht aber eine Explosion von solcher Gewalt. Das Feuer hatte sich bereits ausgebreitet: Die Vordersitze und das Armaturenbrett des Wagens wurden von Flammen umzüngelt, die einen dunklen, giftigen Rauch erzeugten. Wie kam jemals jemand lebend aus einem brennenden Wagen heraus? »Danke, daß ich mir das nicht näher anzuschauen brauchte«, sagte Arkadi.

»Stets zu Ihren Diensten.«

»Und ich bitte um Entschuldigung, daß ich – wenn auch nur andeutungsweise – Ihr berufliches Engagement kritisiert habe. Sie sind bisher das einzige Mitglied unserer Mannschaft, das seine Kompetenz unter Beweis gestellt hat. Ich bin voller Bewunderung, ehrlich.«

Während Polina ihn – unsicher, ob die Bemerkung nicht sarkastisch gemeint war – musterte, zündete er sich eine Zigarette an. »Ich würde das Fenster herunterdrehen, wenn es ein Fenster gäbe«, sagte er.

Der zweite Wagen ging ohne die explosive Kraft des ersten in Flammen auf, und die Bombe im dritten Wagen war noch schwächer – kaum eine Explosion, obgleich auch hier helle Flammen aus dem Inneren schlugen. Die vierte Detonation glich der ersten. Inzwischen war Arkadi ein geübter Beobachter und wußte die einzelnen Stadien des Vorgangs voneinander zu unterscheiden: zuerst das Bersten der Scheiben, soweit noch vorhanden, der Blitz der entzündeten Chemikalien, das Wummen der verdichteten Luft und schließlich das Aufblühen der roten Flammen und die Bildung brauner, giftiger Rauchschwaden. Polina machte sich Notizen. Sie hatte zierliche Hände, die durch die aufgerollten Ärmel ihres Mantels noch kleiner erschienen. Ihre rasch niedergeschriebenen Notizen sahen fast aus wie getippt.

Below hatte gesagt, Arkadis Vater würde beerdigt werden. Würden sie seinen Leichnam begraben oder einäschern? Sie könnten sich das Krematorium sparen und den alten Mann herbringen, zu einer glorreichen Himmelfahrt in einem von Polinas Flammenwagen. Irina könnte es dann in ihren Nachrichten als eine weitere russische Greueltat verlesen.

Arkadi schoß durch den Kopf, daß Autos nicht für Russen geschaffen waren. Zunächst einmal hatten sie nicht genügend Straßen, die frei von Frostaufbrüchen und Schlammlöchern waren. Vor allem aber waren Autos nicht das geeignete für ein Volk, das dem Wodka und der Melancholie verfallen war.

»Haben Sie für heute nacht noch etwas anderes geplant?« fragte Polina.

»Nein.«

Der fünfte und der sechste Wagen explodierten fast gleichzeitig, verbrannten dann aber sehr unterschiedlich, indem der eine sich in einen Feuerball verwandelte und der andere, bereits eine ausgebrannte Hülse, langsam von den Flammen umzüngelt wurde. Bisher war kein Feuerwehrwagen erschienen. Die Zeit, in der noch in Nachtschichten gearbeitet wurde, war vorbei, und zu dieser Stunde waren die Fabriken um den Hafen leer, abgesehen von ein paar verlorenen Wächtern. Arkadi fragte sich, wieviel von der Stadt er und Polina wohl anzünden könnten, bevor es jemand bemerkte.

Als sie ihre Notizen durchblätterte, sagte Polina: »Ich hatte eigentlich Puppen in die Wagen setzen wollen.«

»Puppen?«

»Schaufensterpuppen. Mit Thermometer. Aber ich konnte nicht mal ein einzelnes Küchenthermometer auftreiben.«

»Alles ist so schwer aufzutreiben.«

»Weil sich chemische Verbrennungen nicht exakt bestimmen lassen, besonders die Zeit nicht, bis es zur Entzündung kommt.«

»Ich habe den Eindruck, daß es für Kim leichter gewesen wäre, wenn er Rudi mit seiner Maschinenpistole durchsiebt hätte. Nicht, daß ich es nicht genossen hätte, die Wagen hier hochgehen zu sehen. Das ist wie eine Witwenverbrennung. Wissen Sie, wie diese indischen Frauen, die sich mit auf dem Scheiterhaufen opfern, auf dem ihre Männer verbrannt werden. Das Spektakel hier gleicht einer großen Witwenverbrennung am Ganges, nur, daß wir an der Moskwa sitzen, und das nicht am Tage, sondern mitten in der Nacht, und vergessen haben, die nötigen Witwen aufzutreiben. Nicht mal Puppen. Sonst ist aber alles sehr romantisch.«

»Das ist nicht analytisch gedacht.«

»Analytisch? Ich brauche nicht einmal ein Küchenthermometer. Ich habe Rudi gerochen. Er war gut durchgebraten.«

Polina war schockiert, Arkadi war über sich selbst entsetzt. Was konnte er jetzt sagen? Daß er müde war, wütend, nach Haus gehen wollte, um sein Ohr ans Radio zu legen? »Es tut mir leid«, sagte er. »Das war nicht nett.«

»Ich glaube, Sie sollten sich einen anderen Pathologen suchen«, sagte Polina.

»Ich glaube, daß ich am besten nach Hause gehe.«

Als er ausstieg, explodierte der siebte Wagen und jagte Fontänen von Glassplittern hoch in die Luft. Der Moskwitsch brannte wie ein Hochofen, weiße Flammen sprangen von Fenster zu Fenster und verbreiteten Hitze um sich. Als die Sitze anfingen zu brennen, wechselten die Flammen ihre Farbe und spien einen dichten, schmutzigen, mit Giftstoffen gesättigten Rauch aus. Der Lack warf Blasen, und der ganze Kai leuchtete im Widerschein der wie Kohle glühenden Glassplitter.

Er sah, daß sich Polina wieder Notizen machte. Sie hätte einen guten Mörder abgegeben, dachte er. Sie war eine gute Pathologin. Er war ein Idiot.

9

»Traurige Sache mit Rudi. Er war so warmherzig, nahm soviel Anteil und kümmerte sich um die jungen Menschen der Sowjetunion.« Antonow fuhr zusammen, als ein Junge einen anderen in die Ecke trieb und ihm den Mundschutz aus den Zähnen schlug. »Wie oft war er hier, ermutigte die Jungs, ermahnte sie, fair und anständig zu bleiben.« Antonow nickte zustimmend, als der bedrängte Kämpfer sich befreite. »Dran bleiben, dran bleiben! *Beweg dich!* Willst du eine Windmühle imitieren, oder was soll das Gefuchtel? Also, Rudi war für uns hier der gute Onkel. Dies ist nicht der Mittelpunkt Moskaus. Die Jungs hier gehen nicht auf die Akademie, um sich zum Ballettänzer ausbilden zu lassen. Verpaß ihm eine! Aber die Jugend ist nun mal unser wertvollster Besitz. Jeder Junge und jedes Mädchen im Komsomol hat eine faire Chance. Modellflugzeuge, Schach, Basketball. Ich wette, daß Rudi jeden Klub hier gesponsert hat. Einen Schritt zurück! Nicht du! *Er!*«

Jaak hatte sich noch nicht gemeldet. Zwar hatte Polina angerufen, aber das Leichenschauhaus war wirklich der letzte Ort, an dem Arkadi den Tag beginnen wollte. Kriegte sie denn nie genug? Andererseits wurden seine Kopfschmerzen auch nicht dadurch besser, daß er zusah, wie diese Burschen aufeinander eindroschen. Sportlehrer Antonow machte den Eindruck, als sei sein Gehirn schon vor langer, langer Zeit weichgeklopft worden. Er hatte kurzgeschnittenes, graues Haar und flache, ausdruckslose Gesichtszüge. In seinen Fäusten, deren Adern so stark hervortraten, daß sie eigene Knöchel zu bilden schienen, hielt er den Schläger eines Gongs und eine Stoppuhr. Die Jungen im Ring trugen Helme, Pullunder und Shorts. Ihre Haut war bis auf die Stellen, an denen sie getroffen worden waren, blaß wie Kartoffelfleisch. Manchmal sahen sie aus, als ob sie boxten, im nächsten Augenblick, als versuchten sie ungeschickt zu tanzen. Neben dem Ring bot der Komsomol-Klub Leningrad Raum für Ringermatten und Gewichte, so daß die Wände widerhallten von dem Keuchen der Ringer und Gewichtheber. Zwei grundverschiedene psychologische Typen, dachte Arkadi, Gewichtheber sind Solisten, Grunzvirtuosen, während Ringer es nicht abwarten können, sich ineinander zu verhakeln. Trübes Licht drang durch die weißgestrichenen Fenster, unter denen eine uralte Sprossenwand aufragte. Boxer- und Ringerauszeichnungen hingen neben der Tür sowie ein Schild mit der Aufschrift »Zigaretten vernebeln den Weg zum Erfolg«. Was Arkadi daran erinnerte, daß er unbeabsichtigt die Jacke mit Borjas beiden Marlboro-Packungen angezogen hatte, endlich ein Grund, das Leben von der freundlichen Seite zu sehen.

»Rudi war also ein Sportfan – haben Sie mich deshalb kommen lassen? Sie hatten einen Pokal für ihn?«

»Ist er wirklich tot?« fragte Antonow.

»Völlig tot.«

»Kontern, kontern!« rief Antonow in den Ring. Zu Arkadi sagte er: »Vergessen Sie den Pokal.«

»Den Pokal vergessen?« Antonow hatte deswegen gleich zweimal im Büro angerufen.

»Was sollte Rudi denn jetzt mit einem Pokal anfangen?«

»Das möchte ich auch gerne wissen«, sagte Arkadi.

»Ich will nicht unhöflich sein, aber ich hätte da eine Frage. Nehmen wir mal an, daß die Person stirbt, die in einer Kooperative die Schecks unterschreibt. Heißt das dann, daß der andere Partner in der Kooperative das Geld kriegt, was noch auf dem Konto liegt?«

»Sie waren Rudis Partner?«

Antonow schnaubte verächtlich durch die Nase, als sei die Frage lächerlich. »Nicht ich persönlich, nein. Der Klub. Entschuldigen Sie. Nicht die Führungsgerade wechseln! Du bist Rechtsausleger, also bleib Rechtsausleger!«

Arkadi begann hellhörig zu werden. »Der Klub und Rudi?«

»Klubs wie dieser hier dürfen Teil einer Kooperative sein. Das ist nur fair, und manchmal hilft es, wenn man einen offiziellen Partner einschaltet, um gewisse Dinge zu betreiben.«

»Zum Beispiel Spielautomaten?« klopfte Arkadi auf den Busch.

Antonow erinnerte sich an seine Stoppuhr und schlug mit dem Gongschläger auf einen Blecheimer. Die Kämpfer lösten sich voneinander, beide nicht mehr in der Lage, die Handschuhe zu heben.

»Es ist völlig legal«, sagte Antonow und senkte die Stimme. »TransKom Services, mit einem großen K.«

TransKom. Die Kommunistische Jugendliga hatte Rudi die Spielautomaten im Intourist ermöglicht. Für Rudi war dieser schmuddelige, kleine Komsomol-Klub eine Goldgrube gewesen, eine Entdeckung, die für Arkadi zwar ein kleiner Sieg, aber dennoch ohne Bedeutung für seine eigentliche Aufgabe war, Kim zu finden.

»Sie werden sehen, der Klub ist in den Papieren der Kooperative eingetragen. Die Namen der Partner, Aufgabenbereiche, Bankkonten, alles.«

»Sie haben diese Papiere?«

»Rudi hatte das alles«, sagte Antonow.

»Nun, ich glaube, dann hat Rudi es mit sich genommen.«

Tote waren gemein.

In der Leichenhalle waren sie geduldig. An den Wänden standen fahrbare Bahren, und die Leichen unter den Laken warteten mit unerschütterlichem, finalem Gleichmut darauf, seziert zu werden. Ihnen war sogar egal, ob sie wegen fehlenden Formaldehyds zu verwesen begannen. Sie waren nicht beleidigt, wenn sich ein Pathologe eine teure amerikanische Zigarette anzündete, um den Gestank zu ertragen. Rudi lag in einer Schublade, die inneren Organe in einem Plastikbeutel zwischen den Füßen. Polina war fortgegangen.

Arkadi fand sie mitten in einer Schlange von rund tausend Menschen, die im kleinen Park neben der Petrowka-Straße nach roten Rüben anstanden. Das Wetter war umgeschlagen. Feiner Nieselregen ging auf sie nieder. Einige Schirme waren aufgespannt, aber nicht viele, da die Menschen beide Hände für ihre Einkaufstaschen brauchten. Am Kopf der Schlange stapelten Soldaten auf dem aufgeweichten Boden Säcke übereinander. Polina hatte ihren Regenmantel bis zum Kinn zugeknöpft, und Tropfen perlten auf ihren Haaren. In anderen Schlangen standen die Leute nach Eiern und Brot an, eine weitere wand sich um einen Zigarettenkiosk. Uniformierte schritten auf und ab, um sicherzustellen, daß sich niemand vordrängte. Arkadi hatte seine Bezugsscheine nicht bei sich, so daß er vom Angebot keinen Gebrauch machen konnte.

»Ich bin vom Kai hergekommen, um mir Rudi noch mal anzuschauen«, sagte Polina. »Ich habe Ihnen ja gesagt, daß zuviel Blut da war. Ich bin jetzt fertig.«

Arkadi bezweifelte, ob es für Polina jemals zuviel Blut geben könnte, aber er nickte zustimmend. Offensichtlich hatte sie die ganze Nacht gearbeitet.

»Polina, es tut mir leid, was ich auf dem Kai gesagt habe. Ich bin schrecklich empfindlich gegenüber allem, was mit Gerichtsmedizin und Pathologie zu tun hat. Sie haben einfach bessere Nerven als ich.«

Hinter Polina beugte sich eine Frau mit einem grauen Schal, grauen Augenbrauen und grauen Haaren auf der Oberlippe vor und fuhr ihn an: »Versuchen Sie etwa, sich vorzudrängen?«

»Nein.«

»Man sollte Leute, die sich vordrängen, erschießen«, sagte die Frau.

»Behalten Sie ihn im Auge«, sagte der Mann hinter ihr. Er war klein, Typ Bürokrat, mit einer imposanten Aktentasche, die viele Rüben aufnehmen konnte. In der hinter ihm stehenden Schlange sah Arkadi nur Gesichter, die ihn mit unterdrücktem Haß anstarrten. Sie rückten einen Schritt vor.

»Wie lange stehen Sie schon an?« fragte er Polina.

»Eine Stunde. Ich bringe Ihnen Rüben mit«, sagte sie und warf dem hinter ihr stehenden Paar einen wütenden Blick zu. »Zum Teufel mit denen.«

»Was ist mit dem Blut?«

Polina zuckte mit den Achseln, sie hatte gesagt, was zu sagen war. »Beschreiben Sie die Explosion, als Rudi starb«, sagte sie. »Was genau haben Sie gesehen?«

»Zwei aufflammende Blitze«, sagte Arkadi. »Der erste völlig überraschend. Leuchtend hell, weiß.«

»Das war die Natrium-Kupfersulfat-Mischung. Der zweite Blitz?«

»Der zweite war auch hell.«

»Genauso hell?«

»Weniger.« Er hatte bereits mehrmals versucht, sich die Szene neu zu vergegenwärtigen. »Wir hatten keine gute Sicht, aber vielleicht mehr orange als weiß. Dann haben wir das verbrannte Geld mit dem Rauch aufsteigen sehen.«

»Also zwei Detonationen, aber nur eine heiß genug, um eine Spur im Wagen zu hinterlassen. Haben Sie nach der zweiten Explosion irgend etwas Bestimmtes gerochen?«

»Benzin.«

»Der Benzintank?«

»Der ist später in die Luft geflogen.« Arkadi sah, daß es am Kiosk zu einer Schlägerei gekommen war. Ein Kunde behauptete, daß er nur vier Packungen für den Monat erhalten habe, nicht fünf. Zwei Soldaten trugen ihn, einen Arm um seinen Nacken und den anderen unter seinen Beinen, wie einen Koffer davon und warfen ihn in einen Lieferwagen. »Gari hat uns gesagt, daß Kim eine Bombe in den Wagen geworfen hat. Es hätte allerdings auch ein einfacher Molotow-Cocktail mit Benzin sein können.«

»Es war was Besseres«, sagte Polina.

»Was ist besser?«

»Benzin-Gel. Benzin-Gel haftet und brennt und brennt. Deswegen war soviel Blut da.«

Arkadi verstand immer noch nicht. »Aber Sie haben doch gesagt, daß durch Verbrennen kein Blut entstehen kann.«

»Ich habe mir Rosen noch einmal angesehen. Er hatte einfach nicht genügend Schnittverletzungen, um all das Blut in und vor dem Wagen zu produzieren. Ich weiß, das Labor hat gesagt, es sei seine Blutgruppe gewesen, aber ich hab's selbst noch mal überprüft. Es war nicht seine Gruppe. Es war nicht einmal menschliches Blut. Es war Rinderblut.«

»Rinderblut?«

»Seihen Sie Blut durch ein Tuch, und vermischen Sie das

Serum mit Benzin und etwas Kaffee oder Backpulver. Rühren Sie, bis es geliert.«

»Eine Bcmbe aus Benzin und Blutserum?«

»Eine Guerillatechnik. Ich wäre schneller draufgekommen, wenn die Laborberichte korrekt gewesen wären«, sagte Polina. »Sie können Benzin mit Seife, Eiern oder Blut andicken.«

»Das muß der Grund dafür sein, weswegen es so wenig davon gibt«, sagte Arkadi.

Das hinter Polina stehende Paar hatte aufmerksam zugehört. »Nehmen Sie keine Eier«, sagte die Frau. »Eier haben Salmonellen.«

Der Bürokrat widersprach. »Das ist ein haltloses Gerücht, von Leuten in die Welt gesetzt, die die Eier für sich allein haben wollen.«

Die Schlange schob sich einen weiteren Schritt vor. Arkadi stampfte mit den Füßen auf den Boden. Polina trug offene Sandalen, aber was ihre Reaktion auf Regen, Blut und den Wahnsinn des Wartens betraf, so hätte sie auch eine Marmorbüste sein können. Ihre Aufmerksamkeit wurde jetzt völlig vom näherrückenden Verkaufsstand in Anspruch genommen. Der Regen fiel dichter. Tropfen rannen ihr über die Stirn und umgaben die pagodenhafte Kurve ihres Haaransatzes mit einem feinen Netz.

»Geht es nach Gewicht oder nach Anzahl?« fragte sie ihre Nachbarin.

»Ach, meine Liebe«, sagte die alte Frau. »Das hängt völlig davon ab, ob sie die Waage falsch eingestellt oder kleine Rüben haben.«

»Gibt es auch Suppengrün?«

»Für Suppengrün müssen Sie sich extra anstellen«, sagte die Frau.

»Sie haben gute Arbeit geleistet«, sagte Arkadi. »Tut mir leid, daß das alles so schauerlich ist.«

»Wenn ich daran Anstoß nähme, hätte ich wohl den falschen Beruf gewählt«, sagte Polina.

»Vielleicht habe *ich* den falschen Beruf gewählt«, sagte Arkadi.

Die meisten Transaktionen am Verkaufsstand beschränkten

sich auf einen stummen, mürrischen Austausch von Rubeln und Bezugsscheinabschnitten gegen die Rüben, wenn auch jeder Vierte oder Fünfte sich heftig darüber beklagte, betrogen worden zu sein, und mehr verlangte – Anschuldigungen, in denen Verdruß, Hysterie und Zorn widerklangen und die die Menschen enger heranrücken ließen, bis sie von Soldaten wieder zurückgestoßen wurden, so daß de Schlange letztlich in ständiger Bewegung war. Der Regen hatte wenigstens insofern sein Gutes, als er die Rüben sauberwusch. Den hinter dem Stand aufgestapelten Säcken sah man ihre lange Reise vom Land in die Stadt deutlich an, das feuchte Sackleinen war schmutzig und stellenweise zerrissen. Die nasseren Säcke hatten sich hellrot verfärbt, und der Boden um sie herum war so rot wie die Schale der Waage, an deren Innenseite sich Rübenreste festgesetzt hatten. Polina schaute auf ihre Zehen und die Sandalen, die ebenfalls von rötlicher Farbe überzogen schienen. Arkadi beobachtete ihr Gesicht, das plötzlich wachsbleich wurde, und fing sie auf, als sie zu Boden sank.

»Nicht in die Leichenhalle, nur nicht dahin«, sagte sie.

Arkadi legte ihr den Arm um die Schultern und führte sie in die Petrowka-Straße, um nach einer Bank zu suchen, auf der sie sich hinsetzen konnte. Gegenüber von ihnen verließ ein Krankenwagen das Tor eines gelbbraun gestrichenen Gebäudes, eines jener vor der Revolution errichteten herrschaftlichen Häuser, welche die Partei gern für ihre Büros benutzte. Es schien jetzt als Krankenhaus zu dienen.

Als er sie über die Straße in den Innenhof des Gebäudes geschafft hatte, sagte Polina: »Keinen Arzt.«

An der einen Seite des Hofes war eine rustikale Holztür neckisch mit krähenden Hähnen und tanzenden Schweinen bemalt. Sie öffneten sie und betraten ein leeres Café. Ledergepolsterte Bänke gruppierten sich um kleine Tische, und eine Reihe von Barhockern stand vor einem hohen Tresen, hinter dem ein Arsenal von Orangensaftpressen fast die ganze Wand einnahm.

Polina setzte sich auf eine der Bänke, legte ihren Kopf zwischen die Knie und sagte: »Scheiße, Scheiße, Scheiße, Scheiße.«

Eine Kellnerin tauchte aus der Küche auf, um sie fortzujagen, aber Arkadi zückte seinen Ausweis und verlangte einen Cognac.

»Das hier ist eine Klinik. Wir servieren keinen Cognac.«

»Dann eben klinischen Cognac.«

»Nur gegen Dollar.«

Arkadi legte eine Packung Marlboro auf den Tisch. Die Kellnerin starrte sie ausdruckslos an. Er legte die andere Packung hinzu.

»Zwei Packungen.«

»Und dreißig Rubel.«

Sie verschwand, kehrte einen Augenblick später zurück, stellte eine Flasche armenischen Cognac mit zwei Gläsern auf den Tisch und strich mit der gleichen schwungvollen Bewegung das Geld und die Packungen ein.

Polina richtete sich auf und ließ den Kopf zurückfallen. Haarlöckchen hingen ihr ins Gesicht. »Das ist die Hälfte unseres Wochenlohns«, sagte sie.

»Wozu soll ich es sparen? Für Rüben?«

Er schenkte ihr Glas ein, das sie mit einem Schluck leerte.

»Diese verdammten Leichen. Wenn man erst einmal weiß, was mit ihnen los war, ist es um so schlimmer, nicht besser.« Sie atmete tief ein und aus. »Deswegen bin ich auch weg. Dann sah ich die Schlangen vor den Verkaufsständen und hab mich angestellt. Niemand fordert einen auf, wieder an die Arbeit zu gehen, wenn man Einkäufe erledigt.«

An der Bar suchte die Kellnerin in ihrer Schürze nach einem Feuerzeug, zündete sich eine Zigarette an und atmete den Rauch mit einem Genuß ein, der ihr die Augen verschleierte. Arkadi beneidete sie.

»Entschuldigen Sie«, sagte er. »Was für eine Art Klinik ist das hier? Mit einem Café mit Ledersitzen und indirekter Beleuchtung – recht eigenartig.«

»Für Ausländer«, sagte die Kellnerin. »Es ist eine Diätklinik.«

Arkadi und Polina tauschten einen Blick aus. Es muß hier so was wie Hysterie in der Luft liegen, dachte er. Polina schien das Bedürfnis zu haben, gleichzeitig zu lachen und zu weinen, und er spürte den gleichen Drang. »Nun, Moskau ist für so was geradezu ideal«, sagte er.

»Sie könnten sich keinen besseren Platz aussuchen«, sagte Polina.

Arkadi sah, daß die Farbe in ihre Wangen zurückkehrte. Interessant, wie schnell man sich erholt, wenn man jung ist. Er schenkte ihr ein weiteres Glas ein und trank selber eins. »Es ist der Wahnsinn, Polina. Dantes *Inferno* mit einer Schlange vor dem Brotladen. Wie wär's mit einer Diätklinik in der Hölle?«

»Genau das richtige für Amerikaner«, sagte Polina. »Mit Aerobik-Kursen im Feuerschein.« Da war ein echtes Lächeln auf ihrem Gesicht, vielleicht, weil auch eines auf seinem war. Es genügte, gemeinsam den Wahnsinn zu erkennen. »*Moskau* könnte die Hölle sein, das hier *könnte* sie sein«, sagte sie.

»Guter Cognac.« Arkadi schenkte zwei weitere Gläser ein. Der Alkohol wirkte wie eine geballte Ladung auf seinen leeren Magen. »Zum Teufel«, sagte er. Er spürte, wie Feuchtigkeit aus seiner Kleidung aufstieg, und rief der Kellnerin zu: »Woraus besteht die Diät hier?«

»Kommt darauf an.« Sie schloß die Lippen um die Zigarette. »Ob Sie auf Fruchtdiät oder Gemüsediät sind.«

»Fruchtdiät? Hören Sie das, Polina? Was für Früchte?« fragte er.

»Ananas, Papayas, Mangos, Bananen.« Die Kellnerin ratterte sie herunter, als wären sie das selbstverständlichste auf der Welt.

»Papayas«, wiederholte Arkadi. »Für Papayas würden wir beide bestimmt liebend gern sieben oder acht Jahre anstehen. Ich bin mir nicht einmal sicher, ob ich weiß, wie eine Papaya aussieht, Polina. Ich wäre wahrscheinlich schon mit einer Kartoffel glücklich. Nur würde ich dann freilich kein Gewicht verlieren. Luxus ist für Leute wie Sie und mich reine Verschwendung. Könnten Sie uns eine Papaya zeigen?« fragte er die Kellnerin.

Sie musterte die beiden. »Nein.«

»Sie hat wahrscheinlich überhaupt keine«, sagte Arkadi. »Das sagt sie nur, um bei ihren Freunden Eindruck zu schinden. Fühlen Sie sich besser?«

»Ich lache, also muß ich mich wohl besser fühlen.«

»Ich habe Sie noch nie zuvor lachen hören. Klingt gut.«

»Ja.« Polina wiegte sich langsam vor und zurück. »In den Pathologiekursen pflegten wir einander zu fragen: ›Was ist die schlimmste Art zu sterben?‹ Jetzt, nach Rudi, weiß ich die Antwort. Glauben Sie an die Hölle?«

»Darüber muß ich erst einmal nachdenken.«

»Sie sind wie der Teufel. Klammheimlich genießen Sie Ihre Arbeit, genießen es, die Verdammten am Kragen zu packen und fortzuschleppen. Deswegen arbeitet Jaak auch so gern für Sie.«

»Und warum arbeiten Sie für mich?«

Polina dachte einen Augenblick nach. »Sie lassen mich die Dinge tun, wie sie getan werden müssen. Sie gestatten mir, mich in meine Arbeit einzubringen.«

Arkadi wußte, daß genau da ihr Problem lag. Die Leichenhalle war ein Ort, an dem es nur Schwarz und Weiß gab, tot oder lebendig. Polina war zu analytischer Distanz ausgebildet worden, zu einem blinden Determinismus, der in einem Toten nichts anderes sah als einen kalten und leblosen Körper. Allerdings begannen Pathologen, die in die Ermittlungen außerhalb der Leichenhalle mit einbezogen wurden, die Körper wieder als lebende Wesen zu sehen, der Kadaver auf dem Seziertisch wurde zu einem Menschen, der einmal auf dieser Erde geatmet und gelitten hatte. Arkadi hatte Polina ihrer professionellen Distanz beraubt. In gewisser Weise hatte er sie korrumpiert.

»Weil Sie intelligent sind.« Arkadi beließ es dabei.

»Ich habe über das nachgedacht, was Sie mir gestern nacht gesagt haben. Kim hatte eine Schußwaffe. Warum also zwei verschiedene Arten von Bomben, um Rudi zu töten? Es war eine so komplizierte Methode, ihn umzubringen.«

»Es ging nicht nur darum, ihn umzubringen. Es ging darum, ihn zu verbrennen. All die Aufzeichnungen und Disketten, alles, was darauf hinwies, daß er in Verbindung mit jemandem stand. Ich bin mir dessen jetzt ganz sicher.«

»Ich bin also eine Hilfe für Sie.«

»Eine Heldin der Arbeit.« Er trank ihr zu.

Polina leerte ihr Glas und senkte den Blick.

»Ich habe gehört, daß Sie einmal fortgegangen sind«, sagte sie. »Da war eine Frau, wie ich hörte.«

»Wo hören Sie solche Sachen?«

»Sie weichen aus.«

»Ich weiß nicht, was die Leute über mich reden. Ich habe das Land für kurze Zeit verlassen und bin dann zurückgekommen.«

»Und die Frau?«

»Ist nicht zurückgekommen.«

»Wer hatte recht?« fragte Polina.

Das, dachte Arkadi, ist eine Frage, die nur sehr junge Menschen stellen können.

10

»Der sowjetische Verteidigungsminister«, sagte Irina, »hat zugegeben, daß sowjetische Truppen Zivilisten in Baku angegriffen haben, um den Sturz der kommunistischen aserbaidschanischen Regierung zu verhindern. Die Armee hat nichts unternommen, als aserbaidschanische Aktivisten in der Hauptstadt gegen Armenier vorgingen, griff aber ein, als die Menge drohte, die Parteizentrale niederzubrennen. Panzer- und Infanterie-Einheiten durchbrachen die von militanten Antikommunisten errichteten Blockaden und besetzten die Stadt, feuerten, ohne provoziert worden zu sein, Dumdum-Geschosse ab und nahmen auch Mietshäuser unter Beschuß. Bei dem Angriff sollen Hunderte, wenn nicht Tausende Zivilisten getötet worden sein. Obwohl der KGB verbreiten ließ, daß die Aserbaidschaner mit schweren Maschinengewehren bewaffnet gewesen seien, wurden bei den Toten nur Jagdwaffen, Messer und Pistolen gefunden.«

Arkadi hatte sich endlich von Polina verabschiedet und war rechtzeitig zu Irinas erster Nachrichtensendung nach Hause gekommen. Cognac mit einer Frau, dann ein Rendezvous mit der Stimme einer anderen. Was für ein kompliziertes Leben, dachte er.

»Die militärische Operation wurde offiziell mit gewalttätigen Ausschreitungen des Mobs gegen Armenier begründet, angestachelt durch militante Aktivisten, die aufgrund von Dokumenten, die sie bei sich trugen, als Führer der Aserbaidschanischen Volksfront identifiziert wurden. Da die Volksfront aber keine derartigen Dokumente ausstellt, ist anzunehmen, daß wieder einmal der KGB hinter den Provokationen steckt.«

Während Arkadi zuhörte, zog er ein trockenes Hemd und ein anderes Jackett an.

Wer hatte recht? Sie. Er. Es gab kein Recht oder Unrecht, kein Schwarz oder Weiß. Arkadi sehnte sich nach Gewißheit, selbst im Unrecht zu sein, wäre eine Erleichterung. Er war so oft in seine Erinnerungen zurückgekehrt, daß die Abdrücke seiner Füße jeden Steinpfad dorthin abgetragen hätten, und doch wußte er immer noch nicht, was er damals hätte anders machen können. Zu Polina hatte er gesagt: »Ich werde es wohl nie wissen.«

»In verstärktem Maße«, sagte Irina, »macht Moskau nationale Spannungen für die Anwesenheit sowjetischer Truppen in verschiedenen Republiken verantwortlich, so in den baltischen Staaten, in Georgien, Armenien und Aserbaidschan, in Usbekistan und der Ukraine. Panzer und Raketenabschußrampen, die im Rahmen der Waffenkontrollvereinbarungen mit der Nato verschrottet werden sollten, sind statt dessen in die nach Unabhängigkeit strebenden Republiken verbracht worden. Im Gegenzug wurden Atomsprengköpfe aus diesen Republiken in die Russische Republik zurückgeschafft.«

Er hörte kaum ihre Worte. Jedes Gerücht war schlimmer als ihre Nachrichten, die Wirklichkeit war schlimmer. Wie ein Imker, der den Honig von der Wabe trennt, war er imstande, nur ihre Stimme zu hören und nicht ihre Worte. Sie klang dunkler heute, diese Stimme. Hatte es in München geregnet? War die Autobahn dort verstopft? Lebte sie mit jemandem zusammen?

Sie hätte sagen können, was sie wollte, er hätte ihr zugehört. Manchmal hatte er das Gefühl, aus dem Fenster fliegen und am Himmel über Moskau kreisen zu können. Er wollte sich von ihrer Stimme leiten lassen wie von einem Leuchtfeuer, das ihm den Weg wies – weit, weit fort.

Arkadi verließ seine Wohnung – nicht auf Schwingen, sondern mit Scheibenwischern, die er an seinem Wagen befestigte, ehe er sich in den mittlerweile abendlichen Verkehr einfädelte. Die hereinbrechende Nacht verband sich mit dem Regen, um die Straßen schwer befahrbar zu machen und verwischte Lichtreflexe auf der Windschutzscheibe entstehen zu lassen. An der Uferstraße mußte er anhalten, um einen Konvoi von Militärfahrzeugen und Mannschaftswagen vorbeizulassen, der lang und langsam wie ein Güterzug war. Während er wartete, suchte er in seinem Jackett nach Zigaretten, fand einen Umschlag und stöhnte leise auf, als er den Brief erkannte, den Below ihm auf dem Roten Platz gegeben hatte. Die feinen Buchstaben begannen schmissig und endeten in ausgezogenen Linien, als hätte die Hand plötzlich nicht mehr die Kraft gehabt, die Feder zu führen.

Polina hatte gefragt, was die schlimmste Art zu sterben sei. Als er den Brief in der Hand hielt und seine Leichtigkeit spürte, die Schatten des an der Windschutzscheibe herabrinnenden Wassers über seinem Namen, wußte Arkadi die Antwort: Wenn man dabei erkannte, daß niemand betroffen war. Daß man eigentlich bereits tot war. Er hatte dieses Gefühl nicht, würde es nie haben. Allein Irinas Stimme ließ ihn so lebendig werden, daß sein Herz bei jedem Schlag bebte. Was hatte sein Vater geschrieben? Am klügsten wäre es, dachte er, den Brief auf die Straße zu werfen. Der Regen würde ihn in einen Gully spülen und der Fluß ihn dann weiter ins Meer tragen, wo das Papier sich entfaltete, während die Tinte auseinanderlief und verblaßte wie Gift. Statt dessen schob er ihn zurück in seine Tasche.

Minin öffnete ihm die Tür zu Rudis Wohnung.

Der Inspektor war aufgebracht, da er Gerüchte gehört hatte, daß Spekulationen legalisiert werden sollten. »Das untergräbt die Basis unserer Ermittlungen«, sagte er. »Wenn wir uns keinen Geldwechsler mehr greifen können, wen sollen wir dann noch festnehmen?«

»Es gibt immer noch genug Mörder, Vergewaltiger und Straßenräuber. Sie werden schon zu tun haben«, versicherte Arkadi ihm und gab ihm Hut und Mantel. Minin aus der Wohnung zu schaffen, war nicht weniger leicht, als einen Maulwurf auszugraben. »Sehen Sie zu, daß Sie etwas Schlaf bekommen. Ich übernehme hier.«

»Die Mafia wird Banken eröffnen.«

»Sehr wahrscheinlich. Damit beginnen sie gewöhnlich, soweit ich weiß.«

»Ich habe alles durchsucht«, sagte Minin und näherte sich widerstrebend der Schwelle. »Nichts in Büchern, Schränken oder unter dem Bett versteckt. Ich hab eine Liste auf den Schreibtisch gelegt.«

»Verdächtig sauber, was?«

»Nun ...«

»Das finde ich auch«, sagte Arkadi, wobei er die Tür zu schließen begann. »Und machen Sie sich keine Sorgen wegen ausbleibender Verbrechen. In Zukunft werden wir einfach nur eine bessere Klasse von Kriminellen haben – Bankiers, Makler, Geschäftsleute. Sie müssen gut ausgeschlafen sein, um damit fertigzuwerden.«

Als er allein war, trat Arkadi als erstes an den Schreibtisch, um festzustellen, ob das Faxgerät benutzt worden war. Nichts, und die Papierrolle trug noch dieselbe Bleistiftmarkierung auf der Rückseite, die er angebracht hatte, nachdem er die Anfragen wegen des Roten Platzes abgerissen hatte. Er griff nach Minins Liste. Minin hatte Rudis Matratze aufgeschnitten, die Schränke und Schubladen inspiziert, Schalter abgeschraubt, Fußleisten abgeklopft, die ganze Wohnung auseinandergenommen und wieder zusammengesetzt, ohne etwas zu finden.

Arkadi sah sich die Auflistung nicht weiter an. Das Wichtige, dachte er, mußte augenfälliger sein. Früher oder später paßte sich eine Wohnung seinem Besitzer an wie ein Handschuh. Er mochte fort sein, aber seine Spuren blieben erhalten. Als Abdrücke in einem Sessel, in einer Brotkrume, einem vergessenen Brief, im Geruch nach Hoffnung oder Verzweiflung. Arkadi mußte nach ihnen suchen, da er in technischer Hinsicht wenig Unterstützung für seine Ermittlungen erwarten durfte. Die Miliz hatte teure deutsche und schwedische Geräte angekauft, Spektrographen und Apparate zur Bestimmung von Blutgruppen, aber die standen unnütz herum, da ihnen wichtige Teile fehlten. Es war nicht möglich, Computervergleiche von Bluttypen oder auch nur Nummernschildern anzustellen, ganz zu schweigen von »genetischen Fingerabdrücken«. Was die sowjetischen Labors besaßen, waren schwarz angelaufene Reagenzgläser, archaische Bunsenbrenner und Glasröhren, wie sie der Westen seit fünfzig Jahren nicht mehr kannte. Polina war es trotz, nicht wegen ihrer Ausrüstung gelungen, in Rudis Leichnam Antworten auf ihre Fragen zu finden.

Da die Kette harter Beweise in der Regel dünn war, waren sowjetische Ermittler auf weichere Indizien angewiesen, auf soziale Hinweise und ihre Logik. Arkadi wußte von Kollegen, die der Meinung waren, daß sie bei hinreichender Kenntnisnahme des Tatorts Geschlecht, Alter, Beruf und sogar die Hobbys eines Mörders erschließen konnten. Der einzige Platz in der Sowjetunion, an dem sich psychologische Analysen frei entfalten durften, war die Kriminalistik. Natürlich verließ sich die sowjetische Kripo von jeher auch auf Geständnisse. Ein Geständnis löste alles. Aber Geständnisse waren nur von Amateuren und Unschuldigen zu erlangen. Mahmud oder Kim würden nie auf die Idee kommen, ein Geständnis abzulegen. Ebensogut könnten sie plötzlich anfangen, latein zu reden. Was hatte diese Wohnung bisher preisgegeben? Eines: »*Where is Red Square?*«

War Rosen religiös? Es gab keine Menora, keine Thora, Gebetsschals oder Sabbatkerzen. Die Porträts seiner Eltern boten nur ein Minimum an Familiengeschichte, gewöhnlich waren russische Wohnungen Galerien sepiabrauner Fotos zahlloser Vorfahren in ovalen Rahmen. Wo waren Rudis Bilder von sich und seinen Freunden? Er legte Wert auf Hygiene. Die Wände waren glatt und sauber – nicht ein Nagelloch in den leeren Flächen. Als ob er sich selbst ausgelöscht hätte.

Arkadi sah sich das Bücherbord an. *Business Week* und *Israel Trade* verwiesen auf Rudis internationale Interessen. Verriet das Briefmarkenalbum etwas über die Einsamkeit des Jünglings? Es enthielt eine Sammlung übergroßer Marken mit tropischen Fischen, herausgegeben von winzigen Ländern und Inseln in aller Welt. In einer Papiertasche steckten einzelne Marken ohne erkennbaren Sammlerwert: zaristische »Zwei-Kopeken«, französische »Libertés«, amerikanische »Franklins«. Kein Roter Platz.

Er legte die Bücher aufeinander und ging ins Schlafzimmer, wo er den Stapel auf dem Nachttisch postierte. Die Schlafmaske hatte etwas Rührendes an sich und schien sagen zu wollen, daß reichliches Essen in Verbindung mit Verdauungsbeschwerden zu unruhigen Nächten führte.

Es stand kein Stuhl im Schlafzimmer. Arkadi zog seine Schuhe aus, setzte sich aufs Bett und erschrak über das Ächzen der Federn, die Rudis Gewicht zu erwarten schienen. Er türmte die Kissen hinter sich auf, wie Rudi es getan hätte, und durchblätterte die Zeitschriften und Bücher.

Jede russische Familie besaß ein paar Klassiker, und sei es auch nur, um ihre Bildung unter Beweis zu stellen. Rudi machte da keine Ausnahme. Arkadi entdeckte, daß er die witzige Passage in Puschkins unvergänglichem Roman *Die Hauptmannstochter* unterstrichen hatte, in der ein Husarenoffizier einem jungen Mann den Vorschlag macht, ihm Billard beizubringen. »›Es ist für uns Soldaten einfach unabdingbar‹, sagte er. ›Man kann nicht immer nur Juden verprügeln, wissen Sie. Also bleibt uns nichts anderes übrig, als ins Wirtshaus zu gehen und Billard zu spielen. Und um das zu tun, muß man es beherrschen.‹«

»Oder die Juden mit dem Billardstock verprügeln«, war unter die Zeile gekritzelt. Arkadi erkannte Rudis Handschrift wieder – es war dieselbe wie im Rechnungsbuch, das er im Hotelkiosk gefunden hatte.

Mitten in Gogols *Toten Seelen* hatte Rudi unterstrichen: »Eine Zeitlang machte es Tschitschikow den Schmugglern unmöglich, sich ihren Lebensunterhalt zu verdienen. Vor allem die polnischen Juden brachte er fast zur Verzweiflung, so unbeugsam, ja fast unnatürlich war die Rechtschaffenheit, die Unbestechlichkeit, mit der er es ablehnte, zu einem kleinen

Kapitalisten zu werden …« Am Rand hatte Rudi hinzugefügt: »Nichts ändert sich.«

Es mußte einfach mehr geben, dachte Arkadi. Dank jüdischer Emigranten hatte die Moskauer Mafia gute Beziehungen zu israelischen Kriminellen. Er stellte den Fernseher an und spielte das Videoband aus Jerusalem ab, von einem Ort zum anderen springend, von der Klagemauer zum Kasino.

Er dachte an das, was Polina gesagt hatte: »Zuviel Blut«.

Wenn Benzin sich mit Blut andicken ließ, ließ es sich auch mit einem Dutzend anderer Stoffe andicken, die einfacher zu beschaffen waren. Er hatte kürzlich erst Blut in einer anderen, seltsamen Form gesehen, konnte sich aber nicht erinnern, wo.

Er sah sich das ägyptische Videoband noch einmal an. Es war wohltuend, die braunen Farbtöne der Wüste zu betrachten, während der Regen gegen das Fenster schlug, und er rückte näher heran, wie ein Mann, der sich an einem Kamin wärmte. Er suchte in seinem Jackett nach Zigaretten, und bevor er sich daran erinnerte, daß er sie der Kellnerin gegeben hatte, zog er wieder den Brief aus der Tasche. Er konnte die Briefe zählen, die er von seinem Vater bekommen hatte. Einen im Monat, als Arkadi im Lager der Jungen Pioniere war. Einen im Monat, als der General sich in China aufhielt, zu einer Zeit, da die Beziehungen zu Mao noch brüderlich und tief gewesen waren. Alle kurz und bündig wie Militärberichte, mit den abschließenden Ermahnungen an Arkadi, hart zu arbeiten, pflichtbewußt und strebsam zu sein. Alles in allem zwölf Briefe. Und dann noch einen weiteren, als er statt auf die Militärakademie auf die Universität ging. Er war beeindruckt, da sein Vater die Bibel zitierte, vor allem die Stelle, wo Gott von Abraham verlangte, ihm seinen einzigen Sohn zu opfern. Hier würde Stalin Gott noch übertreffen, sagte der General, da er die Hinrichtung nicht nur zugelassen hätte, sondern dafür von Abraham auch noch gepriesen worden wäre. Übrigens gebe es Söhne, wie kranke Schafe, die nur dazu taugten, geopfert zu werden. Zuviel Blut? Für seinen Vater hatte es nie genug gegeben.

Der Vater verleugnete seinen Sohn, der Sohn verleugnete seinen Vater. Der eine verweigerte die Zukunft, der andere die

Vergangenheit, und keiner von ihnen wagte, wie Arkadi endlich erkannte, den Augenblick zu erwähnen, der sie beide für immer miteinander verbunden hatte. Der Junge und der Mann hatten vom Ufer aus auf zwei Füße im träge dahinfließenden, warmen Fluß gestarrt, der den Wiesenrand vor der Datscha entlanggeflossen war. Die Füße waren nackt und stiegen weder auf, noch sanken sie tiefer, sondern verharrten unter der Oberfläche wie unter Wasser treibende Seelilien. Weiter unten konnte Arkadi das weiße Kleid der Mutter erkennen, das sich in der Strömung bauschte und leise bewegte, als wollte es dem Kind sein Lebewohl zuwinken.

Dhaus kreuzten auf dem Wasser des Nils. Arkadi merkte, daß er aufgehört hatte, die Bilder auf dem Fernseher bewußt wahrzunehmen. Er schob den Brief vorsichtig wie ein Rasiermesser zurück in seine Jacke, dann nahm er das ägyptische Videoband aus dem Recorder und legte die Kassette aus München ein. Er schenkte dem Geschehen auf dem Bildschirm jetzt wieder mehr Aufmerksamkeit, denn er verstand ein wenig Deutsch und brauchte etwas, das ihn von dem Brief ablenkte. Natürlich betrachtete er die Bilder mit russischen Augen.

»Willkommen in München ...«, begann das Band. Auf dem Bildschirm erschien ein Kupferstich, auf dem mittelalterliche Mönche dargestellt waren, die Sonnenblumen begossen, ein Wildschwein am Spieß brieten und Bier in sich hineinschütteten. Kein schlechtes Leben, offensichtlich. Die nächste Sequenz zeigte das moderne, wiederaufgebaute München. Der Sprecher brachte es fertig, diesen phönixhaften Wiederaufstieg zu kommentieren, ohne die beiden Weltkriege zu erwähnen. Er wies nur darauf hin, daß »traurige und tragische« Ereignisse die Stadt in Schutt und Asche gelegt hätten. München war von den Amerikanern befreit worden, und Arkadi hatte das Gefühl, einen amerikanischen Propagandafilm zu betrachten, als er die Bilder sah. Vom Glockenspiel und der Gestalt des Narren mit seiner Schellenkappe, die sich auf dem Marienplatz drehten, bis zu den Mauern des Alten Hofs – jede historische Stätte war bis zur Sterilität verniedlicht. Sonst waren praktisch nur Biergärten oder Bierkeller zu sehen, als sei

Bier das Salböl der Unschuld, abgesehen von Hitlers Putsch im Bürgerbräukeller natürlich. Doch München war zweifellos attraktiv. Die Menschen sahen so wohlhabend aus und waren so gut gekleidet, daß sie von einem anderen Stern zu kommen schienen. Die Autos waren makellos sauber, und ihre Hupen klangen wie Jagdhörner. Schwäne und Enten tummelten sich auf den Seen und dem Fluß. Wann hatte er zum letztenmal einen Schwan in Moskau gesehen?

»München ist eine Stadt, die geprägt ist von der Architektur königlicher Bauherren«, sagte der Sprecher. »Der Max-Joseph-Platz und das Nationaltheater wurden von König Max Joseph gebaut, die Ludwigstraße von seinem Sohn, Ludwig I., die ›Goldene Meile‹ der Maximilianstraße von Ludwigs Sohn, König Max II., und die Prinzregentenstraße von seinem Bruder, dem Prinzregenten Luitpold.«

Ah, aber werden wir den Bierkeller sehen, in dem Hitler und seine Braunhemden ihren ersten, fehlgeschlagenen Marsch zur Macht begannen? Werden wir den Platz sehen, an dem Göring die für Hitler bestimmte Kugel abbekam und damit das Herz seines Führers für immer gewann? Werden wir nach Dachau fahren? Nun, Münchens Geschichte ist so voll von Menschen und Ereignissen, daß sich nun einmal nicht alles auf ein Videoband bringen läßt. Arkadi gab zu, daß seine Einstellung unfair, verbittert und von Neid getrübt war.

»Beim letzten Oktoberfest tranken die Teilnehmer über fünf Millionen Liter Bier und verzehrten siebenhunderttausend Hähnchen, siebzigtausend Eisbeine und siebzig gebratene Ochsen ...«

Sie sollten nach Moskau zur Diät kommen. Die fast pornographische Zurschaustellung von Lebensmitteln blendete Arkadis Augen. Nach einer Opernaufführung im Nationaltheater – »von einer auf Bier erhobenen Steuer errichtet« – Erfrischung in einem romantischen Bierkeller. Nach einer Spritztour über die Autobahn Erholung in einem Biergarten. Nach einer Alpenwanderung auf der Zugspitze ein wohlverdientes Bier in einem rustikalen Gasthaus.

Arkadi hielt das Band an und ließ es zur Alpenwanderung zurücklaufen. Ein Blick auf das Gebirge, der hinüberschweift zu der von Schnee bedeckten Zugspitze. Bergwanderer in Lederhosen. Ein Edelweiß in Nahaufnahme. Silhouetten von Bergsteigern hoch oben auf einem Kamm. Treibende Wolken.

Der Biergarten des Gasthauses. Geißblattwinden an einer gelb verputzten Mauer. Die enervierende Unbeweglichkeit von Bayern nach dem Mittagessen – bis auf eine Frau mit Sonnenbrille, die einen kurzärmeligen Pullover trug. Schnitt zu den Kondensstreifen eines Lufthansa-Jets.

Arkadi fuhr noch einmal zu der Szene im Biergarten zurück. Die Qualität des Bandes schien die gleiche zu sein, aber die Stimme des Sprechers und die Musik fehlten plötzlich. Statt dessen war das Rücken von Stühlen und in der Ferne Straßenlärm zu hören. Die Sonnenbrille war ein Fehler, in einem wirklich professionell gemachten Film hätte die Trägerin sie abgenommen. Er ließ noch einmal die gesamte Sequenz zwischen Alpenwanderung und Lufthansa-Jet durchlaufen. Die Wolken waren dieselben. Die Szene im Biergarten war eingefügt worden.

Die Frau hob ihr Glas. Das blonde Haar umgab die breite Stirn und die noch breiteren Wangenknochen wie eine Mähne. Kurzes Kinn, mittelgroß, Mitte dreißig. Dunkle Sonnenbrille, goldenes Halsband, schwarzer, kurzärmeliger Pullover, wahrscheinlich aus Kaschmir – Kontraste, die eher aufreizend als im herkömmlichen Sinn hübsch wirkten. Rote Fingernägel, rote Lippen, halb geöffnet in der gleichen herausfordernden Art wie vor Tagen, als Arkadi sie durch das Wagenfenster gesehen hatte, einen Mundwinkel zu einem halben Lächeln hochgezogen. Ihr Mund sagte: »Ich liebe dich.« Die Worte waren ihr leicht von den Lippen abzulesen, denn sie sprach sie auf russisch.

11

»Ich weiß nicht«, sagte Jaak. »Du hast sie besser gesehen als ich. Ich saß am Steuer.«

Arkadi zog die Vorhänge zu, so daß sein Büro nur von dem

flimmernden Licht des Biergartens erleuchtet wurde. Auf dem Bildschirm wurde ein Glas hochgehoben und durch die Pause-Taste auf dem Recorder festgehalten.

»Die Frau in Rosens Wagen hat uns angesehen.«

»Sie hat dich angesehen«, sagte Jaak. »Ich hatte die Straße im Auge. Wenn du glaubst, daß es dieselbe Frau ist, hab ich nichts dagegen.«

»Wir brauchen Standfotos von ihr. Was ist los?«

»Wir brauchen Kim oder die Tschetschenen, *sie* haben Rudi getötet. Rudi hat dir zu verstehen gegeben, daß sie es auf ihn abgesehen hätten. Wenn sie eine Deutsche ist und wir Ausländer in die Sache mit reinziehen, müssen wir den Kreis erweitern und mit dem KGB zusammenarbeiten. Und dann weißt du ja, wie das läuft: Wir strampeln uns ab, und die scheißen auf uns. Hast du die schon informiert?«

»Noch nicht. Wenn wir mehr in der Hand haben.« Arkadi stellte den Monitor ab.

»Was zum Beispiel?«

»Einen Namen. Vielleicht eine Adresse in Deutschland.«

»Du willst sie aus dem Fall raushalten?«

Arkadi gab Jaak das Band. »Wir wollen sie nur nicht belästigen, bevor wir etwas Definitives haben. Vielleicht ist die Frau ja noch hier.«

»Du hast Nerven wie Drahtseile«, sagte Jaak. »Eigentlich müßtest du scheppern beim Gehen.«

»Wie ein Sack Schrott«, sagte Arkadi.

»Die Scheißkerle würden ohnehin nur die ganze Anerkennung einheimsen.« Jaak nahm widerwillig das Videoband in Empfang, dann hellte sich sein Gesicht auf, und er schüttelte zwei Wagenschlüssel. »Ich hab mir Juljas Auto geliehen. Den Volvo. Wenn ich deinen Auftrag ausgeführt habe, fahre ich zu Lenin-Pfad-Kollektiv. Du erinnerst dich an den Lastwagen, wo ich das Radio gekauft habe? Möglich, daß sie was gesehen haben.«

»Ich bringe dir das Radio wieder mit«, versprach Arkadi.

»Bring es zum Kasan-Bahnhof. Ich treffe Juljas Mutter um vier in der Traumbar«.

»Julja wird nicht da sein?«

»Keine zehn Pferde würden sie zum Kasan-Bahnhof bringen. Aber ihre Mutter kommt mit dem Zug. Deswegen hat sie mir den Wagen geliehen. Meinetwegen kannst du das Radio behalten.«

»Nein.«

Als er allein war, öffnete Arkadi seinen Schrank und verschloß das Originalband im Safe. Er war früh ins Büro gekommen, um ein Duplikat anzufertigen. Wer litt hier eigentlich an Verfolgungswahn?

Er öffnete das Fenster. Der Regen hatte aufgehört und verwischte Schmutzflecken an den Hoffenstern zurückgelassen. Am Himmel zeichneten sich feuchte Schornsteinköpfe wie weit aufragende Schaufeln ab. Ideales Wetter für ein Begräbnis.

»Ein Joint-venture«, sagte der Mann im Außenhandelsministerium, »erfordert eine Partnerschaft zwischen einer sowjetischen Institution – einer Kooperative oder einer Fabrik – und einer ausländischen Firma. Die Unterstützung von seiten einer sowjetischen politischen Organisation kann dabei nur von Nutzen sein.«

»Das heißt seitens der Partei?«

»Um offen zu sein, ja. Aber das ist nicht nötig.«

»Das ist Kapitalismus?«

»Nein, kein reiner Kapitalismus. Ein Zwischenstadium.«

»Kann so ein Joint-venture auch Rubel transferieren?«

»Nein.«

»Dollar?«

»Nein.«

»Wirklich ein ausgesprochenes Zwischenstadium.«

»Es kann Öl ausführen. Oder Wodka.«

»Haben wir soviel Wodka?«

»Zum Verkauf im Ausland.«

»Müssen eigentlich alle Joint-ventures von Ihnen genehmigt werden?« fragte Arkadi.

»Das sollten sie, geschieht aber nicht immer. In Georgien oder Armenien neigt man dazu, eigene Abkommen zu treffen. Deswegen exportieren Georgien und Armenien auch nichts mehr nach Moskau.« Er lachte in sich hinein. »Zum Teufel mit denen.«

Das Büro befand sich im zehnten Stockwerk und bot einen Blick auf Sturmwolken, die von Osten nach Westen zogen. Kein Fabrikrauch, da wichtige Teile aus Swerdlowsk, Riga und Minsk nicht eingetroffen waren.

»Was hat die TransKom als Handelsbereich eintragen lassen?«

»Import von Sport- und Freizeitgeräten. Gesponsert vom Leningrad-Komsomol. Boxhandschuhe und so was, vermute ich.«

»Auch Spielautomaten?«

»Offensichtlich.«

»Im Austausch gegen was?«

»Personal.«

»Leute?«

»Nehme ich an.«

»Was für Leute? Boxer, Kernphysiker?«

»Reiseleiter.«

»Für Reisen – wohin?«

»Deutschland.«

»Deutschland braucht sowjetische Reiseleiter?«

»Offensichtlich.«

Arkadi fragte sich, was der Mann sonst noch zu glauben bereit war. Daß Klein-Lenin als Baby Münzen unter sein Kopfkissen gelegt hatte, um Zähne dafür zu bekommen?

»Hat die TransKom Angestellte?«

»Zwei.« Der Mann las in den vor ihm liegenden Akten. »Viele Stellenbeschreibungen, aber nur zwei Angestellte. Rudik Abramowitsch Rosen, sowjetischer Bürger, und Boris Benz, wohnhaft in München, Deutschland. Die Adresse der TransKom ist die von Rosen. Es gibt womöglich noch einige Geldgeber, aber die sind nicht aufgeführt. Entschuldigen Sie.« Er bedeckte die Akten mit der Prawda.

»Das Ministerium hat nicht etwa die Namen der Reiseleiter?«

Der Mann faltete die Zeitung fein säuberlich zusammen. »Nein. Wissen Sie, hier kommen Leute her, um ein Joint-venture zur Einfuhr von Penicillin eintragen zu lassen, und das nächste, was man von ihnen hört, ist, daß sie mit Basketball-Schuhen handeln oder Hotels bauen. Sobald die Bedingungen für einen freien Markt einmal geschaffen sind, kennt der unternehmerische Einfallsreichtum keine Grenzen mehr.«

»Was werden Sie machen, wenn der Kapitalismus dereinst in voller Blüte steht?«

»Ich werde mir schon etwas einfallen lassen.«

»Sie haben Phantasie?«

»Oh, ja.« Aus einer Schublade holte der Mann eine Rolle mit Schnur, biß ein etwa armlanges Stück davon ab und steckte es mit der Prawda in seine Jacke. »Ich bringe Sie hinaus. Ich wollte sowieso gerade zum Essen.« Bürokraten überlebten dank der Butter, des Brotes und der Wurst, die sie aus ihren Kantinen mit nach Hause nahmen. Die Jacke des Mannes war abgetragen, und die ausgebeulten Taschen glänzten speckig.

Der Wagankowskoje-Friedhof war liebevoll, aber nicht unbedingt sorgfältig gepflegt. Nasse Blätter lagen ungefegt um Linden, Birken und Eichen, Löwenzahn säumte die Gehwege, und niedriges Gestrüpp bedeckte die weichen Überreste natürlichen Verfalls. Viele der Grabsteine trugen Büsten getreuer Parteianhänger, aus Granit und schwarzem Marmor gehauen: Komponisten, Wissenschaftler, Schriftsteller des Sozialistischen Realismus, mit breiten Stirnen und herrischem Blick. Bescheidenere Seelen wurden von Fotos verewigt, die wie Kameen in den Stein eingelassen waren. Da die Gräber von eisernen Zäunen umgeben waren, schienen die Gesichter auf den Grabsteinen aus schwarzen Vogelkäfigen zu spähen. Doch nicht alle. Das erste Grab hinter dem Eingang war das des Sängers und Schauspielers Wisotzky und so mit Gänseblümchen und Rosen, noch vom Regen glänzend, überhäuft, daß das Summen der sich in ihnen tummelnden Hummeln noch in ziemlicher Entfernung zu hören war.

Arkadi fand die Trauerprozession seines Vaters auf dem Mittelweg des Friedhofs. Kadetten, die einen Stern aus roten Rosen und ein Kissen mit Orden trugen, gingen einem Leichenträger voran, der den Handwagen mit dem Sarg schob, dann folgten ein Dutzend schlurfender Generäle in dunkelgrünen Ausgehuniformen und weißen Handschuhen, zwei Musiker mit Trompete und zwei mit einer Tuba, die einen Trauermarsch aus einer Sonate von Chopin spielten.

Below, in Zivil, gehörte der Nachhut an. Seine Augen leuchteten auf, als er Arkadi sah. »Ich wußte, daß du kommen würdest.« Ernst ergriff er mit beiden Händen Arkadis Hand. »Natürlich hättest du nicht wegbleiben können, es wäre ein Skandal gewesen. Hast du die Prawda heute morgen gesehen?«

»Als Einwickelpapier.«

»Ich wußte, daß du das hier gern lesen würdest.« Er gab Arkadi einen Nachruf, den er offenbar sauber mit einem Lineal aus der Zeitung herausgetrennt hatte.

Arkadi blieb stehen, um zu lesen. »General Kiril Iljitsch Renko, ein prominenter sowjetischer Armee-Kommandeur.« Es war ein langer Artikel, er überflog ihn und las einzelne Passagen. »...nach Absolvierung der Frunse-Militärakademie beteiligte sich K. I. Renko aktiv am Großen Patriotischen Krieg und begann damit eine Karriere, die zu den ruhmreichsten seiner Zeit zählte. Als Kommandeur einer Panzerbrigade wurde er durch den ersten Ansturm der faschistischen Invasion von seinen Truppen abgeschnitten, schloß sich jedoch Partisanenkräften an und organisierte Überfälle hinter den feindlichen Linien ... kämpfte erfolgreich in den Schlachten zur Verteidigung Moskaus, in der Schlacht von Stalingrad, in der Steppenkampagne und bei Operationen rund um Berlin ... Nach dem Krieg war er verantwortlich für die Stabilisierung der Lage in der Ukraine und übernahm dann ein Kommando im Militärbezirk des nördlichen, mittleren und südlichen Ural.« Mit anderen Worten, dachte Arkadi, der General, der da jetzt leblos in seinem Sarg lag, war verantwortlich für die Massenexekutionen ukrainischer Nationalisten, die so blutig verliefen, daß er in den Ural abkommandiert werden mußte. »Zweimal mit dem Titel Held der Sowjetunion, viermal mit dem Lenin-Orden, einmal mit dem Orden der Oktoberrevolution, dreimal mit dem Orden des Roten Banners, zweimal mit dem Suworow-Orden (Erster Klasse), zweimal mit dem Kurosow-Orden (Erster Klasse) ausgezeichnet ...«

Below hatte sich eine Rosette mit verblaßten Bändern an sein Jackett geheftet. Sein weißes, kurzgeschnittenes Haar stand in spärlichen Stoppeln vom Kopf ab, schlechtrasierte Kehllappen hingen ihm über den Kragen.

»Danke«. Arkadi steckte den Nachruf in seine Tasche.

»Hast du den Brief gelesen?«

»Noch nicht.«

»Dein Vater hat gesagt, er würde alles erklären.«

Dazu bedarf es mehr als eines Briefes, dachte Arkadi. Dazu bedürfte es eines dicken, in schwarzes Leder gebundenen Wälzers.

Die Generäle marschierten in tatterigem Gleichschritt voran. Arkadi hatte nicht das Bedürfnis, zu ihnen aufzuschließen. »Boris Sergejewitsch, erinnerst du dich an einen Tschetschenen namens Mahmud Chasbulatow?«

»Chasbulatow?« Es fiel Below schwer, dem Wechsel des Gesprächsthemas zu folgen.

»Mahmud behauptet, in drei Armeen gedient zu haben – in der Weißen, der Roten und der deutschen. Nach meinen Unterlagen ist er neunzig. 1920, während des Bürgerkrieges, muß er neunzehn Jahre alt gewesen sein.«

»Das ist möglich. Es gab viele Kinder auf beiden Seiten, bei den Weißen und den Roten. Schreckliche Zeiten damals.«

»Nehmen wir mal an, daß Mahmud zu Hitlers Zeiten in der Roten Armee war.«

»Jeder hat damals gedient, in der einen oder anderen Weise.«

»Ich habe mich gefragt: War mein Vater im Februar 1944 nicht im tschetschenischen Militärbezirk?«

»Nein, nein. Wir sind damals nach Warschau vorgestoßen. Die Tschetschenen-Operation war absolut zweitrangig.«

»Zu bedeutungslos, um die Zeit eines Helden der Sowjetunion in Anspruch zu nehmen?«

»Zu bedeutungslos, um auch nur eine Sekunde seiner Zeit in Anspruch zu nehmen«, sagte Below.

Ist es nicht erstaunlich, dachte Arkadi, wie konsequent sich manche Leute aus dem aktiven Dienst zurückziehen? Below hatte erst vor kurzem das Büro des Oberstaatsanwalts verlassen. Jetzt hatte Arkadi ihn nach dem Boß der Tschetschenen-Mafia gefragt, und der alte Unteroffizier konnte sich nicht mal mehr an dessen Namen erinnern, ganz so, als habe sein Geist schon vor vierzig Jahren den Abschied genommen.

Sie gingen schweigend weiter. Arkadi fühlte sich beobachtet. In Marmor und Bronze standen die Toten über ihren Gräbern. Ein Tänzer führte eine Pirouette aus, erstarrt in weißem Stein. Ein Entdecker betrachtete sinnend den Kompaß in seiner Hand. Vor einem Relief aus Wolken nahm ein Pilot seine Schutzbrille ab. Allen gemein war der ernste, von der Schwere der Verantwortung gezeichnete Blick, unbestimmt und bestimmt zugleich.

»Der Sarg war natürlich geschlossen«, murmelte Below.

Arkadis Aufmerksamkeit wurde abgelenkt, denn in entgegengesetzter Richtung bewegte sich auf einem Parallelweg eine andere, längere Prozession mit einem leeren Leichenwagen, einer größeren Batterie Hörner und Tuben und einigen bekannten Gesichtern unter den Trauernden. General Penjagin und Rodionow, der Oberstaatsanwalt, beide mit einem schwarzen Band am Ärmel, stützten von links und rechts eine tief verschleierte Frau. Arkadi erinnerte sich, daß Penjagins Vorgänger im Kriminalamt erst vor wenigen Tagen gestorben war, die Frau an seiner Seite war vermutlich die Witwe des Verstorbenen. Ein Zug von Angehörigen der Miliz, Parteifunktionären und Verwandten folgte ihnen, Langeweile und Trauer auf den unbewegten Gesichtern. Keiner von ihnen bemerkte Arkadi.

Seine eigene Prozession war inzwischen in eine von zottigen Kiefern gesäumte Allee eingebogen und blieb vor einem frisch ausgehobenen Grab stehen. Arkadi blickte sich um und schloß Bekanntschaft mit den neuen Nachbarn seines Vaters. Hier stand die Statue eines Sängers, der in Granit gemeißelter Musik lauschte. Dort schulterte ein Sportler mit bronzenen Muskeln einen eisernen Speer. Hinter den Bäumen rauchten Totengräber, auf ihre Schaufeln gestützt, eine Zigarette. Neben dem offenen Grab lag, fast bündig mit dem Erdboden, eine schmale weiße Marmortafel. Raum war knapp auf dem Wagankowskoje-Friedhof, und manchmal wurden Eheleute übereinandergelegt, diesmal jedoch, Gott sei Dank, nicht.

Die Generäle nahmen neben dem Grab Aufstellung, und Arkadi erkannte die vier wieder, die er auf dem Roten Platz gesehen hatte. Schuksin, Iwanow, Kusnetsow und Gul sahen im Tageslicht noch kleiner aus, als wären die Männer, die er als Kind so gefürchtet und gehaßt hatte, auf magische Weise zu Käfern geschrumpft, mit Rückenpanzern aus grüner Serge und goldenem Brokat, die eingesunkenen Brustkörbe nur noch gestützt durch Medaillen, Rangabzeichen und Orden, ein blendendes Glitzern von Schnüren, Messingsternen und emailliertem Blech. Sie alle weinten bittere Wodkatränen.

»Kameraden!« Iwanow entfaltete ein Stück Papier und begann vorzulesen. »Heute verabschieden wir uns von einem großen Russen, einem Freund des Friedens, der dennoch mit eisernem Willen ...«

Arkadi war immer wieder überrascht über das Vertrauen, das Menschen Lügen entgegenbrachten. Als hätten allein die Worte ausreichend Beziehung zur Wahrheit. Diese Veteranen waren nichts anderes als kleine Schlächter, die einem großen Schlächter ein rührseliges Lebewohl zuriefen, und ohne die Arthritis in ihren Gelenken würden sie noch heute das Messer zücken wie in den glorreichen Tagen ihrer Jugend.

Als Schuksin Iwanow ablöste, hatte Arkadi den Wunsch, selbst eine Zigarette zu rauchen und eine Schaufel in die Hand zu nehmen.

»›Nicht einen Schritt zurück!‹ hatte Stalin befohlen. Ja, Stalin. Sein Name ist mir immer noch heilig ...«

»Stalins Lieblingsgeneral« war sein Vater genannt worden. Als sie eingeschlossen waren und keine Lebensmittel und keine Munition mehr hatten, wagten andere Generäle, sich mit ihren Männern zu ergeben. General Renko ergab sich niemals, er hätte sich nicht einmal ergeben, hätten nur noch Tote seinem Befehl gehorcht. Er war nie in die Hände der Deutschen gefallen. Er durchbrach die feindlichen Linien, um sich den Verteidigungskräften rund um Moskau anzuschließen, und ein berühmtes Foto zeigte ihn mit Stalin höchstpersönlich, über eine Karte gebeugt, um Truppenverlegungen von einem

Standort zum anderen zu planen, wie zwei Teufel, die die Hölle verteidigten.

Der füllige Kusnetsow trat an das Grab. »Heute, wo jeder versucht, unsere glorreiche Armee zu verleumden …«

Ihre Stimmen hatten den hohlen Tremor zerborstener Celli. Arkadi hätte Mitleid gehabt, hätte er sich nicht erinnert, wie sie als Schatten seines Vaters in die Datscha zu stürmen pflegten, um sich zum Abendessen zu versammeln und später betrunken Lieder anzustimmen, die stets mit einem brüllenden »Hurrrrrahhhhh!«, dem Siegesruf der Armee, endeten.

Arkadi war sich nicht sicher, weshalb er gekommen war. Vielleicht Belows wegen, der die Hoffnung auf eine Versöhnung zwischen Vater und Sohn nie aufgegeben hatte. Vielleicht wegen seiner Mutter. Sie würde Seite an Seite mit ihrem eigenen Mörder liegen. Er trat vor, um Schmutz von der weißen Marmortafel zu entfernen.

»Sowjetische Macht, errichtet auf dem heiligen Altar von zwanzig Millionen Toten …«, dröhnte Kusnetsow.

Nein, nicht in Käfer verwandelt, dachte Arkadi. Das wäre zu freundlich, zu kafkaesk. Eher wie ergraute, dreibeinige Hunde, senil, aber tollwütig vor der offenen Grube jaulend.

Gul schwankte unter seinem grünen, mit Medaillen überfrachteten Uniformrock, der ihm schlotternd an den Knochen hing. Er nahm seine Mütze ab und entblößte aschefarbenes Haar. »Ich rufe mir die letzte Begegnung mit K. I. Renko vor wenigen Tagen in die Erinnerung.« Gul legte seine Hand auf den dunklen Holzsarg mit den Messinggriffen, dürr wie ein Skelett. »Wir gedachten unserer Waffenbrüder, deren Opfertod wie eine ewige Flamme in unseren Herzen brennt. Wir sprachen über die heutige Zeit mit ihren Zweifeln und Selbstkasteiungen, die so anders ist als unsere eherne Entschlossenheit damals. Ich gebe Ihnen jetzt die Worte wieder, die der General mir bei dieser Begegnung sagte. ›Denjenigen, die die Partei mit Schmutz bewerfen. Denjenigen, die die historischen Sünden der Juden vergessen. Denjenigen, die unsere revolutionäre Geschichte verfälschen, unser Volk erniedrigen und verunglimpfen. Ihnen allen rufe ich zu: Mein Banner war und wird immer rot sein!‹«

»Mehr vertrage ich nicht«, sagte Arkadi zu Below und wandte sich zum Gehen.

»Es ist noch nicht zu Ende.« Below folgte ihm.

»Deswegen gehe ich ja.« Gul schwadronierte weiter.

»Wir haben gehofft, daß du ein paar Worte sagen würdest, jetzt, wo er tot ist.«

»Boris Sergejewitsch, wenn ich die Ermittlungen nach dem Tod meiner Mutter geführt hätte, hätte ich meinen Vater verhaftet. Ich hätte ihn mit Vergnügen umgebracht.«

»Arkascha ...«

»Schon die Vorstellung, daß dieses Ungeheuer friedlich in seinem Bett gestorben ist, wird mich für den Rest meines Lebens verfolgen.«

Belows Stimme wurde leise. »Er ist nicht friedlich in seinem Bett gestorben.«

Arkadi blieb stehen. Er zwang sich, ruhig zu bleiben. »Du hast gesagt, der Sarg sei geschlossen gewesen. Warum?«

Below atmete schwer. »Zuletzt waren die Schmerzen so groß. Er sagte, das einzige, was ihn noch zusammenhalte, sei der Krebs. Er wollte so nicht sterben. Er sagte, er wolle wie ein Offizier aus dem Leben scheiden.«

»Er hat sich erschossen?«

»Vergib mir. Ich war im Nebenzimmer. Ich ...«

Als Belows Knie nachgaben, führte ihn Arkadi zu einer Bank. Er kam sich unglaublich dumm vor: Er hätte sehen müssen, was sich auf dem Gesicht des alten Mannes abgezeichnet hatte. Below vergrub eine Hand in seiner Jacke, tastete umher und gab Arkadi eine Schußwaffe. Es war ein schwarzer Nagant-Revolver mit vier Kugeln, poliert wie altes Silber. »Er wollte, daß du ihn bekommst.«

»Der General hatte immer schon Sinn für Humor«, sagte Arkadi.

Eine rege Geschäftstätigkeit hatte sich an einem Kiosk neben Wisotskis Grab entwickelt, als Arkadi das Friedhofstor erreichte. Jetzt, wo seine Sonne untergegangen war, kauften die Fans Anstecknadeln, Poster, Postkarten und Kassetten des Sängers, der vor zehn Jahren gestorben und mittlerweile populärer war als je zuvor. Die Straßenbahn Nummer 23 hielt auf der anderen Straßenseite – das praktischste Souvenir, das Moskau besaß. Neben dem Tor standen Bettler, Bäuerinnen mit weißen Kopftüchern und sonnengebräunten Gesichtern und beinamputierte Männer mit Rollwagen und Krücken. Sie alle scharten sich um die Gläubigen, die die kleine gelbe Kirche des Friedhofs verließen. Mit schwarzen Kreppbändern versehene Sargdeckel und Kränze aus scharf riechenden Tannenzweigen und Nelken lehnten an der Kirchenmauer. Seminaristen verkauften an einem Spieltisch Bibeln, das Neue Testament für vierzig Rubel.

Arkadi, den Revolver seines Vaters in der Tasche, fühlte sich leicht benommen, und es fiel ihm schwer, die Dinge in angemessener Weise voneinander zu unterscheiden. Ebenso deutlich, wie er die Zeremonien menschlichen Schmerzes wahrnahm – eine Witwe, die das Foto in einem Grabstein liebevoll mit einem Taschentuch abwischte –, sah er auch ein Rotkehlchen, das neben einem Grab einen Wurm aus der Erde zog. Er vermochte sich nicht zu konzentrieren. Ein Autobus hielt hinter dem Tor, und eine trauernde Familie kletterte aus der vorderen Tür. Hinten wurde ein Sarg herausgeschoben, geriet ins Rutschen und schlug krachend auf dem Boden auf. Ein Mädchen der Familie verzog das Gesicht zu einer komischen Grimasse. Arkadi hatte den Wunsch, es ihr nachzutun. Vor dem Tor stand immer noch die Rodionow-Penjagin-Gruppe auf dem Bürgersteig. Arkadi fühlte sich nicht in der Lage, mit dem Oberstaatsanwalt oder dem General zu sprechen, und so schlüpfte er in die Kirche.

Innen hielt sich eine Gemeinde von Gläubigen, Trauernden und Trostsuchenden auf. Alle standen, es gab keine Kirchenbänke. Die Atmosphäre glich der einer überfüllten, bunten Bahnhofshalle. Weihrauch statt Zigarettenrauch, und statt des Lautsprechers ein unsichtbarer Chor, dessen Stimmen unter der hohen Decke widerhallten und die vom Lamm Gottes sangen. Ikonen – byzantinische, vom Alter gedunkelte Gesichter über silbrig schimmernden Gewändern – hingen an den Wänden wie Seiten eines illuminierten Manuskripts. Die Kerzen davor waren Dochte, die in ölgefüllten Glasgefäßen schwammen. Um die Flammen nicht ausgehen zu lassen, standen Ölkannen auf dem Boden. Es gab Votivkerzen in verschiedenen Größen: zu dreißig Kopeken, fünfzig Kopeken und einem Rubel. Die Kerzenständer leuchteten wie sanft brennende Bäume. Lenin hatte die Religion als eine hypnotische, nach einem Grund suchende Flamme beschrieben. Frauen in Schwarz sammelten Spenden. Links gab es in einem Laden Postkarten mit Bildern wunderwirkender Reliquien. Rechts lagen drei Frauen, ebenfalls in schwarzen Kleidern und Schals, die Hände auf der Brust gekreuzt, in offenen Särgen, umgeben von tropfenden Kerzen auf gußeisernen Armen.

In einer Kapelle neben den Särgen brachte ein Priester einem Jungen bei, wie man sich verbeugte, indem er seinen Kopf niederdrückte; dann leitete er ihn an, sich auf orthodoxe Weise mit drei statt mit zwei Fingern zu bekreuzigen. Arkadi wurde durch den bloßen Druck der vielen Körper in die »Teufelsecke« gedrängt, wo einem die Beichte abgenommen wurde. Ein Priester in einem Rollstuhl sah erwartungsvoll zu ihm hoch, sein langer Bart weiß wie die Strahlen des Mondes. Arkadi kam sich wie ein Eindringling vor, da sein Unglaube nicht institutioneller Art war, sondern die Wut eines Sohnes, der absichtlich und zornig das Lager seines Vaters verlassen hatte. Doch sein Vater war nicht gläubig gewesen, es war seine Mutter, die heimlich wie ein Vogel in die wenigen Kirchen geflattert war, die in Stalins Moskau noch offenstanden. Kopeken fielen. Wachs tropfte. Die Spendenteller gingen unter den Gläubigen von Hand zu Hand, während sich eine mächtige Musik entfaltete, Diskant auf Diskant türmte und den Allmächtigen anrief: »Höre uns und behüte uns.« Nein, dachte Arkadi. Besser wäre es, darum zu bitten, daß Er taub und blind sei. Die Stimmen flehten: »Und sei uns gnädig, gnädig, gnädig.« Gnade war zumindest das, was der General am wenigsten gewollt hatte.

Arkadi bog in die Gorki-Straße ein, stellte das Blaulicht aufs Wagendach, schaltete die Sirene ein und raste über die mittlere Spur, während Verkehrspolizisten in ihrem Ölzeug und mit ihren weißen Stäben wie lebende Signalmasten den Weg für ihn freimachten. Der Regen hatte wieder eingesetzt, fegte in Böen über die Straße und ließ Schirme mit Blumenmustern über dem Bürgersteig aufsteigen. Arkadi hatte kein bestimmtes Ziel. Es waren die verwaschenen Tropfen auf der Windschutzscheibe ohne Scheibenwischer, denen er folgte, das sirrende Geräusch des Wassers unter den Rädern, der stete Fluß der Straßenlaternen und das Vorübergleiten der Schaufensterscheiben. Vor der Tür des Intourist-Hotels suchten die Prostituierten wie Tauben vor einem Taubenschlag Schutz vor dem Regen.

Ohne abzubremsen, bog er scharf in den Marx-Prospekt ein. Der Regen hatte den großen Platz in einen See verwandelt, den die Taxis wie Motorboote durchquerten. Fahr schnell genug, und du durchfährst die Zeit, dachte er. So hatte beispielsweise die Gorki-Straße wieder ihren alten Namen Twerskaja erhalten, der Marx-Prospekt war in Mochowoja umbenannt worden, und der Kalinin, genau vor ihm, war wieder der Neue Arbat. Er stellte sich vor, wie Stalins Geist durch die Stadt streifte, verwirrt, verloren, in Fenster schauend und Babys erschreckend. Oder, schlimmer noch, die alten Namen sehend, ohne verwirrt zu sein.

Durch den Regen erkannte Arkadi plötzlich, daß ein Verkehrspolizist mitten auf dem Platz ein Taxi angehalten hatte. Rechts versperrten ihm Lastwagen den Weg, links näherten sich andere Wagen. Er trat aufs Bremspedal und kämpfte mit den quietschenden Rädern, während der Polizist und der Taxifahrer ihm entsetzt entgegenstarrten. Der Schiguli kam vor ihren Hosenbeinen zum Stehen.

Arkadi sprang heraus. Der Helm des Verkehrspolizisten war mit einem Plastiküberzug bedeckt. In der einen Hand hielt er die Konzession des Taxifahrers, in der anderen einen blauen Fünf-Rubel-Schein. Der Taxifahrer hatte ein schmales Gesicht mit Augenbrauen, die sich vor Angst bis zum Haaransatz wölbten. Beide machten den Eindruck, als seien sie vom Blitz getroffen worden und warteten jetzt auf den Donnerschlag.

Der Milizionär blickte auf die Stoßstange des Schiguli. »Sie hätten uns beinahe überfahren.« Er schwenkte den feuchten, schlaffen Rubelschein. »In Ordnung, er hat mich bestochen. Lausige fünf Rubel. Sie können mich abführen und erschießen, aber deswegen brauchen Sie mich doch nicht gleich zu überfahren. Ich bin seit fünfzehn Jahren im Dienst und verdiene zweihundertfünfzig Rubel im Monat. Meinen Sie, meine Familie könnte davon leben? Ich hab zwei Kugeln im Leib und dafür eine Medaille bekommen. Als ob das eine Entschädigung wäre. Und jetzt wollen Sie mich wegen einer Bestechung zur Strecke bringen? Mir ist es egal, mir ist schon lange alles scheißegal.«

»Sind Sie verletzt?« frage Arkadi.

»Kein Problem.« Der Taxifahrer griff nach seiner Konzession und stieg in seinen Wagen.

»Und Sie?« fragte Arkadi den Polizisten. Er wollte sicher sein.

»Verdammt noch mal, wen kümmert das? Immer noch im Dienst, Genosse.« Der Polizist legte die Hand an den Helm. Er wurde mutiger, als Arkadi ihm den Rücken zuwandte. »Als ob Sie nie was extra einstrichen. Je höher ihr steigt, desto mehr streicht ihr ein. Ganz oben ist es eine Goldgrube.«

Arkadi setzte sich in seinen Schiguli und zündete sich eine Belomor an. Er war völlig durchnäßt – durchnäßt und wahrscheinlich verrückt. Als er den Gang erneut einlegte, sah er, daß der Polizist den Verkehr für ihn angehalten hatte.

Er fuhr, vorsichtiger jetzt, am Fluß entlang. Die Frage war, ob er die Scheibenwischer aufstecken sollte. Lohnte es sich, noch nasser zu werden, damit er sehen konnte? War er als Fahrer gut genug, um den Unterschied auszugleichen?

Wolken trieben auf ihn zu. An der Badeanstalt, wo die Erlöserkirche einmal gestanden hatte, fiel die Straße nach Süden ab. Arkadi sah sich gezwungen, an den Bürgersteig zu fahren und anzuhalten. Es war idiotisch. Stalin hatte die Kirche niederreißen lassen. Wie viele Moskauer erinnerten sich wohl noch an sie? Als Arkadi ausstieg, um die Scheibenwischer aufzustecken, verlor er das Interesse daran. Der Wagen wirkte von außen wie ein mit nassen Blättern bedeckter Kanister und innen wie ein luftloses Grab. Er hatte das Bedürfnis, ein paar Schritte zu gehen.

Ließ er sich von seinen Gefühlen hinreißen? Vermutlich.

Aber tat das nicht jeder, dauernd? Gab es jemanden, der je *ohne* Gefühle gewesen wäre? Rechts von Arkadi versank ein Baumstamm im vom Schwimmbassin aufsteigenden Dampf. Er stieg hinunter und dann durch die Bäume hinauf, indem er die Äste als Geländer benutzte, bis er zu einem wirklichen Geländer aus Metall gelangte, kalt und schlüpfrig unter seinem Griff, an dem er sich zu einer Betonplattform hochzog.

Er ging an den verschlossenen Umkleidekabinen vorbei, bis er den Beckenrand erreichte. Dampf stieg von der Wasseroberfläche auf, nicht in Schwaden, sondern weiß und dicht wie Rauch. Es war dies die größte Badeanstalt Moskaus – eine ideale Brutstätte für Nebel, der sich um Arkadi legte und dessen Chlorgehalt seine Augen schmerzen ließ. Arkadi kniete nieder. Das Bassin wurde beheizt, das Wasser war wärmer, als er erwartet hatte. Er hatte angenommen, daß die Anstalt geschlossen sei, doch sie war beleuchtet, die Natriumdampflampen durchdrangen den Nebel als schimmernde Lichthöfe. Er hörte das Wasser gegen den Rand des Bassins schlagen, und dann ... Keine Worte, aber, als ob jemand summte. Er war sich nicht sicher, woher das Geräusch kam, doch glaubte er, Füße über den Beckenrand gehen zu hören. Wer immer es war, der da summte – er tat es nicht unmelodiös, lediglich selbstvergessen und abgerissen wie jemand, der sich völlig allein glaubte. Nach den Schritten – sehr leichten Schritten – und der Stimme zu urteilen, muß es eine Frau sein, dachte Arkadi. Vielleicht eine Bademeisterin oder Rettungsschwimmerin, die sich hier wie zu Hause fühlt.

Nebel ist ein großer Täuscher. Auf einem Trawler hatte ein erfahrener Seemann über eine Stunde einem fernen Nebelhorn nachgelauscht, bevor er entdeckte, daß das Geräusch aus einer leeren Flasche kam, die keine zehn Meter entfernt stand. *Chattanooga Choo-Choo* – das war es, was sie summte. Ein Klassiker. Oder war überhaupt niemand da? Denn plötzlich war es wieder still. Während Arkadi darauf wartete, daß sie von neuem begann, versuchte er, sich eine Zigarette anzuzünden, doch das Streichholz erlosch sofort, und die Zigarette zerkrümelte zu feuchtem Papier und Tabak. Wie stark war der Regen? Er hörte sie aus einer neuen Richtung, gerade vor sich und höher, fast auf gleicher Ebene mit den Lampen. Ihre Stimme wurde leiser und verstummte, dann hörte er das Schnellen eines Sprungbretts. Ein weißes Aufspritzen im Dampf und das satte Geräusch, das ein menschlicher Körper beim glatten Eintauchen ins Wasser erzeugt.

Arkadi widerstand der Versuchung, einem, wie er meinte, in jedem Stadium ungewöhnlichen Sprung Beifall zu klatschen: die Leiter zu finden, die Sprossen, ohne etwas zu sehen, hochzuklettern, über das hohe Sprungbrett zu gehen und das Gleichgewicht zu halten, das Ende des Brettes mit den Zehen zu ertasten, sich vom federnden Brett abzustoßen, um fortzufliegen ins ... Nichts. Er erwartete, sie auftauchen zu hören. Er stellte sie sich als geübte Schwimmerin vor, als jemanden, der das Wasser mit langen, fließenden Zügen durchpflügte. Doch hörte er nichts als das ständige Trommeln des Regens und das unregelmäßige, fern von der Uferstraße zu ihm dringende Rauschen des Verkehrs.

»Hallo«, rief Arkadi. Er ging am Beckenrand entlang. »Hallo.«

12

Die übrigen Gäste der Traumbar des Kasan-Bahnhofs trugen Koffer, Reisetaschen, Kartons und Plastikbeutel, so kam sich Arkadi mit Jaaks Radio absolut nicht fehl am Platz vor. Juljas Mutter war eine stämmige Bäuerin, mit den abgelegten Sachen bekleidet, die ihr im Laufe der Jahre von einer eleganten, langbeinigen Tochter geschickt worden waren: einem Mantel aus Kaninchenfell, einem Jeansrock und Nylonstrümpfen. Sie aß Würstchen mit Bier, während Arkadi Tee bestellte. Jaak war eine halbe Stunde zu spät.

»Julja kann ihre eigene Mutter nicht vom Zug abholen. Sie kann nicht mal Jaak schicken. Oh, nein. Sie schickt einen Fremden.« Sie musterte Arkadi. Sein Jackett roch wie nasse Wäsche und beulte sich um den Revolver in seiner Tasche. »Sie sehen mir nicht wie ein Schwede aus.«

»Sie haben einen guten Blick.«

»Sie braucht meine Erlaubnis, um auszureisen, wissen Sie. Das ist der einzige Grund, weshalb ich hier bin. Aber die Prinzessin ist sich zu gut, um selbst zum Zug zu kommen. Und jetzt müssen wir warten?«

»Ich bestelle Ihnen noch ein Würstchen.«

»Sehr großzügig.«

Sie warteten weitere dreißig Minuten, bevor er mit ihr nach draußen ging und sich in die Taxischlange einreihte. Wolken dämpften die Lichter auf den Türmen der beiden anderen Bahnhöfe am Komsomol-Platz. Taxis verlangsamten ihre Fahrt, als sie sich der Schlange näherten. Die Fahrer schätzten ihre Aussichten ab und fuhren weiter.

»Mit der Straßenbahn geht's vielleicht schneller«, sagte Arkadi.

»Julja hat mir gesagt, im Notfall das hier zu benutzen.« Juljas Mutter hielt eine Packung Rothmans in die Höhe, und ein Privatwagen fuhr vor und hielt neben ihnen an. Sie stieg ein und drehte das Fenster hinunter. »Ich warne Sie. Ich fahre nicht in einem Kaninchenfellmantel zurück. Vielleicht fahre ich überhaupt nicht wieder nach Hause.«

Arkadi kehrte in die Traumbar zurück. Von Jaak war immer noch nichts zu sehen. Er war gewöhnlich nie so unpünktlich.

Der Kasan-Bahnhof war das »Tor zum Osten«. Die Wand des Informationsstandes unter einer moscheenartigen Kuppel wurde von zusammengefalteten Reiseprospekten bedeckt. Ein bronzener Lenin, ausschreitend, die rechte Hand erhoben, sah seltsamerweise wie Gandhi aus. Ein Tadschikenmädchen trug einen hellen Schal über ihrem zu einem Zopf zusammengebundenen Haar und einen grauen Regenmantel über lose sitzenden, bunten Hosen. Goldene Ohrringe umspielten ihren Hals. Alle Gepäckträger waren Tataren. Arkadi erkannte Angehörige der Kasan-Mafia in schwarzen Lederjacken. Sie überwachten ihre Prostituierten, blaßgesichtige russische Mädchen in Jeans. Ein Geschäft in der Ecke nahm Musik auf Kassetten auf. Als Anreiz wurde eine Lambada gespielt. Arkadi kam sich mit dem Radio unter dem Arm plötzlich idiotisch vor. Er war in seine Wohnung gegangen und hatte es eine

Stunde lang angestarrt, bevor er sich überwand, es seinem rechtmäßigen Besitzer zurückzugeben. Als wäre es das einzige in Moskau, mit dem sich Radio Liberty empfangen ließ. Er würde sich selbst eines kaufen.

Auf den Bahnsteigen patrouillierten Militärpolizisten und suchten nach Deserteuren. Auf dem Führerstand einer Lokomotive sah Arkadi zwei Mechaniker, einen Mann und eine Frau. Er kontrollierte die Meßanzeigen, ein muskulöser Mann mit bloßem Oberkörper, sie trug einen Pullover über dem Overall. Er konnte ihre Gesichter nicht erkennen, aber er stellte sich ihr Leben auf den Schienen vor – die Landschaft, die am Fenster vorbeistrich, das Essen und Schlafen hinter der mächtigen Dieselmaschine.

Arkadi durchquerte einen Wartesaal, der so überfüllt und doch gleichzeitig still war, daß er sich genausogut in einem Irrenhaus oder einem Gefängnis hätte befinden können. Reihe um Reihe erhoben sich Gesichter zu den stummen Bildern von Volkstänzern auf einem Fernsehschirm. Milizionäre stießen schlafende Betrunkene an. Usbekische Familien lagerten auf riesigen, wie Kissen aussehenden Säcken, die ihre gesamte irdische Habe enthielten. An der Theke spielten zwei usbekische Jungen an einer »Schatzkiste«. Für fünf Kopeken bediente man einen Griff, der mit einer Roboterhand in einem Glaskasten verbunden war. Der Boden des Kastens war mit Sand bestreut, und unter diesem Miniaturstrand waren Preise versteckt, die sie, mit etwas Glück, aufheben und gewinnen konnten. Eine Tube Zahnpasta, so groß wie eine Zigarette, eine Zahnbürste mit einer einzigen Reihe von Borsten, eine Rasierklinge, ein Streifen Kaugummi, ein Stück Seife. Die Hand gab sie nacheinander frei. Als Arkadi näher hinschaute, sah er, daß sich die Preise schon seit Jahren in dem Kasten befanden. Die gelben Borsten, das zerknitterte Papier und die Adern in der Seife verrieten, daß es sich nicht so sehr um Schätze als vielmehr um Schund handelte, der gelegentlich neu sortiert, doch nie entfernt wurde. Aber die Jungen spielten begeistert weiter, ohne sich entmutigen zu lassen. Es ging gar nicht darum zu gewinnen, sondern darum, etwas zu ergreifen.

Nach anderthalb Stunden gab Arkadi auf. Jaak war nicht gekommen.

Das Lenin-Pfad-Kollektiv lag im Norden der Stadt an der Autobahn nach Leningrad. Gegen den Regen in Schals gehüllte Frauen hielten Blumensträuße und Eimer mit Kartoffeln hoch, wenn ein Personen- oder Lastwagen vorbeifuhr.

Nach Verlassen der Autobahn gelangte Arkadi unvermittelt auf eine schmutzige Landstraße, die durch ein Dorf mit dunklen, an den Giebeln bunt bemalten Hütten, neueren, aus Ytongsteinen errichteten Häusern und Gärten mit Tomatenstöcken und Sonnenblumen führte. Schwarzweiß gemusterte Kühe wanderten über die Straße und durch die Höfe. Am Ende des Dorfes teilte sich die Straße. Er nahm die, die am tiefsten ausgefurcht war.

Die Landschaft um Moskau besteht aus flachen Kartoffelfeldern. Noch immer wurden die Kartoffeln mit der Hand aufgelesen. Studenten und Soldaten wurden zum Ernteeinsatz befohlen und zockelten hinter Bauern her, die unermüdlich Sack um Sack füllten. Alle übriggebliebenen Kartoffeln konnten später von den Städtern nachgelesen werden. Aber er sah niemanden, nur Nebel, aufgeworfene Erdschollen und in der Ferne einen Lichtschimmer. Er folgte der Straße bis zu einem brennenden Stapel aus Kartons, Sackleinen und Maisblättern. Es war eine üble Angewohnheit der Landbevölkerung, Abfall mit Braunkohle zu vermischen und dann zu verbrennen. Doch üblicherweise nicht am Abend und nicht bei Regen. Rund um das Feuer standen Pferche, Lastwagen und Traktoren, Wasser- und Benzintanks, eine Scheune, eine Garage, ein Schuppen. Kollektive bewirtschafteten kleinere Höfe, wobei sich die Arbeiter den Gewinn entsprechend der Zeit teilten, die sie investiert hatten. Irgend jemand hätte das Feuer bewachen müssen, aber niemand zeigte sich, als Arkadi hupte.

Arkadi stieg aus, und bevor er sich dessen gewahr wurde, trat er in Wasser, das den Hof aus einer offenen Grube überschwemmte. Der scharfe Geruch nach Kalk überlagerte die anderen Gerüche der Umgebung. In der trüben, vom Regen gepockten Brühe der Grube schwammen Abfälle und Tierknochen. Das Feuer war halb so hoch wie er selbst. An einigen Stellen brannte es hell, an anderen schwelte es nur mehr. Einzelne Flammen blühten aus Zeitungen auf. Eine Dose rollte von der Spitze des aufgeschichteten Haufens zu Boden und blieb neben zwei ordentlich hingestellten Männerschuhen liegen. Arkadi hob einen von ihnen auf und ließ ihn sofort wieder fallen. Der Schuh war heiß.

Der ganze Hof glühte im Widerschein des Feuers. Die Traktoren waren alt, die Eggenscheiben verrostet, nur die beiden Lastwagen waren neu, einer das gleiche Modell wie der, an dem Jaak sein Radio gekauft hatte. Vor dem Schuppen lagen Mähbinder, Ballengreifer und Pflüge, grün überwuchert, die Blüten zur Nacht geschlossen. Nichts regte sich in den Pferchen, kein Schweinegrunzen, kein nervöses Ziegenmeckern war zu hören.

Die Garage stand offen. Die Schalter neben der Tür funktionierten nicht, aber im Licht des Feuers konnte Arkadi einen weißen, viertürigen Moskwitsch mit Moskauer Nummer erkennen, der zwischen Ölkanistern und aufgestapelten Reifen stand. Die Türen des Wagens waren verschlossen.

Die Scheune war aus Beton, mit leeren Ställen an einer Seite. Die andere Seite war ein Schlachthaus. An der Wand hing ein Mantel. Arkadi brauchte eine Weile, ehe er sah, daß es eine an einem Haken hängende Kuh war. Die Kuh hing mit dem Kopf nach unten und war über und über mit Fliegen bedeckt. Unter ihr stand ein Eimer, der mit einem schwarzverkrusteten Musselintuch bedeckt war. Daneben lag eine Holzschaufel, wie sie zum Umrühren von Talg verwendet wurde. Der Fußboden war ebenfalls aus Beton und wies Blutrillen auf, die zu einem Abfluß in der Mitte führten. Rechts standen Hackblöcke, Fleischwölfe und vor einem Herd Talgtöpfe, so groß wie Kesselpauken. Auf den Blöcken standen Fläschchen mit der Aufschrift »Schwarzbär-Galle – Beste Qualität« und einem Etikett mit chinesischen Schriftzügen an der anderen Seite. Andere Fläschchen trugen die Aufschrift »Hirschmoschus« und »Zerstoßenes Horn«, wobei letztere den Anspruch erhoben, aus Sumatra zu kommen und die Verjüngungskräfte des Rhinozeroshorns zu besitzen.

Die Doppeltür des Schuppens stand halb offen, an der Stelle eingedellt, an der ein Brecheisen das Schloß geöffnet hatte. Arkadi stieß sie ganz auf, um das Licht des Feuers ins Innere fallen zu lassen. Ausgepackte Videorecorder, CD-Geräte, Personal Computer, Disketten und Videospiele stapelten sich bis zur Decke. Auf Regalen an der Wand lagen Trainingsanzüge und Safari-Ausrüstungen, ein japanisches Kopiergerät stand auf italienischen Marmorplatten – alles in allem ein Szenarium wie in einem Zolldepot, sah man einmal davon ab, daß sich das alles auf einem Kartoffelacker befand. Das Lenin-Pfad-Kollektiv arbeitete offensichtlich schon seit Jahren nicht mehr als landwirtschaftlicher Betrieb. Auf dem Boden lag ein Gebetsteppich, auf einem Spieltisch fanden sich Dominosteine und eine Zeitung. Die Schlagzeile der Zeitung war in arabischer Schrift, aber das Impressum war zur Hälfte russisch und wies das Blatt als Grosni Prawda aus.

Arkadi ging nach draußen und trat ans Feuer. Es brannte ungleichmäßig, flackerte durch Holzspäne und kroch durch feuchtes Heu. Als Abwischtücher für Farben benutzte Lumpen verbreiteten ihre eigene Farbaura. Arkadi zog den Schaft einer Hacke aus dem Feuer, stocherte damit in den Flammen und fand nichts als angekohlte Firmennamen: Nike fiel über Sony zusammen und Sony über Luvs.

Er trat einen Schritt zurück und bemerkte im Widerschein des Feuers einen schmalen Fußweg, der zwischen Schlachthaus und Schuppen zu einer Wiese aus hohem Wildgras führte, hinter der zwei Böschungen aufragten, niedrige Erdwälle, die keinem ersichtlichen Zweck dienten. Am Ende des einen Walls führten betonierte Stufen zu einer Stahlluke, die mit einem Riegel und einem schweren Vorhängeschloß verschlossen war.

Der zweite Erdwall wies eine ähnliche Luke auf, aber ohne Riegel. Arkadi öffnete sie und trat ein. Er bückte sich, als er sah, wie eng der Raum war. Sein Feuerzeug war hell genug, um ihm zu zeigen, daß er sich in einem ausgedienten Armeebunker befand. Derartige Kommandobunker – mit Stahlstützen verstärkte Betonhöhlen wie diese – waren überall rund um Moskau errichtet und dann eingemottet worden, als der nukleare Holocaust ausblieb. Komplizierte Lüftungs- und

Strahlenschutzeinrichtungen umgaben die Luke. Auf einem langen Kartentisch standen Dutzende von Telefonen, zwei von ihnen erkannte er aus seiner eigenen Dienstzeit als Funktelefone wieder, lang vergessene Artefakte. Es gab sogar ein hochempfindliches Iskra-System mit intaktem Telefon und Modem. Er hob den Hörer ab. Er vernahm zwar nur atmosphärische Störungen, war aber überrascht, daß die Leitung nicht völlig tot war.

Er kehrte zum Hof zurück. Das Wasser stand zu tief, als daß er Reifenspuren hätte entdecken können. Er ging bis zur Grenze des Hofs, ohne eine andere Spur zu finden als die zur Straße, und von dort war er selbst gekommen. Es schoß ihm durch den Kopf, daß die Überschwemmung erst kürzlich eingetreten sein konnte, da die Reifen der Lastwagen und Traktoren nicht mit Kalk beschmiert waren. Zudem war der Boden nur an der einen Stelle überschwemmt.

Im Widerschein des Feuers leuchtete die Wasseroberfläche wie geschmolzenes Gold, bei Tageslicht würde sie wie wäßrige Milch aussehen. Er schätzte den Umfang der Grube auf fünf Meter im Quadrat. Er senkte die Hacke in die Grube; sie war mindestens zwei Meter tief. Ein Gegenstand stieg an die Oberfläche, der wie eine der Länge nach aufgeschnittene Wurst aussah. Die Wurst drehte sich und ließ den runden Unterkiefer, die spitz zulaufenden Ohren und die Schnauze eines Schweins erkennen – ein Gesicht, das durch den ätzenden Kalk glatt und haarlos geworden war und sich jetzt noch einmal um sich selbst drehte, um gleich anschließend wieder zu versinken. Federn und Haare klebten im Schaum, der die Grube bedeckte. Ein Gestank, weit intensiver und tiefer als der bloßen Verfalls, durchdrang den Nebel.

Arkadi stieß mit der Hacke in die Mitte der Grube und traf auf Metall. Er traf auf Metall und Glas. Neben der Grube auf und ab schreitend, machte er die Umrisse eines Wagens unter der Oberfläche aus. Inzwischen atmete er flach und keuchend, nicht nur wegen des Gestanks. Er glaubte, Jaak im Inneren des Wagens zu hören, wie er gegen die Decke von Juljas Volvo klopfte und schrie. Nicht, daß das Geräusch wirklich aus der Grube drang, aber Arkadi konnte es fühlen.

Er zog Jacke und Schuhe aus und sprang hinein. Er hielt die Augen geschlossen, um sie vor dem Kalk zu schützen, und tastete sich zu den Seitenfenstern und zur Tür hinunter, fand einen Griff und zog daran. Der Druck des Wassers vereitelte seine Bemühungen. Er tauchte auf, atmete tief ein und tauchte wieder unter. Die Bewegung seines Körpers rührte die Brühe auf, und unsichtbare Gegenstände stiegen auf und kamen ihm in die Quere, als versuchten sie, ihn von der Tür fortzustoßen. Als er das zweite Mal Luft schöpfte, war die Oberfläche der Grube bedeckt mit aufgestiegenem Bodensatz, gesättigt vom Geruch des Todes.

Beim dritten Versuch gelang es ihm, beide Füße gegen den Wagen zu stemmen und die Tür einen Spalt zu öffnen. Das genügte. Das in den Wagen drängende Wasser glich den Druck aus, mit jeder Sekunde schneller. Arkadi hielt aus, da er nicht noch einmal auf- und untertauchten wollte. Als sich die Tür schließlich öffnete, drang das Wasser mit einem Schwall in den Volvo und zog Arkadi mit sich. Er tastete sich blindlings zu den Vordersitzen, kletterte dann nach hinten, wo Jaak hochzutreiben begann.

Die Tür schloß sich durch die Saugkraft des Wassers. Immer noch mit geschlossenen Augen versuchte Arkadi, den Innengriff zu ertasten, aber die Tür bewegte sich nicht, und er konnte keine Stütze für die Füße finden, da Jaaks Körper ihm überall im Wege war. Was für ein solider, gutgemachter Wagen, dachte Arkadi. Er drehte das Fenster hinunter, und als sich der Wagen nun vollständig mit Wasser füllte, ging die Tür wie von allein auf. Arkadi stieß sich mit den Füßen ab, wobei er Jaak hinter sich her zerrte.

Er kroch über den Rand der Grube und zog Jaak an den Armen auf den Hof. Jaak sah nicht zu übel aus – naß, die Augen weit geöffnet, das lockige Haar wie das eines Lamms verfilzt –, aber er war kalt und bewegungslos, ohne Puls an den Handgelenken und am Hals, die Iris wie aus Glas. Arkadi begann mit Wiederbelebungsversuchen, hob Jaaks Arme und drückte Luft in seinen Brustkorb, bis ein Regentropfen auf einem Auge Jaaks zerbarst, ohne daß er reagierte. Arkadis Hand fand eine kleine Einschußwunde hinten an Jaaks Schädel.

Kein Hinweis darauf, daß die Kugel wieder ausgetreten war. Ein kleines Kaliber, das Geschoß war Jaak vermutlich geradewegs ins Gehirn gedrungen.

Das Schwein tauchte wieder an der Oberfläche der Grube auf. Nein, dieser Kopf war kleiner, die Ohren kürzer. Dann die X-Form ausgestreckter Glieder. Arkadi wußte plötzlich, warum er so schwer aus dem Wagen gekommen war: Auf dem Rücksitz mußten sich zwei Körper befunden haben, nicht nur einer. Was für ein ergiebiger Angelplatz, diese Grube! Mit der Hacke zog Arkadi den zweiten Körper näher und zerrte ihn neben Jaak. Es war ein älterer Mann, kein Koreaner oder Tschetschene, die Züge eingefallen und schmutzverschmiert, aber vertraut. Und auf die gleiche Weise getötet: In das Loch hinten im Schädel paßte die Spitze des kleinen Fingers. Arkadi erkannte ihn an dem schwarzen Kreppband am Ärmel. Es war Penjagin.

Was hatte der Chef des Kriminalamts mit Jaak zu schaffen? Warum war Penjagin hier beim Lenin-Pfad-Kollektiv? Wenn es um Bestechungsgelder ging – seit wann zogen Generäle sie persönlich ein? Arkadi widerstand der Versuchung, ihn wieder in die Grube zu stoßen. Statt dessen öffnete er die Jacke des Toten, um Penjagins Dienstausweis und die Karte zu suchen, die ihn als Mitglied der Partei auswies. In dem Vinylumschlag, der die Karte enthielt, drückte sich eine Liste mit Telefonnummern gegen Lenins feuchte Wange.

Die Wagenschlüssel in Penjagins Tasche paßten in den Moskwitsch in der Garage. Im Ablagefach unter dem Armaturenbrett lag eine Mappe mit den typischen, durch Bänder verschlossenen Aktendeckeln der sowjetischen Bürokratie: Anweisungen des Ministeriums und Memoranden, Berichte und »korrekte Analysen«. Daneben zwei Orangen und ein Schinkenbrötchen, das in ein Exemplar der »Nur für den amtlichen Gebrauch« bestimmten Tass-Nachrichtenübersicht gewickelt war.

Arkadi verschloß Mappe und Wagen, wischte die Fingerabdrücke von der Wagentür, steckte die Schlüssel wieder in Penjagins Hosentasche und forderte in seinem eigenen Wagen über Funk Hilfe an. Er kehrte zu Jaak zurück und durchsuchte auch dessen Taschen. Er fand zwei Hausschlüssel, ein dritter war so groß, daß er zum Öffnen eines Burgtores bestimmt zu sein schien. Die Volvo-Schlüssel steckten wohl noch im Wagen. Wer immer den Wagen in die Grube gefahren hatte, hatte die Automatik wahrscheinlich nur auf »Drive« gestellt.

Arkadi ging um Jaak herum. War das die Sache wert? Sein ganzer Körper brannte. Er stellte sich vor das Feuer, das lodernd einige Kartons erfaßt hatte, und ignorierte den Regen. Er erinnerte sich an Rudis Worte: »Überall in der Welt völlig legal.« Kim hatte sie weitergebracht. Jaak war der Lösung sicher sehr nahe gekommen. Wozu? Die Dinge waren nicht besser, sie waren schlechter geworden. Ein brennender Karton fiel von der Spitze der Pyramide, ein purzelnder, von innen und außen erleuchteter Würfel. Er rollte auf den Boden, zerbrach und schüttete seine Fragmente über eine Flut russischer Scheiße. »Einige Dinge ändern sich nie«. Auch das hatte Rudi gesagt.

Arkadi drehte den Eimer um und ließ sich das Wasser über Kopf, Brust und Rücken laufen. Während er darauf gewartet hatte, daß sein Funkruf beantwortet wurde, hatte er Kartons und Kohle im Herd des Schlachthauses aufgehäuft und angezündet. Mittlerweile war der Hof hell erleuchtet – wie ein Zirkus, dessen Rund eingenommen wurde von einem Generatorwagen, Scheinwerfern, einem Abschleppwagen, einem Wagen der Feuerwehr und zwei Wagen der Spurensicherung. Dahinter zeichneten sich die Silhouetten von Soldaten ab, die ungeheuer schnell dagewesen waren und in voller Kampfausrüstung hin und her liefen. Aber der einzige, der sich mit Arkadi im Schlachthaus befand, war Rodionow, der im Schatten neben der Tür stehengeblieben war. Als das Feuer im Herd aufflackerte, schien sich die Kuh am Haken zu bewegen. Das Wasser breitete sich um Arkadis Füße aus und lief durch die Blutrillen im Boden zum Abfluß.

»Kim und die Tschetschenen arbeiten offensichtlich zusammen«, sagte Rodionow. »Es scheint klar zu sein, daß der arme Penjagin entführt und hergebracht wurde. Entweder vor oder nach seinem Eintreffen wurde er erschossen, dann wurde der Inspektor ermordet. Stimmen Sie mir zu?«

»Oh, ich verstehe. Kim hat Jaak getötet«, sagte Arkadi. »Aber warum sollte sich jemand die Mühe machen, den Chef des Kriminalamts zu erschießen?«

»Ihre Frage beantwortet sich selbst. Natürlich wollten sie Penjagin aus dem Weg räumen, weil er zu gefährlich war.«

»Penjagin? Gefährlich?«

»Ich bitte mir etwas mehr Respekt aus.« Rodionow blickte zur Seite.

Arkadi ging zum Hackblock, wo ein Handtuch über den Kleidungsstücken lag, die vom Büro des Oberstaatsanwalts herbeigeschafft worden waren. Arkadis Schuhe und sein Jakkett lagen daneben. Was ihn betraf, konnten seine Sachen verbrannt werden. Er begann sich mit dem Handtuch abzutrocknen.

»Warum sind die Soldaten hier? Wo ist die reguläre Miliz?«

»Wir befinden uns außerhalb von Moskau«, sagte Rodionow. »Wir mußten die Männer nehmen, die zur Verfügung standen.«

»Sie sind wirklich erstaunlich schnell hier eingetroffen, und sie machen ganz den Eindruck, als wollten sie in den Krieg ziehen. Gibt es vielleicht irgend etwas, das ich wissen sollte?«

»Nein«, sagte Rodionow.

»Ich möchte diesen Fall in meine Ermittlungen einbeziehen.«

»Auf keinen Fall. Die Ermordung Penjagins ist ein Angriff auf die gesamte Justiz. Ich kann dem Zentralkomitee nicht sagen, daß wir den Mord an General Penjagin mit den Ermittlungen um den Tod eines gewöhnlichen Spekulanten zusammengezogen haben. Ich kann immer noch nicht glauben, daß Penjagin und ich erst heute morgen zusammen bei einer Beerdigung waren. Es ist wirklich ein Schock für mich.«

»Ich habe Sie gesehen.«

»Was haben Sie denn auf dem Friedhof gemacht?«

»Meinen Vater beerdigt.«

»Oh.« Rodionow grunzte, als habe er eine einfallsreichere Entschuldigung erwartet. »Mein Beileid.«

Der Hof war in so grelles Scheinwerferlicht getaucht, daß es aussah, als ob er in Flammen stehe. Als der Volvo aus der Grube gehievt wurde, strömte das Wasser aus den Türen.

»Ich werde die Rosen-Ermittlungen auf den Fall Penjagin ausweiten.« Arkadi zog sich trockene Hosen an.

Rodionow seufzte, als werde ihm eine schwere Entscheidung aufgezwungen. »Wir möchten, daß sich jemand ausschließlich auf den Fall Penjagin konzentriert und auf nichts anderes. Jemand, der unvoreingenommen an die Sache herangeht, objektiv.«

»Wen wollen Sie damit denn beauftragen? Und wer immer es sein mag, er wird einiges an Zeit brauchen, ehe er mit dem vertraut ist, was wir über Rudi in Erfahrung gebracht haben.«

»Nicht notwendigerweise.«

»Wollen Sie tatsächlich jemand heranziehen, der noch überhaupt keine Ahnung hat?«

»Um Ihretwegen.« Rodionow blickte auf, um seine Solidarität mit Arkadi zu bekunden. »Man wird sagen, daß Penjagin noch leben würde, wenn Renko Kim gefunden hätte. Man wird Sie für den tragischen Tod Ihres Kollegen und des Generals verantwortlich machen.«

»Wir haben keinerlei Beweise dafür, daß Penjagin entführt wurde. Wir wissen nur, daß er hier ist.«

Rodionow verzog gequält das Gesicht. »Diese Andeutungen und Spekulationen sind wirklich völlig fehl am Platz. Sie sind zu nahe an der Sache dran.«

Das Hemd war ein Segel mit Ärmeln. Arkadi zwängte sich hinein und schlüpfte mit seinen bloßen Füßen in die Schuhe. »Wen wollen Sie also mit den Ermittlungen betrauen?«

»Einen Jüngeren, jemanden, der mehr Elan mitbringt. Tatsächlich ist er bereits bestens über Rosen im Bild. Es dürfte nicht die mindesten Koordinationsprobleme geben.«

»Wer?«

»Minin.«

»*Meinen* Minin? Den kleinen Minin?«

Rodionow wurde deutlicher: »Ich habe bereits mit ihm gesprochen. Wir befördern ihn um eine Stufe, damit er die gleichen Vollmachten hat wie Sie. Ich glaube, wir haben einen Fehler gemacht, als wir Sie wieder nach Moskau holten, Sie rehabilitiert und auf die Stadt losgelassen haben. Sie sollten vorsichtig sein, sonst fallen Sie tiefer, als Sie jemals gefallen sind. Ich muß Ihnen sagen, daß Minin nicht nur mehr Elan mitbringt, sondern auch ein deutlicheres Gefühl für das, was zu tun ist.«

»Er würde den Eimer da erschießen, wenn Sie es ihm befehlen. Ist er hier?«

»Ich habe ihm gesagt, daß er erst kommen soll, wenn Sie fort sind. Schicken Sie ihm einen Bericht.«

»Die Ermittlungen werden sich überlappen.«

»Nein.«

Arkadi hatte begonnen, sein Jackett auszuziehen. Er legte es wieder auf den Hackblock. »Was wollen Sie damit sagen?«

Während er antwortete, ging Rodionow mit langsamen Schritten auf Arkadi zu. »Dies ist eine Krise, die entschlossene Aktionen erfordert. Die Ermordung Penjagins ist nicht nur der Verlust eines einzelnen Mannes, es ist ein Schlag gegen den gesamten Staat. Alles, was wir tun, wir selbst und die Miliz, muß von einem einzigen Ziel bestimmt sein – die Elemente zu finden und festzunehmen, die für diese Tat verantwortlich sind. Wir alle werden Opfer bringen müssen.«

»Was ist mein Opfer?«

Der Oberstaatsanwalt hob ein von tiefem Verständnis gezeichnetes Gesicht. Die Partei bringt noch immer große Schauspieler hervor, dachte Arkadi.

»Minin wird auch die Rosen-Ermittlungen übernehmen«, sagte Rodionow. »Sie werden Teil dieses Falles sein, wie Sie vorgeschlagen haben. Ich wünsche, daß morgen Ihre Unterlagen und alle Beweismittel des Falles Rosen auf seinem Tisch liegen – zusammen mit einem Bericht über die heutigen Ereignisse natürlich.«

»Das ist mein Fall.«

»Keine Diskussion mehr. Ihr Inspektor ist tot. Minin hat den Fall übernommen. Sie haben keine Leute mehr, und Sie führen keine Ermittlung mehr. Wissen Sie, ich glaube, wir haben Sie überfordert. Der Tod Ihres Vaters muß ein Schock für Sie gewesen sein.«

»Er ist immer noch ein Schock für mich.«

»Ruhen Sie sich aus«, sagte Rodionow. Er half Arkadi in sein Jackett, wobei eine Tasche gegen den Hackblock schlug.

»Mein Gott, eine Antiquität«, sagte Rodionow, als Arkadi die Nagant hervorzog.

»Ein Erbstück.«

»Zielen Sie damit nicht auf mich.« Der Oberstaatsanwalt trat einen Schritt zurück.

»Niemand zielt auf Sie.«

»Bedrohen Sie mich nicht.«

»Ich bedrohe Sie nicht, ich denke nur nach. Penjagin und Sie waren auf dem Friedhof, um wem die letzte Ehre zu erweisen?« Er klopfte sich mit den Revolver gegen die Stirn, um sich zu erinnern.

»Asojan. Penjagin war der Nachfolger Asojans.« Der Oberstaatsanwalt bewegte sich auf die Tür zu.

»Richtig. Ich bin Asojan nie begegnet. Sagen Sie, woran ist Asojan noch gestorben?«

Aber der Oberstaatsanwalt floh ins Licht des Hofs.

13

Auf dem Weg in die Stadt parkte Arkadi hinter dem Wohnhauskomplex am Dynamo-Stadion, wo die blaue Lampe einer Milizwache eine Nachtbar zu verheißen schien. Auf der Straße davor hatten ein Betrunkener und seine Frau eine familiäre Auseinandersetzung. Er sagte etwas, und sie schlug ihm ins Gesicht. Er sagte noch etwas, und sie schlug ihm abermals ins Gesicht. Er lehnte sich in ihre Schläge und schien allem, was sie sagte, zustimmen zu wollen. Ein anderer Betrunkener, gut gekleidet, drehte sich im Kreis herum, als wäre einer seiner Füße auf dem Bürgersteig festgenagelt.

Auf der Wache selbst half der diensthabende Beamte, einen Betrunkenen zu beruhigen, der, bis zur Hüfte entblößt und durch Methylalkohol erblindet, mit seinen tätowierten Armen gegen die Wände schlug und einen Chor von Betrunkenen anführte, die aus den Einzelzellen in sein Gebrüll einstimmten. Als er an dem Beamten vorbeiging, zeigte ihm Arkadi seinen Dienstausweis, ohne sich erst die Mühe zu machen, ihn zu öffnen. Obgleich ihm nichts von dem, was er trug, paßte, machte er in dieser Umgebung immer noch eine gute Figur. Oben, wo alle Türen grau gepolstert waren, hingen an einem Schwarzen Brett Fotos von afghanischen Kriegsveteranen. Im Lenin-Zimmer – dem politischen Schulungsraum – schnarchten an langen Tischen Milizionäre, die Köpfe mit Handtüchern bedeckt.

Jaaks Schlüssel öffnete einen mit Linoleum ausgelegten, gelbgetünchten Raum. Das Zimmer, das mehreren, zu unterschiedlichen Zeiten arbeitenden Männern als Arbeits- und Aufenthaltsraum diente, war nur spärlich möbliert: zwei einander gegenüberstehende Schreibtische, vier Stühle, vier gewaltige, noch aus der Vorkriegszeit stammende Safes. Ein Autoposter, ein Fußballposter und ein Foto von einer Weltausstellung klebten an der Wand. Eine offene Tür in der Ecke führte in ein Pissoir, dessen Geruch den Raum durchwebte.

Auf den Schreibtischen standen drei Telefone: eine Außenleitung, eine Gegensprechanlage und eine Direktverbindung mit der Petrowka-Straße. Die Schubladen enthielten verblichene Fotos von gesuchten Personen, Wagenbeschreibungen und zehn Jahre alte Kalender. Das Linoleum zwischen den Tischbeinen war von Zigaretten verbrannt.

Arkadi setzte sich und zündete sich eine Zigarette an. Er hatte immer geglaubt, daß Jaak eines Tages zurück nach Estland fahren würde, um als glühender Nationalist wiedergeboren zu werden und heroisch die junge Republik zu verteidigen. Er hatte geglaubt, daß Jaak die Fähigkeit hatte, ein anderes Leben zu führen. Nicht mehr das, das er hier geführt hatte. Doch die Unterschiede zwischen ihm und Jaak waren wohl nicht so groß, ob tot oder lebendig.

Der erste Anruf, den er tätigte, galt seinem eigenen Büro. Der Hörer wurde bereits beim zweiten Läuten abgenommen.

»Minin am Apparat.«

Arkadi legte auf.

Ein Außenstehender hätte sich fragen können, warum Minin nicht zum Lenin-Pfad-Kollektiv gefahren war. Arkadi wußte aus Erfahrung, daß es zwei Arten von Ermittlungen gab: eine, die Informationen sammelte, und eine andere – mit längerer Tradition –, die sie vertuschte. Die zweite war tatsächlich die schwierigere, denn sie erforderte jemanden, der den Schauplatz des Verbrechens untersuchte, und darüber hinaus jemanden, der die Informationen im Büro zusammenhielt. Als Arkadis Vorgesetzter mußte Rodionow der Mann vor Ort sein, und Minin, der hart arbeitende Minin, der beförderte Minin, war derjenige, der damit betraut war, all die Beweisstücke und Dossiers zusammenzutragen, die auf eine Verbindung zwischen dem ermordeten General Penjagin und Rudi Rosen hinwiesen.

Arkadi zog die kurze Liste von Telefonnummern hervor, die er Penjagins Parteibuch entnommen hatte. Die erste war die Rodionows, die beiden anderen waren Moskauer Nummern, die ihm neu waren. Er sah auf die Uhr – zwei Uhr morgens, eine Stunde, zu der alle guten Bürger zu Hause sein sollten. Er nahm den Hörer ab und wählte über die Außenleitung eine der unbekannten Nummern.

»Ja?« meldete sich die Stimme eines Mannes, der tief geschlafen zu haben schien.

»Ich rufe wegen Penjagin an«, sagte Arkadi.

»Was ist mit ihm?«

»Er ist tot.«

»Das ist eine schlechte Nachricht.« Die Stimme blieb beherrscht, leise, ruhiger als zuvor. »Hat man jemanden erwischt?«

»Nein.«

Eine Pause. Dann berichtigte die Stimme sich. »Ich meine, wie ist er gestorben?«

»Er wurde erschossen. Auf dem Bauernhof.«

»Mit wem spreche ich?« Die gepflegte Aussprache der Stimme war ungewöhnlich – eine russische Birke, mit fremder Farbe übermalt.

»Es gab eine Komplikation«, sagte Arkadi.

»Was für eine Komplikation?«

»Ein Inspektor.«

»Mit wem spreche ich?«

»Wollen Sie nicht wissen, wie er gestorben ist?«

Wieder eine Pause. Arkadi konnte fast hören, wie der Mann

am anderen Ende der Leitung hellwach wurde. »Ich weiß, wer Sie sind.«

Die Leitung wurde unterbrochen, aber nicht, bevor nicht auch Arkadi Max Albows Stimme erkannt hatte. Selbst wenn sie sich nur für eine Stunde gesehen hatten – kürzlich, in Penjagins Gesellschaft.

Er wählte die andere Nummer und kam sich vor wie ein Angler, der einen Köder in dunkles Wasser wirft und überlegt, welcher Fisch wohl anbeißt.

»Hallo!« Diesmal war es eine Frau, die den Lärm eines Fernsehers im Hintergrund überschrie. Sie lispelte. »Wer ist am Apparat?«

»Ich rufe wegen Penjagin an.«

»Warten Sie einen Augenblick.«

Während er wartete, lauschte Arkadi der Stimme eines Amerikaners, der eine langweilige Geschichte, unterbrochen von Explosionen und dem Knallen kleiner Schußwaffen, zu erzählen schien.

»Wer ist am Apparat?« Ein Mann war in der Leitung.

»Albow«, sagte Arkadi. Zwar sprach er nicht so gepflegt wie der Journalist, aber er modulierte seine Stimme ein wenig, und am anderen Ende war die Schießerei. »Penjagin ist tot.«

Es gab eine Pause, keine Stille. Mit einer Musiküberblendung begann der Amerikaner, eine andere Geschichte zu erzählen. Das Abfeuern kleinerer Schußwaffen war aber auch weiterhin zu hören, mit einem Widerhall, der auf einen großen Raum schließen ließ.

»Warum rufen Sie an?«

Arkadi sagte: »Es gab Probleme.«

»Das ist das Schlimmste, was Sie machen können – hier anzurufen. Ich bin überrascht. Ein umsichtiger Mann wie Sie!« Die Stimme war kräftig, sie strahlte Humor und das Selbstvertrauen eines erfolgreichen Führers aus. »Verlieren Sie nicht die Nerven.«

»Ich mache mir Sorgen.«

Arkadi hörte das Klicken eines gut geschlagenen Balls, Applaus und begeisterte »Banzai«-Rufe. Inzwischen sah er eine Bar in Marlboro-Farben und zufriedene Golfspieler vor sich.

Er hörte das Klingeln einer Kasse und, leiser, das entfernte Klimpern von Spielautomaten. Und er sah Borja Gubenko vor sich, die Hand am Telefon und langsam nervös werdend.

»Was getan ist, ist getan«, sagte Borja.

»Was ist mit dem Inspektor?«

»Sie müßten doch am allerbesten wissen, daß man so was nicht am Telefon bespricht.«

»Was jetzt?« fragte Arkadi.

Es war mitten in der Nacht. Die amerikanische Fernsehstimme hatte etwas Beruhigendes an sich. Arkadi glaubte fast, den Lagerfeuerschein des Bildschirms zu spüren, nahm teil an der internationalen Gleichheit der Nachrichten, die Geschäftsleute überall auf der Welt begleiteten. »Was machen wir jetzt?«

Einst wollten die Amerikaner Rußland retten. Dann wollten es die Deutschen. Wer immer Rußland heute retten wollte, mußte seine Golfspieler zu Borja schicken, dachte Arkadi. Er hatte gesagt, daß die Japaner immer die letzten seien, die gingen. »Was machen wir?« fragte er noch einmal.

Er hörte das Abschlagen eines weiteren Balls. Schlug er gegen eine der Baumattrappen, die in der Fabrik standen? Oder flog er in hohem und langem Bogen gegen die grasgrüne Plane am anderen Ende des Raumes?

»Wer ist da?« fragte Borja, dann legte er auf.

Und ließ Arkadi zurück mit ... nichts. Erstens hatte er das Gespräch nicht auf Band aufgenommen. Zweitens, und wenn er es hätte? Er hatte kein Geständnis bekommen, nichts, das sich nicht durch Müdigkeit, Lärm, Mißverständnisse und eine schlechte Verbindung erklären ließe. Was besagte es schon, daß Penjagin ihre Telefonnummern hatte? Albow war ihm als Freund der Miliz vorgestellt worden, und die Miliz beschützte auch Borja Gubenkos Driving-Range. Was besagte es schon, wenn Albow und Gubenko sich kannten? Sie gehörten der Moskauer Gesellschaft an, sie waren keine Einsiedler. Arkadi hatte überhaupt keine Beweise. Er wußte nur, daß der Fall Rosen Jaak in ein Kollektiv geführt hatte, wo er getötet und im selben Wagen wie Penjagin aufgefunden worden war. Und Arkadi hatte den Fall Rosen vermasselt. Er hatte keinen Kim, und das, was er tatsächlich an Hinweisen hatte, wurde in diesem Augenblick von Minin geprüft.

Andererseits war Jaak kein schlechter Mann gewesen. Arkadi durchsuchte alle Schubladen und zog dann Jaaks überdimensionalen Schlüssel hervor. Jeder Inspektor hatte seinen eigenen Safe, ein verschlossenes Magazin seiner Arbeit. Er probierte den Schlüssel nacheinander an allen vier Safes aus, bis das letzte Schloß nachgab und sich die eiserne Tür öffnete, um drei Borde mit Jaaks Unterlagen freizugeben. Auf dem unteren Bord waren mit einem roten Band zusammengebundene Akten abgelegt, der Grundstock des professionellen Gedächtnisses Jaaks. Auf dem oberen Bord lagen persönliche Gegenstände: Fotos von einem Jungen und einem Mann, die zusammen angelten, von demselben Jungen und einem Mann, der ein Modellflugzeug in der Hand hielt, von dem Jungen, der inzwischen in eine Armeeuniform hineingewachsen war und den Arkadi als einen Jaak wiedererkannte, der neben einer glücklichen, aber verlegenen Frau posierte, die ihre Schürze glattstrich. Sie standen auf den Stufen einer Datscha. Jaaks Augen blinzelten in helles Sonnenlicht, die seiner Mutter lagen im Schatten. Ein Bild von Soldaten in ihrem Zelt, singend, Jaak mit Gitarre. Eine Scheidungsurkunde, acht Jahre alt, zerrissen und wieder zusammengeklebt. Ein Schnappschuß von Jaak mit Julja in einer früheren Phase ihres Lebens, als sie noch dunkles Haar hatte – verwackelt, weil sie eine Achterbahn hinunterstürzten, ebenfalls zerrissen und wieder zusammengeklebt.

Auf dem mittleren Bord lagen ein graues juristisches Handbuch, vollgestopft mit den schlampigen Nachträgen sich täglich ändernder Gesetze, Protokollformulare für Ermittlungen, Durchsuchungen und Vernehmungen, das rote Adreßbuch der in der Moskauer Region arbeitenden Kripoleute sowie einzelne Makarow-Patronen aus Messing. Da war eine Aufnahme des überwachten Rudi, ein Verbrecherfoto des jungen Kim, da waren Polinas Aufnahmen des Schwarzmarkts und des ausgebrannten Wracks von Rudis Wagen. Außerdem ein Umschlag, wie er zum Postverkehr zwischen den einzelnen Abteilungen verwendet wurde. Arkadi öffnete ihn und fand das deutsche Videoband, das er Jaak gegeben hatte, sowie zwei Standfotos. Jaak hatte also die Bilder entwickeln lassen.

Es waren Einzelaufnahmen der Frau im Biergarten. Auf die Rückseite eines der beiden Fotos hatte Jaak geschrieben: »Durch verläßliche Quelle identifiziert als ›Rita‹, 1985 nach Israel ausgewandert.«

Ein romantischer Name, Rita, Kurzform für Margherita, wie die Blume. Er vermutete, daß Julja die Quelle war. Wenn Rita einen Juden geheiratet hatte und ausgewandert war, würde Julja sich an sie erinnern.

Eine Israeli? Die Verbindung von blondem Haar, schwarzem Pullover und goldener Halskette schien Arkadi typisch deutsch, abgesehen von dem vollen roten Mund und der Wangenpartie, die ziemlich slawisch wirkten. Warum war sie dann auf dem Münchener Band und nicht auf dem aus Jerusalem? Warum hatte Arkadi sie in Rudis Wagen gesehen und einen Blick von ihr aufgefangen, der ihn und seinen Schiguli so abschätzig beurteilte? Warum hatte ihr Mund auf dem Band gesagt: »Ich liebe dich«?

Das zweite Bild war das gleiche. Auf seine Rückseite hatte Jaak geschrieben: »Von der Rezeption des Sojus als Frau Boris Benz identifiziert. Deutsch. Angekommen am 5. 8., abgereist am 9. 8.« Vor zwei Tagen.

Das Sojus-Hotel war nicht gerade eines der besten in Moskau, es lag aber der Stelle am nächsten, an der er und Jaak sie zusammen mit Rudi gesehen hatten.

Das Telefon läutete. Er hob den Hörer ab.

»Wer ist da?« fragte Minin.

Arkadi legte den Hörer auf den Schreibtisch und ging leise hinaus.

Seine Wohnung würde inzwischen überwacht werden. Arkadi fuhr ans Südufer des Flusses, parkte und ging ein Stück zu Fuß, um wach zu bleiben.

Moskau war schön in der Nacht. Gestern, als er mit Polina im Café gesessen hatte, hatte er ein Gedicht der Achmatowa rezitiert. »Ich trinke auf unser zerstörtes Haus, auf den Schmerz meines Lebens, auf unsere gemeinsame Einsamkeit;

und auf dich erhebe ich mein Glas, auf lügende Lippen, die uns verraten haben, auf kalt-tote, erbarmungslose Augen und die harte Wirklichkeit: daß die Welt grausam und roh ist, daß Gott uns nicht erlöst hat.« Polina, die Romantikerin, hatte darauf bestanden, daß er es noch einmal rezitierte.

Moskau war das zerstörte Haus, eine Stadtlandschaft, die in der Nacht halb verbrannt aussah. Doch das Licht einer Straßenlaterne fiel in diesem Moment durch ein geöffnetes eisernes Tor auf einen Hof mit anmutigen Linden, die rund um einen marmornen Löwen auf einem Sockel standen. Ein anderes Licht beleuchtete eine azurblaue, mit goldenden Sternen übersäte Kirchenkuppel. Als offenbarte sich in Moskau alles, was nicht häßlich war, nur bei Nacht.

Arkadi war überrascht von seiner eigenen Bitterkeit. Er hatte sich mit der Welt voller Gemeinheit und Korruption abgefunden, solange er seiner Arbeit mit einigem Erfolg nachgehen konnte, wie ein Chirurg, der sich darauf konzentriert, Knochen zu richten, während die Welt um ihn herum zusammenbrach. Seine eigene Rechtschaffenheit war für ihn zu einem Schutzpanzer geworden, zu einer Möglichkeit, die allgemeine Verderbnis um sich herum zu leugnen, aber gleichzeitig auch zu akzeptieren. Erkenne den Widerspruch, sagte er sich – eine Lüge, um genau zu sein. Doch wenn er Rudi und Jaak verloren, Kim noch nicht einmal zu Gesicht bekommen hatte und auf Polina einen schlechten Einfluß ausübte – wie gut oder erfolgreich war er dann eigentlich?

Was wollte er? Weit fort sein. Seit Jahren ertrug er alles geduldig, doch in der letzten Woche hatte er plötzlich gespürt, daß jede Sekunde wie ein weiteres Sandkorn war, das ihm durch die Finger rann – seit jenem Abend, da er Irinas Stimme im Radio gehört hatte.

Wenn er es so empfand, war er vielleicht in der falschen Stadt. War es möglich, dem, was zerstört war in seinem alten Leben, zu entkommen?

Das Zentrale Telegrafenamt in der Gorki-Straße war vierundzwanzig Stunden am Tag geöffnet. Um vier Uhr morgens war die große Halle bevölkert von Indern, Vietnamesen und Arabern, die Telegramme nach Hause schickten, ebenso wie von gleichermaßen frustrierten Sowjetbürgern, die versuchten, Verwandte in Paris, Tel Aviv oder Brighton Beach zu erreichen.

Die Luft schmeckte nach Asche, und der Geschmack haftete auf den Zähnen. Schreibende saßen mit leeren Telegrammformularen da, um Nachrichten zu fünf Kopeken pro Wort zu formulieren, Männer zerknüllten mißratene Versuche, Frauen grübelten über sie nach, Familien, einen Kreis von Köpfen bildend – in der Regel braune Köpfe mit hellen Schals –, arbeiteten gemeinsam an der Formulierung. Gelegentlich kam ein Wächter vorbei, um sicherzustellen, daß sich niemand auf einer Bank ausstreckte, und die Betrunkenen versuchten alles, ihren Körper in einer sitzenden Position zu halten. Es gab eine Redensart: Ein Russe ist nicht betrunken, solange er sich noch an einem Grashalm festhalten kann. Vielleicht war es ein Naturgesetz, Arkadi war sich nicht sicher. Hinter den hohen Schaltern bewahrten die Beamten eine Haltung stiller Feindseligkeit. Sie führten lange, private Telefongespräche im Flüsterton, drehten dem Publikum den Rücken zu, um Romane zu lesen, oder verschwanden auch schon mal heimlich, um ein Nickerchen zu machen. Ihr verständlicher Groll galt der Tatsache, daß ihre Diensteinteilung es ihnen nicht erlaubte, während der Arbeitszeit Einkäufe zu erledigen. Uhren über den Schaltern zeigten die Zeit an: vier Uhr in Moskau, zwölf Uhr in Wladiwostok, neunzehn Uhr in New York.

Arkadi stand am Schalter und betrachtete die beiden identischen Fotos, das erste das einer russischen Prostituierten in Israel, das zweite das einer gutgekleideten, deutschen Touristin. Waren beide Identifikationen richtig? Keine von beiden? Eine? Wahrscheinlich hatte Jaak die Antwort gewußt.

Auf die Rückseite eines Telegrammformulars zeichnete er Rudis Wagen, die ungefähren Standorte von Kim, Borja Gubenko, den Tschetschenen, Jaak und sich selbst. An die Seite, um ihr einen Namen zu geben, schrieb er Rita Benz.

Auf ein zweites Formular schrieb er TransKom und fügte hinzu: Komsomol, Leningrad, Rudi Rosen und Boris Benz.

Auf ein drittes, unter Lenin-Pfad-Kollektiv: Penjagin, Rudis

Mörder, vielleicht Tschetschenen. Wegen des Bluts vielleicht Kim. Bestimmt Rodionow.

Auf ein viertes, unter München: Boris Benz, Rita Benz und ein »X« für den Unbekannten, der Rudi gefragt hatte: »Wo ist der Rote Platz?«

Auf ein fünftes, unter Spielautomaten: Rudi, Kim, TransKom, Benz, Borja Gubenko.

Rita Benz war die Verbindung zwischen dem Schwarzmarkt und München und der Kontakt zwischen Rudi Rosen und Boris Benz. Wenn auch Borja Gubenko Spielautomaten besaß, gehörte er dann zur TransKom? Wer hätte Rudi in einem Sport-Komsomol besser mit seinen ungewöhnlichen Teilhabern bekanntmachen können als ein früheres Fußballidol? Und wenn Borja zur TransKom gehörte, kannte er Boris Benz.

Schließlich zeichnete Arkadi eine Skizze des Bauernhofs mit dem eigentlichen Hof, der Straße, den Pferchen, der Scheune, dem Schuppen, der Garage, dem Feuer, dem Volvo und der Grube. Er trug die geschätzten Entfernungen und einen nach Norden weisenden Pfeil ein, dann fügte er eine Skizze der Scheune hinzu und zeichnete in groben Umrissen einen Eimer mit einem blutgetränkten Musselintuch.

Er dachte an die Tierhandlung unter Kims Wohnung, an das Regal mit dem Drachenblut und das Blut in Rudis Wagen. Das erinnerte ihn an Polina. Öffentliche Telefonapparate nahmen nur kleine Zwei-Kopeken-Münzen an, aber er fand eine in seiner Tasche und wählte ihre Nummer.

Ihre Stimme klang verschlafen, dann war sie sofort wach. »Arkadi?«

»Jaak ist tot«, sagte er. »Minin übernimmt meinen Posten.«

»Sind Sie in Schwierigkeiten?«

»Ich bin nicht Ihr Freund. Sie haben immer schon an meinen Führungsqualitäten gezweifelt. Sie waren der Meinung, daß sich die Ermittlungen verlaufen hatten und in einer Sackgasse enden würden.«

»Mit anderen Worten?«

»Halten Sie sich aus der Sache heraus.«

»Das können Sie mir nicht befehlen.«

»Ich bitte Sie darum.« Er flüsterte ins Telefon: »Bitte.«

»Rufen Sie mich an«, sagte Polina nach einer Pause.

»Wenn alles in Ordnung ist.«

»Ich übernehme Rudis Faxgerät und lasse es auf meine Nummer legen. Sie können mich dort erreichen.«

»Seien Sie vorsichtig.« Er legte auf.

Eine plötzliche Erschöpfung ergriff Besitz von ihm. Er stopfte die Formulare in die Tasche, in der sich auch der Revolver befand, und setzte sich, die Arme auf den Knien, auf eine Bank. Kaum daß sich seine Augen geschlossen hatten, war er auch schon halb eingeschlafen. Er hatte das Gefühl, nicht zu träumen, sondern tatsächlich in der Dunkelheit einen langen, lehmigen Abhang hinunterzurollen, träge und ohne einen Laut dem Gesetz der Schwerkraft zu folgen. Am Fuße des Hügels befand sich ein Teich. Jemand über ihm sprang hinein, und in weißen Ringen bildeten sich Wellen. Er fiel ins Wasser, ohne sich zu wehren, versank und war dann wirklich eingeschlafen.

Zwei Augen starrten ihn aus einem Gesicht mit schlaff herunterhängenden, unrasierten Wangen an. Eine Hand hob einen schwarzen Revolver. Die Finger waren dreckig, schwielig und zitterig. Eine andere schmutzige Hand hielt Arkadis Dienstausweis. Als er ganz erwachte, sah er ein auf eine fleckige Jacke genähtes Ordensband. Er sah auch, daß der Mann, ohne Beine, auf einem niedrigen Rollwagen saß. Neben den Rädern lagen zwei mit Gummistöpseln versehene Stöcke, die ihm offensichtlich dazu dienten, sich fortzubewegen. Der Mund war halb geöffnet, so daß Arkadi eine Reihe von Stahlzähnen erkennen konnte und den nach Benzin stinkenden Atem roch. Ein menschlicher Wagen, dachte er.

Der Mann sagte: »Ich hab nur nach einer Flasche gesucht. Ich hab nicht gewußt, daß ich auf einen Scheißgeneral stoßen würde. Ich bitte um Entschuldigung.«

Der Revolver war die Nagant. Vorsichtig überreichte er sie Arkadi, den Griff nach vorn. Arkadi nahm auch seinen Dienstausweis wieder an sich.

Der Mann zögerte. »Hamse vielleicht 'n bißchen Kleingeld übrig? Nein?« Er hob die Stöcke auf, um sich fortzustoßen.

Arkadi sah auf seine Uhr, es war fünf Uhr morgens. Er sagte: »Warten Sie.«

Ihm war etwas durch den Kopf geschossen. Während der Gedanke noch frisch war, legte er seinen Revolver und seinen Ausweis auf die Bank und zog die Skizze des Bauernhofs hervor. Auf ein weiteres Formular zeichnete er das Innere des Schuppens, soweit er sich daran erinnern konnte: Tür, Tisch, die aufgestapelten Videorecorder und Computer, die Regale mit den Kleidungsstücken, das Kopiergerät, die Dominosteine und die verräterische Grosni-Zeitung auf dem Tisch und den Gebetsteppich auf dem Boden. Entsprechend der Skizze des Bauernhofs fügte er wieder einen nach Norden weisenden Pfeil hinzu. Ihm war eingefallen, daß der Teppich neu gewesen war, ohne Spuren von Knien oder einer Stirn. Außerdem hatte er in ostwestlicher Richtung gelegen. Aber von Moskau aus lag Mekka genau südlich.

»Haben Sie eine Zwei-Kopeken-Münze?« fragte Arkadi. »Für einen Rubel?«

Der Bettler holte eine Geldbörse aus seinem Hemd und gab ihm die Münze. »Sie machen einen Geschäftsmann aus mir.«

»Einen Bankier.«

Er benutzte dasselbe Telefon, mit dem er Polina angerufen hatte. Endlich einmal hatte er das Gefühl, im Vorteil zu sein. Rodionow war nicht daran gewöhnt, verwirrt zu sein und im dunkeln zu tappen. Arkadi war es.

14

In Weschki, am Rande der Stadt, schien die Moskwa langsamer zu fließen, als verharrte sie zwischen Seggen und Schilf, unwillig, das Dorf zu verlassen, wo Frösche quakten, das Wasser die Mückenjagd der Schwalben spiegelte und der Dunst des Morgens Seerosen umhüllte.

Hier war Arkadi als Junge gesegelt. Er und Below pflegten hin und her zu kreuzen, Enten aufzuscheuchen und die Schwäne zu verfolgen, die in Weschki den Sommer verbrachten. Der Unteroffizier zog dann anschließend gewöhnlich das Boot auf den Strand und ging mit Arkadi durch ein Labyrinth von Feldwegen und Kirschgärten ins Dorf, um frische Sahne und saure Fruchtdrops zu kaufen. Die Sonne schien über den Hügeln zu stehen, hinter den Krähen, die sich als Silhouetten neben dem Glockenturm der Kirche abzeichneten.

Das Dorf war umgeben von der üppigen Vegetation und der herrlichen Unordnung eines sich selbst überlassenen alten Waldes. Dichte Reihen von Birken, Eschen, breitblättrigen Buchen, Lärchen, Fichten und Eichen und ein Himmel, dessen Sonne nur gelegentlich mit einzelnen Strahlen nach Pilzen suchte. Alles schien stillzustehen und sich zugleich zu bewegen: das Laub am Boden, unter dem Erdhörnchen und Maulwürfe ihre Gänge gruben, plötzlich eine Explosion von Nadeln und Blättern, wenn ein Hase seinen Bau verließ, Grasmücken und Meisen, die die Zweige nach Raupen absuchten, Spechte an den Baumstämmen, die summenden Celli der Insekten. Weschki war der Wunschtraum aller Russen, das Dorf mit den schönsten Datschen.

Nichts hatte sich verändert. Als er den Wald betrat, folgte er Pfaden, die ihm selbst im Nebel vertraut waren. Dieselben vereinzelten Eichen, nun vielleicht nicht mehr ganz so dunkel und gewaltig. Eine Gruppe von Birken mit blassen, zitternden Blättern. Jemand hatte einst versucht, eine Reihe von Kiefern anzupflanzen, aber Kletterpflanzen und kleinere Bäume waren um sie herum aus dem Boden geschossen und hatten sie unter sich begraben. Überall Farne und Efeu, Unterholz, das einem den Weg versperrte.

Fünfzehn Meter weiter links schwang sich ein Eichhörnchen auf einen niedrigen Ast und beschimpfte, mit dem Rükken nach unten hängend, einen Mantel, der in den Blättern lag. Minin hob sein Gesicht, was das Eichhörnchen noch mehr erzürnte. Arkadi entdeckte eine Windjacke unter den Büschen und Minins ausgestrecktes Hosenbein. Er wandte sich nach rechts und verschwand hinter einem Kiefernstand.

Als er an die Straße kam, blieb er stehen. Sie war kleiner und der Schotter abgefahrener, als er ihn in Erinnerung hatte. Ein Jogger in einem Trainingsanzug kam vorbei, ein Zigeuner mit den hohlen Wangen und den schwarzen Augen der Wälder. Dann eine Frau auf einem Fahrrad, die von einem Terrier gejagt wurde. Als sie verschwunden war, trat er ins Freie.

In der einen Richtung verlief die Straße noch etwa fünfzig Meter weiter, ehe sie nach rechts abbog, sich einem hohen Tor, einem schwarzen, von grünen Bäumen eingefaßten Viereck, näherte und sich wieder von ihm entfernte. In der anderen Richtung, nur zehn Meter weiter weg, standen Rodionow und Albow. Der Oberstaatsanwalt schien überrascht zu sein, seinen Chefinspektor zu sehen, obwohl er hier und jetzt mit ihm verabredet war. Manche Leute können es nicht ertragen, einmal eine Nacht nicht zu schlafen, dachte Arkadi. Rodionows Bewegungen waren steif, als sei es kalt und nicht der Beginn eines wirklich herrlichen Sommertags. Albow, in Tweedjacke und bequemer Hose, mit einer Aura von Aftershave, machte allerdings den Eindruck, gut ausgeschlafen zu sein. »Ich habe Rodionow gesagt, daß wir Sie kaum entdecken würden«, sagte er zur Begrüßung. »Sie müssen oft hiergewesen sein.«

»Sie sollten in Ihr Büro zurückkehren und Ihren Bericht schreiben«, sagte Rodionow. »Statt dessen verschwinden Sie einfach, rufen mich dann an und verlangen von mir, Sie mitten im Nirgendwo zu treffen.«

»Kaum ein Nirgendwo«, sagte Arkadi. »Gehen wir.«

Er begann, auf das Tor zuzugehen.

Rodionow blieb an seiner Seite. »Wo ist der Bericht? Wo sind Sie gewesen?«

Die Straße lag noch in tiefem Schatten. Albow hob die Augen und blinzelte in das Sonnenlicht, das oben in den Baumwipfeln spielte. »Stalin hatte eine Reihe von Datschen rund um Moskau, nicht wahr?«

»Das hier war seine Lieblingsdatscha«, sagte Arkadi.

»Ihr Vater hat ihn sicher häufig besucht.«

»Stalin liebte es, die Nächte zu durchtrinken und zu reden. Morgens gingen sie dann meist hier spazieren. Beachten Sie, daß die größeren Bäume Tannen sind. Hinter jeder Tanne mußte ein Soldat stehen, der sich absolut ruhig zu verhalten hatte und nicht gesehen werden durfte.«

Von beiden Seiten der Straße drang das Geräusch raschelnder Zweige zu ihnen, als versuchten irgendwelche Mäuse mit ihnen Schritt zu halten.

Rodionow war immer noch wütend. »Sie haben Ihren Bericht nicht geschrieben.«

Er wich zurück, als Arkadi in seine Jackentasche griff. Statt der Nagant holte er jedoch ein Bündel gelber, sauber beschriebener Blätter hervor.

»Das muß noch getippt werden. Auf die entsprechenden Formulare. Wir werden es zusammen in meinem Büro durchgehen«, sagte Rodionow.

»Und dann?« fragte Arkadi.

Rodionow fühlte sich ermutigt. Ein Bericht, selbst handgeschrieben, war ein Zeichen der Unterwerfung.

»Wir sind alle tief erschüttert durch den Tod unseres Freundes, General Penjagin«, sagte Rodionow. »Und ich kann verstehen, wie tief Sie die Ermordung Ihres Inspektors getroffen haben muß. Dennoch kann nichts Ihr Verschwinden und Ihre wilden Verdächtigungen entschuldigen.«

»Was für Verdächtigungen?« Arkadi ging weiter. Bisher hatte er seine Telefongespräche mit Albow und Borja Gubenko mit keinem Wort erwähnt.

»Ihr sprunghaftes Benehmen«, sagte Rodionow.

»Wieso sprunghaft?« fragte Arkadi.

»Ihr Verschwinden«, sagte Rodionow. »Ihre unprofessionelle Weigerung, sich an den Penjagin-Ermittlungen zu beteiligen, nur weil Sie sie nicht leiten. Ihre Fixierung auf den Fall Rosen. Die Belastung, wieder in Moskau zu sein, war zuviel für Sie. Ein Ortswechsel ist zu Ihrem eigenen Besten.«

»Weg von Moskau?« frage Arkadi.

»Es ist keine Degradierung«, sagte Rodionow. »Tatsache ist, daß es Verbrechen auch in anderen Städten als Moskau gibt, wirklich heiße Pflaster. Ich leihe meine Männer immer dorthin aus, wo sie wirklich gebraucht werden. Ohne den Fall Rosen sind Sie entbehrlich.«

»Wohin?«

»Baku.«

Arkadi mußte lachten. »Baku liegt nicht nur außerhalb Moskaus, sondern auch außerhalb Rußlands.«

»Man hat mich um meinen besten Mann gebeten. Das ist eine Chance für Sie, sich zu bewähren.«

Angesichts des dreifachen Bürgerkriegs, der zwischen Aserbaidschanern, Armeniern und der Armee geführt wurde, und den Kämpfen der verschiedenen Mafia-Organisationen um den Drogenhandel, war Baku eine Mischung aus Beirut und Miami. Es gab keinen bequemeren Platz auf der Erde, um einen Mann wie Arkadi verschwinden zu lassen.

Zwanzig Meter hinter ihnen betrat Minin die Straße und klopfte sich die Blätter vom Mantel, was das Zeichen auch für die anderen Männer war, zwischen den Bäumen aufzutauchen. Der Zigeuner joggte zurück und stellte sich neben Minin.

Arkadi fühlte sich längst als Teil einer Parade. »Ein neues Betätigungsfeld«, sagte er.

»Das ist die richtige Einstellung«, sagte Rodionow.

»Ich glaube, Sie haben recht. Es ist Zeit für mich, Moskau zu verlassen«, sagte Arkadi. »Nur dachte ich nicht an Baku.«

»Es ist nicht Ihre Sache zu entscheiden, wohin Sie gehen«, sagte Rodionow. »Und wann.«

Sie hatten das Tor erreicht. Von nahem gesehen, war es nicht schwarz, sondern dunkelgrün, mit einem Wachgang über einer hölzernen, durch Stahlplatten verstärkten Doppeltür und Wachtürmen auch an beiden Seiten. Eine Schranke versperrte Neugierigen den Weg, aber wer konnte der Versuchung schon widerstehen? Arkadi trat näher und ließ seine Hände über die nach wie vor liebevoll gepflegte Lackfarbe des Eingangs gleiten. Hier waren einst die Limousinen bis zur noch rund fünfzig Meter entfernten Datscha hindurchgerollt, zu mitternächtlichen Gelagen und dem nach-mitternächtlichen Aufstellen von Listen, durch die Männer und Frauen, selbst während des Schlafs, in den Tod geschickt wurden. Manchmal wurden auch Kinder hergebracht, um die Datscha für ein Gartenfest zu schmücken oder einen Blumenstrauß zu überreichen, aber immer nur am Tage, als böte allein das helle Sonnenlicht Sicherheit.

Die Tür des Drachens, dachte Arkadi. Selbst wenn der Drache längst tot war, sollte das Tor eigentlich immer noch pechschwarz sein und die Straße die Abdrücke von Klauen bewahren. Knochen sollten von den Zweigen hängen. Die Soldaten in ihren Mänteln sollten wenigstens als Statuen noch da sein. Statt dessen wurde das Gelände vom Weitwinkelobjektiv einer Kamera über dem Eingang überwacht.

Rodionow hatte sie nicht bemerkt. »Minin wird …«

»Schweigen Sie«, sagte Albow und warf einen Blick auf die Kamera. »Und lächeln Sie.« Er fragte Arkadi: »Gibt es hier noch mehr Kameras?«

»Die ganze Straße entlang. Die Monitore sind in der Datscha. Es wird alles auf Video gespeichert. Schließlich ist es eine historische Stätte.«

»Natürlich. Kümmern Sie sich um Minin«, sagte er leise zu Rodionow. »Wir wollen hier keine Armee aufmarschieren lassen. Schaffen Sie den Blödmann fort.«

Verwirrt, aber bemüht, seinen guten Willen erkennen zu lassen, bedeutete Rodionow Minin, sich zurückzuziehen, währen Albow sich Arkadi mit dem Ausdruck eines Mannes zuwandte, der es ehrlich meinte. »Wir sind Freunde, die um Ihr Wohlergehen besorgt sind. Wir haben jeden Grund, offen mit Ihnen zu sein. Da drinnen sitzt also jemand vor einem Bildschirm und fragt sich, ob wir Vogelbeobachter oder Amateurhistoriker sind …«

»Ich fürchte, Minin geht als keins von beidem durch.«

»Minin nicht«, gab Albow zu.

Rodionow ging die Straße hinunter, um mit Minin zu reden.

»Geschlafen?« fragte Albow Arkadi.

»Nein.«

»Gegessen?«

»Nein.«

»Schlimm, ständig auf der Jagd zu sein.« Albow klang ehrlich besorgt. Er klang auch so, als ob er der Mann sei, der die Entscheidungen traf und Rodionow nur erlaubt hatte, den Vorsitz so lange zu führen, wie alles nach Plan und Anweisung lief. Die Kamera über dem Tor hatte das geändert. Albow führte seine Zigarette an die Lippen. »Der Anruf war sehr geschickt«, sagte er.

»Penjagin hatte Ihre Nummer.«

»Dann lag es auf der Hand.«

»Meine besten Ideen liegen immer auf der Hand.«

Arkadi hatte auch Borja angerufen, wie Albow inzwischen wissen mußte. Die Frage stellte sich von selbst: Welche anderen Telefonnummern hatte Penjagin sich noch notiert?

Als Rodionow zurückkehrte, zog Albow den Bericht aus der Tasche des Oberstaatsanwalts. »Telegrammformulare«, sagte Albow. »Er war die ganze Nacht im Telegrafenamt.«

Rodionow blickte zur Kamera hoch und murmelte: »Wir haben alle Bahnhöfe, die uns bekannten Adressen und Straßen überwacht.«

»Moskau ist eine große Stadt«, sagte Arkadi zur Verteidigung des Oberstaatsanwalts.

»Haben Sie ein Telegramm abgeschickt?« fragte Albow Arkadi.

»Wir können es herausfinden«, sagte Rodionow.

»In ein, zwei Tagen«, gab Arkadi zu.

»Er droht uns«, sagte der Oberstaatsanwalt.

»Womit?« sagte Albow. »Das ist die Frage. Wenn er etwas über Penjagin, den Inspektor oder Rosen weiß, ist er verpflichtet, seinen Vorgesetzten darüber in Kenntnis zu setzen, also Sie, Rodionow, oder den Leiter der Ermittlungen, Minin. Sonst ist er verrückt. Die Straßen sind heutzutage voll von Verrückten, und deshalb wird ihm sonst niemand zuhören. Und er ist auch verpflichtet, Befehlen zu gehorchen. Wenn Sie ihn nach Baku schicken, geht er nach Baku. Gut, er kann den ganzen Tag hier unter dieser Kamera stehen, aber hier gibt's keine Scheinwerfer. Heute abend können Sie ihn festnehmen, und morgen wacht er in Baku auf. Renko, wie ich Sie kenne, geben Sie nicht auf, bis Sie etwas in der Hand halten. Und Sie haben noch nichts, oder?«

»Nein«, räumte Arkadi ein. »Aber ich habe andere Pläne.«

»Was für andere Pläne?«

»Ich habe daran gedacht, die Ermittlungen im Fall Rosen weiterzuführen.«

Rodionow blickte die Straße hinunter. »Minin leitet sie jetzt.«

»Ich wäre Minin nicht im Weg«, sagte Arkadi.

»Wieso wären Sie Minin nicht im Weg?« fragte Albow.

»Ich wäre in München.«

»In München?« Albow warf den Kopf zurück, als hätte er den Ruf eines unbekannten Vogels vernommen. »Was hätten Sie in München zu suchen?«

»Boris Benz«, sagte Arkadi. Er nannte nicht den Namen der Frau, da er sich ihrer Identität nicht sicher war.

Rodionows Körper versteifte sich im anschließenden Schweigen wie der eines Mannes, der aus dem Tritt gekommen war.

Albow blickte zu Boden, dann lächelte er mit einem Ausdruck des Erstaunens, in den sich Bewunderung mischte.

»Wissen Sie, es liegt ihm im Blut«, sagte er zu Rodionow. »Als die Deutschen einmarschierten und bis zu den Toren Leningrads vorrückten und Stalin Millionen von Männern verlor und die ganze Rote Armee sich aufzulösen begann und den Rückzug antrat, gab es einen Panzerkommandanten, der keinen Schritt zurückwich. Die Deutschen dachten, sie hätten General Renko in die Enge getrieben. Dabei haben sie nicht begriffen, daß er froh war, sich hinter ihren Linien zu befinden, und je blutiger und wilder es zuging, desto besser. Sein Sohn ist aus gleichem Holz geschnitzt. Fühlt er sich in die Enge getrieben? Nein. Da steht er, und Gott allein weiß, wo er als nächstes auftaucht.«

»Es gibt einen Direktflug nach München morgen um sieben Uhr fünfundvierzig«, sagte Arkadi.

»Und Sie glauben wirklich, daß das Büro des Oberstaatsanwalts Sie ausreisen läßt?« fragte Albow.

»Ich bin mir völlig sicher«, sagte Arkadi. Er *war* sich sicher, seit er Rodionows Reaktion auf Boris Benz' Namen gesehen hatte, ein instinktives Zusammenfahren, das die Wut und die Angst eines von seinen Schlächtern festgehaltenen Schweins zum Ausdruck brachte. Bis dahin hätte der Name nichts zu bedeuten brauchen, aber jetzt wußte Arkadi, wie hoch Boris Benz gehandelt wurde.

»Selbst wenn das Ministerium es wollte, steht es nicht in unserer Macht«, sagte Rodionow. »Für Ermittlungen im Ausland ist die Staatssicherheit zuständig.«

»Sie haben doch erst kürzlich gesagt, daß wir jetzt, wo wir Mitglied von Interpol sind, direkt mit den Kollegen im Ausland zusammenarbeiten.«

»Selbst *ich* könnte nicht morgen ausreisen, wenn ich wollte«, sagte Rodionow. »Ich müßte mir ein Visum beschaffen und auf Anordnung warten. Das dauert Wochen.«

»Es gibt zwölf Zimmer im Zentralkomitee. Die Leute dort sind mit nichts anderem beschäftigt, als Pässe und Visa auszustellen. Lufthansa-Flug 84«, sagte Arkadi. »Denken Sie daran, die Deutschen sind pünktlich.«

»Es *gibt* eine Möglichkeit«, sagte Albow. »Wenn Sie nicht als offizieller Beauftragter des Oberstaatsanwalts reisen, sondern als Privatperson. Wenn das Ministerium einen Paß ausstellen kann und Sie amerikanische Dollar oder deutsche Mark haben, kaufen Sie einfach ein Flugticket und fliegen los. Tatsächlich haben wir gerade ein Konsulat in München eröffnet, mit dem Sie Kontakt aufnehmen könnten. Die Frage ist nur, wo Sie die harte Währung für Ihr Ticket auftreiben.«

»Die Antwort ist ...?« fragte Arkadi.

»Ich könnte Ihnen das Geld leihen. Sie könnten es mir in München zurückzahlen.«

»Das Geld muß vom Oberstaatsanwalt kommen«, sagte Arkadi.

»Dann wird er es beschaffen«, sagte Albow.

»Wieso?« protestierte Rodionow.

»Weil dieser Fall heikler ist, als wir zuerst dachten«, sagte Albow. »Ausländische Investoren, besonders in Deutschland, sind äußerst empfindlich gegenüber den Skandalen des neuen sowjetischen Kapitalismus. Wir wollen Klarheit über jeden, der mit der Sache zu tun hat, selbst wenn wir ihn noch nicht kennen. Und weil wir unserem Chefinspektor, selbst wenn er Phantomen nachjagt, keine Steine in den Weg legen wollen. Außerdem wissen wir nicht alles, was Renko weiß, und welche übereilten Schritte er für nötig hält, um sich seine Unabhängigkeit zu bewahren.«

»Er hat nie gesagt, was er weiß.«

»Weil er sich unter Druck gesetzt fühlt, er ist ja nicht dumm. Er hat Ihre Tasche mit Telegrammen vollgestopft, und Sie haben es nicht einmal gemerkt. Ich unterstütze Renko. Ich bin mehr und mehr von seiner Anpassungsfähigkeit beeindruckt. Doch ich frage mich«, sagte Albow, und er wandte sich wieder an Arkadi, »ich frage mich, ob Sie sich der Tatsache bewußt sind, daß Sie sämtliche Vollmachten verlieren, sobald Sie aus dem Flugzeug steigen. In Deutschland sind Sie nur noch ein gewöhnlicher Bürger – ja, weniger als das: ein sowjetischer Bürger. Für die Deutschen sind Sie nichts als ein Flüchtling, für die sind alle Russen Flüchtlinge. Außerdem verlieren Sie hier Ihre Glaubwürdigkeit. Sie werden kein Held mehr sein für Ihre Freunde. Niemand wird Ihren Warnungen, Sorgen und Informationen mehr Glauben schenken, denn auch hier wird man Sie für einen Flüchtling halten. Und Flüchtlinge lügen. Flüchtlinge tun alles, um das Land verlassen zu können. Nichts, was Sie sagen, wird mehr für wahr gehalten werden. Und *eines* kann ich Ihnen mit Sicherheit versprechen: Es wird Ihnen leid tun, je die Sowjetunion verlassen zu haben.«

»Ich verlasse sie nur wegen dieses Falles«, sagte Arkadi.

»Sehen Sie, Sie lügen bereits.« Albow ließ seinen Blick verständnisvoll auf Arkadi ruhen. Er schien sich zwingen zu müssen, seine Aufmerksamkeit wieder einem weniger interessanten Mann zuzuwenden. »Rodionow, Sie machen sich besser gleich an die Arbeit. Sie haben noch viel zu tun, wenn Sie sicherstellen wollen, daß Ihr Chefinspektor sein Flugzeug nicht verpaßt. Die nötigen Papiere, das Geld – alles an einem Tag.« Er wandte sich wieder Arkadi zu und fragte: »Wie wär's denn, wenn Sie mit Aeroflot flögen?«

»Lufthansa.«

»Sie möchten mit einer Linie fliegen, bei der die Sicherheitsgurte funktionieren. Ich bin völlig Ihrer Meinung«, sagte Albow.

Rodionow zog sich unauffällig zurück, wobei er versuchte, einen Blick von Albow aufzufangen, einen anderslautenden Wink von ihm zu erhaschen. Unten auf der Straße hatten sich Minin und seine Männer verwirrt zu einer verloren wirkenden Gruppen zusammengeschart.

»Gehen Sie«, sagte Albow.

Er öffnete eine Packung Camel Light und zündete ein

Streichholz für sich und Arkadi an. Er tat es in einer umständlichen Art und benutzte das letzte Flackern der Flamme, um das Zellophan zu entzünden, das er verbrennen und vom Morgenwind wegtreiben ließ. Dann wandte er seine Aufmerksamkeit wieder dem Tor zu. Als sich die Sonne über die Wipfel erhob, schienen die Bäume auf beiden Seiten der Straße zu wachsen, sich grüner zu färben und verschiedene Stadien von Licht und Schatten zu durchlaufen. Das Licht, das um die Wachtürme kroch, war weiß wie der Widerschein eines Feuers. Gleichzeitig versank das Tor selbst in Dunkelheit und ragte finster vor den beiden Männern auf.

Arkadi erinnerte sich an das, was Albow ihm über die Rückzahlung des Geldes gesagt hatte. »Werden Sie auch in München sein?«

»Einige meiner besten Freunde leben in München«, sagte Albow.

TEIL ZWEI

MÜNCHEN

13.–18. AUGUST 1991

15

Federow, der Attaché des Konsulats, der Arkadi vom Flughafen abgeholt hatte, wies auf die Sehenswürdigkeiten hin, als hätte er München selbst erbaut, die Isar gespeist, den Friedensengel vergoldet und die Zwillingstürme der Frauenkirche errichtet.

»Das Konsulat hier ist neu, aber ich war in Bonn. Für mich ist das alles ein alter Hut«, sagte Federow.

Nicht für Arkadi. Die Welt schien ihn wirbelnd zu umkreisen, voll von Lärm und unverständlichen Verkehrsschildern. Die Straßen waren so sauber, als wären sie aus Kunststoff. Fahrradfahrer in kurzen Hosen und gebräunt von der Sonne teilten die Straße mit vorbeifahrenden Bussen, ohne von den Rädern zermalmt zu werden. Die Fenster bestanden nicht aus verkrustetem Dreck, sondern aus Glas. Es gab keine Käuferschlangen vor den Geschäften. Frauen in kurzen Röcken trugen keine Einkaufsnetze, sondern bunte Taschen mit leuchtenden Firmennamen; sie schritten frei aus, bewegten Beine und Taschen in einem zielstrebigen, integrierten Rhythmus.

»Ist das Ihr ganzes Gepäck?« Federow schaute auf Arkadis Reisetasche. »Wenn Sie zurückfliegen, werden Sie zwei Koffer bei sich haben. Wie lange bleiben Sie?«

»Ich weiß nicht.«

»Ihr Visum ist nur für zwei Wochen gültig.«

Er suchte nach einem Zeichen, das ihm mehr über seinen Fahrgast verriet, aber Arkadi blickte auf die sauber gestrichenen Häuserfassaden, glatt wie Butter, mit Balkonen, die keine verwaschenen Flecken aufwiesen, mit Stuck, der nicht an den Rändern abbröckelte, und Türen, die keine Graffiti und Spuren mutwilliger Zerstörung trugen. Im Schaufenster einer Konditorei karjolten Marzipanschweinchen um Schokoladentorten herum.

Federow verfügte über die vorsichtige Einstellung eines jungen Mannes, der ausgeschickt worden war, zweifelhafte

Güter in Empfang zu nehmen, wobei allerdings immer wieder seine Neugier durchbrach. »Gewöhnlich haben wir ein Empfangskomitee und ein offizielles Programm, wenn jemand wie Sie ankommt. Ich möchte Sie warnen, daß nichts dergleichen für Sie vorbereitet ist.«

»Gut«.

Fußgänger warteten gehorsam bei rotem Licht, ob Verkehr war oder nicht. Bei Grün summten Schwärme von BMW vorbei. Die Straße führte in eine Allee von Villen mit Stufen, die von eisernen Toren und Löwen bewacht wurden. Leuchtschilder wiesen auf eine Kunstgalerie und eine arabische Bank hin. Der nächste Platz wurde von mittelalterlichen Fahnen mit verschiedenen Zunftzeichen gesäumt. Arkadi beobachtete einen Mann, der mit Lederhosen und wollenen Kniestrümpfen bekleidet war, trotz der Hitze.

»Ich verstehe einfach nicht, wie Sie so schnell ein Visum bekommen haben«, sagte Federow.

»Gute Freunde.«

Federow warf ihm einen Blick zu, denn Arkadi sah nicht aus wie ein Mann, der Freunde hatte.

»Nun, wie Sie es auch angestellt haben – Sie sind in der Schlagsahne gelandet«, sagte er.

Das Konsulat war ein achtstöckiges Gebäude in der Seidlstraße. Im holzgetäfelten Foyer standen Sessel aus blitzendem Chrom und schwarzem Leder. Hinter einer schußsicheren Glasscheibe befand sich die mit drei Fernsehmonitoren ausgestattete Rezeption. Federow schob Arkadis Paß in einen Schlitz unter dem Glas. Das Mädchen hinter der Scheibe sah russisch aus, vom Kopf bis zu den Fingernägeln, die lang und glänzend waren wie Perlmutt. Als sie ein Buch durch den Schlitz schieben wollte, sagte Federow: »Er braucht nicht zu unterschreiben.«

Er fuhr mit Arkadi in einem Lift bis zum dritten Stockwerk, führte ihn durch einen schmalen Flur an Büros und einem Konferenzsaal vorbei, in dem Kisten und noch in durchsichtigen Plastikhüllen verpackte Sessel abgestellt waren, und öffnete eine Metalltür mit einem Schild, auf dem in deutscher Sprache »Kulturelle Angelegenheiten« stand. Dahinter saß ein Mann mit grauem Haar, einem gutgeschnittenen westlichen Anzug und gerunzelter Stirn. Es gab nur zwei Stühle im Raum, und der Mann forderte Arkadi mit einem Kopfnicken auf, Platz zu nehmen.

»Ich bin Vizekonsul Platonow. Wer Sie sind, weiß ich«, sagte er zu Arkadi. Er machte keine Anstalten, ihm die Hand zu geben. »Das ist alles«, sagte er zu Federow, der unverzüglich den Raum wieder verließ und die Tür hinter sich schloß.

Platonow hatte die vorgebeugte Haltung eines Schachspielers. Er machte den Eindruck, als habe er ein Problem, ein unangenehmes zwar, aber sicher keines, das sich nicht in ein, zwei Tagen lösen ließe. Die Wände rochen scharf nach frischer Farbe. Ein unaufgehängtes Bild, eine Weitwinkelaufnahme von Moskau bei Sonnenuntergang, lehnte an der Wand neben der Tür. An der gegenüberliegenden Wand hingen Poster: Tänzer des Bolschoi- und Kirowballetts, Schätze der Waffenkammer des Kreml, ein Kreuzer auf der Wolga. Das übrige Mobiliar bestand aus einem Klapptisch, einem Telefon und einem Aschenbecher.

»Wie finden Sie München?« fragte Platonow.

»Es ist herrlich. Und wohl sehr reich«, sagte Arkadi.

»Es lag in Schutt und Asche nach dem Krieg. Schlimmer als Moskau. Das sagt viel über die Deutschen. Sprechen Sie Deutsch?«

»Ein bißchen.«

»Aber Sie sprechen es?« Platonow schien zu glauben, er nehme jemandem die Beichte ab.

»Während meiner Armeezeit war ich zwei Jahre in Deutschland stationiert. Ich habe die Amerikaner überwacht, aber dabei auch etwas Deutsch aufgeschnappt.«

»Also Deutsch und Englisch.«

»Nicht sehr gut.«

Platonow mußte Mitte sechzig sein, vermutete Arkadi. Ein Diplomat seit Breschnew? Dazu bedurfte es eines Mannes aus Gummi und aus Stahl.

»Nicht sehr gut?« Platonow verschränkte die Arme. »Wissen Sie, wie lange es gedauert hat, ehe wir hier ein sowjetisches Konsulat eröffnen konnten? München ist einer der bedeutendsten Industriestandorte Deutschlands. Hier sitzen wichtige Investoren, die wir überzeugen müssen. Und wir sind noch nicht einmal richtig eingezogen, da haben wir schon einen Chefinspektor aus Moskau auf dem Hals? Sind Sie hinter jemandem aus dem Konsulat her?«

»Nein.«

»Das habe ich auch nicht angenommen. Gewöhnlich werden wir zurück nach Moskau beordert, bevor wir die schlechte Nachricht erfahren«, sagte Platonow. »Ich habe mich erkundigt, ob Sie vom KGB sind, aber dort ist man alles andere als an Ihnen interessiert. Andererseits legt man Ihnen auch keine Steine in den Weg.«

»Anständig von denen.«

»Nein, das ist verdächtig, und das Letzte, was man hier will, ist ein Schnüffler, den keiner kontrolliert.«

»Das ist auch meine Erfahrung«, gab Arkadi zu.

»Abgesehen vom Konsulatsstab gibt es kaum Russen in München. Fabrikdirektoren und Bankiers, die von den Deutschen geschult werden, eine Tanztruppe aus Georgien. An wem sind Sie interessiert?«

»Das kann ich nicht sagen.«

Arkadi hatte angenommen, daß die Vertreter des Außenministeriums gelernt hätten, sich eines größeren Repertoires aufmunternder Mienen zu bedienen, kleiner Gesten, die zeigten, daß sie durch und durch Mensch waren. Platonow jedoch schien sich mit einem einzigen, feindseligen Blick zu begnügen, den er auch dann noch unverwandt auf Arkadi gerichtet hielt, als er ein Kästchen öffnete und sich eine Zigarette nahm.

»Damit wir uns richtig verstehen: Mir ist egal, hinter wem Sie her sind oder ob in Moskau ganze Familien hingeschlachtet werden. Kein Mord ist so wichtig wie der Erfolg dieses Konsulats. Die Deutschen geben nicht Hunderte von Millionen Mark an Mörder. Wir müssen fünfzig Jahre einer verhängnisvollen Geschichte wiedergutmachen. Wir wollen ruhige, friedliche Beziehungen, die zu Darlehen und Handelsabkommen führen, die *allen* Familien in Moskau das Überleben ermöglichen. Das Letzte, was wir hier wollen, sind Russen, die in den Straßen Münchens Hetzjagden veranstalten.«

»Das verstehe ich.« Arkadi versuchte, kooperativ zu sein.

»Sie haben keine offizielle Funktion hier. Wenn Sie mit der deutschen Polizei Kontakt aufnehmen, wird man uns unverzüglich verständigen, und wir werden ihnen sagen, daß Sie nur als Tourist in der Stadt sind.«

»Ich bin immer schon an Bayern interessiert gewesen, dem Land des Bieres.«

»Wir behalten Ihren Paß hier. Sie haben ja noch Ihren Personalausweis. Das heißt, daß Sie nirgends hinfahren und kein Hotel buchen können. Wir bringen Sie in einer Pension unter. In der Zwischenzeit werde ich mich darum bemühen, daß sie nach Moskau zurückgerufen werden – schon morgen, wenn möglich. Ich schlage vor, daß Sie Ihre Ermittlungen vergessen. Gehen Sie ins Museum, kaufen Sie Geschenke ein, und trinken Sie Ihr Bier. Amüsieren Sie sich.«

Arkadis Unterkunft lag über einem türkischen Reisebüro, einen halben Block vom Bahnhof entfernt. Sie bestand aus einem Zimmer mit Bett und Matratze, einem Schrank, einer kleinen Kommode, einem Stuhl, einem Tischchen und einer winzigen Kochgelegenheit samt Kühlschrank. Die Toilette und ein Duschraum lagen am Ende des Flurs.

»Die dritte Etage wird von Türken bewohnt«, sagte Federow und zeigte nach oben. »Die erste von Jugoslawen. Arbeiten alle bei BMW. Vielleicht sollten Sie sich ihnen anschließen.«

Die Lichtschalter funktionierten. Das Licht des Kühlschranks ging an, als Arkadi die Tür öffnete, und in den Ecken lagen keine Kakerlakeneier. Als sie das Gebäude betreten hatten, war ihm aufgefallen, daß es nach Desinfektionsmitteln und nicht nach Urin roch.

»Das ist hier also das Paradies. Nicht ganz so großartig, wie Sie es sich vorgestellt haben, oder?« fragte Federow.

»Es ist offenbar lange her, daß Sie in Moskau gewesen sind«, sagte Arkadi.

Er öffnete das Fenster. Sein Blick fiel auf den hinteren Teil des Bahnhofs und die Schienen, in der Sonne schimmernde Stahlbänder. Das Seltsame war, daß er seinen Orientierungssinn verloren hatte, als befände er sich in einer anderen Zeitzone, in einem völlig anderen Teil der Welt, dabei hatte der Flug nur vier Stunden gedauert.

Federow war an der Tür stehengeblieben. »Übrigens haben Sie für Deutschland einen ziemlich unpassenden Namen. Renko, meine ich. Ich hab von Ihrem Vater gehört. Er war vielleicht in Rußland ein Held, für die Leute hier, zumindest die, die ihn kennen, ist er ein Schlächter.«

»Nein, er war auch in Rußland ein Schlächter.«

»Ich meine nur, vielleicht wäre es besser für Sie, hierzubleiben und die Pension überhaupt nicht zu verlassen.«

»Der Schlüssel?« Arkadi streckte die Hand aus, als Federow sich zum Gehen anschickte.

Mit einem Achselzucken gab Federow ihm, was er verlangte. »Ansonsten würde ich mir keine Sorgen machen, Inspektor. Das, was Russen in Deutschland am wenigsten zu befürchten haben, ist, ausgeraubt zu werden.«

Als er allein war, setze sich Arkadi auf die Fensterbank und rauchte eine Zigarette. Es tat gut, sich vor Antritt einer Reise hinzusetzen und zu sammeln. Warum also nicht auch bei der Ankunft? Um ein leeres, unverschlossenes Zimmer formell in Besitz zu nehmen. Mit einer übelriechenden russischen Zigarette. Unten auf den Schienen sah er einen schnittigen rotschwarzen Zug in den Bahnhof einfahren. Der Lokomotivführer trug die graue Mütze eines Generals. Er erinnerte sich an den Zug, den er auf dem Kasan-Bahnhof gesehen hatte, mit dem bis zur Hüfte nackten Mann auf dem Führerstand und der Frau, die ihm den Arm auf die Schulter gelegt hatte, und er fragte sich, wo sie jetzt wohl sein mochten. Auf einem Güterzug in Moskau? Auf einer Fahrt durch die Steppe?

Er kehrte zum Bett zurück und öffnete seine Reisetasche. Aus der Tasche seiner zerknitterten Hose zog er Penjagins handgeschriebene Liste mit den drei Telefonnummern, das letzte Fax, das bei Rudi angekommen war, und das Foto von Rita Benz. Einer zusammengerollten Jacke entnahm er das Videoband. Seine Reisegarderobe paßte auf einen Bügel und in eine Schublade. Er schob die Liste, das Fax und das Foto in die

Kassette des Videobands. Das war sein Schatz und sein Schild. Dann zählte er das Geld, das er Penjagin entlockt hatte. Einhundert Mark. Wie lange kam ein gewöhnlicher Tourist in Deutschland damit aus? Einen Tag? Eine Woche? Es würde wohl des Geizes eines Paranoikers bedürfen, um damit länger zu überleben.

Mit der Kassette in der Tasche seines Hemds verließ Arkadi die Pension und überquerte die Straße zum Bahnhof, der von außen aussah wie ein gewaltiges, modernes Museum. Licht sickerte durch Milchglas, und im Inneren nisteten Tauben. Keine Kasan-Banden in schwarzen Jacken, kein schläfrig flimmernder Fernsehschirm, keine Traumbar. Statt dessen Zeitungsläden und ein Restaurant, Süßigkeiten und Feinkost, ein Kino mit erotischen Filmen. In einem Laden wurden Landkarten mit französischen, englischen und italienischen, leider aber nicht mit russischen Übersetzungen verkauft. Mit der englischen Ausgabe in Händen folgte Arkadi den vielen Menschen, die aus dem Haupteingang strömten.

Der Geruch nach gutem Kaffee und Schokolade, der aus einem Café drang, ließ ihn fast weich in den Knien werden, aber er war so wenig gewöhnt, in Restaurants oder überhaupt zu essen, daß er weiterging – in der Hoffnung, irgendwo auf einen Eisverkäufer zu stoßen. Er konzentrierte sich nicht auf die Schaufenster, sondern auf das, was sich in ihnen spiegelte. Zweimal betrat er ein Geschäft und verließ es sofort wieder, um zu sehen, ob ihm jemand folgte. Ein Tourist schaut sich die Sehenswürdigkeiten an. Arkadi jedoch sah die Welt wie durch einen Tunnel, der Brunnen, Gebäude und Statuen ausschloß, um seinen Blick auf ein verdächtiges russisches Gesicht, einen wiegenden Gang oder irgendeine verräterische Gewohnheit zu lenken. Der Klang der deutschen Sprache um ihn herum verwirrte ihn. Und dann war es, als erwachte er, als er einen großen Platz erreichte, der umgeben war von prächtigen Gebäuden mit schönen Fassaden und teilweise stufenförmigen Giebeln. An einer Seite des Platzes stand das Rathaus aus grauen, neugotischen Steinen. Hunderte von Menschen schlenderten umher, saßen auf Stühlen oder bewunderten das Glockenspiel, das Arkadi von Rudis Video kannte, dessen Figuren sich aber im Moment nicht bewegten. Arkadi drehte sich um und betrachtete die Leute: Geschäftsleute mit Anzügen in gedämpften Farben und dazu passenden seidenen Krawatten, die Frauen modisch elegant und nicht in bedrückendes Schwarz gekleidet, Knaben in T-Shirts, kurzen Hosen und überall leuchtendbunte Farben. Die Lautstärke der Stimmen schwoll an. In einem Buchladen an einer Ecke wurden auf drei Stockwerken Bücher verkauft. Ein anderes Geschäft war von Tabakduft erfüllt. Das heftige Aroma von Bier drang aus dem geöffneten Eingang einer Gastwirtschaft. Eine goldene Jungfrau blickte von einer Marmorsäule herunter.

Arkadi kaufte sich ein Eis in einer tütenförmigen Waffel, wobei er seine Wahl weniger durch sein mangelhaftes Deutsch als durch Gesten zum Ausdruck brachte. Das Eis schmeckte wie pure Sahne. Er gab vier Mark für Zigaretten aus. Er hatte Bekanntschaft mit München geschlossen. Im Untergeschoß des Platzes löste er einen Fahrschein, steckte ihn in einen Apparat, der ihn klingelnd abstempelte, und sprang in den ersten Zug, der ihn dahin zurückbrachte, von wo er gekommen war.

Zwei Türken hielten sich an den Haltegriffen neben Arkadi fest, beide mit einem versunkenen Blick. Auf dem Sitz vor ihm saß eine Frau mit einem Schinken, der auf ihren Knien wie ein Baby hin- und herschaukelte.

Wie standen die Chancen, daß er verfolgt wurde? Nicht sehr hoch angesichts der Schwierigkeit, jemandem in einer Großstadt auf den Fersen zu bleiben. Ein argwöhnisches, bewegliches Zielobjekt zu überwachen, erforderte in der Sowjetunion fünf bis zehn Fahrzeuge und dreißig bis hundert Leute. Arkadi hatte damit allerdings keinerlei Erfahrung, da er nie genügend Leute und Fahrzeuge gehabt hatte.

Im Untergeschoß des Hauptbahnhofs hingen einzelne Telefone in einer offenen Schale. Oben in der Halle jedoch, eine offene Treppe hinauf, auf einer Art Empore, von der er auf die Züge hinuntersah, fand er Apparate, wo er ganz für sich war. In Moskau waren Telefonbücher so begehrt, daß sie in Safes verwahrt wurden, hier hingen sie an Ständern.

Die Telefonbücher waren für ihn wegen der Gleichheit und Seltsamkeit deutscher Namen – voller Konsonanten, die miteinander zu kämpfen schienen – und der vielen Anzeigen verwirrend. Unter »Benz« fand er nur einen Boris, der in der Königinstraße wohnte. Er fand keinen Eintrag für eine Firma namens TransKom.

Die Telefonzelle hing unter einer runden, durchsichtigen Kunststoffschale. Arkadi glaubte, genug Deutsch zu sprechen, um die Auskunft anzurufen. Soweit er verstand, war eine Firma TransKom nicht bekannt.

Dann rief er Boris Benz an.

Eine Frau meldete sich. »Ja?«

Arkadi sagte: »Herr Benz?«

»Nein.« Sie lachte.

»Herr Benz ist im Haus?«

»Nein. Herr Benz ist verreist. Auf Urlaub.«

»Urlaub?«

»Er kommt erst in zwei Wochen zurück.«

»Wo ist Herr Benz?«

»In Spanien.«

»Spanien?« Zwei Wochen in Spanien? Keine gute Nachricht.

»Spanien, Portugal, Marokko.«

»Nix Rußland?«

»Nein. Er ist in die Sonne gefahren.«

»Kann ich sprechen mit TransKom?«

»TransKom?« Der Name schien der Frau unbekannt zu sein. »Ich kenne keine TransKom.«

»Sie ist Frau Benz?«

»Nein, die Putzfrau.«

»Danke.«

»Auf Wiedersehen.«

Einfacher können sich zwei Menschen nicht unterhalten, dachte Arkadi, als er auflegte, es sei denn, sie zeichnen Bilder auf. Die einzig brauchbare Information, die er bekommen hatte, war die, daß Benz in den Süden gefahren war. Offensichtlich eine deutsche Angewohnheit. Wenn Benz zurück nach München kam, würde Arkadi wahrscheinlich wieder in Moskau sein. Er zog Rudis Fax heraus und wählte die Nummer, die oben auf der Seite stand.

»Hallo«, meldete sich eine Frau auf russisch.

»Ich rufe wegen Rudi an«, sagte Arkadi.

Nach einer Pause: »Rudi wer?«

»Rosen.«

»Ich kenne keinen Rudi Rosen.« Es war etwas Schluriges in ihrer Stimme, als ob sie die Zigarette nicht aus dem Mund genommen hätte.

»Er sagte, Sie wären am Roten Platz interessiert.«

»Wir alle sind am Roten Platz interessiert. Was ist also?«

»Ich dachte, Sie würden gern wissen, wo er ist.«

»Soll das ein Scherz sein?«

Sie legte auf. Tatsächlich hatte sie sich so benommen, wie jeder normale Mensch sich benehmen würde, wenn man ihm eine derartig dumme Frage stellte, dachte Arkadi. Kein Grund, ihr einen Vorwurf zu machen.

Er fand einen Raum mit Schließfächern für zwei Mark am Tag. Er streifte noch einmal durch die Halle, bevor er zurückkehrte, die Münzen in den Schlitz warf, die Kassette in ein leeres Fach legte und den Schlüssel in die Tasche steckte. Jetzt konnte er in die Pension zurückgehen oder sich wieder auf die Straße begeben, ohne Angst haben zu müssen, in dem verwirrten Zustand, in dem er sich befand, das Beweisstück zu verlieren, das von so großem Wert für ihn war. Oder so geringem, wenn man bedachte, wie wenig Zeit ihm blieb – was Platonow anbetraf, nur ein Tag.

Er kehrte zu seiner Telefonzelle zurück, öffnete das Münchener Buch, blätterte bis »R« und »Radio Liberty – Radio Freies Europa«. Als er die Nummer gewählt hatte, meldete sich jemand nur mit: »RL – RFE.«

Arkadi bat auf russisch, mit Irina Asanowa verbunden zu werden, dann wartete er eine Ewigkeit, wie ihm schien, bevor sie in der Leitung war.

»Hallo?«

Er hatte geglaubt, auf diesen Augenblick vorbereitet gewesen zu sein, aber er war so überrascht, sie tatsächlich zu hören, daß er nicht reden konnte.

»Hallo. Wer ist am Apparat?«

»Arkadi.«

Er erkannte ihre Stimme, aber schließlich hatte er auch ihre Sendungen gehört. Es gab keinen Grund, daß sie sich an ihn erinnerte.

»Arkadi wer?«

»Arkadi Renko. Aus Moskau«, fügte er hinzu.

»Du rufst aus Moskau an?«

»Nein. Ich bin in München.«

Sie blieb so still, daß er dachte, die Leitung sei unterbrochen worden.

»Erstaunlich«, sagte Irina schließlich.

»Kann ich dich sehen?«

»Ich habe gehört, daß sie dich rehabilitiert haben. Bist du immer noch Chefinspektor?« Sie klang, als hätte sich die anfängliche Überraschung bereits in Verdruß verwandelt.

»Ja.«

»Warum bist du hier?« fragte sie.

»Ein Fall.«

»Gratuliere. Wenn sie dich ausreisen lassen, müssen sie viel Vertrauen zu dir haben.«

»Ich habe dich in Moskau gehört.«

»Dann weißt du auch, daß ich in zwei Stunden eine Sendung habe.« Papier raschelte im Hintergrund, um darauf hinzuweisen, wie beschäftigt sie war.

»Ich würde dich gern sehen«, sagte Arkadi.

»Vielleicht nächste Woche. Ruf mich an.«

»Ich meine bald. Ich werde nicht lange hiersein.«

»Das paßt mir schlecht.«

»Heute«, sagte Arkadi. »Bitte.«

»Tut mir leid.«

»Irina.«

»Also zehn Minuten«, sagte sie, nachdem sie absolut klargemacht hatte, daß er wirklich der Letzte war, den sie auf dieser Erde sehen wollte.

16

Ein Taxi fuhr Arkadi zu einem Park. Der Fahrer zeigte ihm einen Weg, der zu langen Tischen, Kastanien und einem pagodenförmigen, fünf Stockwerke hohen Holzpavillon führte. Irina hatte ihm gesagt, er solle nach dem »Chinesischen Turm« fragen.

Im Schatten von Buchen trugen Besucher riesige Bierkrüge und Pappteller zu ihren Tischen, die unter dem Gewicht von Brathähnchen, Rippchen und Kartoffelsalat schwer durchhingen. Selbst die Küchenabfälle, deren Duft zu ihm hinübergetragen wurde, rochen nicht übel. Das Plätschern der Gespräche um ihn her und das gemächliche Essen hatten etwas Träge-Sinnliches. Diese Stadt und das Leben in ihr erschienen nach wie vor ziemlich unwirklich. Arkadi hatte plötzlich das Gefühl, sich nicht etwa selbst in einem Traum zu bewegen, sondern der Alptraum eines anderen zu sein, der die wirkliche Welt heimsuchte.

Er hatte gefürchtet, Irina nicht wiederzuerkennen, aber sie war nicht zu verfehlen. Ihre Augen schienen allerdings ein wenig größer und irgendwie dunkler. Nach wie vor hatte sie die Fähigkeit, wie selbstverständlich alles Licht auf sich zu lenken. Ihr braunes Haar war kürzer und rötlicher, und es bildete einen festen Rahmen um ihr Gesicht. Sie trug ein goldenes Kreuz auf einem schwarzen, kurzärmeligen Pullover. Keinen Ehering.

»Du hast dich verspätet.« Sie gab Arkadi die Hand.

»Ich wollte mich noch rasieren«, sagte er. Er hatte Wegwerfklingen gekauft und war damit auf die Bahnhofstoilette gegangen. Schnitte am Kinn verrieten seine Eile.

»Wir wollten gerade gehen«, sagte Irina.

»Es ist lange her«, sagte Arkadi.

»Stas und ich müssen eine Sendung vorbereiten.« Sie schien weder nervös noch glücklich zu sein, ihn wiederzusehen, nur bedrängt von der vor ihr liegenden Arbeit.

»Wir haben noch Zeit.« Ein Mann, der nur aus Haut und Knochen zu bestehen schien, tauchte mit drei Krügen schäumenden Biers auf. Er trug einen weiten Pullover, ausgebeulte Hosen und hatte helle, tuberkulöse Augen. Arkadi sah sofort, daß er Russe war. »Ich bin Stas. Soll ich Sie Genosse Chefinspektor nennen?«

»Arkadi genügt.«

Das Skelett im Pullover setzte sich neben Irina und legte seine Hand hinter ihr auf den Stuhl.

»Darf ich?« Arkadi nahm den Stuhl auf der anderen Seite des Tisches und sagte zu Irina: »Du siehst wunderbar aus.«

»Du siehst auch gut aus«, sagte Irina.

»Ich glaube nicht, daß das Moskau zuzuschreiben ist«, sagte Arkadi.

Stas hob seinen Krug und sagte: »Prost. Die Ratten verlassen also das sinkende Schiff. Alle kommen sie her, und die meisten versuchen, für immer zu bleiben. Versuchen, für Radio Liberty zu arbeiten, wir sehen sie jeden Tag. Nun, wer kann ihnen schon einen Vorwurf daraus machen?« Er beobachtete ein üppig gebautes Mädchen, das die leeren Krüge einsammelte. »Von Walküren umsorgt. Was für ein Leben!«

Arkadi nahm aus Höflichkeit einen Schluck. »Ich habe gehört, daß ...«

»Sie hatten ja wirklich eine ziemlich sprunghafte Laufbahn«, unterbrach Stas ihn. »Mitglied der Goldenen Jugend Moskaus, Mitglied der Kommunistischen Partei, aufsteigender Stern des Oberstaatsanwalts, Held, der unsere liebe Dissidentin Irina gerettet hat, jahrelange Verbannung in Sibirien als Buße für die anständige Tat – und jetzt nicht nur das Hätschelkind des Oberstaatsanwalts, sondern auch sein Botschafter in München mit dem Auftrag, Irina, die verlorene Geliebte, zur Strecke zu bringen. Auf die Liebe!«

Irina lachte. »Er scherzt nur.«

»Ich verstehe«, sagte Arkadi.

Es war komisch. Bei seinen Verhören war er nackt gewesen, war mit dem Wasserschlauch abgespritzt, beleidigt und geschlagen worden, aber er hatte sich nie so gedemütigt gefühlt wie an diesem Tisch. Abgesehen von seiner schlechten Rasur, war sein Gesicht vermutlich krebsrot. Alles wies darauf hin, daß er verrückt war. Offensichtlich war er schon seit Jahren verrückt, wenn er sich eine Verbindung mit dieser Frau hatte vorstellen können, die augenscheinlich nicht einmal dieselben Erinnerungen mit ihm teilte. Welche Erinnerungen hatte er bewahrt an die Zeit mit ihr – die Tage, in denen sie sich in seiner Wohnung verborgen gehalten hatte, die Schießerei, New York? In der Einzelzelle in der Psychiatrie, als die Ärzte Sulfazin in sein Rückgrat injiziert hatten, hatten sie ihm gesagt, er sei verrückt, und jetzt, hier beim Bier, stellte sich heraus, sie hatten recht gehabt. Er sah Irina an und wartete auf eine Reaktion, aber sie behielt den Gleichmut einer Statue bei.

»Nimm es nicht persönlich. Das ist so seine Art.« Sie nahm eine von Stas' Zigaretten, ohne ihn zu fragen. »Arkadi, ich hoffe, daß du dich in München amüsierst. Es tut mir leid, daß ich keine Zeit für dich habe.«

»Es ist ein Jammer.« Arkadi trank darauf.

»Aber du hast Freunde im Konsulat und wirst mit deinem Fall beschäftigt sein. Du warst schon immer ein Arbeitstier«, sagte Irina.

»Verrückt nach der Arbeit«, sagte Arkadi.

»Es muß eine schwere Verantwortung sein, Moskau zu repräsentieren. Der Oberstaatsanwalt zeigt sich den Deutschen durch dich von seiner menschlichen Seite.«

»Das ist nett, daß du das sagst.« Repräsentierte er Rodionows menschliche Seite? War es das, was sie dachte?

»Das erinnert mich daran«, sagte Stas, »daß wir die Verbrechensrate in Moskau auf den letzten Stand bringen sollten.«

»Zum Schlimmeren hin?« fragte Arkadi.

»Genau.«

»Ihr arbeitet zusammen?« fragte Arkadi. Irina sagte: »Stas schreibt die Nachrichten, ich verlese sie nur.«

»Wohltönend«, sagte Stas. »Irina ist die Königin der russischen Emigranten. Sie hat die Herzen von New York bis München und auf allen Stationen dazwischen gebrochen.«

»Stimmt das?« fragte Arkadi.

»Stas ist ein Provokateur.«

»Vielleicht hat ihn das zum Schreiben gebracht.«

»Nein«, sagte Irina. »Das hat ihn dazu gebracht, bei Demonstrationen auf dem Roten Platz niedergeknüppelt zu werden. Schließlich hat er sich nach Finnland abgesetzt, weswegen der Generalstaatsanwalt, für den du arbeitest, ihn eines Staatsverbrechens für schuldig befunden und zum Tode verurteilt hat. Lustig, was? Ein Chefinspektor aus Moskau kann plötzlich einfach so herkommen, aber wenn Stas je nach Moskau zurückkehrt, wird er umgehend einkassiert. Das gleiche gilt sicher auch für mich.«

»Selbst ich fühle mich hier sicherer«, gab Arkadi zu.

»Was ist das für ein Fall, den Sie bearbeiten? Hinter wem sind Sie her?« fragte Stas.

»Das kann ich Ihnen nicht sagen«, sagte Arkadi.

»Stas fürchtet, daß ich dein Fall bin«, sagte Irina. »In der letzten Zeit haben wir viele Besucher hier in München gehabt. Familienmitglieder, Freunde von dort, wo wir hergekommen sind.«

»Hergekommen?« fragte Arkadi.

»Uns abgesetzt haben«, sagte Irina. »Liebe alte Großmütter und frühere Vertraute, die uns dauernd erzählen, daß zu Hause alles in Ordnung ist und wir wieder zurückkehren können.«

»Nichts ist in Ordnung«, sagte Arkadi. »Geht nicht zurück.«

»Möglicherweise haben wir bei Radio Liberty eine bessere Vorstellung von dem, was in Rußland passiert, als Sie«, sagte Stas.

»Das hoffe ich«, sagte Arkadi. »Die Leute, die vor einem brennenden Haus stehen, haben im allgemeinen eine bessere Übersicht als die Leute drinnen.«

Irina sagte: »Laß es gut sein. Ich habe Stas bereits gesagt, daß es kaum eine Rolle spielt, was du sagst.«

Das Seufzen einer Tuba leitete einen Walzer ein. Musiker in Lederhosen hatten auf der Empore des Pavillons Platz genommen. Im übrigen nahm Arkadi außer Irina kaum etwas wahr. Die Frauen an den anderen Tischen waren niedlich, schlank, brünett, weißblond, in Hosen oder Röcken – und alle von der gleichen deutschen Situiertheit und Sicherheit. Mit ihren weit auseinanderstehenden slawischen Augen und ihrer ruhigen Selbstbeherrschung war Irina einzigartig, eine Ikone an einem Biertisch. Eine vertraute Ikone. Arkadi hätte im Dunkeln die Linie von ihren Brauen über die Wölbung ihrer Wangen bis zu den Winkeln ihres vollen, weichen Mundes nachzeichnen können – doch sie hatte sich verändert, und Stas hatte dieser Veränderung einen Namen gegeben. In Moskau war sie eine Flamme im Wind gewesen, offen und freimütig, eine Gefahr für alle in ihrer Nähe. Die Frau, zu der Irina mittlerweile geworden war, war älter und beherrschter. »Die Königin der russischen Emigranten« wartete nur darauf, daß Stas sein Bier austrank, um gehen zu können.

»Bist du gern in München?« fragte Arkadi sie.

»Verglichen mit Moskau? Verglichen mit Moskau ist es schön, sich in Glassplittern zu wälzen. Verglichen mit New York oder Paris? Es ist angenehm hier, aber ein wenig ruhig.«

»Das hört sich an, als ob du bereits überall gewesen wärst.«

»Und du, magst du München?« fragte sie ihn.

»Verglichen mit Moskau? Verglichen mit Moskau ist es schön, sich in Deutscher Mark zu wälzen. Verglichen mit Irkutsk oder Wladiwostok? Es ist wärmer.«

Stas setzte seinen leeren Krug ab. Arkadi hatte noch nie jemanden, der so dünn war, so schnell ein Bier austrinken gesehen. Sogleich erhob sich Irina, um ins wirkliche Leben zurückzueilen.

»Ich würde dich gern wiedersehen«, sagte Arkadi gegen seinen Willen.

Irina musterte ihn. »Nein. Was du von mir willst, ist, daß ich sage, wie leid es mir tut, daß du nach Sibirien mußtest, wie leid es mir tut, daß du um meinetwillen leiden mußtest. Ja, Arkadi, es *tut* mir leid. Bitte, jetzt habe ich es gesagt. Sonst, glaube ich, haben wir uns nichts mehr zu sagen.« Damit ging sie.

Stas zögerte. »Ich hoffe, daß Sie ein gottverdammter Hurensohn sind. Ich hasse es, wenn der Blitz den Falschen trifft.«

Groß, wie sie war, schien Irina zwischen den Tischen hindurchzusegeln, das Haar wie eine hinter ihr herwehende Flagge.

»Wo hat man Sie untergebracht?« fragte Stas.

»Gegenüber vom Bahnhof.« Arkadi nannte die Adresse.

»Eine Art Müllplatz«, sagte Stas überrascht.

Irina verschwand hinter einer Gruppe von Menschen, die gerade an der anderen Seite des Turms eingetroffen war.

»Danke fürs Bier«, sagte Arkadi.

»Keine Ursache.« Stas folgt Irina, mit einem Humpeln den Tischen ausweichend, das mehr Ausdruck einer Entschlossenheit als ein Handikap zu sein schien.

Arkadi blieb sitzen, er fürchtete, daß ihm schwindelig würde, wenn er sich erhob. Er hatte das Gefühl, von einem Lastwagen überrollt worden zu sein. Die Tische blieben nie lange leer, und er fühlte sich geborgen in diesem Biergarten. Das Bier hatte eine besänftigende Wirkung, führte zu ruhigen, vernünftigen Gesprächen. Junge und alte Paare tranken einander zu. Männer mit buschigen Augenbrauen konzentrierten sich auf mitgebrachte Schachbretter. Der Turm mit der Blaskapelle war so chinesisch wie eine Kuckucksuhr. Der Chefinspektor war in eine Stadt gekommen, in der ihn niemand kannte, in der er weder willkommen noch unwillkommen war. Er war unsichtbar. Er trank sein Bier.

Was wirklich schrecklich, wirklich beängstigend war, war die Tatsache, daß er Irina wiedersehen wollte. So demütigend die Erfahrung auch gewesen war, er würde sie gern noch ein weiteres Mal auf sich nehmen, nur, um bei ihr zu sein – was eine Neigung zum Masochismus enthüllte, von der er bislang nicht gewußt hatte. Ihre Begegnung war so grotesk verlaufen, daß es beinahe komisch war. Diese Frau, diese Erinnerung, die er in der tiefsten Kammer seines Herzens bewahrt und nach so langer Zeit wiedergefunden hatte, schien sich kaum seines Namens zu entsinnen. Das war ein Mißverhältnis der Gefühle, das – um ihren Ausdruck zu benutzen – fast schon amüsant war. Oder ein Symptom geistiger Verwirrung. Wenn er unrecht hatte mit dem, was Irina betraf, so hatte er vielleicht auch unrecht mit dem, was die Vergangenheit betraf, die er mit ihr zu teilen glaubte. Gedankenverloren strich er sich mit den Fingerkuppen über den Bauch und fühlte die Narbe unter dem Hemd. Aber was bewies das? Vielleicht hatte er sich irgendwann selbst mit einem Regenschirm verletzt, eines Tages, auf dem Weg zur Schule, oder er war von einer niederstürzenden Statue Lenins aufgespießt worden. Auf den meisten seiner Statuen wies Lenin in die Zukunft. Ein wohlbekannter, gefährlicher Finger.

»Was erheitert Sie so?«

»Pardon?« Arkadi schreckte aus seinen Gedanken auf.

»Was erheitert Sie so?« Der Platz auf der anderen Seite des Tisches war von einem großen Mann mit gerötetem Gesicht und einem frisch gebügelten, weißen Hemd eingenommen worden. Ein kleiner Filzhut saß ihm auf dem Kopf, in der einen Hand hielt er ein Bier, die andere lag schützend vor einem Brathähnchen. Arkadi bemerkte erst jetzt, daß der lange Tisch inzwischen fast vollständig besetzt war und die Leute Hähnchenkeulen, Rippchen und viele Brezeln verzehrten und mit goldenem Bier gefüllte Maßkrüge an den Mund führten.

»Amüsieren Sie sich gut?« fragte der Mann mit dem Brathähnchen.

Arkadi zuckte mit den Achseln, um sich nicht durch seinen russischen Akzent zu verraten.

Der Mann warf einen abschätzigen Blick auf Arkadis abgetragenen Mantel. Er sagte: »Sie mögen das Bier, das Essen und das Leben hier? Es ist gut. Wir haben vierzig Jahre dafür gearbeitet.«

Die anderen Leute am Tisch achteten nicht auf ihn. Arkadi fiel ein, daß er außer dem Eis noch nichts gegessen hatte, aber der Tisch war so mit Lebensmitteln überladen, daß er fast kein Bedürfnis mehr danach verspürte. Die Kapelle ging von Strauß zu Louis Armstrong über. Er trank sein Bier aus. Natürlich gab es auch Biertheken in Moskau, aber da sie keine Krüge oder Gläser hatten, füllten die Wirte das Bier in Milchtüten ab. Wie Jaak gesagt hätte: »Der Homo sovieticus gewinnt mal wieder.«

Doch nicht jeder hatte das erkannt. Als Arkadi seinen Stadtplan öffnete, nickte der Mann an der anderen Seite des Tisches, als habe sich sein Verdacht bestätigt.

»Wieder ein Ostzonaler. Das ist die reinste Invasion.«

Arkadi verließ den Biergarten und ging auf die nächsten Gebäude hinter den Bäumen zu. Wie sich herausstellte, waren es IBM-Büros und ein Hilton-Hotel. Die Eingangshalle des Hotels hätte ein arabisches Zeltlager sein können. Jeder Sessel und jedes Sofa war besetzt von Männern in weißen, fließenden Dschellabas. Viele von ihnen waren alt, mit Spazierstökken und Betperlen gewappnet. Arkadi vermutete, daß sie nach München gekommen waren, um sich hier behandeln zu lassen. Dunkelhäutige Jungen in Hosen und offenen Hemden spielten Fangen. Ihre Schwestern und Mütter trugen arabische Kleidung, die verheirateten Frauen tief verschleiert, so daß nur ihr Kinn und ihre Stirn zu sehen waren, und von schweren Parfümschwaden umgeben.

Auf der Auffahrt zum Hotel fotografierte ein junger Araber einen anderen neben einem neuen, roten Porsche. Als der sich schließlich auf die Stoßstange setzte, löste er mit lautem Hupen und blinkenden Lichtern die Alarmanlage des Wagens aus. Ein paar Jungen rannten um den Wagen herum und schlugen auf die Kühlerhaube, während der Portier und der Gepäckträger ihnen ausdruckslos zuschauten.

Arkadi fand den Weg wieder, den er mit dem Taxi genommen hatte, und folgte dem Ostrand des Parks bis zu den Museen der Prinzregentenstraße. Autos huschten unter den Straßenlaternen an ihm vorbei. Der Himmel war bereits dunkler als an einem Moskauer Sommerabend, und die klassische Fassade des Hauses der Kunst wirkte wie zweidimensional.

Arkadi entdeckte, daß die Westseite des Parks von der Königinstraße begrenzt wurde, in der Boris Benz wohnte. Die Häuser entsprachen in ihrer imposanten Größe dem Namen der Straße – prächtige Villen hinter duftenden Rosen und schmiedeeisernen Toren mit der Aufschrift: »Achtung! Bissiger Hund!«

Das Haus, in dem Benz wohnte, lag zwischen zwei Jugendstilgebäuden, der deutschen Antwort auf die Art nouveau. Sie sahen aus wie zwei über ihre Fächer lugende Matronen. Dazwischen befand sich eine Art »Remise«, die zu Ärztepraxen umgebaut worden war. Nach der Klingel zu urteilen, lag Benz' Wohnung im zweiten Stock. Das Licht war aus. Arkadi drückte dennoch auf den Knopf. Für alle Fälle. Niemand meldete sich.

Die Tür des Hauses wurde von bleigefaßten Glasscheiben umrahmt. Auf dem Tisch in der Diele standen eine Vase mit getrockneten Kornblumen und drei ordentlich voneinander getrennte Briefstapel.

Keine Antwort, als Arkadi den Knopf für den Hausmeister drückte. Er versuchte es im Erdgeschoß, eine Stimme meldete sich, und Arkadi sagte: »Hier ist Benz. Ich habe den Schlüssel verloren.« Er hoffte, sich richtig ausgedrückt zu haben.

Die Tür summte und öffnete sich. Arkadi durchblätterte schnell die Post: medizinische Fachzeitschriften und Anzeigen für Wagenpflege und Sonnenstudios. Der einzige Brief für Benz war von der Bayern-Franken Bank. Jemand namens Schiller hatte seinen Namen mit der Hand über die Adresse des Absenders geschrieben.

Wer immer Arkadi hereingelassen hatte, war nicht völlig vertrauensselig. Die Erdgeschoßtür öffnete sich und ein strenges Gesicht unter einer Schwesternhaube blickte heraus und fragte: »Wohnen Sie hier?« Ihre Augen waren auf die Post gerichtet.

»Nein.« Er schloß die Haustür hinter sich, überrascht, so weit vorgedrungen zu sein.

Arkadi wußte nicht viel über die gesellschaftlichen Gepflogenheiten des Westens, aber es erschien ihm seltsam, daß eine Putzfrau einem Fremden Auskunft darüber gab, wie lange ihr Arbeitgeber wegbleiben würde. Und daß sie so geduldig auf das primitive Deutsch des Anrufers reagiert hatte. Warum machte sie die Wohnung sauber, wenn Benz fort war? Er dachte über den Brief nach. In Moskau standen Bankkunden an den Schaltern an, um Einzahlungen zu tätigen oder sich Geld auszahlen zu lassen. Im Westen wurden Kontoauszüge mit der Post verschickt – aber wurden die Umschläge auch mit handschriftlichen Angaben versehen?

Er ging ein paar hundert Meter weiter die Königinstraße hinunter, überquerte sie und schlenderte auf einem von Ahornbäumen und Eichen überhangenen Weg parallel zur Straße wieder zurück, um sich schließlich auf eine Bank zu setzen, von der aus er Benz' Haus sehen konnte. Es war offensichtlich die Stunde, zu der die Münchener ihre Hunde ausführten. Sie bevorzugten kleine – Möpse und Dackel, nicht viel größer als ihre Maßkrüge. Den Hundebesitzern folgte eine Parade älterer, elegant gekleideter Ehepaare, von denen einige zueinander passende Spazierstöcke trugen. Arkadi hätte sich nicht gewundert, hinter ihnen Kutschen die Königinstraße hinabrollen zu sehen.

Leute betraten und verließen das Haus, fuhren in langen, dunklen Limousinen – wahrscheinlich die Ärzte – davon. Schließlich tauchte die Schwester mit dem säuerlichen Gesicht auf, warf der Straße einen strengen Blick zu, um sie zu gutem Benehmen zu ermahnen, und entfernte sich in entgegengesetzter Richtung.

Etwas später wurde Arkadi bewußt, daß die Straßenlampen heller und der Weg dunkler geworden war. Es war elf Uhr abends. Mit Sicherheit wußte er jetzt nur, daß Benz nicht zurückgekehrt war.

Es war ein Uhr nachts, als er schließlich in seine Pension zurückkehrte. Er konnte nicht sagen, ob das Zimmer während seiner Abwesenheit durchsucht worden war, es sah so unbewohnt aus wie vorher. Er erinnerte sich, daß er etwas zu essen hätte kaufen sollen. Es gab so vieles, was er vergaß. Hier, von Luxus umgeben, schien er es darauf abgesehen zu haben zu hungern.

Er setzte sich mit seiner letzten Zigarette auf die Fensterbank. Der Bahnhof war ruhig. Rote und grüne Lichter schimmerten über den Schienen, kein Zug, der ankam oder abfuhr. Auch der Busbahnhof, der sich längs der Gebäude erstreckte, war wie tot. Leere Busse standen am Straßenrand. Gelegentlich blendete der Scheinwerfer eines Wagens auf und entfernte sich … wohin?

Was ist es, was wir am meisten ersehnen im Leben? Das Gefühl, daß jemand irgendwo an uns denkt und uns liebt. Noch besser, wenn auch wir ihn lieben. Alles läßt sich ertragen, wenn nur dieses Gefühl Bestand hat.

Was könnte schlimmer sein, als zu entdecken, wie eitel und nichtig die Sehnsüchte sind, denen man nachhängt.

Es war besser, nicht darüber nachzudenken.

17

Am Morgen wurde Arkadi von Federow besucht, der ins Zimmer huschte wie eine inspizierende Hauswirtin.

»Der Vizekonsul hat mich gestern nachmittag gebeten, nach Ihnen zu sehen, aber Sie waren nicht da. Gestern abend auch nicht. Wo waren Sie?«

»In der Stadt«, sagte Arkadi. »Sehenswürdigkeiten anschauen.«

»Da Sie niemand bei der Münchener Polizei kennen, keine Vollmachten und keine Ahnung haben, wie hier Ermittlungen durchgeführt werden, befürchtet Platonow, daß Sie Schwierigkeiten bekommen und auch uns welche machen.« Er warf einen Blick auf das Bett. »Keine Laken?«

»Habe ich vergessen.«

»Ich würde mich hier auch gar nicht erst häuslich einrichten, wenn ich Sie wäre. Sie werden sowieso nicht lange hier sein.« Federow zog ein paar Schubladen auf. »Immer noch kein Koffer? Wollen Sie alles, was Sie einkaufen, in Ihren Manteltaschen mit nach Hause nehmen?«

»Ich bin noch nicht zum Einkaufen gekommen.«

Federow öffnete den Kühlschrank. »Leer. Wissen Sie, daß Sie ein typischer Sowjetkrüppel sind? Sie sind so wenig daran gewöhnt, frei einkaufen zu können, daß Sie es selbst dann nicht tun, wenn alles im Überfluß vorhanden ist. Genießen Sie es doch. Das hier ist ein Schokoladenland.« Er warf Arkadi ein schiefes Lächeln zu. »Angst, für einen Russen gehalten zu werden? Stimmt, sie verachten uns so sehr, daß sie tatsächlich Millionen von Mark an Umzugskosten zahlen, damit wir die DDR verlassen. Sie bauen uns Wohnungen in Rußland, nur damit wir verschwinden. Ein weiterer Grund, hier einzukaufen, solange Sie Gelegenheit dazu haben.« Er schloß den Kühlschrank. »Renko, Sie können jede Minute zurückgeschickt werden. Sie sollten das hier wie einen Urlaub betrachten.«

»Ein Aussätziger auf Ferien?«

»So ungefähr.« Federow klopfte sich eine Zigarette aus der Packung und zündete sie an. Arkadi hatte zwar nicht das Bedürfnis, so früh am Morgen schon zu rauchen, aber eines konnte er von seinen Landsleuten in Moskau sagen, selbst von Polizeibeamten bei einem Verhör: Sie teilten, was sie besaßen.

»Es muß doch langweilig für Sie sein zu überprüfen, was ich zum Frühstück zu mir nehme.«

»Heute morgen muß ich einen belorussischen Frauenchor zum Flughafen bringen, eine Delegation staatlich ausgezeichneter Künstler aus der Ukraine begrüßen und unterbringen, an einem Mittagessen mit Vertretern des Mosfilm und der Bavaria teilnehmen und dann einen Empfang für die Minsker Volkstanzgruppe ausrichten.«

»Ich bitte um Entschuldigung, wenn ich Ihnen Umstände mache.« Er streckte seine Hand aus. »Nennen Sie mich Arkadi.«

»Gennadi.« Federow ergriff unwillig die dargebotene Hand. »Solange Sie nur begreifen, was für Scherereien wir mit Ihnen haben.«

»Wollen Sie, daß ich mich bei Ihnen melde? Ich könnte Sie später anrufen.«

»Nein. Verhalten Sie sich nur ganz normal. Machen Sie Einkäufe. Bringen Sie Ihren Freunden ein Souvenir mit. Und seien Sie um fünf wieder hier.«

»Um fünf.«

Federow ging zur Tür. »Genehmigen Sie sich ein Bier im Hofbräuhaus. Genehmigen Sie sich zwei.«

Arkadi trank an einem Imbißstand im Bahnhof eine Tasse Kaffee. Federow hatte recht: Er wußte nicht, wie er außerhalb Rußlands eine Ermittlung durchführen sollte. Er hatte keinen Jaak, keine Polina. Ohne offiziellen Vollmachten konnte er keine Polizisten anfordern. Mit jeder Minute kam er sich verlorener in diesem fremden Land vor. In der Verkaufstheke vor ihm lagen Äpfel, Orangen, Bananen, Wurstscheiben und kalter Schweinebraten, aber er ertappte sich dabei, daß seine Hand heimlich nach einem Zuckerpäckchen griff. Er hielt inne. Die Hand eines Sowjetkrüppels, dachte er.

Am Ende der Theke stand ein Mann, der ihm fast bis aufs Haar glich – das gleiche blasse Gesicht, das gleiche zerknitterte Jackett –, aber mit einer Ausnahme: Er stahl sowohl den Zucker als auch eine Orange. Der Dieb warf ihm einen verschwörerischen Blick zu. Arkadi sah sich um. An beiden Enden der Bahnhofshalle standen je zwei grau Uniformierte mit Maschinenpistolen. Angehörige einer Anti-Terror-Einheit, wie er erkannte. Auch München hatte seine Probleme.

Er schloß sich einer Gruppe Türken an, die zur U-Bahnstation hinuntergingen. Auf den Stufen jedoch kehrte er um und mischte sich unter die Menschen, die dem Ausgang zustrebten. Draußen blieb er am Rinnstein stehen und wartete mit all den gesetzestreuen Münchnern darauf, daß die Ampel Grün zeigte. Doch plötzlich löste er sich aus der Gruppe, sprang durch eine Verkehrslücke auf die Insel in der Mitte der Straße und lief dann, abermals allein, auf die Leute zu, die an der anderen Straßenseite warteten und ihn anstarrten.

Arkadi schlenderte durch eine Einkaufspassage und gelangte schließlich wieder in die Fußgängerzone, die er vom Tag zuvor bereits kannte. Er ging weiter und sah sich erfolglos nach einer Telefonzelle um, bis er auf einem Parkplatz in einer Nebenstraße ein gelbes Häuschen mit einer Bank und einem Telefonbuch fand. Eine winzige Frau mit einem Mantel, der ihr bis auf die Füße fiel, stand neben dem Häuschen und blickte tadelnd auf ihre Uhr, ganz so, als hätte Arkadi sich verspätet. Das Telefon läutete, und sie eilte an ihm vorbei, um den Hörer abzunehmen.

Ein Schild an der Tür wies darauf hin, daß es sich um ein öffentliches Telefon handelte, an dem man angerufen werden konnte. Die Unterhaltung der Frau war explosiv, aber kurz und endete damit, daß sie energisch den Hörer auf die Gabel knallte. Sie schob die Tür auf, verkündete: »Es ist frei«, und verschwand.

Arkadi setzte seine Hoffnung auf dieses Telefon. In Moskau gab es praktisch keine Telefonbücher, und die öffentlichen Fernsprechzellen waren schmutzig, ausgebrannt oder außer Betrieb. Wenn ein Telefon läutete, achtete gewöhnlich niemand darauf. In München waren die Telefonzellen gepflegt wie Badezimmer – besser als Badezimmer. Und wenn es läutete, nahmen die Deutschen den Hörer ab und meldeten sich.

Arkadi schlug die Nummer der Bayern-Franken Bank AG nach und verlangte, Herrn Schiller zu sprechen. Er hatte sich vorgestellt, mit irgendeinem kleinen Angestellten verbunden zu werden, aber ein leises Tuscheln am anderen Ende der Leitung deutete darauf hin, daß sein Anrufer zu einer höheren Ebene durchgestellt wurde.

Eine Stimme fragte: »Mit wem spreche ich?«

Arkadi sagte: »Das sowjetische Konsulat.«

Er wartete wieder. Die eine Seite der Straße wurde von einem Kaufhaus eingenommen, in dessen Schaufenster Lodenmäntel, hörnerne Knöpfe und Filzhüte zu sehen waren, die äußeren Kennzeichen bayerischer Identität. Auf der anderen Straßenseite befand sich ein Parkhaus. Wagen fuhren die Rampen herauf und herunter, BMW und Mercedesse Stoßstange an Stoßstange, stählerne Bienen in einem riesigen Bienenkorb.

Jetzt meldete sich eine autoritär klingende Stimme und sagte auf russisch: »Hier ist Schiller. Kann ich Ihnen helfen?«

»Ich hoffe. Sind Sie bereits einmal im Konsulat gewesen?« fragte Arkadi.

»Nein, ich bedaure …« Es hörte sich nicht so an, als ob das Bedauern sehr tief sei.

»Wir sind ziemlich neu hier, wie Sie wissen.«

»Ja.« Ein trockener Ton.

»Es geht noch alles etwas durcheinander«, sagte Arkadi.

Die Antwort klang vorsichtig und belustigt zugleich. »Ist es die Möglichkeit?«

»Vielleicht handelt es sich ja auch nur um ein Mißverständnis oder einen Übersetzungsfehler.«

»Ja?«

»Wir haben den Besuch einer Firma erhalten, die sich an einem Joint-venture in der Sowjetunion beteiligen möchte. Was wir begrüßen, deswegen ist das Konsulat ja da. Und was uns besonders verheißungsvoll erscheint, ist, daß die Firma behauptet, sie könne in harter Währung zahlen.«

»In deutscher Mark?«

»Eine ziemlich große Summe. Ich hoffte, Sie könnten uns womöglich bestätigen, daß das Geld tatsächlich zur Verfügung steht.«

Ein tiefer Atemzug am anderen Ende ließ die Anstrengung erkennen, die nötig ist, um kleinen Kindern finanzielle Sachverhalte zu erklären. »Die Firma besitzt vielleicht Gesellschaftsvermögen, private Einlagen, ein Darlehen von einer Bank oder einer anderen Institution, es gibt da etliche Möglichkeiten, und die Bayern-Franken kann Ihnen nur Auskunft erteilen, wenn wir selbst an dem Vorgang beteiligt sind. Ich rate Ihnen, die Referenzen der Firma zu prüfen.«

»Aber genau das ist es ja, was ich gerade versuche. Man hat uns zu verstehen gegeben – zumindest haben wir es so verstanden –, daß die Firma mit der Bayern-Franken in Geschäftsbeziehungen steht und daß die Gelder von Ihnen kommen.«

Ein erneuter tiefer Atemzug am anderen Ende. »Wie ist der Name der Firma?«

»TransKom Services. Sie handelt mit Sportgeräten und bietet Dienstleistungen an ...«

»Unsere Bank beteiligt sich an keinem Unternehmen, das in der Sowjetunion involviert ist.«

»Das habe ich befürchtet«, sagte Arkadi. »Aber vielleicht hat sich Ihre Bank ja bereiterklärt, bei der Finanzierung zu helfen.«

»Bedauerlicherweise glaubt die Bayern-Franken nicht, daß die Situation in der Sowjetunion stabil genug ist, um Investitionen zu diesem Zeitpunkt empfehlenswert erscheinen zu lassen.«

»Seltsam. Er hat den Namen Ihrer Bank immer wieder im Konsulat erwähnt«, sagte Arkadi.

»Das ist etwas, was wir bei der Bayern-Franken sehr ernst nehmen werden. Mit wem spreche ich?«

»Gennadi Federow. Wir hätten gern gewußt, und zwar wenn möglich noch heute, ob die Bank nun hinter der TransKom steht oder nicht.«

»Kann ich Sie im Konsulat erreichen?«

Arkadi schwieg so lange, wie nötig war, um in einem Terminkalender nachzuschauen. »Ich bin den größten Teil des Tages nicht hier. Ich muß einen belorussischen Chor am Flughafen in Empfang nehmen, dann die ukrainischen Künstler, ein Mittagessen mit den Bayerischen Filmstudios, danach einige Tänzer.«

»Hört sich an, als seien Sie sehr beschäftigt.«

»Könnten Sie um fünf anrufen?« fragte Arkadi. »Ich halte mir die Zeit frei, um mit Ihnen zu sprechen. Am besten erreichen Sie mich unter 5556020« Er las die Nummer von der Telefonzelle ab.

»Wie war noch der Name des Bevollmächtigten der TransKom?«

»Boris Benz.«

Es gab eine Pause. »Ich kümmere mich darum.«

»Das Konsulat weiß Ihr Interesse zu schätzen.«

»Herr Federow, ich bin am guten Namen der Bayern-Franken interessiert. Ich rufe Sie Punkt fünf an.«

Arkadi legte auf. Er nahm an, daß der Bankier den Anruf überprüfen würde, indem er sofort die eingetragene Nummer des Konsulats wählte, um nach Gennadi Federow zu fragen, der mittlerweile mit Blumen am Flughafen stehen mußte. Er hoffte, daß der Bankier nicht so argwöhnisch sein würde, mit jemand anderem sprechen zu wollen.

Als er aus der Telefonzelle trat, hatte er das Gefühl, daß irgend etwas vorging – ein Fuß, der hinter einer Tür verschwand, oder ein Passant, der plötzlich vor einem Schaufenster stehenblieb. Er dachte daran, Zuflucht im Kaufhaus zu suchen, als er sein Spiegelbild in der Scheibe erblickte. War er das? Diese bleiche Erscheinung mit dem zerknitterten Jackett? In Moskau wäre er eine Vogelscheuche unter vielen gewesen, hier in München, unter all den wohlgenährten Wurstessern, fiel er gleich auf. Er konnte sich genausowenig unter den Passanten und Touristen auf dem Marienplatz verbergen, wie ein Skelett sich dadurch hätte unsichtbar machen können, daß es einen Hut aufsetzte.

Arkadi wandte sich dem Parkhaus zu und ging eine Auffahrt unter einem gelbschwarzen Schild hoch, auf dem »Ausgang« stand. Ein BMW kam die Rampe heruntergerast, kreischend auf den Stoßdämpfern federnd, während er sich gegen die Wand drückte. Der stiernackige Fahrer drehte den Kopf um und rief: »Kein Eingang! Hier geht's nicht rein!«

Auf der ersten Ebene fuhren Wagen auf der Suche nach einem leeren Platz langsam zwischen den Betonpfeilern hindurch. Arkadi hoffte, einen Ausgang zur gegenüberliegenden Straße zu finden, aber alle Schilder wiesen auf einen Lift mit Stahltüren hin, vor dem eine Reihe gutgekleideter Deutscher stand. Er fand eine Feuertreppe, die zur nächsten Ebene führte, wo er die gleiche Szene vorfand: Wagen mit röhrenden Benzin- oder bedächtig tickenden Dieselmotoren umkreisten eine ähnliche Ansammlung von Menschen vor dem Aufzug.

Auf der nächsten Etage wurden die Wagen weniger. Arkadi sah eine Anzahl leerer Plätze und eine rote Tür am Ende des Parkdecks. Er war schon halb bei ihr, als ein Mercedes die Rampe herauffuhr und zwischen den Betonpfeilern hindurchrollte. Es war ein älteres Modell, das weiße Chassis rissig wie altes Elfenbein, mit dem röhrenden Klang eines defekten Auspufftopfes. Der Wagen blieb in der Düsternis unter einer fehlenden Glühbirne stehen. Arkadi legte die Hand auf die Hosentasche wie ein Mann, der seine Schlüssel sucht. Sobald er den letzten Wagen erreicht hatte, begann er zu laufen. Er hätte besser Deutsch lernen müssen, dachte er. Das Schild an der roten Tür trug die Aufschrift: »Kein Zutritt«. Im Türpfosten befand sich ein eingebautes Digitalschloß, an dem er herumzufummeln begann, bis er es aufgab und sich wieder nach dem Mercedes umsah.

Der Wagen war nicht mehr zu sehen, aber auch nicht verschwunden. Die Wände hallten wider vom Klang des rachitischen Motors, der immer noch lauter wurde. Er konnte das Klopfen der Zylinder hören und das Scheppern des Auspuffrohres, das sich aus seiner Halterung gelöst zu haben schien. Der Wagen mußte hinter den Aufzug gefahren sein, dachte Arkadi, oder in eine der leeren Parkbuchten auf der anderen Seite. Die Buchten waren nicht beleuchtet, ein gutes Versteck.

Der Weg zurück zur Feuertreppe führte über eine freie Fläche, auf der ihm keine Pfeiler oder geparkten Wagen Schutz bieten würden. Aber es gab noch eine andere Möglichkeit hinauszukommen: die mit dem Warnschild »Kein Eingang« versehene Zufahrtsrampe hinunter. Er schlüpfte zwischen zwei Wagen durch und stand am Kopf der Rampe, bevor er seinen Fehler erkannte. Der Fahrer des weißen Mercedes war rückwärts in die Auffahrt gefahren und hatte ihn von da aus beobachtet.

Arkadi lief vor dem Wagen auf die Treppe zu. Er wußte nicht, was schlimmer klang, das Keuchen seiner Lunge oder das Rattern des Motors hinter ihm, obwohl der Fahrer ihm nur dicht auf den Fersen blieb und nicht zu versuchen schien, ihn zu überfahren. Arkadi sprang in die freie Parkbucht hinter dem ersten Wagen. Der Mercedes blieb stehen, blockierte die Bucht, und der Fahrer stieg aus.

Jetzt, wo beide zu Fuß waren, standen die Chancen besser für Arkadi. An der Wand hing ein Feuerlöscher. Arkadi hob ihn vom Haken und schleuderte ihn in Richtung des Mannes, der ungeschickt hochsprang, aber dennoch so getroffen wurde, daß er zu Fall kam. Während er versuchte, wieder auf die Beine zu kommen, packte Arkadi den Schlauch des Feuerlöschers, wickelte ihn um den Hals des Mannes und zerrte ihn aus der Parkbucht ins Licht.

Selbst mit dem Schlauch, der ihm den Hals zuschnürte, konnte kein Zweifel daran bestehen, daß der Mann Stas war. Arkadi befreite ihn, und Stas sackte gegen ein Wagenrad.

»Einen schönen guten Morgen auch.« Stas betastete seinen Hals. »Sie tun wirklich alles, um Ihrem Ruf gerecht zu werden.«

Arkadi hockte sich neben ihn. »Tut mir leid. Sie haben mich erschreckt.«

»*Ich* habe *Sie* erschreckt? Mein Gott.« Stas versuchte zu schlucken. »Das mag man sagen, wenn man von einem Dobermann angegriffen wird.« Er befühlte seine Brust.

Arkadi befürchtete zuerst, daß Stas mit einer Herzattacke zu kämpfen hatte, bis dieser eine Packung Zigaretten aus der Tasche zog. »Haben Sie Feuer?«

Arkadi zündete ein Streichholz an.

»Scheiße«, sagte Stas. »Nehmen Sie sich auch eine. Schlagen Sie mich zusammen, klauen Sie mir meine Zigaretten.«

»Danke.« Arkadi nahm das Angebot an. »Warum haben Sie mich verfolgt?«

»Ich habe Sie beobachtet.« Stas räusperte sich. »Sie haben mir gesagt, wo Sie wohnen, und ich konnte nicht glauben, daß die ihren besten Ermittler aus Moskau kommen lassen, um ihn in einem solchen Loch unterzubringen. Ich habe gesehen, wie dieses Wiesel Federow Sie verließ und bin Ihnen bis zur U-Bahnstation gefolgt. Ich hätte Sie in der Menge aus den Augen verloren, wenn Sie nicht an der Telefonzelle stehengeblieben wären, und als ich mit dem Wagen zurückkam, waren Sie noch immer da.«

»Warum?«

»Ich bin neugierig.«

»Sie sind neugierig?« Arkadi bemerkte eine Frau, die aus dem Aufzug kam und beim Anblick der beiden auf dem Boden hockenden Männer wie erstarrt stehenblieb, eine Einkaufstasche in jeder Hand. »Was interessiert Sie denn so?«

Stas verlagerte sein Gewicht auf den anderen Ellenbogen. »Eine ganze Menge. Sie wollen ein Chefinspektor sein, aber Sie machen mir eher den Eindruck eines Mannes, der in Schwierigkeiten steckt. Wissen Sie, als dieser Scheißkerl Rodionow, Ihr Boß, in München war, hat das Konsulat ein Riesentheater um ihn gemacht. Er hat sogar den Sender besucht und uns ein Interview gegeben, und dann kommen Sie, und das Konsulat möchte Sie am liebsten gleich wieder loswerden.«

»Was hat Rodionow gesagt?« fragte Arkadi.

»›Demokratisierung der Partei ... Modernisierung der Miliz ... die Unabhängigkeit aller Ermittlungen ist uns heilig!‹ Der übliche Quark. Wie wär's, wenn *Sie* uns ein Interview geben?«

»Nein.«

»Sie könnten darüber reden, was im Büro des Generalstaatsanwalts so vor sich geht. Reden Sie, über was Sie wollen.«

Der Aufzug kam, und die Frau mit den Einkaufstaschen betrat ihn mit der Eile eines Menschen, der der Polizei etwas zu melden hat.

»Nein.« Arkadi streckte Stas eine Hand entgegen, um ihm beim Aufstehen zu helfen. »Tut mir leid wegen meines Irrtums.«

Stas blieb auf dem Boden sitzen, als mache es ihm nichts aus, nur ein Knochenbündel zu sein, als könne er aus jeder nur erdenklichen Position eine Auseinandersetzung austragen. »Es ist noch früh. Sie haben noch den ganzen Nachmittag Zeit, Leute zusammenzuschlagen. Kommen Sie mit mir zum Sender.«

»Zu Radio Liberty?«

»Möchten Sie denn nicht das weltgrößte Zentrum antisowjetischer Agitation kennenlernen?«

»Das ist Moskau, da komme ich gerade her.«

Stas lächelte. »Nur auf einen Besuch. Sie brauchen uns kein Interview zu geben.«

»Warum sollte ich dann kommen?«

»Ich dachte, Sie wollten Irina sehen.«

18

Jetzt, wo er in Stas' Mercedes saß, konnte Arkadi kaum glauben, daß er ihn zunächst für den Wagen eines Deutschen gehalten hatte. Auf dem Beifahrersitz lag ein zerschlissener Bettvorleger. Die Sitze hinten waren bedeckt mit alten Zeitungen, in jeder Kurve rollten ihm Tennisbälle um die Füße, und schon kleinere Unebenheiten in der Fahrbahn ließen vulkanische Wolken aus dem Aschenbecher aufsteigen.

In einem Magnetrahmen am Armaturenbrett steckte das Foto eines schwarzen Hundes. »Laika«, sagte Stas. »Nach dem Hund benannt, den Chruschtschow in den Weltraum geschickt hat. Ich war damals noch ein Junge und dachte, unsere erste Leistung im schwerelosen Raum besteht darin, einen Hund verhungern zu lassen. Damals wußte ich, daß ich fort mußte.«

»Sie haben sich abgesetzt?«

»Und ich hab mir die Hosen naßgemacht, soviel Angst hatte

ich. Moskau hat später behauptet, ich sei ein Meisterspion gewesen. Der Englische Garten ist voll von solchen Spionen.«

»Der Englische Garten?«

»Sie waren bereits dort«, sagte Stas.

Als sie auf die Straße bogen, die am pseudogriechischen Haus der Kunst vorbeiführte, begann Arkadi zu erkennen, wo sie waren. Links lag die Königinstraße, wo Benz wohnte. Stas fuhr am mächtigen Nationalmuseum vorbei, bog schließlich auch selbst links ab, folgte dem dicht mit Bäumen gesäumten Fluß, der Isar, hielt sich dann rechts und ordnete sich an der nächsten Ampel links ein. Zum erstenmal bemerkte Arkadi ein Schild mit der Aufschrift »Englischer Garten«. Stas bog in eine Einbahnstraße ein, an deren linker Seite die roten Sandplätze eines Tennisclubs lagen. Eine hohe weiße Mauer begrenzte die andere Seite. Vor der Mauer erhob sich eine dichte Reihe dunkler Buchen, die den Blick auf das abschirmten, was sich hinter ihr befand. Fahrräder lehnten an einem Stahlgeländer, das den Rinnstein entlangführte.

Stas sagte: »Wenn ich morgens aufwache, frage ich Laika: ›Was ist das Verückteste, was ich heute tun kann?‹ Ich glaube, heute kann es interessant werden.«

Stas steuerte in eine der Parkbuchten vor dem Tennisplatz. Er ergriff seine Aktentasche, stieg aus, schloß den Wagen ab und führte Arkadi über die Straße zu einem stählernen Tor, das von Kameras und Spiegeln bewacht wurde. Dahinter erstreckte sich ein Komplex weißgetünchter Gebäude mit weiteren Kameras an den Wänden.

Wie jeder, der in der Sowjetunion aufgewachsen war, verband Arkadi mit Radio Liberty zwei einander widersprechende Vorstellungen. Zeit seines Lebens hatte die Presse den Sender als Agitationszelle des amerikanischen Geheimdienstes und seiner Handlanger beschrieben. Doch zugleich wußte jeder, daß Radio Liberty die verläßlichste Informationsquelle war, ging es um verschwundene russische Dichter oder nukleare Störfälle. Obwohl Arkadi selbst schon des Verrats bezichtigt worden war, hatte er ein ungutes Gefühl, als er Stas jetzt begleitete.

Er hatte fast erwartet, amerikanische Marineinfanteristen

anzutreffen, aber die Wärter in der Eingangshalle des Senders waren Deutsche. Stas zeigte seinen Dienstausweis vor und gab einem der Männer seine Aktentasche, der sie zwischen die Bleiwände eines Röntgengeräts schob. Ein anderer Mann winkte Arkadi an einen Tisch, der von dickem Panzerglas geschützt wurde. Der Tisch war größer, die Sessel waren weicher, ansonsten unterschied sich die Atmosphäre der Eingangshalle nicht von den staatlichen Gebäuden in der Sowjetunion: Internationales Design bot durchreisenden Pazifisten und bombenlegenden Terroristen ein vertrautes Ambiente.

»Ihr Paß?« fragte der Mann.

»Ich habe ihn nicht bei mir«, sagte Arkadi.

»Sein Hotel hat ihn noch«, half Stas. »Die fabelhafte deutsche Tüchtigkeit, von der wir immer hören. Herr Renko ist ein äußerst wichtiger Besucher. Das Studio wartet bereits auf ihn.«

Widerwillig akzeptierte der Wächter einen sowjetischen Führerschein und schob Arkadi einen Besucher-Ausweis hin. Stas entfernte die Beschichtung und heftete ihn an Arkadis Brust. Eine Glastür summte, und sie betraten einen Flur mit beigefarbenen Wänden.

Arkadi blieb stehen, bevor sie weitergingen. »Warum tun Sie das?«

»Ich habe Ihnen gestern schon gesagt, daß ich es nicht mag, wenn der Blitz den Falschen trifft. Nun, Sie sehen mir ganz so aus, als hätte er Sie bereits voll erwischt.«

»Bekommen Sie keine Schwierigkeiten, wenn Sie mich hierherbringen?«

Stas zuckte mit den Schultern. »Sie sind hier nur ein weiterer Russe. Der Sender ist voll von Russen.«

»Und wenn ich einem Amerikaner begegne?« fragte Arkadi.

»Ignorieren Sie ihn. Genau das, was wir alle tun.«

Der Boden des Korridors war mit einem dicken amerikanischen Teppich ausgelegt. Halb im Stechschritt, halb humpelnd, führte Stas Arkadi an Glasvitrinen vorbei, die die geschichtlichen Ereignisse illustrierten, über die Radio Liberty in die Sowjetunion berichtet hatte: die Berliner Luftbrücke, die

Kubakrise, Solschenizyn, die Besetzung Afghanistans, das koreanische Linienflugzeug, Tschernobyl, der Zusammenbruch der baltischen Staaten. Alle Fotos waren mit englischen Bildbeschreibungen versehen. Arkadi hatte das Gefühl, durch die Geschichte zu gleiten.

Wenn die Flure ordentlich und von amerikanischer Sauberkeit waren, so wirkte Stas' Büro anarchisch wie eine russische Reparaturwerkstatt: Schreibtisch und Drehstuhl, ein Aktenschrank aus Holz, ein Tonschneidetisch und ein Sessel. Das war die Bodenschicht. Auf dem Schreibtisch standen eine mechanische Schreibmaschine, ein Textverarbeitungsgerät, ein Telefonapparat, Wassergläser und Aschenbecher. Auf der Fensterbank zwei elektrische Ventilatoren, zwei Stereolautsprecher und ein zweiter Computerbildschirm. Auf dem Aktenschrank ein tragbares Radio und ein offensichtlich unbenutztes Computer-Keyboard. Auf dem Tonbandgerät lagen Magnetbandspulen und lose Magnetbänder. Und überall – auf dem Schreibtisch, auf der Fensterbank, dem Aktenschrank und dem Sessel – stapelten sich Zeitungen. An der Spiralschnur eines Wandtelefons baumelte ein Hörer. Arkadi erkannte auf den ersten Blick, daß außer der Schreibmaschine und dem Telefon nichts funktionierte.

Er stützte sich auf den Schreibtisch, um die Bilder an der Wand zu betrachten.

»Ein großer Hund.« Dasselbe dunkle und zottige Tier, das er am Armaturenbrett des Mercedes gesehen hatte. Laika, wie sie ausgestreckt auf Stas' Schoß lag. »Was für eine Rasse?«

»Rottweiler und Schäferhund. Die übliche deutsche Mischung. Machen Sie es sich bequem.« Stas befreite den Sessel von den Zeitungen und folgte Arkadis Blick durch den Raum. »Man hat uns all diesen elektronischen Kram samt einem Haufen unnützer Software gegeben. Ich hab einfach die Stekker rausgezogen, laß aber den ganzen Krempel hier stehen, weil es den Boß glücklich macht.«

»Wo arbeitet Irina?«

Stas schloß die Tür. »Weiter den Flur runter. Die russische Abteilung von Radio Liberty ist die größte. Es gibt auch Ressorts für die Ukrainer, Belorussen, Balten, Armenier und Türken. Wir senden in verschiedenen Sprachen für die verschiedenen Republiken. Und dann ist da noch RFE.«

»RFE?«

Stas setzte sich auf den Stuhl am Schreibtisch. »Radio Freies Europa. Für Hörer in Polen, der Tschechoslowakei, Ungarn und Rumänien. Liberty und RFE beschäftigen Hunderte von Leuten in München. Die Stimme von Liberty für unsere russischen Hörer ist Irina.«

Er wurde von einem Klopfen an der Tür unterbrochen. Eine Frau mit kurzgeschnittenen weißen Haaren, weißen Augenbrauen und einer schwarzen Samtschleife watschelte herein, in der Hand einen Stoß von engbeschriebenen Blättern. Ihr Körper war fett, und sie musterte Arkadi mit dem trägen Blick einer alternden Kokette. »Zigarette?« Ihre Stimme war noch tiefer als die Arkadis.

Aus einer mit Zigarettenstangen vollgestopften Schublade zog Stas eine frische Packung. »Für Sie immer, Ludmilla.«

Stas gab ihr Feuer, und Ludmilla beugte sich vor und schloß die Augen. Als sie sie wieder öffnete, waren sie auf Arkadi gerichtet. »Ein Besucher aus Moskau?« fragte sie.

Stas sagte: »Nein, der Erzbischof von Canterbury.«

»Der CS weiß gern, wer den Sender betritt und verläßt.«

»Dann sollte man ihm den Gefallen tun«, sagte Stas.

Ludmilla warf Arkadi einen letzten forschenden Blick zu und ging hinaus, mit ihrem Rauch Schwaden von Argwohn hinter sich zurücklassend.

Stas belohnte sich und Arkadi mit einer Zigarette. »Das war unser Sicherheitssystem. Wir verfügen über Kameras und schußsicheres Glas, aber das alles ist nichts im Vergleich zu Ludmilla. Der CS ist der Chef der Sicherheit.« Er sah auf seine Uhr. »Bei zwei Schritten in der Sekunde und dreißig Zentimetern pro Schritt wird Ludmilla sein Büro in genau zwei Minuten erreichen.«

»Sie haben Sicherheitsprobleme?« fragte Arkadi.

»Der KGB hat vor einigen Jahren die tschechische Abteilung hochgehen lassen. Einige unserer Mitarbeiter sind durch Gift und Stromschläge zur Strecke gebracht worden. Sie könnten sagen, wir haben Angst.«

»Aber sie weiß nicht, wer ich bin.«

»Zweifellos hat sie sich am Empfang bereits nach Ihnen erkundigt. Ludmilla weiß, wer Sie sind. Sie weiß alles und versteht nichts.«

»Ich bringe Sie in eine schwierige Lage und störe Sie auch noch bei der Arbeit«, sagte Arkadi.

Stas sortierte die Blätter. »Das hier? Das sind die täglichen Berichte der Nachrichtendienste, Zeitungsauszüge und Berichte unserer Mitarbeiter. Und ich werde auch noch mit unseren Korrespondenten in Moskau und Leningrad reden. Aus dieser Flut von Informationen destilliere ich etwa eine Minute Wahrheit.«

»Die Nachrichtensendung ist zehn Minuten lang.«

»Den Rest erfinde ich«, sagte Stas, um dann schnell hinzuzufügen: »Nur ein Scherz. Sagen wir, ich polstere ihn aus. Sagen wir, ich möchte Irina nicht in die Lage bringen, den Russen mitteilen zu müssen, daß ihr Land ein verwesender Leichnam ist, ein Lazarus, der nicht mehr zum Leben erweckt werden kann, und daß sie sich lieber hinlegen sollten, um nie wieder aufzustehen.«

»Jetzt scherzen Sie nicht«, sagte Arkadi.

»Nein.« Stas lehnte sich zurück und stieß einen langen, rauchgeschwängerten Seufzer aus. Er ist wirklich dürr wie ein Schornsteinrohr, dachte Arkadi. »Jedenfalls habe ich den ganzen Tag Zeit, das Material zurechtzustutzen, und wer weiß, was für interessante Katastrophen noch bis zur Sendezeit eintreffen?«

»Die Sowjetunion ist ein fruchtbarer Boden?«

»Ich muß bescheiden sein. Ich ernte nur, ich säe nicht.« Stas schwieg einen Augenblick. »Aber da wir gerade von der Wahrheit reden: Ich kann gut verstehen, daß ein sowjetischer Inspektor, möge er auch noch so abgebrüht sein, sich in Irina verliebt, Familie und Karriere aufs Spiel setzt, sogar für sie tötet. Danach sind Sie dann, wie ich gehört habe, von der Partei offiziell getadelt worden, aber Ihre einzige Strafe hat schlicht darin bestanden, für kurze Zeit nach Wladiwostok geschickt zu werden, wo Sie eine Zeitlang einen bequemen Bürojob bei der Fischerei innehatten. Und schon wurden Sie nach Moskau zurückbeordert, um den reaktionärsten Kräften zu helfen, freie Unternehmer zur Räson zu bringen. Das Büro des Oberstaatsanwalts konnte Sie kaum kontrollieren, da Sie, wie zu vernehmen war, ausgezeichnete Beziehungen zur Partei hatten. Dann aber, als wir Sie gestern im Biergarten getroffen haben, waren Sie absolut nicht der sture Apparatschik, den ich erwartet hatte. Dafür ist mir etwas anderes aufgefallen.« Er rollte mit seinem Stuhl näher heran, bewegte sich behender auf Rädern. »Geben Sie mir Ihre Hand.«

Arkadi kam der Aufforderung nach, und Stas öffnete die Hand, um die Narben zu betrachten, die quer über die Innenfläche liefen. »Da haben Sie sich nicht an Papier geschnitten«, sagte er.

»Schleppnetztrossen. Die Ausrüstung der Fischer ist alt, die Trossen fasern aus.«

»Wenn die Sowjetunion sich nicht gewaltig geändert hat, ist das Einholen von Netzen nicht gerade das, was man einem Liebling der Partei angedeihen läßt.«

»Ich habe das Vertrauen der Partei schon seit langem verloren.«

Stas studierte die Narben wie ein Handleser. Er besaß, wie Arkadi bemerkte, jene erhöhte Konzentrationsfähigkeit, wie man sie erlangt, wenn man Jahre als Krüppel leben oder im Krankenbett verbringen mußte. »Sind Sie hinter Irina her?« fragte er.

»Meine Aufgabe in München hat wirklich nichts mit ihr zu tun.«

»Und Sie können mir nicht sagen, worin diese Aufgabe besteht?«

»Nein.«

Das Telefon läutete. Obgleich der Lärm förmlich Staub aufzuwirbeln schien, betrachtete Stas den Apparat mit Gleichmut, ganz so, als klingelte er an einem fernen Strand. Er blickte auf die Uhr. »Das wird der Chef der Sicherheit sein. Ludmilla hat ihm gerade gesagt, daß ein übel beleumdeter Ermittler aus Moskau in den Sender eingedrungen ist.« Er sah Arkadi fragend an. »Sind Sie eigentlich nicht hungrig?«

Die Kantine lag ein Stockwerk tiefer. Stas führte Arkadi an einen Tisch, wo eine schwarzweiß gekleidete deutsche Kellnerin ihre Bestellung – Schnitzel und Bier – entgegennahm. Junge Amerikaner mit offenen Gesichtern gingen nach draußen in den Garten. Die Tische drinnen waren von älteren, vorwiegend männlichen Emigranten besetzt, die zwischen dichten Schwaden von Zigarettenrauch müßig dasaßen.

»Wird der Sicherheitschef nicht hier nach Ihnen suchen?« fragte Arkadi.

»In unserer Kantine? Nein. Ich esse gewöhnlich am Chinesischen Turm.« Stas zündete sich eine Zigarette an, atmete den Rauch ein und hustete gewohnheitsgemäß, während er seinen hellen Blick durch den Raum schweifen ließ. »Ich bekomme immer Heimweh, wenn ich all die Vertreter des Sowjetreichs hier sehe. Die Rumänen haben ihren eigenen Tisch, dort drüben sitzen die Tschechen, da die Ukrainer.« Er nickte einigen Männern in weißen, kurzärmeligen Hemden zu. »Und die Turkmenen. Die Turkmenen hassen uns natürlich, und das Problem ist, daß sie es heute auch laut sagen.«

»Die Dinge haben sich also geändert?«

»In dreierlei Hinsicht: Erstens, die Sowjetunion fällt auseinander, und seit die Nationalisten sich dort gegenseitig an die Kehle gingen, passiert hier genau das gleiche. Zweitens, die Kantine schenkt keinen Wodka mehr aus. Jetzt kriegt man nur noch Wein oder Bier, nichts Hochprozentiges mehr. Drittens, statt von der CIA werden wir jetzt vom Kongreß kontrolliert.«

»Sie sind also kein Instrument der CIA mehr?«

»Das war die gute, alte Zeit. Die CIA wußte wenigstens, was sie tat.«

Das Bier kam zuerst. Arkadi trank andächtig einige Schlukke, da es so anders war als das saure, trübe Bier in der Sowjetunion.

Stas leerte sein Glas mit einem Zug und stellte es vor sich auf den Tisch. »Ach ja, das Emigrantenleben. Allein unter den Russen gibt es vier Gruppen: New York, London, Paris und München. Nach London und Paris zieht es die Intellektuellen. In New York kann man ein ganzes Leben verbringen, ohne je ein Wort Englisch zu sprechen. Aber die Gruppe in München ist *wirklich* hinter der Zeit zurück: Hier finden Sie die meisten Monarchisten. Und dann gibt's noch die Dritte Welle.«

»Was ist die Dritte Welle?«

Stas sagte: »Die letzte Welle der Flüchtlinge. Mit denen die alten Emigranten absolut nichts zu tun haben wollen.«

Arkadi sprach aus, was er vermutete. »Sie meinen die Juden?«

»Richtig.«

»Hier ist es wie zu Hause.«

Nicht ganz wie zu Hause. Obgleich die Kantine von slawischen Lauten erfüllt war, war das Essen deutsch und erweckte die Vorstellung, sich sofort in Blut, Knochen und Energie zu verwandeln. Während er aß, sah sich Arkadi aufmerksamer um. Die Polen trugen, wie er bemerkte, Anzüge ohne Krawatte und den Ausdruck von Aristokraten, die vorübergehend knapp bei Kasse waren. Die Rumänen bevorzugten einen runden Tisch, um besser konspirieren zu können. Die Amerikaner saßen getrennt von allen anderen und schrieben Postkarten wie pflichtbewußte Touristen.

»Sie hatten tatsächlich Oberstaatsanwalt Rodionow als Gast hier?«

»Als Repräsentant des Neuen Denkens, des politischen Maßes und verbesserten Klimas für ausländische Investitionen«, sagte Stas.

»Haben Sie Rodionow etwa *persönlich* eingeladen?«

»Ich persönlich würde ihn nicht mal mit Handschuhen anfassen.«

»Wer dann?«

»Der Direktor des Senders ist ein großer Anhänger des Neuen Denkens. Er glaubt an Henry Kissinger, Pepsi Cola und Pizza vom Fließband. Keine Sorge, wenn Sie mir nicht ganz folgen können. Sie haben eben noch nie für Radio Liberty gearbeitet.«

Die Kellnerin brachte Stas ein weiteres Bier. Mit ihren blauen Augen und dem kurzem Rock sah sie aus wie ein überarbeitetes kleines Mädchen. Arkadi fragte sich, was sie von ihren Gästen denken mochte, diesen sonnengebräunten Amerikanern und streitsüchtigen Slawen.

Ein großer Georgier mit den Locken und der Habichtnase eines Schauspielers war an ihren Tisch getreten. Sein Name war Rikki. Er nickte Arkadi mit leerem Gesichtsausdruck zu, als er ihm vorgestellt wurde, und begann dann unverzüglich, laut zu lamentieren.

»Meine Mutter kommt zu Besuch. Sie hat mir nie verziehen, daß ich mich abgesetzt habe. Gorbatschow ist ein reizender Mann, sagte sie, nie würde er Demonstranten mit Tränengas auseinandertreiben lassen. Sie hat ein Reuebekenntnis für mich aufgesetzt, das ich unterschreiben soll, um mit ihr zurückzufahren. Sie ist so gaga, daß sie mich sofort ins Gefängnis bringen würde. Sie läßt sich die Lunge untersuchen, während sie hier ist, dabei sollte man ihr Gehirn durchleuchten. Und wißt ihr, wer außerdem kommt? Meine Tochter. Sie ist achtzehn. Heute treffen sie ein. Meine Mutter und meine Tochter. Ich liebe meine Tochter, das heißt, ich glaube, daß ich sie liebe, da ich sie noch nie gesehen habe. Gestern abend haben wir miteinander telefoniert.« Rikki steckte eine Zigarette an der anderen an. »Ich habe natürlich Fotos von ihr, aber ich habe sie gebeten, sich zu beschreiben, damit ich sie am Flughafen erkenne. Kinder verändern sich schließlich dauernd. Wie es scheint, hole ich jemanden ab, der wie Madonna aussieht. Als ich anfing, mich zu beschreiben, sagte sie: ›Beschreib lieber dein Auto.‹«

»Das sind Augenblicke, in denen wir den Wodka vermissen«, sagte Stas.

Rikki fiel in tiefes Schweigen.

»Sagen Sie: Wenn Sie Sendungen nach Georgien ausstrahlen, denken Sie dann oft an Ihre Mutter und Ihre Tochter?« fragte Arkadi.

»Natürlich. Wer, glauben Sie, hat sie denn eingeladen?« sagte Rikki. »Ich bin nur überrascht, daß sie die Einladung angenommen haben. Und ich bin überrascht, wie sie sich verändert haben.«

»Hört sich ja an wie eine Mischung aus Wiedergeburt und Hölle, wenn einen die Liebsten besuchen kommen«, sagte Arkadi.

»Genauso, ja.« Rikki hob den Blick zur Uhr an der Wand.

»Ich muß gehen. Stas, spring bitte für mich ein. Schreib, was du willst. Du bist ein reizender Mensch.« Er erhob sich und ging mit schweren Schritten zur Tür.

»›Ein reizender Mensch‹«, murmelte Stas. »Er wird zurückgehen. Die Hälfte der Leute hier wird zurückgehen nach Tiflis, Moskau oder Leningrad. Das Verrückte ist, daß wir es besser wissen müßten. Wir sind es, die die Wahrheit sagen. Aber wir sind auch Russen und lieben die Lüge. Gerade im Moment scheinen wir besonders verwirrt. Zum Beispiel hatten wir bis vor kurzem noch einen Mann als Leiter der russischen Abteilung hier, der äußerst kompetent und intelligent war. Er hatte sich, genau wie ich, vor langer Zeit schon in den Westen abgesetzt. Vor etwa zehn Monaten dann ist er zurück nach Moskau gegangen. Nicht nur zu Besuch, für immer. Und einen Monat später erscheint er als Fürsprecher Moskaus im amerikanischen Fernsehen, spricht davon, wie lebendig die Demokratie daheim sei, daß die Partei ein Freund der Marktwirtschaft und der KGB ein Garant der gesellschaftlichen Stabilität ist. Ein guter Mann, kein Wunder, er hat schließlich hier gelernt. Er vertritt seine Sache so glaubhaft, daß die Leute im Sender sich langsam zu fragen beginnen: Dient unsere Arbeit eigentlich noch jemandem, oder sind wir längst zu Fossilen des Kalten Krieges geworden? Warum gehen wir nicht alle zurück nach Moskau?«

»Glauben Sie ihm?« fragte Arkadi.

»Nein. Ich brauche mir nur einen Mann wie Sie anzuschauen und mich zu fragen: ›Warum läuft er vor sich davon?‹«

Arkadi ließ die Frage unbeantwortet. Er sagte: »Ich dachte, ich würde Irina sehen.«

Stas wies auf die brennende rote Lampe über der Tür und schob Arkadi in den Regieraum. Ein Toningenieur mit Kopfhörern saß vor einem schwach erleuchteten Pult, sonst war der Raum dunkel und still. Arkadi setzte sich unter den rotierenden Spulen eines Aufnahmegeräts an die Rückwand. Nadeln tanzten auf den Anzeigen.

Auf der anderen Seite der schalldichten Glasscheibe saß Irina an einem gepolsterten, sechseckigen Tisch mit einem Mikrofon. Ihr gegenüber saß ein Mann in einem schwarzen Pullover, wie manche Intellektuelle ihn zu tragen pflegen. Speichel sprühte von seinen Lippen wie Schweiß von der Stirn eines Heizers. Er scherzte und lachte über seine eigenen Witze. Arkadi fragte sich, was er sagen mochte.

Irina hatte den Kopf leicht auf die Seite gelegt, ganz in der Pose des guten Zuhörers. Ihre im Schatten liegenden Augen spiegelten schwache Lichtreflexe wider. Die Lippen waren zur Andeutung eines Lächelns geöffnet, ohne es tatsächlich soweit kommen zu lassen.

Die Beleuchtung war für den Mann nicht unbedingt schmeichelhaft. Seine Stirn wirkte verkrampft, und die Brauen standen wie Hecken über den Augenhöhlen. Über Irinas gleichmäßige Züge dagegen schien das Licht zu fließen und die goldene Korona ihrer Wangen nachzuzeichnen, die ins Gesicht fallenden Haarsträhnen, ihren Arm. Arkadi erinnerte sich an die schwache, blaue Linie, die sich unter ihrem rechten Auge abgezeichnet hatte – das Ergebnis eines Verhörs. Sie war verschwunden, das Gesicht makellos. Ein Aschenbecher und je ein Glas Wasser standen vor ihr und ihrem Gesprächspartner auf dem Tisch.

Sie sagte ein paar Worte, und es war, als ob sie in glühende Kohle geblasen hätte. Der Mann wurde noch erregter und schwang seine Hände wie eine Axt.

Stas lehnte sich über das Pult und drehte den Ton an.

»Das ist genau das, was ich sagen will«, rief der Mann im Pullover. »Die Nachrichtendienste zeichnen stets nur das psychologische Profil der nationalen Führer. Es ist viel wichtiger, die Psychologie der Menschen selbst zu verstehen. Das ist immer schon das eigentliche Gebiet der Psychologie gewesen.«

»Können Sie uns ein Beispiel dafür geben?« fragte Irina.

»Gern. Der Vater der russischen Psychologie war Pawlow, bekannt durch seine Experimente zur Erforschung der bedingten Reflexe, vor allem durch seine Arbeit mit Hunden, die er daran gewöhnte, ihre Mahlzeiten mit dem Läuten einer Glocke zu assoziieren. So begannen sie nach einer gewissen Zeit, schon beim Klang einer Glocke Speichel abzusondern.«

»Was haben Hunde mit Völkerpsychologie zu tun?«

»Eine ganze Menge. Wie Pawlow berichtet, gab es einige Hunde, die dem allgemeinen Schema einfach nicht folgen wollten. Sie ließen sich absolut nicht trainieren. Er nannte sie ›atavistisch‹, Rückfälle in die Natur ihrer wölfischen Vorfahren. Sie waren für seine Experimente ohne Wert.«

»Sie sprechen immer noch von Hunden.«

»Warten Sie. Dann ging Pawlow einen Schritt weiter. Er nannte diesen ›atavistischen‹ Zug einen ›Freiheitsreflex‹ und behauptete, dieser ›Freiheitsreflex‹ sei nicht nur bei Hunden, sondern auch bei menschlichen Populationen zu finden, wenn auch in unterschiedlichem Maße. In westlichen Gesellschaften sei er sehr ausgeprägt, in der russischen Gesellschaft jedoch, sagte er, herrsche eher ein ›Gehorsamreflex‹ vor. Das war kein moralisches Urteil, nur eine wissenschaftliche Feststellung. Und Sie können sich vorstellen, wie der ›Gehorsamreflex‹ seit der Oktoberrevolution im Laufe von siebzig Jahren Kommunismus gepflegt worden ist. Ich sage nur, daß unsere Erwartungen in Hinblick auf eine echte Demokratie realistisch sein sollten.«

»Was verstehen Sie unter realistisch?« fragte Irina.

»Niedrig.« Er sagte das mit der Befriedigung eines Mannes, der das Ableben eines verkommenen Subjekts beschreibt.

Der Toningenieur meldete sich aus dem Regieraum.

»Irina, wir haben Probleme mit der Qualität, wenn der Professor zu nah am Mikrofon sitzt. Ich spiele das Band noch einmal ab. Macht eine Pause.«

Arkadi erwartete, das Gespräch noch einmal zu hören, aber der Toningenieur lauschte in seine Kopfhörer, während die Geräusche aus dem Aufnahmestudio weiterhin in den Regieraum drangen.

Irina öffnete ihre Handtasche und nahm eine Zigarette heraus. Der Professor sprang fast über den Tisch, um sie anzuzünden. Als sie sich vorbeugte, fiel ihr Haar zur Seite und ließ einen Ohrring aufleuchten. Ihr blauer Pullover, sicher aus Kaschmir, war fast zu elegant, um ihn bei der Arbeit in einem Radiosender zu tragen, dachte Arkadi.

»Das ist ein bißchen stark, finden Sie nicht? Russen mit Hunden zu vergleichen?« fragte Irina.

Der Professor verschränkte die Arme, immer noch erfüllt von stolzer Zufriedenheit. »Nein, überlegen Sie doch nur. All diejenigen, die nicht gehorchen wollten, sind entweder getötet worden oder haben vor langer Zeit das Land verlassen.«

Arkadi sah die Verachtung in ihren Augen, die sich wie eine Flamme auszudehnen schien. Vielleicht hatte er sich auch geirrt, denn ihre Stimme war unverändert freundlich. »Ich weiß, was Sie meinen«, sagte sie. »Es ist ein anderer Typ, der heute Moskau den Rücken kehrt.«

»Genau! Die Leute, die jetzt kommen, das sind die zurückgelassenen Familien. Nachzügler, keine Führer. Das ist kein Werturteil, nur eine Charkteranalyse.«

Irina sagte: »Nicht nur Familien.«

»Nein, nein. Frühere Kollegen, die ich seit zwanzig Jahren nicht mehr gesehen habe, tauchen plötzlich überall auf.«

»Freunde.«

»Freunde?« Eine Kategorie, die er nicht bedacht hatte.

Rauch hatte sich im Licht gesammelt und wob einen Heiligenschein um Irina. Es war der Kontrast, der Arkadi so faszinierte: eine Maske mit Augen und einem vollen Mund, dunkles, streng gescheiteltes Haar, das sanft auf die Schultern fiel. Sie glühte wie Eis.

»Es kann sehr schmerzlich sein«, sagte Irina. »Es sind ja durchaus anständige Leute, und es ist so wichtig für sie, einen zu sehen.«

Der Professor beugte sich vor, bestrebt, seine Anteilnahme zu zeigen. »Man ist der einzige, den sie kennen.«

»Man will sie ja nicht verletzen, aber ihre Erwartungen sind reine Phantasien.«

»Sie leben in einem Zustand der Unwirklichkeit.«

»Denken jeden Tag an einen, aber Tatsache ist, daß zuviel Zeit vergangen ist. Man selbst hat seit Jahren nicht mehr an sie gedacht«, sagte Irina.

»Sie leben ein anderes Leben, in einer anderen Welt.«

»Wollen da anfangen, wo man selbst aufgehört hat.«

»Sie würden einen erdrücken.«

»Sie meinen es gut.«

»Sie würden Besitz von einem ergreifen.«

»Und wer weiß noch, wo man einmal aufgehört hat?« fragte Irina. »Was immer damals war, ist tot.«

»Man muß freundlich, aber streng sein.«

»Es ist, als ob man einem Geist begegnet.«

»Bedrohlich?«

»Eher mitleiderregend als bedrohlich«, sagte Irina. »Man fragt sich nur, warum kommen diese Menschen nach all den Jahren?«

»Bei Ihnen, wenn sie Sie im Radio hören, kann ich mir ihre Phantasien gut vorstellen.«

»Man will schließlich nicht grausam sein.«

»Was Sie ganz bestimmt nicht sind«, versicherte ihr der Professor.

»Es scheint nur so ... Es scheint, daß sie tatsächlich glücklicher wären, wenn sie mit ihren Träumen in Moskau blieben.«

»Irina?« sagte der Toningenieur. »Laß uns die letzten beiden Minuten noch einmal aufnehmen, und achte bitte darauf, daß der Professor nicht zu nahe ans Mikrofon kommt.«

Der Professor kniff die Augen zusammen und versuchte, in den Regieraum zu sehen. »Verstanden«, sagte er.

Irina drückte ihre Zigarette aus. Trank Wasser, die langen Finger fest um das silbrig schimmernde Glas geschlossen. Rote Lippen, weiße Zähne. Die Zigarette hell wie ein zerbrochener Knochen.

Das Interview begann wieder mit Pawlow.

Mit schamrotem Gesicht versank Arkadi so tief im Schatten, wie es nur möglich war. Wenn Schatten Wasser wäre – wie gern wäre er darin ertrunken.

19

Das Telefon in der Zelle läutete genau um fünf.

»Federow am Apparat«, sagte Arkadi.

»Hier ist Schiller von der Bayern-Franken Bank. Wir haben heute morgen miteinander gesprochen. Sie hatten einige Fragen wegen einer Firma namens TransKom Services.«

»Danke, daß Sie zurückrufen.«

»Es gibt keine TransKom in München. Keine der hiesigen Banken kennt sie. Ich habe auch mit mehreren staatlichen Stellen gesprochen, eine TransKom ist nirgends bekannt.«

»Sie waren sehr gründlich«, sagte Arkadi.

»Ich denke, ich habe Ihnen da die Arbeit abgenommen.«

»Was ist mit Boris Benz?«

»Herr Federow, wir leben hier in einem freien Land. Es ist schwierig, über eine Privatperson Erkundigungen einzuziehen.«

»Ist er bei der Bayern-Franken angestellt?«

»Nein.«

»Hat er bei Ihnen ein Konto?«

»Nein. Aber selbst, wenn er es hätte, würden wir es vertraulich behandeln.«

»Ist er womöglich vorbestraft?« fragte Arkadi.

»Ich habe Ihnen gesagt, was ich weiß.«

»Jemand, der mit einer falschen Bankverbindung operiert, hat das wahrscheinlich auch früher schon getan. Er könnte ein Berufsverbrecher sein.«

»Natürlich gibt es auch in Deutschland Berufsverbrecher, allerdings habe ich keine Ahnung, ob dieser Herr Benz einer ist. Sie haben mir schließlich selbst gesagt, Sie hätten ihn womöglich mißverstanden.«

»Aber jetzt ist der Name der Bayern-Franken Bank in den Konsulatsakten«, sagte Arkadi.

»Entfernen Sie ihn.«

»Das ist nicht so einfach. Bei Verträgen in so großer Höhe werden Nachforschungen angestellt.«

»Das ist wohl Ihr Problem.«

»Soweit das aus meinen Unterlagen hervorgeht, hat Benz Dokumente der Bayern-Franken vorgelegt, die auf eine finanzielle Beteiligung der Bank hinweisen. Er hat die Papiere zwar wieder an sich genommen, aber Moskau wird wissen wollen, warum sich die Bank jetzt zurückzieht.«

Die Stimme am anderen Ende der Leitung sprach so bestimmt wie möglich. »Es gibt keine finanzielle Beteiligung.«

»Moskau wird sich fragen, warum die Bayern-Franken

Bank nicht mehr an Benz interessiert ist. Wenn die Bank zu Unrecht von einem Kriminellen in die Sache hineingezogen wird, warum ist sie nicht bereit, das ihre zu tun, um ihn zu finden?« fragte Arkadi.

»Wir haben das unsere getan.« Schiller klang überzeugend. Wenn es nicht diesen Brief von ihm an Benz gegeben hätte ...

»Dann hätten Sie also nichts dagegen, wenn wir einen Mann zu Ihnen schickten, der sich noch einmal persönlich mit Ihnen abstimmt?«

»Schicken Sie ihn. Bitte. Damit die Angelegenheit endlich erledigt ist.«

»Der Mann heißt Renko.«

Die dritte Etage des sowjetischen Konsulats war voll von Frauen in so farbenfroh bestickten Blusen und leuchtend gestreiften Röcken, daß sie wie Ostereier aussahen, die in buntem Durcheinander auf den Flur gerollt waren. Da jede von ihnen einen Rosenstrauß in der Hand hielt, war es nur unter Einsatz von Ellenbogen und vielzähligen Entschuldigungen möglich, sich an ihnen vorbeizudrängen.

Federows Schreibtisch stand zwischen Wassereimern. Er blickte von einem Stapel Visa auf und ließ ein Knurren hören, das zu verstehen gab, daß er sein Pensum an Diplomatie für heute erfüllt hatte. »Was zum Teufel wollen *Sie* denn hier?«

»Hübsch«, sagte Arkadi. Das Büro war winzig und fensterlos, das Mobiliar modern und ziemlich klein. Wahrscheinlich mußte sein Besitzer jedesmal, wenn er zur Arbeit ging, das unheimliche Gefühl bekämpfen, gewachsen zu sein. Und im Feuchten zu sitzen. Ein nasser Fleck auf dem Teppich zeigte an, wo ein Eimer umgestoßen worden war. Arkadi bemerkte die feuchten Hosen und Ärmel Federows, rosige Blütenblätter und eine Krawatte, die völlig verrutscht war. »Wie in einem Blumenladen.«

»Wenn wir mit Ihnen sprechen wollen, werden wir zu Ihnen kommen. Sie haben hier nichts zu suchen.«

Außer den Pässen lagen Briefbogen des Konsulats neben einer neuen Schreibgarnitur und einem funkelnagelneuen Telefonapparat auf der Schreibtischplatte.

»Ich möchte meinen Paß haben«, sagte Arkadi.

»Renko, Sie vergeuden Ihre Zeit. Erstens hat Platonow Ihren Paß und nicht ich. Zweitens wird der Vizekonsul ihn einbehalten, bis Sie zurück ins Flugzeug nach Moskau steigen, was, wenn alles gutgeht, morgen der Fall sein wird.«

»Vielleicht kann ich mich nützlich machen. Mir scheint, daß Sie alle Hände voll zu tun haben.« Arkadi wies mit dem Kopf in Richtung Flur.

»Die Volkstanzgruppe aus Minsk? Wir haben um zehn gebeten, und man hat uns dreißig geschickt. Sie werden zusammengepackt wie Blinis schlafen müssen. Ich versuche zu helfen, aber wenn sie darauf bestehen, das Dreifache an Visa zu brauchen, dann werden sie das hier schon ertragen müssen.«

»Dafür ist das Konsulat schließlich da«, sagte Arkadi. »Vielleicht kann ich helfen.«

Federow atmete tief ein. »Nein, und Sie wären wirklich der Letzte, den ich mir als Assistenten aussuchen würde.«

»Vielleicht könnten wir uns morgen treffen, zusammen zu Mittag essen oder einen Kaffee trinken?«

»Ich bin den ganzen Tag beschäftigt: am Morgen eine Delegation ukrainischer Katholiken, dann ein Mittagessen mit der Volkstanzgruppe, nachmittags ein Treffen mit den Katholiken in der Frauenkirche und abends eine Bertolt-Brecht-Aufführung. Voller Tag. Außerdem werden Sie dann schon wieder auf dem Nachhauseweg sein. Also, wenn es Ihnen nichts ausmacht, ich bin wirklich in Eile, und wenn Sie mir einen Gefallen tun wollen – kommen Sie nicht wieder her.«

»Könnte ich wenigstens einmal das Telefon benutzen?«

»Nein.«

Arkadi streckte die Hand aus. »Die Leitung nach Moskau ist dauernd besetzt. Vielleicht komme ich von hier aus durch.«

»Nein.«

Arkadi nahm den Hörer ab. »Ich mach's ganz kurz.«

»Nein.«

Als Federow den Hörer packte, ließ Arkadi ihn plötzlich los. Der Attaché rutschte aus und stolperte über einen Wassereimer. Arkadi versuchte, ihn über den Schreibtisch hinweg aufzufangen, und fegte dabei sämtlich Pässe von der Tischplatte.

Die roten Büchlein landeten auf dem Teppich, in Pfützen und Eimern.

»Sie Idiot!« Federow stelzte um die Eimer herum, um die Pässe zu retten, bevor sie völlig durchweichten. Arkadi benutzte die Briefbogen, um das Wasser aus dem Teppich zu saugen.

»Das ist zwecklos«, sagte Federow.

»Ich versuche nur zu helfen.«

Federow tupfte die Pässe an seinem Hemd ab. »Helfen Sie mir nicht. Verschwinden Sie.« Doch dann schoß ihm fast hörbar ein Gedanke durch den Kopf wie eine quietschende Bremse. »Warten Sie!« Die Augen auf Arkadi geheftet, stapelte er die Pässe vor sich auf. Schwer atmend, zählte er sie sorgfältig durch, nicht einmal, sondern zweimal, und vergewisserte sich, daß das, was sie enthielten, zwar feucht, aber vollständig war. »Okay. Sie können gehen.«

»Es tut mir sehr leid«, sagte Arkadi.

»Verschwinden Sie.«

»Soll ich den Leuten im zweiten Stock Bescheid sagen wegen des Wassers?«

»Nein. Sprechen Sie mit niemandem.«

Arkadi betrachtete die umgekippten Eimer und die Überschwemmung auf dem Teppich. »Ein Jammer. So ein neues Büro.«

»Ja. Auf Wiedersehen, Renko.«

Die Tür öffnete sich, und eine Frau mit einem perlenbesetzten Filzhut lugte ins Zimmer. »Lieber Gennadi Iwanowitsch, was machen Sie denn da? Wann essen wir endlich?«

»Sofort«, sagte Federow.

»Wir haben seit Minsk nichts mehr gegessen«, sagte sie.

Sie stellte sich standhaft neben der Tür auf, und andere Volkstänzerinnen folgten ihr. Eine nach der anderen schoben sie sich in den Raum, während Arkadi ihn in entgegengesetzter Richtung verließ, sich zwischen Röcken, Bändern und spitzen Dornen hindurchzwängend.

In einem polnischen Secondhandshop südlich des Bahnhofs fand Arkadi eine mechanische Schreibmaschine mit runden Tasten, einem schäbigen Plastiküberzug und kyrillischen

Buchstaben. Er drehte sie um. Auf dem Boden war eine Militärnummer eingestanzt.

»Rote Armee«, sagte der Ladenbesitzer. »Sie verlassen Ostdeutschland, und was die Kerle nicht für sich selbst abzweigen, verkaufen sie. Sie würden ihre Panzer verkaufen, wenn sie könnten.«

»Kann ich sie mal ausprobieren?«

»Nur zu.« Der Ladenbesitzer hatte sich bereits einem besser gekleideten, verheißungsvolleren Kunden zugewandt.

Aus seiner Jacke zog Arkadi ein Bündel zusammengefalteter Briefbögen und spannte ein Blatt in die Maschine ein. Die Bögen mit dem Briefkopf des Sowjetischen Konsulats samt Hammer und Sichel in goldenen Ähren stammten von Federows Schreibtisch. Arkadi hatte daran gedacht, den Brief auf deutsch zu schreiben, aber seine Kenntnisse der lateinischen Schrift waren nur ungenügend. Außerdem legte er Wert auf einen flüssigen Stil, so daß nur Russisch in Frage kam.

Er schrieb:

»Lieber Herr Schiller, mit diesem Schreiben erlauben wir uns, Ihnen Chefinspektor A. K. Renko vorzustellen, einen Mitarbeiter des Moskauer Oberstaatsanwalts. Renko ist beauftragt, Fragen in bezug auf ein geplantes Joint-venture zwischen bestimmten sowjetischen Körperschaften und der deutschen Firma TransKom Services, insbesondere die Angaben ihres Bevollmächtigten, Herrn Boris Benz, zu klären. Da die Aktivitäten von TransKom und Benz geeignet sind, sowohl die sowjetische Regierung als auch die Bayern-Franken Bank in einem zweifelhaften Licht erscheinen zu lassen, liegt es, wie wir glauben, in unserem gemeinsamen Interesse, die Angelegenheit so schnell und diskret wie möglich einer Lösung zuzuführen.

Mit den besten Wünschen und vorzüglicher Hochachtung, Ihr ergebener G. I. Federow.«

Der Schluß erschien Arkadi besonders federowisch. Er zog den Bogen aus der Maschine und unterzeichnete ihn schwungvoll.

»Sie funktioniert also?« rief der Ladenbesitzer.

»Erstaunlich, nicht?« sagte Arkadi.

»Ich kann Ihnen einen guten Preis machen. Einen ausgezeichneten Preis.«

Arkadi schüttelte den Kopf. Die traurige Wahrheit war, daß er es sich nicht leisten konnte, überhaupt etwas zu kaufen. »Haben Sie viele Abnehmer für russische Schreibmaschinen?«

Der Besitzer mußte lachen.

Das Licht bei Benz war immer noch aus. Um neun Uhr abends endlich gab Arkadi auf. Mit etwas Planung führte ein gutes Stück seines Rückwegs durch Parks: Englischer Garten, Finanzgarten, Hofgarten und ein Stück weiter dann der alte Botanische Garten. Von Zeit zu Zeit blieb er stehen, um in die Dunkelheit zu lauschen. Ein junger Mann kam vorbei, die Nase in einem Buch, auf das Licht der nächsten Laterne zueilend. Dann ein Jogger in langsamem, bedächtigem Lauf. Er hörte keine Fußschritte, die abrupt stehenblieben. Es war, als wäre er bei Verlassen Moskaus über den Rand der Welt getreten. Er war verschwunden. Er stürzte ins Bodenlose. Wer sollte ihm folgen?

Er verließ den alten Botanischen Garten, einen Block vom Bahnhof entfernt, und ging hinüber, um sich zu vergewissern, daß das Videoband noch im Schließfach war, als er sah, wie Fußgänger vor einem scharf wendenden Wagen auseinanderstoben. Die allgemeine Empörung äußerte sich so vehement, daß Arkadi den Wagen selbst nicht beachtete. Er blieb auf der Verkehrsinsel in der Mitte der Straße stehen. Keine gute Überlebensplanung, dachte er, sich auf einer breiten Straße, umbrandet von Verkehr, aufzuhalten. Hinter ihm quietschten Bremsen, und er drehte sich um und stand vor dem vertrauten, ramponierten Mercedes. Am Steuer saß Stas.

»Ich dachte, Sie wollten Irina sehen.«

Arkadi sagte: »Ich habe sie gesehen.«

»Sie waren weg, bevor sie mit ihrem Interview fertig war. Von einem Augenblick zum anderen waren Sie verschwunden.«

»Ich hatte genug gehört«, sagte Arkadi.

Stas ignorierte das Halteverbotsschild und gab den Fahrern

der Wagenschlange, die sich hinter ihm bildete, zu verstehen, daß er nicht gewillt war, seinen Platz zu räumen. »Ich habe Sie gesucht, weil ich dachte, daß Sie vielleicht Probleme hätten.«

»Zu dieser Stunde?« fragte Arkadi.

»Ich hatte noch zu arbeiten und konnte nicht früher kommen. Hätten Sie Lust, mit auf eine Party zu gehen?«

»Jetzt?«

»Wann sonst?«

»Es ist fast zehn Uhr. Was soll ich auf einer Party?«

Die Fahrer hinter ihnen schimpften, hupten und blendeten ihre Scheinwerfer auf, ohne Stas im mindesten zu beeindrukken. »Irina ist auch da«, sagte er. »Sie haben noch nicht mit ihr gesprochen.«

»Aber ich habe verstanden, was sie mir sagen wollte. Sie hat es ja bereits mehr als einmal zum Ausdruck gebracht.«

»Sie glauben also, daß sie Sie nicht sehen will?«

»So ungefähr.«

»Für einen Mann aus Moskau sind Sie ziemlich empfindlich. Hören Sie, nicht mehr lange, und wir werden hier von wütenden Porsche-Fahrern in der Luft zerrissen. Steigen Sie ein. Wir schauen nur mal kurz rein.«

»Um noch einmal gedemütigt zu werden?«

»Haben Sie was Besseres vor?«

Die Party fand in einer Wohnung im vierten Stockwerk statt, die voll war von »Retro-Nazis«, wie Stas sie nannte. An den Wänden hingen schwarzweißrote Fahnen, auf Regalen waren Stahlhelme und Eiserne Kreuze ausgestellt, Gasmasken mit und ohne Behälter, Munition in verschiedenen Größen, Fotos von Hitler, der Abdruck seines Gebisses sowie ein Bild seiner Nichte in einem Abendkleid und mit dem ironischen Lächeln einer Frau, die weiß, daß alles böse enden wird. Menschen drängten sich auf Stufen, Sesseln und Sofas – eine Mischung verschiedener Nationalitäten, die genügend Zigaretten rauchende Russen aufwies, um einem die Augen tränen zu lassen. Aus dem Nebel tauchte Ludmilla wie eine mit langen Wimpern bewehrte Quelle auf, zwinkerte Arkadi zu und verschwand wieder.

Stas warnte ihn: »Wenn Sie Ludmilla sehen, ist der Chef der Sicherheit nicht weit entfernt.«

Am Getränketisch schenkte Rikki einem Mädchen in einem Mohairpullover ein Glas Cola ein. »Kaum daß ich sie vom Flughafen abgeholt hatte, mußte meine Tochter auch schon auf Einkaufstour. Gott sei Dank machen die Geschäfte spätestens um halb sieben zu.«

Der Lippenstift des Mädchens war rot wie ein Alarmzeichen, das blonde Haar mit seinen dunklen Wurzeln zu einem Knoten zusammengebunden. »In Amerika sind die Einkaufspassagen die ganze Nacht über geöffnet«, sagte sie auf englisch.

»Ihr Englisch ist gut«, sagte Arkadi.

»In Georgien spricht kein Mensch mehr russisch.«

»Es sind immer noch Kommunisten, sie spielen nur die alte Melodie auf einer neuen Flöte«, sagte Rikki.

»War es bewegend, Ihren Vater nach all den Jahren wiederzusehen?« fragte Arkadi.

»Ich habe seinen Wagen fast nicht erkannt.« Sie umarmte Rikki. »Gibt es hier eigentlich keine amerikanischen Militärbasen? Haben die nicht ihre eigenen Einkaufspassagen?« Ihre Augen leuchteten auf, als sich ihr ein junger, athletisch gebauter Amerikaner näherte. Er trug ein Hemd mit angeknöpften Kragenenden, eine Fliege und rote Hosenträger und betrachtete Arkadi und Stas mit forschendem Blick. Ludmilla hielt sich hinter seinem Rücken.

»Das muß der Überraschungsgast sein, den wir heute in unserem Sender hatten«, sagte der Amerikaner. Er schüttelte Arkadi mit festem, demokratischem Druck die Hand. »Ich bin Michael Healey, verantwortlich für die Sicherheit. Wissen Sie, Ihr Chef, Oberstaatsanwalt Rodionow, hat uns ebenfalls schon besucht. Wir haben den roten Teppich für ihn ausgelegt.«

»Michael ist auch für das Auslegen von Teppichen verantwortlich«, sagte Stas.

»Dabei fällt mir ein, Stas: Gibt es nicht eine Sicherheitsanweisung, daß offizielle sowjetische Gäste rechtzeitig angemeldet werden müssen?«

Stas lachte. »Die Sicherheitsbestimmungen im Sender werden so gründlich mißachtet, daß es auf einen Spion mehr oder weniger nicht ankommt. Ist der heutige Abend nicht ein gutes Beispiel dafür?«

»Ich liebe Ihren Sinn für Humor, Stas«, sagte Healey. »Wenn Sie den Sender noch einmal besuchen wollen, Renko, vergessen Sie nicht, mich vorher anzurufen.« Er entfernte sich auf der Suche nach einem Weißwein.

Stas und Arkadi nahmen sich einen Scotch. »Es geht das Gerücht«, sagte Stas, »daß der ehemalige Leiter der russischen Abteilung heute kommt. Mein früherer Freund, von dem ich Ihnen erzählt habe. Selbst die Amerikaner liebten ihn.«

»Derjenige, der wieder nach Moskau zurückgekehrt ist?«

»Genau der.«

»Wo ist Irina?«

»Sie werden sehen.«

»Tä-rä!« Der Gastgeber der Party trat aus der Küche, eine Schokoladentorte mit einer von brennenden Kerzen umgebenen Zuckergußnachbildung der Berliner Mauer in beiden Händen. »Vergeßt es nie! Das Ende der Mauer!«

»Tommy, du hast dich heute selbst übertroffen«, sagte Stas.

»Ich bin ein sentimentaler Narr.« Tommy war einer jener dicken Männer, die dauernd ihr Hemd in die Hose stopfen müssen. »Hab ich dir schon meine Sammlung von Mauerstücken gezeigt?«

Sie wurden von einer Unruhe an der Treppe unterbrochen, einer Welle der Erregung, die sich in der Wohnung ausbreitete. Neue Gäste waren eingetroffen. Der erste, der in der Tür erschien, war der Professor, den Irina im Sender interviewt hatte. Er befreite sich von einem Schal, der aussah, als sei er aus einem Büßerhemd geschnitten worden, und hielt die Tür für Irina auf, die wie auf Wolken zu schweben schien. Arkadi sah, daß sie in einem Restaurant gut gegessen und gut getrunken haben mußte. Champagner und sicher etwas besseres als Borschtsch. Sie war wahrscheinlich direkt vom Sender zum Essen gefahren, was den Umstand erklärte, daß sie so elegant zur Arbeit erschienen war. Wenn ihre Augen Arkadi bemerkten, so verrieten sie weder Interesse noch Überraschung. Hinter ihr betrat Max Albow den Raum, lose dasselbe Jackett über die Schulter gehängt, das er getragen hatte, als Arkadi ihm in der Petrowka-Straße vorgestellt worden war. Alle drei lachten über einen Witz.

»Etwas, das Max gerade gesagt hat«, erklärte Irina.

Jeder beugte sich vor und wollte hören, um was es ging.

Max zuckte bescheiden abwehrend mit den Schultern. »Ich hab nur gesagt: ›Ich komme mir vor wie der verlorene Sohn.‹«

Sofort war rundum ein protestierendes »Nein!« zu hören, explosives Gelächter und zustimmender Applaus. Max' Wangen glühten von der Anstrengung des Treppensteigens und der Wärme des Empfangs. Er legte Irinas Arm in seinen.

Jemand rief: »Die Torte!«

Die Kerzen waren bereits verloschen. Die Zuckergußmauer stand im Dunkeln da.

20

Die Torte schmeckte wie Asche und Teer. Die Party erhielt jedoch neuen Auftrieb, als Max Albow sich mit Irina auf einem Sofa in der Mitte des Raumes niederließ. Sie regierten gemeinsam, die schöne Königin und der kosmopolitische König.

»Als ich hier war, sagten die Leute, ich sei von der CIA. Als ich nach Moskau ging, hieß es, ich sei vom KGB. Für einige Betonköpfe scheint das die einzig verständliche Antwort zu sein.«

Tommy sagte: »Vielleicht sind Sie jetzt auch ein amerikanischer Fernsehstar, aber trotzdem sind Sie immer noch der beste Chef, den die russische Abteilung je hatte.«

»Danke.« Max Albow nahm einen Whiskey als kleines Zeichen der allgemeinen Wertschätzung. »Aber die Zeiten sind vorbei. Ich habe getan, was ich konnte. Der Kalte Krieg ist passé. Es war Zeit, damit aufzuhören, für die Amerikaner die Werbetrommel zu rühren, auch wenn sie immer noch unsere Freunde sind. Zeit heimzukehren, um Rußland wirklich helfen zu können.«

»Wie sind Sie in Moskau behandelt worden?« fragte Rikki.

»Jeder wollte ein Autogramm von mir. Im Ernst, Rikki, Sie sind in Rußland ein Star.«

»In Georgien«, berichtigte Rikki ihn.

»In Georgien«, räumte Max ein, und zu Irina sagte er: »Und du bist die berühmteste Radiostimme Rußlands.« Er sprach jetzt russisch. »Aber was ihr alle wirklich wissen wollt, ist doch, ob mir der KGB Daumenschrauben angelegt hat und ob ich Geheimnisse verraten habe, die dem Sender oder euch schaden könnten. Die Antwort ist nein. Die Zeiten sind vorbei. Ich habe niemanden vom KGB gesehen. Offen gesagt, die Menschen in Moskau kümmern sich nicht weiter um uns, sie sind vollauf damit beschäftigt zu überleben, und sie brauchen Hilfe. Deswegen bin ich hier.«

»Auf einige von uns wartet das Todesurteil«, sagte Stas.

»Die alten Urteile werden zu Hunderten annulliert. Gehen Sie zum Konsulat und erkundigen Sie sich.« Albow ging wieder zum Englischen über, damit ihn jeder verstehen konnte. »Wahrscheinlich erwartet Stas in Moskau nichts Schlimmeres als eine schlechte Mahlzeit. Oder, in seinem Fall, ein schlechtes Bier.«

Arkadi dachte, Irina würde sich von Albows Berührung abgestoßen fühlen, aber das war nicht der Fall. Wenn auch nicht alle ganz überzeugt waren von dem, was Albow gesagt hatte, so waren sie, Russen, Amerikaner wie Polen, mit Ausnahme von Rikki und Stas, doch von seinem Charme wie bezaubert. Hatte er durch seine Reise zurück ins Inferno an Ansehen verloren? Offensichtlich nicht. Kein Fleck auf der Weste. Statt dessen leuchtete er förmlich vor Berühmtheit.

»Was haben Sie denn in Moskau getan, um den hungrigen Menschen zu helfen?« fragte Arkadi.

»Genosse Chefinspektor.« Albow wandte sich ihm zu.

»Sie brauchen mich nicht Genosse zu nennen. Ich bin schon seit Jahren kein Parteimitglied mehr.«

»Doch nicht so lange wie ich«, bemerkte Albow spitz. »Nicht so lange wie jeder von uns hier in München. Also *einstiger* Genosse. Ich bin froh, daß Sie danach fragen. Zwei Dinge, von unterschiedlicher Bedeutung. Erstens Geschäftsverbindungen geschaffen. Zweitens den hungrigsten, verzweifeltsten Mann in Moskau gesucht und ihm ein Darlehen verschafft, damit er herkommen konnte. Man sollte meinen, daß er dankbarer dafür wäre. Übrigens: Wie kommen Ihre Ermittlungen voran?«

»Langsam.«

»Keine Sorge, Sie werden bald schon wieder zu Haus sein.«

Es machte Arkadi nicht so viel aus, wie ein Insekt aufgespießt zu werden, als sein Bild in Irinas Augen zu sehen. Nun sehe sich einer diese Mücke an, diesen Apparatschik, diesen ungehobelten Klotz unter all den zivilisierten Menschen hier! Sie hörte Albow zu, als erinnere sie sich nicht mehr an Arkadi, den sie einmal gekannt hatte. »Max, könntest du mir Feuer geben?«

»Natürlich. Du rauchst wieder?«

Arkadi zog sich aus dem Kreis der Bewunderer zurück und trat an die Bar. Stas war ihm gefolgt. Er zündete sich eine Zigarette an und atmete den Rauch so tief ein, daß seine Augen zu glühen schienen. »Sie haben Max in Moskau gesehen?« fragte er Arkadi.

»Er wurde mir als Journalist vorgestellt.«

»Max war ein ausgezeichneter Journalist, aber er kann sein, was er sein will, und gehen, wohin er will. Max ist der letzte Schritt der Evolution, der Mann nach dem Kalten Krieg. Die Amerikaner wollten jemanden, der sich in sowjetischen Angelegenheiten auskennt, einen Russen, der wie ein Amerikaner auftritt. Und genau das tut er. Warum war Max an Ihnen interessiert?«

»Ich weiß es nicht.« Arkadi fand hinter dem Bourbon eine Flasche Wodka versteckt.

Warum trinken die Menschen? Ein Franzose, um zu flirten. Ein Engländer, um aus sich herauszugehen. Die Russen sind da direkter, dachte Arkadi. Sie wollen sich einfach nur betrinken, und genau das war es, was auch er jetzt wollte.

Ludmilla tauchte aus dem Dunst auf, ganz Augen und eine Samtschleife, und nahm ihm das Glas weg. »Jeder gibt Stalin die Schuld«, sagte sie.

»Das scheint mir ungerecht zu sein.« Arkadi suchte zwischen den Flaschen und dem Eiskübel nach einem anderen Glas.

»Sie leiden alle an Verfolgungswahn«, sagte sie.

»Mich eingeschlossen.« Er fand keines.

Ludmilla senkte ihre Stimme zu einem verschwörerischen Krächzen. »Wußten Sie, daß Lenin unter dem Namen ›Meyer‹ in München gelebt hat?«

»Nein.«

»Wußten Sie, daß ein Jude den Zaren erschossen hat?«

»Nein.«

»All die schlimmen Dinge, die Säuberung und die Hungersnot, wurden von Juden in der Umgebung Stalins ausgeheckt, um das russische Volk zu vernichten. Er war eine Schachfigur der Juden, ihr Sündenbock. Und er starb, als er begann, gegen die jüdischen Ärzte vorzugehen.«

Stas fragte Ludmilla: »Wußten Sie, daß der Kreml genauso viele Badezimmer hat wie der Tempel in Jerusalem? Denken Sie darüber nach.«

Ludmilla zog sich zurück.

Stas schenkte Arkadi ein Glas ein. »Ob sie das wohl Michael meldet?« Er musterte den Raum mit dem süffisanten Blick des Schwindsüchtigen, ohne jemanden auszulassen. »Eine gemischte Gesellschaft.«

Gesprächsgruppen hatten sich gebildet, die miteinander diskutierten. Arkadi suchte mit einem anderen Misanthropen, einem in intellektuelles Schwarz gekleideten Deutschen, Zuflucht auf der Treppe. Ein Mädchen saß schluchzend ein paar Stufen höher. Bei jeder anständigen russischen Party gibt es Diskussionen und ein Mädchen, das auf den Stufen sitzt und schluchzt, dachte Arkadi.

»Ich warte darauf, mit Irina zu sprechen«, sagte der Deutsche. Er war Mitte zwanzig, hatte heimlichtuerische Augen und sprach nur unsicher englisch.

»Ich auch«, sagte Arkadi.

Schweigen breitete sich aus, das Arkadi nicht störte, bis der Junge herausplatzte: »Malewitsch war in München.«

»Und Lenin«, sagte Arkadi. »Oder war es Meyer?«

»Der Maler.«

»Ach, der Maler. *Der* Malewitsch.« Der Maler der russischen Revolution. Arkadi kam sich etwas dumm vor.

»Es gibt eine traditionelle Verbindung zwischen der russischen und der deutschen Kunst.«

»Ja.« Niemand kann das bestreiten, dachte Arkadi.

Der Junge betrachtete seine Fingernägel, die bis zum Fleisch abgekaut waren. »Das rote Quadrat symbolisierte die Revolution, das schwarze Quadrat das Ende der Kunst.«

»Genau.« Arkadi leerte die Hälfte seines Glases mit einem Schluck.

Der Junge kicherte, als ob er sich an etwas erinnerte, das er seinem Gesprächspartner unbedingt mitteilen mußte. »Im Juni 1918 sagte Malewitsch: ›Im Weltraum wird das Fußballspiel mit den Bällen der ineinander verstrickten Jahrhunderte in den Zündfunken blubbernder Lichtwellen verbrennen.‹«

»Blubbernder Lichtwellen?«

»Blubbernder Lichtwellen.«

»Erstaunlich.« Arkadi fragte sich, was Malewitsch getrunken hatte.

Irina war nie so lange allein, daß Arkadi sich ihr hätte nähern können. Als er so zwischen den Gruppen umherwanderte, wurde er von Tommy festgehalten und zu einer riesigen Osteuropa-Karte an der Wand gezogen, auf der die deutschen und russischen Stellungen am Vorabend der Invasion Hitlers durch Hakenkreuze und rote Sterne markiert waren.

»Das ist phantastisch«, sagte Tommy. »Ich habe gerade erfahren, wer Ihr Vater war. Eines der großen militärischen Genies des Krieges. Könnten Sie mir den Ort zeigen, an dem sich Ihr Vater befand, als die Deutschen einmarschierten? Das wäre großartig.«

Es war eine Wehrmachtskarte. Die Orte und Flüsse trugen deutsche Namen. Weit auseinanderliegende Linien zogen sich durch die ukrainische Steppe, horizontale Striche warnten vor den Sümpfen Bessarabiens, und die Hakenkreuze massierten sich an verschiedenen Fronten, um nach Moskau, Leningrad und Stalingrad vorzustoßen.

»Ich habe keine Ahnung«, sagte Arkadi.

»Nicht einmal ungefähr? Hat er Ihnen denn keine Geschichten erzählt oder sonst was hinterlassen?« fragte Tommy.

»Nur taktische Anweisungen.« Max Albow war zu ihnen getreten. »Versteck dich in einem Erdloch und stoß deinem Feind den Dolch in den Rücken.« Er wandte sich an Arkadi. »Haben Sie das Gefühl, überwältigt und überrannt worden zu sein? Ich ziehe die Frage zurück. Was mich allerdings interessiert, ist, warum der Vater General und der Sohn Inspektor wird. Gibt es eine Ähnlichkeit zwischen beiden, einen Hang zu Gewalt? Was meinen Sie, Professor? Sie sind Mediziner.«

Der Psychologe, der mit Max gekommen war, trottete immer noch hinter ihm her. »Vielleicht ein Unbehagen an der normalen Gesellschaft?« sagte er.

»Die sowjetische Gesellschaft ist keine normale Gesellschaft«, sagte Arkadi.

»Dann sagen Sie es uns«, sagte Max. »Erklären Sie uns, warum Sie Kriminalpolizist geworden sind. Ihr Vater hat es vorgezogen, Menschen zu töten. Deswegen werden Männer Generäle. Zu behaupten, ein General hasse den Krieg, ist das gleiche, wie von einem Schriftsteller zu behaupten, er hasse Bücher. Aber Sie sind anders. Sie ziehen es vor, den Schauplatz *nach* dem Mord zu betreten. Sie haben das Blut, ohne den Spaß daran zu haben.«

»Wie das Opfer«, sagte Arkadi.

»Was zieht Sie also zu diesem Beruf? Sie leben in einer der schlechtesten Gesellschaften dieser Welt und spielen freiwillig auch noch die schlechteste Rolle darin. Worin besteht der morbide Reiz? In Leichen herumzustochern? Eine weitere hoffnungslose Seele ins Gefängnis zu schicken? Wie mein Freund Tommy sagen würde: Was hängt da für Sie drin?«

Keine schlechten Fragen. Arkadi hatte sie sich selbst schon gestellt. »Die Vollmacht«, sagte er.

»Die Vollmacht?« wiederholte Max.

»Ja. Wenn jemand getötet wird, müssen die Menschen eine Zeitlang Fragen beantworten, und während dieser Zeit hat ein Kriminalpolizist die Vollmacht, sämtliche Ebenen der Gesellschaft zu untersuchen, und so lernt er zu sehen, wie die Welt gebaut ist. Ein Mord ist für mich etwa so wie ein Schnitt mitten durch ein Haus: Man sieht, welches Stockwerk sich über welchem befindet und welche Tür zu welchem Raum führt.«

»Mord als Soziologie?«

»Als sowjetische Soziologie.«

»Vorausgesetzt, die Leute sind ehrlich. Nur würde ich eher annehmen, daß sie lügen.«

»Mörder lügen tatsächlich.«

Arkadi merkte, daß sich weitere Gäste um sie geschart hatten. Stas beobachtete sie aus einer Ecke des Zimmers. Irina stand in der Diele, vor der offenen Küchentür in ein Gespräch vertieft, und hielt ihnen den Rücken zugekehrt. Arkadi bedauerte, überhaupt den Mund aufgemacht zu haben.

»Da wir von ehrlichen Antworten sprechen – seit wann hören Sie schon Irinas Sendungen?«

»Seit einer Woche.«

Zum erstenmal schien Max überrascht zu sein. »Seit einer Woche? Irina spricht schon seit einer Ewigkeit im Rundfunk. Ich habe erwartet, daß Sie ihr seit Jahren ehrfürchtig zuhören.«

»Ich hatte kein Radio.« Arkadi warf einen Blick in die Diele. Irina war fort.

»Und seit einer Woche haben Sie eines? Und sind jetzt hier in München? Gerade auf dieser Party? Ein erstaunliches Zusammentreffen!« sagte Max. »Das kann doch kein Zufall sein.«

»Vielleicht war es Glück.« Stas mischte sich ins Gespräch ein. »Max, wir würden gern Näheres über Ihre Fernsehkarriere erfahren. Was ist Donahue wirklich für ein Mensch? Und was ist mit Ihrem Joint-venture? Ich habe Sie immer für einen Propagandisten gehalten und nicht für einen Geschäftsmann.«

»Aber Tommy wollte mir gerade von seinem Buch erzählen.«

Arkadi stahl sich davon. Er fand Irina in der Küche, wo sie einem offen auf der Anrichte stehenden Karton Zigaretten entnahm. Tommy war ein unordentlicher Koch, Möhrenschalen und Suppengrün lagen auf einem Hackbrett um leuchtendbunte Plastikschüsseln verstreut. Auf einem Regal mit Kochbüchern stand ein tragbares Fernsehgerät. An der Wand hing das Bild einer arischen Mutter. Die Uhrzeiger standen auf zwei Uhr morgens.

Irina zündete sich ein Streichholz an. Arkadi erinnerte sich, daß sie ihn bei ihrer ersten Begegnung um Feuer gebeten hatte, um zu sehen, wie er reagierte. Jetzt tat sie es nicht.

Bei jener ersten Begegnung, erinnerte er sich, war er ihr völlig gelassen entgegengetreten, und jetzt war sein Mund trokken, fiel ihm das Atmen schwer. Warum versuchte er es ein drittes Mal? Wollte er wissen, welche Demütigungen er noch ertragen würde? Oder war er einer jener Pawlowschen Hunde, die darauf bestanden, getreten zu werden?

Das Seltsame war, daß Irina die Gleiche schien und es doch nicht war. Was er an ihr zu kennen glaubte, wirkte unverändert, und doch erschien sie ihm als völlig Fremde, die nicht erst kürzlich, sondern schon vor langer Zeit in diesen ihm so vertrauten Körper geschlüpft war. Sie verschränkte die Arme. Der Kaschmirpullover und die goldenen Schmuckstücke auf ihrer Haut hatten keine Ähnlichkeit mehr mit den zerlumpten Kleidern und den Schals aus ihrer Moskauer Zeit. Das Bild von ihr, das er über die Jahre in sich getragen hatte, paßte noch, allerdings wie eine Maske. Es waren andere Augen, die daraus hervorschauten.

Arkadi hatte im arktischen Eis gelebt, doch selbst dort war es nicht so kalt gewesen wie in diesem Raum. Das war das Problem, wenn man sich mit einer Frau auf ein intimes Verhältnis einließ. Wenn man ihr nicht länger willkommen war, wurde man in die Dunkelheit verstoßen, drehte sich um eine Sonne, die kein Licht mehr spendete.

»Wie kommst du denn her?« fragte sie.

»Stas hat mich mitgenommen.«

Sie runzelte die Stirn. »Stas? Ich habe gehört, daß er dich auch mit in den Sender geschleppt hat. Ich habe dir gesagt, daß er ein Provokateur ist. Er geht ein bißchen zu weit heute abend ...«

»Erinnerst du dich eigentlich an mich?« fragte Arkadi.

»Natürlich.«

»Anscheinend nicht.«

Irina seufzte. Er kam sich selbst pathetisch vor.

»Natürlich erinnere ich mich an dich. Ich habe nur seit Jahren nicht mehr an dich gedacht. Es ist anders hier im Westen. Ich mußte überleben, einen Job finden. Ich habe viele Leute kennengelernt. Mein Leben hat sich verändert, ich hab mich verändert.«

»Du brauchst dich nicht zu entschuldigen«, sagte Arkadi. Sie waren wie zwei tektonische Platten, die sich in entgegengesetzter Richtung bewegten. Sie war kalt, analytisch, genau.

»Ich habe dir deine Karriere doch nicht zu sehr vermasselt?«

»Ein russischer Schluckauf.«

»Ich möchte dir gegenüber kein schlechtes Gewissen haben«, sagte sie, obgleich aber auch nichts darauf hindeutete, daß sie je in die Lage kommen könnte.

»Das brauchst du nicht. Meine Erwartungen waren zu hoch gespannt, und vielleicht hat mir mein Gedächtnis auch einen Streich gespielt.«

»Um ehrlich zu sein: Ich hab dich kaum wiedererkannt.«

»Sehe ich so gut aus?« fragte Arkadi. Ein schlechter Witz.

»Ich habe gehört, daß es dir gutgeht.«

»Wer hat dir das gesagt?« fragte Arkadi.

Irina zündete sich eine neue Zigarette an der alten an. Warum müssen Russen fortwährend glimmen, fragte sich Arkadi. Sie sah ihn durch den Rauch an, das Gesicht halb verdeckt von ihrem dichten Haar. Er stellte sich vor, sie zu umarmen. Es war eine Erinnerung. Er dachte an die Wölbung ihrer Wange in seiner Hand, an die weiche Haut ihrer Stirn.

Irina zuckte mit den Achseln. »Max war mir jahrelang ein guter Freund und hat viel für mich getan. Es ist schön, ihn wiederzusehen.«

»Es ist nicht zu verkennen, wie beliebt er ist.«

»Niemand weiß, warum er wieder nach Moskau gegangen ist. Er hat dir geholfen, du hast keinen Grund, dich über ihn zu beklagen.«

»Ich wünschte, ich wäre auch hier gewesen«, sagte Arkadi. Wenn ich aufstünde und durch den Raum ginge, dachte er, wenn ich durch den Raum ginge und sie einfach in die Arme schlösse, könnte diese Umarmung dann eine Brücke sein? Ihr Gesicht sagte nein.

»Jetzt ist es zu spät. Du bist mir nie nachgekommen. Jeder andere Russe ist hier emigriert oder hat sich abgesetzt. Du bist geblieben.«

»Der KGB sagte ...«

»Ich hätte es verstanden, wenn du noch ein, zwei Jahre geblieben wärst, aber du bist für immer geblieben. Du hast mich allein gelassen. Ich habe in New York auf dich gewartet, du bist nicht gekommen. Ich bin nach London, um dir näher zu sein – du bist nicht gekommen. Als ich schließlich herausfand, was du tatst, war es genau das, was du vorher getan hast: Du warst ein Polizist in einem Polizeistaat. Jetzt bist du endlich hier, aber nicht, um mich zu sehen. Du bist hier, um jemanden festzunehmen.«

Arkadi sagte: »Ich hätte nicht kommen können, ohne ...«

»Hast du gedacht, daß ich dir helfen könnte? Wenn ich an die Zeit denke, als ich mich nach dir gesehnt habe, und du warst nicht hier, danke ich Gott, daß es Max gab. Max und Stas und Rikki – alle sind sie irgendwie rausgekommen: schwimmend, rennend oder auch mit einem Sprung aus einem Fenster. Du nicht. Du hast also kein Recht, einen von ihnen zu kritisieren oder zu verdächtigen oder auch nur einer von ihnen zu sein. Für mich bist du gestorben.«

Sie nahm eine Packung Zigaretten und verließ die Küche, während Tommy, eine Polka summend, hereintanzte, um Oliven und Kartoffelchips zu holen. Seine Beine waren betrunken. Auf dem Kopf trug er einen deutschen Helm. Im Helm war ein Loch.

Arkadi kannte das Gefühl.

21

Die Bayern-Franken Bank war ein Palast aus Kalksteinblökken mit rotem Ziegeldach. Die marmorne Eingangshalle hatte holzgetäfelte Wände und war erfüllt vom diskreten Summen zahlloser Computer, die geheimnisvolle Zinssätze und Wechselkurse berechneten. Als er den Lift verlassen hatte und durch einen mit Rokokostuckwerk geschmückten Flur schritt, fühlte Arkadi sich, als habe er unbefugt die Kirche eines fremden Ritus betreten.

Schiller hatte etwas an sich, das ausstaffiert und künstlich wirkte. Er saß aufrecht hinter seinem Schreibtisch, ein Mann von etwa siebzig Jahren, mit klaren blauen Augen in einem rosigen Gesicht, silbernem Haar über einer schmalen Stirn und einem Batisttuch in der Brusttasche eines dunklen Börsenanzugs. Neben ihm stand ein Mann in Windjacke und Jeans, blond und sonnengebräunt. In seinen blauen Augen lag der gleiche Ausdruck verhohlener Verachtung wie in denen des älteren Mannes.

Schiller las aufmerksam den Brief durch, den Arkadi auf Federows Briefbogen geschrieben hatte. »So sieht also ein sowjetischer Chefinspektor aus«, sagte er.

»Ich fürchte, ja.«

Arkadi reichte ihm seinen Ausweis. Er hatte vorher nicht gemerkt, wie abgestoßen die Ecken und wie zerfleddert die Seiten des roten Büchleins waren. Eine Armlänge Abstand haltend, betrachtete Schiller das Foto. Obwohl Arkadi rasiert war, hatte er das Gefühl, in seinen Kleidern geschlafen zu haben. Er widerstand der Versuchung, seine Hose glattzustreichen.

»Peter, würdest du das bitte prüfen?« fragte Schiller.

»Erlauben Sie?« sagte der andere Mann zu Arkadi. Er befleißigte sich jener Höflichkeit, die man Verdächtigen entgegenbringt.

»Bitte.«

Der jüngere Mann knipste die Schreibtischlampe an. Als er eine Seite unter das Licht legte, verschob sich seine Jacke und enthüllte ein Schulterhalfter und eine Pistole.

»Warum ist Federow nicht mit Ihnen gekommen?« fragte Schiller Arkadi.

»Er bittet um Entschuldigung. Er begleitet heute morgen eine Kirchendelegation, danach muß er sich um eine Volkstanzgruppe aus Minsk kümmern.«

Der Mann namens Peter gab ihm den Ausweis zurück. »Hätten Sie etwas dagegen, wenn ich im Konsulat anrufe?«

»Bitte«, sagte Arkadi.

Der Mann benutzte das Telefon, während Schiller auch weiterhin seinen Besucher im Auge behielt. Arkadi blickte auf. An der Decke flatterten dicke Putten mit winzigen Flügeln über einen Gipshimmel. Wände in Dresdener Blau gaben dem Himmel eine düstere Färbung. Ölporträts von längst verstorbenen Bankiers hingen zwischen Kupferstichen, auf denen Handelsschiffe abgebildet waren. Die Honoratioren sahen aus, als seien sie erst einbalsamiert und dann gemalt worden. Auf einem Bücherbord standen nach Jahrgängen geordnete Bände über internationales Recht, und unter einer Glaskuppel ließ eine Messinguhr ihr Pendel ticken. Auf einem Schwarzweißfoto waren niedergebrannte Mauern und Schutt zu sehen, ein Dach lag wie ein Zelt über einer Ziegelbrüstung, und eine Badewanne stand als Wassertrog auf der Straße. Menschen in der grauen Uniform der Zwangsvertriebenen drängten sich um die Wanne. »Ein ungewöhnliches Foto in einer Bank«, sagte Arkadi.

Schiller sagte: »Das *ist* die Bank. Das ist dieses Gebäude bei Kriegsende.«

»Sehr eindrucksvoll.«

»Die meisten Länder haben sich vom Krieg erholt«, sagte Schiller trocken.

Der Jüngere hatte endlich jemanden ans Telefon bekommen. »Hallo.« Er blickte auf den Brief. »Ist Herr Federow zu sprechen? Wo kann ich ihn erreichen? Könnten Sie mir genau sagen, wann? Nein, nein, danke.« Er legte auf und nickte Arkadi zu. »Irgendeine Kirchendelegation und eine Volkstanzgruppe.«

»Federow ist ein vielbeschäftigter Mann«, sagte Arkadi.

»Ihr Federow ist ein Idiot«, sagte Schiller, »wenn er glaubt, daß die Bayern-Franken Bank sich verpflichtet fühlt, Nachforschungen über einen deutschen Staatsbürger anzustellen. Und nur ein Schwachsinniger käme auf die Idee, daß die Bayern-Franken sich an einem Joint-venture mit einem sowjetischen Partner beteiligen könnte.«

»Typisch Federow«, bestätigte Arkadi, als seien die verrückten Einfälle des Attachés allgemein bekannt. »Trotzdem, ich bin beauftragt, die Sache in aller Ruhe aufzuklären. Dabei weiß ich, daß die Bank in keinerlei Weise verpflichtet ist, uns zu helfen.«

»Wir haben nicht einmal die Absicht, Ihnen zu helfen.«

»Ich persönlich wüßte auch nicht, warum Sie das tun sollten«, sagte Arkadi. »Ich habe Federow gesagt, er soll das Ministerium informieren und die Geschichte an die Öffentlichkeit bringen. Interpol einschalten, die Gerichte anrufen. Je mehr Öffentlichkeit, um so besser. Nur so läßt sich der Ruf einer Bank wirksam schützen.«

»Der Name der Bank läßt sich am besten dadurch schützen, daß er aus den Berichten über Benz entfernt wird«, sagte Schiller.

»Vollkommen richtig«, stimmte ihm Arkadi zu. »Aber wie die Situation in Moskau nun einmal ist, will niemand im Konsulat die Verantwortung für die Sache übernehmen.«

»Wäre das denn möglich?« fragte Schiller.

»Ja.«

»Großvater, willst du meinen Rat?« fragte der Jüngere und gab sich damit als Familienmitglied zu erkennen.

»Natürlich«, sagte Schiller.

»Frag ihn, wieviel er haben will, um die Bank in Ruhe zu lassen. Fünftausend Mark? Wenn er mit Federow halbe-halbe macht, zehntausend? Diese ganze Geschichte mit der TransKom, Benz und der Bayern-Franken – sie haben sie frei erfunden. Es gibt keine Berichte, es gibt keine Verbindung. Ich brauche ihn mir doch nur anzusehen, um zu wissen, daß er lügt. Ich rieche es. Das hier ist schlicht eine Erpressung. Ich schlage vor, daß wir andere Banken anrufen und uns erkundigen, ob sie ebenfalls von Federow und Renko kontaktiert worden sind, ob ihnen ebenfalls eine Geschichte über Joint-ventures und Ermittlungen aufgetischt wurde. Du solltest dich unverzüglich an das Generalkonsulat wenden, offiziell Protest einlegen und einen Anwalt hinzuziehen. Was hältst du davon?«

Der Mund des Bankiers hatte fast keine Lippen, nicht genügend Fleisch, um lächeln zu können. Doch nichts an den Augen war alt oder schwach. Sie schätzten Arkadi ab wie eine Handvoll Kleingeld.

»Ich stimme dir zu«, sagte Schiller. »Wahrscheinlich würde diese Geschichte auch nicht der leisesten Nachprüfung standhalten. Andererseits, Peter, bist du noch nie einem sowjetischen Bankier begegnet. Es stimmt, daß die Bank keine Kenntnis von einer Person hat, auf die die Beschreibung des sowjetischen Konsulats zutreffen könnte, und ganz sicher fühlen wir uns auch nicht verpflichtet, dem Konsulat zu helfen. Doch wenn wir eines aus der Geschichte gelernt haben, dann, daß sich aus Schmutz eine treffliche Farbe anrühren läßt. Ob gerechtfertigt oder nicht, es bleibt immer etwas hängen.«

Er schwieg. Es war, als ob er den Raum für einen Augenblick verlassen hätte. Dann sammelte er sich und blickte Arkadi an. »Die Bank wird sich offiziell an keiner Nachforschung beteiligen, aber um uns allen einen Gefallen zu tun, hat sich mein Enkel Peter bereit erklärt, Ihnen Hilfestellung zu leisten, solange die Geschichte nicht an die Öffentlichkeit dringt.«

Das, was sich auf Peter Schillers Gesicht abzeichnete, war alles andere als Begeisterung, dachte Arkadi.

»Auf inoffizieller Basis«, sagte Peter Schiller.

»Inwieweit könnten Sie mir helfen?« fragte Arkadi.

Peter Schiller zog einen viel schöneren Ausweis aus der Tasche als Arkadis. In echtes Leder gehüllt, mit Goldprägung und einem Farbfoto des Kriminalkomissars Peter Christian Schiller von der Münchener Polizei. Das war mehr, als Arkadi je gewollt hatte, doch wenn er das Angebot nicht annahm, würden die Deutschen wieder das Konsulat anrufen, bis sie endlich zu Federow durchdrangen.

»Es ist mir eine Ehre«, sagte er.

Peter Schillers Wagen war ein dunkelblauer BMW mit Funkgerät und Telefon. Auf dem Rücksitz lag ein Blaulicht. Er hatte sich angeschnallt und benutzte ständig den Blinker, wich Fahrradfahrern aus, die ihre Spur verlassen hatten, fuhr an Fußgängern vorbei, die gehorsam an den Straßenecken auf grünes Licht warteten. Er war fast ein bißchen zu groß für den Wagen und erweckte zudem den Eindruck, als würde er gern jeden überfahren, der gegen die Straßenverkehrsordnung verstieß.

»Ich möchte wetten, daß dieses Funkgerät funktioniert«, sagte Arkadi.

»Natürlich funktioniert es.«

Unvernünftigerweise sehnte sich Arkadi nach Jaaks selbstmörderischer Fahrweise und dem ebenso selbstmörderischen Hasten der Moskauer Fußgänger. Peter Schiller sah aus, als ob er sich durch Stemmen kleiner Ochsen in Form hielt. Seine Windjacke war gelb, offensichtlich eine beliebte Kleiderfarbe in München. Ein senfgold diarrhöefarbenes Gelb.

»Ihr Großvater spricht gut russisch.«

»Er hat es an der Ostfront gelernt. Er war Kriegsgefangener.«

»Ihr Russisch ist ebenfalls ausgezeichnet.«

»Die Sprache ist zu einer Art Familienhobby geworden.«

Sie fuhren nach Süden auf die beiden Türme der Frauenkirche im Zentrum der Stadt zu. Schiller schaltete in einen niedrigeren Gang, um eine Straßenbahn vorbeifahren zu lassen, die makellos wie ein Spielzeug aussah. Man muß etwas dafür tun, eine Bräune wie die Peter Schillers zu bewahren, dachte Arkadi. Skifahren im Winter, Schwimmen im Sommer.

»Ihr Großvater sagte, Sie hätten sich bereiterklärt, mir zu helfen. Also tun Sie es«, sagte Arkadi.

Schiller warf ihm einen schiefen Blick zu, bevor er antwortete: »Boris Benz hat kein Vorstrafenregister. Das einzige, was wir nach Auskunft des Verkehrsamtes über ihn wissen, ist, daß er blond ist, braune Augen hat, 1955 in Potsdam bei Berlin geboren wurde und keine Brille trägt.«

»Verheiratet?«

»Mit einer Margarita Stein, einer russischen Jüdin. Ihre Personalien sind wo zu finden? Moskau, Tel Aviv – wer weiß?«

»Das ist immerhin etwas. Steuererklärungen, Beschäftigungsverhältnisse? Militärdienst, medizinische Unterlagen?«

»Potsdam liegt in der DDR. *Lag* in der DDR. Wir leben zwar jetzt alle in einem Staat, aber viele ostdeutsche Unterlagen sind noch nicht nach Bonn geschickt worden.«

»Wie sieht's mit Anrufen aus?«

»Tss, tss. Ohne einen Gerichtsbeschluß dürfen wir keine Telefone anzapfen. Wir haben strenge Gesetze hier.«

»Ich verstehe. Und Sie haben auch Zollkontrollen. Haben Sie sich darum schon gekümmert?«

»Benz könnte hiersein, er könnte überall in Westeuropa sein. Seit Bestehen der EG gibt es keine wirklichen Paßkontrollen mehr.«

»Was für einen Wagen fährt er?« fragte Arkadi.

Schiller lächelte, als ob ihm das Verhör Spaß zu machen beginne. »Einen weißen Porsche 911. Immerhin ist der auf seinen Namen zugelassen.«

»Nummernschild?«

»Ich glaube nicht, daß ich befugt bin, Ihnen weitere Auskünfte zu geben.«

»Was für Auskünfte? Fordern Sie doch in Potsdam seine Unterlagen an.«

»In einer Privatangelegenheit? Das verstößt gegen das Gesetz.«

An einem Obelisken fädelten sich die Wagen in einen Kreisverkehr ein, ohne gleich ein Chaos hervorzurufen wie in Moskau, wo Personen- und Lastkraftwagen einander wie eine Herde wilder Yaks die Vorfahrt nahmen. In München schienen Auto- und Fahrradfahrer, wie die Fußgänger, gesetzestreu sämtliche Vorschriften zu befolgen. Es war wie in einem überdimensionalen Altersheim. Schiller lächelte.

»Viele Morde hier?« fragte Arkadi.

»In München?«

»Ja.«

»Hauptsächlich Bierleichen.«

»Bierleichen?«

»Oktoberfest, Fasching, Betrunkene. Keine wirklichen Morde.«

»Nicht wie unsere Wodkaleichen.«

»Wissen Sie, was man in Deutschland über Verbrechen sagt?« fragte Peter.

»Was sagt man in Deutschland über Verbrechen?«

»Daß sie verboten sind«, sagte Schiller.

Arkadi erkannte die Bäume des alten Botanischen Gartens wieder. Als der BMW an einer Ampel hielt, stieg er aus und stopfte Peter ein Stück Papier in die Jackentasche. »Das ist eine

Münchener Faxnummer. Finden Sie heraus, wem sie gehört, wenn das nicht gegen das Gesetz verstößt. Auf der anderen Seite steht eine Telefonnummer, unter der Sie mich um fünf erreichen können.«

»Ihre Nummer im Konsulat?«

»Eine Privatnummer.« Meine Privatnummer in der Telefonzelle, dachte Arkadi.

»Renko!« rief Schiller, als Arkadi auf den Bürgersteig trat. »Lassen Sie die Bank aus dem Spiel.«

Arkadi ging weiter.

»Renko!« Schiller fügte eine weitere Warnung hinzu: »Sagen Sie das auch Federow.«

Mit Seife und einer Schnur bewaffnet, kehrte Arkadi in die Pension zurück, wusch seine Sachen und hängte sie zum Trocknen auf. Aus dem unteren Stockwerk kam der süße Geruch gewürzten Hammelfleisches, aber Arkadi war nicht hungrig. Eine solche Müdigkeit hatte von ihm Besitz ergriffen, daß er sich kaum bewegen konnte. Er stand am Fenster, sah auf die Straße hinunter und hinüber zum Bahnhof, auf die Züge, die langsam hinein- und herausfuhren. Die Schienen schimmerten silbrig wie Schneckenspuren, vielleicht fünfzig parallele Linien und immer wieder Verbindungen, um von einem Gleis auf das andere zu gelangen. Wie leicht findet sich ein Mann, ohne es zu bemerken, auf einem Gleis wieder, das parallel zu dem Leben verläuft, das er eigentlich immer führen wollte. Um dann Jahre später zu entdecken, daß es keine Verbindung mehr gibt, daß die Blumen verblüht sind und die Liebe vergangen ist. Zumindest sollte er dann alt sein, gebeugt und bärtig und mit einem Stock den Ausgang suchen und nicht nur das Gefühl haben, sich verspätet zu haben.

Arkadi ließ sich aufs Bett fallen und sank sofort in tiefen Schlaf. Im Traum stand er in einer Lokomotive. Er war der Lokomotivführer, bis zur Hüfte nackt, und bediente die Steuerhebel und Ventile. Die Hand einer Frau ruhte leicht auf seiner Schulter. Sie fuhren an der Küste entlang. Irgendwie durchpflügte die Lokomotive den Strand. In der Ferne spiegelten die Wellen das Sonnenlicht wider. Möwen streiften das

Wasser. War es ihre Hand oder die Erinnerung an ihre Hand? Er gab sich damit zufrieden, nicht hinzuschauen und die Lokomotive durch reine Willenskraft weiterfahren zu lassen. Doch die Räder kamen mahlend zum Stehen. Die Sonne ging unter. Wellen türmten sich zu schwarzen Wogen auf, die Datschen, Autos, Milizionäre, Generäle, chinesische Laternen und Geburtstagstorten mit sich trugen.

Erschreckt öffnete Arkadi die Augen. Es war dunkel. Er blickte auf seine Uhr. Zehn Uhr abends. Er hatte gut zehn Stunden geschlafen, hatte den Anruf Peter Schillers in der Telefonzelle verpaßt – falls er überhaupt angerufen hatte.

Jemand klopfte an die Tür. Er stand auf und schob die an der Leine trocknenden Hemden und Hosen beiseite.

Er erkannte den Besucher nicht gleich, einen korpulenten Amerikaner mit strähnigem Haar und einem schüchternen Lächeln.

»Ich bin Tommy. Erinnern Sie sich? Sie waren gestern auf meiner Party.«

»Der Mann mit dem Helm, ja. Woher wußten Sie, wo ich zu finden bin?«

»Von Stas. Ich habe ihn so lange gelöchert, bis er es mir gesagt hat. Dann habe ich hier einfach an jede Tür geklopft, bis ich Sie gefunden hatte. Können wir miteinander reden?«

Arkadi ließ ihn herein und suchte nach einem Hemd und Zigaretten.

Tommy trug eine Kordjacke, die an den Knöpfen spannte. Er wiegte sich auf seinen Zehen und ließ die Hände, zu losen Fäusten geballt, schlaff nach unten hängen. »Ich hab Ihnen gestern abend erzählt, daß ich mich mit dem Zweiten Weltkrieg beschäftige, dem ›Großen Vaterländischen Krieg‹, wie ihr ihn nennt. Ihr Vater war einer der bedeutendsten Generäle auf sowjetischer Seite. Natürlich möchte ich von Ihnen gern mehr über ihn erfahren.«

»Ich glaube, Sie haben von mir noch überhaupt nichts über ihn erfahren.« Arkadi setzte sich, um seine Socken anzuziehen.

»Genau das ist es, was ich meine. Die Wahrheit ist, daß ich ein Buch über den Krieg schreibe, aus sowjetischer Perspektive. Ich brauche Ihnen sicher nichts über die Opfer zu erzählen, die die Sowjets bringen mußten. Jedenfalls ist das einer der Gründe, weshalb ich bei Radio Liberty arbeite – um Informationen zu erhalten. Wenn ein interessanter Besucher kommt, interviewe ich ihn, und da ich gehört habe, daß Sie München bald schon wieder verlassen werden, bin ich gleich hergekommen.«

Arkadi suchte nach seinen Schuhen. Er hatte Tommy nur halb zugehört. »Sie interviewen die Leute für den Sender?«

»Nein, für mich, wegen des Buchs, und ich bin nicht nur an militärischen Fragen interessiert, sondern vor allem auch an den Persönlichkeiten. Ich habe gehofft, Sie könnten mir Näheres über Ihren Vater erzählen.«

Der Bahnhof vor dem Fenster war ein Feld leuchtender Signale. »Wer hat Ihnen gesagt, daß ich bald wieder abreisen werde?« fragte er.

»Die Leute sagen es.«

»Wer?«

Tommy stellte sich auf die Zehen. »Max.«

»Max Albow. Kennen Sie ihn gut?«

»Max war der Leiter der russischen Abteilung. Ich bin für das Rote Archiv tätig. Wir haben jahrelang zusammengearbeitet.«

»Das Rote Archiv?«

»Die größte Sammlung von Sowjet-Studien im Westen. Es gehört zu Radio Liberty.«

»Sie waren mit Max befreundet?«

»Ich glaube, wir sind immer noch befreundet.« Tommy hielt ein Tonbandgerät hoch. »Jedenfalls wollte ich Näheres über den Entschluß Ihres Vaters erfahren, hinter den deutschen Linien zu bleiben und dort als Guerillero zu agieren.«

»Kennen Sie Boris Benz?«

Tommy lehnte sich zurück und sagte: »Wir sind uns mal begegnet.«

»Wann?«

»Kurz bevor Max nach Moskau ging. Natürlich wußte niemand, daß er gehen wollte. Er kam mit Benz.«

»Seitdem haben Sie Benz nicht wiedergesehen?«

»Nein. Es war schon das eine Mal reiner Zufall. Max und ich waren nicht verabredet gewesen.«

»Sie haben Benz nur einmal gesehen, und doch erinnern Sie sich an ihn?«

»Unter den Umständen ja.«

»Wer war noch dabei?«

Tommy wand sich. Sein Hemd lugte unter der Jacke vor. »Angestellte, Kunden. Niemand, den ich seitdem wiedergesehen habe. Vielleicht ist jetzt ja auch nicht die richtige Zeit für ein Interview.«

»Genau die richtige Zeit. Wo sind Sie Benz und Max begegnet?«

»Das war der Rote Platz.«

»In Moskau?«

»Nein.«

»In München?«

»Es ist ein Lokal.«

»Das jetzt geöffnet hat?«

»Sicher.«

»Zeigen Sie es mir.« Arkadi zog sich ein Jackett an. »Ich erzähle Ihnen alles über den Krieg, und Sie erzählen mir, was Sie über Benz und Max wissen.«

Tommy schluckte trocken. »Wenn Max noch bei Radio Liberty wäre, würden Sie von mir kein Wort ...«

»Haben Sie einen Wagen?«

»So was Ähnliches«, sagte Tommy.

Arkadi hatte nie zuvor in einem Trabant gesessen. Es war eine Glasfaserwanne mit Haifischflossen. Die beiden Zylinder keuchten asthmatisch, und dichte Rauchwolken stiegen aus dem Auspuffrohr auf. Sie fuhren mit heruntergekurbelten Vorderscheiben, die hinteren Fenster ließen sich nicht öffnen. Jedesmal, wenn ein Mercedes oder Audi sie überholte, begann der Trabant, in ihrem Luftsog zu schlingern.

»Wie finden Sie ihn?« fragte Tommy.

»Es ist, als ob man sich mit einem Rollstuhl auf die Straße traut«, sagte Arkadi.

»Es ist mehr eine Investition als ein Auto«, sagte Tommy.

»Der Trabi ist ein Stück Geschichte. Abgesehen davon, daß er langsam und gefährlich ist und die Luft verpestet, ist er wahrscheinlich das am besten funktionierende technische Aggregat, das es heute gibt. Er macht achtzig Kilometer die Stunde und läuft auch mit Methangas oder Steinkohlenteer – vermutlich sogar mit Haarwasser.«

»Klingt eher russisch.«

Der Trabant ließ Arkadis Schiguli daneben wie ein Luxusauto erscheinen.

»In zehn Jahren ist das ein Sammlerstück«, prophezeite Tommy selbstsicher.

Sie hatten den Stadtrand erreicht, eine schwarze Ebene, in der Lichterketten auf verschiedene Autobahnen führten. Als Arkadi sich umdrehte, um zu sehen, ob ihnen jemand folgte, brach der Sitz fast unter ihm zusammen.

»Das ganze deutsch-russische Verhältnis ist so unglaublich«, sagte Tommy. »Ich meine, vom historischen Standpunkt aus gesehen. Mit den Deutschen, die immer nach Osten drängten, und den Russen, die den Blick nach Westen gerichtet hatten. Und dann die Rassengesetze der Nazis, nach denen alle Slawen Untermenschen waren. Hitler auf der einen Seite, Stalin auf der anderen. Das war ein Krieg!«

Sein Gesicht glühte. Tommy muß ein einsamer Mann sein, dachte Arkadi. Warum sonst würde er sich spät am Abend mit einem russischen Chefinspektor ins Auto setzen und durch die Gegend fahren? Ein Tanklastwagen kam ihnen entgegen und donnerte an ihnen vorbei. Der Trabi schlingerte heftig in der Druckwelle, und Tommy strahlte vor Vergnügen.

»Ich kannte Max am besten, bevor ich für das Rote Archiv arbeitete, als ich noch bei der Programmaufsicht war. Ich habe selbst keine Programme gemacht, sondern hatte einen Mitarbeiterstab, der, was gesendet wurde, auf seinen Inhalt überprüfte. Radio Liberty hat bestimmte Richtlinien. Unsere überzeugtesten Antikommunisten beispielsweise sind Monarchisten. Natürlich sind wir gehalten, die Demokratie zu fördern, aber manchmal schleicht sich ein kleiner Antisemitismus, manchmal ein bißchen Zionismus ein. Es ist eine Sache des Ausgleichs. Wir übersetzen auch Programme, damit der

Präsident unseres Senders weiß, was wir in den Äther schikken. Jedenfalls war mein Leben leichter, weil Max Leiter der russischen Abteilung war. Er verstand die Amerikaner.«

»Warum ist er zurück nach Moskau gegangen?«

»Ich weiß es nicht. Wir alle waren erstaunt. Offensichtlich hatte er vorher bereits Verbindung mit den Sowjets aufgenommen, und sie haben es als Ruhmesblatt betrachtet, daß er zurück nach Moskau kam. Niemand hier hatte darunter zu leiden. Sonst wäre er auf der Party nicht so stürmisch begrüßt worden.«

»Was haben die Amerikaner im Sender davon gehalten?«

»Gilmartin, unserer oberster Boß, war natürlich wütend. Max war immer der Hahn im Korb gewesen. Die Vorstellung, daß der KGB den Sender womöglich infiltriert hatte, war für uns alle ein Schock. Sie haben Michael Healey ja auf meiner Party getroffen. Er ist Chef der Sicherheit. Er hat den Sender auseinandergenommen und überall nach Maulwürfen gesucht, aber jetzt sieht's so aus, als ob Max nur zurückgegangen ist, um Geld zu scheffeln. Wie ein Kapitalist. Man kann ihm keinen Vorwurf daraus machen.«

»Hat Michael Healey auch mit Benz über Max gesprochen?«

»Ich glaube nicht, daß Michael von Benz wußte. Michael Healey ist nicht der Typ, dem man gern Privatangelegenheiten anvertraut. Wie auch immer – alles war schließlich okay. Und Max kam zurück, duftend wie eine Rose.« Tommy versuchte, deutlicher zu werden. »CNN hat ein Interview mit ihm gebracht.«

Arkadi schaute sich wieder nach hinten um. Was ihn auch beunruhigen mochte – es war nichts zu sehen als der Dunst der Stadt.

Die Straße vor ihnen gabelte sich, führte in nördlicher Richtung nach Nürnberg, in südlicher Richtung nach Salzburg. Tommy bog ab und gelangte nach einer Unterführung an eine weitere Kreuzung, an der er die Abzweigung Richtung Norden nahm. Nach einer Weile sah Arkadi eine rosige Insel in der Dunkelheit auftauchen. Er wußte nicht, was er hier, nicht weit von der Autobahn, erwartet hatte – die Kremlmauern oder die Kuppeln der Basilius-Kathedrale? Was es auch gewesen sein mochte, es war nichts im Vergleich zu dem einstöckigen, weißgekalkten und von rotem Neonlicht angestrahlten Gebäude mit seinem grellroten Quadrat, das neben einem Schild glühte, auf dem »ROTER PLATZ« und darunter, in bescheidenerer Kursivschrift, »Sexclub« stand. Nichts in deinen Träumen ist so seltsam wie das, was du siehst, dachte er, als er aus dem Trabi stieg.

Das Innere des Clubs war so tief in rotes Licht getaucht, daß es schwerfiel, überhaupt etwas zu erkennen. Arkadi nahm undeutlich Frauen in Strapsen, schwarzen Strümpfen, offenen Büstenhaltern und Korseletts wahr. Der Club versuchte, seinem Namen durch Samoware auf den Tischen und fluoreszierende Sterne an den Wänden gerecht zu werden.

»Wie finden Sie's hier?« Tommy stopfte sein Hemd wieder in den Gürtel.

»Wie zu Zeiten Katharinas der Großen«, sagte Arkadi.

Es war interessant zu beobachten, wie schüchtern die Männer in einem Bordell waren. Sie hatten das Geld, konnten zwischen den Frauen wählen oder das Haus auch einfach wieder verlassen. Die Frauen waren die Dienerinnen, die Sklavinnen. Doch die Macht, jedenfalls *vor* dem Sex, war anders verteilt. Die Frauen, von den Männern mit den Blicken verschlungen, räkelten sich wie Katzen auf ihren Liebessitzen, und die Männer verrieten durch ihre Nervosität, wie unbehaglich sie sich letztlich fühlten. Amerikanische Soldaten standen an einer hufeisenförmigen Bar. Wenn sich ihnen eine der Prostituierten näherte, entfalteten sie einen unbeholfenen Charme, während die Frau einen Ausdruck so träger Langeweile bewahrte, als schliefe sie fast. Was Arkadi erstaunte, war die Tatsache, daß die Frauen fast durchweg Russinnen zu sein schienen. Er hörte es an ihrem Akzent, wenn sie miteinander flüsterten, erkannte es an der Blässe ihrer Haut, den schräggestellten Augen. Er sah eine Frau in rosa Seide, breitschultrig wie ein Bauernmädchen aus der Steppe, die in ihrer Reizwäsche offensichtlich geradewegs aus dem Osten kam. Sie unterhielt sich leise mit einer zierlicher gebauten Freundin mit großen armenischen Augen und einem Bodystocking aus schwarzer Spitze. Als Arkadi zu ihnen hinüberblickte, fragte er sich, worin sich die importierten russischen Prostituierten wohl von ihren deutschen Kolleginnen unterschieden. In der Spannbreite ihres sexuellen Angebots, ihrer Unterwürfigkeit, ihrer Fähigkeit zu heilen? Sie zeigten mit dem Finger auf ihn. Sie spürten es, auch er war ein Russe. Er fragte sich, wie dringend sein Bedürfnis nach Liebe oder zumindest ihrem Faksimile war. War ihm sein Bedürfnis anzumerken, oder machte er den Eindruck, ausgebrannt wie ein verkohltes Streichholz zu sein?

Er erinnerte Tommy: »Sie sagten, daß Max Albow nach München zurückgekommen ist, duftend wie eine Rose.«

»Max hat noch an Ansehen gewonnen. Ich wette, daß er bald seine erste Million macht.«

»Womit? Hat er das gesagt?«

»Fernsehjournalismus.«

»Er hat auch von einem Joint-venture gesprochen.«

»Grundstücke, Vermögenswerte. Er sagt, ein Mann, der heute in Moskau nicht zu Geld kommt, kann die Fliegen auf der Scheiße nicht sehen.«

»Klingt vielversprechend. Vielleicht sollten alle nach Moskau zurückkehren.«

»Das war's, was er damit sagen wollte.«

Tommy konnte den Blick nicht von den Frauen lösen. Er war rot angelaufen, als ließe die bloße Nähe zu ihnen seine Temperatur bereits ansteigen. Er drückte sein Hemd gegen den Bauch und fuhr sich mit Fingern durchs Haar – Anzeichen einer Erregung, die Arkadi nicht teilte. Liebe war der Bergwind für ihn, der Sonnenaufgang und das Nirwana, Sex das Beben der Blätter – bezahlter Sex schmeckte nach Würmern. Aber es war so lange her, daß er Liebe und Sex gekostet hatte – wie konnte er das alles beurteilen? Der eine Mann findet bezahlten Sex roh und vulgär, der andere einfach und direkt. Hat der andere nun mehr Phantasie oder nur mehr Geld?

Jede Rasse besitzt ihre ausgeprägten Merkmale. Tataren die schmalen, schräg nach oben stehenden Augen. Slawen ein ovales Gesicht und runde Brauen. Schmale Lippen, die Haut weiß wie Schnee. Keine dieser Frauen sah aus wie Irina, deren

Augen weiter auseinanderstanden, tiefer waren, eher byzantinisch als mongolisch, zugleich aber auch offener und geheimnisvoller. Irinas Gesicht war weniger oval, die Kinnpartie weniger ausgeprägt, ihr Mund voller, üppiger. Es war seltsam: In Moskau hatte er ihr täglich gelauscht. Hier herrschte Funkstille.

Manchmal dachte er an das Leben, das er und sie hätten führen können. Liebende. Mann und Frau. Die normale Art, in der Menschen miteinander leben und schlafen und zusammen aufwachen. Vielleicht sogar anfangen, einander zu hassen, und den Entschluß fassen, sich zu trennen. Aber auf normale Weise, nicht in einem zweigeteilten Leben. Nicht in einem zur Obsession gewordenen Traum.

Die Frau in Rosa kam mit ihrer Freundin zu ihnen und bat um Champagner.

»Natürlich.« Tommy war mit allem einverstanden.

Zu viert setzten sie sich an einen Tisch in der Ecke. Die Frau in Rosa war Tatjana, ihre Freundin im Bodystocking Marina. Tatjana hatte dunkle Haarwurzeln und einen blonden Pferdeschwanz, Marina hatte ihr schwarzes Haar über eine blau angelaufene Schwellung auf der Wange gekämmt. Tommy, der den Gastgeber spielte, stellte vor: »Mein Freund Arkadi.«

»Wir wußten, daß er Russe ist«, sagte Tatjana. »Er sieht so romantisch aus.«

»Arme Männer sind nie romantisch«, sagte Arkadi. »Tommy ist viel romantischer.«

»Wir könnten uns ein bißchen amüsieren«, schlug Tommy vor.

Arkadi beobachtete eine Frau, die mit wiegenden Hüften in eine neue Schlacht zog, indem sie einen Soldaten durch einen aus Perlenschnüren bestehenden Vorhang in die hinteren Räume führte. »Sind viele Russen hier?« fragte er.

»Lastwagenfahrer.« Tatjana verzog das Gesicht. »Gewöhnlich sind die Gäste internationaler.«

»Ich mag Deutsche«, sagte Marina nachdenklich. »Sie waschen sich.«

»Das ist wichtig«, sagte Arkadi.

Tatjana griff nach ihrem Champagnerglas und füllte es unter dem Tisch aus einem Flachmann auf. Großzügig erwies sie Arkadi und Marina den gleichen Dienst. Wodka wieder einmal als probates Mittel, das System zu untergraben. Marina beugte sich über ihr Glas und flüsterte: »Molto importante.«

»Wir sprechen italienisch«, sagte Tatjana. »Wir sind zwei Jahre durch Italien getingelt.«

»Als Mitglieder des Piccolo-Bolschoi-Balletts.«

»Nicht identisch mit dem Original-Bolschoi-Ballett.« Tatjana kicherte.

»Aber wir haben getanzt.« Marina reckte sich, um die Aufmerksamkeit der Männer auf ihren sehnigen Nacken zu lenken.

»Die Städte waren klein, aber so sonnig, so voller Musik«, erinnerte sich Tatjana.

»Es gab zehn weitere sogenannte russische Balletts in Italien, als wir weggingen. Alle haben sie uns kopiert«, sagte Marina.

»Ich glaube, wir können mit Recht behaupten, daß wir in vielen die Liebe zum Tanz geweckt haben«, sagte Tatjana. Sie schenkte Arkadi einen zweiten Wodka ein. »Bist du sicher, daß du kein Geld hast?«

»Es zieht sie immer zu den falschen Männern«, sagte Marina.

»Danke«, sagte Arkadi zu beiden. »Ich suche vor allem nach zwei alten Freunden. Der eine heißt Max, ist Russe, aber besser gekleidet als ich. Spricht deutsch und englisch.«

»Haben wir nie gesehen«, sagte Tatjana.

»Und Boris«, sagte Arkadi.

»Boris ist ein häufiger Name«, sagte Marina.

»Sein Familienname ist Benz oder so ähnlich.«

»Schöne Autos«, kicherte Tatjana.

»Wie würden Sie ihn beschreiben?« fragte Arkadi Tommy.

»Groß, gutaussehend, freundlich.«

»Spricht er russisch?« fragte Tatjana.

»Ich weiß es nicht. Mit mir hat er nur deutsch gesprochen«, sagte Tommy.

Benz war ein so nebelhaftes Wesen, nichts als ein Name auf einem Aktenformular in Moskau und einem Brief in München, daß Arkadi sich bereits erleichtert fühlte, jemanden getroffen zu haben, der den Mann in Fleisch und Blut vor sich gesehen hatte.

»Warum sollte er russisch sprechen?« fragte Arkadi.

»Der Boris, an den ich denke, ist sehr international«, sagte Marina. »Ich meine, sein Russisch ist sehr gut.«

»Er ist Deutscher«, sagte Tatjana.

»Du bist doch gar nicht mit ihm im Bett gewesen.«

»Du auch nicht.«

»Aber Tima. Sie hat mit mir drüber gesprochen.«

»Sie hat mit ihr drüber gesprochen.« Tatjana nahm einen affektierten Ton an.

»Sie ist meine Freundin.«

»Diese Kuh. Tut mir leid«, fügte Tatjana hinzu, als sie sah, daß Marina verletzt war. Dann wandte sie sich wieder an Arkadi: »Dieser Kerl ist ein Arschloch, das kann ich dir sagen.«

»Ist Tima hier?«

»Nein. Aber ich kann sie dir beschreiben«, sagte Tatjana. »Rot, läuft mit Vierradantrieb und hört auf den Namen ›Bronco‹.«

»Ich weiß, was sie meint«, sagte Tommy, der froh war, sich wieder ins Gespräch mischen zu können. »Gleich unten an der Straße. Ich zeig es Ihnen.«

»Ich wünschte, du hättest Geld«, sagte Tatjana zu Arkadi. Unter den gegebenen Umständen, dachte er, war das das größte Kompliment, das er erwarten konnte.

Ein Dutzend Jeeps, Troopers, Pathfinders und Land-Cruisers standen auf einem offenen Platz neben der Hauptstraße, hinter dem Steuerrad eines jeden Wagens eine Prostituierte. Freier parkten neben ihnen, um mit ihnen zu verhandeln. Sobald der Preis ausgemacht war, drehte die Frau das rote Licht aus, das ihre Verfügbarkeit angezeigt hatte, der Freier stieg zu ihr, und sie fuhren ans andere Ende des Platzes, fort von den vorbeistreichenden Scheinwerfern auf der Straße. Zwanzig abgestellte Fahrzeuge standen dort bereits am Rande eines schwarzen Feldes.

Tommy und Arkadi gingen an den erleuchteten Wagen vorbei und dann weiter zur Mitte des Platzes. Sie traten zur Seite, als ein Trooper an ihnen vorbeiglitt. Tommy wurde immer aufgeregter. »Die Mädchen hier haben früher in Wohnwagen in der Stadt gearbeitet, bis die Anwohner sich über den nächtlichen Lärm beschwerten. Hier ist es abgeschiedener. Sie sind gesund, sie werden jeden Monat von Ärzten untersucht.«

Die Rückfenster der am Feldrand abgestellten Wagen waren alle mit Vorhängen versehen. Ein Jeep schaukelte hin und her, als liefe er auf der Stelle.

»Wie sieht ein Bronco aus?« fragte Arkadi.

Tommy wies auf eins der größeren Modelle, aber der Wagen war blau. Sie alle hatten genügend Bodenfreiheit, um sich auf eine Fahrt durch die Tundra zu begeben.

»Was halten Sie davon?« fragte Tommy.

»Sehen alle gut aus.«

»Ich meine die Frauen.«

Arkadi merkte, daß Tommy etwas anderes im Sinn hatte. »Tommy, was meinen Sie *wirklich*?«

»Ich meine, ich könnte Ihnen etwas Geld leihen.«

»Nein, danke.«

Tommy trat von einem Fuß auf den anderen, dann reichte er Arkadi seine Wagenschlüssel. »Haben Sie was dagegen?«

»Das ist doch nicht Ihr Ernst?« fragte Arkadi.

»Da wir schon mal hier sind, können wir uns auch ein bißchen amüsieren.« Tommy sprach stoßweise, sammelte Mut. »Mein Gott, es dauert ja nur ein paar Minuten.«

Arkadi war verblüfft und kam sich deswegen gleich ziemlich dumm vor. Was ging ihn das an? »Ich warte im Wagen.«

Der Trabi parkte auf der anderen Straßenseite. Er setzte sich hinein und sah, wie Tommy auf einen Jeep zueilte, offensichtlich sofort handelseinig wurde und einstieg. Der Jeep setzte zurück und verschwand in der Dunkelheit.

Arkadi zündete sich eine Zigarette an und fand einen Aschenbecher, aber kein Radio. Ein wahrhaft sozialistischer Wagen, ausgestattet, um schlechten Gewohnheiten zu frönen und die Unwissenheit zu pflegen, und er war der ideale Fahrer.

Scheinwerfer strichen über die Straße und kreuzten sich in zufälligen Schnittpunkten. Vielleicht gab es in Deutschland ja nur deswegen so wenig Verbrechen, weil man sie anders definierte. In Moskau verstieß Prostitution bereits gegen das Gesetz. Hier war sie ein regulärer Wirtschaftszweig.

Ein Trooper besetzte den Platz, den der Jeep gerade verlassen hatte. Die Fahrerin drehte das rote Licht an, zupfte sich die Locken im Rückspiegel zurecht, spannte die Brüste wie Muskeln und holte ein Taschentuch hervor. Die Frau im Wagen direkt vor ihm starrte ihn mit Augen an, die aussahen, als ob sie ihr auf die Lider gemalt waren. Keine von beiden sah wie eine Tima aus. Arkadi vermutete, daß der Name eine Kurzform für Fatima war, und so richtete er seine Aufmerksamkeit auf jemanden, der irgendwie einen islamischen Eindruck machte. Aus dieser Entfernung waren die abgeblendeten Scheinwerfer schwach wie Kerzenflammen, und die Windschutzscheiben sahen aus wie Ikonen, mit je einer bis zum Überdruß gelangweilten Jungfrau.

Nach zwanzig Minuten begann er, sich Sorgen um Tommy zu machen. Er ließ ein Bild der Wagen auf der anderen Seite des Platzes in seiner Vorstellung entstehen. Ein immer heftiger auf seinen Federn schaukelnder Jeep, die Vorhänge dicht geschlossen. Wenn es einen Platz gab, an dem Sex und Gewalt miteinander verwechselt werden konnten, dann war es dieser. Das Geräusch, das man hört, wenn ein Mensch gewürgt wird? Von außen war das leicht mit sexuellem Kampfgetümmel zu verwechseln.

Seine Furcht war unbegründet, trotzdem war er erleichtert, als er Tommy über die Straße springen sah. Der Amerikaner stieg in den Wagen und klemmte sich hinter das Lenkrad. Schwer atmend fragte er: »War ich lange fort?«

»Stunden«, sagte Arkadi.

Tommy drückte sich gegen die Rücklehne, um sein Hemd in die Hose zu schieben und das Jackett zuzuknöpfen. Der Geruch von Parfüm und Schweiß breitete sich im Wagen aus wie der Duft einer Reise in ein fernes Land. Tommy war so stolz auf sich, daß Arkadi sich fragte, wie oft er den Mut für so was aufbrachte.

»Entschieden das Geld wert. Wollen Sie es sich nicht doch noch einmal überlegen?« fragte er.

»Ich verlaß mich auf Ihr Wort. Fahren wir.«

Die Tür an Arkadis Seite öffnete sich. Peter Schiller mußte sich niederbeugen, um ihn in die Augen sehen zu können.

»Renko, Sie haben sich nicht am Telefon gemeldet.«

Peter Schillers BMW stand ein Stück von der Hauptstraße entfernt in der Dunkelheit. Arkadi lehnte sich mit ausgestreckten Armen und gespreizten Beinen gegen den Wagen, während Schiller ihn nach Waffen abtastete. Sie hatten gute Sicht auf den Platz mit den Prostituierten. Tommy saß allein in seinem Trabant und fuhr zurück nach München.

»Moskau ist mir ein Rätsel«, sagte Schiller. Er fuhr mit den Händen über Arkadis Rücken, seine Hüften, an den Hand- und Fußgelenken entlang. »Ich bin noch nie dortgewesen und hoffe auch, nie hinzumüssen, trotzdem erscheint es mir seltsam, daß ein Chefinspektor von einer öffentlichen Telefonzelle aus arbeitet. Ich habe die Nummer überprüft, als Sie sich nicht meldeten.«

»Ich hasse es, am Schreibtisch zu sitzen.«

»Sie haben gar keinen Schreibtisch. Ich bin beim Konsulat gewesen und habe mit Federow gesprochen. Ich habe ihn von irgendeiner Volkstanzgruppe weggelockt. Er weiß nichts über Ihre Ermittlungen und hat nie was von Boris Benz gehört, und ich glaube, ich tue ihm kein Unrecht, wenn ich sage, daß er froh wäre, auch noch nie was von Ihnen gehört zu haben.«

»Wir haben kein sehr enges Verhältnis zueinander gefunden«, räumte Arkadi ein.

Als er versuchte, sich umzudrehen, drückte Peter Schiller sein Gesicht gegen das Wagendach. »Er hat mir gesagt, wo ich Ihre Pension finde. Es brannte kein Licht, und so habe ich gewartet und darüber nachgedacht, wie ich mit Ihnen verfahren soll. Es ist offensichtlich, daß Sie sich aufs Geratewohl die Bayern-Franken herausgepickt haben, um Ihre Erpressung in die Wege zu leiten, und es ist auch klar, daß Sie allein arbeiten, um sich während Ihrer Ferien ein paar Mark zu verdienen. Ich habe schon daran gedacht, offiziell, und zwar auch bei Interpol, Protest einzulegen, aber dann muß ich wieder daran denken, wie empfindlich mein Großvater gegenüber allem ist, was die Bank in die Schlagzeilen bringen könnte. Die Bayern-Franken ist eine Handelsbank, sie macht keine Schaltergeschäfte und braucht keine Publicity, am wenigsten solche, wie Sie sie ihr verschaffen könnten. Also habe ich mir überlegt, Sie einfach irgendwo hinzuschaffen und zusammenzuschlagen, bis Sie nicht mehr aufstehen können.«

»Verstößt das nicht gegen das Gesetz?«

»Sie so zusammenzuschlagen, daß Sie es nicht mehr wagen, irgend jemandem etwas von unserer Auseinandersetzung zu berichten.«

»Nun, versuchen Sie's«, sagte Arkadi.

Arkadi hatte keine Waffe, und Peter Schiller hatte eine Pistole, eine Walther, wie er in der Bank gesehen hatte. Arkadi war sich jedoch ziemlich sicher, daß Peter Christian Schiller nicht schießen würde, jedenfalls so lange nicht, wie Arkadi vor dem BMW stand, denn eine Kugel würde sein weiches russisches Gewebe durchschlagen und das Innere des hübschen Wagens mit Glassplittern und Blutspritzern übersäen. Arkadi wußte nicht, ob er Widerstand leisten sollte, wenn Peter Schiller tätlich wurde. Was machten schon ein paar ausgeschlagene Zähne? Er richtete sich auf und drehte sich um.

Schillers gelbe Jacke blähte sich in einem Windstoß, der vom Feld herüberwehte. Er senkte seine Pistole. »Und wer tauchte dann auf? Ihr Freund in seinem Trabi. Ich dachte erst, er sei einer dieser armen Teufel aus Ostdeutschland. Niemand fährt hier einen Trabi, wenn er es vermeiden kann. Manchmal sieht man sie noch in der Nähe der alten Grenze, aber nicht hier. Zehn Minuten später kommt er mit Ihnen aus der Pension. Aha, denke ich mir, er hat also einen Ossi als Komplizen.«

»Einen Ossi?«

»Einen Ostdeutschen. Er hat das Opfer ausgesucht, und Sie tauchen mit dem gefälschten Brief vom Konsulat auf. Ich habe mir das Nummernschild notiert und mich nach dem Besitzer des Wagens erkundigt. Aber er gehört einem Thomas Hall, amerikanischer Staatsbürger, wohnhaft in München. Warum sollte ein Amerikaner einen Trabi fahren?«

»Er hat gesagt, es sei eine Investition. Sie sind uns gefolgt?«

»Es war nicht schwer. Keiner fuhr so langsam.«

»Was wollen Sie also jetzt machen?« fragte Arkadi.

Das Erstaunlichste an deutschen Gesichtern war, daß die Qual des Denkens sich so deutlich auf ihnen abzeichnete. Selbst in dem trüben Licht der Straßenbeleuchtung war zu erkennen, daß Peter Schiller gleichermaßen von Wut und Neugier zerrissen wurde.

»Sind Sie ein Freund von Hall?«

»Ich habe ihn erst gestern abend kennengelernt und war überrascht, daß er heute abend zu mir kam.«

»Sie haben zusammen mit Hall einen Sexclub besucht. Das läßt doch wohl auf eine nähere Bekanntschaft schließen.«

»Tommy sagte mir, er habe Benz dort einmal getroffen. Die Frauen im Club meinten dann aber, wir sollten uns bei den Frauen hier umschauen.«

»Sie haben vor gestern abend nie mit Hall gesprochen?«

»Nein.«

»Haben vor gestern abend nie Verbindung mit ihm gehabt?«

»Nein. Worauf wollen Sie hinaus?« fragte Arkadi.

»Renko, heute morgen haben Sie mich gebeten, eine Faxnummer für Sie herauszufinden. Das habe ich getan. Das Gerät gehört Radio Liberty. Es steht im Büro von Thomas Hall.«

Es gibt im Leben immer wieder Überraschungen, dachte Arkadi. So hatte er also den ganzen Abend mit einem Mann verbracht, den er für völlig unschuldig gehalten hatte, und jetzt mußte er sich eingestehen, wie dumm das von ihm gewesen war. Warum hatte er die Liberty-Nummer nicht selbst überprüft? Wie viele andere Informationen hatte er schon achtlos beiseitegefegt?

»Meinen Sie, daß Sie Tommy noch einholen können?«

Schiller zauderte, und Arkadi beobachtete gebannt, wie er sich entscheiden würde. Der Deutsche starrte ihn seinerseits so intensiv an, daß Arkadi die alte Bühnenszene in den Sinn kam, bei der ein Mann vorgibt, das Spiegelbild eines anderen zu sein.

Schließlich sagte Schiller: »Das einzige, was ich im Augenblick mit Sicherheit sagen kann, ist, daß ich bisher noch jeden Trabi eingeholt habe.«

Sie kehrten auf demselben Weg zurück, den Tommy genommen hatte, aber mit größerer Geschwindigkeit. Schiller jagte den BMW um die Kurven, als führe er eine vertraute Rennstrecke ab. Hin und wieder warf er Arkadi einen Blick zu, dem es lieber gewesen wäre, wenn er sich besser auf die Straße konzentriert hätte.

»Sie haben in der Bank Radio Liberty nicht erwähnt«, sagte Schiller.

»Ich wußte nicht, daß Liberty in die Sache verwickelt ist. Muß auch nicht der Fall sein.«

»Wir wollen hier keinen russischen Bürgerkrieg. Wir würden es lieber sehen, wenn ihr alle nach Hause gehen und euch dort umbringen würdet.«

»Das ist eine Möglichkeit.«

»Wenn Liberty mit der Sache zu tun hat, haben auch die Amerikaner damit zu tun.«

»Ich hoffe, nicht.«

»Sie haben nie mit Amerikanern zusammengearbeitet?«

»Nein, aber *Sie*«, schloß Arkadi aus Peters Ton.

»Ich bin in Texas ausgebildet worden.«

»Als Cowboy?«

»Für die Luftwaffe. Düsenjäger.«

An einer Kurve fegte ein Schild an ihnen vorbei. Erst bei solchen Geschwindigkeiten, dachte Arkadi, weiß man den guten Belag einer Straße zu schätzen. »Für die deutsche Luftwaffe?«

»Einige von uns trainieren da. Da gibt es weniger zu treffen, wenn wir abstürzen.«

»Das leuchtet ein.«

»Sind Sie vom KGB?«

»Nein. Hat Federow das behauptet?«

Schiller lächelte süffisant. »Federow hat geschworen, daß Sie nicht vom KGB wären. Aber wenn Sie es nicht sind, warum sind Sie dann an Radio Liberty interessiert?«

»Tommy hat ein Fax nach Moskau geschickt.«

»Welchen Inhalts?« verlangte Schiller.

»Wo ist der Rote Platz?«

Sie fuhren schweigend weiter, bis ein rosa Fleck vor ihnen auftauchte.

»Wir müssen mit Tommy sprechen«, sagte Arkadi. Er zog eine Zigarette aus der Packung. »Haben Sie was dagegen?«

»Kurbeln Sie das Fenster runter.«

Luft wirbelte herein und mit ihr ein scharfer Geruch, der ihm die Kehle zuschnürte.

Schiller sagte: »Jemand verbrennt Plastik.«

»Und Reifen.«

Der rosa Fleck wurde größer, verschwand und tauchte wieder auf, größer und intensiver in der Farbe, eine Fackel unter dichtem, aufwallendem Rauch, der vom Wind zur Seite getrieben wurde. Als sie näher kamen, war die Fackel ein Meteor, der sich in die Erde zu graben schien.

»Ein Trabi«, sagte Schiller, als sie vorbeifuhren.

Sie kehrten von der dem Wind zugekehrten Seite zurück, ein Taschentuch über Mund und Nase haltend. Der Trabant war an sich schon ein kleiner Wagen, durch den Zusammenstoß mit der Leitplanke aber war er noch kompakter geworden. Die Flammen allerdings waren gewaltig, ein von Chemikalien blau und grün verfärbtes Rot. Der Rauch war schwarz wie Öl. Der Trabi brannte nicht nur von innen aus, er stand auch rundum in Flammen, Wandungen, Kühlerhaube und Wagendach zerschmolzen, und die Flammen schlugen auf die Sitze. Die Reifen brannten wie Spektralringe.

Sie gingen, so gut sie konnten, um das Wrack herum, um nach Tommy zu suchen.

Arkadi sagte: »Ich habe so ein Feuer schon mal gesehen. Wenn es ihm nicht gelungen ist, herauszukriechen, ist er jetzt tot.«

Schiller trat zurück. Arkadi dagegen versuchte, näher an den Trabant heranzukommen und kroch auf allen vieren unter dem Rauch hindurch. Die Hitze war zu stark – ein glühender Atem, der seine Jacke dampfen ließ.

Der Wind drehte sich, und Arkadi sah im Wagen eine jener Silhouetten, wie Scherenschneider sie aus schwarzem Papier ausschneiden. Der Scherenschnitt brannte ebenfalls.

Schiller ging wieder zum BMW, setzte den Wagen zurück und suchte die Straße mit seinen Scheinwerfern ab, bis er Bremsspuren fand. Er hielt an, stieg aus und schaltete sein

Blaulicht ein. Er ist wahrscheinlich ein guter Polizist, dachte Arkadi.

Zu spät für Tommy. In violetten Farbtönen schälte sich der Rest einer Tür ab. Als sich schließlich auch das Dach einzurollen begann, ließ der Aufwind die Flammen wie eine Blume aufblühen.

22

»Wissen Sie, in der guten alten Zeit hätten wir Sie narkotisiert, gefesselt und in einer Kiste zurück nach Hause geschickt. Das machen wir heute allerdings nicht mehr. Jetzt, wo unsere Beziehungen zu den Deutschen soviel besser geworden sind, haben wir das nicht mehr nötig«, sagte Vizekonsul Platonow.

»Nein?« fragte Arkadi.

»Die Deutschen erledigen das für uns. Als erstes verschwinden Sie mal aus dieser Pension.« Platonow nahm ein Hemd von der durch den Raum gespannten Leine, betrachtete eine auf dem Tisch ausgebreitete Karte von München, das Brötchen und den Saft neben dem Ausguß und drückte Federow das Hemd in die Hand. »Renko, ich weiß, daß Sie sich hier bereits wie zu Hause fühlen, aber da das Konsulat diese Räumlichkeiten angemietet hat, können wir damit tun, was wir wollen. Ich werde Sie als Landstreicher festnehmen lassen, denn genau das sind Sie. Ohne Ihren Paß werden Sie hier nirgends eine Unterkunft finden.«

Federow zog den Reißverschluß von Arkadis Reisetasche auf und stopfte das Hemd in den gähnenden Schlund. »Die Deutschen schicken ausländische Landstreicher in ihre Heimatländer zurück, besonders russische Landstreicher.«

»Das Ganze ist eine Kostenfrage«, sagte Platonow. »Es ist schon schlimm genug, meinen die Leute hier, daß sie für die Ostdeutschen aufzukommen haben.«

»Wenn Sie daran denken sollten, um politisches Asyl zu bitten, das können Sie gleich vergessen.« Federow leerte eine Schublade und stöberte – ganz der diensteifrige Untergebene, der er war – im Zimmer herum. »Das gibt's nicht mehr. Niemand will hier einen Flüchtling aus unserer demokratischen Sowjetunion haben.«

Arkadi hatte den Vizekonsul seit ihrer ersten Begegnung nicht mehr gesehen, aber Platonow hatte ihn nicht vergessen. »Was habe ich Ihnen gesagt? Schauen Sie sich die Museen an, kaufen Sie Geschenke ein. Sie hätten ein Jahresgehalt verdienen können, wenn Sie hier Mitbringsel eingekauft und nach Ihrer Rückkehr wieder verkauft hätten. Ich habe Sie gewarnt, daß Sie keinen offiziellen Status haben und nicht mit der deutschen Polizei rechnen können. Und was machen Sie? Sie gehen nicht nur unverzüglich zu den Deutschen, sondern ziehen auch noch das Konsulat mit in die Sache hinein.«

»Sind Sie in der Nähe eines Feuers gewesen?« Federow schnüffelte an Arkadis Jacke.

Arkadi hatte die Kleidungsstücke, die er am gestrigen Abend getragen hatte, gewaschen und selbst ausgiebig geduscht, dennoch bezweifelte er, daß sein Haar oder auch die Jacke je wieder den Brandgeruch verlieren würden.

»Renko«, sagte Platonow, »zweimal in der Woche treffe ich mich mit bayerischen Industriellen und Bankiers, um sie davon zu überzeugen, daß wir zivilisierte Leute sind und sie uns getrost ihre Millionen anvertrauen können. Dann tauchen Sie hier plötzlich auf und beginnen damit, Erpressungsgelder einzutreiben. Federow hat mir gesagt, daß er große Schwierigkeiten gehabt habe, einen Polizisten davon zu überzeugen, daß er, Federow, nicht an einem Komplott gegen deutsche Banken beteiligt ist.«

»Wie hätten Sie's gefunden, von der Gestapo besucht zu werden?« Federow schüttete Brieftasche, Zahnbürste und Zahnpasta in Arkadis Tasche, konfiszierte den Schlüssel zum Schließfach und das Lufthansa-Ticket und steckte beides ein.

»Hat er eine besondere Bank erwähnt?« fragte Arkadi.

»Nein.« Federow inspizierte den Kühlschrank und fand ihn leer.

»Haben die Deutschen offiziell Protest eingelegt?«

»Nein.« Federow faltete die Karte zusammen und warf sie in die offene Tasche.

»Haben Sie seitdem von der Polizei gehört?«

»Nein.«

Nicht einmal seit dem Unfall? Das ist interessant, dachte Arkadi. »Ich brauche mein Flugticket«, sagte er.

»Keineswegs.« Platonow warf ein Aeroflot-Ticket auf den Tisch. »Wir schicken Sie bereits heute zurück. Federow wird Sie ins Flugzeug setzen.«

»Mein Visum ist noch eine Woche gültig«, meinte Arkadi.

»Betrachten Sie Ihr Visum als aufgehoben.«

»Ich brauche neue Anweisungen vom Büro des Oberstaatsanwalts. Vorher kann ich nicht abreisen.«

»Oberstaatsanwalt Rodionow ist schwer zu erreichen. Ich frage mich selbst, warum er einen Chefinspektor mit einem Touristenvisum zu uns geschickt hat, ohne amtliche Befugnisse. Die ganze Angelegenheit kommt mir äußerst seltsam vor.« Platonow ging hinüber zum Fenster und sah hinaus auf den Bahnhof. Über die Schulter des Vizekonsuls blickend, sah Arkadi Züge einfahren und morgendliche Pendler aus dem Seiteneingang strömen. Platonow schüttelte bewundernd den Kopf. »Das ist deutsche Tüchtigkeit.«

»Ich fahre nicht«, sagte Arkadi.

»Sie haben keine andere Wahl. Entweder setzen wir Sie ins Flugzeug, oder die Deutschen tun es. Denken Sie daran, wie das in Ihren Personalakten aussehen würde. Ich biete Ihnen einen bequemen Ausweg«, sagte Platonow.

»Ich werde also ausgewiesen?«

»So einfach ist das«, sagte Platonow. »Und völlig legal. Ich bin wirklich froh über unsere guten diplomatischen Beziehungen.«

»Ich bin noch nie irgendwo ausgewiesen worden«, sagte Arkadi. Er war festgenommen und ins Exil geschickt worden, aber nie aus einem Land gezwungen worden. Das Leben wird immer komplizierter, dachte er.

»Eine Sache mit Zukunft«, sagte Federow. Er zog auch die übrige Wäsche von der Leine und stopfte sie zu den anderen Sachen in die Reisetasche.

Die Tür öffnete sich. Im Flur stand ein schwarzer Hund, der, wie Arkadi vermutete, zu den Begleitumständen des Ausweisungsprozesses gehörte. Das Tier hatte Augen, die dunkel waren wie Achat, und nach seiner Größe und der Dichte seines Fells zu urteilen, stammte er von einem Bären ab. Selbstbewußt betrat er den Raum und betrachtete die drei Männer mit gleichem Argwohn.

Ungleiche Schritte näherten sich, und Stas sah herein. »Wollen Sie verreisen?« fragte er Arkadi.

»Gezwungenermaßen.«

Stas trat ein, ohne Platonow und Federow zu beachten, obgleich er, nach Arkadis Überzeugung, wissen mußte, wer sie waren. Er hatte sein ganzes Leben mit sowjetischen Apparatschiks zu tun gehabt, und ein Mann, der sich lange mit Würmern beschäftigt, weiß, wie ein Wurm aussieht. Federow stand im Begriff, das Bündel in seinen Armen fallen zu lassen, als der Hund sich aber zu ihm hindrehte, hielt er die Sachen schützend vor sich.

»Ich habe Tommy gestern abend vorbeigeschickt. Haben Sie ihn gesehen?« fragte Stas.

»Die Sache mit Tommy tut mir leid.«

»Sie haben von dem Unfall gehört?«

»Ich war kurz danach da«, sagte Arkadi.

»Ich möchte wissen, was da geschehen ist.«

»Ich auch«, sagte Arkadi.

Stas' Augen glänzten mehr als sonst. Als er Platonow und den beladenen Federow ansah, folgte der Hund seinem Blick. Er blickte wieder auf die geöffnete Reisetasche. »Sie können die Stadt nicht verlassen«, sagte er, und es hörte sich wie ein Befehl an.

Platonow mischte sich ein. »Es sind die deutschen Gesetze. Da Renko keinen festen Wohnsitz hat, schickt ihn das Konsulat zurück nach Hause.«

»Bleiben Sie bei mir«, sagte Stas zu Arkadi.

»So einfach ist das nicht«, sagte Platonow. »Einladungen an sowjetische Staatsbürger müssen schriftlich eingereicht und vorher genehmigt werden. Sein Visum ist für ungültig erklärt worden, und er hat bereits sein neues Ticket nach Moskau. Es ist also unmöglich.«

Stas fragte Arkadi: »Können wir jetzt gehen?«

Arkadi zog Federow den Schlüssel zu seinem Schließfach und das Lufthansa-Ticket aus der Tasche, ohne daß Federow Einwände erhoben hätte. Dann sagte er: »Ich habe bereits gepackt.«

Stas ließ den Wagen an. Laika saß auf dem Rücksitz, und Arkadi hatte das Gefühl, daß der Hund ihm nur gestattete, mit seiner Tasche den Beifahrersitz einzunehmen, solange er keine übereilten Bewegungen machte. Als er die Pension verlassen hatte, hatten Platonow und Federow wie Sargträger ausgesehen, denen man gerade die Leiche stahl.

»Danke.«

»Ich hätte da noch einige Fragen«, sagte Stas. »Tommy hatte nicht alle Tassen im Schrank, und er fuhr einen idiotischen Wagen. So ein Trabi macht keine hundert Kilometer, und ich verstehe nicht, wie er die Herrschaft über den Wagen verlieren und so hart gegen die Leitplanke prallen konnte.«

»Ich auch nicht«, sagte Arkadi, »und ich bezweifle, daß genug vom Wagen übrig ist, um der Polizei Aufschlüsse zu geben. Er ist bis auf den Motorblock und die Achsen verbrannt. Tommy hat nicht lange gelitten. Wenn er nicht schon beim Aufprall getötet wurde, hat der Rauch dafür gesorgt. Wir sehen die Flammen, aber man stirbt zuerst am Rauch.«

»Sie haben so etwas schon mal gesehen?«

»Ich habe gesehen, wie ein Mann in Moskau in seinem Wagen verbrannte. Es dauerte nur etwas länger, da es ein besseres Auto war.«

Als er an Rudi dachte, fiel ihm Polina ein. Und Jaak. Wenn er je lebend nach Moskau zurückkehrte, wollte er weniger kritisch sein, empfänglicher für Freundschaften und verdammt viel vorsichtiger, was Autos und Feuer anging.

»Hat Tommy Sie zum Roten Platz gebracht?«

»Sie kennen das Lokal?«

»Renko, es gibt nicht viele Gründe, zu später Stunde noch da oben zu sein. Armer Tommy. Ein Fall verhängnisvoller Russophilie.«

»Anschließend sind wir zu einem Parkplatz gefahren, einer Art mobilem Bordell.«

»Ein ausgezeichneter Platz, um Krankheiten zu verbreiten. Nach dem Gesetz müssen die Frauen alle drei Monate auf Aids untersucht werden. Das heißt, daß sie hier pingeliger mit dem Bier sind, das sie trinken, als mit den Frauen, die sie vögeln. Sex im Auto kann einem überdies eine Schulterverrenkung eintragen, und ich hab schon genug Behinderungen. Ich dachte, ihr beide wolltet euch über die berühmten Schlachten des Großen Vaterländischen Krieges unterhalten.«

»Haben wir auch, eine Zeitlang zumindest.«

»Amerikaner wollen immer nur über den Krieg reden«, sagte Stas.

»Kennen Sie Boris Benz?«

»Nein. Wer ist das?«

Er hatte nicht einen Augenblick mit der Antwort gezögert. Kinder lügen ungeschickt mit großen, weit geöffneten Augen. Erwachsene verraten sich durch kleine Gesten, indem sie den Blick heben, als ob sie in ihrem Gedächtnis herumstocherten, oder sie verbergen die Lüge hinter einem Lächeln.

»Könnten Sie kurz zum Bahnhof fahren?« fragte Arkadi.

Als Stas den Wagen zwischen den Bussen und Taxis auf der Nordseite des Bahnhofs zum Stehen gebracht hatte, sprang Arkadi hinaus und ließ seine Tasche zurück.

»Sie kommen doch wieder?« fragte Stas. »Ich habe das Gefühl, daß Sie gern mit leichtem Gepäck reisen.«

»Nur zwei Minuten.«

Federow mochte Grütze im Kopf haben, aber er wußte, wie der Schlüssel eines Schließfachs aussah, und es war sogar möglich, daß er sich die Nummer gemerkt hatte. Die Zeit für die Benutzung des Fachs war abgelaufen, und Arkadi mußte dem Aufseher vier weitere Mark zahlen, damit er es öffnete. Für den Rest seines Aufenthalts blieben ihm noch siebenundfünfzig Mark übrig.

Als er mit dem Videoband nach draußen ging, versuchte ein Polizist, den Platz, den Stas' ramponierter Mercedes eingenommen hatte, für einen italienischen Bus freizumachen. Der Bus war herausgeputzt wie eine Gondel und hatte eine unerhört starke, melodiöse Hupe. Je energischer der Fahrer hupte und der Polizist schimpfte, um so lauter bellte Laika zurück.

Stas saß hinter dem Steuer und rauchte eine Zigarette. »Keine Oper«, sagte er zu Arkadi. »Aber auch nicht weit davon entfernt.«

Arkadi begann sich in der Stadt zurechtzufinden. Er sah, daß Stas zunächst nördlich in Richtung von alter und neuer Pinakothek fuhr und dann östlich Richtung Englischer Garten. Ein weißer Porsche, den er bereits am Bahnhof gesehen hatte, blieb die ganze Zeit über hinter ihnen.

»Wer ist also Boris Benz?« fragte Stas.

»Ich weiß es nicht genau. Ein Ostdeutscher, der in München wohnt und nach Moskau reist. Tommy sagte, daß er ihn einmal getroffen hat. Und nach Benz haben wir auch gestern abend gesucht.«

»Wenn Sie mit Tommy zusammen waren, warum waren Sie dann nicht dabei, als der Unfall passierte? Warum sind Sie nicht auch getötet worden?«

»Die Polizei hat mich vorher festgenommen. Ich saß in einem Polizeiwagen, als Tommy verunglückte.«

»Niemand hat erwähnt, daß Sie da waren.«

»Es gab keinen Grund dafür. Ein Unfallbericht ist eine kurze, einfache Formalität.« Schiller hatte Arkadi als Zeugen benannt, der »beobachtet hatte, wie der Tote in einem Nachtclub an der Autobahn Alkohol zu sich nahm«. Eine kurze, aber treffende Beschreibung, dachte er. »Besonders bei einem Unfall, an dem nur ein fast völlig ausgebrannter Wagen beteiligt ist. Da gibt es nicht viel zu berichten.«

»Ich glaube, da steckt mehr dahinter. Was hat dieser Benz in Moskau gemacht? Warum ermitteln Sie nicht in offizieller Mission? Wo hat Tommy Benz getroffen? Wer hat sie miteinander bekannt gemacht? Warum hat die Polizei Sie aus Tommys Wagen geholt? War es ein Unfall?«

»Hatte Tommy irgendwelche Feinde?« fragte Arkadi.

»Tommy hatte nicht viele Freunde, aber er hatte, soweit ich weiß, auch keine Feinde. Allerdings, warum habe ich nur dieses unheimliche Gefühl, daß jeder, der Ihnen hilft, sich sofort welche schafft? Ich hätte ihn nicht zu Ihnen schicken sollen. Er konnte sich nicht schützen.«

»Können Sie's?«

Obgleich Stas nicht darauf reagierte, spürte Arkadi den heißen Atem des Hundes in seinem Nacken.

»Laika ist sehr deutsch. Liebt Leder und Bier und mißtraut allen Russen. Ich bin die einzige Ausnahme. Wir sind gleich da.« Er wies auf ein Gebäude, das aussah wie ein vertikaler Garten voller Geranien. »Jeder Balkon ein Biergarten. Ein bayerischer Himmel. Der Balkon mit den Kakteen ist meiner.«

»Danke, aber ich bleibe nicht«, sagte Arkadi.

Stas hielt vor dem Gebäude an und stellte den Motor ab. »Ich dachte, Sie brauchen eine Unterkunft.«

»Ich brauchte Hilfe, um nicht abgeschoben zu werden. Sie sind sehr großzügig. Danke«, sagte Arkadi.

»Sie können doch nicht einfach so losmarschieren. Hören Sie, Sie haben ja nicht einmal einen Platz zum Schlafen.«

»Richtig.«

»Und Sie haben nicht viel Geld.«

»Richtig.«

»Aber Sie glauben, daß Sie sich in München schon durchschlagen werden?«

»Richtig.«

Stas sagte zu dem Hund: »Er ist so russisch.« Zu Arkadi sagte er: »Sie glauben, daß Ihnen nichts geschehen kann? Wissen Sie, warum Deutschland so sauber und ordentlich ist? Weil die Deutschen jeden Abend die Türken, Polen und Russen von der Straße holen und sie ins Gefängnis stecken, bis sie nach Hause geschickt werden.«

»Vielleicht habe ich ja Glück. Sie sind schließlich auch aufgetaucht, als ich Sie gerade brauchte.«

»Das ist etwas anderes.«

Er wollte weitersprechen, als der Porsche neben ihnen hielt. Der Sportwagen setzte vor und zurück, und ein elektrischer Fensterheber ließ die Scheibe heruntergleiten, so daß Arkadi und Stas den Fahrer erkennen konnten. Er trug eine dunkle Sonnenbrille an einer roten Kordel. Sein Lächeln schien mehr als zwei Zahnreihen zu entblößen.

»Michael«, sagte Stas.

»Stas.« Michael hatte eine jener amerikanischen Stimmen,

die jeden Motorenlärm übertönen. Arkadi erinnerte sich an die kühle Reaktion des Sicherheitschefs, als er ihm auf Tommys Party vorgestellt worden war. »Haben Sie gehört, was mit Tommy passiert ist?«

»Ja.«

»Traurig.« Michael bewahrte einen Augenblick Schweigen.

»Ja.«

Michaels Stimme wurde nüchterner. »Ich kam gerade vorbei, um Ihnen deswegen ein paar Fragen zu stellen.«

»Ach, ja?«

»Weil ich gehört hatte, daß Ihr Freund, Inspektor Renko aus Moskau, letzten Abend mit unserem Tommy zusammen war. Und wen sehe ich hier? Renko persönlich.«

»Ich wollte gerade gehen«, sagte Arkadi.

»Gut. Unser aller Chef hätte nämlich gern ein paar Worte mit Ihnen gewechselt.« Michael öffnete die Beifahrertür des Porsche. »Nur Sie, nicht Stas. Ich bringe Sie zurück, ich verspreche es Ihnen.«

Stas sagte zu Arkadi: »Wenn Sie meinen, Michael könnte Ihnen helfen, sind Sie verrückt.«

Michael fuhr den Porsche mit einer Hand und benutzte mit der anderen ein mobiles Autotelefon. »Sir, ich habe Genosse Renko aufgegabelt.« Er grinste Arkadi zu. »Aufgegabelt, Sir, *aufgegabelt*. Diese Autotelefone sind manchmal ein einziges Leiden.« Er klemmte den Hörer zwischen Schulter und Kopf, um den Gang zu wechseln. »Sir, wir sind in einer Minute bei Ihnen. Warten Sie bitte auf uns. In einer Minute.« Er legte das Telefon in eine Vertiefung zwischen den Schalensitzen und warf Arkadi mit strahlendem Sonnenbrillenlächeln einen weiteren Blick zu. »Diese verdammte Technik. Nun, Arkadi, ich hab mich mal näher mit Ihnen beschäftigt, Sie sind ein interessanter Bursche. Nach dem, was ich gehört habe, sind Sie ein Einzelgänger. Ich habe Sie in Irinas Personalakte gefunden, und jetzt sind Sie auch in Tommys. Werden Sie von Problemen verfolgt, oder was?«

»Sind Sie Stas gefolgt?«

»Ich gebe es zu, und er hat mich direkt zu Ihnen geführt.

Der Abstecher zum Bahnhof hat mir einen ziemlichen Schreck eingejagt. Was haben Sie aus dem Schließfach genommen?«

»Eine Pelzkappe und einen Lenin-Orden.«

»Sah aus wie eine kleine Plastikschachtel. Kam mir irgendwie bekannt vor, aber ich weiß nicht, was es war, und das macht mich ganz verrückt. Wissen Sie, als Chef der Sicherheit habe ich ausgezeichnete Beziehungen zur hiesigen Polizei. Ich kann ohne Problem herausfinden, was Sie und Tommy gestern abend getrieben haben. Aber sagen Sie es mir doch einfach. Das brächte Ihnen einen Sonderbonus ein.«

»Einen Sonderbonus?«

»Um es beim Namen zu nennen: Geld. Wir können es uns nicht erlauben, im dunkeln zu tappen, wenn einer unserer Angestellten getötet wird. Wir hatten gehofft, die schlimmen Tage des Kalten Krieges wären vorüber. Und ich wette, sie sind es auch.«

»Wieso? Sie könnten Ihren Job verlieren, man könnte den Sender schließen.«

»Ich sehe weiter voraus.«

»Das tut auch Max Albow.«

»Max ist ein Gewinner. Er ist ein Star. Wie Irina, wenn sie nur ihr Englisch ein bißchen aufpolieren und ihre Freunde sorgfältiger auswählen würde.« Er blickte Arkadi kurz an. »Gilmartin wird Sie nach Tommy fragen. Gilmartin ist der Chef von Radio Liberty und von Radio Free Europe. Er ist die Stimme der Vereinigten Staaten und ein vielbeschäftigter Mann. Wenn Sie versuchen sollten, besonders schlau zu sein und uns Geschichten zu erzählen, können Sie zum Teufel gehen und Hundefutter fressen. Wenn Sie ehrlich sind, gibt es den Bonus.«

»Es zahlt sich aus, ehrlich zu sein?«

»Genau.«

Der Porsche schoß voran wie ein Schnellboot, und Michael lächelte, als ob er ein in seinem Kielwasser schaukelndes München hinter sich zurücklassen würde.

Sie fuhren in südlicher Richtung, auf jeden Fall aber stadtauswärts – Arkadi versuchte, die Orientierung zu bewahren –, und gelangten in ein Viertel mit Häusern, pompöser als alles, was Arkadi, abgesehen von Palästen, je gesehen hatte. Einige von ihnen waren modern, mit Bauhausfassaden und Stahlröhren, andere wirkten fast mediterran, mit Glastüren und Palmenkübeln. Wieder andere hatten entweder auf geheimnisvolle Weise den Jugendstil überlebt oder ihn mühsam bewahrt: Villen mit weinüberwachsenen Fronten und geschwungenen Dachgiebeln.

Michael bog in die Auffahrt der prächtigsten dieser Villen ein. Auf dem Rasen vor dem Haus stellte ein Mann eine Kombination aus Tisch und Sonnenschirm auf.

Michael führte Arkadi über die Grasfläche. Obwohl kein Tropfen fiel, trug der Mann einen Regenmantel und Gummistiefel. Etwa sechzig Jahre alt, mit hoher Stirn und ausgeprägten Kieferknochen, schien er Michaels Ankunft mit einer Mischung aus Verzweiflung und Erleichterung entgegenzusehen.

»Sir, das ist Chefinspektor Renko. Präsident Gilmartin«, sagte Michael.

»Angenehm.« Gilmartin drückte Arkadi mit dem kräftigen Druck eines Sportsmannes die Hand. Dann durchsuchte er den Werkzeugkasten auf dem Tisch nach der makellosesten Kombizange, die er finden konnte. Ein Schraubenschlüssel und ein Schraubenzieher lagen bereits auf dem Rasen.

Michael nahm seine Sonnenbrille ab und ließ sie achtlos an der Kordel hängen. »Warum haben Sie mich das nicht machen lassen?«

»Diese gottverdammten Deutschen beschweren sich immer über meine Parabolantenne. Aber ich brauche das Ding, und dies ist der einzige Platz, an dem ich einen guten Empfang habe, wenn ich sie nicht auf dem Dach aufstellen will, denn dann fangen die Heinis erst recht an, Stunk zu machen.«

Jetzt, wo Arkadi näher hinsah, begriff er, daß der Sonnenschirm nur Tarnung war, ein gestreifter Stoff über einer Satellitenantenne von rund drei Metern Durchmesser. Die Antenne und der Tisch waren mit Stahlbolzen im Boden verankert.

»Die Bolzen sind eine gute Idee«, sagte Michael.

»Ich bin lange genug beim Rundfunk, um zu wissen, daß Pfusch sich nicht lohnt«, sagte Gilmartin. Er wandte sich an

Arkadi. »Ich war dreißig Jahre bei den großen Networks, bis mir die Richtung nicht mehr gefiel, die alles nahm. Ich wollte eine Wirkung erzielen.«

»Tommy«, erinnerte ihn Michael.

»Ja.« Gilmartin blickte Arkadi fest an. »Finstere Zeiten, Renko. Wir hatten Probleme in der Vergangenheit. Morde, Einbrüche, Bomben, und ihr habt unsere tschechische Abteilung vor ein paar Jahren hochgehen lassen, habt versucht, unseren rumänischen Abteilungsleiter in seiner Garage zu erstechen, und einer unserer besten russischen Mitarbeiter wurde mit Stromstößen umgebracht. Aber nie haben wir einen Amerikaner verloren, und das auch nicht in den Tagen, als wir noch offen von der CIA unterstützt wurden. Doch das ist schon Prähistorie. Jetzt finanziert uns der Kongreß.«

»Wir sind eine private Körperschaft«, sagte Michael.

»Delaware, glaube ich. Was ich sagen will: Wir sind keine Geheimagenten.«

»Tommy war ein harmloser Bursche«, sagte Michael.

»Harmloser als jeder, den ich kenne«, sagte Gilmartin. »Außerdem sind die Tage der rohen Gewalt doch wohl vorbei. Was haben Sie, ein sowjetischer Inspektor, also mit Tommy gemacht, als er starb?«

»Tommy hatte ein geschichtliches Interesse am Krieg gegen Hitler. Er hat mir Fragen über Leute gestellt, die ich kannte.«

»Das kann doch nicht alles sein«, sagte Gilmartin.

»Das kann noch lange nicht alles sein«, bestätigte Michael.

»Der Sender ist wie eine große Familie«, sagte Gilmartin. »Einer paßt auf den anderen auf. Ich möchte die ganze Geschichte erfahren, ohne Beschönigungen.«

»Zum Beispiel?« fragte Arkadi.

»War Sex im Spiel? Ich meine nicht Sie und Tommy. Ich meine, gab es Frauen?«

»Der Präsident meint«, sagte Michael, »ob Washington, wenn man Tommys Wäsche durchwühlt, auf Schmutz stoßen wird?«

»Dabei spielt es keine Rolle«, sagte Gilmartin, »daß Prostitution in Deutschland legal ist. In Peoria werden amerikanische Maßstäbe angelegt. Schon der Verdacht eines Skandals bringt Bezichtigungen im Hinblick auf Korruption und einen ausschweifenden Lebenswandel mit sich.«

»Und die Gelder werden uns gekürzt«, sagte Michael.

»Ich möchte alles wissen, was Sie und Tommy gestern abend gemacht haben«, sagte Gilmartin.

Arkadi nahm sich einen Augenblick Zeit, bevor er antwortete: »Tommy kam zu mir in die Pension. Wir sprachen über den Krieg. Nach einer Weile sagte er, er brauche etwas frische Luft, also sind wir in sein Auto gestiegen und in der Gegend herumgefahren. In der Nähe der Autobahn haben wir dann tatsächlich ein paar Prostituierte gesehen. Zu dem Zeitpunkt habe ich Tommy verlassen, und er fuhr allein zurück nach München. Dabei kam es zu dem Unfall.«

»Hatte Tommy sexuellen Kontakt zu einer Prostituierten?« fragte Gilmartin.

»Nein«, log Arkadi.

»Hat er mit einer Prostituierten gesprochen?« fragte Michael.

»Nein«, log Arkadi abermals.

»Hat er, abgesehen von Ihnen, noch mit anderen Russen gesprochen?«

»Nein«, log Arkadi ein drittes Mal.

»Warum haben Sie sich getrennt?« fragte Gilmartin.

»*Ich* wollte zu einer Prostituierten. Tommy weigerte sich zu bleiben.«

»Wie sind Sie anschließend zurück nach München gekommen?« fragte Michael.

»Die Polizei hat mich mitgenommen.«

»Ein trauriger Abend«, sagte Gilmartin.

»Tommy hatte keine Schuld«, sagte Arkadi.

Michael und Gilmartin wechselten einen vielsagenden Blick, dann hob der Ältere den Kopf und betrachtete den Himmel. »Ziemlich dünn.«

»Aber wenn Renko dabei bleibt, ist es nicht schlecht. Er ist schließlich Russe. Sie werden ihn nicht monatelang in die Mangel nehmen. Und denken Sie daran, Tommy fuhr einen ostdeutschen Trabant, kein sehr zuverlässiges Auto. Darauf werden wir uns konzentrieren: Der Wagen war eine Todesfalle.« Michael klopfte Arkadi auf den Rücken: »Sie haben Glück gehabt, daß Sie noch am Leben sind.«

»Es muß ein ziemlicher Schlag für Sie sein, Tommy zu verlieren«, sagte Arkadi zu Gilmartin.

»Mehr eine persönliche Tragödie. Er war kein Mann, der Entscheidungen traf. Richtig?«

»Ja, Sir«, sagte Michael.

»Obwohl er natürlich auch wichtig war«, fügte Gilmartin rasch hinzu. »Michaels Russisch ist besser als meins, aber man muß fairerweise sagen, daß ohne unsere Übersetzer die russischen Redakteure Amok laufen würden.«

Gilmartins Aufmerksamkeit wurde wieder von der Antenne in Anspruch genommen. Er wies mit seiner Kombizange auf einige Schrauben, die in den Falz der Montageanleitung gerollt waren. »Verstehen Sie was von Satellitenantennen?« fragte er Arkadi.

»Nein.«

»Ich fürchte, ich habe die Ausrichtung etwas verändert«, gestand Gilmartin.

»Sir, wir werden die Belastung durch den Wind noch einmal durchrechnen, das Signal überprüfen und nachsehen, ob Sie irgendein Kabel beschädigt haben«, sagte Michael. »Ich denke, Sie haben gute Arbeit geleistet.«

»Finden Sie?« Beruhigt trat Gilmartin einen Schritt zurück, um sein Werk besser betrachten zu können. »Es wäre noch überzeugender, wenn wir hier Stühle hinstellten und die Leute das Ding wirklich als Sonnenschirm benutzten.«

23

Stas lebte allein ... und doch wieder nicht ganz. Durch die Diele zu gehen bedeutete, sich zwischen Gogol und Gorki hindurchzuzwängen. Dichter von Puschkin bis Woloschin residierten in einem Schrank. Die erhabenen Gedanken Tolstois füllten Regale über einer schwedischen Musikanlage, CDs und einem Fernsehgerät. Zeitungen und Zeitschriften türmten sich, nach Jahrgängen gestapelt. Ein leichtes Rutschen, dachte Arkadi, und man wird unter einer Lawine altbackener Nachrichten, klassischer Musik und Romane begraben.

»Ich empfinde es nicht als Unordnung«, sagte Stas. »Für mich ist es wie das Leben, das anflutende Leben.«

»Sieht eher nach einer *Über*flutung aus«, sagte Arkadi.

»Hotelzimmern fehlt die Seele«, sagte Stas.

Laika saß neben der Tür. Arkadi konnte unter dem dichten Fell kaum ihre Augen sehen, spürte jedoch, daß sie jeder seiner Bewegungen folgten.

»Danke. Und jetzt habe ich noch etwas zu erledigen«, sagte er.

Nach dem Besuch beim Chef des Senders hatte Arkadi den Rest des Tages damit verbracht, Benz' Haus zu beobachten. Jetzt war es Abend, und das Licht sickerte langsam aus dem Raum. Arkadi hatte sich entschlossen, so lange mit der U-Bahn zu fahren, bis sie ihren Betrieb einstellte. Dann wollte er sich ein billiges Ticket für einen Zug am frühen Morgen kaufen und auf dem Bahnhof übernachten. Damit würde er ein Reisender und kein Heimatloser sein. Er war nur wegen seiner Reisetasche zu Stas gekommen.

Eine Frage allerdings drängte sich ihm immer wieder auf. Sie war so offensichtlich, daß es ihn zuviel Anstrengung kostete, sie nicht zu stellen. »Wo wohnt Max eigentlich?«

»Ich weiß es nicht. Trinken Sie ein Glas, bevor Sie gehen«, sagte Stas. »Ich nehme an, daß Sie eine lange Nacht vor sich haben.«

Bevor Arkadi ablehnen oder um den Hund herum zur Tür gehen konnte, war sein Gastgeber schon in der Küche verschwunden. Er kehrte mit zwei Gläsern und einer Flasche Wodka zurück. Der Wodka war eisgekühlt. »Na so was«, sagte Arkadi.

Stas schenkte die Gläser halb voll. »Auf Tommy.«

Der eiskalte Wodka ließ Arkadis Herz für einen Augenblick stillstehen. Alkohol schien sich auf Stas nicht im mindesten auszuwirken; er war wie ein leichtes Rohr, das jedem Sturm trotzte. Er schenkte noch einmal nach. »Auf Michael«, schlug er vor. »Und auf die Schlange, die ihn beißt.«

Arkadi trank darauf und stellte das Glas auf einen Stoß Zeitungen außer Reichweite seines Gastgebers. »Ich frage nur aus Neugier. Sie scheinen alles zu tun, um die Amerikaner zu verärgern. Warum werden Sie eigentlich nicht gefeuert?«

»Die deutschen Arbeitsgesetze. Wer einmal einen Job hat, läßt sich nicht so leicht wieder an die Luft setzen. Zudem muß das Ganze innerhalb des Senders durch Gremien, in denen die amerikanische Verwaltung und Vertreter des russischen Mitarbeiterstabs sitzen, genehmigt werden. Und deren Berichte, so will es das Gesetz, sind auf deutsch abzufassen. Michael versucht jedes Jahr einmal, mich zu feuern. Wunderbar, es ist fast so, als ließe man einen Haifisch verhungern. Aber wie dem auch sei: Ich schicke gute Programme in den Äther.«

»Es macht Ihnen Spaß, ihn zu ärgern?«

»Ich sage Ihnen, was ihn wirklich ärgert – als die Juden im Redaktionsstab den Sender antisemitischer Tendenzen bezichtigten, damit vor ein deutsches Gericht gingen und den Prozeß auch noch *gewannen*: Das gab Ärger. Ich möchte nicht, daß Michael solche Vorfälle vergißt.«

»Als Max zurück nach Moskau ging, gab es da nicht auch Ärger?«

Stas atmete tief ein. »Es war für mich und Irina nicht gerade angenehm. Im Grunde für niemanden. Wir hatten schon vorher Sicherheitsprobleme.«

»Michael hat so etwas gesagt. Eine Explosion?«

»Deswegen haben wir jetzt die Tore und die hohen Mauern. Aber wenn der Leiter der russischen Abteilung sich nach Moskau absetzt, ist das ein Sicherheitsproblem von ganz anderen Ausmaßen.«

»Ich könnte mir vorstellen, daß Michael Max noch mehr haßt als Leute wie Sie.«

»Das können Sie laut sagen.« Stas blickte in sein leeres Glas. »Ich kenne Max jetzt seit zehn Jahren. Es hat mir immer schon imponiert, wie er mit den Amerikanern und uns gleichermaßen zurechtkommt. Er stellt sich um, je nachdem, wo er ist und mit wem er spricht. Sie und ich, wir beide sind Russen. Max dagegen läßt sich nicht fassen. Er wechselt seine Gestalt, paßt sich jeder Umgebung an. In undurchsichtigen Situationen ist er der König. Als er aus Moskau zurückkam, war er noch geschäftstüchtiger als vorher. Die Amerikaner vertrauen Max bedingungslos, weil er wie ein Spiegel auf sie wirkt, in dem sie sich selbst sehen. Für sie ist er wie jeder andere Amerikaner.«

»In was für Geschäfte ist er verwickelt?«

»Ich weiß es nicht. Bevor er zurückging, sagte er, daß sich aus dem Zusammenbruch der Sowjetunion ein Vermögen machen ließe. Er sagte, es sei wie bei jedem großen Bankrott, überall gebe es Vermögenswerte und Aktivposten. Wer ist der größte Landbesitzer in der Sowjetunion? Wer besitzt die größten Bürogebäude, die besten Ferienheime, die einzig anständigen Wohnhäuser?«

»Die Partei.«

»Die Kommunistische Partei. Max sagte, man brauche nur ihre Namen zu ändern, eine Gesellschaft zu gründen und der Sache eine neue Struktur zu geben. Und dann die Gesellschafter ausbooten und die Werte versilbern.«

Arkadi war sich nicht sicher, zu welchem Zeitpunkt er seine Tasche abgesetzt hatte, aber mit einemmal stellte er fest, daß er auf der Couch saß. Brot, Käse und Zigaretten lagen auf dem Tisch, und eine Lampe schickte Licht in drei Richtungen. Die Balkontür stand offen und ließ neben den Geräuschen der Straße auch die Nachtluft herein.

Stas füllte die Gläser. »Ich war kein Spion. Der KGB bezeichnete Demonstranten und Dissidenten entweder als Spione oder als Geisteskranke. Russen wissen das, und ich hatte absolut nicht erwartet, daß die Amerikaner dachten, es sei der Plan des KGB, den gefährlichen Stas in den arglosen Westen einzuschleusen. Einige Schlauköpfe von der CIA waren davon überzeugt. Und wirklich *alle* vom FBI. Das FBI glaubt *keinem* Überläufer. Wäre Jesus auf einem Esel aus Moskau gekommen, hätten sie auch eine Akte über ihn angelegt.

Es gab damals wirkliche Helden. Ich spreche nicht von mir. Männer und Frauen, die durch Minenfelder in die Türkei krochen oder durch Gewehrfeuer liefen, um in eine Botschaft zu gelangen. Die Beruf und Familien hinter sich lassen mußten.

Für was? Für die Tschechoslowakei, Ungarn, Gott, Afghanistan. Was nicht heißen soll, daß sie nicht kompromittiert waren. Sie, Arkadi, verstehen das, aber nicht die Amerikaner. Wir sind mit Spitzeln großgeworden. Unter unseren Freunden und Familienangehörigen hat es immer Spitzel gegeben. Selbst unter den Helden gab es Spitzel. Die Sache ist sehr komplex. Eine Frau, eine ehemalige Geliebte aus Moskau, kommt nach München. Michael will wissen, warum ich sie sehe, wo doch jeder weiß, daß sie ein Spitzel ist. Aber das heißt nicht, daß ich sie nicht mehr liebe. Wir haben einen Mitarbeiter bei Radio Liberty, dessen Frau in einem Truppenstützpunkt arbeitete und amerikanischen Offizieren Russisch beibrachte, mit ihnen schlief und Informationen für den KGB einholte, damit sie anständig im Westen leben konnte. Sie hat zwei Jahre im Gefängnis gesessen. Aber das heißt nicht, daß ihr Mann sie nicht wieder bei sich aufnahm. Wir alle reden mit ihr. Was sonst sollten wir tun? Sie für tot erklären?

Viele von uns sind schon kompromittiert hier angekommen. Ein Maler, ein Freund von mir, wurde zum KGB bestellt, bevor er Moskau verließ. Man sagte ihm: ›Wir haben Sie nie ins Lager gesteckt, also nichts für ungut. Wir erwarten nur von Ihnen, daß Sie uns bei der westlichen Presse nicht in ein schlechtes Licht setzen. Wir halten Sie für einen großartigen Künstler, und Sie wissen wahrscheinlich, wie schwer es im Westen für Sie werden wird. Wir geben Ihnen ein Darlehen. In Dollar. Wir reden mit niemandem darüber, und Sie brauchen keine Quittung zu unterschreiben. Nach ein paar Jahren zahlen Sie uns, wenn Sie können, den Betrag mit Zinsen oder ohne Zinsen zurück. Alles bleibt unter uns.‹ Fünf Jahre später schickte er ihnen einen Scheck und verlangt öffentlich eine Empfangsbestätigung. Und er brauchte lange, ehe er begriff, daß er damit kompromittiert und in seiner beruflichen Existenz vernichtet war. Wie viele solcher Darlehen gibt es sonst noch?

Und dann die, die schlicht verrückt werden. Da ist dieser Autor, der nach Paris ging. Ein berühmter Schriftsteller, der den Gulag überlebt hatte und unter dem Pseudonym Teitelbaum schrieb. Es kam heraus, daß er für den KGB Spitzeldienste geleistet hatte. Er setzte eine Verteidigungsschrift auf und behauptete, nein, nein, nicht er sei der Spitzel gewesen, sondern Teitelbaum!

Und gelegentlich«, sagte Stas, »sind wir liquidiert worden. Ein Paket mit einem Sprengsatz, die vergiftete Spitze eines Regenschirms oder auch einfach nur zuviel Wodka. Dennoch – einst waren wir Helden.«

Laika streckte sich wie eine Sphinx auf dem Fußboden aus. Arkadi fühlte ihre Kraft. Auch wenn sich die Ohren des Tieres bei Geräuschen von draußen auf die Tür ausrichteten, blieb der Blick doch unverwandt auf ihn gerichtet. »Das brauchen Sie mir alles nicht zu erklären«, sagte er.

»Ich tue es, weil Sie anders sind. Sie sind kein Dissident. Sie haben Irina gerettet, aber das will jeder, das ist nicht notwendigerweise eine politische Tat.«

»Es waren mehr persönliche Gründe«, gab Arkadi zu.

»Sie sind geblieben. Die Menschen, die Irina kannten, wußten von Ihnen. Sie waren das Gespenst. Sie hat ein-, zweimal versucht, Sie zu erreichen.«

»Nicht, daß ich wüßte.«

»Was ich sagen will ist, daß wir Opfer gebracht haben, um für die richtige Sache zu kämpfen. Wer konnte ahnen, daß die Geschichte diesen Lauf nehmen würde? Daß die Rote Armee als eine Horde von Bettlern in Polen enden würde? Daß die Mauer fallen würde? Die Rote Armee als die große Gefahr? Jetzt ist man über 240 Millionen Russen beunruhigt, die bis zum Ärmelkanal vordringen könnten. Radio Liberty ist nicht mehr das Bollwerk, das es einmal war. Wir werden nicht mehr bekämpft, sondern haben sogar Korrespondenten in Moskau. Tag für Tag interviewen wir die Leute direkt im Kreml.«

»Ihr habt gewonnen«, sagte Arkadi.

Stas leerte den Rest der Flasche. Sein schmales Gesicht war blaß, die Augen zwei ausgebrannte Streichhölzer.

»Gewonnen? Wie kommt es dann, daß ich heute mehr denn je das Gefühl habe, ein Emigrant zu sein? Soll ich immer noch sagen, ich hätte mein Heimatland verlassen, weil ich dazu gezwungen wurde oder weil ich dachte, ich könnte ihm von außen mehr als von innen helfen? Heute klatschen die Demokraten in aller Welt Moskau Beifall. Und es war sicher nicht mein Verdienst, daß die Sowjetunion auf die Knie gefallen ist und ihren langen Hals ausstreckt. Es war die Geschichte. Die Schwerkraft. Die Schlacht fand nicht in München statt, sondern in Moskau. Die Geschichte hat uns ausgesetzt und ist ihren eigenen Weg gegangen. Wir sind keine Helden mehr, wir sind Narren. Die Amerikaner schauen uns an – nicht Michael und Gilmartin, die sind daran interessiert, ihre Jobs zu behalten und den Sender weiterzubetreiben –, aber die Leute drüben in Amerika, die lesen die Schlagzeilen über das, was in Moskau geschieht, und schauen uns an und sagen: ›Sie hätten bleiben sollen.‹ Es spielt keine Rolle mehr, ob wir gezwungen waren, unser Land zu verlassen, oder ob wir unser Leben riskiert haben und die Welt retten wollten. Jetzt sagen die Amerikaner: ›Sie hätten bleiben sollen.‹ Und jemanden wie Sie, den sehen sie an und sagen: ›Seht, er ist geblieben.‹«

»Ich hatte keine andere Wahl. Ich habe ein Abkommen getroffen. Sie wollten Irina nur in Ruhe lassen, wenn ich blieb. Aber wie dem auch sei, das ist lange her.«

Stas starrte in sein leeres Glas. »Wenn Sie die Wahl gehabt hätten – wären Sie mit ihr gegangen?«

Arkadi schwieg. Stas beugte sich vor und wischte den Rauch beiseite, um ihn besser sehen zu können. »Wären Sie?«

»Ich war Russe. Ich glaube nicht, daß ich hätte gehen können.«

Stas schwieg.

Arkadi fügte hinzu: »Aber daß *ich* in Moskau geblieben bin, hat sicher keinen Einfluß auf die Geschichte gehabt. Vielleicht war *ich* der Narr.«

Stas erhob sich, ging in die Küche und kehrte mit einer weiteren Flasche zurück. Laika behielt immer noch Arkadi im Auge, für den Fall, daß er eine Bombe, eine Pistole oder einen spitzen Regenschirm hervorholte.

»Es war schwer für Irina in New York. War sie in Moskau beim Film?« fragte Stas.

»Sie war eigentlich Studentin, bis sie relegiert wurde. Dann bekam sie eine Arbeit als Garderobiere bei Mosfilm«, sagte Arkadi.

»In New York hat sie als Kostüm- und Maskenbildnerin gearbeitet, dann schloß sie sich einer Gruppe von Künstlern an und arbeitete in Kunstgalerien, erst dort und dann in Berlin, wobei sie sich die ganze Zeit vor selbsternannten Rettern in Sicherheit bringen mußte. Es war immer das gleiche: Ein Amerikaner verliebte sich in Irina und erklärte es anschließend damit, daß er eine gute politische Tat habe vollbringen wollen. Radio Liberty muß für sie eine Erlösung gewesen sein. Um ihm Gerechtigkeit widerfahren zu lassen – Max war derjenige, der erkannte, wie gut sie war. Sie war zunächst nicht fest angestellt, half nur gelegentlich aus. Max aber sagte, daß ihre Stimme jenes gewisse Etwas habe, wenn sie auf Sendung war, als spreche sie zu jemandem, den sie kenne. Die Leute hörten zu. Ich war zunächst skeptisch, da sie keine Sprecherausbildung hatte. Max gab mir den Auftrag, ihr beizubringen, wie sie ihre Betonungen setzen und die Uhr im Auge behalten sollte. Die meisten Leute haben keine Ahnung, wie schnell sie sprechen. Irina brauchte sich ein Manuskript nur einmal durchzulesen, um es im Kopf zu haben. Nach kurzer Zeit schon war sie die Beste.«

Stas öffnete die Flasche. »Da waren wir also, Max und ich, zwei Bildhauer, die an derselben schönen Statue arbeiteten. Natürlich verliebten wir uns beide in Irina und hingen ständig zusammen – Max, Stas und Irina. Abendessen, Skifahren in den Alpen, ein musikalischer Abstecher nach Salzburg. Ein unzertrennliches Trio, wobei keiner von uns je von ihr bevorzugt wurde. Wirklich auf Ski habe ich mich allerdings nie gestellt. Ich habe mich in eine Hütte gesetzt und gelesen und war mir sicher, daß Max inzwischen nichts bei ihr erreichen würde: Denn in Wirklichkeit war unser Trio ein Quartett.« Er schenkte den Wodka ein. »Da war immer dieser Mann aus Irinas Vergangenheit. Der Mann, der ihr das Leben gerettet hatte, der Mann, auf den sie wartete. Wie konnte man einen solchen Helden ausstechen?«

»Vielleicht brauchte das niemand. Vielleicht hatte sie schließlich genug vom Warten«, sagte Arkadi.

Zu gleicher Zeit setzten sie das Glas an den Mund, wie zwei Männer, die an ein und dasselbe Ruder gekettet waren.

»Nein«, sagte Stas. »Ich spreche absolut von lange zurückliegenden Ereignissen. Als Max letztes Jahr nach Moskau zurückging, glaubte ich, endlich freie Bahn zu haben. Aber ich wurde in einem Maße ausmanövriert, wie ich es nie für möglich gehalten hätte, was wieder einmal das Genie von Max beweist. Wissen Sie, was er tat?«

»Nein«, sagte Arkadi.

»Max kam zurück. Max liebte Irina, und er kam ihretwegen zurück. Das war etwas, was ich nicht konnte und was auch *Sie* nie getan haben. Jetzt ist er der Held, und ich bin nur noch der gute Freund.«

Stas' Augen brannten, als hätte der Wodka ihnen neuen Glanz verliehen. Arkadi fragte sich, ob er diesen Mann je *essen* gesehen hatte. Er schwenkte den Wodka in seinem Glas, so daß er wie Quecksilber aufleuchtete. »Was hat Max gemacht, bevor er in den Westen kam?«

»Er war Filmregisseur. Er hat sich bei einem Filmfestival abgesetzt. Hollywood war an seiner Arbeit jedoch nicht interessiert.«

»Was für Filme hat er gemacht?«

»Kriegsepen, mordlüsterne Deutsche, Japaner, israelische Terroristen – das übliche Zeugs. Mit den bekannteren Regisseuren teilte Max vor allem die Vorliebe für maßgeschneiderte Anzüge, gute Weine und schöne Frauen.«

»Wo wohnt Max in München?« fragte Arkadi noch einmal.

»Ich weiß es nicht. Was ich zu sagen versuche, ist, daß Sie meine letzte Hoffnung sind.«

»Max hat auch mich ausmanövriert.«

»Nein, ich kenne Max. Er greift nur an, wenn er muß. Wenn er sich von Ihnen nicht bedroht fühlte, wäre er Ihr bester Freund.«

»Von mir kann er sich nicht bedroht fühlen. Was Irina anbelangt, so bin ich für sie gestorben.« Das war der Ausdruck, den sie in Tommys Küche benutzt hatte, wie ein vom Tisch aufgenommenes Messer.

»Aber hat sie Ihnen gesagt, daß Sie gehen sollten?«

»Nein.«

»Also weiß sie noch nicht, was sie will.«

»Irina ist es egal, ob ich komme oder gehe. Ich glaube nicht, daß sie mich überhaupt sieht.«

»Irina hat seit Jahren nicht mehr geraucht. Als sie Sie wiedersah, hat sie um eine Zigarette gebeten. Sie sieht Sie.«

Laika drehte den Kopf zum Balkon und stellte sich auf die Vorderpfoten, stand auf, die Ohren gespitzt. Stas gab Arkadi ein Zeichen, still zu sein, dann schaltete er das Licht aus.

Der Raum wurde schwarz. Von draußen kam das hämmernde Motorgeräusch eines Volkswagens und eine Klingel, die einen Fußgänger von einem Fahrradweg scheuchte. Weniger weit entfernt hörte Arkadi das suchende Tappen von Gummisohlen, das Ächzen eines Geländers und die weiche Landung eines schweren Mannes auf dem Balkon. Laika war nicht zu sehen, aber Arkadi schloß aus dem warnenden Knurren in der Dunkelheit, wo sie sich befand. Als Schritte den Balkon überquerten, spürte er, wie der Hund sich zum Angriff duckte.

Dann ein deutlich hörbares Luftholen und ein schmerzhafter Aufschrei. »Stas, bitte! Stas!«

Stas drehte das Licht an. »Sitz, Laika. Gutes Mädchen. Sitz.«

Rikki stolperte durch die Tür. Arkadi war dem Georgier, der seinen Beruf als Schauspieler aufgegeben hatte und Rundfunkredakteur geworden war, bereits in der Kantine des Senders und auf Tommys Party begegnet. Beide Male hatte Rikki den – leicht theatralischen – Eindruck erweckt, völlig verzweifelt zu sein. Jetzt war es wieder so. Sein Handrücken war mit Stacheln gespickt. »Der Kaktus«, stöhnte er.

»Ich hab die Töpfe umgestellt«, sagte Stas.

Arkadi drehte das Außenlicht an. Unter einer Hängelampe standen ein Metalltisch, zwei Stühle, ein Eimer mit leeren Bierflaschen und im Halbkreis mehrere Kakteen, von denen einige mit kurzen Stacheln und einige mit bajonettartigen Dornen bewehrt waren.

»Mein Alarmsystem«, sagte Stas.

Bei jedem Stachel, den Stas entfernte, schrie Rikki auf. »Alle anderen haben Geranien auf ihrem Balkon. Auch ich habe Geranien. Geranien sind wunderschöne Blumen.«

»Rikki wohnt über mir.« Stas zog den letzten Stachel heraus.

Rikkis Hand war mit roten Punkten gesprenkelt. Er betrachtete sie mit schmerzverzogenem Gesicht.

»Kommen Sie immer über den Balkon?« fragte Arkadi.

»Ich sitze in der Falle.« Plötzlich erinnerte er sich und zog Stas und Arkadi ins Zimmer. »Sie stehen vor meiner Tür.«

»Wer?« fragte Stas.

»Meine Mutter und meine Tochter. All die Jahre habe ich mich so darauf gefreut, sie zu sehen, und jetzt sind sie hier. Meine Mutter möchte den Fernseher mitnehmen, und meine Tochter will mit meinem Wagen zurückfahren.«

»Mit deinem Wagen?« fragte Stas.

»*Ihrem* Wagen, sobald sie in Georgien ist.« Rikki sagte erklärend zu Arkadi: »In irgendeinem schwachen Augenblick muß ich wohl ja gesagt haben. Aber ich habe einen neuen BMW. Was soll ein Mädchen in Georgien damit anfangen?«

»Rumkarriolen«, sagte Arkadi.

»Ich wußte, daß das passieren würde. Diese Leute haben keinen Sinn für Anstand. Sie sind so raffgierig, daß ich mich für sie schäme.« Rikkis Gesicht zog sich in tragische Falten.

»Geh einfach nicht an die Tür«, sagte Stas, »dann verschwinden sie von allein.«

»*Die* nicht.« Rikki hob den Blick zur Zimmerdecke. »Die warten, bis ich schwarz werde.«

»Sie könnten von hier aus verschwinden«, sagte Arkadi.

»Ich habe sie gebeten, einen Augenblick zu warten. Ich kann nicht einfach so verschwinden. Irgendwann muß ich die Tür öffnen.«

»Warum bist du dann hergekommen?« fragte Stas.

»Hast du einen Cognac?« Rikki untersuchte seine Hand, die bereits anzuschwellen begann.

»Nein, nur Wodka«, sagte Stas.

»Der tut's auch.« Er ließ sich mit einem vollen Glas in einen Sessel sinken. »Ich habe einen Plan: Geben wir ihr einen anderen Wagen.«

»Du hast sie am Flughafen abgeholt«, sagte Stas. »Sie kennt deinen Wagen. Sie liebt ihn.«

»Ich sage einfach, daß er dir gehört – daß ich ihn mir von dir geliehen habe, um Eindruck zu schinden.«

»Ah. Und welchen Wagen soll sie kriegen?« fragte Stas.

»Deinen.« Rikki schlug kurz die Augen nieder. »Stas, wir sind doch Freunde. Dein Mercedes ist zehn Jahre alt, gebraucht gekauft – eine Schrottkarre, um offen zu sein. Meine Tochter ist eine Frau von Geschmack. Sie wird nur kurz einen Blick darauf werfen und sich weigern, ihn auch nur anzufassen. Ich dachte, wir könnten schnell die Schlüssel tauschen.«

Stas schenkte zwei weitere Wodkas ein und sagte zu Arkadi: »Sie würden es vielleicht heute nicht mehr glauben, aber Rikki ist einmal durchs Schwarze Meer geschwommen. Mit nichts als einem Neoprenanzug und einem Kompaß. Er ist durch Netze, zwischen Minen und unter Patrouillenbooten hindurchgeschwommen. Es war eine aufsehenerregende Flucht. Und jetzt sitzt er hier und versteckt sich vor seiner Tochter.«

»Du tauschst also nicht mit mir?« fragte Rikki.

»Das Leben hat dich eingeholt, und deine Tochter läßt dich jetzt für alles büßen, was du jahrelang versäumt hast«, sagte Stas. »Der Wagen ist nur der Anfang.«

Der Wodka schien Rikki in der Kehle steckenzubleiben. Er stand würdevoll auf, ging hinaus auf den Balkon und erbrach sich über das Geländer. »Zum Teufel mit ihr! Und mit dir!« sagte er zu Stas. Er stellte das Glas auf den Balkontisch und zog sich am Regenrohr hoch. Für einen Mann seiner Größe war er erstaunlich beweglich. Arkadi sah, wie sich seine Beine zum oberen Balkon hochhangelten. Geranienblüten regneten herab.

Arkadi erwachte auf dem Sofa. Es war zwei Uhr morgens. Es gibt kein Loch, das tiefer ist als zwei Uhr morgens – die Stunde, in der Furcht die Welt beherrscht. Stas war zweimal der Frage ausgewichen: Wo wohnte Max?

Russen mochten keine Hotels, Russen stiegen bei Freunden ab. Und andere Freunde wußten, wo. Die Vorstellung, daß Max jetzt bei Irina lag, ließ Arkadi in die bläuliche Dunkelheit des Zimmers starren. Er konnte fast sehen, wie sie dalagen, als schmiegten sie sich dort, auf der anderen Seite des Wohnzimmertisches, aneinander. Er sah Max' Arm über ihrer Schulter, hörte, wie er den Duft ihres Parfüms einatmete.

Arkadi zündete ein Streichholz an. Sessel, Tisch und Bücherborde krochen aus der Dunkelheit auf die Flamme zu. Er schlug die Decke zurück, auf dem Tisch hatte er ein Telefon gesehen. Er tastete die Tischplatte ab, bis er ein kleines Adreßbuch fand. Ungeschickt zündete er mit einer Hand ein zweites Streichholz an, öffnete das Buch und fand »Irina Asanowa« und ihre Nummer. Die Flamme war bereits bis zu seinen Fingern niedergebrannt. Er blies sie aus und nahm den Hörer ab. Was sollte er sagen? Daß es ihm leid tue, sie aufzuwecken, aber daß er mit ihr reden müsse? Sie hatte längst klargemacht, daß sie ihm nichts zu sagen hatte. Vor allem jetzt nicht, wo Max neben ihr lag. Arkadi könnte sie warnen. Wie unpassend das klingen würde in Max' Gegenwart.

Er könnte nach Max fragen, wenn sie sich meldete. Dann würde sie wissen, daß er über den Stand der Dinge Bescheid wußte. Oder wenn sie fragte, wer am Apparat sei, könnte er sagen »Boris« und dann abwarten, wie sie darauf reagierte.

Arkadi wählte ihre Nummer, aber als er den Hörer ans Ohr heben wollte, wurde sein Handgelenk von einer festen Klammer umschlossen. Feuchte Zähne hielten Hand und Hörer fest. Er bemühte sich, den Hörer zu heben, und die Zähne senkten sich tiefer in seine Haut. Er langte mit der anderen Hand nach dem Hörer. Ein Knurren ließ seinen Atem vibrieren.

Am anderen Ende der Leitung hörte er die typischen Signaltöne eines deutschen Telefons. »Hallo?« sagte Irina.

Arkadi versuchte, seinen Arm loszuwinden, aber die Kiefer schlossen sich fester.

»Wer ist da?« fragte Irina.

Das ganze Gewicht des Hundes hing an seinem Arm.

Dann ein Klicken. Irina hatte eingehängt.

Als Arkadi endlich nachgab, lösten sich die Zähne. Der Hörer lag wieder auf der Gabel, und sein Arm war frei. Er spürte, wie der Hund argwöhnisch das Telefon im Auge behielt.

Rette mich, dachte Arkadi. Rette mich vor mir selbst.

24

Die Lösung des Rätsels war, daß Stas seinen täglichen Nahrungsbedarf beim Frühstück deckte: Leber, Räucherlachs, Kartoffelsalat und kannenweise Kaffee. Außerdem besaß er den Videorecorder und den übergroßen Fernseher eines Junggesellen.

Die Fernbedienung in der Hand, spielte Arkadi das Videoband noch einmal ab. Bei schnellem Vorlauf huschten Mönche, Marienplatz, Biergarten, Straßenverkehr, Hofbräuhaus, Schwäne, Opernhaus, Oktoberfest, Alpen und abermals der Biergarten über den Schirm. Stop. Er ließ das Band zurücklaufen bis zum Anfang der letzten Szene. Wieder sah er den im Sonnenlicht liegenden Garten vor einer von Bienen umschwärmten Geißblatthecke. Sämtliche Gäste saßen, offensichtlich von den Anstrengungen eines schweren Mahls erschöpft, an einem einzigen Tisch – bis auf die Frau. Er hielt das Bild an, als sie ihr Glas hob.

»Nie vorher gesehen«, sagte Stas. »Was mich wundert, ist, daß ich noch nie in diesem Biergarten gewesen bin. Ich dachte, ich würde sie alle kennen.«

Der Schirm belebte sich wieder. Die Frau hob ihr Glas höher. Eine blonde, fast wilde Haarmähne, ein goldenes Halsband auf schwarzem Kaschmir, die katzenäugige Sonnenbrille, rote Fingernägel und Lippen, die auf russisch sagten: »Ich liebe dich«.

Stas schüttelte den Kopf. »Ich würde mich an sie erinnern.«

»Nicht bei Radio Liberty?« fragte Arkadi.

»Kaum.«

»Aus Tommys Bekanntschaft?«

»Möglich. Aber ich bin ihr nie begegnet.«

Arkadi versuchte, einer anderen Spur zu folgen. »Ich würde gern sehen, wo Tommy gearbeitet hat.«

»Das Rote Archiv? Wenn ich noch mal versuche, Sie einzuschleusen, werden die Wachen Michael verständigen. Ich habe zwar nichts dagegen, ihn zu ärgern, aber er wird die Leute schlicht anweisen, Ihnen keinen Besucher-Ausweis zu geben.«

»Ist Michael ständig im Sender?«

»Nein. Zwischen elf und zwölf spielt er im Club auf der anderen Straßenseite Tennis. Aber er nimmt sein Telefon überall mit hin.«

»Sind Sie im Sender?«

»Ich bin bis heute mittag an meinem Schreibtisch. Ich bin Redakteur und zerlege den Aufstieg und Fall der Sowjetunion in appetitliche Worthäppchen.«

Als Stas gegangen war, brachte Arkadi die Couch wieder in Ordnung, wusch das Geschirr ab und bügelte die Kleidungsstücke, die Federow in seine Reisetasche gestopft hatte. Arkadis Handgelenk war gezeichnet von den Abdrücken, die Laikas Zähne dort hinterlassen hatten, aber die Haut war nicht verletzt. Stas hatte die Male gesehen und nichts gesagt. Das Tier folgte jedem Schritt Arkadis mit den Augen, vom Sofa zum Ausguß, zum Bügelbrett. Bisher hatte sie nichts einzuwenden gehabt.

Während er bügelte, spielte er das Band noch einmal ab. Als die Kamera schwenkte, bemerkte er, daß er vielleicht gar keinen Biergarten, sondern die Terrasse eines Restaurants vor sich sah. Die Tische waren wie in einem Speisesaal gedeckt, aber das Licht draußen war zu stark, als daß er durch die Fenster hätte blicken können.

Was wußte er von der Frau? Vielleicht war sie einst eine Moskauer Putana namens Rita gewesen. Heute war sie womöglich die reisefreudige Frau Benz. Der einzig greifbare Beweis für ihre Existenz war dieses Band. Ihm fiel auf, daß ihr Tisch für zwei gedeckt war. Sie verfügte über eine fast theatralische Präsenz. Das goldene Halsband war sicher deutschen Ursprungs, doch ihre Gesichtszüge waren ausgesprochen russisch. Das dicke Make-up – ebenfalls eher russisch. Er wünschte, daß sie einmal ihre Sonnenbrille abnähme. Langsam rundeten sich ihre Lippen und sagten zu Rudi Rosen: »Ich liebe dich.«

Laika winselte, ging zum Fernseher und ließ sich nieder.

Arkadi ließ das Band zurücklaufen und sah sich die Bilder einzeln an. Zurück zu der Szene mit der Sonnenbrille. Weiter zurück zum Tisch. Die übrigen Gäste. Weinranken und Bienen. Rollwagen mit Tischwäsche, Bestecken, Wasserkaraffen. Stuckwerk. Geißblatt. Das Fenster mit einer Scheibe, in der sich die Person mit der Kamera spiegelte. Das war eine weitere Frage: Wer hat den Film aufgenommen? Ein Mann mit auffallend breiten Schultern in einem kanariengelben Pullover, der sich hell vor einer festen Wand aus Bäumen abzeichnete. Wirkliche Bäume diesmal, keine Holzattrappen. Arkadi erinnerte sich, wie Borja gesagt hatte: »Der Trainer, Polly. Der Trainer.«

Start. Schmetterlinge flatterten durch das Sonnenlicht. Bienen schwärmten, und Menschen wurden wieder lebendig. Die Frau mit der Sonnenbrille wiederholte: »Ich liebe dich.«

Im Parkhaus am Luitpoldpark war eine verlängerte Mercedes-Limousine mit einem roten Autotelefon neben dem Wachhäuschen abgestellt. Sich an die Araber im Hilton erinnernd, stieg Arkadi die Rampe zum nächsten Parkdeck hoch, suchte sich einen BWM aus und drückte die Kühlerhaube fest nach unten. Der Wagen wachte mit blinkenden Lichtern und lautem Hupen sofort auf. Arkadi preßte sein Körpergewicht auf Mercedes-, Audi-, Daimler- und sogar eine Maserati-Haube, bis das ganze Parkdeck von einem Hupkonzert erfüllt war. Als er den Parkwächter die Auffahrt hochrennen sah, lief er die Treppe hinunter.

Im Wachhäuschen fand er Zangen zum Lochen von Parkscheinen, eine Registrierkasse, Autowerkzeuge und ein langes Messer zum Öffnen verschlossener Wagentüren. Das Messer verlangte eine Geduld, die Arkadi nicht hatte. Er griff sich einen Kreuzschlüssel. Als er die Scheibe des Mercedes einschlug, stimmte die Hupe der Limousine in das allgemeine Konzert mit ein, aber schon fünf Sekunden später verließ er das Parkhaus mit einem Telefon.

In Moskau war er der Chefinspektor des Oberstaatsanwalts, hier, nach weniger als einer Woche im Westen, war er ein Dieb. Er wußte, daß er ein schlechtes Gewissen haben sollte, statt dessen fühlte er sich quicklebendig. Und war schlau genug, das Telefon abzustellen.

Es war kurz nach elf, als er Radio Liberty erreichte. Auf der anderen Straßenseite lag, halb verborgen hinter geparkten Wagen und einem Drahtzaun, das Clubhaus mit einer Terrasse und Stufen, die hinunter zu den Tennisplätzen führten. Spieler in Weiß und Pastell liefen die Grundlinien auf und ab und tauschten Topspins aus. Was für eine wunderbare Welt, dachte Arkadi. Mitten am Tage die Muße zu haben, sich Shorts anzuziehen, einem Filzball hinterherzulaufen und sportlichen Schweiß abzusondern. Er blickte in Michaels Porsche. Das rote Funktelefon, sein Plastikzepter, war nicht da.

Michael stand auf dem Tennisplatz neben dem Clubhaus. Er trug Shorts, einen Pullover mit V-Ausschnitt und spielte mit der Lässigkeit eines Mannes, der schon in der Wiege seinen ersten Tennisball geschenkt bekommen hatte. Sein Gegner, mit dem Rücken zu Arkadi, schwang seinen Schläger dagegen ziemlich wild und bewegte sich wie auf einem Trampolin. Hinter ihm stand ein Tisch mit Michaels Telefon, die Antenne voll herausgezogen. Die anderen Tische waren leer.

Während Arkadi überlegte, wie er am besten an den Tisch herankommen konnte, beobachtete er, wie Michaels Gegner die Bälle links und rechts über Michaels Kopf hinweg gegen die Abschirmung schlug. Gelegentlich verfehlte er den Ball auch völlig und stolperte über die eigenen Füße. Das Spiel schien ihm nicht nur unbekannt, sondern von einem Planeten zu stammen, auf dem andere Gesetze der Schwerkraft herrschten.

Als die beiden Spieler sich zu einem kurzen Gespräch am Netz trafen, war Arkadi überrascht, seinen Namen zu hören. Anschließend, als sie an die Grundlinie zurückkehrten, hatte er Gelegenheit, sich den anderen Mann näher anzusehen. Federow. Der nächste Aufschlag des Attachés flog auf den benachbarten Platz, auf dem zwei Frauen spielten. Sie trugen kurze Röcke, die ihre schlanken, sonnengebräunten Beine gut zur Geltung kommen ließen, und betrachteten den Ball mit Mißfallen ausdrückender Herablassung. Michael schlenderte auf den Zaun zu und entschuldigte sich in einem Ton, der Mitgefühl verriet. Mit hocherhobenem Schläger und Äußerungen des Bedauerns, die viel zu laut für einen Tennisplatz waren, lief jetzt auch Federow auf die Gruppe zu. Arkadi hatte sich inzwischen unbemerkt auf die Anlage geschlichen, lief genauso unbemerkt zum Tisch hinüber und tauschte die Telefone aus.

Am anderen Ende des Clubhauses standen zwei Recyclingbehälter, ein roter für Plastikabfälle, ein grüner für Glas. Arkadi warf Michaels Telefon in den roten Behälter, dann verließ er das Clubgelände, ging durch das Tor des Senders, unter den Kameras hindurch, an der Kabine des Parkplatzes vorbei und stieg die Stufen zur Eingangshalle hoch.

Nach einem Telefonanruf kam Stas zum Empfangstisch, etwas erstaunt, Arkadi hier zu sehen, während die Wachmänner versuchten, Michael anzurufen. »Es läutet.«

»Wir haben nicht den ganzen Tag Zeit«, sagte Stas.

Der Wachmann legte auf, musterte Arkadi noch einmal und schob ihm einen Besucherausweis zu. Nach einem Summen der Tür befand er sich erneut auf dem beigefarbenen Flur von Radio Liberty. Die Mitteilungen am schwarzen Brett waren ausgetauscht worden – ein Zeichen gutgeführter Organisation. Auf Hochglanzfotos war Gilmartin zu sehen, wie er ungarische Rundfunkleute durch den Sender führte und einer Volkstanzgruppe aus Minsk applaudierte. Techniker mit Tonbändern eilten über den Korridor, Ludmillas grauer Haarschopf tauchte in einer Tür auf und verschwand wieder.

»Sind Sie hier, um eine Bombe in Gilmartins Büro zu plazieren? Auf was habe ich mich da eingelassen?«

»Wo ist das Rote Archiv?«

»Die Treppe ist zwischen dem Getränkeautomaten und dem Imbißstand. Also los, machen Sie schon.«

Als Tommy damit geprahlt hatte, daß das Rote Archiv die größte Dokumentation sowjetischen Lebens außerhalb Moskaus sei, hatte Arkadi sich die Lampen und staubigen Bücherreihen der Lenin-Bibliothek vorgestellt. Wie immer, war er nicht auf die Wirklichkeit vorbereitet. Es gab keine Lampen im

Roten Archiv, nur das aquariumhafte Licht einer durch den ganzen Raum führenden Reihe von Neonleuchten. Auch keine Bücher, nur Mikrofilmkarteien und motorisierte, auf Schienen laufende Stahlschränke. Statt eines Leseraums gab es ein Gerät, das die Mikrofilme vergrößerte und lesbar machte. Arkadi ließ seine Hand über eine der Karteien gleiten. Als wären das alte Rußland, Zar Peter und Katharina die Große samt der Erstürmung des Winterpalais auf Stecknadelkopfgröße reduziert worden. Arkadi war erleichtert, als er so etwas Primitives wie einen Holzkasten mit Karteikarten in kyrillischen Buchstaben sah.

Ausnahmslos alle der an den Tischen sitzenden Angestellten waren Amerikaner. Eine Frau mit schleifenbesetzter Bluse war entzückt, einen Russen zu sehen.

»Wo stand Tommys Schreibtisch?« fragte Arkadi.

»In der Prawda-Sektion.« Sie seufzte und wies auf eine Tür. »Wir vermissen ihn.«

»Natürlich.«

»Es sind einfach zu viele Informationen, die dieser Tage reinkommen«, sagte sie. »Früher überhaupt nichts und jetzt diese Menge. Ich wünschte, es wäre etwas weniger.«

»Ich verstehe, was Sie meinen.«

Die »Prawda-Sektion« war ein kleines Zimmer, das durch die Regale mit gebundenen Prawda- und Iswestija-Ausgaben auf beiden Seiten noch kleiner wirkte. An der Schmalseite des Raumes nahm ein Videorecorder die Bilder eines Farbfernsehers auf. Der Sender mußte über eine Satellitenantenne verfügen, denn obwohl der Ton abgeschaltet war, erkannte Arkadi, daß es eine sowjetische Nachrichtensendung war. Auf dem Bildschirm stemmte sich eine Gruppe Menschen in abgetragener Kleidung gegen einen Lastwagen. Als er umfiel, rannten sie um ihn herum zum rückwärtigen Ende. Dann zeigte eine Nahaufnahme den Fahrer mit blutiger Nase. Ein Kameraschwenk, und der Name einer Kooperative wurde sichtbar, die Talg herstellte. Die Leute kletterten, beladen mit Knochen und schwarzen Fleischstücken, aus dem Wagen. Arkadi wurde sich bewußt, wie sehr sich seine Koordinaten durch die wenigen Tage mit reichlichem deutschen Essen und Bier bereits verändert hatten. Ist es *so* schlimm, fragte er sich. Ist es wirklich *so* schlimm?

Hinter dem Gerät stand Tommys Schreibtisch, bedeckt mit Zeitungen, Kaffeeringen und Maschinengewehrpatronen, die als Briefbeschwerer dienten. In der mittleren Schublade lagen Filzstifte, ein Locher, Briefblöcke und Büroklammern. In den Schubladen an der Seite ein russisch-deutsches und deutsch-russisches Wörterbuch, Cowboyhefte, gebundene Bücher über Militärgeschichte, Manuskripte und Absagebriefe. Es gab nicht einmal einen Anschluß für ein Faxgerät.

Arkadi kehrte in den größeren Raum zurück und fragte die Frau mit den Karteikarten: »Hatte Tommy ein Faxgerät, als er noch in der Programmauswertung arbeitete?«

»Möglicherweise. Aber die ist in einem anderen Teil der Stadt. Sicher, dort hätte er eins haben können.«

»Wie lange war er hier?«

»Ein Jahr. Ich wünschte, wir hätten ein Faxgerät, aber so was gibt es nur für leitende Angestellte. Eins ihrer Privilegien«, sagte sie, als spräche sie von einer Auszeichnung. »Das hier ist die Dokumentationsabteilung. Wir sammeln Informationsmaterial. Alles über die Sowjetunion. Suchen Sie etwas Spezielles?«

»Max Albow.«

Sie atmete tief ein und spielte mit der Schleife an ihrem Kragen. »Nun, da brauche ich nicht lange zu suchen. Okay.« Sie schickte sich an zu gehen, dann blieb sie stehen. »Ihr Name?«

»Renko.«

»Sie besuchen wen?«

»Michael.«

»Na dann ...« Sie hob die Hände. Der Himmel war die Grenze.

Max war eine Goldader, die sich durch Stapel von Mikrofilmen zog. Arkadi setzte sich an das Vergrößerungsgerät und las sich durch ganze Jahrgänge der Prawda, des Roten Stern und von Soviet Film, die Max' Laufbahn als Regisseur beschrieben, seine niederträchtige Flucht in den Westen, seine Arbeit bei Radio Liberty, dem Sprachrohr der CIA, seine Gewissensbisse, seine Rückkehr nach Moskau und seine Wiederauferstehung als angesehener Journalist und Kommentator im amerikanischen Fernsehen.

Zwei frühe Artikel in Soviet Film erregten Arkadis Aufmerksamkeit.

»Für Regisseur Maxim Albow ist der wichtigste Teil einer Story die Frau. ›Nehmen Sie eine schöne Frau, leuchten Sie sie richtig aus, und der Erfolg des Films ist so gut wie gesichert.‹«

Seine eigenen Filme schienen jedoch ausnahmslos jene Action-Filme gewesen zu sein, die Wagemut und Opferbereitschaft der Roten Armee und der Grenzsoldaten verherrlichten, die gegen Maoisten, Zionisten und Mudschaheddin kämpften.

»Eine Szene, in der ein brennender israelischer Panzer gezeigt wurde, war besonders schwierig, da der technische Stab die angeforderten Sprengkapseln und den Plastiksprengstoff nicht erhalten hatte. Die erfolgreichen Aufnahmen sind dem Improvisationstalent des Regisseurs selbst zu verdanken. Albow dazu: ›Wir drehten außerhalb von Baku, in der Nähe eines Chemiewerks. Filmliebhaber wissen nicht, daß ich ausgebildeter Chemiker bin. Dadurch wußte ich, daß wir durch eine Verbindung von rotem Natrium und Kupfersulfat eine spontane Explosion auslösen könnten. Da alles auf den richtigen Zeitpunkt der Explosion ankam, probierten wir vierzig oder fünfzig verschiedene Mischungen, bevor wir die Aufnahmen machten, und zwar mit einer ferngesteuerten Kamera hinter einem Plexiglasschirm. Es war eine Nachtszene, und die Wirkung des in Flammen aufgehenden israelischen Panzers war spektakulär. Hollywood hätte es nicht besser machen können.‹«

Die Frau aus der Dokumentation war zu Arkadi getreten. »Um ehrlich zu sein, es ist recht selten, daß russische Redakteure nach Informationen fragen. Solche Snobs. Wir erstellen Analysen und Statistiken, die von Universitäten in der ganzen Welt verwendet werden – Stanford, Oxford, Columbia. Aber oft vergehen Wochen, ehe wir hier unten einen leibhaftigen Russen zu sehen bekommen.«

Sie sprang auf, alle im Raum sprangen auf, als die Tür des Archivs aufgestoßen wurde und Michael und Federow hereinstürzten. Immer noch in Tennisshorts, hielt Federow einen Schläger und Michael ein Telefon in der Hand. Sie wurden von den Wachmännern der Rezeption und von Ludmilla begleitet, die wie ein bösartiger Mops glühte.

Ludmilla sagte: »Sie können mein Büro benutzen. Es liegt neben Ihrem. So bekommt Ihre Sekretärin ihn gar nicht erst zu Gesicht. Er verschwindet einfach.«

Michael nahm den Vorschlag an. Sie drängten sich in einen Raum mit schwarzen Möbeln und Aschenbechern, die wie die Urnen unlängst Verstorbener in einer Reihe standen. An der Wand hingen Fotos der Dichterin Zwetajewa, die mit ihrem Ehemann, einem roten Attentäter, nach Paris emigriert war. Selbst nach russischen Maßstäben war es eine recht problematische Ehe gewesen.

Die Wachmänner zwangen Arkadi, auf einer Truhe Platz zu nehmen. Federow ließ sich auf einem Sofa nieder, und Michael setzte sich auf die Schreibtischkante.

»Wo ist mein Telefon, verdammt noch mal?«

»In Ihrer Hand?« fragte Arkadi.

Michael ließ den Apparat auf den Tisch fallen. »Das ist nicht meiner. Sie wissen, wo er ist. Sie haben die verdammten Dinger ausgetauscht.«

»Wie hätte ich Ihr Telefon austauschen können?«

»So sind Sie am Empfang vorbeigekommen.«

»Man hat mir einen Besucher-Ausweis gegeben.«

»Weil die Leute mich nicht telefonisch erreichen konnten«, sagte Michael. »Weil sie Idioten sind.«

»Wie sieht Ihr Apparat denn aus?«

Michael bemühte sich, gleichmäßig zu atmen. »Renko, Federow und ich haben uns heute getroffen, um über Sie zu reden. Sie scheinen überall Schwierigkeiten zu machen.«

»Er hat sich geweigert, der Aufforderung des Konsulats nachzukommen und abzureisen.« Federow war glücklich, sich am Gespräch beteiligen zu können. »Er hat einen Freund hier im Sender namens Stanislaw Kolotow.«

»Stas! Den werde ich später vernehmen. Hat Stas Sie ins Archiv geschickt?« fragte Michael Arkadi.

»Nein. Ich wollte nur einmal sehen, wo Tommy gearbeitet hat.«

»Warum?«

»Es hörte sich so interessant an, als er von seiner Arbeit sprach.«

»Und die Unterlagen über Max Albow?«

»Er ist wirklich ein faszinierender Mann.«

»Aber der Leiterin der Dokumentation haben Sie gesagt, daß Sie mich sehen wollten.«

»Ich *wollte* Sie auch sehen. Als Sie mich gestern mit zu Gilmartin nahmen, haben Sie mir Geld versprochen.«

»Sie haben gegenüber Gilmartin das Blaue vom Himmel heruntergelogen«, sagte Michael.

»Renko braucht kein Geld«, sagte Federow.

»Natürlich braucht er Geld. Alle Russen brauchen Geld«, sagte Ludmilla.

»Sind Sie sicher, daß das nicht Ihr Telefon ist?« fragte Arkadi.

»Dieses Telefon ist gestohlen«, sagte Michael.

»Die Polizei sollte es auf Fingerabdrücke untersuchen«, sagte Arkadi.

»Jetzt sind natürlich meine Abdrücke drauf, aber die Polizei wird bald schon hier sein. Die Sache ist die, Renko, daß Sie überall Unruhe stiften, und meine Aufgabe besteht nun mal darin, für Ruhe zu sorgen. Also bin ich zu dem Schluß gekommen, daß alles hier viel besser läuft, wenn Sie wieder in Moskau sind.«

»Das ist auch die Meinung des Konsulats«, sagte Federow.

Arkadi versuchte aufzustehen, spürte aber je eine Hand der beiden Wachmänner auf seinen Schultern.

»Wir haben uns entschlossen, Sie ins Flugzeug zu setzen«, sagte Michael. »Betrachten Sie das als erledigt. Es gibt aber noch ein paar Dinge: Das Kommuniqué, das mein Freund Sergei hier nach Moskau schickt, hängt zum großen Teil von Ihrem Verhalten ab, das bislang verdammt unkooperativ war. Er könnte Ihre Arbeit aber durchaus als so erfolgreich beschreiben, daß Sie früher als geplant zurückfliegen konnten. Andererseits könnte ich mir vorstellen, daß ein Chefinspektor, der zurückgeschickt wird, weil er die Beziehungen zwischen den Vereinigten Staaten und der Sowjetunion gefährdet, weil er die Gastfreundschaft der Bundesrepublik mißbraucht und fremdes Eigentum entwendet hat, recht frostig empfangen werden würde. Wollen Sie für den Rest Ihres Lebens in Sibirien Latrinen säubern? Es liegt an Ihnen.«

»Ich bin bereit, Ihnen zu helfen«, sagte Arkadi.

»Das hört sich schon besser an. Was suchen Sie hier in München? Was haben Sie bei Radio Liberty verloren? Inwieweit hat Stas Ihnen geholfen? Wo ist mein Telefon?«

»Ich habe eine Idee«, sagte Arkadi.

»Heraus damit«, sagte Michael.

»Rufen Sie an.«

»Wen anrufen?«

»Ihre eigene Nummer. Vielleicht hören Sie es läuten.«

Einen Augenblick herrschte Schweigen. »Das ist es also? Renko, Sie gehen mir nicht nur auf den Wecker, Sie treiben mich in den Wahnsinn.«

»Sie können mich nicht einfach so zurückschicken. Wir sind hier in Deutschland«, sagte Arkadi.

Michael sprang von der Tischkante. Er bewegte sich mit der federnden Trainiertheit eines Sportlers, dort, wo die Sonnenbrille gesessen hatte, war seine Haut etwas blasser, und er roch leicht nach Schweiß und Aftershave. »Genau deswegen werden Sie hier auch verschwinden, Renko. Sie sind ein Flüchtling. Was, meinen Sie, machen die Deutschen mit Leuten wie Ihnen? Ich glaube, Sie kennen Kommissar Schiller.«

Die Wachmänner zogen Arkadi hoch. Schnell wie ein Hund sprang Federow auf die Füße.

Auf Ludmillas Schreibtisch standen ein Aschenbecher, ein Telefonapparat und ein Fax. Als Michael durch das Zimmer ging und die Tür für Peter Schiller öffnete, sah Arkadi neben der Sendetaste die Nummer. Es war die Nummer, die auf dem Fax gestanden hatte, auf dem Rudi Rosen nach dem Verbleib des Roten Platzes gefragt worden war.

»Ich habe gehört, daß Sie abreisen wollen«, sagte Schiller.

»Sehen Sie sich das Faxgerät an«, sagte Arkadi.

Peter Schiller schien auf diese Gelegenheit gewartet zu haben. Er drehte Arkadi den Arm auf den Rücken und verstärkte den Druck auf sein Handgelenk, so daß der Chefinspektor sich auf die Zehenspitzen stellen mußte. »Überall stiften Sie Unruhe.«

»Sehen Sie es sich an.«

»Diebstahl, unbefugtes Betreten fremder Grundstücke, Widerstand gegen die Staatsgewalt. Wieder einer dieser russischen Touristen.« Schiller schob Arkadi zur Tür. »Bringen Sie mir das Telefon, das Sie gefunden haben«, sagte er zu Michael.

»Wir lassen die Beschuldigungen fallen, um den Ausweisungsprozeß zu beschleunigen«, sagte Michael.

Federow schloß sich ihm an. »Das Konsulat hat sein Visum für ungültig erklärt. Wir haben bereits einen Platz in der Maschine heute reserviert. Das läßt sich in aller Stille und ohne weitere Unannehmlichkeiten regeln.«

»Oh, nein«, sagte Schiller. Er hielt Arkadi wie einen Siegespreis umklammert. »Wenn er deutsche Gesetze gebrochen hat, bleibt er in unserem Gewahrsam.«

25

Die Zelle hatte die Ausmaße einer finnischen Sauna, fünfzehn Quadratmeter weißer Bodenfliesen. Blaue Wandfliesen, ein Bett, eine Bank, in der Ecke eine Toilette. An der den Gitterstäben gegenüberliegenden Seite lag, zur Reinigung, ein zusammengerollter Schlauch. Arkadis Gürtel und Schuhbänder befanden sich in einem Schränkchen neben dem Schlauch. Ein uniformierter Polizist, kaum älter als ein junger Pionier, kam alle zehn Minuten vorbei, um sich zu vergewissern, daß Arkadi sich nicht an seiner Jacke aufgehängt hatte.

Nachmittags wurde ihm ein Päckchen Zigaretten durch die Stäbe gereicht. Seltsamerweise rauchte Arkadi nicht soviel wie früher, das Essen schien den Appetit seiner Lungen gedämpft zu haben.

Das Abendbrot traf auf einem unterteilten Plastikteller ein:

Rindfleisch in brauner Sauce, Knödel, Karotten mit Dill, Vanillepudding, ein Plastikbesteck.

Ludmilla war die Stimme am anderen Ende gewesen, als er die Faxnummer vom Bahnhof aus angerufen hatte. Und selbst wenn sie Rudi gekannt hatte, so hatte sie doch nicht gewußt, daß er tot war, als sie sich nach dem Roten Platz erkundigte.

Die durchschnittliche Größe eines einem russischen Gefangenen zugebilligten Lebensraums betrug fünf Quadratmeter, Arkadis Zelle war also eine luxuriöse Suite. Russische Zellen waren überdies Manuskripte. Die getünchten Wände waren mit persönlichen Nachrichten und öffentlichen Verkündigungen vollgekritzelt: »Die Partei trinkt das Blut des Volkes!« »Dima wird die Ratten umbringen, die ihn hergebracht haben!« »Dima liebt Seta!« Und mit Zeichnungen: Tiger, Dolche, Engel, vollbusige Frauen, erigierte Schwänze, Christusköpfe. Die Fliesen hier ließen sich nicht vollkritzeln.

Die Aeroflot-Maschine war inzwischen gestartet. Gab es abends noch einen Lufthansa-Flug?

Als er seine Jacke zu einem Kissen zusammenrollte, fand Arkadi in der Innentasche einen Umschlag und las in zitteriger, nadelfeiner Schrift seinen eigenen Namen. Es war der Brief seines Vaters, den Below ihm zugesteckt hatte und den er seit mehr als einer Woche wie eine vergessene Giftkapsel mit sich herumgetragen hatte, von einem russischen Grab bis in eine deutsche Zelle. Er knüllte das Papier zu einer Kugel zusammen und warf es in Richtung Gitter. Aber statt hindurchzufliegen, traf es einen der Stäbe und rollte zum Abfluß in der Mitte des Raumes. Er warf noch einmal, wieder prallte es ab und rollte vor seine Füße.

Das Papier raschelte. Welche Abschiedsworte hatte General Renko ihm zugedacht? Nach einem Leben voller Verwünschungen – welcher letzte Fluch? Im Krieg zwischen Vater und Sohn – welcher letzte Schlag?

Arkadi erinnerte sich an die Lieblingsausdrücke seines Vaters. »Muttersöhnchen«, als Arkadi ein kleiner Junge war. »Spinner«, »Schwuler«, »Hosenscheißer« und »Eunuch«, als er Student war. Natürlich »Feigling«, als Arkadi sich weigerte, Offizier zu werden. Und von da an immer nur »Versager«.

Was für Ehrentitel hatte er sich aufgespart? Die Toten waren den Lebenden gegenüber in einem gewissen Vorteil.

Arkadi hatte seit Jahren nicht mehr mit seinem Vater gesprochen. War der tiefste Punkt seiner Laufbahn in diesem Fliesenloch der richtige Augenblick, seinem Vater Gelegenheit zu geben, zu einem letzten, posthumen Schlag auszuholen? Die Situation war irgendwie komisch.

Arkadi glättete den Umschlag auf dem Fußboden. Er zupfte eine Ecke los, steckte den Finger hinein und öffnete vorsichtig die Klappe. Er wäre keineswegs überrascht gewesen, hätte sein Vater eine Rasierklinge im Umschlag versteckt. Nein, dieser Brief selbst würde die Klinge sein. Was waren die Worte, die ihn am tiefsten treffen konnten? Was konnte ihn noch vom Grab aus in den Ohren gellen?

Arkadi blies in den Umschlag, und sein Atem brachte ein zwiebelschalendünnes Stück Papier zum Vorschein. Er glättete es und hielt es ans Licht. Die Schrift war so dünn und schwach, das letzte Zittern eines Sterbenden, mit einer Hand geschrieben, die kaum die Feder hatte halten können. Der General hatte es nicht fertiggebracht, mehr als ein Wort zu kritzeln: »Irina«.

26

Der nächtliche Verkehr auf der Leopoldstraße war eine Linie aus Scheinwerfern, Glas und Chrom, die sich zwischen Straßencafés hindurchwand.

Peter Schiller zündete sich eine Zigarette an, während er fuhr. »Tut mir leid wegen der Zelle, aber ich mußte Sie irgendwo unterbringen, wo Michael und Federow Sie nicht finden würden. Denen haben Sie es wirklich gegeben, Sie können stolz auf sich sein. Die wissen immer noch nicht, wie Sie die Telefone austauschen konnten. Die beiden haben mir nur immer wieder den Wagen gezeigt, den Tennisplatz und wieder den Wagen.«

Er schaltete in einen niedrigeren Gang und überholte mehrere andere Wagen. Manchmal hatte Arkadi den Eindruck, daß Schiller kaum den Drang zu beherrschen vermochte, einfach auf den Bürgersteig auszuscheren und alle anderen Wagen hinter sich zu lassen.

»Offensichtlich hat Michael aus Sicherheitsgründen ein Spezialtelefon mit einem Scrambler. Er war ungeheuer wütend, da er sich aus Washington ein neues hätte kommen lassen müssen.«

»Er hat seinen Apparat also gefunden?« fragte Arkadi.

»Einfach wunderbar. Das war der Schlag Sahne auf dem Ganzen. Er hat Ihren Rat befolgt. Als Federow weg war, hat Michael sich umgezogen und seine eigene Nummer angerufen. Dann lief er die Straße auf und ab, bis er sein Telefon leise in einem Abfallbehälter läuten hörte. Wie ein verlorenes Kätzchen.«

»Also gibt es keine Anschuldigungen gegen mich?«

»Man hat Sie gesehen, wie Sie das Parkhaus verließen, aber als ich mit ihm fertig war, wußte der Wächter nicht mehr, ob Sie groß oder klein, schwarz oder weiß waren. Wenn ich ihn näher befragt hätte, hätte er mir vielleicht eine genauere Beschreibung geben können. Ich nehme an, Sie schulden mir Dank.«

»Danke.«

Peter Schiller verzog den Mund zur Andeutung eines Lächelns. »Sehen Sie, das war doch nicht schwer. Ihr Russen seid so empfindlich.«

»Sie fühlen sich nicht genügend anerkannt?«

»Mißachtet. Es ist ja schön, daß Amerikaner und Russen so gut miteinander auskommen, aber das heißt noch lange nicht, daß man Sie so einfach mir nichts, dir nichts wieder nach Moskau verfrachten kann.«

»Warum haben Sie sich Michaels Faxgerät nicht näher angesehen, als ich Sie darum gebeten habe?«

»Ich wußte es bereits. Nachdem Ihr Freund Tommy gestorben ist, habe ich die Nummer angerufen. Die Frau hat sich gemeldet. Das ist so meine Art: Wenn jemand getötet wird, werde ich neugierig.« Er gab Arkadi die Zigarettenpackung. »Wissen Sie, es hat mir Spaß gemacht, was Sie mit den Telefonen angestellt haben. Wir müssen uns ähneln. Wenn Sie nicht ein solcher Lügner wären, könnten wir ein gutes Team sein.«

Außerhalb der Stadt schaltete Schiller in den fünften Gang, in dem er offenbar am liebsten fuhr. »Sie geben also zu, daß Sie die Geschichte über die Bayern-Franken und Benz frei erfunden haben. Aber warum haben Sie sich nur die Bank meines Großvaters ausgesucht? Warum haben Sie gerade *ihn* angerufen?«

»Ich habe einen Brief gesehen, den er an Benz geschrieben hat.«

»Haben Sie diesen Brief?«

»Nein.«

»Haben Sie ihn gelesen?«

»Nein.«

Begrenzungspfosten huschten an ihnen vorbei. Ein Flugzeug flog über sie hinweg. Schiller verließ die Autobahn.

»Haben Sie keinen Partner in Moskau? Könnten Sie ihn nicht anrufen?« fragte er.

»Er ist tot.«

»Renko, haben Sie je das Gefühl gehabt, die Pest zu verbreiten?«

Schiller mußte genau wissen, wo sie sich befanden, denn plötzlich schaltete er herunter und brachte den Wagen hinter einer schwarzen, von weißer Asche bedeckten Verfärbung am Straßenrand zum Stehen. Tommys Trabant war verschwunden.

Peter ließ den BMW langsam zurückrollen. »Sie sehen, daß der Straßenbelag nicht nur Brandreste aufweist, er ist sogar leicht aufgerissen. Ich frage mich, wie ein kleiner Trabi solche Spuren hinterlassen konnte. Die fest verschlossenen Türen verbogen. Das Lenkrad eingedrückt. Man sieht nur die Bremsspuren des Trabis, keine Glassplitter. Aber sehen Sie sich die Spuren einmal an.«

Zwei schwarze Linien zogen sich von der Straße bis zur Leitplanke.

»Haben Sie sie untersucht?«

»Ja. Gummi schlechtester Qualität. Man kann solche Reifen

nicht mal neu profilieren lassen. Trabireifen. Die Ermittler glauben, daß Tommy eingeschlafen ist und die Kontrolle über den Wagen verloren hat. Tödliche Unfälle, an denen nur ein Fahrer und ein Wagen beteiligt sind, sind am schwierigsten zu rekonstruieren. Wenn es kein Unfall war, an dem ein weiterer, größerer Wagen beteiligt war, wobei das größere Fahrzeug von hinten auffuhr und den Trabi gegen die Leitplanke drückte. Wenn Tommy Feinde gehabt hätte, würden die Ermittlungen weitergehen.«

»Sie sind abgeschlossen?«

»In Deutschland gibt es so viele Verkehrsunfälle – schreckliche Unfälle auf der Autobahn –, daß wir nicht alle restlos aufklären können. Wenn Sie einen Deutschen umbringen wollen, tun Sie es am besten auf der Straße.«

»Gab es Explosionsspuren im Wagen, Hinweise auf eine Brandstiftung?«

»Nein.«

Peter gab wieder Gas. Arkadi erinnerte sich, daß er Düsenjäger geflogen hatte. In Texas, wo es weniger zu treffen gab.

»Als Tommy verbrannte, sagten Sie, daß Sie schon einmal so ein Feuer gesehen hätten. Wo und wer war das?«

»Ein Schwarzhändler in Moskau.« Arkadi berichtigte sich: »Ein Bankier namens Rudi Rosen. Er verbrannte in einem Audi. Auch Audis brennen gut. Nachdem Rudi gestorben war, erhielt er ein Fax aus dem Gerät, das wir in Ludmillas Zimmer gesehen haben.«

»Der Absender dachte, er wäre noch am Leben?«

»Ja.«

»Was für ein Feuer war es? Ein Kurzschluß? Ein Zusammenstoß?«

»Nein. Es war ein Attentat. Eine Bombe.«

»Eine Bombe? Ich habe noch eine Frage: Bevor Rosen starb, waren Sie da bei ihm?«

»Ja.«

»Also, das ist das erste, was ich Ihnen vorbehaltlos abnehme, Renko. Ansonsten belügen Sie mich immer noch. Es geht hier also nicht nur um Benz. Wer steckt sonst noch dahinter? Denken Sie daran, auch morgen geht wieder eine Maschine nach Moskau. Wir könnten immer noch einen Platz für Sie buchen.«

»Tommy und ich haben etwas gesucht.«

»Was?«

»Einen roten Bronco.«

Vor ihnen säumten Rücklichter den Straßenrand. Auf dem Parkplatz zeichneten sich die Silhouetten der abgestellten Geländewagen ab. Peter kurvte zwischen ihnen hindurch und trat dann hart auf die Bremse. Einige Gestalten sprangen aus dem Weg, die Augen mit den Armen abschirmend. Er holte zwei Taschenlampen aus dem Handschuhkasten, eine für sich, die andere für Arkadi. Als sie ausstiegen, wurden sie von Männern angepöbelt, die sich über die Verletzung ihrer Privatsphäre beschwerten. Schiller schob einen von ihnen mit ausgestrecktem Arm beiseite und schnauzte einen anderen so überzeugend an, daß er ängstlich zurückwich. Es scheint zwei Seiten dieses Peter Schiller zu geben, dachte Arkadi, das deutsche Ideal und den Werwolf – nichts dazwischen.

Schiller nahm die auf Kunden wartenden Frauen in Augenschein, während Arkadi die Fahrzeuge inspizierte, die am anderen Ende des Platzes zur Erfüllung ihrer Geschäfte abgestellt waren. Da er nicht wußte, wie ein Bronco aussah, mußte er die Namen von den Fahrzeugen ablesen. War ein Bronco nicht ein bockendes Pferd? Nein, so hörte es sich nicht an. Es klang eher wie der Schlag einer nassen Trommel oder – im Panzer der Fahrzeuge – die Paarung von Schildkröten.

Es gab keinen roten Bronco, aber Schiller kehrte von der anderen Seite des Platzes mit der Information zurück, daß ein Wagen, auf den die Beschreibung hätte zutreffen können, gerade mit einer Fahrerin namens Tima das Gelände verlassen habe. Er schien nicht enttäuscht zu sein. Vielleicht fuhr er ja etwas schneller, wenn er die Autobahn wieder erreicht hatte.

Arkadi hatte das Gefühl, daß die Nacht hinter ihnen her wehte wie ein Schal. Alles in München ging seinen gewohnten Gang: Man aß sein Müsli, fuhr zur Arbeit, bezahlte für Sex. Nur dieser Peter Schiller schien in einer Welt zu leben, in der alles mit höherer Drehzahl ablief.

»Ich glaube, daß jemand Sie gesehen hat, als Sie im Trabi auf

Tommy gewartet haben. Dann fuhr der arme Kerl nach Hause, und unser Jemand lauerte ihm auf. Es war kein Unfall, es war Mord. Und Sie waren derjenige, der getötet werden sollte.«

»Und jetzt fahren Sie mit mir durch die Gegend, bis jemand versucht, uns zu töten?«

»Um einen klaren Kopf zu bekommen. Verfolgen Sie jemanden aus Moskau? Oder werden Sie verfolgt?«

»Im Augenblick würde ich jeden verfolgen. Ich könnte mir jeden x-beliebigen Stern herauspicken und ihn aufs Korn nehmen.«

»Wie meinen Großvater.«

»Vielleicht hat Ihr Großvater mit der Sache zu tun, vielleicht auch nicht. Ich weiß es wirklich nicht.«

»Sind Sie Benz je begegnet?«

»Nein.«

»Haben Sie je mit jemandem gesprochen, der ihm begegnet ist?«

»Tommy. Fahren Sie langsamer«, sagte Arkadi. Auf dem Randstreifen stand ein Mädchen mit einer roten Lederjacke und roten Stiefeln, und als sie vorbeifuhren, sah er, daß sie schwarze Haare und ein rundes usbekisches Gesicht hatte. »Halten Sie an!«

Das Mädchen war wütend und nicht in der Stimmung, mitgenommen zu werden. Ihr Deutsch war ein russischer Dialekt.

»Das Arschloch hat mich aus meinem Wagen geworfen. Ich bringe ihn um.«

»Wie sieht dein Wagen aus?« fragte Arkadi.

Sie stampfte mit den Stiefeln auf den Boden. »Scheiße! All meine Sachen sind da drin.«

»Vielleicht können wir ihn finden.«

»Meine Bilder und meine Briefe.«

»Wir werden nach ihm Ausschau halten. Was für ein Wagen ist es denn?«

Sie blickte in die Dunkelheit und überlegte. Usbekistan ist weit, dachte Arkadi. Sie sagte: »Kümmere du dich um deine eigenen Angelegenheiten. Ich kann auf mich selbst aufpassen.«

»Wenn jemand Ihren Wagen gestohlen hat, sollten Sie es der Polizei melden«, sagte Schiller.

Sie musterte ihn und den BMW mit der auffälligen Antenne und den zusätzlichen Scheinwerfern. »Nein.«

»Wovon ist Tima die Kurzform?« fragte Arkadi.

»Fatima.« Sofort fügte sie hinzu: »Ich hab nie gesagt, daß mein Name Tima ist.«

»Hat er den Wagen auch vor zwei Abenden schon genommen?«

Sie verschränkte die Arme. »Hast du mir nachspioniert?«

»Kommst du aus Samarkand oder Taschkent?«

»Taschkent. Woher weißt du soviel? Ich rede nicht mehr mit dir.«

»Wie lange ist es her, daß er dir den Wagen geklaut hat?«

Sie verzog das Gesicht und ging, auf den hohen Hacken schwankend, fort in die Dunkelheit. Die Usbeken, die goldene Horde Tamerlans, waren einst aus der Mongolei bis nach Moskau vorgedrungen. Dies war ihr Ende, eine über die Autobahn stolpernde Nutte.

Sie fuhren auf den Parkplatz des Roten Platzes und suchten ihn ab. Kein roter Bronco. Eine Gruppe von Geschäftsleuten verließ einen Bus und zog lärmend in den Sexclub.

»Gräßlich«, sagte Schiller. »Die trinken hier nur ein Bier, und dann fahren sie nach Haus und ficken ihre Frauen.« Der Wagen ließ einige Kieselsteine in ihre Richtung spritzen, als er an ihnen vorbeifegte. Wieder auf der Autobahn, schien Peter Schiller ruhiger geworden zu sein. Offenbar hatte er einen Entschluß gefaßt. Auch Arkadi entspannte sich, inzwischen an die Geschwindigkeit gewöhnt.

Vor ihnen breitete sich die Stadt aus, nicht wie ein Steppenbrand, sondern wie ein Schlachtfeld von Nachtfaltern.

Vor der Wohnung von Benz stand ein roter Bronco. Die Fenster waren dunkel. Sie fuhren zweimal vorbei, parkten einen Häuserblock weiter und kehrten zu Fuß zurück.

Peter Schiller blieb im Schatten eines Baumes stehen, während Arkadi die Stufen hochstieg und den Klingelknopf an der Haustür drückte. Keine Stimme über die Gegensprechanlage. Kein Fenster, das aufleuchtete.

Schiller trat auf ihn zu. »Er ist nicht da.«

»Der Wagen ist da.«

»Vielleicht ist er spazierengegangen.«

»Um Mitternacht?«

»Er ist ein Ossi. Wie viele Wagen kann er haben? Betätigen wir uns als Detektive, Renko. Sehen wir mal, ob wir was finden.«

Er gab Arkadi eine Taschenlampe, führte ihn zum Bronco und öffnete ein Taschenmesser. Der Chrom an der vorderen Stoßstange wies keinerlei Kratzspuren auf, aber die Gummileiste glitzerte im Licht der Taschenlampe. Schiller hockte sich hin und kratzte etwas vom Gummi ab, das wie Glasfäden aussah.

»Ein Grund, weshalb es fast unmöglich ist, einen Trabi wiederzuverwerten, liegt in seiner Glasfaserkarosserie.« Er ließ die Splitter in einen Briefumschlag fallen. »Tot oder lebendig – es ist sehr schwierig, mit einem Trabi umzugehen.«

Schiller gab über Funk die Wagennummer des Bronco durch. Während sie auf eine Antwort warteten, schüttete er einige Splitter aus dem Umschlag in den Aschenbecher und zündete sie mit seinem Feuerzeug an. Sie brannten gelb wie Holzspäne, schwarze Aschenfäden stiegen mit dem braunen Rauch auf, und ein vertrauter, giftiger Geruch füllte das Innere des Wagens.

»Reiner Trabi.« Schiller blies die Flamme aus. »Beweist allerdings überhaupt nichts. Es ist nicht genug übrig von Tommys Trabant, um Vergleiche anstellen zu können. Aber selbst ein Anwalt müßte zugeben, daß der Bronco mit irgendwas zusammengestoßen ist.«

Die Antwort kam. Schiller schrieb »Fantasy Tours« und die Adresse von Boris Benz auf einen Block.

»Fragen Sie, wie viele Wagen auf Fantasy Tours zugelassen sind«, sagte Arkadi.

Schiller fragte, dann schrieb er eine Achtzehn auf den Block. Und »Pathfinder, Navahos, Cherokees, Trooper, Rover«.

Er legte auf. »Sie sagten, daß Sie Benz nie gesehen haben.«

»Ich sagte, daß Tommy Benz gesehen hat.«

»Sie sagten, daß Sie mit Tommy weggefahren sind, um Benz zu suchen. Sie sind zuerst in den Sexclub gefahren?«

»Tommy hat ihn dort vor einem Jahr gesehen.«

»Wer war der Verbindungsmann? Wie haben sie sich getroffen?«

Es war Arkadi bisher gelungen, den Namen von Albow aus dem Fall herauszuhalten. Max war nur einen Schritt von Irina entfernt. Es wäre bitter, dachte er, wenn sie durch seine Schuld in Schillers Ermittlungen einbezogen würde.

»Warum trafen sie sich? Wollte Tommy mit Benz über den Krieg reden?«

»Ich bin mir sicher, daß Tommy mit ihm darüber geredet hat. Er hat Leute interviewt, um ein Buch über den Krieg zu schreiben. Er war davon wie besessen. Seine Wohnung ist ein einziges Kriegsmuseum.«

»Ich war dort.«

»Was halten Sie davon?«

Schillers Augen glühten, als hätten sie aus dem Funkgerät neue Energie bezogen. Er zog einen Schlüssel aus der Jacke. »Ich denke, wir sollten das Museum noch einmal besuchen.«

Hakenkreuze an zwei Wänden. Die dritte Wand wurde von einer Wehrmachtskarte eingenommen. Auf den Regalen Tommys Gasmasken- und Blechpanzersammlung, eine Radkappe von Hitlers Tourenwagen, Munition, Goebbels' orthopädischer Schuh. Eine Uhr in Form eines Adlers zeigte auf kurz nach Mitternacht.

»Normalerweise durchsuchen wir die Wohnungen von Verkehrsopfern nicht«, sagte Schiller.

Auf dem Tisch stand eine Schreibmaschine neben Papierstößen und Karteikarten. Peter Schiller schlenderte umher, hob einen Feldstecher an die Augen, streifte sich eine Armbinde über und setzte sich eine SS-Mütze auf, wie ein Schauspieler in einer Requisitenkammer. Er nahm den Helm auf, den Tommy bei der Party getragen hatte, und hob einen Gipsabdruck hoch.

»Hitlers Zähne«, sagte Arkadi.

Schiller öffnete das Gebiß. »Sieg Heil!«

Arkadis Nackenhaare sträubten sich.

»Wissen Sie, warum wir den Krieg verloren haben?« fragte Schiller.

»Warum?«

»Ein alter Mann hat es mir erklärt, auf einer Bergwanderung in den Alpen. Auf einer Hochalm, umgeben von Feldblumen, machten wir Pause, um zu essen, und kamen auf den Krieg zu sprechen. Er sagte, daß sich die Nazis gewisser ›Ausschreitungen‹ schuldig gemacht hätten, aber der wahre Grund, weshalb Deutschland den Krieg verloren habe, sei Sabotage gewesen. In den Munitionsfabriken habe es Arbeiter gegeben, die absichtlich das Pulver in den Patronen mit irgendwelchem Zeug vermischten, um unsere Waffen unwirksam zu machen. Sonst hätten wir bis zu einem ehrenhaften Frieden durchhalten können. Er schilderte, wie die Großväter und Jungen, die in den Ruinen von Berlin kämpften, von diesen Saboteuren hinterrücks erdolcht wurden. Jahre später erfuhr ich dann, die Saboteure seien Russen und Juden gewesen, auf Hungerrationen gesetzte Sklavenarbeiter. Ich erinnere mich noch an die Blumen, die herrliche Aussicht und die Tränen in seinen Augen.«

Er stellte den Gipsabdruck zurück, trat neben Arkadi an den Schreibtisch und durchblätterte die Karteikarten und Notizen. »Wonach suchen Sie?« fragte Arkadi.

»Nach Antworten.«

Sie durchsuchten die Schubladen des Schreib- und des Nachttischs, in Schränke gestopfte Aktendeckel und Adreßbücher, die sie unter dem Bett entdeckten. Schließlich fanden sie neben dem Telefon in der Küche an die Wand gekritzelte Nummern ohne Namen. Peter Schiller ließ ein leises, amüsiertes Lachen hören, legte den Finger unter eine Nummer und hob den Hörer ab, um sie zu wählen.

Der Teilnehmer am anderen Ende der Leitung meldete sich in Anbetracht der frühen Stunde überraschend schnell. Peter Schiller sagte: »Großvater, ich komme gleich mit meinem Freund Renko vorbei.«

Der ältere Schiller trug einen seidenen Morgenmantel und Samtpantoffeln. Sein Wohnzimmer war mit Orientteppichen ausgelegt. Die Lampen hatten Schirme aus farbigem Glas.

»Ich war ohnehin wach. Nachts ist die beste Zeit, um zu lesen.«

Der Bankier schien eine deutliche Unterscheidung zwischen Arbeit und Privatleben zu machen. In den Bücherschränken standen keine Werke über die Regularien des Bankwesens, sondern Kunstbände mit Abbildungen türkischer Teppiche und japanischen Porzellans. Kunstgegenstände – die griechische Bronzeplastik eines Delphins, mexikanische Jadeschädel, ein chinesischer Alabasterhund – wurden von Spotlights angestrahlt und waren offensichtlich von einem Mann erworben worden, der große Sorgfalt darauf verwandt hatte, ausgewählte Stücke von bescheidener Größe, aber ungewöhnlicher Qualität zusammenzustellen. Eine Madonna hing am traditionellen Platz hoch oben in einer Ecke, wie in einem Bauernhaus vor der Revolution. Ihr dickes, dunkles Holz war gesprungen, was ihre leuchtenden Augen nicht weniger lebendig erscheinen ließ.

Schiller schenkte Tee ein. Er trug ein Stützkorsett unter seinem Morgenmantel, wie Arkadi bemerkte, und bewegte sich von der Hüfte aufwärts mit steifer Grandezza.

»Ich muß mich entschuldigen, ich habe keine kandierten Früchte. Ich erinnere mich, daß die Russen ihren Tee gern mit kandierten Früchten nehmen.«

Sein Enkel ging auf und ab.

»Nur zu«, sagte sein Großvater. »Es ist gut für den Teppich.« Er wandte sich an Arkadi. »Als Junge marschierte Peter Kilometer auf diesem Teppich hin und her. Er hatte schon immer zuviel Energie. Er kann nichts dafür.«

»Wieso hatte der Amerikaner deine Nummer?«

»Sein Buch, dieses idiotische Buch. Er war einer dieser Menschen, die sich auf die absonderlichsten Dinge versteifen. Er hat mich dauernd belästigt, aber ich habe mich geweigert, ihm ein Interview zu geben. Ich nehme an, daß er es war, der Benz meinen Namen gegeben hat.«

»Die Bank hatte nichts damit zu tun?« fragte Arkadi.

Schiller gestattete sich die Andeutung eines Lächelns. »Die Bayern-Franken würde eher in die dunkle Seite des Mondes investieren als in die Sowjetunion. Benz ist aus persönlichen Gründen zu mir gekommen.«

»Benz ist ein Zuhälter«, sagte der Jüngere. »Mit einer ganzen Blase von Nutten draußen vor der Stadt. Was für einen Grund sollte er haben, mit dir in Verbindung zu treten?«

»Immobilien.«

»Es ging um Geschäfte?« fragte Arkadi.

Der alte Mann nahm einen Schluck Tee. Die Tasse hatte einen vergoldeten Rand. »Vor dem Krieg hatten wir eine eigene Bank in Berlin. Wir sind nicht aus Bayern.« Er warf seinem Enkel einen besorgten Blick zu. »Unsere Familie lebte in Potsdam, etwas außerhalb. Wir hatten auch ein Sommerhaus an der Ostsee. Ich habe es Peter oft beschrieben. Ein herrlicher Platz. Bank und Häuser, alles lag im Sowjetischen Sektor und dann in der DDR. Wir haben unseren Besitz erst an die Russen und dann an die Ostdeutschen verloren.«

Arkadi sagte: »Ich dachte, mit der Wiedervereinigung würde Privatbesitz zurückerstattet.«

»Oh, ja. Die ehemalige DDR wird heute von ihren Geistern heimgesucht. Aber wir bekommen nichts, da laut Gesetz Grundstücke von der Rückgabe ausgeschlossen sind, die zwischen 1945 und '49 enteignet wurden, der Zeit, in der auch wir unseren Besitz verloren. Das dachte ich jedenfalls, bevor Benz an mich herantrat.«

»Was hat er gesagt?« fragte Arkadi.

»Er stellte sich mir als eine Art Immobilienmakler vor und teilte mir mit, daß Unklarheit darüber bestehe, wann genau unser Potsdamer Haus konfisziert wurde. Als die Russen noch das Sagen hatten, standen viele Gebäude einfach jahrelang leer. Grundbucheintragungen waren verlorengegangen oder verbrannt. Benz sagte, er könne mir möglicherweise Dokumente beschaffen, die unseren Anspruch untermauerten.« Schiller drehte sich steif in seinem Sessel um. »Es war auch deinetwegen, Peter. Er sagte, er könnte uns überdies helfen, das Sommerhaus zurückzubekommen. Es könnte alles wieder uns gehören.«

»Für wieviel?« fragte Peter Schiller.

»Er wollte kein Geld, sondern Informationen.«

»Bankinformationen?«

Schiller war beleidigt. »Persönliche Informationen.« Der Bankier schlüpfte aus seinen Pantoffeln. Seine Füße waren braungefleckt, mit gelben Nägeln. Zwei Zehen fehlten. »Abgefroren«, sagte er mit einem Blick nach unten. »Ich sollte in Spanien leben. Peter, du weißt, wo der Cognac steht. Mir ist kalt.«

»Sie waren an der Ostfront?« fragte Arkadi. »Wo genau?«

Schiller räusperte sich. »Ich war bei einer Sondereinheit.«

»Einer Sondereinheit?«

»Ich weiß, was Sie denken. Andere Sondereinheiten haben Juden zusammengetrieben, aber ich habe nichts dergleichen getan. Mein Vater wollte nicht, daß ich in die vorderste Frontlinie kam, also hat er dafür gesorgt, daß ich zu einer SS-Truppe abkommandiert wurde, die dem Vormarsch folgte. Ich war ja fast noch ein Junge damals, jünger als ihr beide. Er sagte mir, daß ich Kunstschätze retten könnte, und er hatte recht: Ohne uns hätten sich Tausende von Gemälden, Schmuckstücken und unersetzlichen Büchern in Luft aufgelöst, wären verbrannt, eingeschmolzen oder gestohlen worden. Wir haben buchstäblich die Kultur gerettet. Nach einer festen Liste. Göring hatte eine, Goebbels eine andere. Wir hatten eigene Tischler, Packer und sogar eigene Züge. Die Wehrmacht hatte Befehl, die Schienen für uns freizuhalten. Im Herbst hatten wir alle Hände voll zu tun. Bei Einbruch des Winters dann blieben wir vor Moskau stecken.«

Mit einem Cognac schmeckte der Tee besser. Der Bankier lehnte sich mühsam in seinen Sessel zurück. Jede Bewegung, die er macht, dachte Arkadi, ist wahrscheinlich mit Schmerzen verbunden.

»War es das, was Tommy von Ihnen wissen wollte?« fragte er.

»Sachen dieser Art«, sagte Schiller.

»Du hast mir erzählt«, sagte sein Enkel, »du seist vor Moskau gefangengenommen worden und hättest drei Jahre in einem Lager verbracht. Du hast gesagt, ihr hättet euch erst ergeben, als eure Gewehre eingefroren waren.«

»Meine Füße sind erfroren. Um die Wahrheit zu sagen: Als ich gefangengenommen wurde, hatte ich mich in einem unserer Güterwaggons versteckt. Alle SS-Männer wurden auf der Stelle erschossen, und ich wäre wohl auch erschossen worden, hätten die Russen nicht einige der Kisten geöffnet und Ikonen darin gefunden. Es gab eine Reihe von Verhören, die nicht gerade angenehm waren, und ich erklärte mich bereit, Listen von allen Wertgegenständen aufzustellen, die wir an uns gebracht hatten. Schließlich änderte sich die Kriegslage völlig. Ich war nie in einem Lager, nicht einen Tag. Ich zog mit der Roten Armee, zunächst auf der Suche nach den von der SS requirierten Kunstschätzen, dann, als wir weiter nach Westen vordrangen, als Berater einer vom sowjetischen Kulturministerium aufgestellten Truppe, die den Auftrag hatte, besagte Kunstwerke ausfindig zu machen und nach Moskau zu schikken. Stalin hatte eine Liste, Berija hatte eine Liste. Aber wir schickten weit mehr nach Moskau, als auf diesen Listen stand, denn wir stießen auf Kunstwerke, die die SS aus verschiedenen Ländern geraubt hatte – Zeichnungen aus Holland, Gemälde aus Polen. Wir plünderten das Dresdener Museum, die Preußische Staatsbibliothek, Kunstsammlungen in Aachen, Weimar, Magdeburg.«

»Mit anderen Worten, du warst ein Kollaborateur«, sagte Peter Schiller.

»Ich paßte mich an, und ich war nicht der einzige. Als die Russen Berlin einnahmen, wohin zogen sie als erstes? Während die Stadt noch brannte, Hitler noch lebte, waren sie schon in den Museen: Rubens, Rembrandt, das Gold Trojas, unermeßliche Kunstschätze verschwanden und wurden nie wieder gesehen.«

»Waren Sie dabei?« fragte Arkadi.

»Nein. Ich war damals noch in Magdeburg, und als wir dort alles erledigt hatten, gaben die Russen mir einen Wodka. Wir waren drei Jahre zusammengewesen. Ich trug sogar einen Mantel der Roten Armee. Den zogen sie mir jetzt aus, führten mich ein paar Schritte weiter zu einem Feldweg, schossen mir eine Kugel in den Rücken und ließen mich liegen. Sie dachten, ich sei tot. Siehst du, Peter, so hat es sich wirklich abgespielt.«

»Woran war Benz am meisten interessiert?« fragte Arkadi.

»An nichts Besonderem.« Schiller dachte nach. »Ich hatte eher das Gefühl, als ob er seine Liste mit meiner verglich. Im Grunde war er ein primitiver Mann, ein richtiger Russenbankert. Schließlich sprachen wir nur noch davon, wie man Kisten zusammenbaut. Die SS hat Tischler von der Berliner Firma Knauer rekrutiert, dem seinerzeit besten Spezialisten für den Transport von Kunstwerken. Ich habe ihm Skizzen gemacht. Er schien mehr an Nägeln und Holz und dergleichen interessiert als an Kunst.«

»Was meinen Sie mit ›Russenbankert‹?«

»Ein allgemein üblicher Ausdruck. Etliche deutsche Mädchen hatten Babys von den hier stationierten Besatzungssoldaten.«

»Benz wurde in Potsdam geboren. Sie meinen, sein Vater war Russe?« fragte Arkadi.

»Den Eindruck hatte ich«, sagte Schiller.

»All die Geschichten, die du mir erzählt hast«, sagte sein Enkel. »Und dabei warst du ein Dieb, erst auf der einen Seite, dann auf der anderen. Warum hast du mir das nicht früher gesagt?«

Der Bankier schlüpfte wieder in seine Pantoffeln. Er drehte sich so weit zu seinem Enkel um, wie er konnte, ein alter Mann, so zerbrechlich wie auf brutale Weise ehrlich.

»Du hattest nichts damit zu tun. Die Vergangenheit war begraben, aber jetzt kehrt sie wieder zurück. Alles hat seinen Preis. Wenn wir unser Haus und unseren Besitz wiederbekommen, wenn wir heimkehren können, Peter, ist die Wahrheit der Preis, den du dafür zahlen mußt.«

Peter Schiller setzte Arkadi vor Stas' Wohnung ab und verschwand in der Dunkelheit.

Arkadi schloß die Tür mit dem Wohnungsschlüssel auf, den Stas ihm gegeben hatte. Laika beschnüffelte ihn ruhig und ließ ihn herein. Er ging in die Küche und bereitete Laika ein spätes Abendessen mit Keksen und für sich selbst eins mit Tee, Marmelade und Zigaretten.

Schritte schlurften durch die Diele. Stas lehnte sich gegen

den Türpfosten. Er trug einen Pyjama, dessen Oberteil nicht zum Unterteil paßte, und betrachtete Laika und die Kekse: »Schlampe.«

»Ich habe Sie aufgeweckt«, sagte Arkadi.

»Ich bin nicht wach. Wenn ich wach wäre, würde ich fragen, wo zum Teufel Sie gewesen sind.« Wie ein Schlafwandler ging er zum Kühlschrank und nahm eine Flasche Bier heraus. »Offensichtlich halten Sie mich für einen Portier, den Hausmeister und die Fee, die Ihre Schuhe putzt. Wo *sind* Sie also gewesen?«

»Bei meinem neuen deutschen Partner. Er interessiert sich brennend für die Sache, und ich revanchiere mich dadurch, daß ich ihn, so gut ich kann, in die Irre führe.«

Stas setzte sich. »Sie können einen Deutschen weder in die Irre noch sonstwohin führen.«

Arkadi hatte Schiller dadurch irregeführt, daß er, um Irina zu schützen, Max nicht erwähnt hatte. Peter Schiller war überzeugt, daß sein Großvater die einzige Verbindung zwischen Tommy und Benz war. »Ich habe mir seine nationalen Schuldgefühle zunutze gemacht.«

»Wenn Sie einen Deutschen mit Schuldgefühlen finden, sollten Sie das auf jeden Fall ausnutzen. Ich habe die Erfahrung gemacht, daß dieses Land an einer weitverbreiteten Vergeßlichkeit leidet. Aber wenn Sie einmal eine Ausnahme finden, garantiere ich Ihnen, daß es niemanden auf der Erde gibt, der sich so darin verbohrt. Stimmt's?«

»Ziemlich genau.«

Stas setzte die Flasche so an die Lippen, daß sie auf ihnen zu balancieren schien, und stellte sie dann leer wieder ab. »Ich war ohnehin wach. Ich habe darüber nachgedacht, daß ich wahrscheinlich in einem Lager gestorben wäre, wenn ich in Rußland geblieben wäre. Aber vielleicht hätte man mich ja auch nur in die Mangel genommen und bliniweich geklopft.«

»Sie hatten recht, das Land zu verlassen.«

»Das Ergebnis ist, daß ich jetzt einen gewaltigen Einfluß auf die Weltereignisse nehme. Ich mache mich immer über den Sender lustig, aber das Budget von Radio Liberty ist geringer als die Kosten für einen einzigen strategischen Bomber.«

Stas sah auf die Küchenuhr. Der Sekundenzeiger tickte

ziemlich laut und hörte sich an wie ein Schlüssel, der sich immer und immer wieder im Schloß drehte. Laika kroch auf ihn zu und legte ihren zottigen Kopf auf seinen Schoß.

Stas sagte: »Vielleicht hätte ich bleiben sollen.«

27

Am nächsten Morgen tasteten sich die Scheinwerfer des Autos durch dichten Nebel. Fahrräder tauchten wie Geister auf und verschwanden wieder.

Irina wohnte einen Block vom Park entfernt in einer Straße, deren Atmosphäre von Ateliers und Boutiquen bestimmt wurde. Alle Gebäude waren im Jugendstil erbaut, bis auf ihres, das einfach und modern war. Wenn auch die Fenster ihrer Wohnung nicht zu sehen waren, machte Arkadi doch ihren Balkon aus, ein Messinggeländer vor einer Wand aus Kletterpflanzen. Er stand an der Bushaltestelle am Ende der Straße, der vernünftigste und unauffälligste Platz zum Warten.

Führte der Balkon in ihre Küche? Er stellte sich das warme Licht und den Duft von Kaffee vor. Er stellte sich auch Max Albow vor, wie er eine zweite Tasse trank, aber nein, er mußte Max aus diesem Bild ausschließen, wenn das Gefühl der Eifersucht in ihm nicht übermächtig werden sollte. Irina wird womöglich gleich aus der Haustür treten, um zum Sender zu fahren. Vielleicht wird sie dabei von Max begleitet. Er konzentrierte sich auf die Hoffnung, daß sie allein war, gerade ihre Tasse abtrocknete und dann ihren Regenmantel anzog, um den Bus zu nehmen.

Ein Lieferwagen parkte vor dem Haus. Der Fahrer stieg aus, öffnete die hinteren Türen, betätigte eine hydraulische Hebebühne, um Kleiderständer auf die Straße zu senken, und schob sie in eine Boutique. Der Scheibenwischer des Wagens arbeitete weiter, obwohl es nicht eigentlich regnete, sondern die Feuchtigkeit in feinen Tröpfchen in der Luft hing. Das Pflaster schimmerte. Arkadi trat auf die Straße, um sich Irinas

Haus näher anzusehen, als ein Bus hielt und ihn zurück auf den Bürgersteig trieb. Fahrgäste stiegen ein und aus.

Der Bus setzte sich wieder in Bewegung und verschwand. Arkadi brauchte eine Minute, ehe er merkte, daß die von Kletterpflanzen überwachsene Wand hinter Irinas Balkon dunkelgrün geworden war - wahrscheinlich hatte vorher Licht gebrannt, das jetzt ausgeschaltet worden war. Er behielt die Tür noch eine Weile im Auge, bevor er begriff, daß sie das Haus verlassen haben mußte, als der Lieferwagen ihm den Blick versperrte. Er hatte erwartet, daß sie bei diesem Wetter den Bus nehmen würde, statt dessen war sie in entgegengesetzter Richtung gegangen, und er hatte sie verpaßt.

Arkadi lief die Straße hinunter. In der verkürzten Perspektive, wie aufgewühlte Gefühle sie erzeugen, wippten Regenschirme zu beiden Seiten der Straße auf und ab. Ein Türke, der eine spitz zulaufende, aus Zeitungspapier zusammengefaltete Kopfbedeckung trug, fuhr auf einem Fahrrad zwischen den Stoßstangen der Autos hindurch. Der Englische Garten säumte die Straße mit einer Wand riesiger Buchen. Weiter unten betrat eine Frau in einem weißen Regenmantel den Park.

Arkadi überquerte die Straße. Die Radiostation lag jenseits des Englischen Gartens, der als die grüne Lunge Münchens bezeichnet wurde. Er besaß einen Fluß, Bäche, dichte Baumgruppen und Seen – alles an diesem Morgen von dichtem Nebel verhangen, der den Park kalt und dunkel erscheinen ließ und Arkadi veranlaßte, den Kragen seiner Jacke hochzuschlagen.

Er konnte sie hören, jedenfalls hörte er jemanden gehen. Erinnerte er sich daran, wie sie ging? Lange Schritte, selbstsicher ausschreitend. Sie haßte Regenschirme, genau wie sie Menschenmengen haßte. Er eilte hinter dem Geräusch her und war sich bewußt, daß jedes Zögern den Abstand von ihr vergrößerte. Wenn sie es war, die vor ihm ging. Der Weg entzog sie beharrlich seinen Blicken. Die Zweige der Buchen über ihm ragten wie Gestänge in den Himmel. Die der Eichen reichten weiter herunter und beugten sich vor wie Bettler. Der Weg führte über einen Bach, Dampf stieg von der Wasseroberfläche auf, geisterhaft. Ein Geschöpf, das wie eine große Raupe aussah, schnüffelte an nassen Blättern. Aus der Nähe entpuppte es sich als langhaariger Dackel. Seine Besitzerin folgte ihm mit einer Schaufel und einem Beutel.

Irina war verschwunden – wenn es Irina gewesen war. Wie viele Frauen hatte er im Laufe der Jahre, aus der Ferne, mit ihren Zügen ausgestattet? Das war die Illusion seines Lebens, sein Alptraum.

Arkadi hatte den Park für sich allein. Er hörte, wie der Nebel langsam von den Blättern tropfte, das Fallen von Buchekkern auf den aufgeweichten Boden, das Huschen unsichtbarer Vögel. Dann wurden die Schatten lichter, und er fand sich am Rand einer großen Wiese wieder, die völlig von dunklem Grün umschlossen war. Für einen Augenblick sah er auf der anderen Seite einen weißen Fleck aufblitzen.

Mit dem keuchenden Atem und den schweren Füßen eines Ackergauls lief er über das Gras. Als er den Platz erreichte, an dem der weiße Fleck aufgeblitzt war, war nichts mehr zu sehen. Doch jetzt kannte er die Richtung, die sie eingeschlagen hatte. Ein Weg führte durch eine rotbraune Wand von Ahornbäumen und den träge aufsteigenden Dampf eines anderen Baches. Wieder hörte er Schritte, und dann sah er sie, eine Tasche über der Schulter. Ihr Mantel war eher silbern als weiß und reflektierte das Licht. Ihr Haar, ungeschützt, schien durch die Feuchtigkeit dunkler geworden. Sie sah sich um und ging weiter, schneller als vorher.

Sie gingen im gleichen Schritt, zehn Meter voneinander entfernt, über eine dunkle Allee. Als der Weg sich zu einem schmalen, durch ein Birkenwäldchen führenden Streifen verengte, blieb sie stehen und lehnte sich gegen einen der weißen, borkigen Stämme, um auf ihn zu warten.

Schweigend gingen sie zusammen weiter. Arkadi fühlte sich wie ein Mann, der sich einem Reh genähert hatte. Ein falsches Wort, dachte er, und sie wird für immer verschwinden. Als sie ihn ansah, wagte er nicht, ihren Blick zu erwidern oder in ihm zu lesen. Wenigstens gingen sie Seite an Seite. Das allein war schon ein Sieg.

Er bedauerte, eine so schlechte Erscheinung zu machen. Seine Schuhe waren voller Gras, und seine Jacke war feucht und beulte am Rücken. Sein Körper war zu mager, und wahrscheinlich hatten seine Augen den Glanz eines chronisch Hungernden.

Sie hatten die Richtung geändert und gelangten an den Rand eines Sees. Das Wasser war schwarz und still. Irina sah hinunter auf das Spiegelbild, auf den Mann und die Frau, die vom Wasser zu ihnen hochschauten, und sagte: »Das ist das Traurigste, was ich je gesehen habe.«

»Meinst du mich?« fragte Arkadi.

»Uns.«

Vögel sammelten sich. Der Park war reich an ihnen. Samtköpfige Stockenten, Braut-, Pfeif- und Krickenten tauchten aus dem Nebel auf und streiften die Wasseroberfläche. Schwalben zeichneten kühn geschwungene Schriftzüge in die Luft, Gänse landeten schwerfällig auf ihren Füßen.

Sie saßen auf einer Bank.

»Es gibt Leute, die jeden Tag herkommen, um die Vögel zu füttern«, sagte sie. »Sie bringen ganze Einkaufstüten voller Brot mit.«

Es war so kalt, daß ihr Atem sich zu dünnen Wolken verdichtete.

»Ich kann nachempfinden, wie diese Vögel sich fühlen«, sagte sie. »Du dagegen bist nie gekommen. Das werde ich dir nie vergeben.«

»Ich weiß.«

»Und jetzt, wo du hier bist, hab ich wieder das Gefühl, ein Flüchtling zu sein. Ich mag dieses Gefühl nicht.«

»Niemand mag es.«

»Aber ich lebe schon seit Jahren im Westen. Ich habe ein Recht, hierzusein, Arkadi. Geh nach Hause. Laß mich allein.«

»Nein. Ich werde nicht gehen.«

Er hatte fast erwartet, daß sie aufstehen und davonlaufen würde. Es wäre ihr gefolgt, was sonst hätte er tun können? Sie blieb. Sie ließ sich eine Zigarette von ihm anzünden. »Eine schlechte Angewohnheit«, sagte sie. »Wie du.«

Ein Gefühl der Vergeblichkeit lag in der Luft. Kälte drang

durch seine dünne Jacke. Er hörte sein Herz schlagen und glaubte, über dem Wasser den Widerhall der pochenden Schläge zu vernehmen. Eine einzige schlechte Gewohnheit – genau das war er: unwissend, unfähig, sich unterzuordnen, körperlich in mieser Verfassung – ein Mann mit nichts als stumpfen Rasierklingen.

So viele Vögel waren gekommen – einige als Schwarm, andere einzeln aus dem Nebel niedersegelnd –, daß Arkadi an die schwimmende Fischfabrik erinnert wurde, auf der er einen Teil seines Exils verbracht hatte, an die Möwen, die sich über dem Heck sammelten und sich um den Abfall und den Überschuß aus den Netzen stritten. Er erinnerte sich, wie er am Heck gestanden und eine Zigarette zerkrümelt hatte, wie eine Möwe das Papier in der Luft aufgefangen und als Trophäe mit sich genommen hatte. »Such die russische Ente«, sagte er.

»Wo?«

»Die mit den schmutzigen Federn und der Zigarette im Schnabel.«

»So etwas gibt es nicht.«

»Aber du hast sie gesucht, ich habe es gesehen. Stell dir vor, die russischen Enten erfahren von diesem See und all dem Brot, das es hier zu fressen gibt. Zu Millionen kämen sie her.«

»Auch die Schwäne?«

Eine Reihe von Schwänen glitt majestätisch heran. Als eine Stockente nicht auswich, streckte der an der Spitze schwimmende Schwan seinen langen Hals aus, öffnete seinen Schnabel und grunzte wie ein Schwein.

»Ein russischer Schwan. Der erste Vorbote«, sagte Arkadi.

Irina rückte etwas von Arkadi ab, um ihn zu mustern. »Du siehst wirklich schlimm aus.«

»Von dir kann ich das nicht sagen.«

Sie lenkte das Licht auf sich, Nebeltropfen nisteten in ihrem Haar wie Edelsteine. »Ich habe gehört, daß es dir gutging in Moskau«, sagte sie.

»Vom wem hast du das gehört?«

Sie zögerte. »Du bist nicht der, den ich erwartet habe. Du bist der, an den ich mich erinnere.«

Sie gingen langsam weiter. Arkadi bemerkte, daß sie ihm einen kritischen Millimeter nähergekommen war und ihre Schultern sich gelegentlich berührten.

»Stas hat sich immer für dich interessiert. Es überrascht mich nicht, daß ihr Freunde geworden seid. Max sagt, ihr beide seid Artefakte des Kalten Krieges.«

»Das stimmt. Ich bin wie ein Stück Marmor, das du in einer alten Ruine findest. Du hebst es auf, drehst es in deiner Hand und fragst dich: ›Was ist das? Teil eines Pferdetrogs oder einer edlen Statue?‹ Ich möchte dir etwas zeigen.« Er zog einen Briefumschlag aus der Tasche, öffnete ihn und zeigte ihr das Stück Papier mit dem einen Wort darauf.

»Mein Name«, sagte sie.

»Es ist die Handschrift meines Vaters. Ich hatte jahrelang nichts mehr von ihm gehört. Das hier aufzuschreiben muß das Letzte gewesen sein, was er getan hat, bevor er starb. Hast du irgendwann mit ihm gesprochen?«

»Ich wollte Verbindung mit dir aufnehmen, ohne dich in Schwierigkeiten zu bringen. Also habe ich es über deinen Vater versucht.«

Arkadi versuchte, es sich vorzustellen. Wie eine Taube, die in ein offenes Feuer fliegt, dachte er. Auch wenn sein Vater in den letzten Jahren eher ein erloschenes Feuer gewesen war.

»Er hat mir gesagt, was für ein Held du gewesen bist. Wie man versucht hat, dich kleinzukriegen, aber daß du den Oberstaatsanwalt gezwungen hast, dich zurückzuholen. Daß man dir die schwierigsten Fälle übertragen hat und du alle gelöst hast. Er war stolz auf dich. Er hat erzählt und erzählt. Er sagte, du besuchtest ihn oft und würdest mir schreiben.«

»Was sonst noch?«

»Daß du zu beschäftigt wärst, um dich mit Frauen abzugeben, aber daß die Frauen ständig hinter dir her wären.«

»Und das hast du ihm alles abgenommen?«

»Er sagte, das einzige Problem mit dir wäre, daß du ein Fanatiker seist und manchmal Gottes Platz einnähmst. Daß manches Gott selbst überlassen bleiben sollte.«

»Ich an seiner Stelle wäre nicht besonders scharf darauf gewesen, Gottes Antlitz zu sehen.«

»Hast du Frauen gehabt?«

»Nein. Ich war eine Zeitlang in einer psychiatrischen Anstalt und dann in Sibirien. Später habe ich als Fischer gearbeitet. Meine Möglichkeiten waren begrenzt.«

Sie unterbrach ihn. »Bitte. Ich kenne Rußland. Es gibt immer Möglichkeiten. Als du nach Moskau zurückgingst, mußt du doch eine Frau dort gehabt haben.«

»Ich war verliebt. Ich habe mich nicht nach Frauen umgesehen.«

»In mich verliebt?«

»Ja.«

»Du *bist* ein Fanatiker.«

Sie gingen an einem Teich entlang, auf dem schneeweiße Daunenfedern trieben und auf den Regenperlen tropften. War es derselbe Teich wie vorher?

»Arkascha, was wird nur aus uns werden?«

Sie verließen den Park und betraten ein Studentencafé, in dem Maschinen aus Edelstahl über Tassen heißer Milch zischten. An den Wänden hingen Poster aus Italien – Skihänge in den Dolomiten, malerische Straßen in Neapel. An den Tischen saßen junge Leute mit geöffneten Büchern und schüsselgroßen Kaffeetassen. Sie setzten sich an einen Tisch am Fenster.

Arkadi sprach davon, wie es ihn nach Sibirien verschlagen und wie er in Irkutsk gearbeitet hatte, in Norilsk und dann in Kamtschatka am Meer.

Irina sprach von New York, London und Berlin. »Die Arbeit am Theater in New York war gut, aber ich durfte nicht in die Gewerkschaft. Sie sind wie die sowjetischen Gewerkschaften, nein, noch schlimmer. Ich habe als Kellnerin gearbeitet. In New York sind die Kellnerinnen phantastisch, so hart und so alt, daß man denken könnte, sie hätten bereits Alexander den Großen oder die Pharaonen bedient. Dann in einer Kunstgalerie. Sie suchten jemanden mit einem europäischen Akzent. Ich gehörte gleichsam zu Ambiente und fing an, mich wieder mit Malerei zu beschäftigen. Niemand war damals an der russischen Avantgarde interessiert. Weißt du, du hast gehofft, mich in Rußland wiederzusehen, und ich habe davon geträumt, daß du eines Tages eine Kunstgalerie an der Madison Avenue betreten würdest, im passenden Anzug, mit guten Schuhen und Krawatte.«

»Das nächste Mal sollten wir unsere Träume aufeinander abstimmen.«

»Jedenfalls hat Max irgendwann das Büro von Radio Liberty in New York besucht. Er hat eine Ausstellung russischer Kunst organisiert und mich interviewt und aufgefordert, ihn anzurufen, sollte ich je in München Arbeit suchen. Ein Jahr später habe ich es getan. Ich arbeite auch noch für einige Berliner Galerien. Sie sind dauernd auf der Suche nach Kunstwerken der Revolution, deren Preise mittlerweile in astronomische Höhe klettern ...«

»Du meinst die Kunst unserer fehlgeschlagenen und in Mißkredit geratenen Revolution?«

»Sie wird längst bei Sotheby's und Christie's versteigert. Die Sammler können nicht genug davon bekommen. Du steckst in Schwierigkeiten, nicht?«

»Ich *steckte* in Schwierigkeiten. Jetzt nicht mehr.«

»Ich meine, mit deiner Arbeit.«

»Die Arbeit hat ihre Probleme. Die guten Leute sterben, und die falschen machen sich mit der Beute auf und davon. Mit meiner Laufbahn sieht es nicht gerade rosig aus, aber ich denke, ich spanne einmal aus, nehme Urlaub vom Alltagstrott.«

»Um was zu tun?«

»Ich könnte Deutscher werden. Allmählich natürlich. Erst werde ich Pole, dann Ostdeutscher und schließlich ein ausgewachsener Bayer.«

»Ernsthaft?«

»Ich würde mich jeden Tag umziehen und neben dir leben, bis du sagst: ›Das ist genau der Arkadi Renko, den ich mir vorgestellt habe, und das ist auch der passende Anzug.‹«

»Du würdest nicht aufgeben?«

»Jetzt nicht mehr.«

Arkadi schilderte, wie sich der Atem der Rentiere zu Kristallen verdichtete und als Schnee niederfiel. Er sprach von den Wanderungen der Lachse in Sachalin, den Weißkopfadlern der Aleuten und den Fontänen der Wale im Beringmeer. Er hatte nie zuvor darüber nachgedacht, welchen Schatz an Erfahrungen er im Exil gesammelt hatte, wie einzigartig und schön sie waren und wie klar sie zum Ausdruck brachten, daß ein Mann nie sicher sein konnte, ob seine Augen am nächsten Tag noch für sie offen waren.

Zu Mittag aßen sie eine Mikrowellen-Pizza. Köstlich.

Er erzählte ihr, wie der erste Wind morgens die Bäume der Taiga erschauern ließ, schwarzen Vögeln gleich, die zum Flug abhoben. Er sprach von den Feuern auf den Ölfeldern, die jahrelang brannten, Leuchtbaken, die man vom Mond aus sehen konnte. Er beschrieb, wie er im arktischen Eis von Trawler zu Trawler gewandert war. Geräusche und Anblicke, wie sie Chefinspektoren normalerweise vorenthalten blieben.

Sie tranken Rotwein.

Er sprach von den Arbeiten im Laderaum der Polar Star, wo die Fische ausgenommen wurden, und wie jeder dort eine eigene Persönlichkeit war mit einer Phantasie, die von keinem Schandeck begrenzt wurde – ein Verteidiger der Partei, der zur See fuhr, um Abenteuer zu suchen, ein Botaniker, der von sibirischen Orchideen träumte, jeder ein Licht in einer eigenen Welt.

Nach dem Wein tranken sie Cognac.

Er beschrieb das Moskau, das er bei seiner Rückkehr vorgefunden hatte. Eine Bühne, ein Schlachtfeld von Kriegsherren und Unternehmern, dahinter, wie auf einem Prospekt, acht Millionen Menschen, die Schlange standen. Und doch gab es Augenblicke, in denen die Sonne am Morgen tief genug stand, um einen goldenen Fluß und blaue Kuppeln zu finden, Augenblicke, in denen die ganze Stadt der Erlösung zu harren schien.

Die Körperwärme der Gäste und der Dampf der Espressomaschine hatten die Fenster beschlagen lassen, so daß das Licht und die Farben der Straße nur undeutlich zu erkennen waren. Etwas hatte Irinas Aufmerksamkeit erregt, und sie wischte die Scheibe ab. Max stand davor. Wie lange hatte er schon durch das Fenster geblickt?

Er kam herein und sagte: »Ihr seht aus wie zwei Verschwörer.«

»Setzen Sie sich zu uns«, forderte Arkadi ihn auf.

»Wo hast du gesteckt?« fragte Max Irina. Sein Verhalten ihr gegenüber wirkte beunruhigt, erleichtert und gleich wieder beunruhigt, in rasch aufeinanderfolgenden Schritten. »Du bist den ganzen Tag nicht im Sender gewesen. Man hat sich Sorgen um dich gemacht, wir haben dich überall gesucht. Wir wollten doch morgen nach Berlin fahren.«

»Ich habe mit Arkadi gesprochen«, sagte Irina.

»Und ist alles besprochen?«

»Nein.« Irina nahm eine von Arkadis Zigaretten und zündete sie sich an. Sie tat es betont gleichgültig. »Max, wenn du in Eile bist, fahr nach Berlin. Ich weiß, daß du dort zu tun hast.«

»Wir beide haben dort zu tun.«

»Meine Sache kann warten«, sagte Irina.

Max war für einen Augenblick völlig still und blickte Irina und Arkadi forschend an, dann ließ er seine brüske Art fallen wie die Regentropfen, die er von seinem Hut schüttelte. Arkadi erinnerte sich an das, was Stas über seine Fähigkeit gesagt hatte, sich jeder veränderten Situation sofort anzupassen.

Max lächelte, zog einen dritten Stuhl an den Tisch, setzte sich und nickte Arkadi anerkennend zu. »Renko, ich bin erstaunt, daß Sie noch hier sind.«

»Arkadi hat mir erzählt, was er in den letzten Jahren gemacht hat. Es klingt anders, als das, was ich gehört habe«, sagte Irina.

»Er hat wahrscheinlich untertrieben«, sagte Max. »Man behauptet, er sei der Liebling der Partei gewesen. Wer weiß, wem man glauben soll?«

»Ich weiß es«, sagte Irina. Sie blies den Rauch in Max' Richtung.

Er wedelte ihn beiseite und betrachtete seine Hand, als hafteten Spinnweben an ihr. Dann blickte er Arkadi an. »Wie laufen Ihre Ermittlungen?«

»Nicht gut.«

»Keine Verhaftung zu erwarten?«

»Weit davon entfernt.«

»Die Zeit wird knapp für Sie.«

»Ich habe schon daran gedacht, den Fall aufzugeben.«

»Und?«

»Hierzubleiben.«

»Wirklich?« fragte Irina.

»Sie scherzen«, sagte Max. »Sie sind doch nicht den ganzen Weg nach München gekommen, um aufzugeben. Wo ist Ihre patriotische Pflichtauffassung geblieben, Ihr Stolz?«

»Ich habe kaum noch ein Vaterland und bestimmt keinen Stolz.«

»Arkadi braucht nicht der Letzte zu sein, der in Rußland bleibt«, sagte Irina.

»Manche Leute gehen zurück, weil sie die Chancen sehen, die sich ihnen bieten«, sagte Max. »Jetzt ist die Zeit, seinen Beitrag zu leisten, nicht wegzulaufen.«

»Interessant, das von jemandem zu hören, der zweimal weggelaufen ist«, sagte Irina.

»Es ist lächerlich«, sagte Stas. Er schloß die Tür des Cafés und lehnte sich dagegen, völlig durchnäßt. »Irina, wenn du das nächste Mal verschwindest, hinterlaß bitte eine Nachricht, wo du zu finden bist. Seit ich Laika das Apportieren beigebracht habe, bin ich nicht wieder so außer Atem gewesen.«

Sein Anzug sah aus, als habe er ihn kurz zuvor erst ausgewrungen. Stas blieb an der Tür stehen und konzentrierte seine Aufmerksamkeit auf Max.

»Bist du in Ordnung?« fragte Irina.

»Vielleicht breche ich gleich zusammen. Aber vielleicht trinke ich auch ein Bier. Sie halten also hier einen Vortrag über politische Moral, Max? Ich bedaure, daß ich das meiste versäumt zu haben scheine. War es ein kurzer Vortrag?«

»Stas verzeiht mir nie, daß ich zurückgegangen bin«, sagte Max, an Arkadi gewandt. »Er kann einfach nicht akzeptieren, daß die Welt sich verändert. Traurig. Manchmal klammern sich ansonsten intelligente Leute an viel zu einfachen Antworten fest. Schon die Tatsache, daß Sie hier in München sind, beweist, wie sehr sich alles verändert hat. Sie erheben doch wohl nicht den Anspruch, ein Flüchtling zu sein, oder?« Er wandte sich an Irina. »Laß Renko kommen oder gehen – was hat das mit uns zu tun?«

Irina sagte nichts. Max schien zu spüren, daß sich zwischen ihnen eine Kluft auftat. Er senkte die Stimme. »Ich möchte wissen, welche wilden Geschichten Renko dir aufgetischt hat. Er scheint hier ja ganz plötzlich ein Publikum gefunden zu haben.«

»Die beiden waren wahrscheinlich glücklicher ohne uns«, sagte Stas.

»Ich möchte dich nur daran erinnern, daß Renko nun wirklich kein makelloser Held ist. Er bleibt, wenn er gehen sollte, und geht, wenn er bleiben sollte. Er ist ein Meister des schlechten Zeitpunkts.«

»Im Gegensatz zu dir«, sagte Irina.

»Ich möchte dich darauf hinweisen«, sagte Max, »daß dein Held wahrscheinlich nur gekommen ist, weil er Angst hat.«

»Warum sollte er Angst haben?« fragte Irina.

»Frag ihn selbst«, sagte Max. »Renko, waren Sie nicht bei Tommy, als er tödlich verunglückt ist? Waren Sie nicht kurz zuvor noch mit ihm zusammen?«

»Stimmt das?« fragte Irina Arkadi.

»Ja.«

»Stas, Irina und ich haben keine Ahnung, in was für eine unangenehme Sache Sie verwickelt sind«, sagte Max. »Aber ist es nicht möglich, daß Tommy sterben mußte, weil Sie ihn da hineingezogen haben? Glauben Sie wirklich, daß Sie auch Irina mit in die Sache ziehen müssen?«

»Nein«, sagte Arkadi.

»Ich unterstelle mal«, sagte Max zu Arkadi und hob die Hand, um Stas' Protest abzuwehren, »und es ist wirklich nur eine Unterstellung, daß Sie zu Irina gekommen sind, weil Sie sich verstecken wollen.«

»Sie sind wirklich ein Kotzbrocken, Max«, sagte Stas.

»Ich warte auf Ihre Antwort.«

Wasser tropfte von Stas' Kinn. Max hielt Arkadis Blick stand. Die einzigen Geräusche, die man hören konnte, waren das Klappern des Geschirrs auf dem Tresen und das leise Zischen der Espressomaschine.

Arkadi sagte: »Ich habe Irina in Moskau im Radio gehört. Deswegen bin ich gekommen.«

»Sie sind also ein begeisterter Fan«, sagte Max. »Lassen Sie sich ein Autogramm geben. Gehen Sie zurück nach Moskau, und Sie können sie fünfmal am Tag hören.«

»Wir könnten ihn mit nach Berlin nehmen«, sagte Irina.

Max' Stimme wurde flach. »Was?«

»Wenn du recht hast, sollte Arkadi aus München verschwinden. Niemand bringt uns mit ihm in Verbindung. Bei uns ist er sicher.«

»Nein«, sagte Max ungläubig. Sorgfältig und vertrauensvoll hatte er ein logisch zwingendes Argument dafür aufgebaut, daß Arkadi hinter dem Horizont zu verschwinden hatte. Und Irina hatte es aufgenommen. »Nein«, sagte Max. »Ich nehme Renko nicht mit nach Berlin.«

»Dann fahr ohne mich«, sagte Irina. »Arkadi und ich kommen hier schon zurecht.«

»Aber wir wollten in die neue Wohnung.«

»Es ist eine große Wohnung«, sagte sie. »Du kannst sie ganz für dich allein haben, wenn du willst.«

Max fand seine Fassung wieder, aber für einen Augenblick hatte Arkadi einen der Gründe erkannt, warum dieser Mann aus Moskau zurückgekehrt war. Den schlimmsten aller Gründe.

Die Liebe umschlingt uns wie eine Schlange und kann zwei Menschen zur gleichen Zeit zermalmen.

TEIL DREI

BERLIN

18.–20. AUGUST 1991

28

Max fuhr einen Daimler, eine Limousine mit einem Armaturenbrett aus Edelholz und dem Klang einer gedämpften Trompete. Sein Verhalten Arkadi gegenüber war so freundlich, als befänden sie sich auf einer Spritztour, als stamme die Idee, zu dritt zu reisen, von ihm selbst.

Die Landschaft lag unter dichtem Regen. Irina, die vorne saß, strahlte eine spürbare Wärme aus. Sie lehnte mit dem Rücken an der Wagentür, um Arkadi ins Gespräch mit einzubeziehen, ja, es wirkte fast so, als wollte sie Max daraus ausschließen.

»Die Ausstellung wird dir gefallen. Es ist eine russische Ausstellung, obwohl einige der Bilder noch nie in Moskau zu sehen waren, jedenfalls nicht öffentlich.«

»Irina hat die Texte für den Katalog geschrieben«, sagte Max. »Sie sollte wirklich dort sein.«

»Im Grunde geht es nur um die Herkunft des Hauptwerks, Arkadi. Aber es ist wirklich wunderschön.«

»Dürfen eigentlich Kritiker das Wort ›wunderschön‹ verwenden?« fragte er.

»In diesem Fall«, versprach sie ihm, »ist es vollkommen angebracht.«

Arkadi genoß es, von ihrem anderen Leben zu hören, dieser neuen, unabhängigen Mischung aus Wissen und Wertschätzung. Er selbst war durch seine Erfahrungen mittlerweile Experte im Einholen von Netzen und im Ausnehmen von Fischen. Warum sollte sie also keine Kunstexpertin sein? Max schien ebenfalls stolz auf sie zu sein.

Von seinem Platz im Fond des Wagens konnte er nicht erkennen, an welchem Punkt sie die Grenze zur ehemaligen DDR überquerten. Als die Straße schmaler wurde, verlangsamten sie die Fahrt, da gleichzeitig landwirtschaftliche Fahrzeuge und Geräte aus dem Nebel auftauchten. Anschließend nahmen sie wieder Geschwindigkeit auf. Es war, als wären sie alle drei in einer Blase gefangen, die von einem von Regen gespeisten Fluß mitgerissen wurde.

Ein Gefühl der Zeitlosigkeit bestimmte die Situation, was nicht zuletzt Max Albows Selbstbeherrschung zuzuschreiben war, dachte Arkadi. Max hätte ihn bereits in Moskau ausschalten können, statt dessen hatte er ihn nach München fahren lassen. Er war überzeugt, daß Max ihn in München schließlich lieber tot gesehen hätte, aber jetzt fuhr er mit ihm nach Berlin. Konnte Arkadi Albow etwas vorwerfen? Mit welcher Berechtigung? Er konnte ihm nicht einmal Fragen stellen, ohne sich abermals dem Vorwurf auszusetzen, Irina auszunutzen, ohne Gefahr zu laufen, sie ein zweites Mal zu verlieren.

»Da Irina morgen viel zu tun hat, könnte ich Ihnen die Stadt zeigen«, sagte Max. »Sind Sie schon mal in Berlin gewesen?«

»Mit der Armee. Er war dort stationiert«, antwortete Irina für Arkadi. Er war überrascht, daß sie sich daran erinnerte.

»Als was?« fragte Max.

»Ich hab die amerikanische Kommandozentrale abgehört«, sagte Arkadi, »und das, was ich auffing, für unsere Zentrale übersetzt.«

»Das gleiche, was du bei Radio Liberty gemacht hast, Max«, sagte Irina.

Sie schien Gefallen daran zu finden, Max mit sarkastischen Bemerkungen anzugreifen, und die dünnen Wände der Blase begannen zu zittern. Doch es war Max' luxuriöser Wagen, in dem sie fuhren, sein Reiseziel, dem sie zustrebten.

»Dann zeige ich Ihnen das neue Berlin«, sagte er zu Arkadi.

Als sie die Stadt erreichten, hatte es aufgehört zu regnen. Sie fuhren über die Avus, die alte Autorennstrecke, durch den Grunewald zum Kurfürstendamm. Statt des homogenen Überflusses des Münchener Marienplatzes bot der Ku'damm ein chaotisches Durcheinander von West und Ost. Menschen im sozialistischen Einheitsgrau drängten sich um Schaufenstervitrinen mit italienischen Seidenschals und japanischen Kameras. Ihre Gesichter hatten den verschlossenen, schmollenden Ausdruck armer Verwandter. Eine Phalanx von Skinheads in Lederjacken und -stiefeln marschierte über den Bürgersteig. Straßenlaternen hingen an gußeisernen Pfählen. Auf kleinen Tischchen wurden Stücke der Mauer verkauft, mit Graffiti und ohne.

»Es ist schrecklich, ein einziges Gewühl, aber es lebt«, sagte Irina. »Deswegen gab es in dieser Stadt auch immer einen Markt für Kunst. Berlin ist die einzige wirklich internationale Stadt in Deutschland.«

»Die Stadt zwischen Paris, Moskau und Istanbul«, sagte Max.

Er wies auf einen Verkäufer in einer Nebenstraße, der von einem Kleiderständer Uniformen anbot. Arkadi erkannte den grauen Mantel mit den blauen Schulterstücken eines Obersten der sowjetischen Luftwaffe. Der Verkäufer selbst war vom Kragen bis zum Gürtel behängt mit sowjetischen Kriegsauszeichnungen. »Sie hätten Ihre Uniform behalten sollen«, sagte Max.

Stas hatte Arkadi vor seiner Abreise aus München hundert Mark aufgedrängt, Arkadi war nie reicher gewesen und hatte sich doch nie ärmer gefühlt.

Sie fuhren an dem zerstörten, von Scheinwerfern angestrahlten Turm der Kaiser-Wilhelm-Gedächtniskirche vorbei. Hinter ihr ragte das von einem Mercedes-Stern gekrönte Europa Center auf. Max folgte alsbald schon einer dunklen Ausfallstraße neben einem Kanal. Arkadis innerer Kompaß begann zu arbeiten. Noch bevor sie die Friedrichstraße erreicht hatten, wußte er, daß sie sich im ehemaligen Ost-Berlin befanden.

Max fuhr die Rampe zu einer Tiefgarage hinunter. Als sie die Einfahrt passierten, ging das Licht in der Garage automatisch an. Der Geruch von feuchtem Beton schlug ihnen wie der Chlordampf einer Badeanstalt entgegen. Elektrische Verteilerkästen hingen an Drähten von den Wänden.

»Wie alt ist das Gebäude?« fragte Arkadi.

»Es ist noch im Bau.«

»Glaub mir«, sagte Irina, »niemand wird wissen, daß du hier bist.«

Max schloß die Tür zu einem Lift auf. Der Aufzug hatte kristallene Wandleuchten und einen unzerkratzten Parkettboden. Er stellte Irinas Köfferchen ab. Mit seiner Reisetasche kam Arkadi sich vor wie ein Arbeiter mit einem Sack voller Werkzeug.

Sie hielten im vierten Stock. Max öffnete die Tür zu einem Einzimmer-Appartement. »Nur ein Studio. Es ist noch nicht möbliert, fürchte ich, aber die elektrischen Leitungen und sanitären Einrichtungen sind installiert, und es ist mietfrei.« Feierlich überreichte er Arkadi den Wohnungsschlüssel. »Wir wohnen direkt über Ihnen.«

Irina sagte: »Hier bist du sicher, das ist die Hauptsache.«

»Danke«, sagte Arkadi.

Max drängte Irina wieder in den Lift. Er hatte sie, das genügte.

Der Schlüssel hatte frisch gefräste, scharfe Zacken. Ideal, um ein Herz aufzuschließen, dachte Arkadi, wenn man sich geschickt zwischen den Rippen vorarbeitet.

Kein Bett, kein Bettzeug, keine Stühle, keine Kommode. Leere Wände stießen übergangslos auf einen Holzfußboden. Das Badezimmer war rundum mit Fliesen ausgestattet, die wie Zähne funkelten. Die Küche hatte einen Herd, aber kein Geschirr. Wenn er etwas zu essen gehabt hätte, hätte er es in der hohlen Hand über der Flamme garen können.

Seine Schritte klangen unverhältnismäßig laut von den Wänden wider. Er lauschte auf Geräusche aus der Wohnung über ihm. In München hatte er gefürchtet, daß Irina mit Max schlief. Jetzt wußte er es. Wie sah die Wohnung dort oben wohl aus? Arkadi malte sich die frisch geweißten Wände, den gebohnerten Fußboden aus. Auch den Rest konnte er sich vorstellen.

Er fragte sich, ob er nicht besser in München geblieben wäre.

Wählen zu können, das war der Luxus, seine Stimme abzugeben, Schuhe anzuprobieren, ein Menü zusammenzustellen und sich zwischen schwarzem und rotem Kaviar zu entscheiden.

Er hatte nach Berlin kommen müssen. Wenn er nicht gekommen wäre, hätte er Irina verloren, ganz zu schweigen von

Max. So hatte er sie beide. Wie ein Mann, der stolz darauf ist, zwei Schlingen um den Hals zu tragen.

Der Lift war verschlossen. Arkadi ging über die Feuertreppe nach unten in die Tiefgarage, wo er eine Tür aufdrückte und auf den Bürgersteig trat. Auch wenn die Friedrichstraße eine der größeren Straßen war, war sie doch nur trübe beleuchtet. Arkadi war der einzige Fußgänger. Wer nicht bereits zu Hause war, war im Westteil der Stadt.

Er entdeckte die Spitze eines Fernsehturms und wußte sofort, daß der Alexanderplatz rechts, der Westteil der Stadt links von ihm lag. Die geistige Karte, nach der er sich orientierte, war mindestens gute zehn Jahre alt, aber nur wenig größere Städte in Europa hatten sich in den letzten vierzig Jahren so wenig verändert wie Ost-Berlin. Der Vorteil des sowjetischen Modells bestand darin, daß Neubau und Pflege auf ein Minimum beschränkt blieben, was sowjetische Gedächtnisse ausgezeichnet funktionieren ließ.

München war neues Territorium für Arkadi gewesen, Berlin nicht. In seiner Militärzeit war er damit betraut worden, Tag um Tag den Funkverkehr der britischen und amerikanischen Patrouillen zu überwachen, wenn sie durch den Tiergarten zum Potsdamer Platz fuhren, durch die Stresemann- und Kochstraße zum Checkpoint Charlie, dann über die Prinzenstraße und wieder zurück. Er folgte ihnen von dem Augenblick an, da sie ihren Wagenpark verließen. Es war der Weg gewesen, den er selbst tagtäglich zurückgelegt hatte.

Es spielte keine Rolle, wie schnell Arkadi ging. Die Eifersucht ging mit ihm, warf ihren Schatten mit riesigen Schritten voraus, zog sich an der nächsten Straßenlaterne zusammen und sprang wieder vor.

Die Unter den Linden gelegenen Gebäude wirkten zugleich massiv und zerbrechlich, wie die Architektur in Moskau. Vor der Sowjetischen Botschaft parkten ein paar Trabis. Menschliche Gestalten bewegten sich unter den Bäumen. Ein Mann trat hervor und hob fragend eine Hand mit einer Zigarette. Arkadi eilte vorbei, überrascht, daß ihn überhaupt jemand beachtete.

Er näherte sich dem von Flutlicht angestrahlten Brandenburger Tor und der vertrauten Silhouette der Siegesgöttin auf ihrem Triumphwagen. Hier öffnete sich die Stadt zu einer leeren, von Gras bewachsenen Fläche. Es war kein Park, sondern ein breiter, grüner Streifen, der sich nach Norden und Süden erstreckte. Insekten zirpten. Arkadis erster Impuls war, einen Schritt zurückzutreten. Hier hat einst die Mauer gestanden, dachte er, genau wie man sagt: »Hier haben einst die Pyramiden gestanden.«

Tatsächlich waren es zwei Mauern gewesen, die das Brandenburger Tor eingefaßt und es so zu einer Art absolutem Endpunkt gemacht hatten. Die Mauer hatte einen vier Meter hohen, weißen Horizont gebildet. Runde und rechteckige Wachttürme hatten in einem flachen Niemandsland mit Stolperdrähten, Panzerfallen, Hundebahnen, Tretminen und einem Gestrüpp aus Stacheldraht gestanden. Überall hatten Scheinwerfer geknistert wie elektrische Ladungen.

Die Leere, die durch den Fall der Mauer und den Abbau der Schutzanlagen entstanden war, schien deutlicher spürbar, als ihr Vorhandensein je gewesen war. Ein Bild stieg vor Arkadi auf, das weniger eine Erinnerung als eine Assoziation war. An einem lange zurückliegenden Sommerabend hatte er genau dort gestanden, wo er auch jetzt stand. Er hatte nichts Besonderes wahrgenommen, nur einen Hundeführer mit seinen Tieren, die aufgeregt an der Innenmauer entlangliefen. Der Hundeführer war kein Russe, sondern ein Ostdeutscher gewesen, und die Art, in der er seine Hunde zugleich angetrieben und zurückgehalten hatte, war die gleiche, in der die Wagenfahrerin auf ihrem Piedestal ihre Pferde lenkte. Die Hunde beschnüffelten den Boden, dann liefen sie, an ihren Leinen zerrend, in Arkadis Richtung. Er, der junge Offizier, der nichts Unrechtes getan hatte, hatte plötzlich das Gefühl gehabt, daß sie ihn verfolgten, daß sie den verräterischen Geruch spürten, der von seinem Mangel an ideologischer Begeisterung ausging. Er hatte sich nicht von der Stelle gerührt, und die Hunde hatten sich abgewendet, bevor sie in seine Nähe gelangt waren. Seit der Zeit hatte er das Tor nicht mehr anschauen können, ohne in der Silhouette der Quadriga den Hundeführer mit seinen Tieren zu sehen.

Arkadi trat ins Licht und überquerte mit langen, vorsichtigen

Schritten den Platz. Auf der anderen Seite lag der Tiergarten, ein Park mit gepflegten Blumenbeeten und beleuchteten Alleen. Er brauchte zwanzig Minuten, ehe er durch den Tiergarten um den Zoologischen Garten herum zum Bahnhof Zoo gelangte.

Viel von dem, an das Arkadi sich erinnerte, war jetzt mit Farbe besprüht. Die Fenster der Wechselstuben waren verschlossen, aber in den verschiedenen Ecken florierte offensichtlich ein reger Drogenhandel. Weiter oben jedoch hatte sich weniger verändert. Dieselben schmalen Gleise liefen an denselben Bahnsteigen unter demselben Glasdach entlang. Noch immer standen rund um die Uhr nutzbare Schließfächer zur Verfügung. In einem von ihnen brachte er das Videoband unter, das er von München mitgebracht hatte.

Auf der Straße unter dem Bahnhof fand er eine Reihe von Telefonzellen. Arkadi entfaltete ein Stück Papier und wählte die Nummer, die Peter Schiller ihm gegeben hatte.

Schiller meldete sich nach dem achten Läuten. Er klang verärgert. »Wo sind Sie?«

»In Berlin. Und Sie?«

»Sie wissen doch, daß ich auch hier bin. Sie haben mich schließlich angerufen, um mir zu sagen, daß ich herkommen soll. Sie wissen, daß dies eine Berliner Nummer ist. Wer ist bei Ihnen?«

Ein Zug fuhr in den Bahnhof ein. Das Geräusch pflanzte sich in den Träger fort, der das Telefon hielt. »Gut«, sagte Arkadi. »Dann versuche ich es morgen mittag unter derselben Nummer noch einmal. Vielleicht weiß ich dann mehr.«

»Renko, wenn Sie glauben, Sie könnten ...«

Arkadi legte auf. Es war ein angenehmer Gedanke, einen wütenden Peter Schiller in der Nähe zu wissen – näher als München, aber nicht zu nahe. Im übrigen hatte Schiller jetzt seinen Paß.

Er ging auf dem Weg, den er gekommen war, wieder zurück. Wieder erwartete er, eine von grellem Scheinwerferlicht angestrahlte Betonmauer wie eine Eiswand vor sich aufragen zu sehen. Wieder überquerte er nichts als einen leeren, von Gras und nickenden Blumen überwachsenen Platz.

Er ermahnte sich, mehr Vertrauen zu haben.

29

Der Morgen war heiter und trocken, ohne eine Wolke am Himmel. Arkadi und Max schlenderten auf dem Weg durch die Stadt, den er gestern abend schon genommen hatte. Irina war in der Galerie, um beim Aufhängen der Bilder zu helfen.

Max war einer der Menschen, die sich gern in der Sonne aalten. Er trug einen butterfarbenen Anzug. In den Schaufenstern, an denen sie vorbeikamen, sah Arkadi neben ihm wie einer der Schnorrer aus, die Passanten mit der Bitte um Kleingeld belästigen. Max legte die Hand auf Arkadis Arm, als ob er sagen wollte: »Nun schaut euch diesen Penner an, der sich da an meine Fersen geheftet hat.« Ihre Blicke begegneten sich, und in dem kleinen dunklen Kreis der Iris konnte Arkadi lesen, daß Max in der Nacht nicht mit Irina geschlafen hatte – daß sein Bett nicht bequemer gewesen war als Arkadis nackter Fußboden.

»Es ist der Traum eines jeden Unternehmers«, sagte Max. »Diese Seite der Stadt war immer die prächtigere. Die Universität, die Oper, der Dom, die großen Museen lagen alle im Osten der Stadt. Zwar haben wir Sowjets so viele Monstrositäten gebaut, wie wir konnten, aber wir hatten nie das Geld oder auch nur den Elan kapitalistischer Unternehmer. West-Berlin hat Geschäfte mit einem ungeheuren Immobilienwert. Stellen Sie sich vor, was der Osten heute wert ist. Ohne es zu wissen, haben wir Russen ihn gerettet. Das hier ist buchstäblich eine Metamorphose, der alte Osten kriecht aus seinem Kokon.«

Die Friedrichstraße machte bei Tage einen anderen Eindruck als bei Nacht. In der Dunkelheit hatte Arkadi nicht gesehen, wie viele der Gebäude leerstanden. Eines von ihnen hatte eine hölzerne Fassade mit aufgemalten Fenstern, hier entstand ein großes Kaufhaus. Ein anderes war fünf Stockwerke hoch in eine schwere Plane gewickelt. Obgleich die Straße im Vergleich zum Ku'damm verhältnismäßig leer war,

war aus allen Richtungen der Lärm unsichtbarer Bagger, Rammen und Kräne zu hören.

»Gehört Ihnen das Haus, in dem wir heute nacht geschlafen haben?«

Max lachte. »Sie sind zu argwöhnisch. Ich suche Visionen, Sie suchen nach Fingerabdrücken.«

Unter den Linden standen immer noch die Trabis, aber sie befanden sich gegenüber den VWs, Volvos und anderen Westwagen in der Minderzahl. Aus einem offenen Gebäude drang Mörtelstaub und das Wimmern von Elektrobohrern. Gekalkte Fenster trugen die Ankündigung, daß hier Büros von Mitsubishi, Alitalia und IBM gebaut wurden. Auf der anderen Straßenseite waren die Stufen zur Sowjetischen Botschaft leer und die Fenster dunkel. In einer Nebenstraße standen die weißen Tische und Stühle eines Cafés auf dem Bürgersteig. Sie setzten sich und bestellten.

Max blickte auf seine Uhr, einen wasserdichten Chronometer mit goldenem Armband. »In einer Stunde habe ich eine Verabredung. Ich vermakle das Gebäude, in dem Sie geschlafen haben. Für einen ehemaligen Sowjetbürger sind Immobilien die Erfüllung eines Lebenstraums. Was besitzen Sie?«

»Abgesehen von Büchern?« fragte Arkadi.

»Abgesehen von Büchern.«

»Abgesehen von einem Radio?«

»Abgesehen von einem Radio.«

»Ich habe einen Revolver geerbt.«

»Mit anderen Worten: nichts.« Max schwieg. »Es ließe sich etwas arrangieren. Sie sind intelligent, Sie sprechen Englisch und etwas Deutsch. Mit einem anständigen Anzug wären Sie durchaus vorzeigbar.«

Eine Kaffeekanne wurde aufgetragen, zusammen mit Mohnbrötchen und Erdbeermarmelade. »Das Problem ist nur, daß Sie nicht wahrhaben wollen, wie sehr sich die Welt geändert hat. Sie sind ein Überbleibsel der Vergangenheit. Als kämen Sie aus dem alten Rom und jagten jemandem nach, der Cäsar beleidigt hat. Ihre Vorstellung von einem Kriminellen ist, gelinde gesagt, veraltet. Wenn Sie hierbleiben wollen, müssen Sie das alles hinter sich lassen, es ausradieren.«

»Ausradieren?«

»Wie die Deutschen: West-Berlin war völlig zerstört, also haben sie es neu aufgebaut und zu einem Schaufenster des Kapitalismus gemacht. Unsere Antwort? Wir errichteten die Mauer, was West-Berlin natürlich weidlich ausgenutzt hat.«

»Warum investieren Sie nicht in West-Berlin?«

»Das hieße in den Kategorien der Vergangenheit denken. Offen gesagt: West-Berlin war im Grunde nichts. Eine Insel, ein Refugium für Freidenker und Leute, die sich vor dem Wehrdienst drücken wollten. Aber ein wiedervereinigtes Berlin wird die Hauptstadt der Welt sein.«

»Das klingt wirklich visionär.«

»So ist es. Renko, es fällt Ihnen so verdammt schwer, sich von dem freizumachen, was Sie für Ihre Pflicht halten. Entschuldigen Sie, daß ich das sage, aber die Mauer war realer als Ihre Ermittlungen. Jetzt ist sie gefallen, und Berlin kann aufblühen. Denken Sie darüber nach, die ganze eherne Mauer einfach verschwunden, ein riesiges Areal mitten in Berlin, das der Entwicklung harrt. Das ist die größte Immobilien-Chance in der zweiten Hälfte des 20. Jahrhunderts.«

Albows Augen strahlten so viel Überzeugungskraft aus, daß Arkadi sich dem nicht entziehen konnte. Max verkaufte die Idee der Zukunft, und die Beweise für diese Idee säumten die Straße. Ihre Geräusche hallten überall wider. Das einzige Gebäude, das nicht von ihnen erfüllt war, war die Sowjetische Botschaft, die wie ein Mausoleum zwischen den Bäumen aufragte.

»Teilt Michael Healey Ihre Visionen?« fragte Arkadi. »Für den Mann, der für die Sicherheit des Senders verantwortlich ist, hat er Sie recht schnell wieder in die Arme geschlossen.«

»Michael hat so seine Sorgen. Wenn die Amerikaner den Sender schließen, weiß er nicht mehr, was er machen soll. Er hat sich an den europäischen Lebensstil gewöhnt, verfügt aber über keine besonderen Fähigkeiten. Er ist kein gelernter Wirtschaftler, er hat lediglich einen Porsche. Aber wenn er sich anpassen kann, sollten Sie es auch können.«

»Wie könnte ich das?«

»Ihre Ermittlungen haben Sie hergeführt. Was Sie von jetzt

an machen, ist eine völlig andere Frage. Gehen Sie den Weg der Zukunft oder den in die Vergangenheit?«

»Was meinen Sie?«

»Ich will ganz ehrlich sein«, sagte Max. »Sie wären mir völlig gleichgültig, wenn Irina nicht wäre. Irina gehört zu Berlin. Es geht ihr gut hier. Warum wollen Sie ihr das nehmen? Sie hat nie eine Chance gehabt, ihren Wohlstand zu genießen.«

»Und das könnte sie mit Ihnen, ihren Wohlstand genießen?«

»Ja. Ich halte mich nicht gerade für ein Unschuldslamm, aber Vermögen werden nun mal nicht mit ›Dankeschön‹ und ›Bitteschön‹ gemacht. Als das Rad erfunden wurde, ist es über jemanden hinweggerollt.« Max tupfte seinen Mund ab. »Ich verstehe den Einfluß, den Sie auf sie ausüben. Jeder Emigrant fühlt sich irgendeinem Menschen gegenüber schuldig.«

»Wirklich? Wem gegenüber fühlen Sie sich denn schuldig?«

Ein guter Verkäufer läßt sich nicht durch Grobheiten entmutigen. Max sagte: »Es ist keine Frage der Moral. Es geht hier nicht einmal um Sie oder mich. Es geht einfach nur darum, daß ich die Fähigkeit habe, mich anzupassen, und Sie offenbar nicht. Vielleicht sind Sie ein großartiger Inspektor, aber Sie gehören der Vergangenheit an. Sie haben hier nichts zu suchen. Seien Sie doch einmal ganz ehrlich und fragen Sie sich, was besser für Irina ist – vorwärts oder rückwärts zu gehen?«

»Das muß sie selbst entscheiden.«

»Sehen Sie, Renko, damit geben Sie zu, daß Sie die richtige Antwort kennen. Natürlich liegt die Entscheidung bei Irina. Aber Sie und ich wissen doch, was am besten für sie ist. Wir sind gerade aus Moskau gekommen. Wir beide wissen, daß, selbst wenn sie zurückgeht, ich sie dort besser schützen kann als Sie. Ich bezweifle, ob Sie selbst in Moskau auch nur noch einen Tag überleben werden. Wir sprechen also von einer Rückwärtsentwicklung, oder? Ihr beide als arme, aber liebende Flüchtlinge? Und die sowjetische Botschaft versucht, Sie abzuschieben? Ich glaube, Sie brauchen einen einflußreichen Mann, der die Hand über Sie hält. Und, offen gesagt, bin ich der einzige, der dazu in der Lage wäre. Wenn Sie sich entschließen zu bleiben, werden Sie allerdings Ihre Ermittlungen aufgeben müssen. Irina würde sich wieder von Ihnen abwenden, wenn sie glauben müßte, daß Sie nicht allein ihretwegen geblieben sind.«

»Wenn Sie das so genau wissen, warum haben Sie ihr dann nicht gesagt, daß ich hinter Ihnen her bin?«

Max seufzte ergeben auf. »Unglücklicherweise hat Irina immer noch eine hohe Meinung von Ihren Fähigkeiten. Sie könnte glauben, daß Sie recht haben. Wir sitzen beide in der Klemme – Sie genauso wie ich. Wir sind aufeinander angewiesen. Deswegen hat das alles auch nichts mit Moral zu tun. Deswegen müssen wir eine Regelung finden.«

Nachdem Max die Rechnung bezahlt und ihn verlassen hatte, ging Arkadi allein zum Brandenburger Tor, wo die Siegesgöttin ihr Tagesgewand aus Grünspan trug. Schwalben umkreisten sie und haschten nach Insekten. Er mischte sich unter die Touristen auf der Wiese. Obwohl seine Schuhe und die Hose unten feucht wurden, strahlte der Boden eine sommerliche Wärme aus. Weiße Blütenquasten erhoben sich aus dem Gras, Ameisen suchten auf winzigen Pfaden Schutz vor den Schritten der Gehenden. Bienen summten zwischen Kleeblüten. Über einen Fahrradweg huschte eine langgezogene Reihe von Radfahrern mit Helmen und hautengen Trikots. Wußten sie, daß sie in Max' neues Berlin eingedrungen waren?

Da er Zeit hatte, ging Arkadi über den Ku'damm zum Bahnhof Zoo. Er hatte das Gefühl, in ein Heer von Ost-Berlinern geraten zu sein, das zwar in klarer Ordnung einmarschiert war, sich aber bei den ersten auf dem Bürgersteig zum Verkauf angebotenen Joggingschuhen bereits aufgelöst hatte. Die Westler hatten sich hinter die Balustraden von Cafés zurückgezogen, aber selbst hier wurden sie von Zigeunern mit Tamburinen und Babys verfolgt. Zwei Russen schoben einen Ständer mit Uniformen über die Straße. Arkadi sah sich eine Auswahl von Mauerstücken an, mit Dokumenten, die ihre Echtheit bezeugten. An einem anderen Tisch fand er den Autopiloten und Höhenmesser eines Hubschraubers der Roten Armee. Er dachte daran, den Ku'damm auf- und abzugehen, um die restlichen Teile des Hubschraubers zu suchen. Genau um zwölf traf er schließlich am Bahnhof Zoo ein und rief Peters Nummer an. Diesmal meldete sich niemand.

Ein Zug war gerade angekommen und entließ ein weiteres Regiment von Ostlern, die über die Treppen auf die Straße strömten. Unentschlossen ließ Arkadi sich mit der Menge zur Gedächtniskirche treiben, die grau und verwittert wie ein vom Blitz getroffener Baum vor ihm aufragte. Auf den Stufen hatten sich rucksacktragende Jugendliche breitgemacht, die einem Straßenzauberer zuschauten. Ein japanischer Touristenbus feuerte eine Breitseite Schnappschüsse ab.

Das alte Berlin war zweigeteilt gewesen und im wesentlichen von Russen und Amerikanern beherrscht worden. Jetzt sah er kaum einen amerikanischen Touristen. Vielleicht könnte er als Statue hierbleiben, dachte er: »Der Letzte Russe« – in der Pose eines Hausierers, der Anstecknadeln von Lenin verkaufte.

Arkadi kehrte über die freie Fläche vor dem Brandenburger Tor zurück, als er vier Abschnitte der Mauer sah, die wie Grabsteine stehengeblieben waren. Also hatte Max unrecht, dachte er. Nicht jeder wollte die Mauer aus dem Gedächtnis ausradieren, um sich übergangslos seiner Registrierkasse zuzuwenden. Jemand mußte es für passend gehalten haben, wenigstens Teile von ihr als Mahnmal zu erhalten.

Neben den Mauerabschnitten stand ein hoher Baukran mit doppeltem Ausleger. In ungefähr siebzig Meter Höhe war am oberen Ausleger eine kleine Plattform mit niedriger Brüstung angebracht. Vor dem Himmel zeichnete sich die Gestalt eines Mannes ab, der über die Brüstung kletterte und in die Tiefe sprang. Mit ausgebreiteten Armen und Beinen flog er durch die Luft und verschwand hinter den Mauerabschnitten.

Als Arkadi sich den Abschnitten näherte, sah er, daß jeder etwa vier Meter im Quadrat maß und bunt mit Friedenssymbolen, Christusköpfen, gnostischen Augen und Gitterstäben bemalt war, um die herum Namen und Botschaften in verschiedenen Sprachen zu lesen waren. Hinter den Betonquadern standen Tische auf dem Kiesboden, an denen Leute saßen. Ein Schild trug die Aufschrift »Springer-Café«.

Ein Lieferwagen bot Sandwiches, Zigaretten, Mineralwasser und Bier an. Die Gäste waren Motorradfahrer, einige ältere Paare mit Hunden, deren Leinen an den Stühlen festgebunden waren, zwei Geschäftsleute mit dunklerer Hautfarbe – vielleicht Türken – und ein Kreis von Teenagern, deren Nietenjacken in der Sonne funkelten.

Der Springer, ein junger Mann in einem Pullunder und Drillichhosen, schwebte mit dem Kopf nach unten ein paar Meter über der Erde. Arkadi sah, daß er an einem elastischen Seil hing, das von seinen Fußgelenken bis zur Spitze des Krans reichte. Der Ausleger senkte sich, um ihn, mit den Händen zuerst, zu Boden zu lassen. Er löste das Seil und stand benommen auf, während die Motorradfahrer applaudierten und seine Freunde ihm johlend zujubelten.

Arkadi interessierte sich für die beiden Geschäftsleute. Sie trugen gutgeschnittene Anzüge, aber der Tisch vor ihnen war beladen mit Unmengen von Bierflaschen. Beide waren korpulent, und sie saßen vorgebeugt, die Köpfe zusammengesteckt. Auch wenn er ihre Gesichter nicht erkennen konnte, sah Arkadi doch, daß einer von ihnen bemerkenswert häßliche Haare hatte, lang im Nacken und kurz an den Seiten, mit einer orangeroten Strähne am Scheitel. Obwohl sie nicht geklatscht hatten, beobachteten sie das Geschehen mit gespannter Aufmerksamkeit.

Ein zweiter Mann stand noch auf der Plattform hoch über den Tischen. Er holte das Seil ein und hockte sich nieder. Einen Augenblick später trat er an den Rand der Plattform, wobei er sich mit einer Hand an einem Kabel festhielt. Ein Schnauzer jaulte, und sein Besitzer stopfte ihm ein Stück Wurst zwischen die Zähne. Die Gestalt auf der Plattform schien sich einen Platz zum Landen auszusuchen.

»*Dwai!*« rief der Mann mit den häßlichen Haaren ungeduldig. »Nun mach schon!« – wie Fischer rufen, wenn jemand das Netz zu langsam einholt.

Der Mann sprang. Er fiel mit wie Windmühlen ausgestreckten Armen und Beinen. Diesmal sah Arkadi das hinter ihm schlackernde Seil. Er nahm an, daß das Gewicht des Springers, die Entfernung zum Boden und die Elastizität des Seils sorgfältig berechnet worden waren. Das Gesicht des Fallenden war weiß, der Mund weit geöffnet. Arkadi hatte noch nie einen so angstverzerrten Ausdruck im Gesicht eines Menschen gesehen. Er hörte ein deutliches Schnappen, als das Seil sich spannte, dann wurde der Springer ein Viertel der zurückgelegten Strecke wieder hochgeschnellt, ehe er erneut nach unten stürzte, langsamer, taumelnder. Jetzt war sein Gesicht rot, und das Oval seines Mundes nahm wieder menschliche Form an. Zwei Mädchen in Lederjacken liefen auf ihn zu und halfen ihm, festen Boden unter die Füße zu bekommen. Alle anderen klatschten Beifall, bis auf die beiden Geschäftsleute, die so laut lachten, daß sie husten mußten. Der Mann mit den Haaren lehnte sich zurück, um wieder zu Atem zu kommen. Es war Ali Chasbulatow.

Arkadi hatte Ali zuletzt mit seinem Großvater Mahmud am Südhafen-Markt in Moskau gesehen. Ali schlug mit der flachen Hand auf den Tisch, als wollte er das Geräusch eines auf dem Boden aufprallenden Körpers nachahmen, und begann erneut, dröhnend zu lachen. Eine der leeren Flaschen rollte vom Tisch, aber er machte sich nicht die Mühe, sie aufzuheben. Der andere Mann am Tisch war ebenfalls ein Tschetschene, älter als Ali, mit buschigen Augenbrauen. Die jungen Leute in den Lederjacken fanden das Lachen unangebracht, machten jedoch – nach einem vorsichtigen Blick auf die beiden Männer – keine Bemerkung. Ali breitete seine Arme wie Flügel aus, bewegte sie flatternd und ließ sie dann fallen. Wehrte den Beifall seines Gefährten ab. Hob sein Glas und zündete sich, zufrieden mit seiner Vorstellung, eine Zigarette an.

Niemand wollte mehr springen. Nach fünfzehn Minuten standen Ali und der andere Tschetschene auf und gingen zum Potsdamer Platz, wo sie in ein schwarzes VW-Kabriolett stiegen und wegfuhren. Arkadi konnte ihnen zu Fuß nicht folgen, aber er kehrte mit geschärftem Blick in die Innenstadt zurück.

Unterwegs sah er zwei Tschetschenen, die am Kotflügel eines Alfa Romeo lehnten. Unten am Ku'damm saßen vor dem großen Glasrechteck des Europa Centers vier Ljubertsi-Mafiosi dicht gedrängt in einem Golf. In einem der eleganten

Restaurants in der Fasanenstraße sah Arkadi durchs Fenster kleine, schwarzhaarige Tschetschenen, die an einem Tisch in einer Nische Platz genommen hatten. Einen Häuserblock weiter patrouillierten Mafiosi des Langen Teichs auf und ab.

Arkadi ging wieder zum Bahnhof Zoo. Die TransKom oder Boris Benz standen weder im Telefonbuch, noch waren sie bei der Auskunft bekannt. Er fand aber eine Nummer für Margarita Benz. Arkadi rief an.

Nach dem fünften Läuten meldete sich Irina. »Hallo?«

»Hier ist Arkadi.«

»Wie geht's dir?«

»Gut. Tut mir leid, wenn ich dich störe.«

»Nein. Ich freue mich, daß du anrufst«, sagte Irina.

»Ich wollte nur wissen, wann diese Veranstaltung heute abend stattfindet. Und wie offiziell sie ist.«

»Um sieben. Du kommst mit Max und mir. Und was das Offizielle betrifft, mach es wie die sogenannten Intellektuellen. Komm in Schwarz. Sie sehen alle wie Witwen aus. Arkadi, ist alles in Ordnung? Oder bringt dich Berlin durcheinander?«

»Nein, es wird mir immer vertrauter.«

Margarita Benz' Adresse, der Savignyplatz, lag nur drei Straßen entfernt. Auf dem Weg kam er an mehreren mit polnischen Preisschildern ausgezeichneten Geschäften für elektronische Geräte vorbei. Vor ihnen parkten polnische Wagen. Männer luden Säcke mit billigen, aromatisch duftenden sozialistischen Würsten aus und beluden die Wagen mit Videorecordern.

Er fand das Namensschild in einem vornehmen Hauseingang. Unter dem Klingelknopf des dritten Stockwerks stand »Galerie Benz«. Er zögerte, dann wandte er sich ab.

Der Savignyplatz war ein Viereck mit zwei einander entsprechenden Miniaturparks, jeder von einer hohen Buchsbaumhecke umgeben und mit Sommerblumen in allen nur erdenklichen Farben bepflanzt. Tief in der Hecke lagen Lauben, wie geschaffen für ein heimliches Stelldichein.

Arkadi ging durch einen der kleinen Parks und blieb in einer Ecke stehen. Auf der anderen Straßenseite standen die

Tische eines Restaurants unter dem Laubwerk einer Buche. Als er die Straße überquerte, hörte er das Klappern von Geschirr. An einer Anrichte, die vor einer geißblattbewachsenen, gelben Mauer stand, goß ein Kellner Kaffee ein. Vier Tische waren besetzt, zwei von Leuten, die wie erfolgreiche Unternehmer aussahen und völlig von ihrem Essen in Anspruch genommen wurden, zwei von Studenten, die mit aufgestützten Köpfen dasaßen. Die Tische im Inneren des Restaurants lagen hinter den Spiegelbildern der Straße verborgen. In den Fensterscheiben spiegelte sich die Buchsbaumhecke des Parks wie eine feste, grüne Wand.

Es war der Biergarten von Rudis Videoband. Arkadi hatte gedacht, daß er sich in München befand, weil er in die Aufnahmen der Stadt eingefügt war, eine Annahme, die ihm im nachhinein so dumm erschien, daß sich ihm der Magen umdrehte.

Ein Kellner starrte ihn an. »Ist Frau Benz hier?« fragte Arkadi.

Der Kellner warf einen Blick auf den am weitesten hinten stehenden Tisch, genau den, an dem die Frau auf dem Videoband saß. Ihr Stammplatz offensichtlich.

»Nein.«

Warum war Margarita Benz in das Band eingefügt worden? Der einzige Grund, der Arkadi einfiel, war der, daß sie Rudi nie zuvor gesehen hatte, ihren Namen nicht preisgeben wollte, und Rudi sie daraufhin zur Identifikation aufgenommen hatte. Aber sie war eine Frau, die ihren eigenen Tisch in einem eleganten Restaurant in Berlin hatte. Was konnte ein Moskauer Geldwechsler mit ihr zu schaffen haben?

Der Kellner blickte ihn immer noch an. »Danke.« Arkadi wandte sich ab und erkannte sein eigenes Spiegelbild in der Scheibe, als ob auch er in das Videoband Einlaß gefunden hätte.

Auf dem Rückweg zur Wohnung kaufte Arkadi eine Wolldekke, ein Handtuch, Seife und einen Pullover in intellektuellem Schwarz. Um achtzehn Uhr wurde er von Max und Irina abgeholt und fuhr mit ihnen im Lift hinunter in die Tiefgarage.

»Sie sind schlank, Sie können so was tragen«, sagte Max. In seinem mit Messingknöpfen besetzten Blazer sah er aus wie ein betuchter Freizeitschipper an Bord seiner Yacht.

Irina trug ein smaragdgrünes Kleid, das ihre roten Haare vorteilhaft zur Geltung brachte. Sie war so nervös und aufgeregt, daß sie zu vibrieren schien.

Arkadi war fasziniert von dem neuen Leben, das sie führte. »Scheint ja eine große Sache zu sein. Willst du mir nicht sagen, worum es geht?«

»Es ist eine Überraschung«, sagte sie.

»Verstehen Sie etwas von Kunst?« fragte Max, als ob er ein Kind in das Gespräch mit einbeziehe.

»Arkadi wird das Bild kennen«, sagte Irina.

Sie fuhren mit dem Daimler am Tiergarten entlang und dann zur Kantstraße. Irina drehte sich zu Arkadi um. Ihre Augen schienen in dem wie von einer Muschelschale reflektierten Innenlicht der Limousine besonders groß. »Ist alles in Ordnung? Ich habe mir Sorgen gemacht, als du anriefst.«

Max fragte: »Er hat angerufen?«

»Ich freue mich schon sehr auf den heutigen Abend«, sagte Arkadi.

Irina streckte die Hand nach ihm aus. »Ich bin froh, daß du mitkommst«, sagte sie. »Du wirst sehen: Es ist vollkommen.«

Sie parkten direkt am Savignyplatz. Als sie zur Galerie hinübergingen, wurde Arkadi sich bewußt, daß ihn ein bedeutendes kulturelles Ereignis erwartete. Distinguiert aussehende Männer begleiteten Matronen in Perlen und Juwelen. Künstler in Schwarz schritten neben Frauen in Strickkleidern. Fotografen drängten sich um den unscheinbaren Eingang zur Galerie. Arkadi schlüpfte hinein, während Irina ein kurzes Gewitter von Blitzlichtern über sich ergehen ließ. Im Hausflur hatte sich eine Schlange vor der Messingtür eines Aufzugs gebildet. Max ging zur Treppe voran und schob sich am Geländer entlang zwischen den drängenden Menschen hindurch.

Im dritten Stock rief eine kehlige Stimme: »Irina!« Die übrigen Eintreffenden zeigten ihre Einladungskarten vor, aber Irina wurde gleich von einer Frau mit einem breiten slawischen Gesicht und dunklen Augen unter einer Mähne goldblonder Haare in Empfang genommen. Sie trug ein langes, purpurrotes Kleid, das wie ein Kultgewand aussah. Ihr Make-up verzog sich, wenn sie lächelte.

»Und deine Freunde.« Sie küßte Max dreimal, nach russischer Art.

»Sie müssen Margarita Benz sein«, sagte Arkadi.

»Das hoffe ich. Oder ich bin in der falschen Galerie.« Sie ließ sich von Arkadi die Hand drücken.

Er überlegte, ob er sie daran erinnern sollte, daß sie sich schon einmal gesehen hatten, Wagen an Wagen, sie mit Rudi, er mit Jaak. Doch dann schob er den Gedanken beiseite.

Die Galerie nahm das ganze Dachgeschoß ein. Bewegliche Raumteiler waren so aufgestellt worden, daß sie auf einer Seite einen offenen Abschnitt schufen und auf der anderen den Blick auf eine Bühne freigaben. Arkadi nahm aus den Augenwinkeln rechts und links Irina und Max wahr, Kellnerinnen, die argwöhnischen Gesichter der uniformierten Wächter und die besorgten Mienen einzelner Angestellter.

In der Mitte der Galerie stand eine verwitterte, rechteckige Holzkiste mit abgesplitterten Kanten, doch solide und fachmännisch gebaut. Unter Schmutzflecken konnte Arkadi den verwischten Stempelabdruck eines Adlers mit Hakenkreuz erkennen, des Postsiegels des Dritten Reichs.

Doch seine Aufmerksamkeit wurde von dem Gemälde in Anspruch genommen, das als einziges an der Wand am anderen Ende des Raumes hing. Es war eine kleine, quadratische, rot bemalte Leinwand. Es war kein Porträt, keine Landschaft, kein eigentliches »Bild«. Es wies keine anderen Farben auf, nur Rot.

Polina hatte sechs fast gleiche quadratische Holzstücke bemalt, um in Moskau Autos in die Luft zu jagen.

30

Arkadi kannte das Bild, es war das »Rote Quadrat«, eines der berühmtesten Gemälde der russischen Kunstgeschichte. Es war nicht groß, und es war nicht eigentlich quadratisch, denn die rechte obere Ecke stieg in verwirrender Weise an. Und es war nicht einfach nur rot, als er nähertrat, sah er, daß das Quadrat sich vor einem weißen Hintergrund abzeichnete.

Kasimir Malewitsch, der Sohn eines Zuckerfabrikanten, war vielleicht der bedeutendste russische Maler des Jahrhunderts und sicherlich der modernste, obgleich er bereits in den dreißiger Jahren gestorben war. Er wurde als bourgeoiser Idealist angegriffen, und seine Bilder verschwanden in den Kellern der Museen, aber mit dem perversen Stolz, mit dem Rußland die Qualität seiner Opfer zu würdigen weiß, kannte jeder Kunstinteressierte Malewitschs Bilder. Wie jeder andere Schüler in Moskau hatte Arkadi ein rotes Quadrat, ein schwarzes Quadrat und ein weißes Quadrat zu malen gewagt – und Mist produziert. Irgendwie hatte Malewitsch, der es als erster getan hatte, Kunst geschaffen, und jetzt fiel die Welt vor ihm auf die Knie.

Die Galerie füllte sich rasch. In einem angrenzenden Raum hingen weitere Werke der russischen Avantgarde, jener kurzen kulturellen Explosion, die in den letzten Tagen des Zaren ihren Anfang genommen hatte, die die Revolution ankündete, von Stalin unterdrückt und mit Lenin begraben wurde: Skizzen, Keramiken und Bucheinbände, wenn auch keines der Präservative, die Feldman erwähnt hatte. Der Raum war fast leer, da jeder von dem einfachen roten Quadrat auf weißem Grund angezogen wurde.

»Ich hab dir ja gesagt, daß es wunderschön ist.« Im Russischen waren »schön« und »rot« ein und dasselbe Wort. »Wie findest Du es?«

»Ich liebe es.«

»Ich habe gewußt, daß du das sagen würdest.«

Das Gemälde warf seinen Widerschein auf Irina. Sie strahlte.

»Gratuliere.« Max erschien mit Champagner. »Ein voller Erfolg.«

»Woher kommt das Bild?« fragte Arkadi. Er konnte sich nicht vorstellen, daß das russische Staatsmuseum eines seiner wertvollsten Werke an eine private Galerie auslieh.

»Geduld«, sagte Max. »Die Frage ist: Was bringt es ein?«

Irina sagte: »Es ist unbezahlbar.«

»Mit Rubeln nicht«, sagte Max. »Die Leute hier aber haben Mark, Yen und Dollar.«

Dreißig Minuten, nachdem die Türen geöffnet worden waren, forderten die Wächter die Besucher auf, vor der Bühne Platz zu nehmen, wo der Videokünstler, den Arkadi bereits auf Tommys Party gesehen hatte, neben einem Videorecorder und einem parabolischen Projektionsschirm wartete. Da es nicht genügend Stühle gab, setzten sich viele auf den Fußboden oder lehnten sich gegen die Wand. Arkadi fing einige ihrer Bemerkungen auf. Es waren Kunstliebhaber und Sammler, weit beschlagener als er, aber selbst er wußte, daß kein Rotes Quadrat Malewitschs je außerhalb Rußlands zu sehen gewesen war.

Irina Asanowa und Margarita Benz gingen zur Bühne, während Max sich zu Arkadi gesellte. Erst als es im Raum völlig still geworden war, begann die Galeristin zu sprechen. Sie hatte eine rauhe Stimme mit einem russischen Akzent, und obwohl Arkadis Deutsch nicht ausreichte, um jedes Wort zu verstehen, begriff er, daß sie Malewitsch als einen der Begründer der modernen Malerei neben Cézanne und Picasso stellte, vielleicht – als bedeutendster, revolutionärster Künstler, als *das* Genie seiner Zeit – sogar etwas höher. Wie Arkadi sich erinnerte, hatte Malewitschs Problem darin bestanden, daß es neben ihm noch ein anderes, im Kreml residierendes Genie gab, und daß *dieses* Genie, Stalin, dekretiert hatte, daß sowjetische Schriftsteller und Maler »Ingenieure der menschlichen Seele« zu sein hatten und daß ihre Aufgabe darin bestehe, realistische Bilder von proletarischen Menschen zu malen, die Dämme erbauten und Weizen ernteten – keine mysteriösen roten Quadrate.

Margarita Benz stellte Irina als Verfasserin des Katalogs vor, und als sie vortrat, sah Arkadi, daß sie ihn und Max über die Stuhlreihen hinweg anblickte. Selbst in seinem neuen Pullover kam er sich eher wie ein ungeladener Gast vor, während Max die entgegengesetzte Rolle übernommen hatte und praktisch als Gastgeber fungierte. Oder waren er und Max nur so etwas wie Bücherstützen, ein Paar, das zusammengehörte?

Das Licht ging aus. Auf dem Projektionsschirm erschien in vierfacher Vergrößerung das Rote Quadrat.

Irina sprach deutsch und russisch. Russisch für ihn, Arkadi, deutsch für die anderen. »Die Kataloge sind am Eingang erhältlich und gehen weit mehr ins Detail, als ich es in meinen Ausführungen hier tun werde. Es ist jedoch wichtig, daß Sie ein visuelles Verständnis der Vorgänge erlangen, die das Bild zu dem gemacht haben, was es heute ist. Es gibt einige Details, die Sie nur auf dem Projektionsschirm sehen und die Sie selbst dann nicht erkennen könnten, wenn wir Ihnen gestatteten, das Bild in die Hand zu nehmen und es aus nächster Nähe zu betrachten.«

Es war vertraut und seltsam zugleich, Irinas Stimme in der Dunkelheit zu hören. Es war, als hörte er sie im Radio.

Das Rote Quadrat auf dem Schirm wurde durch das Schwarzweißfoto eines Mannes mit dunklen Augenbrauen, Schlapphut und Mantel ersetzt, der vor einer intakten Kaiser-Wilhelm-Kirche stand – derselben Kirche, die jetzt als Mahnmal am Ku'damm die Touristen anzog.

»Im Jahre 1927«, fuhr Irina fort, »besuchte Kasimir Malewitsch Berlin anläßlich einer Retrospektive seiner Werke. In Moskau war er bereits in Ungnade gefallen. In Berlin lebten damals zweihunderttausend russische Emigranten. München hatte Kandinsky, Paris hatte Chagall, die Dichterin Zwetajewa und das Ballett Russe. Malewitsch dachte daran, sich abzusetzen. Die Berliner Ausstellung umfaßte siebzig seiner Bilder. Er selbst brachte eine unbestimmte Anzahl weiterer Werke mit – mit anderen Worten, die Hälfte seiner gesamten Produktion. Als er im Juni nach Moskau zurückbeordert wurde, folgte er der Aufforderung dann aber. Seine Frau und seine kleine Tochter befanden sich noch in Rußland. Außerdem verstärkte die Agitations- und Propagandaabteilung des Zentralkomitees der Kommunistischen Partei ganz allgemein ihren Druck auf die Kunst, und Malewitschs Schüler appellierten an ihn, sie zu schützen. Als er den Zug nach Moskau bestieg, gab er Anweisung, keines seiner Werke zurück nach Moskau zu schicken.

Nach Ende der Berliner Retrospektive dann wurden sämtliche Werke von der auf Kunsttransporte spezialisierten Firma Gustav Knauer in Kisten verpackt und zur Lagerung ins Provinzialmuseum in Hannover geschickt, das auf weitere Anweisungen von Malewitsch wartete. Einige der Bilder wurden dort auch ausgestellt, aber als die Nazis 1933 an die Macht gelangten und unter anderem auch die Werke der russischen Avantgarde zur ›entarteten Kunst‹ erklärten, kehrten die Bilder Malewitschs wieder in ihre Kisten zurück und wurden im Keller des Museums verwahrt.

Wir wissen, daß sie noch dort waren, als Albert Barr, der Direktor des New Yorker Museum of Modern Art, 1935 Hannover besuchte. Er erwarb zwei der Gemälde und schmuggelte sie, eingerollt in seinen Regenschirm, aus Deutschland heraus. Das Museum in Hannover betrachtete den Besitz der restlichen Malewitsch-Sammlung als zu gefährlich und schickte sie einem der Männer, bei dem Malewitsch in Berlin gewohnt hatte, dem Architekten Hugo Haring, der sie zuerst in seinem Haus und dann, während der Luftangriffe auf Berlin, in seiner Heimatstadt Biberach im Süden Deutschlands versteckte.

Siebzehn Jahre später – der Krieg war vorbei und Malewitsch tot – verfolgten Kuratoren des Amsterdamer Stedelijk Museum den Weg der Knauer-Kisten zu Haring, der noch in Biberach lebte, und erwarben die Bilder, die heute die größte Sammlung von Malewitsch-Werken im Westen bilden. Von den Fotos der Berliner Ausstellung aber wissen wir, daß fünfzehn größere Gemälde fehlen. Wir wissen auch, daß einige der besten Bilder, die Malewitsch mit nach Berlin gebracht hatte, in der Berliner Ausstellung überhaupt nicht gezeigt wurden. Wie viele dieser nicht gezeigten Bilder verschwunden sind, werden wir wohl nie erfahren. Verbrannten sie in Berlin? Wurden Sie auf dem Transport von übereifrigen Postbeamten zerstört, die sie als entartete Kunst konfiszierten? Oder wurden sie, in Kisten verpackt, in Hannover oder im Ost-Berliner Speicherhaus der Transportfirma Gustav Knauer gelagert und in den Wirren des Krieges einfach vergessen?«

Das Foto von Malewitsch auf dem Projektionsschirm wurde durch eine halb von Stempeln und vergilbten Dokumenten verdeckte Kiste ersetzt. Es war die, die in der Galerie stand. Irina sagte: »Diese Kiste gelangte einen Monat nach Fall der Berliner Mauer hier in die Galerie. Das Holz, die Nägel, die Art des Zusammenbaus und die Versandpapiere stimmen mit denen sonstiger Knauer-Kisten überein. Die Kiste enthielt ein Gemälde, Öl auf Leinwand, dreiundfünfzig mal dreiundfünfzig Zentimeter. Die Galerie erkannte sofort, daß sie in den Besitz eines Malewitsch oder einer meisterhaften Fälschung gelangt war. Welches von beiden?«

Die Kiste verblaßte, und auf dem Schirm erschien erneut das Bild, diesmal in tatsächlicher Größe, ein hypnotisches Rot. »Insgesamt gibt es weniger als einhundertzwanzig Ölgemälde von Malewitsch. Ihre Seltenheit im Verein mit der Bedeutung, die sie in der Geschichte der Kunst einnehmen, läßt ihren hohen Wert verständlich erscheinen, insbesondere solcher Meisterwerke wie des Roten Quadrats. Die meisten Bilder Malewitschs wurden fünfzig Jahre hindurch als ›ideologisch fehlgerichtete Kunst‹ in Rußland unterdrückt. Jetzt tauchen sie allmählich wieder auf, wie politische Geiseln, die endlich das Licht des Lebens sehen dürfen. Die Lage wird jedoch dadurch kompliziert, daß zahllose Fälschungen den westlichen Kunstmarkt überschwemmen. Dieselben Fälscher, die früher mittelalterliche Ikonen produzierten, produzieren heute Werke der modernen Kunst. Im Westen verlassen wir uns auf Dokumente, die ihre Echtheit bezeugen – Ausstellungskataloge und Rechnungen, die uns die Daten angeben, zu denen ein Kunstwerk ausgestellt, verkauft und weiterverkauft wurde. Die Situation in der Sowjetunion ist anders. Kam ein Künstler ins Gefängnis, wurden seine Werke konfisziert. Wenn seine Freunde dann davon erfuhren, versteckten sie entweder schleunigst, was sie von ihm besaßen, oder sie vernichteten es. Die Werke, die wir heute von der russischen Avantgarde besitzen, verdanken ihr Überleben all den unwahrscheinlichen, individuell unterschiedlichen Begleitumständen, denen Überlebende ihr Dasein nun einmal verdanken. Viele echte Werke haben im wesentlichen Sinne überhaupt keine Provenienz. Die üblichen westlichen Echtheitsbestätigungen von einem Überlebenden des Sowjetstaats zu verlangen, wäre gleichbedeutend damit, sein Überleben überhaupt zu leugnen.«

Auf dem Videoband drehten Hände in Gummihandschuhen das Rote Quadrat vorsichtig um und lösten einige Fäden aus der Leinwand, die analysiert und als deutsches Fabrikat aus der richtigen Zeit identifiziert wurden. Irina wies darauf hin, daß Russen stets deutsches Malermaterial verwendeten, wenn sie konnten.

Es gab Gemälde innerhalb von Gemälden. Unter Röntgenstrahlen wurde das Rote Quadrat zu einem Negativ, das ein übermaltes Rechteck enthüllte. Unter fluoreszierendem Licht ging die untere Schicht des Zinkweiß in einen kremigen Farbton über. Unter Ultraviolettbestrahlung wurde Weiß zu Blau. Unter schräg einfallendem Licht wurden vergrößerte Pinselstriche zu variationsreichen horizontalen Kommas – ein Filigran von Strichen hier, eine dichte Masse von Strichen dort, in einem Meer unterschiedlicher Rottöne, die an den Stellen von sogenannten »Krakelüren« aufgerissen wurden, an denen sich die rote Farbe nicht mit dem darunterliegenden Gelb verbunden hatte.

»Auch wenn das Werk selbst unsigniert ist«, sagte Irina, »bildet doch jeder Pinselstrich eine eigene Signatur. Die Malweise, die Wahl der Farben, das Übermalen, die fehlende Signatur, sogar die Krakelüren – alles ist typisch für Malewitsch.«

Arkadi gefiel das Wort »Krakelüre«. Unter dem richtigen Licht würde selbst er Krakelüren aufweisen, dachte er.

Der Projektionsschirm wurde wieder weiß, ehe ein vergrößertes Leinwandgewebe und eine Grundierung erschien, die im schräg einfallenden Licht ein Relief bildete, auf dem sich schwach ein verräterischer Fingerabdruck abzeichnete. Irina fragte: »Wessen Hand hat diesen Abdruck hinterlassen?«

Ein Gesicht mit tiefliegenden, melancholischen Augen erschien auf dem Projektionsschirm. Die Kamera fuhr zurück und zeigte die blaue Uniformjacke und die zerfurchten Züge des verstorbenen Generals Penjagin. Kaum jemand, den Arkadi je wiederzusehen erwartet hatte, am wenigsten in künstlerisch interessierten Kreisen. Mit einem Kugelschreiber wies der General auf die einander gleichenden Spiralen und Deltas zweier Fingerabdrücke. Der eine war vom Roten Quadrat, der andere von einem authentischen Malewitsch im russischen Staatsmuseum abgenommen worden. Eine unsichtbare Stimme übersetzte. Arkadi dachte, daß deutsche Gerichtsmediziner die gleiche Aufgabe hätten übernehmen können, aber ein Sowjetgeneral war natürlich eindrucksvoller. Inzwischen hatte er die Stimme als die von Max erkannt, sie fragte: »Würden Sie sagen, daß beide Abdrücke von derselben Person stammen?«

Penjagin starrte direkt in die Kamera und setzte sich eindrucksvoll in Positur, als ob er spürte, wie kurz seine Rolle als Star sein würde. »Nach meiner Überzeugung«, sagte er, »stammen beide Abdrücke eindeutig vom selben Individuum.«

Als das Licht im Raum wieder anging, erhob sich der am distinguiertesten aussehende Herr im Publikum und fragte barsch: »Zahlen Sie einen Finderlohn?«

Margarita beantwortete die Frage. »Nein. Obgleich ein Finderlohn völlig legal wäre, haben wir von Anfang an direkt mit dem Besitzer verhandelt.«

Der Mann sagte: »Solche Zahlungen sind bekanntlich nichts als Lösegelder. Wie Sie wissen, denke ich an die Unsummen, die in Texas für den Quedlinburg-Schatz gezahlt wurden, der nach dem Krieg von einem amerikanischen Soldaten aus Deutschland entwendet wurde.«

»Es ist kein Amerikaner beteiligt.« Margarita deutete ein Lächeln an.

»Aber das ist nur ein Beispiel für die zahllosen deutschen Kunstwerke, die von den Besatzungsmächten außer Landes geschafft wurden. Wie das ins Reinhardsbrunner Schloß ausgelagerte Gemälde aus dem 17. Jahrhundert, das von russischen Truppen geraubt wurde. Wo ist es jetzt? Es wird bei Sotheby's versteigert.«

Margarita versicherte ihm: »Es sind auch keine Russen beteiligt, abgesehen von Malewitsch. Und natürlich habe ich selbst einen gewissen russischen Hintergrund. Ihnen müßte doch bekannt sein, daß es streng verboten ist, Kunstwerke aus dieser Zeit und in dieser Qualität aus der Sowjetunion auszuführen.«

Der Kunstliebhaber war besänftigt und setzte sich, freilich nicht, ohne einen letzten Schuß abzufeuern: »Dann kommt es also aus Ostdeutschland?«

»Ja.«

»Dann ist es eines der wenigen guten Dinge, die von dort kommen.«

Er fand allgemeine Zustimmung.

War das Bild wirklich ein Malewitsch? fragte sich Arkadi. Der Auftritt Penjagins besagte gar nichts. Konnte die Geschichte wahr sein? Tatsache war, daß die meisten noch existierenden Werke Malewitschs auf dunklen Wegen in die Museen gelangt waren, in denen sie sich heute befanden. Er war wie kein anderer ein Vogelfreier unter den Künstlern des Jahrhunderts.

Margarita Benz spielte die Rolle einer strengen, aber großzügigen Gastgeberin. Sie hielt die Leute auf Armlänge vom Bild entfernt, untersagte Fotos und lotste ihre Gäste zu einem mit Kaviar, geräuchertem Lachs und Champagner beladenen Tisch. Irina ging von Gast zu Gast und beantwortete Fragen, die in den Ohren Arkadis wie Beschuldigungen klangen. Aber wenn die Leute nicht zufrieden gewesen wären, dachte er, wären sie schon früher gegangen. Irina erschien ihm wie ein Storch, der zwischen lauter Krähen umherwanderte.

Zwei Amerikaner mit schwarzer Fliege und Lackschuhen unterhielten sich, wobei sie sich über ihre Teller beugten. »Mir gefiel diese Anspielung auf die Vereinigten Staaten nicht, und die Sotheby's-Versteigerung der russischen Avantgarde war eine einzige große Enttäuschung.«

»Nichts als unbedeutende Werke, und die meisten davon auch noch Fälschungen«, sagte der andere Amerikaner. »Ein Hauptwerk wie das hier könnte den Markt stabilisieren. Nun, wenn ich es nicht bekomme, habe ich wenigstens Berlin einmal wiedergesehen.«

»Jack, das wollte ich dir noch sagen: Berlin hat sich verändert. Es ist ein gefährliches Pflaster geworden.«

»Jetzt, wo die Mauer gefallen ist?«

»Es ist voll von ...« Er blickte auf, zog seinen Freund am Ärmel und flüsterte: »Ich denke daran, nach Wien zu gehen.«

Arkadi drehte sich um. Wer mochte sie so erschreckt haben? Niemand stand hinter ihm.

Eine Stunde später verrieten der angestiegene Lärmpegel und dicke Rauchschwaden, daß die Ausstellung ein voller Erfolg war. Arkadi zog sich zur abgedunkelten Bühne zurück und sah sich ein Video an, das Pferdekutschen aus dem Berlin der Vorkriegszeit und Fotos von russischen Emigranten zeigte. Er spielte mit dem Gerät und ließ das Band vor- und zurücklaufen. Die Gestalten auf dem Projektionsschirm mußten die ungewöhnlichsten und attraktivsten Flüchtlinge ihrer Zeit gewesen sein. Alle – Schriftsteller, Tänzer und Schauspieler – vermittelten den Eindruck exotischer Treibhauspflanzen.

Er glaubte, ganz für sich zu sein, als Margarita Benz ihn fragte: »Irina war gut heute abend, finden Sie nicht?«

»Ja«, sagte er.

Die Galeristin stand neben ihm, ein Glas in der einen, eine Zigarette in der anderen Hand. »Sie hat eine wunderbare Stimme. Hat sie Sie überzeugt?«

»Völlig«, sagte Arkadi.

Sie lehnte sich gegen die Wand. »Ich wollte Sie mir mal näher anschauen.«

»Hier im Dunkeln?«

»Können Sie im Dunkeln nicht sehen? Was für ein schlechter Polizist müssen Sie gewesen sein.«

Ihr Verhalten ihm gegenüber war von einer seltsamen Mischung, zugleich damenhaft und grob. Er dachte an die beiden widersprüchlichen Identifikationen, die Jaak ihren Fotos zugeschrieben hatte: Frau Boris Benz, die Deutsche, die im Sojus abstieg, und Rita, die Prostituierte, die vor fünf Jahren nach Israel ausgewandert war. Sie ließ die Zigarette in ihr Glas fallen, stellte es auf den Videorecorder und gab Arkadi eine Streichholzschachtel, um sich von ihm eine neue Zigarette anzünden zu lassen. Ihre Nägel waren hart wie Krallen. Als Arkadi sie zum erstenmal in Rudis Wagen gesehen hatte, hatte er sie mit einer Wikingerin verglichen. Jetzt dachte er: eine Salome.

»Haben Sie es verkauft?« fragte er.

»Max hätte Ihnen sagen sollen, daß ein Gemälde wie dieses sich nicht in einer Minute verkaufen läßt.«

»Sondern?«

»Es braucht Wochen.«

»Wem gehört das Bild? Wer ist der Verkäufer?«

Sie lachte, während sie den Rauch aus Mund und Nase ließ. »Was für ungehörige Fragen.«

»Es ist das erste Mal, daß ich auf einer Ausstellung bin. Ich bin neugierig.«

»Nur der Käufer braucht zu wissen, wer der Verkäufer ist.«

»Wenn es ein Russe ist ...«

»Reden Sie keinen Quatsch. In Rußland weiß niemand, wem etwas ›gehört‹. Was Sie haben, ist Ihrs.«

Arkadi nahm die Zurechtweisung ungerührt hin. »Was werden Sie dafür bekommen?«

Sie lächelte, und er wußte, daß sie antworten würde. »Es gibt noch zwei andere Versionen des Roten Quadrats. Beide werden sie auf fünf Millionen Dollar geschätzt.« Sie ließ die Zahl genüßlich auf der Zunge zergehen. »Nennen Sie mich Rita. Meine Freunde nennen mich Rita.«

Malewitsch erschien auf dem Schirm, in einem Selbstporträt mit hohem Kragen, schwarzem Anzug und beängstigend grünen Farbschattierungen.

»Glauben Sie, daß er sich tatsächlich absetzen wollte?« fragte Arkadi.

»Er hat die Nerven verloren.«

»Das wissen Sie?«

»Das weiß ich.«

»Wie sind Sie rausgekommen?«

»Ich hab mich durchgebumst, Schätzchen. Hab einen Juden geheiratet. Dann einen Deutschen. Man muß bereit sein, so was zu tun. Deswegen wollte ich mir ja auch *Sie* mal ansehen. Um zu sehen, wozu *Sie* bereit sind.«

»Was glauben Sie?«

»Es reicht nicht.«

Interessant, dachte Arkadi. Vielleicht war sie ein besserer Menschenkenner als er. Er sagte: »Wenn ich einen Ihrer Gäste richtig verstanden habe, gibt es seit dem Fall der Mauer zu viele Russen hier.«

Rita lachte verächtlich. »Nicht zu viele Russen. Zu viele neue Deutsche. West-Berlin war immer was Besonderes, aber jetzt ist es eine deutsche Stadt wie jede andere. All diese Jugendlichen aus dem Osten der Stadt, die ihr Leben lang vom westlichen Lebensstil geträumt haben und jetzt herkommen und sich als Punks aufführen, mit Vätern, die unverbesserliche Nazis sind. Kein Wunder, daß die West-Berliner davonlaufen.«

»Wollen Sie auch davonlaufen?«

»Nein. Berlin ist die Zukunft. So wird ganz Deutschland einmal werden. Berlin ist offen.«

Sie saßen zu viert im Restaurant am Savignyplatz. Max genoß das langsame Abebben der Erregung wie ein Regisseur den geglückten Verlauf einer Premiere und überschüttete Irina mit Komplimenten, ganz so, als sei sie sein Star. Sie glühte, umgeben von Kerzen und Kristall. Rita saß auf demselben Platz wie auf dem Video. Während sie Max, Irina und Arkadi betrachtete, schien sie über ein Grundproblem der Arithmetik nachzusinnen.

Für Arkadi verschwanden Max und Margarita mehr und mehr im Hintergrund, er hatte nur noch Augen für Irina. Ihre Blicke begegneten sich, spürbar wie eine Berührung. Er verfolgte die Unterhaltung, ohne sich an ihr zu beteiligen.

Der Kellner setzte sein Tablett neben Max ab und wies mit dem Kopf auf zwei Männer in schimmernden Anzügen, die sich ihnen durch den Park näherten. Sie gingen langsam, als führten sie einen Hund an der Leine, nur daß sie keinen Hund hatten.

»Tschetschenen. Letzte Woche haben sie ein Restaurant eine Straße weiter auseinandergenommen. Die ruhigste Straße in ganz Berlin. Einen Kellner haben sie vor den Augen der Gäste mit einer Axt erschlagen.« Er kratzte sich am Arm. »Mit einer Axt.«

»Was geschah danach?« fragte Arkadi.

»Danach? Später sind sie noch einmal zurückgekommen und haben gesagt, daß sie das Restaurant beschützen wollten.«

»Empörend«, sagte Max. »Aber Sie werden doch bereits beschützt, oder?«

»Ja«, antwortete der Kellner rasch.

Die Tschetschenen überquerten die Straße und gingen auf das Restaurant zu. Arkadi hatte den einen mit Ali im Springer-Café gesehen. Der andere war Alis jüngerer Bruder Beno, er hatte die Größe und den krummbeinigen Gang eines Jokkeys. »Sie sind Borjas Freund, nicht? Wir haben gehört, daß Sie hier eine Wohnung haben.«

»Habt *ihr* eine Wohnung?« Max tat erstaunt.

»Eine ganze Suite.« Beno hatte offensichtlich die aufmerksamen Augen und die Konzentrationsfähigkeit seines Großvaters geerbt. Er ist der nächste Mahmud, nicht Ali, dachte Arkadi. Beno blickte Max so scharf an, daß er keinen der anderen am Tisch zu bemerken schien. »Können wir uns zu Ihnen setzen?«

»Ihr seid noch nicht alt genug.«

»Dann sehen wir uns später noch mal.«

Beno drehte sich um und ging mit dem älteren Tschetschenen die Straße hinunter, zwei Globetrotter, mit sich und der Welt zufrieden.

Als Rita bezahlen wollte, bestand Max darauf, die Rechnung zu übernehmen. Er schien nicht nur Wert darauf zu legen, als großzügiger Gastgeber zu erscheinen, sondern auch als jemand, der Herr der Lage war. Aber er war nicht Herr der Lage, dachte Arkadi. Niemand war es.

31

Mitten in der Nacht wachte Arkadi auf und wußte, daß Irina bei ihm im Zimmer war. Sie trug einen Regenmantel, die Füße nackt im Mondlicht, das den Boden bedeckte.

»Ich habe Max gesagt, daß ich ihn verlasse.«

»Gut.«

»Nein. Er sagt, als du in München auftauchtest, hätte er gewußt, daß alles so kommen würde.«

Arkadi setzte sich auf. »Vergiß Max.«

»Max hat mich immer anständig behandelt.«

»Morgen verlassen wir Berlin und fahren irgendwohin.«

»Nein, du bist sicher hier. Max will dir helfen. Du weißt nicht, wie großzügig er sein kann.«

Ihre Gegenwart war überwältigend. Ihr Schatten zeichnete sich vor ihm ab, ihr Gesicht, ihre Augen, ihr Mund. Er roch und schmeckte sie in der Nachtluft. Zugleich wußte er, wie gefährdet seine Beziehung zu ihr war. Wenn sie erfuhr, daß er auch nur den leisesten Verdacht gegen Max hegte, würde er sie im nächsten Augenblick wahrscheinlich schon verlieren.

»Warum magst du Max nicht?« fragte sie.

»Ich bin eifersüchtig.«

»Max sollte eifersüchtig auf dich sein. Er ist immer gut zu mir gewesen. Er hat mir auch bei dem Bild geholfen.«

»Wie?«

»Er hat Rita mit dem Verkäufer bekannt gemacht.«

»Weißt du, wer dieser Verkäufer ist?«

»Nein. Max kennt viele Leute. Er kann dir helfen, wenn du ihn nur gewähren läßt.«

»Wie du willst«, sagte Arkadi.

Sie küßte ihn. Bevor er aufstehen konnte, war sie gegangen.

Orpheus war in die Unterwelt hinabgestiegen, um Eurydike zu retten. Nach der griechischen Sage fand er sie im Hades und führte sie durch endlose, langsam ansteigende Höhlen zurück in die Welt der Lebenden. Doch die Götter hatten ihm auferlegt, daß er sich nicht umschauen dürfe, bis sie das Tageslicht erreicht hatten. Unterwegs spürte er, daß ihr Geist wieder zu einem warmen, lebenden Körper wurde.

Arkadi dachte über die logistischen Probleme nach. Orpheus war ihr offensichtlich vorangegangen. Hielt er ihre Hand, als sie die unterirdische Welt durchschritten? Hatte er ihr Handgelenk an seinem festgebunden, er, der Stärkere?

Daß sie die Prüfung nicht bestanden, war nicht Eurydikes Schuld. Es war Orpheus, der sich schließlich umwandte und mit diesem Blick Eurydike ins Reich der Schatten zurückschickte.

Manche Männer mußten einfach zurücksehen.

32

Zuerst wußte Arkadi nicht, ob Irina ihn tatsächlich besucht hatte, denn äußerlich schien sich nichts verändert zu haben. Max lud beide zum Frühstück in ein Hotel in der Friedrichstraße ein, lobte das renovierte Restaurant, schenkte Kaffee ein und legte Zeitungen mit Berichten über die Ausstellungseröffnung auf den Tisch.

»Sowohl ›Die Zeit‹ als auch die ›Frankfurter Allgemeine‹ bringen eine ausführliche Besprechung. Sehr zurückhaltend, aber positiv. Beide verweisen auf das, was die russische Kunst den Deutschen verdankt. Eine schlechte Kritik in der ›Welt‹, die offenbar nichts für moderne oder russische Kunst übrig hat. Eine noch schlechtere in der ›Bildzeitung‹, die sich mehr für Hormone und Sex interessiert. Gar nicht übel für den Anfang. Irina, du hast heute nachmittag Interviews mit ›Art News‹ und dem ›Stern‹. Du kannst besser mit der Presse umgehen als Rita. Doch was noch wichtiger ist: Wir essen heute mit Sammlern aus Los Angeles zu Abend. Und die Amerikaner sind erst der Anfang, danach wollen die Schweizer mit uns reden. Das Nette an den Schweizern ist, daß sie nicht mit Kunstwerken protzen, sie kaufen sie einfach und legen sie dann in ihren Banktresor. Das erinnert mich: Ende der Woche nehmen wir das Rote Quadrat aus der Ausstellung, um es ernsthaft Interessierten leichter zugänglich zu machen.«

»Die Ausstellung sollte doch einen Monat laufen«, sagte Irina.

»Ich weiß, nur spielt die Versicherung da nicht mit. Rita wollte das Bild ursprünglich überhaupt nicht ausstellen, aber ich habe ihr gesagt, wie sehr dir daran gelegen ist.«

»Was ist mit Arkadi?«

»Arkadi.« Max seufzte auf, um zu zeigen, daß das ein Thema von geringerer Bedeutung war. Er tupfte sich mit der Serviette den Mund ab. »Sehen wir einmal, was wir tun können. Wann läuft Ihr Visum ab?« fragte er Arkadi.

»In zwei Tagen.« Er war überzeugt, daß Max das wußte.

»Das ist ein Problem, weil die Deutschen keine politischen Flüchtlinge aus der Sowjetunion mehr aufnehmen. Politisch ist da gar nichts zu machen.« Er wandte sich an Irina. »Tut mir leid, aber so ist es. Selbst wenn ein Ermittlungsverfahren wegen Landesverrats gegen ihn läuft. Niemand kümmert sich darum. Du selbst mußt dir da allerdings keine Sorgen machen. Wenn du mit mir reist, gibt's überhaupt kein Problem.« Er wandte sich wieder an Arkadi. »Da Sie sich also nicht absetzen können, Renko, muß Ihr Visum von der deutschen Ausländerpolizei verlängert werden. Ich kümmere mich darum. Sie brauchen eine Arbeitserlaubnis und eine Aufenthaltserlaubnis. Das geht natürlich nur, wenn das sowjetische Konsulat mitmacht.«

»Das wird es nicht«, sagte Arkadi.

»Dann sieht die Sache anders aus. Was ist mit Rodionow in Moskau? Will der Sie länger hierbehalten?«

»Nein.«

»Seltsam. Hinter wem sind Sie eigentlich her? Können Sie mir das sagen?«

»Nein.«

»Haben Sie es Irina gesagt?«

»Nein.«

»Hör schon auf, Max«, sagte Irina. »Jemand versucht, Arkadi umzubringen, und du hast gesagt, daß du ihm helfen willst.«

»Es geht nicht um mich«, sagte Max. »Es ist Boris. Ich habe mit ihm telefoniert, und er ist sehr besorgt um dich und nicht gerade glücklich darüber, daß die Galerie mit jemandem wie Renko in Zusammenhang gebracht werden könnte. Vor allem jetzt, wo unsere Arbeit sich auszuzahlen beginnt.«

»Boris ist Ritas Mann«, sagte Irina zu Arkadi. »Ein typischer Deutscher.«

»Bist du ihm je begegnet?« fragte Arkadi.

»Nein.«

Max schien unangenehm berührt zu sein. »Boris fürchtet, daß dein Arkadi in Schwierigkeiten steckt, da er mit der russischen Mafia zu tun hat. Wenn etwas davon an die Öffentlichkeit dringt, könnte es für die Ausstellung verhängnisvoll sein.«

»Ich habe nichts mit der Galerie zu schaffen«, sagte Arkadi.

Max fuhr fort: »Boris glaubt, daß Renko dich ausnutzt.«

»Wozu?« fragte Irina.

Sie *war* in der Nacht zu ihm gekommen. Es war kein Traum, dachte Arkadi. Argwöhnisch achtete sie auf alles, was Max sagte oder tat. Neue Grenzen waren gezogen worden, und Max bemühte sich, sie nicht zu übertreten.

»Um hierbleiben zu können, um sich zu verstecken – ich weiß es nicht. Ich sage nur, was Boris denkt. Wenn du willst, daß Renko bleibt, werde ich alles tun, um ihm das zu ermöglichen. Ich verspreche es. Solange ich ihn habe, habe ich schließlich auch dich, wie es scheint.«

Sie benahmen sich wie ein Paar aus dem Westen. Sie hätten George und Jane heißen können oder Tom und Sue. Sie machten einen Schaufensterbummel, kauften ein Sporthemd für Arkadi, das er gleich anzog, spazierten durch den Tiergarten zum Zoo, wo sie die Löwen ignorierten und statt dessen den Ponywagen zusahen. Begegneten weder Tschetschenen noch Kunstsammlern. Versuchten gar nicht erst, geistreich oder witzig zu sein. Normalität ist ein Zauber, der leicht zerbricht.

Um zwei Uhr brachte Arkadi sie zur Galerie, ging zurück zum Bahnhof Zoo und warf ein paar weitere Münzen in sein Schließfach. Er versuchte, Peter anzurufen, aber wieder meldete sich niemand. Peter schien wütend oder nicht mehr interessiert zu sein. Arkadi hatte den Kontakt zu ihm verloren.

Als er den Hörer auflegte, läutete es. Arkadi trat einen Schritt zurück. Auf dem Bürgersteig verkauften Afrikaner ehemaligen DDRlern französische Koffer und Reisetaschen. Übermüdete Jugendliche mit Rucksäcken und langen Haaren standen vor einer Wechselstube an. Niemand kam, um den Hörer abzunehmen. Schließlich tat er es.

Peter Schiller sagte: »Renko, Sie sind ein miserabler Agent. Sonst würden Sie nicht zweimal aus derselben Telefonzelle anrufen.«

»Wo sind Sie?«

»Schauen Sie über die Straße. Sehen Sie den Mann in der hübschen Lederjacke, der da gerade telefoniert? Das bin ich.«

Bei gutem Wetter war die Fahrt in die Umgebung der Stadt ein Vergnügen. Sie fuhren durch den Grunewald und dann an der Havel entlang, auf der Hunderte von Segelbooten kreuzten. Aus der Ferne sahen sie aus wie Möwen.

»Bei Ihrem ersten Anruf hörte ich einen Zug an Ihrem Ende der Leitung, naja, und etwas Glück muß der Mensch eben haben. Mit ein paar logischen Schlüssen und einem gehörigen Schuß Intuition kam ich schließlich auf den Bahnhof Zoo – in dem laut Fahrplan zur Zeit Ihres Anrufs gerade ein Zug eingefahren sein mußte.«

»Sie verstehen Ihren Job, das läßt sich nicht leugnen.«

Peter ging nicht darauf ein. »Als Sie gestern vom Bahnhof Zoo aus anriefen, war ich dort. Ich bin Ihnen durch ganz Berlin gefolgt. Ist Ihnen aufgefallen, wie die Stadt sich verändert hat?«

»Ja.«

»Als die Mauer fiel, wurde überall gefeiert. Ost- und West-Berlin wieder eine Stadt! Es war wie eine wilde Liebesnacht. Und anschließend dann war's wie der Morgen danach, an dem man feststellen muß, daß die Frau, nach der man sich so gesehnt hat, einem die Taschen durchwühlt, die Brieftasche wegnimmt und auch noch die Wagenschlüssel haben will. Die Euphorie war verflogen. Aber das ist nicht die einzige Veränderung. Wir waren auf die Rote Armee vorbereitet, aber nicht auf die russische Mafia. Ich habe Sie gestern beschattet. Sie haben die Leute gesehen.«

»Es ist wie in Moskau.«

»Davor habe ich Angst. Verglichen mit euren Gangstern sind die deutschen Kriminellen wie die Regensburger Domspatzen. Die russischen Mafiosi bringen sich auf offener Straße um. Boutiquen halten ihre Türen verriegelt und engagieren Privatwächter, ziehen nach Hamburg oder Zürich. Das ist schlecht fürs Geschäft.«

»Was Sie aber nicht allzusehr aufzuregen scheint.«

»Nach München sind sie noch nicht vorgedrungen. Und

bevor *Sie* da auftauchten, war das Leben geradezu langweilig.«

Arkadi wußte nicht, wie lange Peter Schiller ihn verfolgt hatte. Er wartete nur darauf, die Namen Max Albow, Irina Asanowa oder Margarita Benz zu hören.

Irgendwo im Wald dann, zwischen Dörfern und Feldwegen, überquerte die Straße die ehemalige Grenze, und Potsdam lag vor ihnen. Jedenfalls der Teil von Potsdam, der auf den Reißbrettern der Architekten einst als zukunftsweisende Vision proletarischen Wohnungsbaus erschienen sein mußte, sich nach seiner Realisierung aber als monotones Einerlei zehnstöckiger Gebäude mit anonymen Balkons und bald schon zerbröckelnden Fassaden erwiesen hatte.

Das alte Potsdam verbarg sich hinter dichtem Buchenlaub. Peter Schiller parkte auf einer schattigen Allee vor einer dreistöckigen Villa mit schmiedeeisernem Gartentor und einer von Säulen getragenen Vorhalle. Marmorstufen führten zu einer doppelflügeligen Tür. Eine klassische Fassade. Schnörkel über den Fenstern, die hoch genug waren, um einen Blick auf getäfelte Zimmerdecken zu gestatten. Ein Türmchen auf dem Dach. Aber überall bröckelte der Putz von den Mauern. Ein behelfsmäßiges Baugerüst reichte bis zum zweiten Stock, und eine hölzerne Rampe lief an einer Seite über die Stufen, die andere Seite war zerbrochen. Einige Fenster waren vermauert, andere mit Brettern vernagelt. Ein verkümmerter Baum hatte neben dem Türmchen auf dem Dach Wurzeln geschlagen. Der Boden war mit Schutt und Unkraut übersät, das Gartentor von einer dünnen Schicht bedeckt, die aus Rost, Ruß und dem Staub zerfallener Ziegelsteine bestand. Und doch schien das Gebäude von oben bis unten bewohnt. Die Balkone und übriggebliebenen Fenstersimse trugen Kästen mit Geranien, und hinter den Scheiben war ein trüber Lichtschimmer zu sehen, vor dem sich langsame Bewegungen abzeichneten. Neben dem Tor war ein Schild mit der Aufschrift »Krankenhaus« angebracht.

»Das Schiller-Haus«, sagte Peter Schiller. »Hier ist es. Dafür hat sich mein Großvater kaufen lassen, für diese Ruine.«

»Hat er es gesehen?« fragte Arkadi.

»Boris Benz hat ihm ein Foto davon gezeigt. Jetzt möchte er wieder hier einziehen.«

Zu beiden Seiten der Villa standen Gebäude im gleichen Stil und einem ähnlichen Stadium des Verfalls. Einige waren allerdings noch verfallener. Eines war von Efeu überwachsen wie ein altes Grabmonument. Ein anderes verwehrte Unbefugten mit dem Schild »Zutritt verboten!« den Zugang.

»Das war einmal die Straße der Bankiers. Jeden Morgen fuhren sie nach Berlin, um am Abend zurückzukommen. Kultivierte, intelligente Leute, die den Führer so sahen, wie sie ihn sehen wollten. Sie schauten weg, wenn die Meyers die Villa hier und die Weinsteins die Villa dort verlassen mußten. Womöglich erwarben sie deren Häuser sogar zu einem günstigen Preis. Nun, man kann schließlich kaum sagen, wo diese Juden heute leben, oder? Und jetzt will sich mein Großvater erneut mit dem Teufel einlassen, um das hier zurückzubekommen.«

Eine Balkontür öffnete sich, und eine Frau mit Haube und weißer Schürze trat heraus. Sie hielt ihnen den Rücken zugekehrt und zog einen Rollstuhl hinter sich her, den sie jetzt umdrehte und arretierte. Schließlich setzte sie sich hinein und zündete sich eine Zigarette an.

»Was haben Sie vor?« fragte Arkadi.

Peter Schiller drückte das Tor auf. »Ich sollte es mir einmal ansehen, finden Sie nicht?«

Die zu den Säulen des Vorbaus führende Auffahrt war einst mit Kopfsteinen gepflastert gewesen. Jetzt schnitten zwei Furchen durch das Unkraut, eine der Säulen war zusammengebrochen und durch ein aufrecht stehendes Abflußrohr ersetzt worden. Die Vordertür war mit einem roten Kreuz bemalt, und auf einem Schild war das Wort »Ruhe!« zu lesen. Die Tür stand offen, und aus dem Inneren wehte der Klang eines Radios und der Geruch von Desinfektionsmitteln. Es gab keinen Empfang. Sie gingen durch eine mit dunklem Mahagoni getäfelte Halle in eine Art Ballsaal, der zu einem Speisesaal umfunktioniert worden war, und betraten eine riesige Küche, die zweigeteilt worden war in eine kleine Küche mit dampfenden Töpfen und einen Abschnitt, der aus gefliesten Badekabinen und Toiletten bestand. Niemand war zu sehen.

Schiller probierte die Suppe. »Nicht schlecht. Sie haben gute Kartoffeln in Ostdeutschland. Ich war gestern in Potsdam, bis hier bin ich noch nicht vorgedrungen.«

»Wo waren Sie?«

»Im Archiv des Potsdamer Rathauses, um Näheres über Boris Benz in Erfahrung zu bringen.« Er ließ die Suppenkelle fallen und ging weiter. »Es gibt nicht viel über ihn«, sagte er. »Ich habe den Computer angezapft und einige persönliche Daten gefunden. Wann sein Führerschein ausgestellt wurde, wann er sich in München angemeldet und wann er geheiratet hat. Habe festgestellt, daß er Inhaber einer Firma namens Fantasy Tours ist. Dazu Daten über Sozial- und Krankenversicherungen seiner Angestellten. Was nicht zu finden war, waren seine eigenen Versicherungsangaben, Hinweise auf seine Ausbildung, seine Militärzeit und so.«

»Sie haben mir gesagt, daß Benz hier in Potsdam geboren wurde und viele der ostdeutschen Unterlagen noch nicht zentral erfaßt sind.«

Schiller sprang die Treppe hoch. »Deswegen bin ich ja hergekommen. Aber es gibt hier keine weiteren Unterlagen über ihn. Es ist nicht schwer, einen Namen in einen Computer einzugeben. Wesentlich schwerer ist es, einen Namen in ein altes, mit der Hand geschriebenes Dokument einzufügen, in ein Geburtenregister etwa oder ein Schulzeugnis. Was die Unterlagen über Arbeitsverhältnisse oder die militärische Ausbildung betrifft, so spielen sie keine Rolle, solange man sich nicht um eine Stellung bewirbt oder ein Darlehen bei einer Bank will. Was erneut darauf hindeutet, daß Boris Benz Geld hat. Ah, das hier muß das herrschaftliche Schlafzimmer gewesen sein.«

Sie blickten in einen Raum mit je fünf Betten auf jeder Seite. Einige der Betten waren mit Patienten belegt, die an Infusionsschläuchen hingen. An den Wänden klebten Familienfotos und Kinderzeichnungen. Die Laken sahen sauber aus, und der Parkettfußboden war blank gebohnert. Vier ältere Frauen in Bademänteln spielten Karten. Eine von ihnen blickte auf. »Wir haben Besuch.«

Schiller nickte den Frauen beruhigend zu. »Sehr gut, meine

Damen. Schöne Fotos, die Sie hier haben. Danke.« Sie strahlten, als er ihnen zuwinkte und die Tür hinter sich schloß.

Die übrigen Räume waren ebenfalls zu Krankenzimmern und Bädern umgebaut worden. Aus dem offenen Oberlicht eines Büros zog Zigarettenrauch. Sie stiegen die Treppe zum dritten Stock hoch. In der Decke über dem Treppenhaus, wo einmal ein Kronleuchter gehangen haben mußte, war eine ringförmige Vertiefung zu sehen.

»Ich habe mich gefragt, woher Benz wußte, was mein Großvater im Krieg gemacht hat. Nur die SS und die Russen wußten davon. Entweder ist er Russe oder Deutscher.«

»Und was ist Ihre Meinung?« fragte Arkadi.

»Deutscher«, sagte Peter. »Ostdeutscher. Um genauer zu sein: Staatssicherheit. Stasi. Der deutsche KGB. Vierzig Jahre hindurch hat die Stasi Personalien gefälscht, um Legenden für ihre Spione aufzubauen. Wissen Sie, wie viele Leute für die gearbeitet haben? Zwei Millionen Informanten. Mehr als fünfundachtzigtausend Offiziere. Die Stasi besaß Bürohäuser, Mietshäuser, Kurhotels und natürlich Bankkonten in Millionenhöhe. Wo sind all die Agenten geblieben? Wo ist das Geld geblieben? In den letzten Wochen vor dem Fall der Mauer waren die Stasi-Leute fieberhaft damit beschäftigt, sich neue Identitäten zu verschaffen. Als die Menschen die Büroräume stürmten, waren sie leer. Die Leute waren ausgeflogen. Eine Woche später mietete Benz seine Wohnung in München an. Da erst wurde er geboren.«

Die ehemaligen Dienstbotenzimmer im dritten Stock wurden jetzt als Unterkunft für die Schwestern und als Lagerraum für Medikamente genutzt. Höschen trockneten auf einer Leine, die quer über den Flur gespannt war.

»Wohin konnten die Stasi-Leute gehen? Wer wichtige Positionen bekleidet hatte, wurde festgesetzt. Und wer in untergeordneten Stellungen gearbeitet hatte, den wollte niemand mehr beschäftigen. Sie konnten nicht alle wie die Nazis nach Brasilien auswandern. Rußland will sicher nicht Tausende von Stasi-Leuten haben … Was ist das denn hier?«

Ein schmaler Treppenaufgang wurde von Eimern versperrt. Schiller schob sie beiseite, stieg die Treppe hoch und versuchte, einen Türknauf zu drehen. Ein Schloß schnappte, und Staub rieselte auf die Stufen, als er die Tür öffnete.

Sie betraten einen runden Raum. Es war das Türmchen, das sie von unten gesehen hatten. Die Flügelfenster hatten sich verzogen, Teile des Daches waren eingestürzt, und in einer Ecke wuchs ein verkümmertes Lindenbäumchen, ein zu lebenslanger Haft verurteilter Gefangener. Die Aussicht war herrlich: Seen und sanft gewellte Hügel, die sich bis nach Berlin hineinzogen, grüne Felder und Wälder in alle anderen Richtungen. Zwei Stockwerke unter ihnen lag der Balkon mit dem Rollstuhl. Die Schwester hatte die Sandalen ausgezogen und ihre Strümpfe bis zu den Waden heruntergerollt. Sie stellte gerade die Fußstützen hoch und richtete den Stuhl so aus, daß sie direkt in die Sonne blickte. Dann ließ sie sich zurücksinken, die Zigarette im Mund, eine träge ins Licht blinzelnde Kleopatra.

»Sagen Sie selbst: Wie kommt ein Ossi an so viel Geld, daß er achtzehn neue Wagen kaufen und in München leben kann? Für jemanden, der keine Vergangenheit hat, wurde Benz mit erstaunlich guten Verbindungen geboren.«

»Aber warum sollte er sich an Ihren Großvater heranmachen?« fragte Arkadi. »Was konnte er von ihm erwarten – außer alten Kriegsgeschichten?«

»Die Stasi-Offiziere waren nicht nur Spione, sie waren auch Diebe. Sie spürten Leute mit Vermögen auf, die sie, wenn möglich und nötig, ins Gefängnis wandern ließen: Ihre Ersparnisse wurden dann als ›Wiedergutmachung‹ konfisziert, und Bilder und Münzsammlungen verschwanden im Haus eines Stasi-Mannes. Vielleicht hat Benz etwas an sich genommen, von dem er nicht genau wußte, was es war. Es ist immer noch soviel in diesem Land versteckt. Soviel.«

Schillers Erklärungen waren eine typisch deutsche, logische konstruierte Antwort auf die Fragen, die die Identität von Boris Benz aufgeworfen hatte. Es war nicht Arkadis Antwort, aber er zollte ihr trotzdem Respekt. Peter Schiller fragte unvermittelt: »Wer ist Max Albow?«

»Er hat mir einen Platz zur Verfügung gestellt, wo ich in Berlin unterkommen kann.« Arkadi, von der Frage überrascht, versuchte, in die Offensive zu gehen. »Deswegen habe ich Sie angerufen. Sie haben meinen Paß, und ohne ihn kann ich kein Hotelzimmer bekommen. Außerdem möchte ich mein Visum verlängern lassen.«

Schiller lehnte sich an einen Pfosten, nachdem er ihn auf seine Standfestigkeit untersucht hatte. »Ihr Paß ist das einzige, womit ich Sie an der Leine halten kann. Wenn ich ihn Ihnen gäbe, würde ich Sie nie wiedersehen.«

»Ist es so schlimm mit mir?«

Schiller lachte, dann ließ er seinen Blick über die Bäume schweifen. »Ich könnte mir durchaus vorstellen, hier aufgewachsen zu sein. Renko, ich mache mir Sorgen um Sie. Ich bin Ihnen gestern bis zu dieser Wohnung in der Friedrichstraße gefolgt. Albow traf ein, bevor ich mich auf den Weg nach Potsdam machte, und ich konnte ihn anhand seines Nummernschildes identifzieren. Nach allem, was ich über ihn in Erfahrung gebracht habe, ist er ein aalglatter Typ. Hat sich zweimal abgesetzt. Hat ohne Zweifel Verbindungen zum KGB. Ist angeblich ein Geschäftsmann. Was hat euch beide bloß zusammengebracht?«

»Ich habe ihn in München getroffen. Er hat mir seine Hilfe angeboten.«

»Wer ist die Frau? Sie saß mit ihm im Wagen.«

»Ich weiß es nicht.«

Schiller schüttelte den Kopf. »Die richtige Antwort wäre gewesen: ›Welche Frau?‹ Ich sehe, daß ich nicht hätte wegfahren dürfen. Ich hätte mein Lager in der Friedrichstraße aufschlagen sollen, um die Wohnung im Auge zu behalten. Renko, sind Sie dort sicher?«

»Ich weiß es nicht.«

Schiller schwieg. Er atmete tief ein. »Die Berliner Luft«, sagte er dann. »Sie soll einem guttun.«

Arkadi zündete sich eine Zigarette an. Schiller folgte seinem Beispiel. Vom Balkon unten drang ein kräftiges Schnarchen zu ihnen hinauf, vermischt mit dem aus dem Garten kommenden Summen der Mücken. »Der Arbeiterstaat«, sagte Peter Schiller.

»Was ist mit dem Haus?« fragte Arkadi. »Wollen Sie Grundbesitzer werden, wollen Sie hier einziehen?«

Schiller lehnte sich gegen die Brüstung. »Ich würde es gern mieten«, sagte er.

33

Der Tag verblaßte bereits, als Peter Schiller Arkadi in der Stadt wieder absetzte. Über der Stadt lag eine plötzliche Stille, ein Atemholen zwischen Nachmittag und Abend. Minute um Minute wurde ihm klarer, was er tun würde, um bei Irina zu bleiben. Die Antwort war: *alles.*

Sie würde heute mit amerikanischen Kunstsammlern zu Abend essen. Arkadi kaufte eine Vase und Blumen und ging in Richtung Brandenburger Tor, dessen Säulen und Giebeldreieck hoch wie ein fünfstöckiges Gebäude vor ihm aufragten. Er erkannte, welche städtebaulichen Möglichkeiten sich hier boten – ein Boulevard, der durch die westliche Hälfte der Stadt lief und sich hinter dem Tor zwischen den alten preußischen Prachtbauten fortsetzte. Er hatte den Platz jetzt fast für sich allein. Als die Mauer noch stand, waren diese hundert Meter Asphalt der am aufmerksamsten beobachtete Fleck der Erde, auf der einen Seite durch die Wachttürme, auf der anderen Seite durch Touristen, die auf eine Plattform kletterten, um hinüberzusehen.

Am Fuß der Säulen sah er einen weißen Mercedes und einen Mann, der mit einem Fußball spielte. Er trug einen Kamelhaarmantel, dessen Gürtel lässig wie der eines Morgenmantels zusammengebunden war. Er balancierte den Ball auf der Stirn, ließ ihn auf die Knie fallen, dann auf den Rist, nahm ihn mit dem anderen Fuß neu auf und kickte ihn wieder hoch. Ein professioneller Fußballspieler wie Borja Gubenko nahm jede sich ihm bietende Gelegenheit wahr, sich in Form zu halten. Er ließ den Ball von Knie zu Knie hüpfen.

»Renko!« Er gab Arkadi ein Zeichen heranzukommen, wobei er den Ball in ständiger Bewegung hielt.

Als Arkadi sich ihm näherte, schoß Borja den Ball in die Luft. Die Arme ausgestreckt wie ein Seiltänzer, fing er ihn mit dem Fuß wieder auf, rollte ihn auf den Spann und schnippte ihn hoch, um ihn erneut geschickt auf dem Kopf auf und ab hüpfen zu lassen. »Ich habe in Moskau nicht nur Golfbälle geschlagen«, sagte er. »Was meinen Sie? Glauben Sie, daß ich noch gut genug bin, um wieder im Tor zu stehen?«

»Warum nicht?«

Als Arkadi nahe genug stand, trat Borja einen Schritt zurück, ließ den Ball fallen und schoß. Der Ball traf Arkadis Magen. Arkadi fiel zu Boden. Er hörte, wie die Vase zerbrach. Seine Beine suchten Halt, doch selbst im Liegen konnte er sein Gleichgewicht nicht wiederfinden. Es erschien ihm unmöglich, je wieder Luft holen zu können. Seine Sicht engte sich ein, und er sah schwarze Punkte in der Luft.

Borja kniete sich neben ihn und drückte ihm den Lauf einer Schußwaffe gegen das Ohr. Eine italienische Pistole, dachte Arkadi. »Das war ich Ihnen schon lange schuldig«, sagte Borja.

Die Pistole war nicht nötig. Er stand auf, öffnete die Beifahrertür des Mercedes, packte Arkadi am Kragen und am Gürtel – wie einen Betrunkenen, der bei einem Fußballspiel aus dem Stadion expediert wird – und warf ihn auf den Vordersitz. Er verstaute den Ball im Fond und setzte sich hinter das Lenkrad. Die Beschleunigung des Wagens ließ Arkadis Tür ins Schloß fallen.

»Wenn es nach mir ginge«, sagte Borja, »wären Sie bereits tot. Sie hätten Moskau nie verlassen. Wenn man uns erwischt hätte, wie wir Sie umgebracht hätten? Dann hätten wir eben ein Schweigegeld gezahlt, und das wär's gewesen. Ich glaube, Max hat einen selbstzerstörerischen Zug an sich.«

Arkadi atmete flach. Es war so lange her, seit man ihn das letzte Mal zusammengeschlagen hatte, daß er das Gefühl völliger Hilflosigkeit fast vergessen hatte. Die Blumen und die Vase waren hin, und sein Magen schien sich immer noch nach innen zu wölben. Er registrierte, daß Borja an der Spree entlang fuhr, mehr oder weniger in Richtung der untergehenden Sonne. Borja fuhr mit einer Geschwindigkeit, die Arkadi nicht erlaubte, aus dem Wagen zu springen. Aber wenn er gewollt hätte, hätte Borja ihn längst schon töten können. Außerdem war Arkadi zu dem Schluß gelangt, daß er im Wagen mehr in Erfahrung bringen würde als irgendwo sonst.

Borja sagte: »Manchmal komplizieren kluge Leute die einfachsten Dinge. Große Pläne, aber mit allem anderen hapert es. Was ist das klassische Beispiel? In diesem Stück …?«

»Hamlet«, sagte Arkadi.

»Hamlet, genau. Es genügt nicht, den Ball immer nur zu bewundern, man muß auch schon mal hinter ihn treten.«

»Wie Sie hinter den Trabi in München getreten haben?«

»Das hätte unser Problem lösen können. Hätte es eigentlich sollen. Als Rita mir sagte, daß Sie noch lebten und Max Sie hergebracht hätte, konnte ich es einfach nicht glauben. Was geht vor zwischen Ihnen und Max?«

»Ich glaube, er möchte beweisen, daß er der bessere Mann ist.«

»Nichts für ungut, Renko, aber Max *hat* alles, und Sie haben nichts.« Borja lächelte. »Im Westen ist das der Wertmaßstab. Er *ist* der bessere Mann.«

»Wer ist der bessere Mann: Borja Gubenko oder Boris Benz?«

Borjas Lächeln verbreiterte sich zum Grinsen eines Jungen, den man beim Stehlen von Süßigkeiten erwischt hat. Er zog eine Packung Marlboro aus der Tasche und bot Arkadi eine an. »Wie Max sagt: Wir brauchen neue Männer für neue Aufgaben.«

»Sie brauchten einen ausländischen Partner für das Jointventure, und es war einfacher, einen zu schaffen, als einen zu finden.«

Borja strich mit den Fingern über das Lenkrad. »Ich mag den Namen Benz. Klingt vertrauenerweckender als Gubenko. Benz ist ein Mann, mit dem man Geschäfte machen will. Wie haben Sie's rausgefunden?«

»Ganz einfach. Sie waren Rudis Partner, aber auf dem Papier war es Benz. Sobald ich wußte, daß Benz nur eine Scheinexistenz führte, waren Sie der wahrscheinlichste Kandidat. Es kam mir seltsam vor, daß die Sprechstundenhilfe in der Königinstraße mich so einfach ins Haus ließ, als ich so tat, als wäre ich Benz. Ich klinge nicht sehr deutsch. Dann haben Sie den Fehler gemacht, ein Restaurantfenster mit aufzunehmen, als Sie Rita filmten. Ihr Spiegelbild war nur undeutlich zu sehen, da Sie die Kamera hielten, aber auf einem großen Bildschirm sind die Umrisse eines alten Fußballhelden immer noch klar zu erkennen.«

»Das Videoband war Max' Idee.«

»Dann sollte ich ihm dafür danken.«

Borja schien eine Art Stadtrundfahrt zu machen. Sie kamen an einer Tankstelle mit polnischen Schildern vorbei. Borja sagte: »Was die Polen machen, ist ganz einfach. Sie stehlen einen Wagen, einen hübschen Wagen, schneiden den Motor heraus und ersetzen ihn durch einen alten, vielleicht sogar einen Schrottmotor, der kaum noch läuft, und fahren an die Grenze. Die polnischen Zöllner prüfen die Nummer auf dem Motorblock und lassen den Wagen durch. Es ist wie ein Witz: Wie viele Polen sind nötig, um einen Wagen zu klauen? Wenn man Geld hat, schmiert man einfach den Zöllner und fährt durch.«

»Ein Gemälde über die Grenze zu schaffen – ist das schwieriger?« fragte Arkadi.

»Wollen Sie die Wahrheit wissen? Ich mag das Bild. Es ist ein Kunstwerk. Aber wir brauchen es nicht. Es gibt da Meinungsunterschiede. Wir kommen gut zurecht mit den Spielautomaten und den Mädchen ...«

»Ist das das Personal, das die TransKom ins Ausland reisen läßt? Prostituierte aus Moskau, die in München auf den Strich gehen?«

»Das ist alles völlig legal. Ein neuer Markt. Die Welt öffnet sich, Renko.«

»Warum dann der Schmuggel mit dem Bild?«

»Das ist Demokratie. Ich wurde überstimmt. Max will das Bild haben, und Rita liebt die Vorstellung, Frau Margarita Benz zu sein, Galeristin, statt der Puffmutter, die sie einmal war. Als die Sache mit dem Trabi fehlschlug, wollte ich Sie hier in Berlin erledigen. Wieder wurde ich überstimmt. Ich habe nichts gegen Sie, aber ich will Moskau endlich loswerden. Als ich hörte, daß Sie hier sind, ging ich an die Decke. Max sagte, Sie würden sich ruhig verhalten, Sie seien persönlich involviert und würden keine Schwierigkeiten machen. Er sagte, Sie gehörten zum Team. Was ich ja gerne glauben würde, aber dann folge ich Ihnen und sehe, wie sie mit einem deutschen Polizisten in einen Wagen steigen und einen Ausflug nach Potsdam machen. Als würde ich diese Miliztypen nicht überall in der Welt erkennen! Sie spielen ein doppeltes Spiel mit uns, Renko, und das ist ein Fehler. Das hier ist eine neue Welt für uns beide, und wir sollten nützen, was sie uns bietet, statt uns gegenseitig in die Quere zu kommen. Wir können uns nicht mehr wie die Neandertaler aufführen. Ich bin froh, wenn ich von Deutschen, Amerikanern oder Japanern lernen kann. Das Problem sind die Tschetschenen. Sie ruinieren Berlin, wie sie Moskau ruiniert haben, und versauen uns unsere Geschäfte. Es ist eine Schande, daß sie ihre Leute herbringen. Laufen mit Maschinenpistolen in der Gegend herum, als wären sie bei sich zu Hause, dringen in Restaurants ein, erpressen Ladenbesitzer, kidnappen Kinder – schreckliche Geschichten. Bisher weiß die deutsche Polizei nicht, wie sie mit ihnen fertig werden soll, da sie so was noch nie gesehen hat, kann auch keine V-Männer einsetzen, da niemand von denen für einen Tschetschenen durchgehen würde. Nicht aus der Nähe. Aber es ist so verflucht kurzsichtig von den Tschetschenen, die so viel Geld haben, daß sie es hier auch legal anlegen und ein Vermögen machen könnten. Ich könnte ihnen zeigen, wie das zu bewerkstelligen ist. Rudi war ein Wirtschaftsdenker, Max ist ein Visionär, aber ich bin Geschäftsmann, und Geschäfte beruhen auf Vertrauen. In meinem Golfclub vertraue ich darauf, daß meine Lieferanten mir gute Spirituosen und kein Gift verkaufen. Meine Lieferanten dagegen vertrauen drauf, daß sie mit gutem Geld und nicht mit Rubel bezahlt werden. Vertrauen ist das, was die Welt zusammenhält. Wenn Mahmud nur auf mich hören würde, könnten wir alle in Frieden leben.«

»Ist das alles, was Sie wollen?«

»Das ist alles, was ich will.«

Borja schien plötzlich ein Ziel zu haben, unter einem lavendelfarbenen Himmel fuhren sie den Ku'damm hinunter, vorbei an den Neon-Signets von AEG, Siemens, Nike und Cinzano. Die Gedächtniskirche wirkte irgendwie deplaziert, da sie das einzige Gebäude war, das nicht neu war. Im Europa Center begannen einzelne Fenster aufzuleuchten. Borja parkte den Wagen unten in seiner Garage.

In den Passagen des Europa Centers befanden sich etliche Läden, Restaurants, Kinos und Kneipen. Borja führte Arkadi vorbei an Schaufenstern, in denen Sushi-Köstlichkeiten, Süßwasserperlen und Schweizer Uhren angeboten wurden, vorbei an einem Westernkino und einem Nagelstudio. In seinen Augen lag ein lüsterner Glanz, als spielte er mit dem Gedanken, seine Golfhalle zu erweitern. »Mahmud vertraut Ihnen. Wenn Sie mir helfen, ist er vielleicht zugänglicher.«

»Er ist hier?« fragte Arkadi.

»Es ist Max' Sache, wenn er behauptet, daß Sie fast schon zur Familie gehören. Wenn Sie das für mich tun, mir diese kleine Bitte erfüllen, weiß ich, daß Sie okay sind. Er ist oben. Sie wissen, wie er sich mit seiner Gesundheit anstellt.«

Sie stiegen drei Stockwerke hoch. Arkadi hatte gedacht, daß alle Treffen mit Mahmud Chasbulatow auf dem Rücksitz eines Autos oder in der Ecke eines schäbigen Restaurants stattfinden würden, aber sie betraten ein helles, mit Teppichen ausgelegtes Foyer. Auf einem Glasregal lagen biologische Haarwaschmittel, Sonnenbrillen und Vitaminpräparate zum Verkauf aus. Borja bezahlte, und ein Badewärter überreichte ihnen Frotteetücher, Gummisandalen und eine Metallperlenkette mit dem Schlüssel zu einem Schließfach.

»Eine Badehaus?« fragte Arkadi.

»Eine Sauna«, sagte Borja.

Im Umkleideraum befanden sich Schließfächer, Duschen und Haartrockner. Arkadi hängte seine Sachen auf einen Kleiderbügel, schloß ab und streifte die Kette wie ein Armband über sein Handgelenk. Die Tür zu Borjas Fach ließ sich nur mit Mühe schließen, als er seine Garderobe hineingestopft hatte. Die meisten Männer sehen mißgebildet oder zumindest unproportioniert aus, wenn sie nackt sind. Ein Athlet wie Borja Gubenko hatte sich sein Leben lang vor anderen Menschen ausgezogen. Er trug seine Nacktheit mit der Unbekümmertheit dessen zur Schau, der sich seiner körperlichen Vorzüge bewußt ist. Arkadi sah neben ihm halb verhungert aus.

»Mahmud kommt hierher?« fragte Arkadi.

»Mahmud ist ein Gesundheitsapostel. Wo immer er sich aufhält, in Moskau oder hier – eine Stunde am Tag verbringt er in der Sauna.«

»Wie viele Tschetschenen sind sonst noch hier?« Auf dem Wagenmarkt am Südhafen hat Mahmud nie weniger als ein halbes Dutzend um sich.

»Ein paar. Beruhigen Sie sich«, sagte Borja. »Ich will mit Mahmud nur ein, zwei Worte wechseln. Er mag Sie, warum auch immer. Außerdem sollen Sie sehen, daß alles, was ich hier mache, völlig legal ist.«

»Dies ist ein öffentliches Bad?«

Borja stieß die Tür zur Sauna auf. »Es könnte nicht öffentlicher sein.«

Arkadi kannte die Badehäuser in Moskau, er war gewöhnt an bleiche russische Körper und den Geruch von Alkohol, der mit dem Schweiß austritt. Hier war es anders. Eine Terrasse mit tropischen Plastikpflanzen gab den Blick frei auf einen kreisrunden, von Marmorstufen umgebenen Swimmingpool. Überall schwimmende, treibende, auf Liegestühlen ausgestreckte nackte Leiber, rosarot, als ob sie sich gerade im Schnee gewälzt hätten. Männer, Frauen, Mädchen und Jungen. Die Szene hätte hedonistisch wirken können, aber dafür schien alles zu ernst. Die Leute waren fit wie Olympiakämpfer und steif wie Mumien, einige mit einem Handtuch, andere ohne. Ein Mann mit einem Spitzbart und einem mit grauem Haar bewachsenen Bauch stieg würdig wie ein Senator die Stufen hoch. Die Tschetschenen waren leicht zu erkennen. Zwei von ihnen lehnten sich über ein Geländer und beobachteten eine Frau, die langsam hin- und herschwamm, nur mit einer Badekappe und einer Schutzbrille bekleidet. Wenn Tschetschenen auch ihren eigenen Frauen nie gestatten würden, nackt in der Öffentlichkeit zu erscheinen, so hatten sie doch nichts dagegen, wenn Deutsche es taten.

Kleine Kinder mit daunenweichen, blonden Haaren liefen aus dem Bezirk des Bades, der einem Café vorbehalten war, und ihre Schreie hallten von den Kupferverkleidungen über den Becken wider. Arkadi hörte das Klappern von Dominosteinen auf einem der Tische des Cafés. Wahrscheinlich weitere Tschetschenen.

Borja zog Arkadi in die entgegengesetzte Richtung, an zwei kleineren Sitzbecken vorbei, und öffnete die Tür zu einer Sauna. Drinnen saß der spitzbärtige Senator. Sie stiegen über Bänke zum wärmsten Platz. Der Deutsche beachtete sie nicht. Er saß neben einem an der Wand angebrachten Thermometer und wischte sich den Schweiß wie Seife vom Körper. Alle fünf Sekunden prüfte er die Temperatur. Das Schwitzen schien ihn voll in Anspruch zu nehmen. Die Metallperlen von Arkadis Kette waren bereits aufgeheizt. Die Sauna war gut isoliert. Er hörte keinen Laut von außen.

»Wo ist Mahmud?«

»Irgendwo hier«, sagte Borja.

»Wo ist Ali?« Wenn Mahmud da war, konnte sein Leibwächter nicht weit sein.

Borja legte einen Finger auf den Mund. Er hätte eine Skulptur sein können, wenn nicht der Schweiß gewesen wäre, der auf seiner Stirn, seiner Oberlippe und der Höhlung auszutreten begann, wo sein Hals in den Muskelpanzer überging, der seine Brust bildete. »Die trockene Hitze hier ist nicht das Richtige. Versuchen wir's mit dem Russischen Bad.«

Er kletterte nach unten, und Arkadi folgte ihm. Draußen beobachteten die beiden Tschetschenen, wie sich die Schwimmerin am Beckenrand abtrocknete. Sie war nicht ausgeprochen jung, aber sie hatte einen festen, athletischen Körper, auf den sie stolz sein konnte, und nahm sich viel Zeit mit dem Abtrocknen. Sie zog sich die Badekappe vom Kopf und schüttelte ihr dichtes, blondes Haar aus. Sie fuhr mit den Fingern hindurch, dann schob sie es zur Seite. Ihr Gesicht war breit, slawisch, nicht im mindesten deutsch. Ihre Augen, die zugleich kühn und zurückhaltend waren, musterten sowohl die Tschetschenen als auch Arkadi, ehe sie sich gleichgültig abwandte. Es war Rita Benz.

Borja schob sich durch eine Tür mit der Aufschrift »Russisches Dampfbad«, und Arkadi folgte ihm. Eine dichte, duftende Wolke schlug ihm entgegen. Die Bank auf seiner Seite war leer. Er setzte sich, streckte die Hand aus und berührte eine

Kante aus Kalkstein. Ein Wasserbecken. Das einzige Licht sikkerte wie glühender Rauch aus vier Glasziegeln am Fuß des Beckens. Er konnte Borja, der auf der anderen Seite Platz genommen haben mußte, nicht mehr sehen.

Eine Sauna ist ein Heißluftofen, der den Schweiß langsam aus dem Körper treibt, ein russisches Bad ist so von feuchtem Dampf gesättigt, daß die Transpiration unverzüglich einsetzt. Aromatisches Zypressenöl trug dazu bei, die Poren zu öffnen. Schweiß strömte von Arkadis Stirn, lief ihm über die Brust, sammelte sich zwischen seinen Zehen und füllte jede Falte seines Körpers. Er dachte an Rita und das erste Mal, als er sie in Rudis Wagen gesehen hatte. Die Art, wie sie ihn eben angesehen hatte, war die gleiche, mit der sie damals Rudi angesehen hatte.

»Ali?« Mahmuds Stimme kam aus der Ecke.

Arkadi bewegte sich bereits wieder auf die Tür zu, als Borja ihn niederschlug. Sein Kopf prallte gegen die Wand. Arkadi rutschte an ihr hinunter zu Boden.

Er verlor nicht wirklich das Bewußtsein, aber für kurze Zeit wurde es dunkel um ihn. Dann öffnete er die Augen, kroch, halb schwimmend, über den Boden und richtete sich mühsam am Rand der Bank wieder auf. Abgesehen von seinem fehlenden Gleichgewichtsgefühl und dem Druck in seinen Ohren schien er unversehrt. Wie jeder, der eine Gehirnerschütterung erlitten hat, fragte er sich, was geschehen war. Vor einem Augenblick noch hatte er mit Borja und Mahmud in einem Russischen Bad gesessen. Jetzt schien er allein zu ein.

Der Dampf hatte sich verfärbt. Er war rosarot. Für Arkadi bedeutete das, daß sein Kopf verletzt war und ihm Blut über die Augen lief. Er ertastete eine Beule auf der Kopfhaut, aber keine offene Wunde. Er wischte sich das Gesicht mit seinem Frotteetuch ab. Der Raum war immer noch von rosarotem Dampf erfüllt.

Arkadi blickte nach unten. Die Glasziegel über dem Fußboden waren rot. Als er um den Rand des Wasserbeckens kroch, sah er unter der Bank auf der anderen Seite einen roten Fuß. Der Fuß führte zu einem kleinen, ausgetrockneten Körper, den er zu sich herunterzog.

Mahmud schien ein Frotteetuch zu essen. Sein Hals und seine Brust waren von so vielen blutenden Einstichen übersät, daß Arkadi zunächst dachte, er sei von einer Maschinenpistole durchsiebt worden, aber in seinem faltigen Bauch steckte der Griff eines Messers. Arkadi tastete nach seinem Handgelenk. Die Kette und der Schlüssel waren fort.

Es klopfte. Als Arkadi nicht darauf reagierte, öffnete sich die Tür, und Ali sah herein. Dampf strömte nach draußen. Ali war dick und stark, sein Haar hing ihm über die Augen. »Großvater, glaubst du nicht, daß du lange genug da drin gewesen bist?«

Arkadi sagte nichts. Er spürte, wie Ali zu registrieren begann, daß Dampf weiß sein sollte. Ali kam herein und schloß die Tür hinter sich. Seine schwammige Hand tastete durch den Nebel. Arkadi stellte sich auf die Bank, damit seine Füße nicht im Bodenlicht zu sehen waren, und ging auf die andere Seite.

»Wo sind ...«

Für einen Augenblick war nichts zu hören als das Geräusch des Wassers, das über den Beckenrand lief. Dann hörte er, wie Ali den Toten aufhob, und das saugende Schmatzen, als er das Messer herauszog. Da Mahmud nicht mehr vor den Glasfliesen lag, drang jetzt mehr Licht in den Raum. Arkadi sah, wie Ali sich umdrehte. »Wer ist hier?« fragte Ali.

Arkadi schwieg. Er dachte daran, daß zwei weitere Tschetschenen vor der Tür standen. Ali brauchte nur zu rufen. »Ich weiß, daß hier jemand ist«, sagte er.

Eine verschwommene Bewegung im Nebel, ein Spritzen von Wassertröpfchen, als Ali durch den Dampf schnitt. Er wurde durch das Wasserbecken behindert. Arkadi versuchte, an ihm vorbei zur Tür zu gelangen, und spürte, wie eine heiße Linie über seinen Rücken lief. Er zog sich zurück. Ali hatte ebenfalls etwas gespürt. Seine nächste Bewegung war ein Stoß, der das Holz neben Arkadis Hand splittern ließ.

Arkadi holte mit dem Fuß aus und stieß zu. Ali schwankte. Eine Hand packte Arkadis Fuß und zog ihn hinunter auf die Bank, dann auf den Boden. Ali griff eine Handvoll Haare und zerrte an Arkadis Kopf, aber die Bewegung ließ ihn auf dem schlüpfrigen Boden ausgleiten, so daß er sein Messer verlor. Arkadi hörte es klirrend davonschlittern.

Sie krochen, sich gegenseitig bedrängend, hinter dem Geräusch her. Ali war schwer genug, um Arkadi niederzudrükken und nach vorn zu langen. Er kam auf die Füße, ein roter, aus den Wolken aufsteigender Buddha, das Messer in der Hand. Es war ein Messer, wie es zum Auslösen von Knochen verwendet wird, mit einer langen, schmalen Klinge. Arkadi traf ihn mit der Faust. Ali taumelte zurück und trat gleich wieder einen Schritt vor. Arkadi setzte zu einem vorgetäuschten Schlag an, und Ali wich aus. Als der Schlag dann nicht kam, begann er, sein Gleichgewicht zu verlieren, schwang das Messer und packte Arkadi noch im Fallen. Sie rangen miteinander und landeten unter dem Becken.

Ali wand sich los und lehnte sich gegen die Bank. Er blickte an sich hinunter. Sein Bauch war aufgeschlitzt, in einer Kurve, die sich von seiner linken Hüfte bis rechts zu den Rippen zog. Er versuchte, die Bauchwand zusammenzuhalten, aber ihr Inhalt lief aus wie der einer übervollen Tasse. Ali schnappte nach Luft. Er bekam nicht genug, um sprechen zu können. Sein Gesichtsausdruck war der eines Mannes, der aus großer Höhe in die Tiefe gesprungen war, um entsetzt festzustellen, daß ihn diesmal kein Gummiseil auffangen würde. Er dachte, daß Arkadi ihm aufhelfen wollte, aber der zog ihm nur die Schlüsselkette vom Handgelenk.

Arkadi nahm sein Frotteetuch und seine Sandalen und verließ den Raum. Die beiden Tschetschenen waren hinunter zum Swimmingpool gegangen, obwohl Rita nicht mehr da war. Arkadi stellte fest, daß er mit Blut bedeckt war. Er sprang ins nächste Sitzbecken, das kalt war, und kletterte wieder heraus, rote Schlieren im Wasser zurücklassend, die sich langsam auflösten. Er wusch sich im zweiten, geheizten Becken und trocknete sich ab, während er in den Umkleideraum ging.

Alis Schließfach enthielt seinen schimmernden Anzug und eine Louis-Vuitton-Tasche mit einer Maschinenpistole und drei Magazinen. Arkadi zog sich nicht schneller als sonst an. Auf seinem Weg nach unten begegnete er ein paar Büroangestellten, die das Bad offensichtlich nach Feierabend aufsuchten und sich nicht darüber zu wundern schienen, daß ein Russe einen derart schlechtsitzenden Anzug trug. Bevor Arkadi ging, gab er seine Sandalen an der Kasse ab.

34

Die Garagentür in der Friedrichstraße war noch offen. Arkadi stieg die Treppe zum vierten Stock hoch. Ohne Licht zu machen, suchte er seine Reisetasche und zog sich um. Alis Schuhe drückten, er würde sich morgen andere kaufen müssen.

Alles war jetzt eine Frage der richtigen Zeiteinteilung. Wenn Borja erfuhr, daß zwei Leichen im Bad gefunden worden waren, würde er beruhigt sein. Wenn er erfuhr, daß beide Tschetschenen waren, würde er gewarnt sein. Die Polizei würde eine Personenbeschreibung des Mannes veröffentlichen, der in Alis Anzug das Bad verlassen hatte. Beno und die anderen Tschetschenen würden bereits nach ihm suchen.

Arkadi war kein Fachmann für Handfeuerwaffen, aber er sah, daß die Maschinenpistole eine tschechische Skorpion war, eine Automatik mit überdimensionalem Schalldämpfer. Jedes der Magazine enthielt zwanzig Salven, die die Pistole in zwei Sekunden abfeuern konnte. Eine ideale Waffe für Ali, mit einer Skorpion brauchte man nicht einmal zu zielen.

Als sich die Tür hinter ihm öffnete, ließ Arkadi das Magazin einrasten und drehte sich um, den Finger am Abzug.

Irina stand im Türrahmen, eine erstarrte Silhouette vor dem Licht des Flurs draußen. Arkadi vergewisserte sich, daß niemand sonst in der Diele war, dann zog er sie am Handgelenk ins Zimmer und schloß die Tür.

»Ich habe dich gehört«, sagte sie. Ihre Stimme klang, als ob sie von einem Tonband spräche.

»Wo ist Max?«

»Warum hast du eine Maschinenpistole?«

»Wo ist Max?«

»Das Abendessen war kürzer als vorgesehen. Die Amerikaner mußten ihre Maschine noch erreichen. Max ist in die Galerie gefahren, um Rita zu treffen. Ich bin hergekommen, um dich zu sehen.« Sie löste ihr Handgelenk aus seinem Griff. »Warum ist es hier dunkel?«

Als sie versuchte, den Schalter anzuknipsen, stieß er ihre Hand weg. Sie wollte die Tür öffnen, und er hielt sie mit dem Fuß zu.

»Ich kann es nicht glauben, Arkadi. Genau wie damals. Du bist gar nicht an mir interessiert, dir geht es um etwas ganz anderes. Ich bin nur das Mittel zum Zweck.«

»Nein.«

»Doch. Hinter wem bist du her?«

Arkadi antwortete nicht.

»Wer ist es?« fragte sie.

»Max. Rita. Boris Benz, abgesehen davon, daß sein wirklicher Name Borja Gubenko ist.«

Er spürte, wie sie sich von ihm entfernte. »Ich hatte gedacht, daß der Tag, an dem du mich verlassen hast, der schlimmste meines Lebens gewesen wäre«, sagte sie, »aber das heute ist schlimmer. Du bist zurückgekommen und hast dich selbst übertroffen. Ich habe mich von dir zum Narren halten lassen in den letzten Tagen.«

»Du ...«

»Vor fünf Minuten gehörte ich noch dir. Ich bin heruntergerannt, um dich zu sehen. Und vor wem stehe ich? Chefinspektor Renko.«

»Sie haben in Moskau einen Geldwechsler getötet.«

»Was kümmern mich die sowjetischen Gesetze?«

»Sie haben meinen Partner ermordet.«

»Was geht mich die sowjetische Polizei an?«

»Sie haben Tommy getötet.«

»Alle Leute in deiner Nähe werden getötet. Max würde mir kein Haar krümmen. Max liebt mich, er würde alles für mich tun.«

»Ich liebe dich.«

Sie schlug ihn. Zuerst, so hart sie konnte, mit der flachen Hand, dann mit den Fäusten. Er stand da wie ein Mann, der sich gegen den Wind lehnt, und ließ die Maschinenpistole sinken. Er ließ sie an seinem Bein entlang zu Boden gleiten.

»Ich will dein Gesicht sehen«, sagte Irina.

Sie fand den Schalter und drehte das Licht an. An dem entsetzten Ausdruck in ihren Augen sah er sofort, daß etwas mit seinem Gesicht nicht in Ordnung war. Er hob die Hand und berührte die Schwellung über seinen Brauen. Sie hatte sich beträchtlich vergrößert, seitdem er das Bad verlassen hatte.

Irina blickte auf Alis Hemd, das am Boden lag. Der Rücken war blutgetränkt, rot wie eine Flagge. Sie knöpfte Arkadis Hemd auf. Er zog es aus, und sie drehte ihn um. Er hörte, wie sie den Atem anhielt. »Du bist verletzt.«

»Der Schnitt ist nicht tief.«

»Du blutest noch immer.«

Sie schalteten das Licht im Badezimmer an. Im Spiegel über dem Waschbecken sah Arkadi, daß Ali ihm den Rücken von der rechten Schulter bis zum Gürtel aufgeschlitzt hatte. Irina versuchte, das Blut abzutupfen, aber das Tuch, das sie dazu benutzte, erwies sich als ungeeignet. Arkadi legte die Maschinenpistole aufs Waschbecken, zog sich aus und stieg unter die Dusche. Sie drehte den Kaltwasserhahn auf und wusch das Blut rund um die lange Schnittwunde ab.

Seine Muskeln zogen sich zusammen und zitterten unter dem kalten Wasserstrahl, um sich gleich darauf unter der sanften Berührung ihrer Hand wieder zu beruhigen. Ihre Finger fanden eine Narbe über seinen Rippen und glitten, als ob sie sich erinnerten, zu einem Mal auf seinem Bein und dann zu einem glatten Kamm auf der Bauchdecke, als wäre er eine Landkarte mit vier Gliedmaßen.

Arkadi drehte das Wasser ab. Er trat aus der Wanne, während sie ihren Rock auszog und mit zwei Schritten aus ihrem Höschen stieg. Er hob sie hoch. Sie umklammerte seinen Nakken, schloß die Beine um seine Hüften und bog sich ihm entgegen.

Sie öffnete sich, wobei sie ihn fest umschlossen hielt. Ihr Mund war warm. Ihre Augen waren weit geöffnet, als habe sie Angst, sie je wieder zu schließen. Das Außen war vergessen. Tief innen suchte er, ihr Herz zu finden. Sie wiegten sich, sein Rücken gegen die Wand gestützt.

Sie schrie auf, unter kurzen Atemstößen. Im Spiegel sah er,

daß die Wand mit seinem Blut verschmiert war. Es war, als stiegen sie aus einer dunklen Höhle zum Licht, auf nur zwei Beinen, die nie so stark gewesen waren wie in diesem Augenblick. Sie hielt ihn weiter umschlungen, ihre Finger fuhren durch sein Haar.

»Arkascha!« Sie lehnte sich zurück, während er tiefer und tiefer in sie eindrang. Sie hielt ihn wie verzweifelt fest, ihr Mund, wieder gegen seinen gepreßt, gegen seine Wange, sein Ohr, flüsterte mit einer Stimme, die so heiser war wie seine, bis auch der letzte innere Widerstand sich löste.

Als seine Beine nachgaben, ließen sie sich langsam auf die Bodenfliesen sinken. Sie setzte sich auf ihn.

Ein Augenblick voller Zärtlichkeit. Sie zog sich ihre Bluse über den Kopf. Ihre Brüste lagen bloß, die Spitzen dunkel und hart. Er spürte, wie er wieder erstarkte.

Er schloß seinen Mund um ihre Brust. Ihr Haar hing ihr wie ein Vorhang um das Gesicht. Ihre Tränen strömten über ihren Hals und ihre Brüste zu ihm, ein Geschmack von Süße und Salz. Und Vergebung. Das war die Absolution, mit der sie ihn und auch sich selbst freisprach. Als sie ihren Kopf zurückwarf, sah er unter ihrem rechten Auge jene Narbe, die ihm in Moskau so vertraut geworden war. Ihre Augen schlossen sich, als ob er sich in ihr erhoben hätte, um ihren Körper ganz mit seinem zu füllen.

Sie wand sich, um sich unter ihn zu legen, spreizte die Beine, um ihn noch tiefer in sich aufzunehmen. Er schob sie über die Fliesen. In ihrem Inneren trug sie ihn weiter und tiefer bis zu einem Punkt, an dem sie ihre Körper vergaßen, die verlorenen Jahre, den Schmerz. Einander erlösten. Zwei Menschen in einer Haut.

Sie lagen auf dem Boden des Badezimmers wie in einem Bett. Ihr Kopf ruhte auf seiner Brust, ihre Beine lagen über seinen, so daß er ihr Schamhaar auf seiner Hüfte spürte, eine subtile Versicherung ihres Vertrauens. Was tat es, daß ihre Körper rot waren vom Blut auf den Fliesen? Wenn Orpheus und Eurydike heil aus der Unterwelt emporgestiegen wären – wie hätten sie ausgesehen?

Selbst in der Dunkelheit sah Irina erschöpft aus. »Ich glaube, daß du unrecht hast. Max ist kein Killer. Er ist intelligent. Als die Reformen in Rußland begannen, sagte er, daß es keine seien, sondern der Zusammenbruch. Er war unglücklich, weil sich unsere Beziehung nicht so entwickelte, wie er es gehofft hatte. Er wollte als Held zurückkommen.«

»Indem er sich abermals absetzte?«

»Indem er Geld machte. Er sagte, die Menschen in Moskau bräuchten ihn mehr, als er sie brauche.«

»Er muß recht gehabt haben.« Wenn er unrecht gehabt hätte, hätte Max nie nach Deutschland zurückkehren können.

»Er möchte beweisen, daß er klüger ist als du.«

»Das ist er auch.«

»Oh, nein. Du bist brillant. Ich habe dir gesagt, ich würde dich nie wieder in meine Nähe lassen. Und jetzt bin ich hier.«

»Du glaubst, daß Max und ich unser Mißverständnis bereinigen könnten?«

»Er hat dir geholfen, nach München zu kommen und auch nach Berlin. Und er wird dir wieder helfen, wenn ich ihn darum bitte. Warte nur.«

Sie saßen im Dunkeln auf dem Fußboden am Fenster des Wohnzimmers. Ein klassisches Flüchtlingspaar, dachte Arkadi, er in Hosen, Irina in seinem Hemd. Die Schnittwunde auf seinem Rücken war getrocknet und sah aus wie ein Reißverschluß.

Wohin konnten sie gehen? Die Polizei suchte Mahmuds und Alis Mörder. Wenn sie wie die Moskauer Miliz vorgingen, würden die Deutschen seine Personenbeschreibung über Rundfunk durchgeben, Flugplatz und Bahnhöfe überwachen und Krankenhäuser und Apotheken verständigen. Inzwischen würden Borjas Leute und die Tschetschenen die Straßen nach ihm absuchen. Natürlich würden die Tschetschenen auch auf Borja Jagd machen.

Nach Mitternacht ebbte der Verkehr ab. Bevor Arkadi Wagen auf der Straße sah, hatte er bereits ihre Motoren identifiziert. Das asthmatische Keuchen von Trabis und dazwischen das metallische Klicken eines Mercedes-Diesel. Und jetzt fuhr auch noch ein weißer Mercedes mit der Geschwindigkeit eines Motorboots vorbei.

»Willst du mir helfen?« fragte er.

»Ja.«

»Dann zieh dich an und geh nach oben.« Er gab ihr Schillers Telefonnummer. »Sag der Person, die sich meldet, wo wir sind, und bleib dann da, bis ich komme.«

»Warum gehen wir nicht zusammen und du rufst an?«

»Ich bin in einer Minute bei dir. Laß es läuten, bis er sich meldet. Manchmal nimmt er nicht sofort ab.«

Irina widersprach nicht. Sie zog sich den Rock an und ging barfuß in die Diele. Das helle Licht blendete sie.

Unten fuhr wieder der weiße Mercedes vorbei, und gleichzeitig hörte Arkadi das Orgeln des Daimlers von Max, bevor er ihn aus der entgegengesetzten Richtung kommen sah. Max und Borja machten Jagd auf ihn, aber sie mußten sich auch vor den Tschetschenen verbergen. Max würde heraufkommen, doch Irina hatte recht, er würde ihr nichts antun.

Die beiden Wagen fuhren aneinander vorbei und entfernten sich wieder.

In ein paar Jahren, wenn die Aus- und Umbauten erst einmal fertig waren, würde die Friedrichstraße zu einer normal pulsierenden Arterie werden, mit Kaufhäusern, Hamburger-Restaurants und Espressobars. Arkadi hatte das Gefühl, den Blick über die letzte Ruhestätte des alten Ost-Berlin schweifen zu lassen.

Die zwei Wagen mußten den Block umrundet haben, denn sie tauchten beide wieder von derselben Seite auf. Der weiße Mercedes hielt auf der gegenüberliegenden Seite der Straße, Max bog in die Garage des Gebäudes.

Es gab nicht viel Schutz in einem unmöblierten Zimmer. Arkadi stellte seine Tasche direkt vor den Eingang, so daß sie jedem, der die Tür öffnete, als erstes ins Auge fallen mußte. Er selbst legte sich am anderen Ende des Raumes mit dem Gesicht zur Tür auf den Boden, um eine möglichst kleine Angriffsfläche zu bieten. Er hörte, wie der Aufzug betätigt wurde. Er bezweifelte, daß Max allein kommen würde. Die Kristalleuchten im Aufzug waren hell. Arkadi hoffte, daß Max'

Augen sich nicht so schnell an die Dunkelheit des Zimmers gewöhnen würden.

Die Maschinenpistole hatte eine zusammenklappbare Schulterstütze, die Arkadi in Stellung brachte. Er entsicherte die Waffe und stellte den Hebel auf »vollautomatisch«. Die drei zusätzlichen Magazine legte er wie Trumpfkarten vor sich auf den Boden. Das Licht auf dem Flur zeichnete sich als Rechteck im Türrahmen ab. Die Tür in diesem Rechteck schien zu vibrieren.

Der Aufzug hielt an. Er hörte, wie sich die Türen aufschoben, um sich, nach einer kurzen Weile, wieder zu schließen. Der Aufzug fuhr weiter zum sechsten Stock.

Es klopfte. Irina trat ein und schloß die Tür hinter sich. Ihr Blick fand Arkadi. »Ich wußte, daß du nicht nach oben kommen würdest.«

»Hast du angerufen?«

»Ein Anrufbeantworter. Ich habe eine Nachricht hinterlassen.«

»Du verpaßt Max«, sagte Arkadi. »Er ist gerade gekommen.«

»Ich weiß. Ich habe die Treppe benutzt. Versuch nicht, mich ohne dich gehen zu lassen. Das habe ich schon einmal getan, und es war ein Fehler.«

Arkadi wandte den Blick nicht von der Tür. Max ist vielleicht überrascht, Irina nicht vorzufinden, dachte er. Er wird sie suchen. Aber der Aufzug war jetzt schon seit zehn Minuten im sechsten Stock, länger als für jede Suche nötig war – falls Max nicht heimlich den Weg über die Treppe genommen hatte. Als sich der Aufzug dann endlich wieder in Bewegung setzte, fuhr er, ohne zu halten, nach unten. Einige Sekunden später sagte Irina, daß Max die Tiefgarage verlassen und sich der weiße Mercedes an ihn gehängt habe.

35

»Ich habe immer versucht, mir vorzustellen, mit wem du wohl zusammensein könntest«, sagte Irina. »Aus irgendeinem Grund habe ich dabei immer eine sehr junge Frau gesehen. Groß und dunkelhaarig, klug, leidenschaftlich. Ich dachte an die Orte, an denen ihr zusammen spazierengehen, worüber ihr euch unterhalten würdet. Wenn ich mich besonders quälen wollte, stellte ich mir einen Tag am Strand vor – Liegestühle, Sand, Sonnenbrillen und Wellenrauschen. Sie stellt ein Radio an und sucht die Sender ab, um sich von romantischer Musik einhüllen zu lassen, bis sie plötzlich meine Stimme hört. Sie hält einen Augenblick inne, überrascht, einen russischen Sender zu empfangen. Schließlich sucht sie weiter, und du läßt sie gewähren, sagst kein Wort. Dann hab ich mir meine Rache vorgestellt: Sie erhält die Erlaubnis, nach Deutschland zu reisen. Durch Zufall sitzen wir beide im selben Zugabteil, und da es eine lange Fahrt ist, kommen wir ins Gespräch, und ich begreife natürlich, wer sie ist. Gewöhnlich endet es damit, daß wir auf einem Felsvorsprung in den Alpen stehen. Sie ist eine nette Frau. Doch ich stoße sie in die Tiefe, weil sie meinen Platz eingenommen hat.«

»Du bringst *sie* um, nicht mich?«

»Ich bin eifersüchtig, nicht verrückt.«

Aus der Wohnung hörte sich der Straßenverkehr wie eine Brandung an. Die Reflexion der Scheinwerfer wanderte langsam über die Zimmerdecke.

Arkadi sah, wie ein Wagen einen Block weiter die Friedrichstraße hinauf parkte. Er konnte die Marke nicht erkennen, doch er sah, daß niemand ausstieg. Ein zweiter Wagen parkte in entgegengesetzter Richtung, ebenfalls einen Häuserblock weiter.

Während die Stunden verstrichen, erzählte er ihr von Rudi und Jaak, von Max und Rodionow, von Borja und Rita. Für ihn war es eine interessante Erzählung. Er erinnerte sich an seinen Spaziergang mit Feldman, dem Kunstprofessor, der ihm das revolutionäre Moskau beschrieben hatte. »Die Straßen werden unsere Palette sein!« Wir selbst sind Paletten, dachte Arkadi. Möglichkeiten. In Borja Gubenko steckte ein Boris Benz, in einer Intourist-Hure namens Rita die Berliner Galeristin Margarita Benz.

»Die Frage ist«, sagte Irina, »wer können wir sein, wenn wir tatsächlich lebend hier herauskommen? Russen? Deutsche? Amerikaner?«

»Was immer du willst. Ich werd wie Wachs in deinen Händen sein.«

»Wachs ist nicht gerade das, an was ich bei dir denke.«

»Ich kann ein Amerikaner sein. Ich kann pfeifen und Kaugummi kauen.«

»Du wolltest einmal wie die Indianer leben.«

»Dazu ist es wohl zu spät, aber ich könnte Cowboy werden?«

»Mit Lasso und Pferd?«

»Ich kann Vieh zusammentreiben. Oder hierbleiben. Über die Autobahn fahren, in den Alpen klettern.«

»Ein Deutscher? Das ist eher möglich.«

»Eher möglich?«

»Um Amerikaner zu sein, mußt du das Rauchen aufgeben.«

»Kein Problem«, sagte Arkadi, obwohl er sich gerade eine neue Zigarette anzündete. Er betrachtete den Rauch.

Er drückte die Zigarette auf dem Fußboden aus, legte seinen Finger an ihre Lippen und bedeutete ihr, sich vom Fenster zu entfernen. Er hatte einen Moment gebraucht, um zu begreifen, daß die Unruhe, in die der Rauch geriet, von einem Luftzug herrührte, der unter der Tür durchgekommen sein mußte. Treppenhäuser erzeugen eine Art Vakuum. Freilich hatte er die leichte Bewegung nur bemerkt, weil er auf dem Fußboden lag.

Er legte das Ohr auf den Boden. Sieh doch, ich *könnte* wie ein Indianer leben. Er hörte das leise Knarren von Schuhen in der Diele.

Irina hielt sich an der Wand. Sie versuchte nicht, sich kleiner zu machen.

Hinter seiner Tasche beobachtete Arkadi das Licht an der unteren Türkante, einen weißen, allmählich blasser werdenden Balken.

Er drückte sich flach auf den Boden. Noch etwas, und er könnte unter der Tür hindurchgleiten. Er sah zu Irina hinüber. Ihre Augen hielten ihn wie Hände, die einen Mann davor bewahren, in den Abgrund zu stürzen.

Die Tür öffnete sich. Licht strömte herein, und eine bekannte Gestalt trat über die Schwelle.

»Das wird Sie noch mal Kopf und Kragen kosten«, sagte Arkadi.

Peter Schiller stieß mit dem Fuß die Tasche beiseite. Er schnaubte durch die Nase, als er Arkadi sah. »Ist das hier ein Schießstand?«

»Wir haben jemand anders erwartet.«

»Da bin ich sicher.« Peter sah Irina an, die seinen Blick erwiderte. »Renko, hier laufen überall Russen herum. Wir haben zwei Mafiosi im Europa Center, die von jemandem erstochen wurden, der genau wie Sie aussah. Was ist mit Ihrem Rükken?«

»Ich bin ausgerutscht.« Arkadi stand auf und schloß die Tür.

»Arkadi war bei mir«, sagte Irina.

»Seit wann?« fragte Schiller.

»Den ganzen Tag.«

»Eine Lüge. Das ist ein Bandenkrieg, oder? Und Benz gehört dazu. Je mehr ich über die Sowjetunion in Erfahrung bringe, um so mehr verstärkt sich mein Eindruck, daß dieser Krieg noch lange nicht vorbei ist.«

»Damit mögen Sie wohl recht haben«, gab Arkadi zu.

»Eben erst haben Sie mir erzählt, daß Sie diese Frau überhaupt nicht kennen. Jetzt ist sie Ihr Alibi.« Peter Schiller ging im Raum auf und ab. Er hat die Gestalt von Borja, aber mehr auf Wagnerische Art, dachte Arkadi. Ein Lohengrin, der in die falsche Oper geraten ist.

»Wo ist Benz?« fragte Arkadi.

»Abgereist. Er hat vor einer Stunde die Maschine nach Moskau genommen.«

Keine schlechte Zeit, um Berlin zu verlassen. Vielleicht will Borja seine Identität als Benz ja ganz aufgeben, dachte Arkadi. Vielleicht hören wir nie wieder etwas von Boris Benz. Mahmud auszuschalten war wahrscheinlich weit wichtiger für ihn als die Geschäfte, die er mit ›Fantasy Tours‹ macht. Trotzdem war Arkadi überrascht. Borja war nicht der Typ, der sich mit der Hälfte zufriedengab.

Peter Schiller sagte: »Benz ist zusammen mit Max Albow geflogen. Sie sind beide fort.«

»Max wollte herkommen«, sagte Irina.

Arkadi erinnerte sich, wie der Aufzug draußen im Flur angehalten hatte, bevor er weiter in den sechsten Stock fuhr. Max mußte gepackt haben. »Warum sollte er nach Moskau fliegen?«

»Sie haben einen Charterflug genommen«, sagte Peter Schiller.

»Wie konnten sie denn so spät noch einen Platz bekommen?«

»Es waren noch reichlich Plätze frei.«

»Wieso?«

Peter Schiller sah erst Arkadi, dann Irina an. »Habt ihr es denn noch nicht gehört? Habt ihr keinen Fernseher hier? Ihr müßt die einzigen auf dieser Welt sein, die noch nichts davon wissen. In Moskau hat's einen Staatsstreich gegeben.«

Irina lachte leise. »Endlich.«

»Wer?« fragte Arkadi.

»Ein sogenanntes Notstandskomitee. Die Armee ist beteiligt. Das ist alles, was man weiß.«

Ein Staatsstreich war die vorhergesagte Katastrophe, die längst erwartete Verwirklichung russischer Ängste, die Nacht, die dem Tage folgte – dennoch war Arkadi überrascht. Überrascht, darüber überrascht zu sein. Max und Borja mußte es ähnlich gegangen sein.

»Warum sollte Max zurückgehen, wo da jetzt alles drunter und drüber geht?« fragte Arkadi.

»Es spielt keine Rolle, solange sie uns nur in Ruhe lassen«, sagte Irina.

»Das brauchen Sie also nicht mehr.« Peter Schiller nahm

Arkadi die Maschinenpistole ab, hob die Magazine vom Boden auf und steckte sie sich in den Gürtel.

»Wir sind in Sicherheit«, sagte Irina.

»Nicht ganz.« Schiller gab ihnen mit der Maschinenpistole ein Zeichen, sich in die Ecke zu stellen. Arkadi hatte die Waffe gesichert, jetzt entsicherte Peter sie.

Das Zimmer war immer noch dunkel. Schiller konnte sie vor dem Fenster besser sehen, als sie ihn erkennen konnten. In der Diele öffneten sich die Türen des Aufzugs. Irina nahm Arkadis Hand. Schiller bedeutete ihnen, sich hinzulegen, dann drehte er sich um und feuerte durch die Wand.

Die Skorpion war keine besonders laute Waffe, doch ihre 7.62-Millimeter-Kugeln durchschlugen die Gipsplatten, als wären sie aus Papier. Peter Schiller ging an der Wand entlang, durchsiebte sie in Hüfthöhe, führte im Gehen ein neues Magazin ein. Zwei Salven ließen Nägel und Putz absplittern. Wütende und verwirrte Rufe drangen aus der Diele. Schiller schoß das zweite Magazin aus Kniehöhe leer. Jemand in der Diele schien endlich begriffen zu haben, was vor sich ging, und feuerte zurück. Ein tellergroßes Wandstück zerbarst auf dem Boden. Schiller benutzte das Loch als Ziel, stellte sich mit dem Rücken gegen die Wand, entfernte das leere Magazin und ließ ein neues einrasten. Vom Flur aus zeichnete eine Salve einen Bogen in die Wand. Schiller trat unter den höchsten Punkt des Bogens, zielte nach unten und feuerte. Er stand nahe an der Wand, wie ein Zimmermann, der Reparaturen ausführte, umgeben von einfallenden Lichtstrahlen, trat dann zur Seite, als ihm ein einzelner Schuß antwortete, nahm wieder seine vorige Haltung ein, steckte den Lauf in das Loch und erweiterte es durch vier Schüsse. Er schaltete auf Einzelschuß um und lauschte. Als er ein Stöhnen hörte, setzte er einen gezielten Schuß durch die Wand zu seinen Füßen. Schaltete zurück auf Automatik und leerte das Magazin in einem einzigen Feuerstoß. Als er zur Tür ging, ließ er die Skorpion fallen und griff nach dem Pistolenhalfter hinten am Gürtel, um seine eigene Waffe zu ziehen.

Er brauchte sie nicht mehr. Vier Tschetschenen lagen blut- und kalkbespritzt wie die Opfer eines Betriebsunfalls auf dem

Korridor. Peter ging zwischen ihnen hindurch, vorsichtshalber immer noch die Pistole in der einen Hand, während er mit der anderen den Puls der Halsschlagadern prüfte. Arkadi erkannte Alis Freund vom Café an der Mauer wieder, der ihn aus leeren Augen anstarrte. Beno war nicht dabei.

»Sie standen bereits draußen, als ich herkam«, sagte Peter Schiller. »Zwei in jedem Wagen.«

»Danke«, sagte Arkadi.

»Bitte.« Peter Schiller genoß dieses Wort, er ließ es langsam auf der Zunge zergehen.

Die Menschen sind verwirrt, wenn sie von Maschinenpistolenfeuer aus dem Schlaf gerissen werden. Allerdings ist in einer Gegend, in der soviel gebaut wird, die erste Reaktion die Empörung darüber, daß jemand unerlaubterweise mitten in der Nacht zu hämmern beginnt.

Auf der Straße sah Arkadi das Blaulicht der Peterwagen, die ohne Sirenengeheul die Friedrichstraße hinunterkamen. Er und Irina folgten Schiller zu seinem Wagen, der hinter der nächsten Ecke stand. Als sie anfuhren, schaltete Schiller sein Funkgerät auf Empfang.

Die Polizeibeamten mußten erst die richtige Adresse ausfindig machen und vier Stockwerke durchsuchen, ehe sie die Leichen fanden. Es gab keine Zeugen im Gebäude. Möglicherweise hatte jemand aus einer gegenüberliegenden Wohnung beobachtet, wie sie das Haus verließen, aber was konnte er schon aus hundert Meter Entfernung in der Dunkelheit gesehen haben als zwei Männer und eine Frau?

»Wir können nichts machen«, sagte Schiller. »Sie haben überall in der Wohnung Ihre Fingerabdrücke hinterlassen, aber die dürften schwer zu identifizieren sein. Ihre Freundin sagt, daß auch sie selbst in Deutschland nie aktenkundig geworden ist, also läßt sich über die Abdrücke nichts machen.«

»Wie steht's mit Ihnen?«

»Ich habe die Maschinenpistole und die Magazine abgewischt und meine eigene Waffe nicht benutzt.«

»Das meine ich nicht. Was ist mit *Ihnen*?«

Peter Schiller fuhr eine Weile weiter, bevor er sagte: »Man

muß einen offiziellen Bericht schreiben, wenn man von der Schußwaffe Gebrauch gemacht hat. Ich möchte nicht erklären müssen, warum ich vier Männer erschossen habe, die ich weder identifiziert noch vorher gewarnt habe. Es hätten schließlich auch vier unbeteiligte Besucher sein können, die für Greenpeace oder Mutter Teresa Geld sammeln wollten.«

An Schillers Händen klebte Gipsstaub. Er wischte sie an seinem Hemd ab.

»Ich möchte auch nicht erklären müssen, warum ich meinem Großvater geholfen habe. Das hier ist ein russischer Bandenkrieg, und ich will nicht, daß er in der Öffentlichkeit damit in Verbindung gebracht wird.«

»Wenn man die Sache zurückverfolgt und auf mich stößt, weiß Federow Ihren Namen«, sagte Arkadi.

»Ich glaube, nach dem Staatsstreich hat das Konsulat in München wichtigeres zu tun, als sich um uns zu kümmern.«

Über Polizeifunk forderte der Einsatzleiter Krankenwagen an. Die erregte Stimme stand in krassem Gegensatz zur Stille des Tiergartens mit seiner schattigen Masse unter den morgendlichen Sternen.

»Sie haben mich von Anfang an belogen«, sagte Schiller endlich. »Aber ich muß zugeben, daß Ihre Lügen instruktiver waren als alle anderen, die ich je gehört habe. Ich frage mich nur, was Sie sonst noch in petto haben. Ich hoffe immer noch, irgendwann die Wahrheit zu erfahren.«

»Wenn wir zum Savignyplatz fahren, kann ich Ihnen vielleicht helfen«, sagte Arkadi.

Arkadi saß auf einer Bank in einer der Lauben. Sein Rücken schmerzte. Er brauchte Aspirin oder Nikotin, aber er hatte weder Tabletten bei sich, noch riskierte er, eine Zigarette anzuzünden, da die Hecken um ihn herum unter dem langsam in Grau übergehenden Himmel noch im Dunkeln lagen. Von seinem Platz aus konnte er Schiller und Irina nicht sehen, die einen Häuserblock weiter im Wagen saßen. In der Galerie jedoch konnte er Licht erkennen, das offensichtlich die ganze Nacht über gebrannt hatte.

In Moskau rollten jetzt unter dem gleichen Wolkendach

Panzer durch die Straßen. War es ein Militärputsch? Beanspruchte die Partei ihre Rolle als Speerspitze des Volkes? Hatte man sich ernsthaft, mit beiden Händen, an die Arbeit gemacht, die Nation zu retten? So, wie die Partei Prag, Budapest und Ost-Berlin einmal gerettet hatte? Man hätte wenigstens aus der Ferne das Grollen eines Gewitters hören sollen.

Abgesehen von den Bewohnern der Friedrichstraße schienen sämtliche Berliner die Nacht über fest geschlafen zu haben. Das deutsche Fernsehen hatte zur gewohnten Stunde seine Augen geschlossen. Arkadi vermutete, daß die Drahtzieher des Staatsstreichs wenigstens tausend der führenden Reformer in Haft genommen, das sowjetische Fernsehen und die Rundfunkstationen besetzt sowie Flughäfen und Telefonleitungen gesperrt hatten. Er zweifelte nicht daran, daß Oberstaatsanwalt Rodionow die Notwendigkeit eines Staatsstreichs bedauerte, aber wie jeder Russe wußte, wurden harte, unliebsame Aufgaben am besten möglichst schnell erledigt. Was Arkadi nicht verstand, war, warum Gubenko und Max es so eilig hatten, nach Moskau zurückzukehren. Wie konnte ein Flugzeug aus dem Ausland überhaupt landen, wenn die Flughäfen geschlossen waren? Es wäre eine gute Zeit, Radio Liberty zu hören. Er fragte sich, was Stas wohl zu sagen hatte.

Ein leichter Nieselregen hatte eingesetzt. Vereinzelt raschelten unsichtbare Vögel in den Hecken. Da und dort fiel Licht aus den Fenstern von Frühaufstehern, und der Verkehr schwoll leise an, Straßenkehrer waren zu hören.

Auf der anderen Straßenseite näherte sich das Klick-klick hoher Absätze. Rita, in einem mohnroten Regenmantel und dem dazu passenden Hut, ging rasch an den Häusern vorbei, die den Platz säumten. Arkadi hatte gesehen, wie sie die Restaurantrechnung gegenzeichnete, er wußte, daß sie Rechtshänderin war. Als sie die Haustür aufschloß, behielt sie eine Hand in der Tasche und sah sich um, bevor sie eintrat.

Zehn Minuten später trat ein Wachmann aus dem Haus, gähnte, reckte sich und ging mit schweren Schritten in die entgegengesetzte Richtung.

Nach weiteren zehn Minuten erlosch das Licht in der Galerie. Rita erschien wieder, verschloß die Tür und schickte sich an, den Platz zu überqueren. In der linken Hand trug sie eine Segeltuchtasche.

Arkadi holte sie in der Mitte des Platzes ein, näherte sich ihr von links und sagte: »Behandelt man so ein Fünf-Millionen-Dollar-Bild?«

Sie war überrascht genug, um stehenzubleiben. Er genoß die unverhohlene Wut, die ihre erste Reaktion kennzeichnete. Der Inhalt der Tasche war in eine Plastikfolie gehüllt. »Ich hoffe, die Tasche ist wasserdicht«, sagte er.

Als Rita sich wieder in Bewegung setzen wollte, ergriff er einen Bügel der Tasche.

»Ich rufe die Polizei«, sagte sie.

»Rufen Sie nur. Ich glaube, die deutschen Polizisten langweilen sich entsetzlich – gut, daß wir Russen da sind. Die Geschichte von Ihnen und Rudi Rosen ist äußerst interessant, auch wenn die Einzelheiten Ihren Geschäften nicht gerade förderlich sein dürften. Max und Borja haben Sie also allein zurückgelassen?«

Rita war es gewohnt, mit Männern umzugehen. Ein weicherer, freundlicherer Ausdruck trat auf ihr Gesicht. »Ich habe keine Lust, darauf zu warten, daß die Tschetschenen hier plötzlich auftauchen.« Sie lächelte ihn an. »Können wir nicht irgendwo reden, wo wir vor dem Regen geschützt sind?«

Er dachte daran, sich mit ihr in eine der Lauben zurückzuziehen, aber Rita führte ihn über die Straße zu einer markisenüberdachten Terrasse. Es war ihr Restaurant, und sie setzte sich wieder an denselben Tisch wie auf dem Video, als sie ihr Glas erhoben und gesagt hatte: »Ich liebe dich.« Das Innere des Restaurants war dunkel. Sie hatten die Terrasse und den Platz für sich allein.

Trotz der frühen Stunde trug Rita ein Make-up, das ihr Gesicht wie eine exotische Maske erscheinen ließ. Der rote Regenmantel schimmerte ölig wie ihre Lippen. Arkadi öffnete den Reißverschluß ihres Mantels.

»Warum tun Sie das?« fragte Rita.

»Sagen wir, weil Sie eine attraktive Frau sind.«

Sie saßen da, jeder mit einer Hand auf der Segeltuchtasche

unter dem Tisch. Ihr Mantel fiel nach hinten, und seine Taschen waren nur mehr schwer für sie erreichbar.

»Erinnern Sie sich an ein russisches Mädchen namens Rita?« fragte Arkadi.

»Ich erinnere mich gut an sie. Ein hart arbeitendes Mädchen, das gelernt hatte, daß man mit der Miliz lohnende Geschäfte machen konnte.«

»Und mit Borja.«

»Die Leute vom Langen Teich haben die Mädchen im Hotel beschützt, und Borja war ein Freund.«

»Aber um wirklich reich zu werden, mußte Rita Rußland verlassen. Sie heiratete einen Juden.«

»Kein Verbrechen.«

»Sie ging aber nicht nach Israel.«

Margarita hob ihre rechte Hand und ließ ihre langen Fingernägel sehen. »Können Sie sich vorstellen, daß die hier in der Wüste einen Kibbuz bauen?«

»Und Borja ist Ihnen gefolgt.«

»Borja hatte ein völlig legales Geschäft vor, und er brauchte jemanden, der ihm half, Mädchen für die Arbeit in Deutschland anzuwerben, jemanden, der auf sie aufpaßte, solange sie hier waren. Ich hatte die Erfahrung.«

»Das ist aber noch längst nicht alles. Borja kaufte Papiere, die einen Boris Benz ins Leben riefen, der ihm wiederum absolut gelegen kam, als er in Moskau einen ausländischen Partner brauchte. Und als Sie Boris Benz heirateten, konnten Sie in Deutschland bleiben.«

»Borja und ich haben eine besondere Beziehung zueinander.«

»Und wenn einmal der Falsche anrief, spielten Sie das Hausmädchen und sagten, daß Herr Benz Ferien in Spanien mache.«

»Eine gute Hure ist eine gute Schauspielerin.«

»Finden Sie, daß die Geschichte mit Boris Benz eine gute Idee war? Es war ein Schwachpunkt, von dem letztlich zuviel abhing.«

»Es funktionierte ausgezeichnet, bis Sie auftauchten.«

Arkadi blickte über die leeren Tische, ohne seine Hand von

der Tasche zu nehmen. »Sie haben hier ein Video aufgenommen und es an Rudi geschickt. Warum?«

»Zur Identifizierung. Rudi und ich hatten uns nie gesehen. Ich wollte ihm meinen Namen nicht verraten.«

»Er war kein schlechter Kerl.«

»Er hat Ihnen geholfen. Nachdem Rodionow uns darüber aufgeklärt hatte, ging es nur noch darum, Rudi auf bestmögliche Art loszuwerden. Er wußte von dem Bild. Wir redeten ihm ein, mit der nötigen Expertise könnte er es auf eigene Kappe verkaufen. Von mir hat er dann eine Kopie bekommen. Borja sagte, wenn wir Rudi mit seinem Wagen in die Luft jagten, hätte Rodionow zugleich einen Grund, mit den Tschetschenen aufzuräumen.«

»Glauben Sie, daß Borja vorhatte, irgendwann einmal hierzubleiben und sich für immer in Boris Benz zu verwandeln?«

»Wo würden Sie lieber sein, in Moskau oder Berlin?«

»Als Sie auf dem Videoband sagten: ›Ich liebe dich‹, sagten Sie es also zu Borja.«

»Wir waren hier glücklich.«

»Und Sie waren bereit, Dinge für Borja zu tun, die seine Frau nie für ihn getan hätte – etwa, nach Moskau zurückzukehren und eine Bombe in Rudis Wagen zu deponieren. Ich habe mich gefragt, warum eine so wohlhabende Touristin in einem derart schäbigen, abgelegenen Hotel wie dem Sojus abstieg. Die Antwort war, daß es kein anderes Hotel gab, das so nahe am Schwarzmarkt lag. Sie brauchten also nur eine kurze Fahrt mit der Bombe zu machen, die schließlich keinen Zeitzünder hatte. Sie hatten Mut. Sie hätten leicht selbst in die Luft fliegen können. Das ist Liebe.«

Rita befeuchtete ihre Lippen. »Sie stellen mir dauernd Fragen, darf ich jetzt vielleicht auch mal?«

»Bitte.«

»Warum wollen Sie nichts über Irina wissen?«

»Zum Beispiel?«

Rita beugte sich vor, als wollte sie ihm ein Geheimnis anvertrauen. »Was Irina davon gehabt hat. Glauben Sie, Max hätte ihr all die teuren Kleider gekauft und sie mit Geschenken überschüttet, nur weil sie eine gute Gesprächspartnerin war?

Fragen Sie sich doch selbst mal, was sie bereit war, für ihn zu tun.«

Arkadi spürte, wie seine Haut zu glühen begann.

»Sie waren jahrelang zusammen«, sagte Rita. »Praktisch wie Mann und Frau. Wie Borja und ich. Ich weiß nicht, was sie Ihnen jetzt erzählt, ich sage nur, daß sie das, was sie für Sie tut, auch für ihn getan hat. Jede Frau würde das.«

Seine Ohren brannten. Die Wärme breitete sich über sein ganzes Gesicht aus. »Was wollen Sie damit sagen?«

Rita legte den Kopf auf die Seite. »Sie scheint Ihnen nicht alles erzählt zu haben. Männer wie Sie kenne ich nur zu gut. Sie brauchen eine Frau, die sie zur Göttin erheben können, und alle anderen sind Huren. Irina hat mit Max geschlafen. Er konnte gar nicht aufhören, damit anzugeben, was sie alles für ihn tun würde.« Rita gab ihm ein Zeichen, sich vorzubeugen, und sprach noch leiser. »Ich sag Ihnen, was er damit meinte, dann sehen Sie, wie Sie dastehen.«

Als Arkadi einen leichten Ruck am Griff fühlte, hob er die Tasche hoch. »Wenn Sie jetzt schießen, ist das Gemälde zerstört. Ich glaube nicht, daß die Versicherung dafür aufkommt«, sagte er.

»Verdammtes Schwein.«

Arkadi packte die Pistole, als sie über der Tischkante erschien. Es war Borjas .22er. Er drückte ihr Handgelenk nieder und entwand ihr die Waffe.

»Drecksau«, sagte Rita.

Borja hatte sie verraten, hatte sich nach Moskau abgesetzt und sie mit dieser kläglichen Pistole zurückgelassen. Arkadi entfernte das Magazin und warf ihr die leere Waffe in den Schoß. »Du mich auch«, sagte er.

36

In einem Andenkenladen auf dem Flugplatz kaufte Arkadi ein Tablett und einen bestickten Baumwollschal. Auf der Toilette wickelte er das Bild in den Schal. Um das Tablett schlug er eine

Schaumstoffolie und verstaute es in Ritas Segeltuchtasche. Dann gesellte er sich wieder zu Peter Schiller und Irina, die in einer Ecke des Transitraums saßen.

»Denkt an all die Bilder und Manuskripte, die seit siebzig Jahren konfisziert worden sind und vom Innenministerium und KGB irgendwo versteckt gehalten werden«, sagte Arkadi. »Nichts wird weggeworfen. Dichter, Maler und Denker werden vielleicht durch einen Genickschuß liquidiert, aber ihre Werke werden in Kartons verpackt und in Kellern verwahrt, um eines Tages, wenn Rußland sich mit dem Rest der Welt zusammenschließt, als Errungenschaften des russischen Geistes wieder zu Ehren zu gelangen.«

»Aber sie dürfen nicht verkauft werden«, sagte Irina. »Kunstgegenstände, die älter als fünfzig Jahre sind, dürfen nicht aus der Sowjetunion ausgeführt werden.«

»Es genügt, ein paar Beamte zu bestechen. Ganze Panzer, Eisenbahnzüge und Rohölladungen sind schon über die Grenze gelangt. Ein Bild außer Landes zu schaffen ist relativ einfach.«

»Aber der Verkauf ist nicht rechtsgültig«, sagte Irina, »solange russische Gesetze verletzt werden. Kunstsammler und Museen lassen sich nicht gern in internationale Auseinandersetzungen ziehen. Rita hätte das Rote Quadrat nicht verkaufen können, sollte es tatsächlich aus Rußland kommen.«

»Vielleicht ist es eine Fälschung«, sagte Schiller. »Es gab phantastische Fälscher in Ost-Berlin, die jetzt alle arbeitslos geworden sind. Ist das Bild wirklich untersucht worden?«

»Von oben bis unten. Es ist datiert, geröntgt und analysiert worden. Es weist sogar einen Daumenabdruck von Malewitsch auf.«

»Alles das kann gefälscht sein«, sagte Schiller.

»Ja«, gab Irina zu. »Aber es ist eine seltsame Sache mit Fälschungen. Sie können noch so gut gemacht sein, mit dem richtigen Holz, der richtigen Leinwand, den richtigen Farben und Techniken, aber nach einer Weile sehen sie einfach nicht mehr echt aus.«

Schiller räusperte sich. »Das wird mir zu spinnert, wie wir in Bayern sagen.«

»Es ist genau wie mit den Menschen. Mit der Zeit merkt man, ob jemand ein Blender ist. Ein Gemälde ist die Idee eines Künstlers, und Ideen lassen sich nicht fälschen.«

»Was, sagten Sie, ist das Bild wert?«

»Vielleicht fünf Millionen Dollar«, sagte Arkadi. »In Rußland sind es vierhundert Millionen Rubel.«

»Wenn es keine Fälschung ist«, wandte Peter Schiller ein.

»Das Rote Quadrat ist echt und kommt aus Rußland«, sagte Arkadi.

»Aber man hat es in einer der Knauer-Kisten gefunden«, sagte Irina.

»Die Kiste ist eine Fälschung.«

»Die Kiste?« Schiller richtete sich auf. Arkadi merkte, wie er seine Gedanken ordnete. »Von der Seite habe ich es noch nie gesehen.«

»Erinnern Sie sich: Benz war nicht an den Kunstwerken interessiert, die Ihr Großvater gestohlen hat. Er hatte seine eigenen. Ihm ging es um die Kisten, die Ihr Großvater bauen ließ – von den Knauer-Zimmerleuten.«

»Das ist gut«, sagte Schiller anerkennend. »Das ist sehr gut.«

Arkadi legte Peter Schiller den Schal auf die Knie. Schiller setzte sich gerade auf. »Was machen Sie da?«

»Die kulturelle Atmosphäre ist zur Zeit etwas getrübt in Moskau.«

»Ich will es nicht haben.«

»Sie sind der einzige, dem ich es geben kann«, sagte Arkadi.

»Woher wissen Sie, daß ich nicht damit verschwinde?«

»Es ist so etwas wie ausgleichende Gerechtigkeit, Sie zum Kustos russischer Kunst zu machen. Außerdem ist es ein Handel.« Arkadi klopfte auf seine Jackentasche mit seinen Papieren und dem Paß, den Peter ihm – zusammen mit einem von Alis Geld bezahlten Flugticket – zurückgegeben hatte.

Sie hatten anstandslos einen regulären Lufthansa-Flug nach Moskau buchen können. Nichts ist wirkungsvoller als ein Militärputsch am Zielort, um die Zahl der Reisewilligen zu vermindern. Was Arkadi nur immer noch nicht verstand, war die Tatsache, daß die Führer des Notstandskomitees überhaupt Flugzeuge landen ließen.

Stas humpelte mit einem Tonbandgerät und einer Kamera aus der Münchener Maschine. Er war ungewöhnlich guter Laune. »So eine Idiotie. Das Notstandskomitee hat keinen der demokratischen Führer in Haft genommen. Jetzt steht es unentschieden. Die Panzer sind in Moskau, aber sie fahren nur in der Stadt herum, und die Maßnahmen zur Unterdrückung des Widerstands beschränken sich auf ein Minimum.«

»Woher wissen Sie, was passiert?« fragte Arkadi.

»Die Leute rufen uns aus Moskau an«, sagte Stas.

Arkadi war erstaunt. »Die Telefonleitungen funktionieren?«

»Das ist es, was ich mit Idiotie bezeichne.«

»Weiß Michael, daß Sie zurückgehen?«

»Er hat versucht, mich daran zu hindern. Er sagt, es sei ein Sicherheitsrisiko und würde den Sender in eine peinliche Lage bringen, wenn wir gefaßt würden. Er sagt, Max habe aus Moskau angerufen, um zu sagen, daß alles seinen gewöhnlichen Gang gehe und ich keinen Grund hätte, mich über irgend etwas aufzuregen.«

»Weiß er, daß Irina mitkommt?«

»Er hat gefragt. Er weiß es nicht.«

Obwohl der Flug bereits aufgerufen worden war, ging Arkadi in eine Telefonzelle. Eine auf Band aufgenommene Stimme wiederholte immer wieder, daß die internationalen Leitungen besetzt seien. Er versuchte mehrmals durchzukommen, aber vergeblich. Als er bereits aufgeben wollte, fiel sein Blick auf einen Schalter, von dem aus man ein Fax schicken konnte.

Polina hatte gesagt, sie würde Rudis Faxgerät übernehmen. Am Schalter schrieb er ihre Telefonnummer und die Nachricht auf ein Formular: »Bin auf dem Weg nach Moskau. Wenn Sie ein Bild von Onkel Rudi haben, bringen Sie es bitte mit. Fahren Sie vorsichtig.« Er fügte seine Flugnummer und die Ankunftszeit hinzu und unterzeichnete mit »Arkadi«. Dann bat er um ein Fax-Verzeichnis und schrieb eine zweite Nachricht an Federow in München. »Bin Ihrem Rat gefolgt. Bitte unterrichten Sie Oberstaatsanwalt Rodionow von meiner Rückkehr. Renko.«

Irina winkte ihn zum Abfertigungsschalter, wo Stas und Schiller einander musterten wie die Vertreter einer jeweils anderen Spezies.

Schiller ergriff Arkadi am Ärmel und zog ihn beiseite. »Sie können mir das nicht hierlassen.«

»Ich vertraue Ihnen.«

»Nach der kurzen Erfahrung, die ich mit Ihnen gemacht habe, wird mich das teuer zu stehen kommen. Was soll ich damit machen?«

»Hängen Sie es irgendwo bei konstanter Temperatur auf. Stiften Sie es einem Museum, anonym. Nur geben Sie es nicht Ihrem Großvater. Wissen Sie, die Geschichte über Malewitsch war nicht erlogen. Er hat seine Bilder wirklich nach Berlin gebracht, um sie dort zu verwahren. Tun Sie das gleiche.«

»Mir scheint, Malewitschs Fehler war zurückzugehen. Was ist, wenn Rita in Moskau anruft und sagt, daß Sie ihr das Bild abgenommen haben? Wenn Albow und Gubenko wissen, daß Sie kommen, werden sie auf Sie warten.«

»Das hoffe ich. Da ich sie nicht finden kann, werden sie mich finden müssen.«

»Vielleicht sollte ich mitkommen.«

»Sie sind zu gut. Sie würden sie verschrecken.«

Schiller zögerte.

»Das Leben besteht nicht nur aus schnellen Autos und Schußwaffen«, sagte Arkadi. »Das ist endlich einmal eine Aufgabe, die Ihnen gerecht wird.«

»Man wird Sie schon bei der Ankunft umlegen. Bei Revolutionen werden alte Rechnungen beglichen. Auf eine Leiche mehr oder weniger kommt es dabei nicht an. Hier kann ich Sie wenigstens ins Gefängnis werfen.«

»Hört sich verlockend an.«

»Wir können dafür sorgen, daß Sie am Leben bleiben, und versuchen, daß Albow und Gubenko an uns ausgeliefert werden.«

»In der Sowjetunion ist noch nie jemand mit guten Beziehungen ausgeliefert worden. Und wer weiß, welche Regierung morgen an der Macht ist? Max wird womöglich Finanzminister und Gubenko Sportminister. Außerdem werden Sie froh sein, daß ich weg bin, wenn die Ermittlungen in der Mordsache Ali einen kritischen Punkt erreichen.«

Ein leiser Gongschlag kündigte den letzten Aufruf ihres Fluges an. »In Deutschland ist stets der Teufel los, wenn Russen auftauchen«, sagte Schiller.

»Und umgekehrt«, sagte Arkadi.

»Denken Sie daran: In München ist immer eine Zelle für Sie frei.«

»Danke.«

»Seien Sie vorsichtig.«

Schiller verließ die Schlange der an Bord gehenden Fluggäste, während Arkadi sich Stas und Irina anschloß. Als er sich noch einmal umwandte, sah er Peter Schillers Kopf hoch über der Menschenmenge, immer noch mit einem unentschlossenen Ausdruck auf dem Gesicht. Nach einem letzten Blick wikkelte Schiller den Schal fester um das Bild und verschwand.

Die Segeltuchtasche lag im Gepäckfach über den Sitzen. Arkadi saß am Gang, Stas am Fenster, Irina in der Mitte. Als sie abhoben, vertiefte sich der ironische Ausdruck auf Stas' Zügen. Irina nahm Arkadis Arm. Sie sah erschöpft aus, leer, doch nicht unglücklich. Die drei erinnerten an Flüchtlinge, die so verwirrt waren, daß sie die falsche Richtung genommen hatten.

Einige der Fluggäste schienen Journalisten und Fotografen zu sein. Sie hatten nur Handgepäck dabei. Niemand wollte zwei Stunden an der Gepäckausgabe warten, während draußen eine Revolution in Gange war.

»Das Notstandskomitee verkündet als erstes, daß Gorbatschow krank ist«, sagte Stas. »Drei Stunden später bricht einer der Putschisten mit Kreislaufstörungen zusammen. Ein seltsamer Staatsstreich.«

»Ihr habt keine Visa. Glaubt ihr, daß sie euch überhaupt von Bord lassen?« fragte Arkadi.

»Ob wohl irgendeiner der Reporter hier ein gültiges Visum hat? Irina und ich haben einen amerikanischen Paß. Wir werden sehen, was passiert, wenn wir ankommen. Das ist die größte Story unseres Lebens. Die können wir doch nicht verpassen.«

»Ob Putsch oder nicht, Sie werden wegen Landesverrats gesucht. Irina ebenfalls. Ihr könntet verhaftet werden.«

»Sie gehen doch auch zurück«, sagte Stas.

»Ich bin Russe.«

Obwohl Irinas Stimme leise war, klang sie entschieden. »Wir wollen zurück.«

Deutschland breitete sich unter ihnen aus, nicht mit den geraden Straßen und den wie auf einem Flickenteppich verteilten Bauernhöfen des Westens, sondern mit engeren, gewundeneren Feldwegen und monotoneren Ackerflächen, je weiter sie nach Osten flogen.

Irina legte den Kopf an Arkadis Schulter. Das Gefühl, ihr Haar auf seiner Wange zu spüren, schien so normal, daß es ihn überwältigte. Als reiste er durch eine zweite Existenz, die er bislang verpaßt hatte. Er verspürte den Wunsch, nie irgendwo anzukommen.

Stas redete nervös, wie ein leises Radio. »Bei Revolutionen werden immer die Leute an der Spitze umgebracht, und für gewöhnlich übertreiben es die Russen dabei. Die Bolschewiken haben die herrschende Klasse eliminiert, und dann hat Stalin die ursprünglichen Bolschewiken eliminiert. Diesmal sieht die Sache so aus, daß fast der einzige Unterschied zwischen Gorbis Regierung und den Putschisten darin besteht, daß sich Gorbi nicht daran beteiligt. Habt ihr die Erklärung des Notstandskomitees gehört? Sie ergreifen die Macht, um das Volk unter anderem vor Sex, Gewalt und um sich greifender Unmoral zu schützen. Inzwischen wird Moskau weiter von Truppen besetzt, und die Menschen errichten Barrikaden, um das Weiße Haus zu schützen.«

Das Weiße Haus war das russische Parlamentsgebäude am Fluß im alten Presnja-Viertel, das einst mit dem Ehrennamen »Rot« ausgezeichnet worden war, weil man dort Barrikaden gegen den Zar errichtet hatte.

»Das wird die Panzer aber nicht aufhalten«, sagte Stas. »Was in Wilna und Tiflis passiert ist, das waren nur Generalproben. Sie werden den Anbruch der Nacht abwarten, dann werden sie die Miliz mit Tränengas und Wasserwerfern vorschicken, um sämtliche Ansammlungen aufzulösen, und schließlich werden KGB-Truppen das Gebäude stürmen. Die Moskauer Kommandantur hat dreihunderttausend Haftbefehle gedruckt, aber das Komitee will keinen Gebrauch von ihnen machen. Sie rechnen damit, daß sich die Leute beim Anblick der Panzer von allein zurückziehen.«

»Was ist, wenn Pawlow die Glocke läutet, und die Hunde hören nicht darauf?« fragte Irina. »Das würde den Lauf der Geschichte ändern.«

»Und ich sage euch, was sonst noch eigenartig ist«, sagte Stas. »Ich habe noch nie erlebt, daß so viele Journalisten so lange nüchtern bleiben.«

Polen breitete sich dunkel wie ein Meeresboden unter ihnen aus.

Die Getränkewagen der Stewardessen blockierten den Gang. Zigarettenrauch und Theorien füllten den Raum: Die Armee hatte sich bereits in Bewegung gesetzt, um die Welt vor ein *fait accompli* zu stellen. Die Armee würde die Dunkelheit abwarten, um zuzuschlagen, wenn weniger Fotografen da waren. Das Komitee hatte die Generäle für sich gewonnen. Die Demokraten hatten die Afghanistan-Veteranen für sich gewonnen. Niemand wußte, auf welche Seite sich die jungen, gerade aus Deutschland zurückgekehrten Offiziere stellen würden.

»Übrigens«, sagte Stas, »im Namen des Komitees hat Oberstaatsanwalt Rodionow alle möglichen Geschäftsleute verhaften lassen und ihre Waren konfisziert. Nicht alle Geschäftsleute – nur die, die gegen das Komitee sind.«

Als Arkadi die Augen schloß, fragte er sich, in welches Moskau er zurückkehren würde. Es war ein Tag, der viele Möglichkeiten bot.

»Es ist so lange her«, sagte Stas. »Ich habe einen Bruder, den ich seit zwanzig Jahren nicht mehr gesehen habe. Wir rufen uns einmal im Jahr an, an Neujahr. Er hat sich heute morgen gemeldet und mir gesagt, daß er zum Parlamentsgebäude gehen würde, um es zu verteidigen. Ein kleiner, dicker Mann mit Kindern. Wie will er einen Panzer aufhalten?«

»Glauben Sie, daß Sie ihn wiedererkennen?« fragte Arkadi.

»Er hat mir geraten, nicht zu kommen. Könnt ihr euch das vorstellen?« Stas blickte eine lange Zeit aus dem Fenster. Feuchtigkeit hatte sich in kleinen Wassertröpfchen zwischen den Scheiben niedergeschlagen. »Er hat gesagt, er würde eine rote Skimütze tragen.«

»Was macht Rikki?«

»Rikki ist zurück nach Georgien gegangen. Er hat seine Mutter, seine Tochter, den Fernseher und den Videorecorder in seinen BMW verfrachtet und sich mit den beiden auf den Weg gemacht. Ich wußte es. Er ist ein reizender Mann.«

Je mehr sie sich Moskau näherten, desto ähnlicher wurde Irina der Frau, die die Stadt einst verlassen hatte – wie jemand, der an ein vertrautes Feuer zurückkehrt. Als wäre der Rest der Welt ein dunkler, leerer Platz. Als kehrte sie zurück, um Rache zu nehmen.

Arkadi dachte, er könnte sich von ihrer Energie mitreißen lassen und ihr folgen. Wenn er mit Borja und Max fertig war.

Wieweit suchte er, mit all dem seine eigene Rechnung zu begleichen, den Tod von Rudi, Tommy und Jaak zu sühnen? Wieweit war Irina an dem beteiligt, was er tat? Wenn er mit Max abrechnete, würde das nicht die Jahre auslöschen, die sie mit ihm verbracht hatte. Er konnte sie als Flüchtlingsjahre entschuldigen, und aus einigem Abstand gesehen war ganz Rußland ein Volk von Flüchtlingen. Jeder war bis zu einem gewissen Grad kompromittiert. Rußlands Geschichte war derart verworren, daß alle von den Ereignissen überrollt wurden.

Auf jeden Fall waren Max und Borja der neuen Zeit gegenüber wahrscheinlich besser gerüstet als er.

Als sie in sowjetischen Luftraum gelangten, erwartete Arkadi, daß die Maschine den Befehl erhalten würde umzukehren. Beim Anflug auf Moskau dachte er, man würde sie auf einen Militärflugplatz umleiten, auftanken lassen und wieder zurückschicken. Die Lampen zum Anlegen der Sitzgurte leuchteten auf, und die letzten Zigaretten wurden ausgedrückt.

Draußen vor dem Fenster erschienen die vertrauten niedrigen Wälder, die Stromleitungen und die graugrünen Felder, die nach Scheremetjewo führten.

Stas hielt den Atem an, wie ein Mann vor dem Sprung ins Wasser.

Irina ergriff Arkadis Hand, als sei sie es, die ihn heimbrachte.

TEIL VIER

MOSKAU

21. AUGUST 1991

37

Die Ankunft in Moskau war nie ein Vergnügen, aber an diesem Morgen war alles noch trostloser. Nach den Lichtern des Westens wirkte die Ankunftshalle um so dunkler und bedrohlicher, und Arkadi fragte sich, ob die Gesichter schon immer so stumpf, die Augen immer so abweisend gewesen waren.

Michael Healey stand mit einem Oberst der Grenzpolizei an der Zollabfertigung. Der Sicherheitschef von Radio Liberty trug einen Trenchcoat mit etlichen Schlaufen und beobachtete die Fluggäste durch eine dunkle Brille. Die Grenzpolizisten waren vom KGB, sie trugen grüne Uniformen mit roten Spiegeln und ihre Gesichter den Ausdruck ständigen Argwohns.

»Der Scheißkerl muß den Direktflug von München genommen haben. Verdammt«, sagte Stas.

»Er kann uns nicht aufhalten«, sagte Irina.

»Oh, doch, das kann er«, sagte Stas. »Ein Wort von ihm, und im günstigsten Fall werden wir mit dem nächsten Flugzeug zurückgeschickt.«

»Ich lasse nicht zu, daß er euch wieder zurückschickt«, sagte Arkadi.

»Was wollen Sie machen?« fragte Stas.

»Ich werde mit ihm reden. Stellt euch in die Schlange.«

Stas zögerte. »Wenn wir durchkommen, wartet ein Wagen auf uns, der uns zum Weißen Haus bringt.«

»Ich treffe euch dort«, sagte Arkadi.

»Versprochen?« fragte Irina.

In dieser Umgebung schien Irinas Russisch anders zu sein, weicher, tiefer. Deswegen haben schöne Ikonen einfache Rahmen, dachte Arkadi.

»Ich werde dort sein.«

Er ging auf Healey zu. Michael verfolgte sein Näherkommen mit der Genugtuung eines Mannes, der feststellt, daß die Anziehungskraft zu seinen Gunsten arbeitet. Der Oberst schien nach lohnenderen Zielen Ausschau zu halten, er streifte Arkadi nur mit einem gleichgültigen Blick.

»Renko«, sagte Michael. »Froh, wieder zu Hause zu sein? Ich fürchte nur, daß Stas und Irina nicht bleiben können. Ich habe bereits ihre Tickets für den Rückflug nach München.«

»Sie wollen sie wirklich zurückschicken?« fragte Arkadi.

»Sie haben meine Anweisungen nicht befolgt. Der Sender bezahlt sie, ernährt sie und hat ihnen eine Bleibe verschafft. Also können wir auch ein gewisses Maß an Loyalität von ihnen erwarten. Ich versuche gerade, dem Oberst zu erklären, daß Radio Liberty ihnen keinen Auftrag gegeben hat, über die Vorgänge hier zu berichten.«

»Sie wollen dabeisein.«

»Dann handeln sie auf eigene Verantwortung und haben auch die Folgen zu tragen.«

»Wollen Sie die Berichterstattung übernehmen?«

»Ich bin zwar kein Reporter, aber ich habe immer mit welchen zusammengearbeitet. Ich werde meinen Teil zu der Sache beitragen.«

»Kennen Sie Moskau?«

»Ich bin schon mal hiergewesen.«

»Wo ist der Rote Platz?« fragte Arkadi.

»Jeder weiß, wo der Rote Platz ist.«

»Es wird Sie überraschen«, sagte Arkadi, »aber ein Mann hier in Moskau hat vor zwei Wochen erst ein Fax erhalten, in dem er gefragt wurde: ›Wo ist der Rote Platz?‹ Auf englisch.«

Michael zuckte die Achseln.

Mit schweren Kameras und Handgepäck beladene Fotografen schlurften vor Stas und Irina einen Schritt weiter. Stas schob je einen Fünfzig-Mark-Schein in seinen und Irinas Paß.

»Das Fax kam aus München. Von Radio Liberty, um genau zu sein.«

»Wir haben eine ganze Anzahl von Faxgeräten.«

»Die Nachricht kam von Ludmillas Gerät. Sie war an einen Schwarzmarktspekulanten adressiert, der aber leider nicht mehr lebte. Deshalb habe ich sie gelesen. ›Where is Red Square?‹ Ich habe die Frage erst verstanden, als ich das Gemälde sah.«

»Worauf wollen Sie hinaus?«

»›Wo ist der Rote Platz?‹ ergibt keinen Sinn. ›Wo ist das Rote Quadrat?‹ ist jedoch durchaus sinnvoll, wenn man einen Mann fragt, der glaubt, ein Bild verkaufen zu können. Ludmilla als Russin, die einem anderen Russen eine Nachricht zukommen läßt, hätte den Text natürlich auf russisch formuliert. Aber wie steht's mit Ihnen? Wie gut ist Ihr Russisch?«

In Sibirien werden Kaninchen nachts mit Taschenlampen und Keulen gejagt. Die Kaninchen richten sich auf und starren in den Strahl der Taschenlampe, bis sie von der Keule getroffen werden. Selbst hinter seiner dunklen Brille hatten Michaels Augen den starren Blick eines Kaninchens. Er sagte: »Alles das beweist doch nur, daß derjenige, der das Fax geschickt hat, von der Annahme ausging, daß der Empfänger noch am Leben war.«

»Genau«, sagte Arkadi. »Es beweist aber auch, daß jemand versuchte, mit Rudi ins Geschäft zu kommen. Hat Max Sie mit Rudi bekanntgemacht?«

»Es ist nicht ungesetzlich, ein Fax zu schicken.«

»Nein, aber Sie haben Rudi auch nach einem Finderlohn gefragt. Sie haben versucht, Max auszuschalten.«

»So beweisen Sie überhaupt nichts«, sagte Michael.

»Überlassen wir es Max, das zu beurteilen. Ich werde ihm das Fax zeigen. Es steht Ludmillas Nummer drauf.«

Die Schlange vor der Zollabfertigung bewegte sich wieder einen Schritt weiter, und Stas Kolotow, gesucht wegen Landesverrats, blickte den Beamten hinter der Glasscheibe fest an. Dieser verglich Augen, Ohren, Haaransatz und Größe mit dem Bild und den Angaben im Paß und blätterte die Seiten durch.

»Sie wissen, was mit Rudi passiert ist«, sagte Arkadi. »In Deutschland sind Sie allerdings auch nicht sicherer. Denken Sie an das, was mit Tommy passiert ist.«

Stas erhielt seinen Paß zurück. Irina schob ihren durch den Schlitz. Ihr Blick war so stolz, daß er eine Verhaftung geradezu herausforderte. Der Beamte schien sie überhaupt nicht zu bemerken. Nach einem professionellen Durchblättern der Seiten erhielt sie ihren Paß zurück, und die Schlange bewegte sich weiter.

»Ich glaube nicht, daß jetzt die beste Zeit dafür ist, sich stark zu machen«, sagte Arkadi. »Es ist die Zeit, sich zu fragen: ›Was kann ich für Renko tun, damit er Max nichts von der Sache erzählt?‹«

Trotz Stas' Drängen blieb Irina hinter der Zollabfertigung stehen. Arkadi bildete mit den Lippen das Wort »geh«, und er und Michael sahen, wie Stas sie zum Ausgang führte.

»Gratuliere«, sagte Michael. »Nachdem es Ihnen gelungen ist, sie ins Land zu bringen, wird sie wahrscheinlich getötet werden. Aber denken Sie daran: *Sie* haben sie hergebracht.«

»Ich weiß.«

Ein deutsches Fernsehteam feilschte um den Preis, die mitgebrachten Videokameras einführen zu dürfen. Ein Zollbeamter wies darauf hin, daß das Notstandskomitee erst am Morgen die Übertragung von Videobildern durch ausländische Reporter verboten habe. Der Beamte steckte hundert Mark als inoffizielle Bürgschaft dafür ein, daß das Team keine vom Komitee erlassenen Bestimmungen verletzen würde. Die anderen Kamerateams, die vor Arkadi in der Schlange standen, hatten bereits ähnliche finanzielle Abkommen mit den Zollbeamten getroffen und eilten auf ihre Wagen zu. Arkadis sowjetischer Paß war eine Enttäuschung. Wie ein Kassierer winkte ihn der Zollbeamte durch.

Eine offene Doppeltür führte in die Wartehalle, wo sich Familien mit in Cellophan gewickelten Blumensträußen versammelt hatten, um ihre Angehörigen in Empfang zu nehmen. Arkadi hielt nach Männern mit schweren Sporttaschen Ausschau. Da die Metalldetektoren in Scheremetjewo ausnahmsweise funktionierten, waren die einzigen Personen, die mit Sicherheit unbewaffnet und ungeschützt waren, die eingetroffenen Fluggäste. Er hob die Segeltuchtasche an die Brust und hoffte, Rita habe Albow und Gubenko verständigt, daß er im Besitz des Gemäldes sei.

Arkadi erkannte eine kleine Gestalt, die allein auf einer der Sitzreihen in der Mitte der Halle saß. Polina las Zeitung, die Prawda, wie es schien. Nicht schwer zu erraten, dachte er, da die meisten anderen Zeitungen tags zuvor verboten worden waren. Vor der Anzeigetafel, die die Ankunftszeiten bekanntgab, zündete er sich eine Zigarette an. Erstaunlich. Hier war ein ganzes Volk, das den Blick gesenkt hielt und seinen Geschäften nachging. Vielleicht wirkte die Geschichte nur wie ein Mikroskop. Wie viele Menschen hatten tatsächlich den Winterpalast gestürmt? Die Menge war damit beschäftigt, nach Brot anzustehen, sich warm zu halten oder sich zu betrinken.

Polina schob sich das Haar aus dem Gesicht, um Arkadi einen kurzen Blick zuzuwerfen. Dann legte sie die Zeitung neben sich auf den Sitz und ging hinaus. Durch das Fenster beobachtete er, wie sie auf einen männlichen Begleiter zutrat, der auf einem am Kantstein stehenden Motorroller saß. Als er sie sah, setzte er sich auf den Rücksitz. Polina nahm den Vordersitz ein, betätigte den Kickstarter mehr mit Wut als bloßem Gewicht und fuhr davon.

Arkadi ging durch die Halle, nahm ihren Platz ein und studierte die Zeitung. »Die ergriffenen Maßnahmen treten nur vorübergehend in Kraft. Sie bedeuten keineswegs, daß der eingeschlagene Kurs zu gründlichen Reformen aufgegeben werden soll …«

Unter der Zeitung lagen Wagenschlüssel und ein Zettel, auf dem stand: »Ein weißer Schiguli mit der Nummer X65523MO. Sie hätten nicht zurückkommen sollen.« Aus dem Polinaischen übersetzt hieß das: »Willkommen zu Hause.«

Der Schiguli stand in der vorderen Reihe des Parkplatzes. Zwischen den Sitzen lag ein quadratisches, in Rottönen komponiertes Bild. Arkadi wickelte das Tablett aus der Schaumstoffolie und ersetzte es durch das Gemälde, das er anschließend in Ritas Tasche verstaute.

Er nahm die südliche Autobahn nach Moskau. Als er die Dunkelheit einer Unterführung erreichte, kurbelte er das Beifahrerfenster herunter und ließ das Tablett hinaussegeln.

Zunächst schien alles normal zu sein. Dieselben Schrottautos rumpelten durch dieselben Schlaglöcher, als wäre er nur einen Tag fortgewesen. Dann entdeckte er hinter einer Reihe von Erlen die dunklen Umrisse eines Panzers, und kaum, daß er einen ausgemacht hatte, sah er auch noch weitere wie dunkle Wasserzeichen auf grünem Untergrund.

Auf der Autobahn selbst war von der Anwesenheit des Militärs nichts zu merken. Erst hinter der nach Kurkino abzweigenden Straße ratterte eine endlose Reihe gepanzerter Mannschaftswagen über die Kriechspur. Soldaten mit Kampfhelmen saßen in offenen Jeeps, junge Burschen, denen die Augen im Wind tränten. Dort, wo die Hauptstraße die Ringstraße überquerte und in die Leningrad-Straße überging, bog die Kolonne ab und nahm eine andere Route Richtung Stadt.

Arkadi beschleunigte und verlangsamte die Fahrt, während ein schnittiges, metallblaues Motorrad mit zwei Männern im konstanten Abstand von hundert Metern hinter ihm blieb. Sie hätten ihm beim Überholen einfach eine Kugel in den Kopf schießen können. Arkadi glaubte jedoch nicht, daß sie riskieren würden, das Gemälde zu beschädigen.

Ein leichter Regen hatte eingesetzt. Arkadi blickte auf das Armaturenbrett. Keine Scheibenwischer. Er drehte das Radio an, und nach Tschaikowski hörte er die Anweisung, sich ruhig zu verhalten. »Melden Sie die Umtriebe von Provokateuren. Sorgen Sie dafür, daß die verantwortlichen Organe ihre Pflicht tun können. Denken Sie an die tragischen Ereignisse auf dem Tienanmen-Platz, als pseudodemokratische Agenten unnötiges Blutvergießen provozierten.« Die Betonung lag auf »unnötig«. Er fand auch einen Sender, der vom Haus der Sowjets aus operierte und den Staatsstreich verurteilte.

Als er bei rotem Licht vor einer Ampel hielt, schloß das Motorrad hinter ihm auf. Es war eine Suzuki, das gleiche Modell, das er und Jaak vor dem Keller in Ljubertsi bewundert hatten. Der Fahrer trug einen schwarzen Helm und eine wie eine Rüstung anliegende Ledermontur. Als Minin vom Rücksitz sprang, mit flatterndem Regenmantel, eine Hand am Hut, trat Arkadi aufs Gas, raste zwischen den von rechts und links kommenden Fahrzeugen hindurch und ließ das Motorrad hinter sich zurück.

Aus der Untergrundstation Woikowskaja quollen Scharen von Moskauern. Es war Hauptverkehrszeit, in der die Züge dicht aufeinander folgten. Die Menschen blieben im Eingang stehen, musterten die Wolken, knöpften ihre Regenmäntel zu und schickten sich an, nach Hause zu eilen. Andere verweilten, um Rosen, Eiskrem und Piroggen zu kaufen. Die Szene wirkte surrealistisch, weil sie so normal war. Arkadi fragte sich, ob der Staatsstreich womöglich in einer anderen Stadt stattfand.

Hinter dem Bahnhof waren Schuppen errichtet worden, in denen Kooperativen ihre Waren anboten. Er stellte sich vor einem Stand an, an dem es Gauloises, Rasierklingen, Pepsi und Dosen mit Ananas gab, und kaufte eine Flasche Mineralwasser sowie eine große, lavendelfarbene Spraydose, ein Deodorant mit dem Namen »Romantik«. Anschließend ging er in einen Trödelladen, der Uhren ohne Zeiger und Gabeln ohne Zinken verkaufte, und erstand zwei an Drahtschlaufen befestigte Schlüsselbunde. Er warf die Schlüssel fort und behielt die Drähte, die er mit dem Mineralwasser und dem Deodorant in die Segeltuchtasche stopfte.

Wieder im Wagen, kehrte Arkadi auf die Hauptverkehrsstraße zurück und folgte ihr, bis er das Motorrad vor dem Dynamo-Stadion eingeholt hatte. Der Verkehr war dichter geworden. Der Sadowoje-Ring wurde von einer Reihe gepanzerter Mannschaftswagen blockiert. Arkadi bog links ab und fuhr über eine Parallelstraße, um sich in der Fadajewa-Straße wieder einzufädeln. Erst roch er, dann sah er die schwarzen Auspuffschwaden der Panzer, die neben der Westmauer des Kreml auf dem Manege-Platz mit laufenden Motoren Stellung bezogen hatten. Als er die Twerskaja überquerte, warf er einen Blick auf den Roten Platz, der von Miliztruppen besetzt war.

Mit Stofftieren beladene Kunden strömten aus dem Kaufhaus »Kinderwelt«. Auf dem Bürgersteig boten Frauen Strümpfe und gebrauchte Schuhe zum Verkauf an. Ein Staatsstreich? Vielleicht in Burma, im dunkelsten Afrika, auf dem Mond – aber nicht hier. Die meisten Menschen waren zu erschöpft. Selbst wenn geschossen werden sollte, würden sie auch weiterhin anstehen. Sie waren wie Schlafwandler, und jetzt, bei Sonnenuntergang, wirkte Moskau wie der Mittelpunkt allen Schlafs.

Die Lubjanka auf der anderen Seite des Platzes schien ebenfalls zu schlafen. Doch hinter der Häuserreihe setzte sich eine Reihe von Lastwagen in Bewegung.

Arkadi fuhr auf seinen Hof, parkte den Schiguli zwischen den Wodkakisten neben der Kirche und öffnete das Tor zu einem schmalen Weg, der zu einem über dem Kanal gelegenen Vorsprung führte. Ritas Tasche in der Hand, betrat er den Hintereingang eines angrenzenden Wohnhauses und stieg die Treppe bis zum vierten Stockwerk hoch. Er blickte hinunter auf den Hof und das blaue Motorrad, das einen Häuserblock entfernt hinter einem Lieferwagen stand.

Er hatte Mitleid mit Minin. An jedem anderen Tag hätte er Wagen und Funkgeräte anfordern können. Was vor allem hatte ihn ausgezeichnet, seinen Assistenten? Ungeduld und der Wunsch, immer der Erste sein zu wollen. Minin stieg vom Motorrad, das Gesicht von Zweifeln zerfurcht. Der Fahrer folgte ihm und nahm seinen Helm ab, wobei sein langes, schwarzes Haar zum Vorschein kam. Es war Kim.

Arkadi verließ das Haus durch die Hintertür und überquerte eine von Unkraut überwachsene Fläche, die in einen schmalen Pfad mündete, über den er zwischen Werkstätten hindurch auf die Straße gelangte, in der das Motorrad stand. Vor seinem Haus stand Minin und drückte die Kodetasten neben der Tür.

Die Suzuki lehnte auf dem Seitenständer, das Vorderrad wies schräg zur Seite. Die blaue Plastikverkleidung, die die Maschine vom Scheinwerfer bis zur Bremsleuchte umhüllte, erschwerte den Zugang zu den Auspuffrohren. Arkadi legte sich flach auf den Boden und spürte, wie die lange Wunde auf seinem Rücken spannte. Die Auspuffrohre der Suzuki mündeten in ein einziges Endrohr. Als er die Wasserflasche schüttelte und die Rohre damit bespritzte, zischte das heiße Metall. Obwohl er die ganze Flasche verbrauchte, verbrannte er sich immer noch die Finger, als er schließlich zwischen die Rohre langte, die Drähte um sie zog und die Spraydose daran befestigte. Dennoch bemühte er sich, die Drähte gut festzuzurren. Jaak wäre stolz auf ihn gewesen.

Als Arkadi sich wieder aufrichtete, waren Minin und Kim verschwunden. Dann sah er, wie die Gardine an seinem Fenster zurückgeschoben wurde. Er wischte seine Hände an der Jacke ab, schulterte die Segeltuchtasche und folgte den beiden ins Haus.

Minin hatte sein Gesicht zu einem Grinsen verzogen. Er ließ Arkadi in die Wohnung und schloß die Tür, bevor er eine Stetschkin hinter dem Rücken hervorholte. Die Stetschkin war eine Maschinenpistole wie die Skorpion, aber nicht so häßlich. Tatsächlich war sie der am besten aussehende Teil Minins.

Das Kabinett hinter Arkadis Rücken öffnete sich, und Kim trat hervor. Sein Gesicht war flach wie ein Pfannkuchen, und er hielt eine Malysch in der Hand – dieselbe Waffe, die er getragen hatte, um einst Rudi zu beschützen. Er mußte sie unter seiner Lederjacke versteckt gehalten haben. Arkadi war durchaus beeindruckt. Es war, als werde er von einer Artillerieeinheit in Empfang genommen.

»Geben Sie mir die Tasche«, sagte Minin.

»Nein.«

»Geben Sie sie mir, oder ich schieße.«

Arkadi hielt die Tasche schützend vor seine Brust. »Das Bild ist Millionen von Dollar wert. Sie wollen es doch nicht durchlöchern. Es ist empfindlich. Ich brauche nur draufzufallen, und es ist hin. Wie wollen Sie das dem Oberstaatsanwalt erklären? Und noch eins: Ich will ja nicht Ihre Autorität untergraben, Minin, aber ich kann mir wirklich nichts Dümmeres vorstellen, als einen Mann zwischen zwei automatische Waffen zu plazieren.« Er fragte Kim: »Sie etwa?«

Kim trat einen Schritt zur Seite.

»Ich warne Sie zum letztenmal«, sagte Minin.

Arkadi preßte die Tasche noch fester gegen die Brust und öffnete den Kühlschrank. So etwas wie Moos hatte sich am Verschluß der Kefir-Flasche angesetzt. Er schloß die Tür, als der Geruch ihm in die Nase stieg.

»Ich bin neugierig, Minin. Wieso glauben Sie eigentlich, daß Sie mit diesem Bild der Partei helfen können?«

»Das Bild gehört der Partei.«

»Der gehört vieles. Wollen Sie jetzt abdrücken, oder nicht?«

Minin ließ die Waffe sinken. »Es spielt keine Rolle, ob ich Sie erschieße. Sie sind ohnehin längst ein toter Mann.«

»Sie arbeiten mit Kim zusammen. Ist die Vorstellung nicht etwas beängstigend für Sie, mit einem mordgierigen Irren durch die Gegend zu fahren?« Als Minin nicht antwortete, wandte Arkadi sich an Kim. »Und ist es Ihnen nicht unangenehm, mit einem Bullen gemeinsame Sache zu machen?« Kim lächelte, aber Minin kochte vor Wut. »Ich habe mich schon immer gefragt, Minin, was Sie eigentlich gegen mich haben.«

»Es ist Ihr Zynismus.«

»Mein Zynismus?«

»Wie Sie über die Partei denken.«

»Nun ja.« Minin hatte nicht ganz unrecht.

»Chefinspektor Renko, General Renkos Sohn. Ich hatte gedacht, Sie müßten ein Held sein. Daß es eine großartige Erfahrung für mich sein müßte, Schulter an Schulter mit Ihnen zusammenzuarbeiten, bis mir klar wurde, wie korrupt Sie sind.«

»Wieso?«

»Wir hatten die Aufgabe, gegen Kriminelle zu ermitteln, aber Sie haben die Ermittlungen gezielt so geführt, daß sie der Partei schadeten.«

»Es hat sich nun einmal so ergeben.«

»Ich habe versucht herauszufinden, ob Sie Geld von der Mafia nehmen.«

»Das habe ich nicht.«

»Nein. Sie sind so korrupt, daß Sie sich nichts aus Geld machen.«

»Das hat sich geändert«, sagte Arkadi. »Jetzt will ich Geld sehen. Rufen Sie Albow an.«

»Wer ist Albow?«

»Sonst verschwinde ich mit dem Bild, und Sie haben fünf Millionen Dollar verloren.«

Als Minin nicht reagierte, zuckte Arkadi mit den Schultern und wandte sich zur Tür.

»Warten Sie«, sagte Minin. Er ging zum Wandtelefon in der Diele, wählte und zog den Hörer bis zurück ins Wohnzimmer. Arkadi musterte die Bücher im Regal und zog Macbeth hervor. Die Pistole, die hinter dem Buch hätte liegen müssen, war weg.

Minin lächelte selbstgefällig. »Ich war hier, als Sie in Deutschland waren. Ich habe alles durchsucht.« Jemand hatte sich am anderen Ende der Leitung gemeldet. Minin erläuterte die Lage und sprach von Arkadis mangelnder Kooperationsbereitschaft. Er blickte auf. »Zeigen Sie mir das Bild.«

Arkadi zog das Bild aus der Tasche und entfernte einen Teil der Plastikumhüllung.

»Das muß ein Irrtum sein«, sagte Minin in den Hörer. »Es ist gar kein Bild, nur eine Leinwand. Rot angestrichen.« Er runzelte die Stirn. »Das ist es? Sind Sie sicher?« Er reichte Arkadi den Hörer. Arkadi nahm ihn, nachdem er das Bild wieder in die Tasche geschoben hatte.

»Arkadi?«

»Max«, sagte Arkadi, als hätten sie sich seit Jahren nicht gesprochen.

»Ich freue mich, Ihre Stimme zu hören. Schön, daß Sie das Bild mitgebracht haben. Wir haben mit Rita gesprochen. Sie war stocksauer und dachte, Sie wollten sie der deutschen Polizei übergeben. Sie hätten in Berlin bleiben können. Weshalb sind Sie zurückgekommen?«

»Man hätte mich ins Gefängnis gesteckt. Die Polizei hat mich gesucht, nicht Rita.«

»Das stimmt. Dafür hat Borja gesorgt. Ich bin sicher, daß auch die Tschetschenen gerne wüßten, wo Sie sind. Klug von Ihnen zurückzukommen.«

»Wo sind Sie?« fragte Arkadi.

»Wie die Lage nun mal ist«, sagte Max, »möchte ich das nicht unbedingt hinaustrompeten. Offen gestanden, mache ich mir Sorgen um Rodionow und seine Freunde. Ich hoffe, sie sind entschlossen genug, diese Geschichte so schnell wie möglich zu beenden, denn je länger sie warten, desto mehr Blut wird fließen. Ihr Vater hätte die Besetzer des Weißen Hauses längst zusammenschießen lassen, oder?«

»Ja.«

»Wenn ich richtig verstanden habe, wollen Sie etwas für das Bild haben. Was?«

»Ein British-Airways-Ticket nach London und fünfzigtausend Dollar.«

»So viele Leute wollen die Stadt verlassen. Ich kann Ihnen jeden Betrag in Rubeln geben, aber ausländische Währung ist knapp im Augenblick.«

»Ich gebe den Hörer zurück an Minin.«

Nachdem er Minin den Hörer übergeben hatte, nahm Arkadi ein Brotmesser aus einer der Schubladen. Alles, was er tat, wurde von Minin an Max weitergegeben. Arkadi öffnete das Fenster, zog das in Kunststoffolie eingeschlagene Bild aus der Tasche und begann es langsam zu zersägen.

»Warten Sie«, sagte Minin und reichte Arkadi abermals den Hörer.

Max lachte. »Ich verstehe. Sie haben gewonnen.«

»Wo sind Sie?«

»Minin wird Sie zu mir bringen.«

»Er kann vor mir herfahren. Ich habe einen Wagen.«

»Lassen Sie mich noch einmal mit ihm sprechen«, sagte Max.

Minin lauschte wütend und trug dann den Hörer zurück in die Diele. »Sie brauchen mich nicht zu ihm zu bringen«, sagte Arkadi. »Sagen Sie mir nur, wo er ist.«

»Heute abend wird ein Ausgangsverbot verhängt. Es ist besser, wenn wir zusammen fahren – falls es Straßensperren gibt.«

Kim lächelte breit. »Beeilen Sie sich. Ich will so schnell wie möglich zurück und das Mädchen auf dem Roller finden.« Es war das erste Mal, daß er den Mund aufmachte, und was er sagte, war nicht das, was Arkadi hören wollte.

»Wir haben Polina gesehen«, sagte Minin. Sein Ton war sachlich, aber er konnte eine gewisse Befriedigung nicht verbergen. »Sie sehen beschissen aus, ganz so, als ob man Sie übel in die Mangel genommen hätte. Man hat Sie wohl nicht allzu gut behandelt in Deutschland.«

»Reisen ist anstrengend«, sagte Arkadi. Während er die Griffe der Tasche von einer Hand in die andere gleiten ließ, zog er sein schmutziges Jackett aus. Sein Hemdrücken war schwarz von getrocknetem Blut und rot von frischem. Kim sog hörbar die Luft ein. Arkadi nahm ein zerknittertes, aber saubereres Jackett aus dem Schrank. Es war dasselbe, das er auf der Beerdigung getragen hatte. Er griff in die Seitentasche und zog sein Erbstück hervor, den Revolver seines Vaters, die Nagant. Er steckte einen Arm durch den Griff der Segeltuchtasche, öffnete die Trommel und lud sie mit vier Patronen, dick wie Silbernuggets. »Wie oft hab ich es Ihnen schon gesagt, Minin? Durchsuchen Sie nicht nur die Schränke, durchsuchen Sie auch die Kleidungsstücke.«

Minin und Arkadi warteten auf dem Hof, während Kim zu seinem Motorrad ging. Der Himmel war dunkel. Das Licht der Straßenlaternen ließ das Blau der Kirche im leichten Regen noch blauer erscheinen und überzog die Fenster des Hauses mit einem pastellfarbenen Film.

Arkadi fragte sich, ob der Hypnotiseur heute wieder im Fernsehen auftreten würde. Er sagte: »Ich habe eine Nachbarin, die meine Post für mich aus dem Briefkasten nimmt und meinen Kühlschrank mit Lebensmitteln versorgt. Ich habe keine Post gesehen, und der Kühlschrank war leer.«

»Vielleicht wußte sie, daß Sie fort waren.«

Arkadi ging nicht auf die Bemerkung ein, mit der Minin sich ungewollt verraten hatte. »Sie wohnte unter mir«, sagte er. »Sie hat immer gehört, wenn ich in der Wohnung umherging. Wahrscheinlich hat sie auch Sie gehört.«

Minins Gesicht war unter dem Schatten seiner Hutkrempe nur undeutlich zu erkennen.

»Warum sagen Sie nicht einfach, daß es Ihnen leid tut?« fragte Arkadi. »Sie hatte ein schwaches Herz. Vielleicht wollten Sie sie gar nicht erschrecken.«

»Sie ist mir in die Quere gekommen.«

»Verzeihung?«

»Sie ist zu weit gegangen. Sie wußte, daß sie krank war. Ich wußte es nicht. Ich übernehme keine Verantwortung für die Folgen ihrer Handlungsweise.«

»Sie meinen, daß es Ihnen leid tut?«

Minin legte den Lauf der Stetschkin auf die Segeltuchtasche über Arkadis Herz. »Ich meine, daß Sie endlich den Mund halten sollen.«

»Fühlen Sie sich ausgeschlossen?« fragte Arkadi. »Denken Sie, daß ich Sie abhalte, Wichtigeres zu tun? Daß eine Revolution im Gange ist, ohne daß wir dabei sind, Sie und ich?«

Minin versuchte, still zu sein, aber dann sagte er: »Ich werde da sein, wenn es wirklich losgeht.«

Kim traf mit dem Motorrad ein und folgte ihnen zu Arkadis

Schiguli. Als sie ihn erreicht hatten, nahm Minin auf dem Beifahrersitz Platz. »Ich laß Sie nicht wieder entwischen. Und auf keinen Fall werde ich noch mal mit diesem Irren fahren.«

Arkadi überlegte. Er war auf Minin angewiesen, wenn er Albow finden wollte. Außerdem hatte er bereits alles aus ihm herausgeholt, was er wissen wollte. »Nehmen Sie die Maschinenpistole in die linke Hand«, sagte er.

Als Minin seiner Aufforderung folgte, langte Arkadi zu ihm hinüber und sicherte die Stetschkin. Er sagte: »Lassen Sie die Hand dort, wo ich sie sehen kann.«

Arkadi stellte die Segeltuchtasche neben seinem linken Fuß ab und legte die Nagant auf seinen Schoß.

Sie bogen in die Twerskaja ein. Kim fuhr ihnen auf der mittleren Spur voran. Der Regen hatte die meisten Passanten von den Bürgersteigen vertrieben. Auf dem Puschkin-Platz hatte sich eine Menschenmenge versammelt, die sich anschickte, mit Fahnen in Richtung Parlamentsgebäude zu marschieren. Die meisten in der Menge waren Jugendliche, aber Arkadi sah auch viele, die so alt wie er oder sogar älter waren, Männer und Frauen, die zur Zeit Chruschtschows noch Kinder gewesen waren, die kurzen Segnungen der Reformen erlebt, aber nichts gesagt hatten, als die sowjetischen Panzer durch die Straßen von Prag gerollt waren, und seitdem in Scham lebten. Darin bestand das Wesen der Kollaboration. Schweigen. Sie trugen Wollmützen auf den gelichteten Haaren, aber auf geheimnisvolle Weise hatten sie ihre Stimmen wiedergefunden.

Auf dem Majakowski-Platz staute sich der Verkehr, da eine Panzerkolonne über den Sadowaje-Ring ebenfalls in Richtung Parlamentsgebäude rollte.

»Die Taman-Division«, sagte Minin bewundernd. »Das sind die härtesten. Die machen platt, was sich ihnen auf dem Weg zum Parlament entgegenstellt.«

Aber Moskau war eine so große Bühne, daß die meisten Menschen immer noch nichts von dem Staatsstreich zu bemerken schienen. Liebespaare gingen Hand in Hand ins Kino. Ein Kiosk öffnete seine Läden, und trotz des Regens bildete sich sofort eine Schlange.

Der Asphalt schimmerte im Licht der Scheinwerfer. Die Twerskaja ging über in den Leningrad-Prospekt, der seinerseits zur Leningrader Chaussee wurde. Kim raste ihnen voran. Bei dieser Geschwindigkeit hatte Arkadi wenigstens nicht zu befürchten, daß Minin auf ihn schoß. »Wir nehmen die Straße zum Flughafen?« sagte er.

Minin sagte: »Sie verlieren den Anschluß. Ich möchte das Feuerwerk nicht verpassen.«

Am Tschimki-See wurde es plötzlich ruhiger, Stille im Großstadtverkehr, die Monotonie des auf die Wasserfläche tropfenden Regens. Eine Reihe abgeblendeter Scheinwerfer tauchte vor ihnen auf – weitere, mit Schrittgeschwindigkeit fahrende Panzer. Dahinter der Dunst der Ringstraße.

Das Motorrad begann, Funken hinter sich herzuziehen. Die Dose, die Arkadi am Auspuff befestigt hatte, enthielt ein Drittel dicht komprimiertes Propangas. Wenn es sich entzündete, wirkte es wie eine Lötlampe. Flammen schlugen an der Plastikverkleidung hoch, schlugen durch die Auslaßöffnungen und über das Hinterrad, als ob sie es wären, die die Suzuki antrieben. Arkadi sah, wie Kim in den Rückspiegel sah, wo er die Flammen zuerst erblickt haben mußte, dann von einer Seite zur anderen und schließlich hinunter, wo die ganze Plastikverkleidung in Brand geraten war, rund um seine Beine und Stiefel. Das Motorrad schwankte von einer Straßenseite zur anderen. Das muß ein Impuls sein, dachte Arkadi, das Feuer zu löschen. Obwohl die Straße einen Ausläufer des Sees überquerte und es keinen Platz zum Abbiegen gab, steuerte Kim auf die Seitenbegrenzung zu.

»Halten Sie! Halten Sie den Wagen an!« Minin drückte Arkadi den Lauf der Maschinenpistole an den Kopf.

Das Motorrad kollidierte mit der Seitenführung und überschlug sich wie ein rollender Feuerball. Kim blieb zunächst auf der Maschine sitzen, dann drehte sich die Suzuki um sich selbst und schleuderte seinen Helm aus den Flammen. Als Arkadi den Wagen beschleunigte, betätigte Minin den Abzug. Die Stetschkin feuerte nicht. Minin erinnerte sich, daß die Waffe gesichert war, und versuchte, sie zu entsichern, aber Arkadi hob die Nagant und zielte auf ihn.

»Raus hier.« Er verlangsamte auf fünfzehn Stundenkilometer, schnell genug, um Minin die Beine unter dem Leib wegzureißen, wenn er landete.

Arkadi beugte sich zur Seite, öffnete die Beifahrertür und gab Minin einen Stoß. Minin sprang beherzt hinter der aufschwingenden Tür her und klammerte sich von außen an ihr fest. Er zerschlug die Scheibe mit seiner Stetschkin, fand mit seinem Ellbogen Halt und zielte. Arkadi trat auf die Bremse. Minins Schüsse ließen die Scheibe hinter Arkadi bersten. Die Tür schwang zurück, und Minins Hut flog davon. Das Motorrad brannte weit hinter ihnen. Vor ihnen tauchten die Warnlampen der Ringstraßen-Überführung auf. Arkadi stieß die Tür mit dem rechten Fuß erneut auf, während er mit dem linken Gas gab. Minins Gewicht und der Luftwiderstand drückten die Tür wieder zu. Minin begann zu feuern, zerschoß das Rück- und die Seitenfenster, während Arkadi den Wagen auf den Seitenstreifen lenkte und einen Pfeiler der Überführung schrammte.

Die Dunkelheit unter der Brücke war erstaunlich ruhig. Als der Schiguli auf der anderen Seite wieder zum Vorschein kam, hing die Beifahrertür wie ein zerbrochener Flügel in den Scharnieren, und Minin war nicht mehr zu sehen.

Arkadi hatte keinen Führer mehr, aber er wußte jetzt, daß er an einen Ort zurückkehren würde, den er kannte. Er wischte die Glassplitter von der Tasche. Luft zog durch die offene Tür und die zerborstenen Scheiben.

Russische Wagen werden so entwickelt, daß sie immer weniger Extras benötigen, dachte Arkadi.

Sein Schiguli war das neueste Modell.

38

Als Arkadi das erste Mal durch das Dorf gekommen war, hatten Frauen an der Straße Blumen verkauft. Heute abend taten sie es nicht. Das Dorf schien verlassen, die Fenster waren dunkel, als versuchten selbst die Häuser, sich zu verstecken. Sonnenblumen nickten im Regen. Eine Kuh, durch die Scheinwerfer aufgeschreckt, rannte aus einem Garten.

Auf der Straße hatte sich Regenwasser in den Fahrrillen gesammelt. Panzer hatten die Erde in Matsch verwandelt, und wo sie zu zweit nebeneinander gefahren waren, hatten sie Zäune und Obstbäume überrollt. Der Schiguli war ein Wagen mit Vorderradantrieb, und als Arkadi in den zweiten Gang zurückschaltete, hatte er das Gefühl, ein Motorboot zu lenken.

Die Felder am anderen Ende des Dorfes waren flacher, und die Straße verlief gerader, dennoch war sie jetzt schwieriger zu befahren. Einen halben Kilometer weiter waren die Bankette auf der rechten Straßenseite von Fahrspuren durchfurcht, die aus dem Feld kamen. Die aufgeworfene Erde zeugte davon, wie sich die Panzer auf die Fahrbahn manövriert und eine Kette gestoppt hatten, um mit der anderen die Richtung zu ändern. Es muß wie eine Militärparade ausgesehen haben, dachte Arkadi, abgesehen davon, daß die Panzer aus einem Kartoffelfeld gekommen waren und wohl kaum Zuschauer gehabt hatten.

Der Rest des Weges wies keine Unebenheiten mehr auf, so daß Arkadi das Abblendlicht einschalten konnte. Felder erstreckten sich zu beiden Seiten in Streifen von Grau und Schwarz, und im Regen sah die Straße aus wie ein Damm zwischen zwei Wasserflächen.

Diesmal gab es kein Feuer, das ihn leitete, und als er zwischen den Pferchen in den Hof des Lenin-Pfad-Kollektivs einbog, sah er die rostenden Traktoren und Mähdrescher, die immer noch wie Theaterrequisiten auf ihre Bestimmung zu warten schienen, die Garage, in der er General Penjagins Wagen gefunden hatte, das Schlachthaus und den Schuppen mit den aufgestapelten Kartons. Die Kalkgrube in der Mitte des Hofes, in der er Jaak und Penjagin entdeckt hatte, war vom Regen angeschwollen.

Arkadi stieg aus, steckte seinen Revolver unter der Jacke in den Gürtel und hielt die Segeltuchtasche in Brusthöhe. Bei jedem Schritt drang eine milchige Mischung aus Regenwasser und Kalk in seine Schuhe.

Am anderen Ende des Hofes, hinter der Scheune und dem

Schuppen, leuchteten Scheinwerfer. Als er näher kam, sah er, daß der Wagen ein Mercedes war und daß die Scheinwerfer auf eine Gestalt gerichtet waren, die aus einem der Befehlsbunker stieg – demjenigen, der bei seinem letzten Besuch noch verschlossen gewesen war. Borja schwankte unter dem Gewicht einer flachen, rechteckigen Holzkiste. Seine Schuhe waren lehmbedeckt, und auch sein Kamelhaarmantel war von oben bis unten bespritzt. Er hob die Kiste auf den Lastwagen, an dem Jaak schon sein Kurzwellenradio gekauft hatte.

Max stand auf der Ladefläche des Lasters und schob die Kiste vor ein paar andere. »Sie hätten uns beinahe verpaßt», rief er Arkadi zu. »Wir sind gleich fertig.«

Borja schien weniger erfreut zu sein. Er war durchnäßt, und sein Haar klebte ihm auf der Stirn, als hätte er ein ganzes Spiel bei schlechtem Wetter im Fußballtor gestanden. Er sah an Arkadi vorbei. »Wo ist Kim?«

»Kim und Minin hatten Probleme mit der Straße«, sagte Arkadi.

»Ich glaube nicht, daß wir sie vermissen werden«, sagte Max. »Ich wußte, daß Sie kommen würden.«

»Da ist noch mehr.« Borja warf Max und Arkadi einen mißbilligenden Blick zu und stapfte zurück in den Bunker. Die Kiste, die er gerade aufgeladen hatte, trug verblichene Stempel: »Muster ohne Wert« und »Geheimmaterial für das Archiv des Innenministeriums der UdSSR.«

»Wie geht's Irina?«

»Sie ist glücklich.«

»Was ich vergessen hatte, war Irinas Vorliebe für Märtyrer. Wie hätte sie Ihnen widerstehen können?« Max wurde ernst. »Ich hatte keine Gelegenheit mehr, mich in Berlin von ihr zu verabschieden, weil Borja ausgesprochen in Eile war. Er ist so unromantisch. Einmal ein Zuhälter, immer ein Zuhälter. Er hat immer noch nichts als seine Huren und Spielautomaten im Kopf. Er will sich ja ändern, aber sein krimineller Geist ist ziemlich beschränkt. Russen ändern sich nicht.«

»Wo ist Rodionow?« fragte Arkadi.

»Er stimmt seine Beamten auf die Linie des Notstandskomitees ein. Das Komitee ist ein solcher Haufen von Parteibonzen und Alkoholikern, daß Rodionow im Vergleich zu ihnen geradezu strahlend erscheint. Natürlich wird das Komitee siegen, da sich die Menschen immer der Knute beugen. Dabei ist dieser Staatsstreich so unnötig. Jeder könnte reich sein. Und jetzt geht's zurück zum System der Erbsenzähler.«

Arkadi wies auf die Kisten. »Das sind keine Erbsen. Warum transportieren Sie sie ab, wenn das Komitee ohnehin siegen wird?«

»Für den völlig unwahrscheinlichen Fall, daß der Angriff fehlschlägt, wird man den Weg der Panzer sehr schnell zurückverfolgen. Und sobald sie einmal hier sind, finden sie die Bunker, und wir würden alles verlieren.«

Arkadi blickte in die Richtung, in die Borja gegangen war. »Ich würde mir die Sache gerne einmal ansehen.«

»Warum nicht?« Max sprang bereitwillig vom Wagen.

Das Innere des Bunkers war eng, für etwa zehn bis zwölf Leute gebaut, die in ihm den nuklearen Holocaust aussitzen sollten, wie Affen rund um einen Generator hockend und durch Funkbefehle Truppen lenkend. Der wie ein Trabi hämmernde Generator erzeugte das Licht für die Notbeleuchtung. Borja schlug ein Gemälde in ein Wachstuch ein.

»Wenig Platz hier«, sagte Max. »Wir mußten die Strahlenmeßgeräte rausschaffen. Sie haben sowieso nicht mehr funktioniert.«

Er richtete seine Taschenlampe auf die Bilder. Einige waren bereits in Kisten verpackt, die meister aber noch nicht, und der Strahl fiel auf eine von Matjuschin bemalte Leinwand, die Farben frisch und leuchtend wie am Tag, als er sie aufgetragen hatte. Dann wanderte der Strahl über eine Palme von Sarian, Schwäne von Wrubel, berstende Sonnen von Iuon und eine am Himmel schwebende Kuh Chagalls. Eine mit Lineal und Zirkel konstruierte Komposition Lissitzkis wurde halb von erotischen Skizzen Annenkows verdeckt. Über einem Popowa-Kaleidoskop breitete ein Huhn Kandinskys seine Flügel aus, eine Masse wirbelnder Federn. Arkadi hatte das Gefühl, einen Stollen betreten zu haben, dessen Adern aus Bildern statt aus Gold bestanden, einen Stollen, in dem die menschliche Kultur begraben lag.

Max' Augen leuchteten. »Das hier ist die größte Sammlung russischer Avantgarde außerhalb der Tretjakow-Galerie. Natürlich wußten die Leute vom Ministerium nie, was sie da eigentlich konfiszierten, denn Milizionäre haben nun mal keinen Geschmack. Aber die Leute, die sie beraubten, die wußten es, und darauf kommt es an, oder? Zunächst einmal wurden während der Revolution sämtliche Privatsammlungen beschlagnahmt, wobei die Revolutionäre die revolutionärsten Bilder für sich selbst haben wollten. Dann räumte Stalin unter seinen alten Freunden auf, und die Miliz brachte die zweite Ernte großer Kunst ein. Und erntete weiter, bis in die Zeit Chruschtschows und Breschnews hinein. So werden große Sammlungen aufgebaut. Aber vergessen wir Rodionow nicht: Als er damit beauftragt wurde, das Archiv des Ministeriums zu säubern, entdeckte er das Rote Quadrat und fand auch diesen Bunker – alles große Kunst, allerdings nicht von dem Wert wie das Rote Quadrat. Und er begriff, daß er jemanden brauchte, um das Bild außer Landes zu schaffen und es legal auf den Markt zu bringen. Sie haben es bei sich?«

»Ja. Haben Sie das Geld und das Flugticket?«

Borja sah ihn mit dem erfahrenen Blick eines Mannes an, der weiß, wie kompliziert Geschäftsabschlüsse sein können. »Es ist zu eng hier. Wir brauchen mehr Platz.«

Max ging ihnen auf dem Weg zum Schlachthaus voran. Der Strahl der Taschenlampe fiel auf Hackblöcke, Fleischwölfe und hüfthohe Talgtöpfe. Das Schwein hing noch an seinem Haken, den Geruch von Sumpfgas ausströmend.

Max bot Zigaretten an. »Es überrascht mich nicht, Sie hier zu sehen. Allerdings fällt es mir schwer zu glauben, daß Sie bereit sind, sich mit uns zu arrangieren.«

»Aber ich bin hier und habe auch das Bild dabei«, sagte Arkadi.

»So scheint es – nur halte ich fünfzigtausend Dollar für zuviel, wenn man bedenkt, daß es niemanden gibt, dem Sie es sonst noch verkaufen könnten. Sie haben weder ein Echtheitszeugnis noch die Knauer-Kiste.«

»Sie haben sich einverstanden erklärt.«

»Es ist gerade heute außerordentlich schwer, soviel Geld zusammenzubringen«, sagte Max.

Borja starrte hinaus in den Regen. »Nun nehmen Sie es schon«, sagte er.

»Sie haben es immer so eilig«, sagte Max. »Das läßt sich unter vernünftigen Leuten doch alles regeln.«

»Was geht da eigentlich vor zwischen euch beiden?« fragte Borja. »Ich verstehe es nicht.«

»Renko und ich haben eine besonders enge Beziehung. Wir sind praktisch Partner.«

»Wie gestern abend in Berlin? Als Sie aus der Wohnung kamen, sagten Sie, daß Renko und die Frau nicht da wären. Ich hätte selbst raufgehen sollen. Jetzt, wo ich drüber nachdenke, habe ich die ganze Arbeit gehabt.«

»Vergessen Sie Rita nicht«, erinnerte Arkadi ihn. »Sie muß Rudi ziemlich eingewickelt haben.«

Borja zuckte mit den Schultern und lächelte. »Rudi wollte mit uns ins Geschäft kommen, und wir haben nicht nein gesagt. Er dachte, daß jemand mit einem fabelhaften Gemälde aus München kommen würde, dessen Echtheitszeugnis er beschaffen sollte. Er begriff nicht, wer Rita war, da er nicht gerade ein ausschweifendes Sexleben führte.«

»Im Gegensatz zu Borja«, sagte Max. »Manch einer würde ihn wahllos nennen. Zumindest ist er ein Bigamist.«

»Also hat Rita ihm ein Bild gebracht«, sagte Borja. »Max selbst hat es gemalt, einer seiner ›Tricks‹, wie im Kino.«

»Und Kim hat eine unglaublich primitive Bombe in den Wagen gelegt, da Borja verlangte, daß alles in Flammen aufging«, sagte Max.

»Kim kann so was aus Blut machen.«

»Borja mit seinen Ideen«, sagte Max. »Rita und Kim. Mit der TransKom hatten wir eine Firma, die sich zu einem echten multinationalen Unternehmen hätte ausweiten lassen, wenn er nur seine Finger von den Spielautomaten und Nutten gelassen hätte. Es ist genau das gleiche wie mit diesem Notstandskomitee. Sie könnten alle Millionäre sein, aber ihnen scheint einfach nicht möglich, die kleinste Reform zu dulden. Es ist, als ob man einen Partner im letzten Stadium der Syphilis hat, wenn sie das Gehirn angreift. Jetzt retten wir nur noch, was zu retten ist.«

»Ich hatte einen Freund namens Jaak, einen Kollegen. Ich habe ihn hier tot aufgefunden. Was ist passiert?« fragte Arkadi.

»Ein unglückliches Zusammentreffen verschiedener Umstände«, sagte Borja. »Er stieß auf Penjagin. Der General prüfte die Kommunikationssysteme im anderen Bunker, und Ihr Kollege fragte ihn, was es mit den Panzern und Fußtruppen auf sich habe, die hier Aufstellung genommen hatten. Er dachte, es würde wieder so was wie in Estland passieren. Er wollte nach Moskau zurück und Alarm schlagen. Glücklicherweise war ich in der Nähe. Ich habe gerade eine Lieferung Kassettenrekorder im Schuppen kontrolliert und ihn erledigt, bevor er in den Wagen steigen konnte. Nur war dann Penjagin völlig durcheinander.«

»Borja schätzt es nicht, wenn ihm jemand von oben in die Quere kommt«, sagte Max.

»Penjagin war General. Man hätte doch meinen sollen, daß er schon mal eine Leiche gesehen hatte«, sagte Borja.

»Er war ein Bürohengst«, sagte Arkadi.

»Vermutlich. Jedenfalls sollte Minin die Ermittlungen übernehmen, aber Sie tauchten zuerst auf.« Borja schaute auf die Kalkgrube. Wie ein Mann, der seinem eigenen Glück nicht glauben kann, sagte er: »Erstaunlich, daß Sie zurückgekommen sind.«

»Wo ist Irina?« fragte Max.

»In München«, log Arkadi.

»Ich werde Ihnen sagen, wo sie ist«, sagte Max. »Ich fürchte, sie ist mit Ihnen zurückgekommen und zum Weißen Haus gefahren, wo sie mit größter Wahrscheinlichkeit erschossen wird. Das Komitee mag ein Haufen unfähiger Parteibonzen sein, aber das Militär weiß, was es zu tun hat.«

»Wann soll der Angriff stattfinden?« fragte Arkadi.

»Um drei Uhr früh«, sagte Max. »Sie werden Panzer einsetzen. Es wird ein Blutbad geben, und selbst, wenn sie wollten, könnten sie die Reporter nicht ungeschoren davonkommen lassen. Wissen Sie, es wäre wirklich eine Ironie des Schicksals, wenn ich diesmal Irina retten würde.« Max schwieg einen Augenblick. »Irina ist hier. Geben Sie's schon zu. Sie hätte Sie nie allein zurückgehen lassen.«

Seltsamerweise konnte Arkadi es nicht leugnen, obwohl eine Lüge seine Lage erleichtert hätte.

»Wissen Sie jetzt, was Sie wissen wollten?« fragte Borja. Max nickte. »Zeigen Sie uns das Bild.« Er riß Arkadi die Segeltuchtasche aus der Hand und öffnete sie, während Max mit der Taschenlampe leuchtete. »Genau, wie Rita es uns gesagt hat.«

Max zog das Bild heraus. »Es ist schwer«.

Borja protestierte: »Es *ist* das Gemälde.«

Max wickelte es aus der Verpackung. »Es ist Holz, keine Leinwand, und es hat die falsche Farbe.«

»Es ist rot«, meinte Borja.

»Das ist aber auch schon alles«, sagte Max.

Das Gemälde erinnerte Arkadi an einige der gelungeneren Werke Polinas – ein leuchtendes Purpurrot, mit kräftigen Pinselstrichen aufgetragen.

»Ich glaube, es ist eine Fälschung. Was meinen Sie?« Max richtete die Taschenlampe direkt auf Arkadis Augen.

Borja trat Arkadi gegen die Kniescheibe, so daß er sein Gleichgewicht verlor, ein zweiter Fußtritt traf ihn an der Brust. Arkadi rollte sich in die schützende Dunkelheit. Auf der Seite liegend, nestelte er die Nagant aus dem Gürtel. Rascher als er hatte aber Borja schon eine Pistole gezogen und feuerte, Arkadi mit einem Hagel von Zementsplittern eindeckend.

Arkadi schoß. Max hatte in der Dunkelheit hinter der Taschenlampe gestanden, jetzt hielt er eine weißglühende Tafel in der Hand, hell genug, um das ganze Schlachthaus zu erleuchten. Polinas Bild war in Flammen aufgegangen, als die Kugel es durchschlagen hatte, und Borja blinzelte, vom grellen Licht geblendet. Als er begriff, was geschehen war, zielte er abermals auf Arkadi und feuerte wild vier Schüsse ab.

Arkadi schoß, und Borja fiel auf die Knie, in die weichen Falten seines Mantels. Auf seiner Brust begann sich eine helle Rosette abzuzeichnen. Arkadi feuerte ein zweites Mal. Borja schwankte, richtete sich auf und schirmte seine Augen ab, die wild zuckten. Er fiel vor auf die Hände, immer noch seine Pistole umklammernd, und versuchte, in der ihn umkreisenden Welt einen Halt zu finden. Sein Kopf rollte von einer Seite zur anderen, dann schlug er in voller Länge auf dem Boden auf, als wollte er einen Elfmeter abwehren.

Das weiß phosphoreszierende Bild auf dem Boden erzeugte schwarzen Rauch, der in übelriechenden Schwaden zur Dekke stieg. Max' Ärmel hatte Feuer gefangen. Einen Augenblick stand er im Türrahmen, ein an einer Taschenlampe befestigter Mann. Dann rannte er fort in die Dunkelheit.

Der sich im Raum ausbreitende Rauch ließ Arkadis Augen tränen. Flammen liefen über die Blutrillen auf dem Boden. Er fühlte Stiche in der Brust, war aber nicht ernsthaft verletzt. Borjas Fußtritt schien sein Knie in einen neuen Winkel versetzt zu haben, und seine Beine waren wie taub. Er kroch über den Boden, um seine Jacke und Borjas Waffe aufzuheben, eine kleine TK-Pistole, die allerdings leer war. Er zog sich an der Tür hoch, taumelte nach draußen und lehnte sich, steif wie eine Leiter, gegen die Wand, bis er seine Beine wieder spürte.

Abgesehen vom Feuerschein aus dem Schlachthaus und den Scheinwerfern des Wagens war der Hof tiefschwarz. Die Oberfläche der Kalkgrube schien zu brodeln, aber es mochte der prasselnde Regen sein, der diesen Eindruck hervorrief. Von Max war nichts zu sehen, nicht einmal Rauch.

Der Mercedes blendete seine Scheinwerfer voll auf, und Arkadis Schatten sprang über die Grube. Er trat einen Schritt zurück und feuerte die letzte Patrone der Nagant ab, obgleich seine Augen so geblendet waren, daß er kaum seine Hand, geschweige denn den Wagen sehen konnte. Die Scheinwerfer schwenkten zur Seite, wanderten über den Hof und erfaßten die Straße, die durch die Pferche zum Dorf führte. Die Rücklichter tanzten von Pfosten zu Pfosten, bis sie in der Ferne verschwanden.

Mehr auf einem als auf zwei Füßen humpelte Arkadi zum Lastwagen. Sein Knie begann anzuschwellen. Als er sein Hemd aufknöpfte, sah er, daß sein Bauch mit Zementsplittern übersät war. Er wünschte, er hätte eine Zigarette. Er hatte schon oft in seinem Leben das Bedürfnis nach einer Zigarette gehabt, aber noch nie so stark wie in diesem Moment.

Er knöpfte das Hemd wieder zu und zog seine Jacke an, dann nahm er den Zündschlüssel des Lasters an sich und schleppte sich zum Bunker, um die Tür zu schließen.

Im letzten Widerschein des Feuers humpelte Arkadi über den Hof zu seinem Schiguli. Der Wagen sah mit seinen gähnenden Fenstern und den verbeulten Kotflügeln wie abgewrackt aus. Max hatte ihm gegenüber einen beträchtlichen Vorsprung, aber ein Schiguli war für russische Straßen wie geschaffen.

39

Das Radio empfing keinen Sender. Arkadi hatte das Gefühl, quer durch die Antarktis zu fahren.

Nur hätte er in der Antarktis mehr gesehen. Schnee reflektierte das Licht der Scheinwerfer, Kartoffelfelder schluckten es. Der Mensch braucht nicht nach schwarzen Löchern im Universum zu suchen, solange es Kartoffelfelder gibt.

Als er die Hauptstraße erreicht hatte, war sein Knie so steif, daß er nicht mehr wußte, ob er das Getriebe ein- oder ausgekuppelt hatte.

Die Ringstraße war eine Kette von Lichtern. Über der Stadt tupften Leuchtspurgeschoße den Himmel. Er versuchte erneut, einen Sender hereinzubekommen. Tschaikowski. Und eine Warnung, daß die Ausgangssperre in Kraft getreten war. Arkadi drehte das Radio ab. Die durch die zerbrochenen Scheiben strömende Luft gab ihm das Gefühl, wieder auf der Erde zu sein.

Auf der Leningrader Chaussee standen gepanzerte Mannschaftswagen. Fußgänger wurden aufgehalten, Autos durften jedoch ungehindert passieren, so daß die Bürgersteige leer waren. Auf weiten Strecken waren die Straßen nur wenig befahren, dann tauchten Militärfahrzeuge auf, die sich langsam im Kreis zu bewegen schienen. Der Schiguli mit seiner aus den

Scharnieren hängenden Tür zog keinerlei Aufmerksamkeit auf sich. Gerade in einer solchen Nacht schien Moskau eine Reihe konzentrischer Ringe zu sein, deren Lichter sich wie Sphären um einen leeren Raum schlossen.

Metro und Busse hatten ihren Betrieb eingestellt, und immer wieder begannen Menschen aus der Dunkelheit aufzutauchen, einzeln oder in Gruppen von zehn oder zwanzig, alle nach Süden strebend. Während es an einer Straßenecke überhaupt kein Militär gab, trat es an der nächsten massiert auf. Im Presnaja-Distrikt war die Begowaja-Straße von Panzern versperrt, deren laufende Motoren in tiefe Gedanken versunken zu sein schienen. Reguläre Miliz war nicht zu sehen.

Arkadi stellte den Wagen ab und mischte sich unter die Fußgänger. Männer und Frauen strömten zum Fluß. Einige kannten sich und begrüßten sich mit leisem Murmeln, doch die meisten waren still, als brauchten sie all ihre Kraft zum Gehen und als genügte der im Regen sich niederschlagende Atem, um miteinander zu kommunizieren. Niemand schien Arkadis blutiges Hemd zu bemerken. Zu seiner Erleichterung konnte er sein Knie jetzt wieder besser bewegen.

Arkadi ließ sich mit der Menge treiben. Sie bewegte sich immer schneller voran, und schließlich fand er sich mit den anderen eine Straße hinunterlaufend, die am anderen Ende von dicht zusammenstehenden Armeelastwagen blockiert wurde. Aber die Segeltuchplane eines der Lastwagen wurde zurückgezogen, und die Menschen halfen einander, auf die Ladefläche zu steigen.

Hinter den Lastwagen beschrieb die breite Uferstraße einen Bogen zwischen dem Fluß und dem Weißen Haus. Es war ein relativ neues Gebäude, ein vierstöckiger Marmorblock mit zwei Flügeln, vor denen sich Tausende von Menschen mit brennenden Kerzen in den Händen versammelt hatten. Arkadis Gruppe zog im Gänsemarsch zwischen den als Barrikade abgestellten Bussen und Bulldozern hindurch.

Unterwegs fing er alle möglichen Gerüchte auf. Auf dem Roten Platz seien Panzer aufgefahren, um über den Kalinin-Prospekt zum Weißen Haus vorzurücken. Die Truppen der Aufrührer hätten vor dem Bolschoi Stellung bezogen. Das Komitee schaffe mit Schuten Gaskanister ans Ufer. Sonderkommandos hätten Tunnel zum Weißen Haus gefunden. Hubschrauber würden auf dem Dach landen. KGB-Agenten im Gebäude würden die Verteidiger auf ein Zeichen hin mit Maschinengewehren niedermähen. Es würde wie in China und Rumänien werden, nur schlimmer.

Die Menschen wärmten sich an kleinen Feuern und altarähnlichen Ansammlungen von Votivkerzen. Diese Menschen waren ihr Leben lang nur zu Demonstrationen gegangen, wenn sie von der Partei dazu aufgefordert worden waren. Diesmal jedoch waren sie freiwillig gekommen.

Es gab nicht allzu viele Wege zum Weißen Haus, da die Brücke über den Fluß an beiden Seiten von Barrikaden versperrt wurde. Arkadi entdeckte Max in der Menge, die über den Kalinin-Prospekt herüberkam. Max schien ihre Begegnung unversehrt überstanden zu haben. Er hatte eine Hand in die Jackentasche gesteckt und bewegte sich mit einer Selbstsicherheit, die ihm überall Platz verschaffte.

An einer Ecke des Weißen Hauses stand ein mit Blumen geschmückter Panzer. Die Besatzung bestand aus jungen Männern mit tief in den Höhlen liegenden Augen, die zugleich Entschlossenheit und Furcht verrieten. Der Turm drehte sich in Richtung des Kalinin-Prospekts, von wo Arkadi das Trommeln von Maschinengewehren vernahm.

Studenten spielten Gitarre und sangen jene rührseligen Lieder über Birken und Schnee, die Arkadi immer so verabscheut hatte. An einem anderen Feuer ließen Rocker ein Heavy-Metal-Band abspielen. Kriegsveteranen mit Ordensbändern an der Brust bildeten eine geschlossene Reihe, und eine Gruppe Straßenkehrerinnen in schwarzen Mänteln und Schals schien darauf zu warten, als Zeugen vor Gericht gerufen zu werden.

Arkadi bemühte sich, Max nicht aus den Augen zu verlieren. Er umging eine aus Bauholz, Matratzen, eisernen Zäunen und Bänken errichtete Barrikade. Ihre Erbauer waren Männer mit Aktenkoffern und Frauen mit Einkaufsbeuteln, aus Büros und Geschäften herbeigeeilt, um an der Schlacht teilzunehmen. Ein Mädchen in einem Regenmantel kletterte die Barrikade hinauf, um am höchsten Punkt eine russische Trikolore aufzupflanzen. Es war Polina. Sie blickte hinunter, ohne Arkadi in der Menge zu erkennen. Ihre Wangen glühten, und ihre Haare wehten im Wind, als ritte sie auf dem Kamm einer Welle. Ihr Freund vom Flughafen kletterte hinter ihr her, vorsichtiger, da das Maschinengewehrfeuer wieder eingesetzt hatte.

Max ging auf die Stufen des Weißen Hauses zu. Während Arkadi versuchte, ihn einzuholen, stellte er fest, daß die Verteidigung nach einem gewissen Plan eingerichtet war. Innerhalb der Barrikaden hatten sich die Frauen zu einem äußeren Ring formiert, den die Soldaten als erstes durchbrechen mußten. Dann bildeten weitere unbewaffnete Bürger eine Masse, die nur mit Wasserwerfern oder Waffengewalt aufzulösen war. Hinter ihnen hatten sich jüngere Männer zu Stoßtrupps von etwa je hundert zusammengeschlossen. Direkt vor den Stufen des Weißen Hauses dann standen Afghanistan-Veteranen in Zehnergruppen. Über ihnen hatte sich ein innerer Kordon aus Männern gebildet, die ihre Gesichter mit Skimasken verhüllt hatten und Gewehre trugen. Oben auf der Plattform, wo Mikrofone sowie Foto- und Videokameras aufgestellt worden waren, flammten Blitzlichter auf.

»Sie?« Ein schwergewichtiger Milizionär packte Arkadi am Arm.

»Wie bitte?« Arkadi erkannte ihn nicht.

»Sie haben mich kürzlich fast überfahren. Sie haben mich dabei erwischt, wie ich Geld angenommen habe.«

»Ja.« Arkadi erinnerte sich. Es war nach der Beerdigung gewesen.

»Wie Sie sehen, stehe ich nicht nur auf der Straße und lasse mich bestechen.«

»Nein, offensichtlich nicht. Wer sind die Männer mit den Skimasken?«

»Alle möglichen Leute – Männer von privaten Wachdiensten, Freiwillige.« Er war jedoch mehr an Arkadi interessiert, nannte ihm seinen Namen, bestand darauf, daß Arkadi ihn wiederholte, und schüttelte ihm die Hand. »Man lernt einen anderen Menschen erst in so einer Nacht kennen. Ich bin noch nie so betrunken gewesen, und dabei habe ich nicht ein Glas angerührt.«

Überall allgemeines Erstaunen, als habe jeder sich entschlossen, die lebenslange Maske abzunehmen und sein Gesicht zu zeigen. Betagte Lehrer, muskelstrotzende Lastwagenfahrer, graue Apparatschiks und bleiche Studenten begegneten sich mit einem Ausdruck des Wiedererkennens. Und obwohl sie alle Russen waren – keine Flasche. Nicht eine einzige.

Afghanische Kriegsveteranen mit roten Armbinden patrouillierten über das Gelände. Viele trugen noch ihre Felduniformen und -mützen, einige hielten ein Radiogerät in der Hand, andere hatten sich Säcke mit Molotow-Cocktails über die Schulter geworfen. Überall hatte es geheißen, sie seien in Afghanistan zu Drogenabhängigen geworden und hätten den Krieg verloren. Dabei hatten sie ihre Kameraden im Staub von Khost und Kandahar verloren, sich schließlich über die Gebirgspässe zurück in die Heimat geschlagen, um diesen Weg nicht in einem Zinksarg zurücklegen zu müssen. Sie machten in dieser Nacht einen äußerst kompetenten Eindruck.

Max' Haare und ein Ohr waren versengt, und er hatte die Jacke gewechselt, dennoch schien er das Feuer im Schlachthaus überraschend gut überstanden zu haben. Er blieb neben einigen Männern stehen, die sich vor den Stufen zum Weißen Haus um einen Priester versammelt hatten, der Kruzifixe segnete. Dann drehte er sich um und sah Arkadi.

Ein Lautsprecher verkündete: »Der Angriff steht unmittelbar bevor. Wie wir erfahren haben, ist der Strom ausgefallen. Löscht alle Lichter. Jeden, der eine Gasmaske bei sich hat, fordern wir auf, sie anzulegen. Allen anderen wird empfohlen, sich durch ein feuchtes Tuch zu schützen.«

Die Kerzen erloschen. In der plötzlichen Dunkelheit war zu hören, wie Tausende von Menschen ihre Gasmasken aufsetzten, sich Schals und Taschentücher vor das Gesicht banden. Ohne sich weiter stören zu lassen, murmelte der Priester seine Segnungen jetzt durch den Filtereinsatz seiner Gasmaske. Max war weg.

Der Lautsprecher sagte: »Wir bitten alle Fotografen, auf ihre Blitzlichter zu verzichten.« Aber dann trat jemand aus der Tür des Weißen Hauses, und sofort flammten Blitzlichter und

Scheinwerfer auf. Arkadi sah Irina unter den Reportern am Treppenabsatz, dann Max, der zu ihr hochstieg.

Die Uferpromenade lag im Dunkeln, aber die Stufen waren erleuchtet wie eine Theaterszene. Überall Lichter und Journalisten, die sich auf italienisch, englisch, japanisch und deutsch miteinander verständigten. Das Komitee hatte keine offiziellen Presseausweise ausgegeben, aber die Reporter waren Profis, an chaotische Zustände gewöhnt wie die Russen an ihre allgegenwärtige Unordnung.

Max wurde auf halbem Weg von zwei Männern in Skimasken aufgehalten. Auch eine seiner Augenbrauen war zur Hälfte versengt, und sein Hals war auffallend gerötet, aber er schien völlig Herr der Lage zu sein. Kameramänner eilten links und rechts an ihm vorbei. Er zog die beiden Wachen mit einem Selbstvertrauen ins Gespräch, das sich jeder Lage anzupassen wußte.

»... daß ihr mir helfen könnt«, hörte Arkadi ihn sagen, als er in seine Nähe gelangt war. »Ich war auf dem Weg hierher, um meine Kollegen von Radio Liberty zu treffen, als ich von einem anderen Wagen von der Straße abgedrängt wurde. Bei der Explosion wurde ein Mann getötet, und ich bin verletzt worden.« Er drehte sich um und wies auf Arkadi. »Das ist der Fahrer des anderen Wagens. Er ist mir gefolgt.«

Die Wachen hatten Löcher in ihre wollenen Skimützen geschnitten, die nicht zu ihren seiden schimmernden Anzügen paßten. Der eine war ein Riese, der andere klein. Beide hielten Gewehre mit abgesägtem Lauf in der Hand und zielten in Arkadis Richtung. Er besaß nicht einmal mehr den Revolver seines Vaters und stand so exponiert, daß an einen Rückzug kaum zu denken war.

»Er gehört nicht zur Presse. Laßt euch seinen Ausweis zeigen«, sagte Arkadi.

Es war wie eine Szene in einem Film – regennaß glänzende Marmorstufen, Scheinwerfer, Leuchtspurgeschosse unter den Wolken, und Max hatte die Rolle des Regisseurs übernommen.

»Mein Ausweis ist im Wagen verbrannt. Aber zehn, zwölf Reporter hier können für mich bürgen. Und ich kenne diesen

Mann. Sein Name ist Renko, einer von Oberstaatsanwalt Rodionows Leuten. Fragt *ihn* nach seinem Ausweis.«

Dunkle Augen starrten Arkadi an. Er mußte zugeben, daß Max ziemlich Herr der Lage war, sein Dienstausweis konnte ihm verhängnisvoll werden.

»Er lügt«, sagte Arkadi.

»Ist *sein* Wagen zu Schrott gefahren? Ist etwa *sein* Freund tot?« In dem Lärm auf den Stufen war Max' Flüstern um so wirkungsvoller. »Renko ist ein gefährlicher Mann. Fragt ihn, ob er jemanden getötet hat oder nicht. Seht ihr, er kann es nicht leugnen.«

»Wer war dein Freund?« fragte der Kleinere der maskierten Männer. Auch wenn Arkadi das Gesicht nicht erkennen konnte, glaubte er doch, die Stimme schon einmal gehört zu haben. Der Mann konnte ein Milizionär sein wie der Verkehrspolizist, der ihn eben angesprochen hatte, womöglich war er aber auch ein privater Leibwächter.

»Borja Gubenko, ein Geschäftsmann«, sagte Max.

»*Der* Borja Gubenko?« Der Mann schien den Namen zu kennen. »War er ein *enger* Freund?«

Max antwortete rasch: »Nicht gerade ein enger Freund, aber er hat mich hergebracht, und Tatsache ist, daß Renko ihn umgebracht hat und dann versucht hat, auch mich umzubringen. Wir stehen hier, die Kameras der Welt sind auf uns gerichtet. Die Welt ist Zeuge der heutigen Ereignisse, und ihr könnt doch wohl nicht zulassen, daß ein reaktionärer Agent wie Renko die Aufmerksamkeit der Öffentlichkeit auf sich zieht. Er muß verschwinden. Wenn ihr ausrutscht und ihm zufällig in den Rücken schießt, wäre es kein großer Verlust.«

»Ich mache nichts zufällig«, sagte der Mann.

Max trat zur Seite und versuchte, seinen Weg fortzusetzen. »Wie gesagt, ich habe Kollegen hier.«

»Ich weiß.« Der Mann nahm seine Maske ab. Es war Beno, Mahmuds Enkel. Sein Gesicht war fast so dunkel wie seine Maske, aber es wurde von einem Lächeln erhellt. »Deswegen sind wir hier. Falls du versuchen solltest, dich ihnen anzuschließen.«

Der Größere zog Max an seiner Jacke zurück.

»Wir haben Borja ebenfalls gesucht«, sagte Beno, »aber wenn Renko sich schon um ihn gekümmert hat, können wir uns ja auf dich konzentrieren. Als erstes wüßte ich gern Näheres über die vier Vettern von mir, die in deiner Wohnung in Berlin tot aufgefunden wurden.«

»Renko, wovon redet der Mann?« fragte Max.

»Und dann würden wir gern über Mahmud und Ali mit dir reden, und wenn es die ganze Nacht dauert«, sagte Beno.

»*Arkadi!*« flehte Max.

»Aber da es hier bald gefährlich wird«, sagte Beno, »gehen wir wohl besser woandershin.«

Max riß sich los und lief quer über die Stufen nach unten. Am Fuß der Treppe glitt er aus, stürzte durch die Reihe der Kriegsveteranen, kam wieder auf die Füße und durchbrach den Kreis der um den Priester versammelten Gläubigen. Der größere Tschetschene lief hinter ihm her. Beno gab einer Gruppe in der Menge ein Zeichen und wies in Max' Richtung. Mit seinem weißen Hemd war er leicht zu verfolgen.

Beno sah Arkadi an. »Willst du bleiben? Es wird ein Massaker geben.«

»Ich habe Freunde hier.«

»Schaff sie fort.« Beno zog sich die Mütze wieder übers Gesicht und richtete die Löcher aus. Er ging eine Stufe hinunter. »Wenn nicht ... viel Glück.« Dann verschwand er, eine dunkler werdende Gestalt in der Menschenmenge.

Arkadi stieg die Stufen hinauf. Er erreichte die Plattform, als ein Sprecher aus der Tür trat, von Wachen geschützt, die schußsichere Schilde trugen. Der Sprecher, umringt von Kameras, gab bekannt, auf den Dächern nahegelegener Gebäude seien Heckenschützen gesichtet worden. Er huschte wieder ins Haus zurück, während die Journalisten auf der Plattform blieben.

Irina war zusammen mit dem Sprecher aus der Tür getreten. »Du bist gekommen«, sagte sie.

»Ich habe es versprochen.«

Ihre Augen lagen vor Erschöpfung tief in ihren Höhlen, und zugleich leuchteten sie vor Begeisterung. »Stas ist drinnen. Er telefoniert mit München. Sie haben die Leitungen immer noch nicht gesperrt. Eine Direktübertragung. Er ist auf Sendung.«

»Du solltest bei ihm sein«, sagte Arkadi.

»Willst du, daß ich gehe?«

»Nein. Ich will, daß du bei mir bleibst.«

Als erneut Leuchtspurgeschosse über den Himmel zogen, mahnte die Stimme aus dem Lautsprecher vergebens, die Lichter gelöscht zu halten. Zigaretten glühten auf, Gasmasken wurden abgenommen – eine typisch russische Reaktion, dachte Arkadi. Auf dem Fluß war das Geräusch von Patrouillenbooten zu hören, und auf dem gegenüberliegenden Ufer näherten sich die Lichter eines Konvois. Die Frauen des äußeren Rings hatten angefangen zu singen, andere nahmen die Melodie auf und wiegten sich im Takt, so daß die Menge in der Dunkelheit aussah wie die Oberfläche der See oder eine vom Wind bewegte Grasfläche.

»Laß uns zu ihnen gehen«, sagte Irina.

Sie gingen die Stufen hinunter, durch den Ring der afghanischen Veteranen, vorbei an einer Reihe frisch entzündeter Kerzen. Weitere Kriegsveteranen in Rollstühlen waren eingetroffen und hatten Ketten durch die Speichen ihrer Räder gezogen. Frauen schützten sie mit aufgespannten Regenschirmen. *Das* muß eine Parade gewesen sein, als die hier ankamen, dachte Arkadi.

»Geh weiter«, sagte Irina. »Ich möchte alles sehen.«

Die Menschen saßen auf dem Boden, standen herum, bewegten sich langsam im Kreis wie auf einem Jahrmarkt. Sie alle werden später unterschiedliche Erinnerungen an diese Nacht haben, dachte Arkadi. Die einen werden sagen, die Atmosphäre vor dem Weißen Haus sei ruhig, entschlossen und ernst gewesen, die anderen werden an eine Art Zirkus denken. Wenn sie die Nacht überlebten.

Sein ganzes Leben lang hatte Arkadi vermieden, an Aufmärschen und Demonstrationen teilzunehmen. Das hier war die erste, zu der er freiwillig gekommen war. Wie sicher auch die Bauarbeiter, die den unbewaffneten inneren Kern bildeten. Die mausgrauen Apparatschiks, die ihre Aktentaschen auf den Boden gestellt hatten, um einander bei den Händen zu fassen und einen menschlichen Ring um ihr Weißes Haus zu bilden – nicht einen, sondern fünfzig Ringe, so viele waren es. Die Ärztinnen und Schwestern, denen es irgendwie gelungen war, aus den leeren Magazinen der Krankenhäuser Verbandsmaterial zu beschaffen und herzubringen.

Er hatte den Wunsch, in jedes dieser Gesichter zu sehen. Er war nicht der einzige. Ein Priester ging durch die Reihen und erteilte die Absolution. Arkadi sah einige Straßenmaler, die mit weißer Kreide auf schwarzem Papier Porträts anfertigten und als Geschenke verteilten.

Das Geheimnis liegt nicht darin, wie wir sterben, sondern wie wir leben. Ein Stück Papier wurde ihm in die Hand gedrückt. Sieh dir dieses Gesicht an, dieses vertraute Gesicht, mit dem du geboren wurdest. Ein wirbelndes Geräusch drang durch den Regen. Über ihnen erschütterte ein Hubschrauber die Luft und schoß eine Leuchtkugel ab, die langsam niederfiel, ein glühender Zündholzkopf, der in einen Brunnen tauchte.

Dank

Nicht vergessen möchte ich, mich für die Hilfe zu bedanken, die ich in Moskau von Wladimir Kalinischenko, Alexander Staschkow, Jegor und Tscharika Tolstjakow erhalten habe, in München von Rachel Fedosejew, Jörg Sandl und Nouzgar Sharia sowie in Berlin von Andrew Nurnberg und Nathan Fedorowski. Immer wieder zur Seite standen mir zudem Nan Black und Ellen Irish Smith, mit neuem Mut vor allem Knox Burger und Katherine Sprague.

Und Alex Levin war wieder einmal der Kompaß, der mich durch dieses Buch führte.

Die Fehler stammen allein von mir.

PAVILLON

Richard Bachman
Menschenjagd
02/19
nur DM 8,-
öS 58,-/sFr 8,-

Co-Op City, im Jahr 2025: Aus verzweifelter Sorge um seine Familie bewirbt sich der arbeitslose Ben Richards als Opfer in einer beliebten, gnadenlosen Menschenjagd-Fernsehshow.

Martin Cruz Smith
Das Labyrinth
02/20 · nur DM 6,-
öS 44,-/sFr 6,-

Friederike Costa
Ein Mann zum Träumen
02/21 · nur DM 6,-
öS 44,-/sFr 6,-

Linda Ladd
Flammen im Blut
02/22 · nur DM 6,-
öS 44,-/sFr 6,-

Erich Segal
Love Story
02/23 · nur DM 6,-
öS 44,-/sFr 6,-

Ellis Peters
Bruder Cadfael und das fremde Mädchen
Bruder Cadfael und der Ketzerlehrling
Zwei mittelalterliche Kriminalromane in einem Band
02/24 · nur DM 10,-
öS 73,-/sFr 10,-

Pavillon
Die neuen Taschenbücher

PAVILLON

Robert Ludlum
Das Parsifal-Mosaik
02/13
nur DM 8,-
öS 58,-/sFr 8,-

Michael Havelock, in dem tschechischen Dorf Lidice geboren, lebt seit seinem zwölften Lebensjahr in den USA. Er hat eine Universitätslaufbahn ausgeschlagen, um Agent zu werden ...

Britta Blum
Lea lernt fliegen
02/14 · nur DM 6,-
öS 44,-/sFr 6,-

James Herbert
Blutwaffe
02/15 · nur DM 6,-
öS 44,-/sFr 6,-

Heather Graham
Dornen im Herzen
02/16 · nur DM 6,-
öS 44,-/sFr 6,-

Antoine Mantegna
Heißer Sommer
02/17 · nur DM 6,-
öS 44,-/sFr 6,-

Catherine Cookson
Das ertrotzte Glück
Die Versöhnung
Zwei Liebesromane
in einem Band
02/18 · nur DM 10,-
öS 73,-/sFr 10,-

Pavillon
Die neuen Taschenbücher

Eine Auswahl:

Die braune Rose
01/8665

Mädchen im Moor
01/8737

Kinderstation
01/8855

Stadt der Liebe
01/8899

Das Mädchen und der Zauberer
01/9082

Das einsame Herz
01/9131

Frauenbataillon
01/9290

Im Auftrag des Tigers
01/9775

Der verhängnisvolle Urlaub
01/9906

Zerstörter Traum vom Ruhm
01/10022

Männerstation
01/10427

Das Gift der alten Heimat
01/10578

Die Gutachterin
01/10579

HEYNE BÜCHER

Heinz G. Konsalik

Dramatische Leidenschaft und menschliche Größe kennzeichnen die packenden Romane des Erfolgsschriftstellers.

01/10579

HEYNE-TASCHENBÜCHER

HEYNE
BÜCHER

Stephen King

»Stephen King kultiviert den Schrecken ... ein pures, blankes, ein atemloses Entsetzen.«
SÜDDEUTSCHE ZEITUNG

01/10446

Eine Auswahl:

Der Gesang der Toten
01/6705

Friedhof der Kuscheltiere
01/7627

Christine
01/8325

In einer kleinen Stadt ›Needful Things‹
01/8653

Dolores
01/9047

Das Spiel
01/9518

Die Verurteilten
01/9628

›es‹
01/9903

Das Bild – Rose Madder
01/10020

schlaflos – Insomnia
01/10280

Brennen muß Salem
01/10356

Desperation
01/10446

Langoliers
01/10472

HEYNE-TASCHENBÜCHER

HEYNE BÜCHER

Utta Danella

Die Romane und Erzählungen der beliebten deutschen Bestseller-Autorin: ein garantierter Lesegenuß!

01/10419

Eine Auswahl:

Flutwelle
01/6204

Die Jungfrau im Lavendel
01/6370

Die Hochzeit auf dem Lande
01/6467

Das verpaßte Schiff
01/6845

Regina auf den Stufen
01/8201

Das Hotel im Park
01/8284

Eine Heimat hat der Mensch
01/8842

Der blaue Vogel
01/9098

Jacobs Frauen
01/9389

Niemandsland
01/9701

Die Unbesiegte
01/9884

Ein Bild von einem Mann
01/10342

Wolkentanz
01/10419

HEYNE-TASCHENBÜCHER